Anne Rivers Siddons

Tausend Sommer

Roman

Aus dem Englischen
von Uta Rupprecht

Ullstein

Besuchen Sie uns im Internet:
www.ullstein-taschenbuch.de

Umwelthinweis:
Dieses Buch wurde auf chlor- und säurefreiem Papier gedruckt.

Ullstein Verlag
Ullstein ist ein Verlag des Verlagshauses Ullstein Heyne List GmbH & Co. KG.
1. Auflage Juni 2003

Published by arrangement with HarperCollins Publishers, Inc.
Titel der amerikanischen Originalausgabe: *Colony* (HarperCollins, New York)
Übersetzung: Uta Rupprecht

Umschlaggestaltung: Thomas Jarzina, Köln
Titelabbildung: Bildagentur Mauritius GmbH, Mittenwald
Druck und Bindearbeiten: Elsnerdruck, Berlin
Printed in Germany
ISBN 3-548-25678-3

Für Stuart, Kelby und Maggie Siddons
Unsere nächsten.

Nur wo sich Bedürfnis und Liebe vereinen,
Und die Arbeit ein Spiel ist um tödlichen Einsatz,
Da kann das Werk vollendet werden,
Um des Himmels und der Zukunft willen.

Robert Frost
»Two Tramps in Mud Time«

Maude Gascoigne Chambliss

PROLOG

Geräusche klingen seltsam hier an der Penobscot-Bucht, besonders wenn sich, wie jetzt, der Nebel über die Küste gesenkt hat. Das begann schon mitten am Nachmittag, was ungewöhnlich ist für diese Zeit des Jahres. Sonst liegen unsere Spätsommernebel um diese Tagesstunde noch über dem Wasser und treiben gerade erst herein, so daß man nach einem Cocktail in dem einen oder anderen alten Haus noch ohne Schwierigkeiten nach Hause spazieren kann: Es ist sogar besonders schön, wenn alle Umrisse zu verschwimmen beginnen.

Aber heute abend bräuchten die Spaziergänger Taschenlampen und Stöcke... wenn überhaupt noch jemand da wäre, um im Nebel nach Hause zu gehen. Sie sind jetzt alle weg. Ich bin die Letzte. Das ist eine neue Erfahrung für mich, aber eigentlich gar nicht so merkwürdig, wenn man es genau bedenkt. Irgend jemand muß der Letzte sein.

Und schließlich ist es bereits September.

Ich sagte schon, daß die Geräusche hier seltsam klingen; damit meine ich, ihnen haftet eine Fremdheit an, die sehr verwirrend sein kann, bis man sich daran gewöhnt. Sie springen mal hierhin, mal dorthin, man weiß weder, aus welcher Richtung sie kommen noch wie fern oder nah sie sind, und oft ahmt ihr Klang etwas vollkommen anderes nach. Das rhythmische Tropfen aus dem Fallrohr der Regenrinne auf die Schindeln der Veranda und das nasse Rauschen drüben im Birkenwäldchen gegenüber meinem Cottage, wenn ein leichter Wind durch die Zweige fährt, könnten genausogut das *Plop-plop* der Tennisbälle und der höfliche Applaus bei unserem kleinen Turnier im August sein. Es wird jedes Jahr abgehalten, seit ich nach Retreat komme; ich kann mich noch an die Zeit erinnern, als die jungen Männer beim Spielen lange weiße Hosen und Blazer trugen und nur wenige junge Frauen überhaupt mitspielten. Oder das Knacken von nassen Zweigen – man könnte es leicht für den kurzen, dumpfen Startschuß zu einer unserer endlosen Regatten halten.

Das Knarren des alten Weiden-Schaukelstuhls auf der Veranda unter meinem Fenster, der vom aufkommenden Abendwind bewegt wird, klingt ganz ähnlich wie die trocknenden Taue an den Segelbooten, die drunten in dem kleinen Hafenbecken am Ende der Straße liegen. Die Begriffe der Seglersprache habe ich nie richtig gelernt; Peter war zwar ein leidenschaftlicher Segler, aber mir mißfiel dieser Sport von Anfang an, und ich finde es angeberisch und lächerlich zugleich, eine Sprache zu benutzen, über deren Gegenstand man nicht Bescheid weiß. Keine dieser beiden Eigenschaften habe ich mir jemals zugeschrieben.

Dann, wie jetzt gerade, das jammernde Kreischen der Möwen im Hafen: Das könnte der fordernde Schrei von Amy und Parker Potters altem getigertem Kater Widdy sein oder, Jahre später, das Baby, das Elizabeth in diesem Haus zur Welt brachte. Es kam zu früh – und außerdem noch im Dunkeln, denn der letzte Ausläufer eines August-Hurrikans hatte die Stromversorgung der Feriensiedlung lahmgelegt. Das Baby starb noch in derselben Nacht; Elizabeth konnte nicht nach Castine ins Krankenhaus, weil weiter oben eine Tanne quer auf die Straße gefallen war, und damals gab es keinen Arzt in der Kolonie. Ich hörte das jämmerliche Geschrei viele Stunden lang, bevor es endlich verstummte.

Seitdem mag ich das Schreien der Möwen nicht mehr.

Elizabeth ging es offenbar ebenso, denn nach diesem Sommer kam sie nie mehr nach Retreat. Ob der Grund dafür nun die Trauer über den Tod des Babys oder das mögliche Gerede über seine Geburt war, weiß ich nicht zu sagen. Wahrscheinlich eher das erstere. Um das Gerede hätte sich Elizabeth wohl nicht gekümmert. Hätte sie den Klatsch in der Sommerkolonie gefürchtet, dann wäre sie nicht nach Braebonnie, in das Cottage der Familie, gekommen, um das Baby dort zur Welt zu bringen. Schon gar nicht angesichts der Tatsache, daß der Vater des Babys den Sommer mit seiner Familie in einem nahegelegenen Haus verbrachte... zumindest erzählte man sich das. In einem kleinen Ort wie Retreat wird über solche Vorfälle noch nach mehreren Generationen geredet, mit großem Genuß und ohne jeden Beweis. In diesem Fall lebte der Beweis nicht einmal zwölf Stunden.

Wie dem auch sei, Elizabeth kehrte nie mehr zurück. Sie verkaufte Braebonnie nicht, womit wir nach Amys und Parkers Tod alle gerechnet hatten, sondern vermietete es einfach Sommer für Sommer, offensichtlich an jeden aus ihrem sonderbaren und hektischen Umfeld, der es bezahlen konnte, und auf diese Weise wurde, wenn man so will, der erste Stein aus der Festung Retreat gebrochen.

Davor hatten wir niemals Mieter. Amy und Parker wären vor Scham gestorben, wenn sie nicht schon vorher an etwas anderem gestorben wären. Aber ich muß zugeben, daß die Mieter von Braebonnie Leben in die Ferienkolonie brachten. Einen Sommer lang wohnte ein weltberühmter Komponist bei uns, der sein bekanntestes Werk hier schrieb, indem er auf dem verstimmten alten Bechstein-Flügel im Wohnzimmer herumhämmerte und probierte; und in einem anderen Sommer kam eine Schauspielerfamilie, Juden, glaube ich, die drei Monate lang jeden Abend abwechselnd ihr neues Stück probten oder einander vernichtend kritisierten. Ich muß es wissen, denn mein Schlafzimmerfenster im ersten Stock liegt dem Wohnzimmer von Braebonnie genau gegenüber, und, wie ich schon sagte, an dieser kalten Meeresküste tragen die Geräusche weit. Der Lärm aus dem Cottage der Potters hat mich immer schon gestört, abgesehen von den sorglosen Zurufen, die Amy und ich tauschten, als wir beide hier als junge Ehefrauen lebten. Aber heute nacht wären mir der Komponist oder sogar die Schauspieler beinahe willkommen.

Allerdings nicht das Schreien des sterbenden Babys. Das niemals. So viele Geräusche sind während all der Sommer in Retreat an mein Ohr gedrungen; Geburt, Leben, Lachen, Streit, Weinen, ja sogar Paarungen, und auch Krankheit und Tod – von allem habe ich Echos vernommen. Aber, lieber Gott, bitte laß mich nie wieder diesen einen leisen und schrecklichen Ton hören, der sich aus Sturm und Qual erhob und so bald schon endete.

Und der dennoch, für mich ganz allein, niemals aufgehört hat.

ERSTES KAPITEL

Alle Orte, in denen früher die Franzosen siedelten, sind in ihrem tiefsten Innern verdorben. Sie strahlen ein weiches, fauliges Leuchten aus, wie das Phosphoreszieren von moderndem Holz, das seltsam anziehend ist, ja sogar verführerisch, wenn man meiner Schwiegermutter, um deren erstaunliche Meinung es sich dabei handelte, glauben durfte. Und man glaubte ihr immer. Damals lautete ein geläufiger Spruch, daß sich Hannah Stuart Chambliss lieber auf dem Scheiterhaufen verbrennen ließe, als jemals die Unwahrheit zu sagen. Was mich nicht im geringsten überrascht. Ich glaube, die Rolle der Jungfrau von Orleans, einschließlich des feurigen Märtyrertods, hätte Mutter Hannah ausgezeichnet gefallen. Sie besaß ein Talent zur Tragödienschauspielerin, das mindestens so groß war wie ihre grimmige Liebe zur Wahrheit, und sie setzte es ein, wann immer es nötig war. Außer meinem Ehemann Peter kannte ich niemanden, dem es gelungen wäre, diesen beiden Geißeln zu entkommen. Er war vielleicht der einzige, dem sie zum Vorteil gereichten.

Ihre Ansicht über die Verderbnis und Verruchtheit der Franzosen teilte sie mir an jenem Abend mit, an dem ich die Ferienkolonie Retreat zum ersten Mal betrat. Wahrscheinlich hatte sie diese Gedanken schon, seit sie mich zwei Monate zuvor kennengelernt hatte, als mich Peter in das große Haus in Boston mitnahm, um mich ihr und seinem Vater vorzustellen, aber sie hatte sie bisher nicht ausgesprochen. Doch ich wußte genau – und ich vermute, Peter auch –, daß es das oder etwas Ähnliches war, was wie ein Eisberg unter ihrer strengen und schönen Oberfläche lag. Gewiß, während all der Jahre, die ich sie kannte, lächelte sie zur Begrüßung ihr steinernes, statuenhaftes Lächeln, umarmte mich leicht, und ihr Kuß streifte, einem arktischen Schmetterling gleich, meine Wange; aber damit konnte sie keinen von uns täuschen. Ich glaube, das erwartete sie auch nicht. Wie Schweißgeruch hing die

Überzeugung, daß ich nicht in ihre gesellschaftlichen Kreise paßte, in der reinen Luft des Wohnzimmers der Familie Chambliss.

Aber erst als Peter mich als seine Ehefrau in das alte, braune Cottage an der Penobscot-Bucht im Norden von Maine mitnahm, wo die Chamblisses seit Generationen den Sommer verbrachten, befreite sie sich von jenem kleinen Kloß des Mißfallens, der ihr im Magen lag, und überließ damit mich, Charleston und eigentlich den ganzen trägen, lasterhaften Süden den Flammen des höchsteigenen, sehr wirkungsvollen Fegefeuers der Feriensiedlung Retreat. Daß sie dabei meine Schultern umfaßte und leise lachte, nahm ihrer Äußerung, mit der sie auf etwas antwortete, das die alte Mrs. Stallings mit lautem, gin-geschwängertem Bellen von sich gegeben hatte, keineswegs die Spitze.

Augusta Stallings beäugte mich, wie ich da in der kühlen, kampferhaltigen Düsternis des Wohnzimmers stand, klein, mit weichen Rundungen, schwarzen Augen und Haaren und sonnengebräunt. Gierig wie eine Forelle, die nach einer Fliege schnappt, stürzte sie sich auf mein auffällig fremdartiges Aussehen an diesem Ort, wo man glattes blondes Haar, regengraue Augen, lange Glieder, große Zähne und längliche, neuenglische Gesichter hatte.

»Charleston, sagen Sie?« rief sie. »Gascoigne, aus Charleston? Ich kenne einige Pinckneys und eine Huger, aber Gascoignes habe ich noch nie kennengelernt. Das ist doch französisch, nicht wahr? Oder wahrscheinlich kreolisch. Nun, Sie sind ein auffallendes kleines Ding, da gibt es gar keinen Zweifel. Da werden im Speisesaal aber einige Augen machen, Mädchen.«

Und dies war der Augenblick, in dem meine Schwiegermutter ihren langen Stuart-Arm um meine Schultern legte und ihre kleine Rede über die Franzosen und die Verderbnis und die Verruchtheit hielt. Mein Gesicht wurde eine Schattierung dunkler, aber das bemerkte vermutlich niemand. Im Wohnzimmer des Cottages war es so dämmrig wie in einer Höhle, denn Hannah ließ die riesigen Fliederbüsche, die die Fenster beschatteten, nur selten beschneiden. Es war das erste, was ich nach ihrem Tod tat.

Peter zog mich an sich und grinste erst seine Mutter und dann Augusta Stallings an.

»Die einzigen Franzosen, die in Charleston siedelten, waren vierhundert brave Hugenotten, die auf der Flucht waren, nachdem Ludwig der Vierzehnte das Edikt von Nantes erlassen hatte«, sagte er. »An denen dürfte es nicht den leisesten Anflug von Verderbnis gegeben haben. Und höchstwahrscheinlich auch keinerlei Verruchtheit. Es sei denn, Mama, du wolltest sagen, daß in Maudes Adern Negerblut fließt?«

»Sei nicht albern, Peter«, sagte Hannah in einem Tonfall, der verriet, daß sie diese Möglichkeit in der Tat in Betracht gezogen hatte. Schließlich hatte ich dunkle Haut, schwarze Augen und Haare, die sich in dichten Locken um meine Stirn ringelten. Und da war meine eher breite Nase...

»Du meinst, daß sie ein Nigger ist?« plärrte Augusta Stallings und blickte mich in der kalten, perlgrauen Düsternis noch forschender an. Aus dem Glas, das sie in der Hand hielt, schwappte reiner Gin auf den Sisalteppich.

»Also, Augusta, wirklich«, sagte Hannah. »Das habe ich natürlich nicht gemeint, und wenn ich diesen Sommer auch nur ein Wort darüber in der Kolonie höre, dann weiß ich sofort, wer das verbreitet hat. Maudes Familie lebt seit zweihundert Jahren in Charleston, und fast ebensolang besitzen sie die Plantage.«

»Ja, dann«, sagte Augusta Stallings, als wäre das Wort »Plantage« der Rosetta-Stein, der das Geheimnis dieser üppigen und um einiges zu dunklen Schwiegertochter aus dem Süden erklärte.

Peter lachte laut, ich lächelte zaghaft, und die beiden älteren Frauen zogen sich wieder auf die sonnige Veranda zurück, wo das Tablett mit den Getränken stand.

»Wenn wir heute abend zum Essen gehen, stecken wir einen Knochen in deine Nase, dann ist deine Karriere in Retreat gesichert«, sagte Peter, und wie er es beabsichtigt hatte, mußte ich laut lachen. Peter konnte mich immer zum Lachen bringen, selbst in den schlimmsten Momenten. Auch wenn mir jeder und alles in dieser seltsamen, kalten nördlichen Welt fremd und beängstigend erschien, so war doch alles in Ordnung, solange nur Peter bei mir war.

»Du darfst nicht allzuviel auf Augusta Stallings geben, meine Liebe«, ließ sich mein Schwiegervater von dem Sofa aus vernehmen, das vor dem riesigen Kamin stand. Ich schrak zusammen, denn ich hatte seine Anwesenheit völlig vergessen. Er hatte seit unserer Ankunft nicht viel gesagt; er hatte auch die wenigen anderen Male, die ich ihm begegnet war, nicht viel gesagt. Er war gutaussehend und zurückhaltend, aber irgendwie farblos, ein ausgebleichtes Negativ von Peter. Obwohl er freundlich war, schien es mir doch, als sei er gar nicht da. Jedesmal, wenn ich seine Stimme hörte, war mir, als hörte ich sie zum ersten Mal.

»Es macht mir überhaupt nichts aus«, sagte ich.

»Nun, das hoffe ich«, sagte der ältere Peter. »Eine unangenehme Frau. Immer, wenn man sie trifft, ist sie angesäuselt. Zuviel Geld und nicht genug zu tun. So ist das mit all diesen Frauen. Zuviel Geld und nicht genug zu tun. Zu viele lange neuenglische Nasen in den Angelegenheiten anderer Leute.«

Ich lächelte ihm quer durch den Raum zu, weil ich in ihm einen Verbündeten spürte. Wenn ich diese beiden Chambliss-Männer auf meiner Seite hatte, was konnte mir dann in diesem Sommer schon passieren?

Ich sollte mich irren. Wahrscheinlich hätte mein Schwiegervater unter anderen Umständen einen wunderbaren Verbündeten abgegeben; von Anfang an hatte ich gespürt, daß ich sein Mitgefühl und seine Sympathie besaß. Aber damals wußte ich noch nichts von der Düsternis in seinem Inneren, von dem dunklen Ort, an den er sich über lange Zeiträume hinweg zurückzog. Wenn er dort war und die Tür hinter sich zugemacht hatte, dann war er nicht erreichbar, und er machte auch selbst keinen Versuch, jemanden zu erreichen. Nur wenige Tage nach unserer Ankunft in Retreat schlich er sich in seine dunkle Kammer. Peter erzählte mir, daß er gewöhnlich den größten Teil seines Aufenthalts in Retreat fern von der Welt um sich herum verbrachte. Ich erinnere mich, daß ich mich lange fragte, warum er überhaupt kam, wenn ihn dieser Ort in die Dunkelheit zwang.

Sehr viel später sagte Peter einmal: »Na ja, wir fahren ja nur im Sommer dorthin.«

Und damals genügte das als Erklärung.

Wir kamen etwas zu spät in den weiß gestrichenen Speisesaal, so daß der größte Teil der versammelten Bewohner der Kolonie bereits Platz genommen hatte. Vielleicht hundert Augenpaare folgten mir, während ich hinter Hannah den Gang entlangging, und plötzlich fühlte ich mich in meinem blumengemusterten Seidenkleid viel zu auffällig gekleidet, schrill, verdorben, verrucht und übelriechend wie fauliges Obst. Wo ich hinsah blasses Leinen, erdfarbener Tweed oder weiße Röcke – schmucklos-neutrale Farben, bleich wie alter Schnee. Überall hoben sich sandfarbene Augenbrauen über langen Nasen und hohen, scharfgeschnittenen Wangenknochen, und leise wie das Summen wohlerzogener Bienen brandete Gemurmel auf. Aber da war ein Lächeln auf jedem Gesicht, und dünne Finger drückten die meinen zur Begrüßung. An diesem ersten Abend in Maine stand ich zum ersten und einzigen Mal unter dem Schutz von zwei mächtigen Amuletten: das eine war Hannah Stuart Chambliss und das andere die große Plantage, von der ich stammte. Ich wußte, daß die meisten der Anwesenden davon gehört hatten, denn Augusta Stallings hatte ihre übliche Runde noch nicht beendet; wie ein schlingernder alter Schleppdampfer marschierte sie mit ihrem Glas von Tisch zu Tisch.

Von allen, die an diesem Abend in der großen Speisehalle saßen, wußten nur Peter und ich, daß die Plantage ein Mythos war.

Ich hatte ihn am Abend meines ersten St. Cecilien-Balles kennengelernt. Die meisten Leute finden die Geschichte sehr romantisch, und das stimmt in gewisser Weise auch. Damals jedenfalls war ich davon überzeugt; ich versank in jener silbernen Novembernacht geradezu in Romantik. Nur Darcy erfaßte, so viele Jahre später, den wahren Zusammenhang. Darcy, die mit ihrem leidenschaftlichen Wesen für Höhenflüge geschaffen schien und deren verwundetes Herz sich mit aller Gewalt dagegen stemmte.

»Oh Gott, wie entsetzlich«, sagte sie. »Wie ungerecht euch beiden gegenüber. Wie sollte daran jemals wieder etwas heranreichen?«

Ja, wie? Aber wir versuchten es. Unser ganzes gemeinsames Leben lang bemühten Peter und ich uns, jene eine zauberhafte Nacht in der Ebene von Carolina wieder aufleben zu lassen, die mit einem Arm voll weißem Flieder begann – der dort um diese Jahreszeit seltener ist als Diamanten – und mit einem Kuß in der Dunkelheit endete, am Ufer eines Baches, das mit grauem Moos bewachsen war und im Mondlicht glänzte.

Im großen und ganzen waren wir recht erfolgreich, glaube ich. Auch wenn nur er und ich wußten, welchen Preis wir dafür bezahlen mußten, so gab es doch immer etwas Magisches in der Ehe von Maude Brundage Gascoigne und Peter Williams Chambliss. Liebe und Magie: Ich glaube nicht, daß die nüchternen Leute in New Hampshire und Maine, unter denen ich von da an leben sollte, uns das jemals verziehen. Oder, genauer gesagt, mir verziehen. Einst hatte man in diesen düsteren Hügeln Frauen, die sich der Magie widmeten, verbrannt. Da das nicht mehr möglich war, versuchten sie andere Methoden der Hinrichtung. Aber die Liebe und auch einiges von dem Zauber habe ich mir bewahrt. Ja, ganz bestimmt.

Als Jahrzehnte später das Musical *A Chorus Line* so ungeheuer populär wurde, fesselte mich eine bittersüße kleine Ballade, die darin vorkam: »What I Did for Love«. Ich summte und sang das Lied und bat Darcy, mir die Platte zu kaufen, die ich dann den ganzen Sommer lang im Cottage in Retreat spielte.

»Also weißt du, Maudie-Gro, das ist das Lied einer Dirne«, neckte sie mich. »Oder jedenfalls das Lied einer Frau, die schon einige Männer gehabt hat. Es paßt absolut nicht zu einer würdigen Dame. Was für skandalöse Dinge hast du denn aus Liebe getan? Erzähl.«

Ich sah sie an, Darcy, die in diesem Sommer selbst im Feuer und in der Sonne ihrer ersten Liebe glühte. Nur zu gut konnte ich mir vorstellen, was sie alles aus Liebe tat, und ich wußte, daß sie nichts davon bereute.

»Ich glaube, ich werde es dir tatsächlich erzählen«, sagte ich. »Dir allein. Aber jetzt noch nicht. Du bist noch lange nicht bereit, es zu hören.«

»Ach, komm schon. Warum nicht?«

»Weil du noch nicht erfahren genug bist«, sagte ich.

»Und du bist das?«

»O ja.«

»Dann warte ich«, sagte meine rothaarige Enkelin, »mit angehaltenem Atem.« Sie lachte über mich.

Das störte mich nicht. Eines Tages, wenn sie die Frau geworden war, die ich in ihr angelegt sah, würde ich es ihr erzählen. Natürlich gab es dafür keine Garantie, aber sie war immerhin aus dem richtigen Holz geschnitzt. Wenn sie nutzte, was ihr das Leben bereits gegeben hatte, dann würde ich ihr irgendwann erzählen, was ich aus Liebe getan hatte. Von allen Frauen, die ich an diesem schönen Ort an der Penobscot-Bucht kennengelernt hatte, würde meine Enkelin Darcy Chambliss O'Ryan mit etwas Glück die einzige sein, die es verstehen konnte. Und sie würde auch die Kraft dieser Liebe verstehen, die in einer Novembernacht 1922 am Ufer des Wappoo Creek in der Nähe von Charleston geboren wurde...

Zum ersten Mal hörte ich seinen Namen, als mein Bruder Kemble schrieb, er bringe einen Freund aus Princeton zum St. Cecilien-Ball mit nach Hause, dem ich den sechzehnten Tanz reservieren sollte.

»Also, der hat wirklich Nerven«, sagte ich zu Aurelia, die mir den Brief beim Frühstück gebracht hatte. Ich aß allein in der Küche des alten Hauses, denn mein Vater war bereits mit seinem Fotoapparat und dem Notizbuch in den herbstlichen Sümpfen verschwunden, und das Eßzimmer wurde schon lange nicht mehr aufgesperrt, weil es kaum zu heizen war und die Gefahr bestand, daß es mitten während einer Mahlzeit unter dem jahrhundertelangen Angriff von Trockenheit und Fäulnis zusammenbrach.

»Wer hat wirklich Nerven?« fragte Aurelia.

»Kemble. Er bringt einen völlig Fremden zum Cecilien-Ball mit und verlangt von mir, daß ich ihm den sechzehnten Tanz freihalte. Da wird er aber kein Glück haben.«

Die hagere, liebevolle Aurelia mit ihrer gelblichen Haut und den Goldzähnen war selbst in Charleston geboren und aufgewachsen. Genauso wie jede Matrone aus der Legaré Street und jede Debütantin kannte sie das eherne Gesetz, daß der sechzehnte Tanz auf einem St. Cecilien-Ball dem Ehemann oder Verlobten vorbehalten war. Sie kannte auch Kemble und mich so gut wie sonst niemand, nicht einmal unser Vater, hatte sie doch meinen Bruder und mich großgezogen, nachdem unsere Mutter bei meiner Geburt gestorben war.

»Ich wär gern 'ne Fliege an der Wand, wenn du bei dem Tanz alle vor'n Kopf stößt«, sagte sie. »Dieser Fremde da wird schreiend davonlaufen, und dann haste keinen für den Tanz. Und vielleicht kriegste nie einen, und kriegst dann nie 'nen Mann. Dann kannste dein ganzes Leben hier im Sumpf hocken.«

Aurelia machte kein Geheimnis aus ihrer Abneigung gegen die Art und Weise, wie mich mein Vater erzogen hatte. Wir lebten ganz allein in einem baufälligen, zweihundertfünfzig Jahre alten Haus auf einer längst unfruchtbar gewordenen Reisplantage am Wappoo Creek, der den Stono River mit dem Hafen von Charleston verband, genau da, wo auch der Ashley River in den Hafen mündete. Es war ein einsamer Ort für ein Kind, auch wenn mir das nie etwas ausgemacht hatte. Damals, als der erste Auguste Gascoigne das Land gerodet, den Reis gepflanzt und das Haus, die Außengebäude und die Sklavenquartiere gebaut hatte, wimmelte es in den Sumpfwäldern von wilden Tieren, die pfiffen, sangen, raschelten, schrien, bellten und plantschten, und 1922, als ich siebzehn Jahre alt war, hatte sich daran nichts geändert. Aber das Haus war nach und nach verfallen, und die Reisfelder, einst die Grundlage für ein großes Vermögen, waren inzwischen längst zugewuchert. Das Vermögen selbst war über die Jahre so weit zusammengeschrumpft, daß es gerade noch ausreichte, damit mein Vater Gus, der letzte in einer langen Reihe von Auguste Gascoignes, Kem und mich ernähren, kleiden und ausbilden lassen und Aurelia und ihren Mann Duke bezahlen konnte, während er sich selbst dem Studium der Fische und Wasservögel im Küstengebiet widmete, als sei er selbst ein Wesen mit Kiemen und Flossen. Seit ich laufen konnte, folgte ich ihm in die Sümpfe, und lange Zeit war dies auch meine Leidenschaft.

Unsere Mutter war ein kleines, zartes Mädchen aus einer großen, alten Familie in Charleston gewesen. Damit, daß sie bei meiner Geburt starb, erfüllte sie die Prophezeihung ihres grimmigen Vaters, daß bei ihrer Ehe mit dem Letzten der abgewirtschafteten Gascoignes nichts Gutes herauskommen könne. Nach ihrem Tod sahen Kemble und ich unsere Verwandten von der Brundage-Seite nicht mehr oft. Ich weiß, daß sie Geld für unsere Ausbildung zur Verfügung stellten, und pflichtbewußt schickte mein Vater Kemble nach McCallie und Princeton und mich, gegen meinen erbitterten Widerstand, nach Ashley Hall. Es sollte ein äußerst kurzer Aufenthalt werden, denn ich lief so oft weg, daß er schließlich aufgab und mich zu Hause bei Aurelia und Duke bleiben ließ. Dort verbrachte ich meine Tage mit einem Netz und einem Notizbuch oder einem Skizzenblock in den Sumpfwäldern oder saß mit einem in Wachspapier eingeschlagenen Paket belegter Brote und einer warmen Cola in meinem abgenutzten Kanu und ließ mich über die geheimnisvolle schwarze Oberfläche des Wappoo Creek treiben, während ich in einem Buch las. Ich hatte erstaunlich früh lesen gelernt, und wie durch Osmose nahm ich die klassische Musik auf, die mein Vater abends auf dem großen Capehart hörte, seiner einzigen größeren Anschaffung, an die ich mich erinnern kann. Außerdem unterrichtete er mich an den langen Abenden im Sommer und den kurzen, dunklen im Winter, wenn er es nicht vergaß. Im Alter von zwölf Jahren hatte ich mich durch die gesamte Bibliothek von Belleau gelesen, die recht umfangreich war und alles enthielt, was in den verschiedenen Generationen der Familie Gascoigne bekannt und beliebt gewesen war; Intellektualität konnte man ihnen allerdings nicht vorwerfen. Als ich in die Pubertät kam, wußte ich mehr über das wahre Leben als irgendein anderes Mädchen zwischen dem Ashley und dem Cooper River, auch wenn dieses Leben einen deutlich französischen Akzent hatte, denn niemand war auf die Idee gekommen, mir Balzac und Maupassant zu verbieten. Mein Vater brachte mir etwas Geographie und ziemlich viel Naturkunde, Botanik und Meeresbiologie bei, und keiner, auch ich nicht, störte sich daran, daß ich bis zu meiner Eheschließung nicht einmal addieren konnte. Aurelia, die in dem großen Stadthaus der Brundages in der Tadd Street aufgewachsen war, bevor sie nach ihrer Heirat mit Duke als Begleitung der Tochter der Brundages nach Belleau geschickt wurde, unterwies mich in dem schwierigen und tückischen Katechismus der gesellschaftlichen Sitten und Regeln in Charleston, wobei sie gnadenloser war als jede Mutter, und Kemble brachte mir das Tanzen bei. Im großen und ganzen war das für diese Zeit und diesen Ort keine schlechte Erziehung.

Aber Aurelia sah mich bereits dazu verdammt, als alte Jungfer in den Sümpfen zu versauern, und beschuldigte meinen Vater geradezu der Kindesmißhandlung. Ich kannte einige Gleichaltrige aus der schnatternden Herde der Charlestoner Mädchen, ein paar Klassenkameradinnen aus Ashley Hall und eine Schar Kusinen mütterlicher- und väterlicherseits, und alle von ihnen waren der Meinung, ich sei unkultiviert, unnahbar, langweilig und ohne jeden Geschmack. Von den Jungen aus Charleston kannte ich nur meine Vettern und ein paar von Kembles Freunden aus McCallie, aber sie dachten offensichtlich genauso über mich. Mit siebzehn hatte ich noch nie eine Verabredung mit einem Jungen gehabt. Ich kann mich nicht erinnern, daß es mir etwas ausmachte.

Seit er zum ersten Mal vom Leben jenseits der Sümpfe gekostet hatte, wußte Kemble, daß er im zwanzigsten Jahrhundert zu Hause war. Er hatte von Mobile bis Boston Dutzende von Freunden aus guter Familie, die er regelmäßig besuchte, wobei er Tennisspielen, Segeln und die neuesten Tänze lernte und eine Vorliebe für Gin, Zigaretten und Politik entwickelte. Spätestens in seinem dritten Jahr in Princeton besaß er zwei maßgeschneiderte Abendanzüge, mehrere Paar handgefertigter Schuhe und eine Zigarettendose und ein Feuerzeug von Dunhill. Pflichtbewußt kam er mehrmals im Jahr zu einem kurzen Besuch nach Hause, aß einmal mit meinem Vater und mir zu Abend, verbrachte die übrigen Abende mit den jungen Brundages und deren Freunden in der Stadt, sah mich ein paarmal nachdenklich an und fuhr wieder ab. Bis zu dem Herbst, als ich siebzehn war, hatte er niemals jemanden mit nach Hause an den Wappoo Creek gebracht.

»Hat er auch einen Namen?« erkundigte sich Aurelia an jenem Morgen in der Küche.

Ich sah noch einmal auf den Brief. »Peter Chambliss«, sagte ich. »Peter *Williams* Chambliss. Von den Chamblisses aus Boston, Massachusetts. Was mir nichts sagt und zweifellos auch nie etwas sagen wird. Für wen hält Kemble sich eigentlich? Erst muß Vater ihm versprechen, mich zu diesem dummen Cecilien-Ball mitzunehmen – ich glaube nicht, daß Papa sich jemals daran erinnert hätte, daß er zur gehobenen Gesellschaft gehört, wenn Kemble nicht mit seinen großen Füßen hereingetrampelt wäre und diesen Riesenwirbel verursacht hätte –, und dann schickt er mir auch noch ein Kleid. Ohne mich zu fragen. Er geht einfach davon aus, daß es mir schon passen wird und daß es mir gefällt und vor allem, daß ich überhaupt hingehe.«

»Na, und es paßt ja auch«, sagte Aurelia und schob mir die Pfannkuchen hin. »Und es ist das hübscheste St. Cecilien-Kleid, das ich je gesehn hab, und ich hab viele gesehn, und ich bin mir sicher, daß es dir auch gefällt, du bist bloß viel zu stur, das zuzugeben. Dein Papa weiß, was sich gehört, auch wenn er manchmal 'n bißchen angestupst werden muß. Ich hätt's ihm schon gesagt, wenn Kemble es nicht getan hätte. Miss Carolines Mädel geht zum Cecilien-Ball, wenn's an der Zeit ist, da gibt's gar nichts. Deine Oma und dein Opa kommen hier raus und holen dich und bringen dich selbst hin, wenn's dein Papa nicht macht. Das weißt du genau. Du solltest Kemble dankbar sein, daß er dir so ein Kleid gibt und daß er dir auch noch einen Jungen besorgt, mit dem du tanzen kannst. Wenn er sich nicht um dich kümmert, was glaubst du, was dann aus dir wird?«

»Warum muß denn etwas aus mir werden?« sagte ich und stopfte mir einen großen Bissen Pfannkuchen in den Mund. »Bis jetzt ist auch nichts aus mir geworden, und ich bin ganz und gar glücklich. Und wenn ich nicht heirate – na und? Warum kann ich nicht hierbleiben bei dir und Papa und... dem ganzen hier? Ich fühl mich hier wohl. Hier lebe ich lieber als an irgendeinem anderen Ort auf der Welt. Wenn du glaubst, daß ich hier weggehen werde, um mit dem dämlichen Buddy L'Engle in der Legaré Street zu wohnen oder mit dem dämlichen Tommy Laurence in seinem dämlichen Stadthaus in der dämlichen Church Street oder mit dem dämlichen Wenty Sterlin in Bedon's Alley, und daß ich zu dämlichen Teepartys und Musikveranstaltungen gehe und Mitglied bei der Historischen Vereinigung werde... und dämliche kleine Charleston-Kinder bekomme, die mit jedem in der Stadt verwandt und verschwägert sind –«

»Was sollst du sonst tun?« sagte sie, und ihr Blick war sorgenvoll und ärgerlich zugleich. »Willst du vielleicht hier draußen bei den Waschbären und Alligatoren bleiben, wenn dein Papa und ich nicht mehr sind, und wild durch den Wald laufen, bis du achtzig bist? Du würdest verhungern, oder hinfallen und dir die Knochen brechen und allein im Sumpf liegen, bis du verrottest! Wer soll sich denn um dich kümmern, wenn du nicht zu Bällen und Festen gehst und dir einen Mann suchst?«

»Na, auf jeden Fall wird es nicht irgendein dämlicher Peter *Williams* Chambliss von den Chamblisses aus Boston sein«, entgegnete ich schnippisch. »Ich werde dieses Kleid anziehen, und ich werde auch zum Ball gehen, weil Papa es so will. Aber ich werde nicht mit irgendeinem alten Yankee tanzen, den Kemble hier anschleppt, nur damit er sich nicht blamiert. Glaub bloß nicht, ich wüßte nicht, warum er das tut. Ich tanze den sechzehnten Tanz weder mit diesem Chambliss noch mit einem anderen. Ich werde am Rand sitzen und den ganzen Abend lang finster dreinblicken. Aber ich werde nicht mit diesem verdammten Yankee tanzen.«

»Du hörst dich an wie deine Mama«, sagte Aurelia mit einem Grinsen. »Das sturste Mädel, das ich je kennengelernt habe. Die ist auch mit keinem von den Jungen aus Charleston ausgegangen. Sie hat sich diesen Kerl vom Wappoo Creek genommen und sich nicht um das Gerede der anderen geschert.«

»Ja, und was ist aus ihr geworden?« sagte ich. Niemand, weder Aurelia noch irgend jemand anderer, war auf meiner Seite. Am wenigsten meine schöne Mutter, an die ich mich nicht erinnern konnte und der ich nie verziehen hatte.

»Was?« sagte sie.

»Tot ist sie«, antwortete ich, nahm mein Paket mit Bananen und Erdnußbutterbroten und eilte hinaus in den morgendlichen Wald.

Einen Monat später, an einem stillen, grautrüben und warmen Nachmittag, schwankte ein großer, schwarzer Packard-Touringwagen mit geknöpften Vorhängen an den Seitenfenstern und einer unendlich langen Motorhaube über die Löcher in der kiesbestreuten Auffahrt und hielt vor unserer Veranda. Er war mit grauem Schlamm des Novemberregens bespritzt, und an seinen Scheiben klebten gelbe Blätter. Am Steuerrad saß Kemble, in moosgrünem Tweed, und grinste zu Aurelia und mir hinauf; wir waren auf die Veranda gelaufen, um zu sehen, welches Fahrzeug wohl einen solchen Lärm verursachte. Gewöhnlich kam Kemble mit einem von Creighton Kings spartanischen Taxis vom Bahnhof.

Auf dem Beifahrersitz war ein langes, schmales Gesicht zu erkennen, mit einer langen, schmalen Nase und einem Schopf heller Haare, das über die wagenfüllende Wolke weißen Flieders hinweggrinste. Das Grinsen war so hell wie der blühende Flieder, aber der Rest der Person blieb hinter den Blüten und Blättern unsichtbar. Solche Zweige hatte ich noch nie gesehen; es gibt diese überbordenden, verschwenderischen, exotischen Bäume an unserer südlichen Küste nicht. Und das Gesicht über dem Strauß war so fremdartig wie die Blüten. Auch solche schlanken, edlen Gesichter haben wir hier unten nicht. Sie sind an kälteren Küstengewässern und in klarerer Luft entstanden.

Ein Gefühl der Fremdheit und noch etwas anderes, das ich nicht benennen konnte, etwas, das mir den Atem nahm und mich beinahe in Panik versetzte, überschwemmte mich. Ich drehte mich um und rannte ins Haus, ließ die Fliegengittertür hinter mir zufallen und polterte die Treppen hinauf in mein Zimmer. Von den Stufen zur Veranda aus hörte ich Kemble meinen Namen rufen, Aurelia kreischte hinter mir her, und dann hörte ich seine – Peters – Stimme zum ersten Mal in meinem Leben. Sie war weich und hatte den flachen, unmelodiösen Bostoner Tonfall: »Bitte kommen Sie zurück. Ich verspreche Ihnen, daß ich ungefährlich bin.«

In seinem Akzent klang das Wort »ungefährlich« wie »ungefällig«, und ich mußte lächeln, noch während ich meine Zimmertür hinter mir zuschlug. Meine Wangen glühten vor Ärger über meine eigene Albernheit. Sein Tonfall ließ ihn tatsächlich ungefährlich erscheinen, er brachte mich dazu, wieder ins Erdgeschoß zu gehen und ihm mit einem steifen Lächeln, Hals und Gesicht immer noch gerötet und heiß, die Hand hinzustrecken.

Peters Stimme war das erste an ihm, in das ich mich verliebte.

»Ich bin Peter Chambliss«, sagte er, »und Sie müssen Maude sein. Ich freue mich, Sie endlich kennenzulernen.« Er hielt meine Hand fest, während er sprach. Seine eigene Hand war warm und trocken, und er hatte schwielige Handflächen. Vom Segeln, wie er mir später erklärte.

»Was ist um Himmels willen los mit dir?« fragte Aurelia. »Man könnte ja glauben, du wärst wie ein wildes Tier in den Wäldern groß geworden.«

»Ich hab ja schon viele gesehen, die geschrien haben oder in Ohnmacht gefallen sind, als sie Peter zum ersten Mal begegneten«, meinte Kemble. »Aber du bist die erste, die wie ein Hase davongelaufen ist, Nüßchen.«

Als er mich umarmte, roch ich den Tabak, das Aftershave und die edlen Ledersitze des Wagens. Mein Kopf reichte gerade bis zu seiner Armbeuge. Deshalb nannte er mich Nüßchen; ich war klein, rundlich und dunkel. Ich haßte diesen Spitznamen.

»Hast du gedacht, die Yankees kommen, um dich zu fangen?« Das war genau der Ton, in dem mein Bruder sich mein ganzes Leben lang über mich lustig gemacht hatte.

»Nein«, sagte ich und dehnte das Wort, bis es schwerfällig und unbekümmert klang wie eine Karikatur des Charleston-Tonfalls, »ich dachte, meine Unterhosen würden herunterrutschen.«

Aurelia kreischte nochmals, sprachlos vor Entsetzen, und mein Bruder starrte mich mit offenem Mund an. Peter Williams Chambliss lachte und gab sich keine Mühe, sein Entzücken zu verbergen. Es war der jugendlichste Ton, den ich jemals gehört hatte.

Sein Lachen war das zweite, in das ich mich verliebte.

»Ich werde Sie wissen lassen, wann es Zeit ist dafür«, sagte er.

Aurelia kreischte erneut, aber diesmal war das Entsetzen nur vorgetäuscht, in Wirklichkeit war sie erleichtert und angetan. Mit dieser Art von Salon-Schäkerei war sie so vertraut wie mit dem warmen, geflöteten Gullah der Schwarzen in der Dock Street. So gehörte es sich, das war das Ritual, dieses andeutungsweise erotische Geplänkel war das Markenzeichen der guten Gesellschaft von Charleston. Offenbar war dieser lange, dünne Fremde trotz allem ein Gentleman, einer von uns. Passend für die einzige Tochter von Miss Caroline Brundage aus der Tradd Street. Als ich dieses honigweiche Kreischen hörte, ahnte ich, daß Aurelia einen Blick in ihre und meine Zukunft geworfen hatte und beruhigt war.

Ich selbst sah nichts als eine leuchtend weiße Leere. Belleau und die Sumpfwälder waren nicht zu erkennen.

»Nein«, sagte ich, »ich werde es *Sie* wissen lassen.«

Diesmal lachten sie alle drei. Ich verspürte eine leichte Erregung, die ich damals noch nicht einzuordnen vermochte. Es war das Vergnügen darüber, einen Treffer mit der eigenen Schlagfertigkeit zu landen.

»Der Flieder ist für Sie, für den Tanz«, sagte Peter. Er legte mir den Strauß in die Arme. Ich konnte kaum darüber hinweg oder daran vorbeiblicken; durch die strahlendweißen Blütenblätter und eine Wolke süßen Duftes, der mir die Kehle verschloß und die Tränen in die Augen trieb, sah ich sein Gesicht. Die Zweige waren naß von den Tropfen aus den alten Eichen über der Einfahrt, die noch feucht waren vom morgendlichen Regen.

»Danke«, sagte ich und dachte bei mir, daß wohl kein Mädchen auf ihrem ersten St. Cecilien-Ball jemals so einen Strauß gehabt hatte. Wenn ich in Gesellschaft eines Bostoner Yankees von der Princeton University kam und so einen extravaganten, berauschenden Strauß fremdartiger Zweige trug, würde ich zum Stadtgespräch von Charleston werden. Es war nicht Comme-il-faut, es war alles andere als comme-il-faut.

Plötzlich fand ich allergrößten Gefallen an dieser Vorstellung.

»Alle alten Ziegen in der Stadt werden sich darüber das Maul zerreißen, und über Sie auch«, sagte ich und lächelte ihn an. »Vielleicht müssen Sie mich heiraten und zur ehrbaren Frau machen, ohne daß Sie mich auch nur angerührt haben. Dafür werden allein diese Blütenzweige sorgen. Sie Armer.«

Mein Bruder starrte mich noch immer mit offenem Mund an. Was für ein vampirartiger Dämon war da auf einmal in diesen weltfremden kleinen Sumpfhasen von einer Schwester gefahren? Aurelia runzelte die Stirn, denn selbst ihr wurde dieser Ton allmählich unheimlich. Peter zog seine sandfarbenen Augenbrauen hoch. Seine Augen waren von einem klaren Grau, wie Eis auf einem Bach, fand ich.

»Sind sie… zu viel des Guten?« wollte er wissen. »Schämen Sie sich damit? Sie stammen aus einem Geschäft in Boston, von dem wir alle unsere Blumen beziehen; meine Schwester Hermie hatte bei ihrer Hochzeit genau solche. In einem Kübel Wasser und mit einem nassen Baumwolltuch bedeckt, habe ich sie im Zug den ganzen Weg hierher mitgenommen. Aber ich versichere Ihnen, daß Sie sich gerne etwas… Kleineres aussuchen können, das macht mir bestimmt nichts aus. Wir rufen einfach in Ihrem Blumengeschäft an und besorgen, was immer Sie –«

»Nein«, sagte ich. »Sie sind genau richtig. Sie sind vollkommen. Sie sind wunderschön. So etwas Herrliches habe ich noch nie gerochen. Wie sind Sie bloß auf Flieder gekommen?«

»Durch Ihren Namen«, sagte Peter. »Kennen Sie das alte Lied ›Komm in den Garten, Maude, wo der Flieder Schatten spendet…‹? Es waren immer schon meine liebsten Blüten. In Maine haben wir zwei riesige alte Bäume, die im Juni ihre Düfte meilenweit in alle Himmelsrichtungen verströmen.«

»Komm rein, wir trinken noch etwas vor dem Abendessen«, sagte Kemble zu Peter Chambliss. »Maude wird bestimmt noch nach oben verschwinden, um irgendwelche geheimnisvollen Dinge mit ihren Haaren und ihrem Gesicht anzustellen – zumindest hoffe ich das –, und ich gehe jede Wette ein, daß Papa noch draußen in den Sümpfen ist. Weiß er eigentlich, daß heute abend der Cecilien-Ball ist, Aurelia?«

»Wahrscheinlich nicht«, meinte Aurelia. »Aber es fällt ihm sicher wieder ein, sobald er den Wagen sieht. Woher hast du das Ding, Kemble? Du hast es doch wohl nicht gekauft?«

»Peter hat es von Rhett Gittings gemietet, als wir hier angekommen sind. Warum fragst du? Meinst du, daß es nicht genügend hermacht für den Cecilien-Ball?«

»Herr im Himmel, Kemble, von Rhett Gittings –«, setzte Aurelia an.

»Keine Angst, er benutzt ihn nicht für Beerdigungen«, sagte Kemble grinsend. »Er gehört seinem Onkel aus Savannah, der ihn fast nie fährt. Nur keine Sorge, das Nüßchen wird auf dem Ball nicht nach Formaldehyd riechen.«

Ich begann erst zu kichern und dann laut zu lachen. Ich konnte mich nicht dagegen wehren. Erst dieser unerhörte, unschickliche, großartige Fliederstrauß, und dann das Auto vom Onkel des Beerdigungsunternehmers.

»Wir konnten hier draußen ja offensichtlich keinen Pferdewagen auftreiben, und da kam der hier einer geschlossenen Kutsche noch am nächsten«, erklärte Peter.

Ich hörte auf zu lachen und sah ihn an. Sein langes, sonnengebräuntes Gesicht wirkte ängstlich. Zweifellos hatte ihm Kemble einige der Rituale und Traditionen des St. Cecilien-Balls beschrieben, und daher wußte er, daß es sehr wichtig war, in einer geschlossenen Kutsche zum ersten Ball zu fahren, mit einem ordentlichen Dach und Türen, die fest zu schließen waren. Dieses satte *klapp*, das am Abend des Cecilien-Balls durch die alten Straßen südlich von Broad hallte, klang so korrekt und schicklich wie das *Klong* von poliertem alten Silber und das *Pling* von beschlagenem alten Kristall.

Es war eine zärtliche, liebevolle Geste, mir einen Wagen zu besorgen, so wie sie sich eine Mutter oder ein Vater hätte ausdenken können... aber meine Mutter konnte es nicht, und mein Vater hätte es niemals getan.

Ich lächelte Peter Williams Chambliss zu, der im düsteren, muffigen Vorraum des Hauses am Wappoo Creek stand. Dieser Mann, der mir Flieder mitgebracht hatte, wie es in seiner Familie Sitte, und einen geschlossenen Wagen, wie es in meiner Familie üblich war, war kein Fremder. Was immer er hier wollte, er würde mir sicher keinen Schaden zufügen. Wie eine Flutwelle überschwemmte mich ein schwindelerregendes Gefühl der Freude. Ja, der heutige Abend war gerettet. Heute abend würde ich genau wissen, wie ich mich zu benehmen hatte...

»Aurelia, würdest du bitte für mich die Blumen ins Wasser stellen?« sagte ich großspurig, als hätte ich sie mein ganzes Leben nie anders angesprochen. »Ich gehe hinauf und... na, Ihr wißt schon. Peter, Sie und Kem können es sich im Wohnzimmer gemütlich machen. Um halb sieben gibt es Abendessen.«

»Abendessen gibt es dann, wenn ich es auf den Tisch stelle«, murmelte Aurelia, aber sie nahm die Blumen und ging damit hinaus, wobei sie ihr Gesicht in den Blüten vergrub.

»Mmmmmmh, *mmmmmh*«, hörte ich sie noch brummen.

»Befinden sich alkoholische Getränke im Wohnzimmer, Madame?« rief mir Kemble nach. »Oder soll ich dem Butler auftragen, etwas aus dem Keller zu holen?«

»Da ist noch genug von dem Zeug, das du damals von Shem Waller auf John's Island gekauft hast, um dich für drei Tage außer Gefecht zu setzen, Kemble Gascoigne. Genau wie letztes Mal«, schrie ich durchs Treppenhaus hinunter. Irgendwie achtete ich in Peter Chambliss' Anwesenheit nicht darauf, was ich sagte. Dieser Nachmittag war so strahlend und so seltsam, als hätte ich Champagner getrunken. Das letzte, was ich hörte, bevor ich meine Zimmertür ins Schloß warf, war Peters Lachen.

Ach, dieser Abend. Zum ersten Mal erlebte ich einen dieser Augenblicke, die die Zeit unterteilen, so daß man fortan von vorher und nachher spricht. War das vor oder nach dem Krieg? Geschah es vor dem St. Cecilien-Ball oder danach? Als ich spät in jener Nacht wieder zu Hause war, in meinem vertrauten weißen Himmelbett lag und hinaufblickte in den Baldachin aus gestärktem Musselin, wie ich das siebzehn November lang jede Nacht getan hatte, da sah ich das Leben zum ersten Mal nicht als sanft dahinplätscherndes Kontinuum. Bisher hatte ich es, wenn ich überhaupt darüber nachdachte, als eine Art nahtlosen sauberen Bogen von immergleicher Farbe, Gestalt und Breite betrachtet, der sich träge von meiner Geburt bis hin zu meinem weit entfernten, unsichtbaren, unvorstellbaren Tod spannte.

Aber jetzt erkannte ich, daß das Leben und die Zeit wie das Anzeigefeld eines Seismographen waren. Das Leben floß – wenn es nicht gerade torkelte, stürzte, segelte oder sich lediglich vorwärts schleppte – voran, von einer Reihe von Zuckungen oder Erschütterungen getrieben, die sich so deutlich abzeichneten wie aufeinanderfolgende Erdstöße. Und es war, wenn man viele Jahre später zurückblickte, ohne weiteres möglich, festzustellen, wann genau jedes einzelne Erdbeben stattgefunden und welche Spuren es hinterlassen hatte... oder welchen Schaden. Dieser Gedanke war beängstigend, und er ließ mich, während das Mondlicht über dem Wappoo Creek langsam erlosch, ebenso erschauern wie alles andere, was ich in dieser Nacht gelernt hatte: daß ich den zufälligen Erschütterungen meines Lebens, seien sie groß oder klein, ausgeliefert war und immer sein würde und daß mich an diesem Abend die erste große getroffen hatte. Was für ein Muster, welche Spuren sie auf dem Anzeigefeld hinterlassen würde, das konnte ich nicht beeinflussen, aber es spielte auch kaum eine Rolle.

Bevor ich an diesem Abend nach unten ging, betrachtete ich mich in dem angelaufenen alten Pfeilerspiegel, der einst meiner Mutter gehört hatte und jetzt in einer Ecke meines Schlafzimmers stand. In diesem Jahr waren die Abendkleider vorne knielang, liefen aber in einer kleinen Schleppe aus; sie waren an der Hüfte tailliert und oft so sehr mit Perlen verziert, daß es unmöglich war, in ihnen zu sitzen. So wollte es die Mode. Zu meinem Glück trugen die Mädchen auf ihrem ersten St. Cecilien-Ball bodenlange, schlohweiße Röcke in jenem züchtigen, schlichten Schnitt und Stil, wie er überall und schon immer auf Debütantinnenbällen üblich war; in einem modischen Kleid hätte ich, wie Kemble meinte, als er mir das Kleid schickte, wie eine Kammerzofe in einer schlechten französischen Komödie ausgesehen.

Aber dieses Kleid vollbrachte ein Zauberkunststück. Ich sah darin... unwirklich aus. Das war nicht ich. Ich wirkte nicht mehr rundlich und klein, sondern schlank und biegsam wie eine Weide, und nur die weißen Schuhe, die zu dem Kleid gehörten, schienen mich am Boden festzuhalten. Das Kleid war vom Halsausschnitt bis zum wogenden Saum mit Tausenden von winzigen Glasperlen übersät und in der Taille von einer Satinschärpe zusammengehalten, die vorne ebenfalls mit kleinen Glasperlen besetzt war. Der flache, breite Halsausschnitt endete in gefältelten Puffärmeln, ließ aber meine Schultern frei. Auf dem Aufnäher des Kleides und auf der Schachtel stand Fortuny, und ich schämte mich nicht im mindesten dafür, daß nicht mir, sondern Aurelia der Atem stockte, als sie diesen Namen sah. Schließlich hatte sie viel mehr Ballsäle gesehen als ich.

»Na, er weiß, was nötig ist, um ein Maultier in ein Rennpferd zu verwandeln«, sagte sie an dem Tag, als das Paket geliefert wurde, und ich machte eine spöttische Bemerkung und weigerte mich lange Zeit, das Kleid anzuprobieren. Aber eines Abends nach dem Abendessen tat ich es doch, und mir wurde klar, was sie bereits gesehen hatte, als sie den zarten Stoff in die Höhe hielt.

Woher hatte Kemble das gewußt?

Ich blickte in den alten Spiegel mit der welligen, grünlichen Oberfläche eines Waldweihers, um diese überirdische Frau kennenzulernen, die im Schlafzimmer meiner Kindheit stand... oder schwebte. Während ich mein dichtes schwarzes Haar gekämmt hatte, war Aurelia hereingekommen. Sie sagte: »Nein, heute abend nicht«, nahm mir die Bürste aus der Hand und steckte mein Haar schweigend zu einer hohen Rolle auf, die das Licht zurückwarf, als sei sie lackiert. Dann zog sie ein kleines Samtsäckchen aus ihrer Schürzentasche, entnahm ihm eine einreihige Kette mit leuchtenden, vollkommenen Perlen, die die Farbe des Meeres bei Sonnenaufgang hatten, und legte sie um meinen Hals. Gemeinsam und schweigend betrachteten wir mein Spiegelbild, und dann sagte sie: »Die hat deine Mama zu ihrem ersten Cecilien-Ball getragen. Sie hatte sie von deinem Großpapa bekommen. Sie hat sie auch auf ihrer Hochzeit getragen. Nicht lang bevor du auf die Welt gekommen bist, hat sie sie mir gegeben, weil sie Angst hatte, daß sie's vergessen könnte und daß dein Papa nicht daran denkt, das war so sicher wie das Amen in der Kirche, das wußte sie. Sie sehen wunderschön aus an deinem Hals. Wenn du dich heute abend nur halb so nett benimmst, wie du aussiehst, dann können deine Mama und dein Papa wirklich stolz auf dich sein.«

»Und was ist mit dir?« hatte ich gefragt.

»Ich bin immer stolz auf dich«, sagte Aurelia. »Das weißt du doch.«

Ich umarmte sie, und sie umarmte mich ebenfalls und ging aus dem Zimmer. An der Tür drehte sie sich noch einmal um.

»Dieser Peter ist ein netter Junge«, sagte sie. »Benimm dich, wenn du mit ihm zusammen bist. Du willst doch nicht, daß er sich falsche Hoffnungen macht.«

Beleidigt sah ich sie an. »Was für Hoffnungen? Ich weiß gar nicht, wie ich jemandem... falsche Hoffnungen machen sollte.«

Sie blickte mich eine Weile lang an und deutete dann auf den Spiegel.

»Dieses Mädchen weiß es«, sagte sie, verließ das Zimmer und schloß die Tür hinter sich.

Im gelben Licht der Lampe beugte ich mich vor, ganz bis an die Spiegeloberfläche, so daß das Haar auf meiner Stirn das Haar der anderen berührte und meine Nase ihre Nase. Unser gemeinsamer Atem vermischte sich und ließ das Glas beschlagen.

»Weißt du es?« flüsterte ich. »Weißt du es?«

»Wir müssen gehen, Maude«, rief Kemble aus dem Erdgeschoß herauf.

Und ich berührte die Wange des Mädchens und sagte: »Ja, du weißt es.« Dann wandte ich mich so schnell um, daß sich mein Kleid hinter mir aufblähte, und rannte, leichtfüßig, freudig und voller Angst, die Treppe von Belleau hinunter zu Peter Chambliss.

»Also war es ein vollkommener Abend, hmmm?« sagte meine Enkelin Darcy an diesem Abend in Retreat zu mir, über den Graben der Jahre und des Schmerzes hinweg.

»Ja«, sagte ich und lächelte in das Feuer aus Birkenscheiten, das in dem alten Kamin aus geschwärzten Steinen brannte. »Ja, ich glaube, das war es. Wie im Film. Oder nein... wie in einem sehr guten, romantischen Theaterstück. Einem Stück von Noël Coward, vielleicht. Mit einer zarten, bittersüßen Würze. Ein vollkommener Abend.«

»Nichts ist vollkommen, Maudie-Gro«, sagte Darcy mit der glatten, butterweichen Sicherheit der Jugend. Wie eine Katze streckte sie ihren hübschen Körper in der verglühenden Wärme des Feuers, so daß sich alle Muskeln nacheinander dehnten und wieder zusammenzogen. Dieser jugendliche Körper schien gerade erblüht und von Liebe überfließend, daran erinnere ich mich noch. Seine weiche Geschmeidigkeit klang in meinen eigenen Gliedern nach.

»Sehr weniges, das gebe ich zu, aber dieser Abend war es«, sagte ich. Es ärgerte mich ein bißchen, daß jener Abend mit einer so oberflächlichen Geste abgetan wurde, noch dazu von jemandem, der viel zu jung war, um selber Ähnliches erlebt zu haben.

»Ach was. Du bist sonst nicht so empfindlich. Du weißt so gut wie ich, daß Rosen Dornen haben. Blut und Eingeweide im schönen weißen Schnee. Winzige Schreie im Gesang der Vögel, und so weiter. ›Das Leben ist wirklich, das Leben ist ernst.‹ «

Darcy war wie ich ein Kind des Waldes, des Wassers und der Wildnis; sie hatte recht, und das wußte ich. Dennoch...

»Du hörst dich an wie deine Urgroßmutter Hannah«, sagte ich. »Genau das gleiche hat sie in den ersten paar Sommern, die wir hier verbrachten, mindestens tausendmal zu mir gesagt. ›Das Leben ist kein Spiel, Maude; es ist keine alberne, kindliche Phantasie. Das Leben ist ernst.‹ Sie hatte es nicht leicht mit mir.«

»Ha!« sagte Darcy. »Das mußte gerade sie sagen. Nach allem, was ich von dieser alten Schreckschraube und ihresgleichen gehört habe, war das Leben hier oben so wenig ernst wie eine Teeparty mit Helen Hunt Jackson. Vormittagsbesuche zum Kartenspielen und Spaziergänge in der Natur und Ausfahrten mit Dekken und Sonnenschirmen und feierliche Diners mit Leinenservietten und Porzellan und Dienerschaft und Bridge und Dessertpartys und Musikvorführungen: alles an Retreat war eine einzige Bühnendekoration für ein Theaterstück über das ländliche Leben. Und das ist noch immer so. Schau es dir doch an. Schau uns an. Du sitzt in ihrem Stuhl, und ich sitze in dem, den Urgroßvater aus Boston mitgebracht hat, und soweit ich weiß, wurde keiner davon inzwischen auch nur um einen Zentimeter verrückt. Es wurde auch kein Kissen ausgetauscht, oder gar ein neues Bild aufgehängt. Man könnte die Schauspieler aus einem dieser alten Stücke von Mary Roberts Rinehart hier hereinsetzen, und sie könnten sofort weiterspielen. Von wegen Wirklichkeit oder Ernst des Lebens!«

Ich lachte. Auch damit hatte sie recht. Retreat schien schon immer so zeitlos und weltfremd wie eine Seite aus einem viktorianischen Roman, und daran hat sich bis heute nichts geändert. Aber unter dieser sorgfältig bewahrten Ländlichkeit liegen Felsen, die so gefährlich und scharfkantig sind wie die Riffe der äußeren Inseln in dem kleinen Bilderbuch-Hafen oder das winterliche Eis auf den schwarzen Weihern. Nun, das wußte Darcy bestimmt selbst, und eines Tages würde sie es noch genauer wissen.

»Vielleicht kommen einem die meisten Sachen nur vollkommen vor«, sagte ich. »Aber dieser Abend war es wirklich...«

Und das war er auch. Soweit das in einem menschlichen Leben möglich ist, in einem kleinen Abschnitt von Zeit und Raum, gesehen mit den Augen eines sehr jungen, menschlichen Wesens, war dieser Abend im November 1922 auf dem St. Cecilien-Ball vollkommen. Vielleicht, nein, ganz ohne Zweifel war er es für die anderen Ballbesucher nicht; ich glaube nicht einmal, daß Peter ihn vollkommen fand, auch wenn er später mit mir so darüber redete, als habe er ihn auch so empfunden wie ich.

»Unser einziger vollkommener Augenblick«, sagten wir später oft lachend, wenn uns eigentlich gar nicht zum Lachen zumute war; als Petie die vierte Nacht hintereinander wegen Koliken durchschrie; als sich die Stunden unendlich in die Länge zogen und Happy nicht nach Hause kam; oder als Tommy O'Ryan an einem anderen Abend sturzbesoffen vor der Tür stand; oder wenn wegen des Wut- und Angstgebrülls des kleinen Sean alle Bewohner von Retreat übernächtigt und schmallippig herumliefen.

»Nun, wir haben unseren vollkommenen Augenblick wenigstens gehabt.«

Aber eigentlich glaube ich nicht, daß Peter wirklich davon überzeugt war. Damals wußte er bereits von den dunklen Orten, die ganz nahe am Licht liegen, auch wenn er selbst noch nicht dort gewesen war. Selbst mitten im Licht, selbst im Herzen der Liebe, lauerte die Dunkelheit Peter auf.

Dennoch wartete Charleston an jenem Abend mit jedem Trick, Kniff und Zauber auf, den es zu bieten hatte. Sogar mein Vater, der im grünlich schimmernden Schwalbenschwanz seines Vaters neben Kemble auf dem Vordersitz des Packard saß, drehte sich, als wir um das Eck der Kaserne an der East Bay Street bogen, nach hinten zu Peter und mir um und sagte: »Ist die Innenstadt aufgeräumt worden oder was? Sie sieht so anders aus.«

Kemble grinste ihn an und meinte: »Sie sieht immer noch so aus wie seit ungefähr dreihundert Jahren. Wann warst du denn zum letzten Mal abends in der Stadt, Papa?«

»Ich kann mich nicht mehr erinnern«, sagte mein Vater. »Ich komme nicht oft in die Stadt. Wahrscheinlich war es damals, als ich zum letzten Mal auf einem Cecilien-Ball war.«

»Und wann war das?« fragte ich keck.

»Na ja, ich glaube nicht, daß deine Mutter und ich damals schon verheiratet waren«, antwortete er ernsthaft. »Aber ich weiß noch, daß ich den selben Anzug trug.«

Wir lachten, ergriffen von dem Schwindel, der Hochstimmung und der Freude, die Charleston einem mit seiner schamlosen, atemberaubenden Verführungskraft an einem St. Cecilien-Abend einflößte. Hoch über uns segelte der weiße Vollmond über die großen, moosbewachsenen Eichen des Battery Parks, und auf der anderen Seite des schwarzen Hafens zeigte eine Lichterkette an, wo Fort Sumter und die Spitze von Sullivan's Island lagen. Palmen rauschten im warmen Wind, der vom Meer her wehte, und Gaslaternen glühten gelb an den gepflasterten Straßen und den zierlich geschwungenen schmiedeeisenen Toren, Zäunen und Balkonen der hohen alten Stadthäuser. Am Tag strahlten die Gebäude in den subtropischen Farben reifer Früchte: gelb, pinkfarben, korallenrot, grün, cremefarben, weiß und aquamarinblau. Aber im Novembermondlicht waren sie silbern, golden und zinnfarben, die Nacht umgab sie wie schwarzer Samt, und die Sterne über ihnen waren Diamanten der besten Qualität. Hier unten, südlich von Broad, im Labyrinth der alten Kopfsteinpflasterstraßen und -gassen, wo die ältesten Familien der Stadt wohnten, war heute abend keiner per Auto unterwegs. Statt dessen sah man hier Kolonnen schwarzglänzender Pferdekutschen und darin strahlend weiße Kleider und Blumen, korrekte schwarze Abendanzüge und junge Gesichter, die blaß waren vor Erwartung. In vielen Fenstern leuchteten Kerzen, und aus einem Haus, das, wie ich wußte, das sagenumwobene Manigault-Haus mit den Schwertern am Tor war, ertönte eine kleine plätschernde Melodie von Palästrina, und es klang, als werfe jemand eine Handvoll Edelsteine in die Nacht hinaus.

»O mein Gott, das ist die schönste Stadt der Welt«, seufzte Peter.

Ich wandte mich zu ihm um, weil ich wissen wollte, ob er das sarkastisch meinte. Schließlich bewegte er sich gewöhnlich in der exotischen Welt der Straßen von Boston und der Ostküste und, wie Kemble erzählt hatte, auch Europas und Südamerikas. Aber er meinte es ernst. Sein Lächeln war das eines Kindes auf einem wunderschönen Fest.

»Es ist so ganz anders als alles, was ich jemals gesehen habe. Wie eine Nacht an einem sagenhaften kreolischen Ort, Welten oder Jahrhunderte entfernt, oder wie ein Märchen... Wo sind die Autos? Wo sind die Leute, die ins Kino gehen, oder... Zahnstocher oder Sesamsamen kaufen?«

»Man sagt, daß in der Nacht des Cecilien-Balls alle, die nicht eingeladen sind, ihr Auto in die Garage stellen, die Lichter im Haus abdrehen und bis zum Morgengrauen in der Dunkelheit sitzen, damit niemand erfährt, daß sie zu Hause sind«, sagte Kemble. »Du hast heute abend das große Los gezogen, Alter. Ich hoffe, du weißt das zu schätzen.«

»Das tue ich«, sagte Peter. »Den Ball, die Stadt, den Abend und... alles.«

In der Dunkelheit des Wagens war mein Gesicht feuerrot, und meine Hände waren so kalt wie die einer Leiche.

Am Arm meines Vaters betrat ich den Vorraum der alten Stadthalle, und mein Herz klopfte, als wollte es mir aus der Brust springen. Einen Augenblick lang blieben wir am Rand des roten Teppichs stehen und blickten in den Ballsaal. Ich war starr vor Angst und Aufregung, und der große, elegante alte Saal schien sich in einen summenden Schwarm aus Kerzen, Rosen, Goldschmuck und Gesichtern zu verwandeln, Gesichter, die sich uns über strengen schwarzen Abendanzügen, dunklen Seidenkleidern und dahintreibenden weißen Wolken zuwandten, Gesichter, die ich nicht zuordnen konnte, obwohl ich sicher die meisten namentlich kannte. Musik brandete auf und verebbte wieder, Stimmen und Gelächter schwollen an und verklangen. Sprachen sie über mich? Ganz bestimmt. Bestimmt hatten sie das schon immer getan...

Meine Handgelenke und Lippen begannen zu prickeln, und ich glaubte, im nächsten Moment erbrechen oder in Ohnmacht fallen zu müssen. Schon wollte ich mich umdrehen und fliehen, als ich eine Hand auf der Schulter spürte und Peters Stimme vernahm.

»Da ist keine Frau in diesem Saal, die Ihnen heute abend das Wasser reichen kann«, flüsterte er. »Jede von ihnen sieht aus, als würde sie Sie am liebsten erstechen, das Kleid packen, damit in der Damentoilette verschwinden und es anziehen. Und ihr eigenes in den Müll werfen. Wahrscheinlich samt den Unterhosen.«

Ich atmete tief ein, was wie ein Schluckauf klang, mein Herz machte einen Freudensprung, und Lachen stieg in mir auf. Über die Schulter hinweg sagte ich zu ihm: »Danke.« Dann wandte ich mich an meinen Vater: »Komm, Papa.« Und wir hielten Einzug in den Ballsaal und in diese Nacht.

Es war von der ersten Sekunde an ein Triumph, und ich war eine Ballschönheit. Das kann ich jetzt sagen, weil es mir nie zuvor passiert war und niemals wieder passieren sollte, und weil ich sehr genau weiß, daß es Peter Chambliss war, der das Feuer entzündet hatte, das in jener Nacht in mir brannte. Denn ich war weit davon entfernt, eine Schönheit zu sein, damals wie später. Ich war zu dunkel, zu erdverbunden, und man sah mir zu sehr an, daß ich den Sümpfen, dem Fluß und der alten, grünen Dunkelheit entstammte. Aber an diesem Abend strahlte, schimmerte und brannte ich wie eine große Wachskerze. Und das nur, weil er neben mir stand und mich beim Tanzen im Arm hielt und beim Abendessen lachend und flüsternd seinen Kopf zu meinem herunterbeugte.

Von dem Tag, an dem ich ihn kennenlernte, bis zu dem Tag, an dem er starb, bemerkte ich immer wieder, daß etwas an Peter die Aufmerksamkeit der Menschen erregte: Seine Erscheinung fiel ins Auge; wenn er den Raum betrat, wurde man sich seiner Anwesenheit sofort und beinahe körperlich bewußt, als hätte etwas Unsichtbares die Luft erschüttert. Er zog die Blicke auf sich wie ein Buschbrand oder ein wildes Tier. Es war schwer, ihn nicht anzusehen. Dabei war auch bei längerer Betrachtung nicht zu verstehen, woran das eigentlich lag: Peter war im Grunde ein recht unscheinbarer Mann.

Er war immer mager, ging wegen seiner Größe meist vornübergebeugt, und seine Gesichtszüge waren länglich und scharf geschnitten – die Karikatur eines Neuengländers aus guter Familie. Sein Kinn war vorspringend, die sandfarbenen Augenbrauen beschatteten tiefliegende graue Augen, und das dichte, weißblonde Haar hing ihm gewöhnlich lose in die Stirn. Die grauweißen Zähne, die er von seiner Mutter Hannah geerbt hatte, wirkten seltsam in seinem Gesicht, das vom Hochseesegeln die meiste Zeit des Jahres gebräunt war. Selbst wenn er ganz langsam ging, bewegte er sich mit der Grazie einer geschmeidigen, trägen Katze; er war ein wunderbarer, anmutiger Tänzer, ein glänzender Tennisspieler, und sein Lächeln war der Inbegriff von Freundlichkeit und Charme. Und dann hatte er noch etwas anderes an sich, das die Menschen zu ihm hinzog: Er strahlte Güte aus und eine tiefe, leuchtende Aura von Sicherheit. Er schien über wundersame Vorräte an Hilfsbereitschaft und menschlicher Wärme zu verfügen. Auch sein Vater besaß diese Eigenschaften, nur waren sie bei ihm nicht so deutlich ausgeprägt. Armer älterer Peter, armer jüngerer Peter. Diesen Erwartungen konnte niemand gerecht werden.

Jeder bemerkte ihn an diesem Abend, jedem fiel er auf. Ich sah es genau. Meine Brundage-Großeltern, die Tanten, Onkel, Vettern und Kusinen, die – wie Generationen von Brundages vor ihnen – an ihrem angestammten Platz vor den vier großen Adam-Kaminen standen, um ihre Freunde zu empfangen, unterbrachen ihr Geschnatter, drehten sich um und sahen erst ihn und mich an, dann Kemble und meinen Vater. Ich sah, wie sie nickten und lächelten und uns zu sich winkten. Während wir über die leere, glänzende Tanzfläche auf sie zugingen, brannten die Blicke wie Wespenstiche auf meinen bloßen Schultern und in meinem Nacken, und mein Vater sagte mit seiner weichen, dunklen Stimme: »Weißt du, Eulalie hat einmal zu mir gesagt, mit dem Schwalbenschwanz sähe ich aus wie der Affe eines Leierkastenspielers.« Und obwohl ich gerade noch den Tränen nahe gewesen war, Tränen der Wut und der Demütigung, stieg mir von neuem ein heilsames Lachen in die Kehle.

»Heute abend wird sie das bestimmt nicht sagen«, meinte ich. »Und wenn, dann sag ihr doch einfach, daß ihre Figur die Form von Südamerika hat, vor allem mit der albernen kleinen Schleppe an ihrem Kleid. Tante Eulalie sollte wirklich ein Korsett tragen.«

»Habe ich dir schon gesagt, wie hübsch du heute abend aussiehst?« sagte mein Vater. »Vielleicht noch nicht. Ich denke es oft bei mir, aber irgendwie vergesse ich immer, es dir zu sagen. Deine Mutter wäre sehr stolz auf dich, kleine Maude. Ich bin es auch.«

»Und ich bin auch stolz auf dich«, sagte ich, und in dieser zauberhaften Nacht kamen mir diese noch nie ausgesprochenen Worte ganz leicht über die Lippen. »Ich hatte eine wundervolle Jugend.«

Er blickte mich an und lächelte, kurz bevor wir die Gruppe der Brundages erreichten.

»Und jetzt bist du erwachsen, nicht wahr? Das ist mir bisher nur noch nicht aufgefallen.«

»Mir auch nicht«, antwortete ich.

Danach kann ich mich kaum mehr an die Einzelheiten des Balles erinnern. Ich habe es oft versucht; in vielen kalten Nächten in New Hampshire oder kamingewärmten Nächten in Maine lag ich vor dem Morgengrauen wach und versuchte, mir die Ereignisse nacheinander vor Augen zu führen wie die Perlen an einem Rosenkranz. Aber es gelang mir nie. Sobald die Musik begann, die Tanzkarten gefüllt waren und der erste Walzer ertönte, verwandelte sich der Abend in ein wildes Karussell aus Blumen, Kerzen, Musik, Lachen, Champagner, fließender Bewegung, sich bauschenden Röcken und Atemlosigkeit. Meine Tanzkarte füllte sich schnell mit den Namen von Jungen, die ich immer schon gekannt, aber eigentlich nie gesehen hatte; ich lächelte, lachte, plauderte und flirtete, als hätte ich mein ganzes Leben lang nichts anderes getan. Aber bei jedem Tanz, den ich nicht mit Peter tanzte, suchten meine Augen ihn, und sobald sie ihn gefunden hatten, wie er gerade mit einer meiner frisch erblühten Kindergartenfreundinnen oder einer Klassenkameradin von Ashley Hall über den Tanzboden wirbelte, trafen sie auf die seinen, und er lächelte. Er tanzte fünf Tänze mit mir – so etwas war noch nie vorgekommen –, und sein Name stand auf der sechzehnten Zeile. Wir tanzten an diesem Abend nicht die neuen, schnellen, nervösen Tänze, die gerade in Mode kamen; die Band spielte Balladen mit Titeln wie »Meine Schönste«, »Regen im April«, »Flüstern«, »Drei Uhr morgens« und »Ein Kuß in der Dunkelheit«, zu denen wir uns wiegten und über den Tanzboden schwebten. Und nach dem vielgängigen

Abendessen, diesem immergleichen Fest aus Austern, Ente, Truthahn, wildem Reis, Dessert und noch mehr Champagner, tanzten wir zusammen den letzten Tanz, den sechzehnten, zu den traditionellen Klängen von »Auf Wiedersehen«.

Während wir tanzten, sang er mir leise die Worte ins Ohr, und mitten im Tanz wurde mir klar, daß er auf deutsch sang. Irgendwie schien mir das romantischer als alles, was ich jemals gehört hatte: Es war vollkommen, nicht zu übertreffen, eine Hymne an die Freude.

»Ich wußte nicht, daß Sie Deutsch sprechen«, sagte ich. Das war eine dumme Bemerkung, denn woher hätte ich es auch wissen sollen?

»Ich kann es auch nicht«, sagte Peter. »Was Fremdsprachen angeht, bin ich ein hoffnungsloser Fall. Kemble hat mir von diesem Tanz erzählt und von ›Auf Wiedersehen‹, und deshalb bin ich in die Bibliothek gegangen und habe den Text auswendig gelernt. Hoffentlich können Sie kein Deutsch! Sie können es nicht, oder?«

»Nein«, sagte ich und begann zu weinen. »Ich kann es nicht.«

Genau das war der Augenblick, in dem ich mich in Peter verliebte. Ich glaube nicht, daß es viele Frauen gibt, die den genauen Moment angeben können, in dem der Rest ihres Lebens begann.

Als wir viele Jahre später einmal in langen, schrecklichen Stunden zusammensaßen und warteten, während ein Hurrikan heulend durch Retreat fegte, fragte ich Peter, warum er sich die Mühe gemacht habe, für ein Mädchen, das er gar nicht kannte, den deutschen Text eines Liedes auswendig zu lernen.

»Es hätte doch gut sein können, daß du mich total langweilig gefunden hättest«, sagte ich. »Oder ich dich. Der ganze Aufwand hätte umsonst sein können.«

Ich erinnere mich, daß das Licht des Feuers auf seine Stirn, die Wangenknochen und die Zähne fiel, aber nicht auf seine Augen. Seit Stunden saßen wir schon in der Dunkelheit.

»Kemble hatte in der Schule ein Foto von dir«, sagte er. »Du hocktest ganz allein in einem Kanu auf einem schwarzen Flüßchen, und um dich herum hing Moos. Du mußt etwa zwölf oder dreizehn gewesen sein. Im Arm hieltest du einen dicken Strauß Seerosen, warst von Kopf bis Fuß naß und lachtest. Sehr lange, bevor ich dich kennenlernte, dachte ich, dich zu erobern müßte sein, als würde man eine Nixe fangen. Ich fand, eine Nixe war ein bißchen Deutschlernen wert.«

»Und war es das?« fragte ich, und mein Herz klopfte nicht nur aus Angst vor dem Sturm. In dieser Nacht gab es noch andere Gefahren.

»Damals und immer noch«, sagte Peter. »Damals und immer noch.«

Sehr spät in jener Nacht, eigentlich schon am frühen Morgen, als wir wieder zu Hause waren und ich in meinem Bett lag und vor Müdigkeit, Hochstimmung, Triumph und noch etwas anderem, das ich nicht benennen konnte, schwirrte wie ein gespannter Draht, fiel mir plötzlich ein, daß ich die Fliederzweige nicht wieder ins Wasser gestellt hatte. Auf einmal schien mir das das Wichtigste auf der Welt zu sein.

Ich stieg aus dem Bett, zog meinen Morgenmantel über und schlich barfuß und auf Zehenspitzen die breite, alte Treppe hinunter. Auf dem Treppenabsatz konnte ich durchs Fenster den riesigen weißen Mond sehen, der die Wälder und den Bach mit kalten, silbernen Strahlen überflutete. Aber das Haus war dunkel und still. Mein Vater schlief in dem großen Schlafzimmer im hinteren Teil des Hauses, das er einst mit meiner Mutter geteilt hatte, und Peter und Kemble in den beiden Betten in Kembles altem Zimmer, das meinem gleich gegenüber lag. Beide Zimmer waren verschlossen, und nichts regte sich.

Ich tappte über die kalten Fichtenholzbohlen in die Küche und stellte den Flieder, der die Blüten jetzt etwas hängenließ, in einen Eimer Wasser. Ich stand da und begrub mein Gesicht in den Blüten, weil ich wieder die albernen Tränen aufsteigen spürte. Diesmal weinte ich, weil etwas unvollendet geblieben war, und eine ganz neue Art von Traurigkeit erfüllte mich. Nach unserer Heimkehr hatte Peter lediglich gesagt: »Vielen Dank, daß Sie mir erlaubt haben, Sie zum Tanz auszuführen, Maude. Es war für mich ein wunderschöner Abend.« Dann war er mit Kemble die Treppe hinaufgestiegen und hatte über eine alberne Bemerkung meines Bruders gelacht. Die Tür war hinter ihnen ins Schloß gefallen, und augenblicklich hatte das Lachen aufgehört. Morgen würden sie mit dem Mittagszug nach Princeton zurückfahren.

Ich wischte mir das Gesicht ab, holte tief und schniefend Luft und ging hinaus auf die Veranda. In seinen Hosen mit Satinstreifen und im weißen Hemd mit offenem Kragen und ohne Krawatte saß Peter in einem der alten Korbschaukelstühle und rauchte. Und auf einmal wurde mir klar, warum ich heruntergekommen war: Ich hatte gewußt, daß er hier sein würde.

»Warum hat es so lange gedauert?« fragte er.

Wir tanzten in dieser Nacht am Ufer des Wappoo Creek, Peter und ich, wir tanzten barfuß im kalten, nassen Unterholz, während der Mond sein wildes, altes Silber über uns ausgoß, das ewige Wasser schwarz dahinfloß und das Moos glitzerte. Wir tanzten, und dabei sang Peter leise mit seiner Bostoner Baritonstimme: »Es ist drei Uhr morgens, und wir tanzen schon die ganze Nacht...«

Als er aufhörte zu singen und wir aufhörten zu tanzen, küßte er mich.

»Sag mir, was du am meisten liebst, Maudie«, sagte er, während er mich leicht an sich drückte. Sein Kinn ruhte auf meinem Scheitel. Ich konnte die Wärme seines Körpers durch sein Hemd spüren, und beinahe schmeckte ich durch den Stoff das Salz auf seiner Haut.

Leichthin meinte ich: »In der Dunkelheit mit verdammten Yankees zu tanzen.« Meine Stimme klang wie das Quaken eines Frosches.

»Nein, im Ernst. Was liebst du an deinem Leben am meisten? An dem Leben hier, an Charleston?«

Ich dachte nach. Ich dachte an den Herbst in den Sümpfen, wenn sich die Blätter langsam gelb färbten, und an die hochstehende, honigfarbene Sonne des Frühlings und die unendliche Stille des Marschlandes, an das flimmernde Licht dort, das Flüstern der Gräser im Wind und das leichte Platschen, wenn weiß Gott welche geheimen Wesen diesen halb aus Erde, halb aus Wasser bestehenden Ort betraten. Ich dachte an das Gezwitscher der verschiedenen Vogelarten, die ich kannte, und den weichen Singsang der kaffeebraunen Frauen, die ihre grasgeflochtenen Körbe auf dem Markt und an der Meeting Street verkauften. Ich dachte an das Glitzern der Morgensonne am Hafen, an die würzigen, orientalisch anmutenden Gerüche in den dunklen, alten Läden und an die tropischen, exotischen Blumen mit ihrem schweren Duft, die überall wucherten. Ich dachte an das Klappern der Pferdehufe auf dem Kopfsteinpflaster und die weiche, sich träge dahinwälzende Brandung auf Sullivan's Island im August und an die zahllosen kleinen Bilder voller Anmut und Charme, die sich einem boten, wohin das Auge blickte: ein Gartentor, eine abblätternde alte Mauer, eine Fensterscheibe, auf der sich eine ganze symmetrische Welt abbildete. In Charleston gab es einfach nichts Häßliches. Ich dachte an die Bonbonfarben der alten Häuser bei Sonnenuntergang, die alten, versteckten Friedhöfe mit den umgestürzten Grabsteinen und den reinen, süßen Klang der Kirchenglocken von St. Michael in der Stille eines Sonntagmorgens. Ich dachte an meine Bücherberge im Arbeitszimmer in Belleau und an die Abende vor dem Kaminfeuer, wenn mir mein Vater von Sternen, Schmetterlingen, Reisen und der silbernen Musik der Mathematik erzählte. Ich dachte an den heißen, süßen Milchkaffee in der alten Küche am Morgen, an Aurelias goldenes Lächeln, ihre flinken Hände und ihre Augen, die voller Liebe für mich waren.

Oh, Charleston, dachte ich. Oh, mein Charleston.

»Ich liebe alles an Charleston«, sagte ich in Peters Hemd hinein und wußte erst in diesem Moment, daß es die Wahrheit war. »Es gibt keinen noch so kleinen Teil, den ich nicht liebe.«

»Könntest du es verlassen?«

»Ja«, sagte ich.

ZWEITES KAPITEL

Eine Sommerkolonie untersteht der tyrannischen Herrschaft der alten Frauen. Zumindest galt und gilt das immer noch für Retreat, und nach dem, was ich von Bekannten gehört habe, die den Sommer in anderen Familienenklaven entlang der Ostküste verbringen, trifft es beinahe überall zu. Warum das so ist, habe ich nie vollständig enträtseln können; viele der Männer, die nach Retreat und in andere Freizeitoasen in Maine kamen, spielten im politischen und wirtschaftlichen Leben der Städte und gelegentlich sogar der Nation einflußreiche und mächtige Rollen. Sie leiteten Firmen und Konzerne, genossen in ihrem Beruf hohes Ansehen oder waren die Erben großer Privatvermögen. Und dennoch war Retreat eine Welt, die ausschließlich und ohne Zugeständnisse an die Demokratie von den alten Frauen des Stammes regiert wurde.

Keine dieser Frauen hätte das zugegeben, und wenn ihr Leben davon abgehangen hätte.

»Aber ich tue das doch alles für deinen und meinen Peter«, antwortete Mutter Hannah einmal entrüstet auf meine Andeutung, daß möglicherweise ihr und ihren Freundinnen die Macht, die Kraft und die Herrlichkeit von Retreat gehörten. »Vom frühen Morgen bis zum späten Abend gilt jeder meiner Gedanken und jede Tat nur dem Wohlergehen und dem Befinden meines Mannes und meines Sohnes. So denkt und handelt jede Frau und Mutter hier, und so solltest auch du das sehen, Maude. Unsere Männer rackern sich das ganze Jahr für uns ab, und ihre Urlaubswochen sind uns heilig.«

Oberflächlich betrachtet traf das zu. Die Männer, die in Retreat den Sommer verbrachten, lebten Tag und Nacht in einer scheinbar vollkommenen und sorgenfreien Harmonie. In der kalten, blauen Morgenfrühe konnte man sie auf Terrassen und Veranden sitzen sehen, wie sie, eingehüllt in wollene Hausmäntel oder dicke Pullover, Kaffee tranken und über den ruhigen, in rosafarbenes Licht getauchten Hafen blickten. Etwas später begegnete man ihnen auf den stillen Wegen durch die Birkenwäldchen oder auf der Sandstraße, die ins Dorf führte, wenn sie mit Stöcken in der Hand ihren Morgenspaziergang erledigten. Um neun Uhr traf man sie an diesen langen Sommertagen dann in korrekten, weißgekleideten Vierergruppen auf dem kleinen betonierten Tennisplatz an, oder sie glitten mit ihren großen schlanken Slups, Ketschs oder Yawls aus dem Jachthafen oder fuhren in den bescheidenen alten Autos, die dem Landaufenthalt vorbehalten waren, zu dem kleinen, unebenen Golfplatz droben beim Cove Club.

Die ganz jungen wurden wie kleine Entchen von gelangweilten, ruhelosen Dorfmädchen oder Kinderfrauen ans Meer hinuntergeführt, wo sie im ruhigen Flachwasser am Rande des Kiesstrandes plantschten, die etwas älteren gingen in den Jachtclub, wo sie von Amos Carter erwartet wurden, der ihnen auf einer Flotte stumpfnasiger kleiner Jollen die ersten wackligen Lehrstunden erteilte. Die ganz alten verbrachten die Vormittage auf den Terrassen, eingewickelt in grobe Wolldecken, und dösten oder statteten einander unablässig Besuche ab. Aber in all den Jahren, die ich nach Retreat kam, sah ich nur wenige von ihnen je eine Hand rühren, um diese sorgfältig gestaltete ländliche Welt am Laufen zu halten. Dafür gab es eine schweigende Armee von Einheimischen – die den größten Teil ihres Jahreseinkommens durch ihre Arbeit für die Sommergäste verdienten – und die jungen Frauen.

Und im Hintergrund herrschten, wie eine Gruppe dunkel gekleideter Generäle mit stechenden Augen, die alten Frauen.

Damals, während meiner ersten Aufenthalte, erschien mir jeder im Alter von Peters Eltern und darüber als »alt«. Aber es gab auch ganze Heerscharen jüngerer Frauen. Das waren junge Ehefrauen und Mütter wie ich, die mir jedoch, leider, auffallend unähnlich waren, eine gelegentliche unverheiratete junge Schönheit, viele Mädchen und einige ältere Töchter, denen ein steifes und sittsames Leben als alte Jungfern bestimmt schien. Alle diese Frauen dienten. Sie dienten ihren eigenen jungen Ehemännern und den Familien, wie es sie die alten Frauen gelehrt hatten und immer noch lehrten; sie dienten der Sommerkolonie bei gemeinsamen kulturellen und gesellschaftlichen Veranstaltungen; sie dienten dem kleinen Dorf und den umliegenden Städten, indem sie ihr

Talent, ihr Geld und viele Arbeitsstunden zum Wohle des Krankenhauses, der Bibliothek, der Sanitätsstation, der Frauen-Selbsthilfe und den Wohltätigkeitsverkäufen von Kuchen, Blumen und altem Gerümpel einsetzten. Sie schenkten Tee und Kaffee aus, stellten kleine Sandwiches und Plätzchen her, renovierten den Jachtclub, kümmerten sich darum, daß der Kinderspielplatz gemäht und gepflegt wurde und für die Kindermädchen bequem war, sie spielten Gastgeberinnen bei zahllosen kleinen festlichen Essen, Cocktailparties, Bridge-Abenden und Sherryempfängen für die Freundinnen ihrer Schwiegermütter, und sie gingen jeden Morgen auf den Markt, fuhren zum Haus der Eier- und der Gemüsehändlerin und zum Cottage der Wäscherin und zum Wagen des Fischhändlers unten am Hafen und auch zur Gärtnerei nach Lincolnville, um die Randbepflanzungen und Fensterkästen der alten Cottages aus grauen und braunen Schindeln stets bunt und sommerlich zu gestalten.

Morgens bejubelten sie ihre Ehemänner und ihre sonnengebräunten Söhne bei Tennismatches und Regatten, und am Nachmittag besuchten sie mit abgedeckten Tellern frischgebackener Brötchen und Kekse und mit Begonientöpfen die anderen Cottages. Sie wiegten Kleinkinder und oft auch alte Leute in den Schlaf, badeten schließlich, wenn es am späteren Nachmittag kühler wurde, in alten, klauenfüßigen Badewannen, zogen schlichte Baumwollkleider an, legten sich helle Kaschmirjacken um die Schultern, besprühten sich mit 4711 und gingen hinaus, um hinter den Stühlen der alten Frauen zu stehen, ihnen Getränke, Appetithappen, Fächer, Stöcke und Schals zu holen, über ihre wegen fortschreitender Taubheit laut gebrüllten und oft wiederholten Späße und Anekdoten zu lachen, ihnen dabei zu helfen, sich aus dem Stuhl zu hieven, und sie schließlich an ihren blassen Armen zum Abendessen zu führen. Es gab nicht viele sonnengebräunte junge Frauen in Retreat; die meisten waren blaß und erschöpft, und wenn sie endlich in ihren kleinen, aufgeheizten Schlafzimmern ins Bett sanken, neben ihre Ehemänner, die dank viel frischer Luft, Salzwind und Alkohol schon längst schliefen, fielen ihnen sofort die Augen zu. Die jungen Frauen waren die Arbeitsbienen der Sommerkolonien an der Nordostküste. Kanonenfutter, wie Amy Potter, die selbst eine von ihnen war, sie einst nannte.

Aber... und das war ein ganz wichtiges Aber... sie befanden sich in der Ausbildung, um einst Bienenköniginnen zu werden, und sie wußten es. Eines Tages würden sie selbst auf der Veranda sitzen oder von ihrer eigenen Schwiegertochter über Land gefahren werden, und dann hatten auch sie das Recht, auf Cocktailparties etwas zu tief ins Glas zu schauen, alle Unverschämtheiten und Gemeinheiten, die ihnen gerade einfielen, gnadenlos auszusprechen, das Hauspersonal und die Frauen ihrer Söhne und ihre Enkelkinder so unerbittlich herumzukommandieren, wie es ihnen paßte, und selbst jede einzelne der Tausenden von kleinen ehernen und unumstößlichen Regeln zu brechen, die sie für das Benehmen in der Kolonie aufgestellt hatten, und die sie den anderen weiterhin aufzwangen. Dann durften sie auf die Tage der Sklaverei und des Gehorsams zurückblicken und selber ihre Mägde schinden. Es war ein ewiger Kreislauf, dessen absoluter und furchterregender Macht niemand entkam, und daran hat sich bis heute nichts geändert. Die Männer betrachteten sich dabei als Außenstehende und lachten darüber, aber sie lebten jeden Augenblick ihrer Sommer in Retreat auf Kosten derjenigen, die unter diesem Zwang litten, und die meisten bemerkten es noch nicht einmal. Nur die jungen Frauen kannten die Gesichter ihrer Gefängniswärter und glaubten, keine andere Möglichkeit zu haben, als zu lächeln, selbst wenn die Fesseln noch fester gezogen wurden.

Die alten Frauen in Retreat... in meinen ersten paar Sommern dort lernte ich sie beinahe zu hassen. Jetzt bin ich selbst eine, und da ist Darcy, meine innig geliebte Darcy, die mir Tee holt und mir ihren braunen Arm hinstreckt, damit ich mich daran festhalten kann... er ist braun, denn wie mir ist es Darcy nie gelungen, vollständig in die Rolle der Pflegerin und des Mundschenks zu schlüpfen. Trotzdem: Wir sind hier. In Retreat hat sich nichts Wesentliches geändert. Das war wohl auch der Grund, warum ich die Kolonie schließlich doch lieben lernte. Als ich zum ersten Mal hierherkam, war sie mir fremder als die Rückseite des Mondes, doch wie meine eigene kleine Welt weit drunten im Süden, wie mein Charleston, war sie ewig.

Aber es war schwer... o ja, der Anfang war schwer. Noch bevor ich es das erste Mal sah, hatte ich Angst vor Retreat, vor einem Sommer in dem großen, alten braunen Schindelhaus zusammen mit Peters Vater und seiner allwissenden, allgegenwärtigen Mutter. Vor unserer Hochzeit war ich zuversichtlich gewesen, daß ich Peters Sommerrefugium lieben und daß man mich ebenfalls liebevoll empfangen würde. Verzückt und lautstark hatte ich mir bereits jeden heiteren, gemächlichen, sonnen- und meererfüllten Tag dort ausgemalt, aber noch ehe ich an den alten Fliederbäumen neben der Eingangstür vorbeigegangen war, wußte ich, daß ich hier etwa so willkommen war wie die Cholera. Als wir an jenem Junitag 1923 in dem hübschen kleinen offenen Buick Roadster, den Peters Mutter ihm zum Studienabschluß geschenkt hatte, von New Hampshire aus nach Retreat fuhren, schwankte ich unter einer Last, von der ich wußte, daß ich sie nie mehr loswerden konnte.

Als Peter nach dem Cecilien-Ball wieder nach Princeton fuhr, wußten wir, daß wir heiraten würden. Zumindest wußte ich das, und ich nahm an, daß Peter es ebenfalls wußte, auch wenn wir nicht offiziell verlobt waren. Wie hätte ich etwas anderes erwarten können nach jener Nacht am Wappoo Creek? Aber auf dem Bahnhof, während Kemble ihn am Ärmel zupfte und sich die großen Räder bereits zu drehen begannen, sagte Peter nur, er würde mir schreiben, küßte mich auf den Scheitel und war verschwunden. Ich fuhr heim nach Belleau, weinte voller Sehnsucht nach ihm und wartete.

Und er schrieb. Er schrieb jeden Tag und manchmal zweimal täglich, kurze, lustige Mitteilungen und gelegentlich einen längeren Brief, der genauso war wie er: witzig, geistvoll, lieb, nachdenklich, voller unerwarteter Sinnlichkeit, und noch dazu waren sie wunderbar formuliert. Eigentlich lernte ich ihn durch diese Briefe erst richtig kennen. Einige davon waren auf beängstigende Weise hellsichtig, denn Peter schien jeden meiner Zweifel und jede meiner schlimmen Ängste sofort zu spüren und sprach sie in seinen Briefen an.

Du wirst dich an der oberen Ostküste gut zurechtfinden. Du bist klüger als die meisten Mädchen, die ich hier oben kennengelernt habe, und was du noch nicht weißt, kannst du jederzeit lernen. Ich lasse dich nicht allein mit irgendwelchen Yankees, ehe du dich auskennst.

Und bei meinen Besuchen in Princeton in jenem Winter tat er das auch tatsächlich nie. Zu meiner Überraschung kam ich mit seinen Studienkollegen und Freunden auf dem verträumten alten Campus gut zurecht. Vielleicht lag das hauptsächlich daran, daß sie Peter so gerne hatten; jedenfalls ließen die anderen Mitglieder der Colonial Studentenverbindung mir nicht mehr und nicht weniger als die übliche, geziemende Aufmerksamkeit zuteil werden, und so fuhr ich nach Hause in dem Gefühl, daß ich mich in dieser fremden Umgebung vielleicht doch zurechtfinden würde.

Deine Kleidung ist völlig in Ordnung, schrieb er ein andermal. *Niemand erwartet von einer Frau aus Charleston, daß sie einen Schrank voll Tweed und Pelz besitzt. Im nächsten Winter werden wir dir besorgen, was du brauchst. Nach all der einfachen Sommerbaumwolle, die ich mir hier ständig ansehen muß, wirken deine Kleider wie ein fröhlicher Blumenstrauß.*

Und:

Ich habe das Wochenende in den Adirondacks im Sommerlager von Shoe Parsons Familie verbracht, und dort habe ich Rotwild, Fasane, etwa eine Million Waschbären, ein Graufuchs-Paar und einen mageren Schwarzbären gesehen. Es gibt hier oben im Osten genug Wildnis, daß es für dein ganzes Leben reicht, Maudie. Ich werde dich nach Herzenslust herumstreunen lassen. Nach Wappoo Creek würde ich dich nie in die Stadt verbannen.

Und im Frühling des nächsten Jahres schrieb er:

Es wird Zeit, daß du meine Familie kennenlernst. Ich habe ihnen erzählt, ich würde dich im April mitbringen. Dann sind Hermie und die Kinder aus Connecticut da, und du siehst uns gleich alle auf einmal. Du mußt keine Angst haben. Kemble mögen sie sehr, und dich werden sie genauso ins Herz schließen.

Aber da irrte sich Peter. Die Familie Chambliss aus Boston, Massachusetts, und Retreat, Maine, mochte mich nicht so sehr wie meinen Bruder Kemble. Das galt zumindest für die weiblichen

Mitglieder. Als ich Ende April das hohe, efeubewachsene Backsteinhaus in der Charles Street betrat, blickte mich Hannah Stuart Chambliss aufmerksam an und sagte: »Na, Petie, wen haben wir denn hier?«

Und das große blonde Mädchen mit gebeugter Haltung im einfachen, hellblauen Leinenkleid, das nur Peters Schwester Hermione sein konnte, sagte mit einer hellen, kühlen Stimme, die wie eine Karikatur von Peters Stimme klang: »Ich dachte, du hättest gesagt, du würdest Kemble mitbringen, Brüderchen.«

Ich stand in dem düsteren alten Vorraum, sah die beiden an, die im Eingangsbogen zu dem düsteren alten Wohnzimmer standen, fühlte, wie mein rosengemustertes Chintzkleid und der pinkfarbene Hut in dem jahrhundertealten Dämmerlicht wie fauliger Müll zu leuchten begannen, und eine kalte, endlose Flutwelle rollte auf mich zu.

»Ich habe gesagt, ich brächte Kembles *Schwester* mit, Hermie«, sagte Peter nachsichtig. »Dir auch, Ma. Was seid ihr nur für alberne Weiber. Kommt und begrüßt Maude Gascoigne aus Charleston, von der ihr schon viel gehört habt. Ich weiß gar nicht, warum ihr euch so benehmt.«

Die Chambliss-Frauen ließen schweigend noch etwas Zeit verstreichen, dann sagte seine Mutter: »Nun, meine Liebe, natürlich sind Sie uns sehr willkommen. Ich weiß gar nicht, warum ich dachte... na ja. Wir haben schließlich ein schönes Wochenende vor uns, um Peters charmante Freundin aus dem Süden kennenzulernen. Peter, warum hast du mir nur nicht Bescheid gesagt, dann hätte ich ein paar Leute eingeladen, um... Maude vorzustellen. So war doch der Name, nicht wahr? Hermie, lauf doch mal und bitte Lorna, sie soll das Zimmer am Ende des Flurs und das Badezimmer gleich gegenüber herrichten. Ich kann ja dieses hübsche Kind nicht in das Loch stecken, auf dem Kemble immer besteht, wenn er hier ist. Du meine Güte, ich glaube, ich wußte gar nicht, daß er eine Schwester hat.«

»Bitte machen Sie sich meinetwegen keine Mühe«, sagte ich mit schwacher Stimme. Mein Akzent fühlte sich in meinem Mund so dick an wie fettiger Rahm. »Kembles... das Zimmer, das Kemble immer benutzt, reicht mir völlig. Ich bin gar nicht an große Zimmer gewöhnt.«

Ich schwieg, und Hitze stieg mir über die Brust ins Gesicht. Mein Zimmer in Belleau war geräumig und hatte eine hohe Decke.

Hermie verzog langsam das Gesicht zu einem Lächeln, das dem von Peter ähnelte, aber längst nicht so freundlich war. Ich konnte mir vorstellen, daß sie in ihren Kreisen wohl als Schönheit galt, doch sie zog nicht wie er die Blicke auf sich.

»Ich bin mir nicht sicher, ob Sie uns dafür dankbar wären«, sagte sie, »es sei denn, Ihnen gefällt der Gedanke, Peter die ganze Nacht schnarchen zu hören. Die Zimmer haben eine Verbindungstür, bei der das Schloß kaputt ist. Aber vielleicht wäre das gar kein so großer Nachteil?«

Ihr Lächeln wurde breiter. Es strahlte Unschuld und Verachtung aus.

»Hermione!« sagte Hannah Chambliss.

»Du hast eine schmutzige Phantasie, Herm«, sagte Peter grinsend. Aber das Grinsen reichte nicht bis zu seinen Augen. Er legte mir leicht die Hand auf die Schulter.

»Ist Papa in der Nähe?« fragte er. »Ich möchte, daß er Maude kennenlernt; sie ist genauso verrückt auf Vögel und Schmetterlinge wie er.«

»Er ist in seinem Arbeitszimmer«, sagte seine Mutter. »Er freut sich sicher, euch zu sehen, euch... beide. Ich muß noch...« Sie schenkte uns ein gläsernes Lächeln und drehte sich um, um in den hinteren Teil des Hauses zu gehen, zweifellos, um der armen Lorna Anweisungen zu erteilen. »Lassen Sie Ihr Gepäck stehen, meine Liebe«, sagte sie über die Schulter hinweg. »Ich werde Marvin Bescheid sagen, daß er es gleich hochbringt. Zum Essen müssen Sie sich nicht umziehen, wir sind unter uns. Es sei denn, ich kann Peters Vater dazu überreden, daß er uns in den Club mitnimmt.«

Und sie verschwand in der überall vorherrschenden Düsternis.

»Laß nur, Ma, ich hole es schon«, sagte Peter.

»Ich kann mir nicht vorstellen, daß Maude für ein einziges Wochenende viel mitgebracht hat«, sagte Hermione. »Es sei denn, Sie können länger bleiben, Maude?«

»Nein«, erklärte ich. »Am Sonntag fahre ich wieder.«

»Schade«, meinte sie, während Peter hinausging in den Sonnenschein, um den schweren, abgestoßenen alten Lederkoffer zu holen, der bereits meinem Großvater gehört hatte.

Aufmerksam sah ich mich im Vorraum um, warf einen Blick ins Wohnzimmer, hinüber in das riesige Gewölbe des Eßzimmers und die breite, polierte Treppe hinauf. Überall Samt und Brokatstoffe, edle alte gemusterte Teppiche, quadratmeterweise glänzendes Mahagoni und ein schwaches, goldenes Glitzern von Bilderrahmen, Messing und Kupferbeschlägen. Bilder von Ahnen – mit diesen Nasen und Kinnen konnten es nur Stuarts und Chamblisses sein – bedeckten die Wände der Zimmer und des Treppenhauses. Ihre hellgrauen, kühlen Augen blickten mich nicht freundlicher an als die der lebenden Stuarts und Chamblisses in diesem Haus. Ich sah Peter nicht an, als er mit meinem Koffer hereinkam.

»Was für ein eindrucksvolles Haus«, sagte ich.

»Mach dir keine Gedanken wegen Mutter«, sagte er und umarmte mich kurz. »Das ist einfach ihre Art. Kalt wie ein toter Fisch. Sie kann nichts dagegen tun, das ist das Erbe der Stuarts. Sie behandelt Kemble genauso, und dabei betet sie ihn an. Aber Hermie verspritzt absichtlich ihr Gift, und das kann sie sehr gut. Ich glaube, sie war schon immer in den guten alten Kemble verknallt, selbst dann noch, als sie schon mit William verheiratet war. Vielleicht ist sie nur hergekommen, um die Kinder bei Lorna abzugeben und ein bißchen mit Kem zu flirten. Und statt dessen trifft sie auf seine kleine Schwester, die noch dazu prachtvoll aussieht. Herm ist es gewöhnt, die einzige Schönheit hier zu sein. Aber bis zum Essen haben sie sich sicher wieder beruhigt.«

»Peter, sie mögen mich überhaupt nicht«, sagte ich beinahe flüsternd. »Ich sollte lieber gehen und mir ein Hotelzimmer suchen ...«

»Das kommt gar nicht in Frage. Du wirst sehen, beim Essen haben sie sich wieder beruhigt«, wiederholte er und umarmte mich fester. »Jetzt komm, du mußt Papa kennenlernen. Er ist der Netteste in dieser Familie.«

Ich folgte ihm durch das kalte, stille Haus und dachte, daß ich ja immer noch einfach ein Taxi rufen und die Flucht ergreifen konnte, wenn es sein mußte. Wie um alles in der Welt konnte nur eine solche Familie Peter hervorbringen?

Was seinen Vater anging, hatte Peter recht. Peter senior war genau der Vater, den ich mir für Peter gewünscht hätte: groß, blond, gutaussehend, mit dem gleichen schmalen Kopf, den gleichen feinen Gesichtszügen wie der Sohn, und mit der gleichen eindrucksvollen Präsenz, auch wenn diese bei dem älteren der beiden Chambliss-Männer deutlich schwächer ausgeprägt war. Und er war nett zu mir und behandelte mich respektvoll, vom ersten Augenblick an. Er wußte viel über Vögel und die Natur, seine stille Leidenschaft, und sein Interesse an den Tieren in der Wildnis am Wappoo Creek war nicht vorgetäuscht. Er lächelte mich an, nannte mich »meine Liebe« und sagte, er freue sich, mich im Hause zu haben, weil ich diesem kalten, trüben Frühling in Massachusetts Farbe gäbe, und er hoffe, mich noch häufig zu sehen. Aber obwohl ich ihm glaubte, wirkte Peters Vater doch so, als gehöre er nicht ganz dazu, als nehme er in gewissem Sinne gar keinen Raum ein. Später sagte ich zu Peter, es sei, als würde man in diesem großen, alten Haus vom Geist des ursprünglichen Besitzers empfangen.

»Ich weiß«, sagte Peter. »Mein armer Vater. Während meiner Jugendjahre ist er irgendwie dahingeschwunden. Er ging damals direkt von Princeton aus zur Bank – der Bank meines Urgroßvaters –, und dort arbeitet er seitdem. Aber ich glaube, eigentlich würde er am liebsten nur Vögel beobachten und Wildblumen malen. Darin ist er wirklich gut; er tut es jeden Tag, wenn wir in Retreat sind. Als ich ihm erzählte, daß dein Vater beinahe das gleiche tut, sagte er, dann müsse dein Vater wohl der glücklichste Mann auf Erden sein und auch der weiseste, und ich solle dich nicht aus den Händen lassen. Er wird mein einziger Verbündeter sein, wenn ich meine kleine Bombe wegen Northpoint platzen lasse. Mutter wird bestimmt an die Decke gehen.«

Ungläubig fragte ich: »Du hast es ihnen noch nicht erzählt?«

»Nein. Ich werde es dieses Wochenende tun, wenn ich ihnen von uns erzähle. Auf diese Weise wird die meiste Aufregung wegen Northpoint von dem Getue um die Hochzeit überlagert. Mutter will mich schon verheiraten, seit ich laufen kann. Wir werden doch nach meinem Abschluß heiraten, oder? Ich meine, ich bin eigentlich davon ausgegangen, daß wir ...«

»Ja«, sagte ich. »Ich glaube schon, natürlich. Aber Peter, ich glaube nicht, daß du recht hast, was deine Mutter angeht. Sie rechnet bestimmt nicht damit, daß du jetzt schon heiratest – und schon gar nicht mich. Und wenn du ihr das beibringst und dazu noch mitteilst, daß du nicht in der Bank anfängst... o mein Gott, dann wird sie glauben, ich sei an allem schuld, und nie mehr ein Wort mit mir reden. Bitte warte noch ein bißchen mit der Ankündigung der Hochzeit. Sag ihnen, daß du unterrichten willst – allein, ohne daß ich dabei bin –, aber warte noch mit der Hochzeit.«

Und er versprach es. Doch am Abend, als wir alle in dem riesigen, kerzenerleuchteten Eßzimmer saßen und das Echo der unausgesprochenen Worte immer lauter widerhallte, während der eifrige Marvin die Terrinen über unsere Schultern hielt, teilte Peter seiner Familie schließlich mit, daß er im September nicht in die Bank seiner Familie eintreten würde. Er habe bereits eine Stellung als Lehrer für Amerikanische Geschichte angenommen, an einer kleinen, spartanischen Privatschule für Jungen in Northpoint, New Hampshire, und werde direkt von Princeton aus in das kleine Cottage auf dem Campus ziehen, um sich vor dem Semesterbeginn im Herbst dort einzurichten. Und seine Mutter ging tatsächlich an die Decke.

Wenn Hannah Chambliss richtig wütend wurde, dann war das keine funkensprühende Explosion, sondern eine eiskalte Implosion. Über die Jahre sollte ich diese Ausbrüche noch häufig erleben, und die späteren waren nicht weniger verletzend und erschreckend als dieser erste. Voller Pein beobachtete ich, wie sie ihren Sohn anstarrte, wie ihr Gesicht bleich und ihre Augen weit wurden, bis sie von Weiß umgeben waren wie die eines rasenden Pferdes. Dann erhob sie sich langsam aus ihrem Stuhl und legte eine Hand auf ihre in schwarze Seide gehüllte Brust. Alle sahen sie an: Peter mit sorgenvoller Miene, Hermione mit einem Gesichtsausdruck, der einem Lächeln ähnelte, und Peters Vater mit einem Blick, in dem stille Abscheu sich mit ängstlicher Erwartung mischte. Marvin nahm seine Terrine und verließ den Raum.

»Du mußt tun, was du nicht lassen kannst, Peter«, sagte sie mit gepreßter, tränenerstickter Stimme. »Aber du weißt genau, daß du dann in unserem Haus nicht mehr willkommen bist. Du brichst mir damit das Herz, und Vater auch, und du bringst Schande über die ganze Familie... aber es ist deine Entscheidung. Ich habe mich nie in deine Angelegenheiten eingemischt, und das tue ich auch jetzt nicht.«

»Danke, Ma«, sagte Peter, griff wieder zu seiner Gabel und wandte seine Aufmerksamkeit dem Lammbraten auf seinem Teller zu. Sein Gesichtsausdruck war sanft, aber ich bemerkte, wie steif seine Schultern waren und daß er um den Mund und die Nase herum weiß wurde. Hermione und Mr. Chambliss nahmen ebenfalls ihre Gabeln, ohne ihn oder Hannah anzusehen. Hannah stand da wie eine Frau aus Schnee oder Stein. Ich wußte nicht, wohin ich meinen Blick richten sollte.

Sie wandte sich mir zu.

»Ich darf wohl annehmen, daß Sie über diese...Entscheidung meines Sohnes Bescheid wußten, Miss... äh, Gascoigne?« sagte sie. Ihre Stimme war wie ein eisiger Peitschenhieb über mein Gesicht.

»Ja, Ma'am«, sagte ich.

»Und Sie finden Sie richtig, nicht wahr?«

»Ich meine, daß Peter aus seinem Leben machen sollte, was er möchte«, sagte ich, und meine Stimme bebte wie die eines verschüchterten Kindes.

»Nun, ich bin nicht der Meinung, daß Sie diese Angelegenheit irgend etwas angeht, und Ihre Anmaßung, ohne Einladung in mein Haus zu kommen und meinen Sohn zu so einer... so einer Sache anzustiften, ist wirklich der Gipfel der Taktlosigkeit, und –«

»Diese Angelegenheit geht Maude sehr viel an, Mutter«, sagte Peter und sah sie an mit Augen wie totes Gletschereis. »Denn Maude erweist mir die große Ehre, mich zu heiraten, sobald die Abschlußfeierlichkeiten vorüber sind, möglicherweise noch am selben Nachmittag in der Kapelle, und sie wird von dort aus mit mir nach Northpoint gehen. Wir hoffen, daß du uns deinen Segen gibst und uns mit deiner Anwesenheit beehrst, aber wir werden es auch ohne dich tun. Und ich hoffe, daß ich dich nie wieder so mit Maude sprechen höre.«

Hannah Chambliss drehte sich um, verließ den Raum und stieg die Treppe hinauf, den dunklen Kopf mit dem griechischen Profil hoch erhoben und den Rücken gerade aufgerichtet, und ich sah sie erst zwei Monate später wieder, an dem Tag, als Peter zum ersten Mal mit mir nach Retreat kam. In der Zwischenzeit hatte sie sich entschuldigt und eine ihrer Meinung nach wohl adäquate Wiedergutmachung geleistet: ein Auto, einen Lastwagen voller Erbstücke für unser kleines gemauertes Cottage in Northpoint, einiges edles georgianisches Silber, einen Scheck über fünftausend Dollar, »um euch einen anständigen Start zu ermöglichen«, und einen Brief an mich, in dem sie schrieb, daß ich ihr den Ausbruch verzeihen solle, sie sei immer schon eine temperamentvolle Frau gewesen und wir hätten ihr zwei schwere Schocks nacheinander versetzt, und sie sei sicher, wir würden die besten Freundinnen werden.

Aber bereits an diesem ersten Tag wußte ich, und das wußten auch Peter, sein Vater und seine Schwester, daß die Fronten zwischen uns abgesteckt waren und daß keine Macht der Welt sie je wieder aufheben konnte.

Peters Vater sah uns an und setzte zum Sprechen an, aber dann schwieg er doch. Hermione sagte: »Weißt du, Brüderchen, du warst wirklich schrecklich undiplomatisch.«

Und Peter stand auf, streckte mir die Hand hin und sagte: »Maude?« Ich ergriff sie, und wir verließen das Haus. Wir blieben nur noch stehen, um meinen schweren alten Koffer zu nehmen, der noch immer wie ein armer Verwandter in der Vorhalle stand, und dann warteten wir auf der Außentreppe in der kühlen Dämmerung auf das Taxi, das Peter gerufen hatte. Als es kam, fuhren wir zum Bahnhof, stiegen in einen Zug nach Elkton, Maryland, und saßen die ganze Nacht in einem schäbigen Pullman-Waggon, während der Zug Richtung Süden dampfte. In der weichen Morgendämmerung Marylands stiegen wir aus, baten einen Taxifahrer, uns zum nächsten Friedensrichter zu fahren und waren um zehn Uhr an diesem Vormittag verheiratet.

Ich kann mich nicht erinnern, daß Peter sich nach seinem Elternhaus umgedreht hätte, als wir davonfuhren.

Wir waren glücklich während dieser wenigen Tage im Juni, die wir in dem kleinen Haus am Rande des Campus von Northpoint verbrachten. Es stand an einem kleinen Birkenwäldchen, und ich war bezaubert von dem geisterhaften, silbernen Glanz der weißen Stämme in der Dämmerung und von den fremdartigen Gerüchen und Geräuschen in den Wäldern am Fuße der nördlichen Hügellandschaft, und von den seltsamen Vögeln und Tieren, die am

Abend ganz nahe an unsere kleine Veranda herankamen. Die Landschaft ähnelte in keiner Weise den Wäldern und Sümpfen zu Hause; die Luft roch nach Kiefern und nicht nach süßer, schwerer, warmer alter Erde, sie war prickelnd und beißend und nicht drükkend schwül; am Abend brauchte man Kaminfeuer, warme Pullover und Decken, und am Tag mußte man sich bewegen. Unser Haus war ein winziges Cottage, die niedrigste Kategorie der Unterbringung für die niedrigste Kategorie von Lehrern, aber das störte uns nicht. In diesen kühlen Junitagen war die alte Schule aus Stein und Ziegel wie ausgestorben, denn das Sommertrimester hatte noch nicht begonnen, und Peter würde erst im September zu arbeiten anfangen. Wir waren allein in den alten, grünblauen Hügeln, abgesehen vom Schuldirektor und dessen netter, bodenständiger Ehefrau, die uns anfangs mehrfach zum Abendessen einluden und uns dann voller Verständnis in Ruhe ließen, und von einigen kleinen, braunen Männern, die Hausmeisterdienste verrichteten. Wir stellten die Möbel auf, hängten einige Drucke und Bilder an die Wände, aßen die unbeschreiblichen Mahlzeiten, die ich zubereitete, erforschten den Campus und machten Ausflüge in die umliegenden Weiler und Dörfer und bis hinauf nach Laconia und zum Lake Winnepesaukee zwanzig Meilen weiter nördlich. Als ich allein mit Peter im stillen, grünen Halbschatten am Ufer dieses wunderschönen Sees saß, hörte ich zum ersten Mal den Schrei eines Seetauchers, der einem Schauer über den Rücken laufen ließ und das Herz schwermachte.

Ich wandte Peter mein erschrockenes Gesicht zu. Er lächelte.

»Du wirst dich daran gewöhnen«, sagte er. »Es gibt sie auch im Hafen von Retreat.«

Ich schwieg eine Weile. Dann sagte ich: »Ich möchte nicht dorthin, Peter. Ich fürchte mich vor Retreat. Ich fürchte mich vor allem dort. Es wird mir nie gelingen, deine Mutter zufriedenzustellen. Du glaubst, nur weil du sie dazu bringen kannst, ihre Launen zu vergessen, könne ich das auch. Aber das stimmt nicht.«

Er lachte. »Du mußt ihr nur von Anfang an klarmachen, daß sie dich nicht herumkommandieren kann«, sagte er. »Und wem wäre das schon je bei dir gelungen, Maude? Wovor hast du dich jemals gefürchtet? Du wirst doch auch mit Wasserschlangen fertig und paddelst mitten zwischen den Alligatoren hindurch und schwimmst in diesem gottverlassenen schwarzen Sumpfwasser und treibst dich stunden- und tagelang allein im Dschungel herum!«

Ich sagte nichts. Ich glaube nicht, daß Peter jemals begriff, wie tief meine Angst vor seiner Mutter und deren Welt ging und was es mich kostete, all die Jahre mit ihr auszukommen. Er konnte problemlos mit ihr umgehen; sie liebte ihn abgöttisch, und ihr marmorkaltes, gebieterisches Wesen schüchterte ihn nie so ein wie mich und andere. Es war sinnlos, ihm zu erklären, wie ich mich fühlte.

Aber ich sagte: »Warum können wir nicht diesen einen Sommer woanders Ferien machen und erst nächstes Jahr nach Retreat gehen? Hier irgendwo an der Küste, oder vielleicht sogar an diesem See; er sieht so schön aus, und es gibt genügend Cottages, die wir mieten könnten.«

»Weil ich erst ab September bezahlt werde«, sagte Peter. »Und wir haben gerade noch genug Geld, um hinauf nach Retreat zu fahren. Wir sind ziemlich arm, Maudie. Wir werden nie viel Geld haben, nicht einmal dann, wenn ich eines Tages Schuldirektor werden sollte.«

»Das stört mich nicht«, sagte ich. »Das weißt du. Wir haben darüber gesprochen. Ich hatte noch nie viel Geld, und ich werde es nicht vermissen.«

»Na ja, ich hatte schon welches. Ziemlich viel sogar. Möglicherweise bekomme ich jetzt gar nichts, denn es läuft auf den Namen meiner Mutter, und ich glaube nicht, daß sie mir etwas überlassen wird, wenn ich nicht in die Bank eintrete. Das ist ihre letzte Waffe, und die gibt sie nicht aus der Hand. Aber ich werde mich davon nicht bezwingen lassen. Ich glaube nicht, daß ich jemals etwas anderes tun möchte, als hier oder anderswo zu unterrichten. Ich bin nicht sehr ehrgeizig, meine arme Maudie. Ich wollte nur sichergehen, daß es dir nichts ausmacht.«

»Mein Gott, natürlich nicht«, sagte ich. »Die Familie meiner Mutter hat uns auch nie etwas gegeben. Wie soll ich etwas vermissen, was ich nie hatte? Wir bauen uns ein eigenes Nest, das uns beiden gefällt und genügt, und erklären dem Rest der Welt, daß wir nichts mit ihm zu tun haben wollen.«

Er lächelte mir zu, und wieder begann aus der Tiefe meines Leibes jene süße, dichte Wärme in mir aufzusteigen, die ich erst kannte, seit Peter bei mir war. Manchmal bekam ich kaum Luft bei dem Gedanken, daß Peter und ich uns für den Rest unseres Lebens jederzeit hinlegen und miteinander all die Dinge tun konnten, die wir hier in den kühlen Nächten und der blassen Morgendämmerung von Northpoint, New Hampshire, taten. Wer macht sich schon Gedanken um Geld, wenn er das haben kann? überlegte ich, während ich die Hand ausstreckte, um sein Gesicht zu berühren.

Peter legte seine Hände auf meine Brüste und drückte mich zurück auf die alte Decke, die wir mitgebracht hatten.

»Es wird schwer für dich werden in Retreat, weil man das dort nicht tut«, sagte er, während er seine Hände unter meine Kleider schob. Mit einer Fingerspitze strich er über meinen Bauch bis zum Ansatz der dunklen Haare, die dort wuchsen, und weiter nach unten in die dunkle Wärme hinein.

Ich rollte mich auf den Rücken und öffnete meine Beine.

»Du machst Witze«, sagte ich, während ich schwer gegen seinen Hals atmete. Er war glühend heiß.

»O nein«, sagte er und legte sich auf mich. Ich spürte ihn steif an meinen Schenkeln, und dann glitt er zwischen sie. »Niemand vögelt in Retreat. Dort geschieht die Vermehrung durch Zellteilung, wie bei den Amöben. Wenn jemals der Verdacht aufkommt, daß du so etwas tust, wirst du der Kolonie verwiesen.«

Er schob sich in mich hinein und stieß zu, einmal, zweimal. Ich spürte, wie die Hitze in mir immer höher aufstieg, immer höher.

»Na, dann hättest du mich nicht verderben dürfen«, keuchte ich und bog mich ihm entgegen. »Ich kann jetzt nicht mehr damit aufhören... Oh!«

»Und damit?«

»Nein...«

»Und damit? O Gott, Maude...«

»Komm, Peter, komm...«

»Du wirst es aufgeben müssen, denn die Häuser stehen so nahe beieinander, daß man... o mein Gott, Maude... *alles* hören kann.«

»Dann mußt du mir eben«, sagte ich mühsam, während ich gemeinsam mit ihm den langen, roten Bergrücken hinaufritt, dem

Gipfel entgegen, und Lichter hinter meinen geschlossenen Lidern explodieren sah, »jedesmal ein Kissen in den Mund stopfen, denn ich werde ganz bestimmt schreien –«

Und dann schrie ich. Und hörte sein jauchzendes Lachen, als er zum Höhepunkt kam.

Zusammen ins Bett gehen und zusammen lachen, das waren zwei Dinge, derer ich mit Peter niemals müde werden würde, die ewig bleiben und allem widerstehen würden. Und trotz seiner Warnung würden wir beides überall machen können, auch in Retreat. Wer würde es wagen, uns daran zu hindern?

Und obwohl ich die Kälte, die Hannah Chambliss ausstrahlte, immer deutlicher spürte, je mehr wir uns Retreat näherten, brachen wir an einem blaugeränderten Morgen nicht lange nach diesem Abend in einer Wolke von Sinnlichkeit und Gelächter nach Maine auf.

Retreat liegt an der Spitze von Cape Rosier, einer mit wildem Grün bewachsenen stumpfen Landzunge, die weiter als andere Halbinseln an dieser Küste in die Penobscot-Bucht hineinragt. Nur die großen Inseln in der Bucht – Deer Isle, North Haven und Islesboro – sind dem Meer noch stärker ausgeliefert und noch unzugänglicher. Das offene Meer um die Halbinsel ist dunkelblau, und oft sieht man stunden- oder sogar tagelang kein Segelschiff, denn außer den riesigen, ozeantauglichen Segeljachten bevorzugen die meisten Boote die inselgeschützten Häfen um Rosier. Es gibt viele von ihnen, und alle sind voller Segel und von Jachtclubs, Sommerhäusern und Feriensiedlungen umgeben. Hier pflegen seit über hundert Sommern die wirklich Wohlhabenden ihre Enklaven, die wie kleine, gutgenährte Schweinchen an den Zitzen des Bar Harbor und des Mount Desert hängen.

Auf jener Seite der langen Halbinsel, die sich von Blue Hill bis hinunter nach Naskeag erstreckt, ist das Wasser wärmer und weniger aufgewühlt, die Häuser sind größer und besser zu erreichen, die Luft ist weicher und milder und das Blut sehr viel blauer. Cape Rosier hingegen ist eine Wildnis für Einzelgänger, so behauptet man unter den Sommergästen, für Leute, die gerne unter sich sind und sich nicht an den hohen Wellen, den plötzlich aufkommenden Winden und den heulenden Stürmen stören und denen es nichts ausmacht, daß die nächste gute Einkaufsmöglichkeit, das elegante alte Castine, etwa zwanzig Meilen Fahrt über schauderhafte Straßen entfernt liegt (dabei wären es, wenn man übers Wasser dorthin käme, nur ungefähr fünf Meilen). Das sehr kleine Dorf South Brooksville besitzt einen Laden, eine Leihbücherei, einen Friedhof und eine winzige Post; es ist typisch für die Bewohner von Retreat, daß sie stolz darauf verweisen, ihre Post sei bis Mitte der sechziger Jahre die kleinste der Vereinigten Staaten gewesen. Die Farmen in der Umgebung liefern Naturprodukte, Eier und Milch; Fischerboote bringen Hummer und Schellfisch, und bei Ebbe kann man Muscheln finden. Eine Fahrt zum Einkaufen oder zu einer kulturellen Veranstaltung nach Blue Hill oder Elsworth ist eine Halbtagestour, und ein Ausflug nach Bar Harbor kann ohne weiteres den ganzen Tag bis hinein in die Dunkelheit beanspruchen. Ich äußerte einmal gegenüber Mutter Hannah, daß man in Retreat nur deshalb jedes Jahr die gleichen Gesichter sehe, weil sonst niemand Lust habe, hier zu wohnen.

»Ich weiß, daß wir angeblich sehr vorsichtig auswählen, wen wir nach Retreat lassen«, sagte ich, »und seit Jahren höre ich, wie schwer es ist, hier akzeptiert zu werden. Aber im Grunde ist es doch vielmehr so, daß niemand außer uns diesen Ort überhaupt findet und schon gar nicht all die Mühe auf sich zu nehmen bereit ist, sich bis hierher durchzuschlagen und auch noch hier zu wohnen.«

Damals war ich endlich in der Lage, Mutter Hannah ein wenig auf den Arm zu nehmen; ich sage endlich, weil ich Jahre dazu gebraucht habe. Mutter Hannah lud einen nie dazu ein. Aber sie bemerkte auch selten, wenn sie auf den Arm genommen wurde, und daher brauchte ich die wenigen Male, die ich es tat, kaum Angst zu haben.

»Unsinn«, antwortete sie gelassen; sie störte sich überhaupt nicht an meinen zuweilen abweichenden Meinungen. »Es gibt viele Leute, die Himmel und Erde in Bewegung setzen würden, um in Retreat aufgenommen zu werden. Aber sie passen selten zu uns, und dann wären sie hier auch nicht glücklich. Wenn wir hier sind, leben wir sehr einfach, wie du weißt. Und ausgesprochen gesittet; darum fühlen sich die meisten Leute an Orten wie Northeast Harbor, Bass Cove oder Somes Sound sehr viel wohler.«

Ihre aristokratische Nase verriet, was sie von diesen Pfuhlen der Verderbnis und des Exzesses hielt.

Peter, der der Länge nach ausgestreckt und in eine Wolldecke gehüllt vor dem Feuer lag und Äpfel aß, während draußen einer unserer häufigen Juni-Nordostwinde sein Unwesen trieb, sagte: »Die Seele sucht sich ihre Gesellschaft selbst und schließt die Tür hinter sich. Dränge dich dieser göttlichen Versammlung nicht auf.«

»Sehr richtig«, meinte Mutter Hannah. »Das ist klug gesagt, mein Lieber.«

»Das stammt von Emily Dickinson«, ließ Peter sich mit verdächtig gleichmütiger Stimme vom Sofa her vernehmen.

»Ist das diese seltsame kleine Frau mit dem Fahrrad, die manchmal Frances und English Sears besucht?« fragte Mutter Hannah.

»Das bezweifle ich«, antwortete Peter und begann zu lachen. »Soweit ich weiß, hat sie in ihrem ganzen Leben ihren eigenen Garten nicht verlassen.«

»Also weißt du, mein Lieber, du kennst schon seltsame Leute.«

»Ja, nicht wahr«, sagte Peter.

Aus irgendwelchen Gründen, in erster Linie vermutlich geografischen, sind Cape Rosier und Retreat heute noch fast ebenso unberührt wie an jenem Tag vor vielen, vielen Jahren, als ich zum ersten Mal hierherkam. In gewisser Weise ist das schade, denn ich habe noch nie eine schönere Küste gesehen, und auch das Hinterland ist unvergleichlich. Doch anfangs jagte mir diese Landschaft Angst ein. Kahl, vorspringend, ganz und gar mit dichtem Wald aus eleganten, spitz zulaufenden Tannen bewachsen, mit grauen Wirbeln besetzt, dort, wo die steinigen Rippen der Erde hervorbrechen, und am Rand des Meeres mit riesigen, pinkfarbenen Findlingen und scharfen, roten Felsenbänken befestigt, die von den letzten Eiszeiten zurückgelassen wurden, scheint das Kap auf den ersten Blick ungastlich und dem menschlichen Leben feindlich gesinnt. Der Himmel und das tiefblaue Meer – umhüllt von einem ganz eigenen kristallenen Licht, wenn das Wetter zum Schlechten hin umschlägt, und manchmal völlig in den dicken, stillen weißen Nebeln versunken, die gelegentlich wochenlang vom Meer her hereintreiben – erscheinen mir hier tiefer, reiner, härter und weiter zu sein als irgendwo anders an dieser Küste. Im Wind kann man die Schreie der Möwen hören, die auf dem Weg zu den großen Inseln sind, oder das meilenweit entfernte Nebelhorn bei Stonington auf Deer Isle. An sonnigen Tagen mit stiller, blauer Luft sieht man über die ganze Bucht hinweg die Umrisse der Camden Hills. Bilder, Geräusche und Gerüche haben hier eine übernatürliche Schärfe.

Cape Rosier ist für mich der Inbegriff der Klarheit – und das war, wie ich mich erinnere, vielleicht der erste Gedanke, der mir kam, als wir am Ende dieses endlos langen Tages endlich aus dem Wald herausfuhren und Retreat in der Abenddämmerung vor uns liegen sahen. Hier gibt es nichts Wandelbares, nichts Durchlässiges, nichts Heimtückisches, nichts Verführerisches, nichts Waberndes, nichts Weiches, nichts, was die Ränder verwischen könnte. Die Schönheit ist scharf wie die Klinge eines Messers. Selbst die kleinen saftiggrünen Flächen der Salzwiesen, die voller Wildblumen sind und vom Schwarzgrün der Tannen begrenzt werden, selbst die wogenden Säume von Goldrute und Wilder Möhre an den staubigen Wegrändern, selbst die Farborgien der kurzlebigen Sommerblumen in den allerbescheidensten Hütten – selbst sie wirken so klar und deutlich konturiert wie die Gegenstände in einem Gemälde von Dalí. Für meine vom samtigen Morast der Küsten Charlestons eingeschläferten Sinne glich die Landschaft an diesem Tag einer Million scharfer, gefährlicher und wunderschöner Schwertspitzen.

»Ich habe noch nie etwas so Schönes gesehen«, sagte ich schließlich zu Peter, als ich bemerkte, daß er wissen wollte, welchen Eindruck dieser von ihm so geliebte Ort auf mich machte. »Und es sieht so aus, als könnte es ohne weiteres tödlich sein. Peter, es ist alles so… *scharf.*«

Er sah mich an und lächelte. »Ich weiß, was du meinst. Aber genau das ist es, was du lieben wirst. Alles ist… offen. Nichts wird zurückgehalten. Diese Landschaft zeigt dir ihre Zähne, ihr Rückgrat und ihren Atem, und irgendwann bekommt etwas in dir Flügel, um ihr ebenbürtig zu sein. Sie verwöhnt dich nicht, aber sie holt das Beste aus dir heraus. Und sie gibt dir ihr Bestes. Diese Küste, dieser Ort, räumt eine Menge überflüssiger Dinge beiseite. Man kann hier etwas über das Absolute lernen. Das hattest du in Charleston nie.«

Ich wollte protestieren, und tat es doch nicht. Er hatte recht. Das geschmeidige südliche Leben, diese versteckte, langsame und komplizierte uralte Schönheit, die warme, schwere Luft und das körperwarme Meer, dieser dampfige, schwüle Ort reicher Düfte kann besänftigen, bezaubern und vieles lehren, aber reinigen und klären kann er nicht. Dieser Ort hier kann das. Vielleicht war es das, was ich am meisten fürchtete: daß Cape Rosier und Retreat von mir eine große Wandlung verlangten, zu der ich gar nicht imstande war.

»Ich glaube nicht, daß ich, wenn ich diesen Ort verlasse, noch dergleiche Mensch bin wie jetzt«, sagte ich geheimnisvoll, und er grinste noch breiter, zerstrubbelte mein Haar und sagte, ich sei albern, ich würde in Retreat sehr wohl ich selbst sein, nur noch mehr als jetzt.

So viele Jahre sind vergangen, und ich weiß immer noch nicht, wer recht gehabt hat.

Von der löchrigen Asphaltstraße aus führte eine Sandstraße in die Tannen- und Birkenwäldchen hinein und geradewegs zum Meer hinunter, und dort war auf einem Pfosten ein altes, graues Holzruder befestigt, auf dem in verblaßten, kaum noch lesbaren Buchstaben stand: FERIENKOLONIE RETREAT, COVE HARBOR JACHTCLUB. Die Straße lag vollkommen still und ruhig da, und die kristallblaue Luft drang kühl in unser offenes Auto. Ich zog meine Jacke fester um mich, aber ich zitterte nicht nur vor Kälte. Der Wald wirkte völlig unberührt; kein Dachfirst, kein Schornstein, kein Rauch störte die gezähnte Horizontlinie der Tannenwipfel. Keine menschliche Stimme drang durch die Stille. Nur der wimmernde Schrei der Möwen war zu hören, und in einiger Entfernung ein leises, säuselndes Rauschen, das, wie ich später feststellte, das weiche Auslaufen der Wellen auf dem Kiesstrand war.

»Na, dann los«, sagte Peter und legte den Gang ein. Ich war zu atemlos, um zu antworten. In diesem Moment war ich vor Angst wie erstarrt.

Retreat besitzt keine Straßen, sondern ein Netz von engen, wildblumengesäumten Sandwegen, die sich durch die dunklen Wälder ziehen und alle früher oder später am Wasser enden. Die alten Häuser bestehen meist aus grauen oder braunen verwitterten Zedernschindeln, so daß man in der Dämmerung zuerst die weißen Fensterrahmen und die leuchtenden Blumenkästen aufblitzen sieht. Dann gewöhnen sich die Augen an die grüne Dunkelheit, und man kann die Häuser selbst ausmachen, die etwas entfernt von den Straßen mitten in diesem Urwald stehen und sich deutlich gegen den klaren Himmel abzeichnen: Es sind hohe, verschachtelte alte Gebäude – mit Vorbauten und Seitenflügeln, die viele Fenster und Veranden haben und sich zwischen die großen grauen Felsen ducken, die wie schlafende Elefanten zusammengesunken auf der schweren, braunen Erde liegen. Von allen Häusern aus kann man über die Bucht oder den Hafen blicken, und diejenigen, die am Ende der Straßen stehen, bieten atemberaubende Rundblicke. In den ersten Jahren beneidete ich oft die Familien, die sich an diesem großzügigen Geschenk erfreuen konnten, sooft sie nur wollten. Von Liberty, unserem Cottage, aus konnte man nur über Braebonnie, das neuere und größere Cottage der Potters, hinweg, das direkt auf den Felsen über dem Kiesstrand gebaut worden war, aufs Meer hinausblicken. Man konnte das Meer zwar sehen, spürte es aber nicht so unmittelbar und durchdringend wie in Braebonnie und vielen anderen Cottages in Retreat.

»Das liegt daran, daß Liberty eines der drei ersten Cottages hier war«, erzählte mir Mutter Hannah in diesem ersten Sommer. »Damals konnte man nur mit dem Postschiff von Rockland aus hierherkommen, und das legte unten an unserer Straße an. Peters Großvater dachte nur an das Wohl seiner Familie, als er hier baute, denn der Weg von der Anlegestelle hierher war nicht weit. Es war auch leichter für das Personal. Natürlich rechnete keiner der wenigen ursprünglichen Siedler damit, daß jemand das Land zwischen ihnen und dem Meer aufkaufen und dort viel… eindrucksvollere Häuser bauen würde. Unter den ersten Anwohnern herrschte eine Art Gentlemen's Agreement. Aber natürlich wurde Braebonnie erst viel später gebaut, ich glaube, von irgendwelchen Leuten aus Connecticut. Wir haben sie gar nicht kennengelernt; sie interessierten sich nicht für Retreat und verkauften beinahe sofort an die Potters. Ich muß sagen, daß ich immer froh war, daß gerade sie so nahe wohnen; es sind eben auch Bostoner, weißt du. Auch wenn das Haus ein bißchen… übertrieben groß ist für eine einfache Feriensiedlung.«

Braebonnie war tatsächlich sehr groß – es hatte vielleicht zwanzig Zimmer –, aber es breitete sich so hübsch und bescheiden auf dem Felsen aus, in einem verwitterten, moosbewachsenen Haufen aus Schindeln und Steinen, daß es mir nicht im mindesten protzig erschien. Ich liebte es. Ich habe es immer geliebt, seit jenem ersten Sommer. So viele meiner glücklichsten Erinnerungen, aus der Zeit, als Amy und ich gemeinsam jung waren, sind mit Braebonnie verbunden. Natürlich liebe ich auch Liberty; es ist alles, was mir von meiner Jugend und von Peter geblieben ist, und es ist ohne Frage mein Zuhause. Aber es ist in gewisser Weise Mutter Hannah so ähnlich – eckig, aufrecht, unverbindlich –, daß ich sie oft in den alten, zederndunklen Zimmern sehen kann, wie sie in gerader, strenger Haltung mit ihren leisen, fegenden Schritten umhergeht, oder ihre Stimme in dem leeren Haus höre.

»Verschwinde von hier. Das ist jetzt mein Haus«, habe ich mehr als einmal zu dem mißbilligenden Schatten gesagt. Und um ihren Geist auszutreiben, habe ich ihre Fliederbäume zurückgeschnitten, eine lange Sonnenveranda angebaut, die aufs Meer hinausgeht, sämtliche hinteren Fenster vergrößert und viele neue eingebaut, so daß das Meeresrauschen das letzte ist, was man vor dem Einschlafen hört, und morgens, wenn man die Augen aufschlägt, der Blick zuallererst auf die tanzenden Lichtflecken der vom Meer gespiegelten Sonne an der Decke fällt. All das hätte Mutter Hannah gehaßt. Die See ärgerte sie immer eher, als daß sie sie begeisterte.

Nach dem Willkommensritual, das sich bis zu Mutter Hannahs Tod nicht ändern sollte - der kühle kleine Kuß, die leichte Umarmung, die dargebotene Wange, die nach Puder und glattem, in Zedernschränken aufbewahrtem Leinen roch – öffnete sie ihre Arme für Peter und hielt sie so, bis er sich hineinwarf, und während sie ihn umfaßt hielt, schloß sie die Augen und rollte ihre Wange in dem Eck zwischen seinem Hals und seiner Schulter hin und her, wobei sie so verzückt lächelte wie eine säugende Katze. Als sie ihn endlich losließ, waren Tränen auf ihren satinglatten Wangen zu sehen. Sie trat zurück, um ihn zu betrachten.

»Du bist viel zu dünn«, sagte sie. »Und deine schöne Sonnenbräune ist verschwunden. Jetzt wirst du erst mal tagelang in der Sonne sitzen, gar nichts tun, und Christina und ich werden dich aufpäppeln. Wenn du jetzt schon so ausgemergelt bist, wie soll das dann werden, wenn du erst deine Stellung antrittst?«

»Ich habe kein einziges Gramm verloren, Ma, und ich war in der letzten Woche in Northpoint jeden Tag beim Segeln«, sagte Peter. »Der Winnepesaukee ist gleich in der Nähe. Mach keinen Wirbel. Maude füttert mich wie ein Schwein. Sie wird allmählich eine großartige Köchin.«

»Das kann ich mir vorstellen«, sagte Mutter Hannah und schenkte mir ihr kleines, verkniffenes Lächeln. »Ich vermute, diese hübschen Mädchen aus dem Süden wissen schon bei ihrer Geburt, wie man es einem Mann recht macht.«

Die Vernachlässigung ihres Sohnes und meine übertriebene südliche Sinnlichkeit standen schon jetzt wie unüberwindliche Hürden zwischen ihr und mir. Ich lächelte sie strahlend an. Ich wußte, daß sie Peter verziehen hatte; die Einrichtungsgegenstände und der hübsche Wagen verrieten es. Und ebensogut wußte ich, daß sie mir keineswegs verziehen hatte. Die Schwiegertochter, die sie heute abend im Speisesaal vor ihrer Welt präsentieren mußte, war so offenkundig nicht diejenige, die sie ausgesucht hätte, daß es in ihren frostigen Augen geradezu grotesk erscheinen mußte.

»Ich gebe mir alle Mühe«, sagte ich. »Zu Hause habe ich nie gekocht, aber die Fürsorge für Peter ist jetzt das Wichtigste.«

»Ja«, sagte sie.

Peters Vater küßte mich, wie mir schien, mit ehrlicher Freude und nahm meine Taschen.

»Das Zimmer hinten in der Ecke, bitte, Lieber«, sagte Mutter Hannah, und Peter und sein Vater sahen sie an.

»Dieser Raum ist ein einziger Ofen, Ma«, sagte Peter. »Und er hat nur das eine Bett. Ich dachte, wir bekämen mein altes Zimmer.«

»Ich weiß, Liebster, aber Micah hat im Frühjahr entdeckt, daß einige der Bodenbretter verrottet sind, und er war sich nicht sicher, ob der Boden das Gewicht von zwei Leuten aushalten würde.«

Ihre Augen betrachteten mich abschätzend, und ich wurde rot.

»Außerdem hat es den schönsten Blick aufs Wasser«, sagte sie. »Und ich habe Micah das große Bett hinaufbringen lassen.«

Sie senkte die Augen, und ich errötete von neuem. Peters Vater verschwand auf einer lebensgefährlich steilen Wendeltreppe, und wir folgten ihm. Ich atmete tief durch, teilweise vor Erleichterung, ihrer Gegenwart fürs erste entkommen zu sein, und teilweise, um den wundervollen Duft des alten Zedernholzes, das noch die Wärme des Tages speicherte, zu genießen. Das Cottage war niemals winterfest gemacht worden, so daß die Außenwände aus roten Zedernschindeln zugleich als Innenwände herhielten, und die Quer- und Stützbalken waren aus dem gleichen Holz, das über die Jahre hinweg einen herrlichen dunklen, feurigen, honigartigen Goldton angenommen hatte.

Unser Zimmer, das am Ende des mittleren Korridors im Obergeschoß lag, war tatsächlich winzig. Es wurde von dem riesigen weißen Eisenbett beherrscht, das aufgeschlagen war, so daß die schönen alten weißen Leinen-Bettücher ihre Durchbrucharbeit zeigten; darüber türmten sich Daunenkissen in steifen Bezügen, Steppdecken und eine dicke Decke in orange und schwarz, den Farben von Princeton. Ich lächelte, über das große Bett, über die Decke und über Peter.

»Schulnostalgie«, sagte ich.

»So eine liegt fast auf jedem Bett in Retreat«, sagte Peter. »Mein Großvater und einige der Mitglieder seines Schulclubs haben diesen Ort entdeckt und die Kolonie gegründet. Noch Jahre danach ließen sie nur »Tiger« herein, und dann hatten sie allmählich selbst kleine Tiger – buchstäblich unter Orange und Schwarz gezeugt, könnte man sagen –, und so wohnen in Retreat noch heute fast ausschließlich ehemalige Princeton-Studenten. Dieses ewige Lied ›Going Back to Old Nassau‹ hängt einem bald zum Halse heraus.«

»Niemand aus Yale? Niemand aus Harvard?«

»Nur sehr wenige. Sie gehen nach Northeast Harbor, nach Bar oder anderswohin. Oder sie kaufen sich ihre eigenen Inseln. Bloß Princeton.«

»Natürlich«, sagte ich voller Verzweiflung. »Ach, Peter, ich werde auffallen wie ein bunter Hund. Kein Boston, kein Neuengland, kein Tennis, kein Segeln. Und kein Collegeabschluß. Nicht einmal ein einziges Jahr im College. Was soll ich nur machen?«

»Du könntest einfach immer im Bett bleiben und mit deinem

Ehemann vögeln«, sagte er. »Jede Frau von sechzehn bis neunzig wird dich beneiden. Wie ich schon sagte, man tut das nicht in Retreat.«

»Na, und wieso gibt es dann so viele von euch?«

»Ach, wir schlafen zu Hause miteinander«, sagte er. »Dafür sind die langen, dunklen Winter da.«

Ich sah das riesige Bett an. »Bei so einem Monster von Bett ist es schwer, an etwas anderes zu denken«, sagte ich grinsend.

Er lachte, aber es klang nicht fröhlich. Ich sah ihn fragend an.

»Na, dann mußt du dich eben anstrengen«, sagte er. »Denn in diesem Bett wirst du wahrscheinlich nicht viel anderes tun.«

»Das verstehe ich nicht.«

»Sie hat uns direkt über sich einquartiert«, sagte er. »Dieses Zimmer liegt genau über dem großen Schlafzimmer im Erdgeschoß, in dem meine Eltern schlafen, und dieses Bett steht genau über dem ihren. Hier könnte man eine Stecknadel fallen lassen, und sie würden es unten hören. Mein altes Zimmer ist am anderen Ende des Hauses; dort habe ich schon Feuerwerkskörper losgelassen, ohne daß es jemand gehört hätte. Wir müssen uns irgend etwas ausdenken, es sei denn, dir gefällt der Gedanke, daß meine Mutter und mein Vater daliegen und jede unserer Bewegungen hören.«

»Na, dann laß uns doch in dein altes Zimmer ziehen.«

»Verrottete Bodenbretter«, sagte er. »Erinnerst du dich?«

»Es gibt doch sicher noch andere Zimmer?«

»Klar. Einen hübschen Raum genau neben ihnen, wo man noch besser gehört wird, und vier Kastenbetten in einem Zimmer unterm Dach, aber dort kriegt man von Juli an keine Luft mehr, und vier Hängematten in der Sonnenveranda im ersten Stock, und die hat riesige Löcher im Fliegengitter. Dort bist du von jetzt bis September ein Festessen für jede schwarze Fliege und jede Stechmücke in Maine.«

Heftige Wut stieg in mir auf. »Es ist mir egal, ob sie uns jede Nacht hört«, sagte ich zornig. »Sie weiß doch, daß wir es tun. Schließlich hat sie es selbst wenigstens einmal gemacht, sonst gäbe es dich nicht. Ich höre nicht auf, das... zu tun... nur, weil sie uns direkt über sich einquartiert hat. Peter, ich weiß genau, daß das Absicht war.«

»Natürlich war es Absicht«, sagte er. In seinem Gesicht lagen Lachen und Ärger miteinander im Widerstreit.

»Und willst du zulassen, daß sie uns davon abhält?«

»Nein«, sagte er. »Ich werde mir etwas ausdenken. Wir könnten warten und es während eines Gewitters tun. Oder wir könnten uns am Vormittag heraufschleichen, solange sie Besuche macht. Oder wir machen es auf einer der kleinen Inseln, das Moos dort ist so weich wie eine Matratze. Oder wir nehmen das Boot, ankern irgendwo und tun es dann.«

»Peter! Ich glaube fast, du hast Angst, deine Mutter wissen zu lassen, daß du mit mir schläfst!«

»Ich habe keine Angst vor ihr. Ich fürchte nur, daß sie es uns verderben wird, wenn sie uns dabei erwischt. Ich will nicht, daß das passiert.«

Ich betrachtete ihn genauer. Das Lachen war aus seinen Augen verschwunden. Er meinte es ernst.

»Nun, mir wird sie es nicht verderben, und sie wird mich auch nicht dabei erwischen, wie du das nennst, und ich werde es mit dir machen, wann immer mir danach ist, und heute nacht ist mir danach, sobald wir vom Abendessen zurückkommen«, sagte ich empört. »Ich find's ungeheuerlich!«

»Maude...«

»Pssst. Kein Wort mehr. Betrachte dich schon so gut wie gevögelt, Peter Chambliss. In diesem Augenblick läufst du als gevögelter Mann herum«, sagte ich.

»Nun, wenn du es so sagst«, meinte Peter und legte mir von hinten die Hände auf die Brüste. Ich fühlte die winzige Flamme in meinem Unterleib auflodern.

»Wie lange dauert denn das Abendessen?« flüsterte ich und griff hinter mich, um das zu streicheln, was sich so steif an meinen Rücken preßte.

»Zu lang«, sagte Peter. »Viel zu lang.«

Er hatte recht. Der Abend war zwar um halb zehn Uhr vorbei, aber er dauerte viel zu lang. Als wir nach unten kamen, war Augusta Stallings gekommen und widmete sich einem großen Martini, Peters Vater hatte sich auf das lange Sofa vor dem Kamin zurückgezogen, und Peters Mutter stellte mich vor und machte ihre legendäre Bemerkung über die Franzosen und die Verderbtheit. Von da an verschwimmen der Abend und die Nacht in meinem Gedächtnis in einem dichten Nebel heißwangiger, blinder Qual. So sind sie mir bis heute in Erinnerung geblieben. Mir fallen noch manche Höhepunkte ein – am lebhaftesten ist mir im Gedächtnis geblieben, wie sich Mrs. Stallings im Wohnzimmer in einem niedrigen Korbsessel niederlassen wollte, ihn verfehlte und mit ihrem breiten, korsettumhüllten Hinterteil auf dem Sisalteppich landete, ohne dabei einen Tropfen ihres dritten Drinks zu verschütten –, doch eigentlich ist mein erster vollständiger Abend in Retreat eine Lücke, ein Nichts.

Wenn ich jetzt daran zurückdenke, steigen in meiner Erinnerung ein leises Summen von eindeutig neuenglischen Stimmen in dem rustikalen Speisesaal auf, der warme Duft von Muschelsuppe und heißen Brötchen, das Nicken von vielen schmalen, hellen Köpfen und der Druck vieler kühler Hände in der meinen, das Aufblitzen vieler regelmäßiger Zähne und eine Welle leiser Gespräche, während wir auf unseren Tisch zugingen. Eine Ahnung ist mir geblieben von den vielen jungen Männern und Frauen, die Peter so ähnlich sahen und die auf ihn zukamen, um ihn zwar nicht mit den Armen, aber mit ihrem Lächeln zu umarmen, während ich dachte, daß ich mich niemals, niemals so willkommen fühlen würde; gelegentlich blitzen auch einzelne Gesichter auf über Cardigan-Jacken und Perlenketten oder blauen Blazern. An eines von ihnen – es war dunkel, klug, schelmisch und umrandet von halblangen Haaren, die etwa die Farbe der meinen hatten – kann ich mich noch deutlich erinnern: Es gehörte zu Amy Potter, die ich hier zum ersten Mal sah. Ich höre noch die weichen, ausdruckslosen Stimmen, die mich fragten, ob ich segeln und Tennis oder Bridge spielen könne, und die mir versicherten, daß ich es ganz schnell lernen würde. Aber diesen Erinnerungsbildern fehlt jede Reihenfolge und Ordnung. Ich war zu müde und zu eingeschüchtert, und plötzlich auch so voller Heimweh nach einem anderen, wärmeren Meer und der freundlichen alten Stadt an seiner Küste.

Als wir nach Hause kamen, war es meine Schwiegermutter, die uns schließlich nach oben scheuchte. Peter war still geworden, er saß neben seinem Vater auf dem Sofa, während die Birkenscheite im Kamin knisterten, und machte keine Anstalten, aufzustehen, und ich selbst wäre eher gestorben, als den Rückzug dorthin anzuregen, wo das riesige Bett wartete. Ich saß da und blätterte in vergilbten alten Zeitschriften, während meine Augen immer schwerer wurden und schließlich zufielen. Da kam endlich Mutter Hannah aus der kleinen, mit dem Nötigsten ausgestatteten Küche und sagte: »Ihr Kinder solltet langsam schlafen gehen. Ihr hattet einen anstrengenden Tag, und morgen früh wollt ihr bestimmt mit den Hühnern aufstehen. Peter, Parker Potter hat gesagt, ich soll dir mitteilen, daß er um acht einen Tennispartner braucht und bis acht Uhr fünfzehn auf dich wartet. Tina macht morgen früh Pfannkuchen, das soll ich dir von ihr ausrichten. Sie hat dir die erste Blaubeermarmelade mitgebracht. Maude, Liebes, brauchst du noch irgend etwas?«

Nichts weiter als von deinem Sohn gründlich, lange und ausführlich gevögelt zu werden, bis mir die Zähne und die Augenlider beben, dachte ich, und stand auf.

»Nein, danke«, sagte ich.

»Nun, dann Gute Nacht. Wenn ihr irgend etwas braucht, dann ruft einfach. Ich höre euch schon.«

Nein, das wirst du nicht, dachte ich.

Aber natürlich hörte sie uns. Peter zögerte, als wir endlich unter die schweren Decken des großen Bettes schlüpften, aber ich streichelte ihn langsam, schweigend, erst mit den Fingern, dann mit der ganzen Hand und schließlich mit Armen, Beinen und Füßen, bis er nicht mehr anders konnte, als seinen Körper auf meinen zu rollen, und im nächsten Moment war er schon in mich eingedrungen. Er war ruhiger als jemals zuvor, und ich auch; angespannt und verhalten bewegten wir uns auf und ab, bis sich unsere Muskeln verkrampften von dem verzweifelten Versuch, das alte Eisenbett vor Erschütterungen zu bewahren. Aber es war sinnlos. Wir näherten uns beide dem Höhepunkt, als ich ihre Stimme hörte, die so klar wie eine Totenglocke durchs Treppenhaus klang. »Peter? Ist dir nicht wohl, mein Lieber?«

Er erstarrte und lag still; ich spürte, wie er aus mir herausglitt.

»Alles in Ordnung, Ma«, rief er mit angespannter Stimme.

»Ich dachte, du hättest gerufen.«

»Nein, Ma.«

Einen Augenblick lang lag er schweigend und bewegungslos neben mir in der Dunkelheit, dann sagte er: »Hast du noch Lust?«

»O ja...«

Und wieder kam die Stimme, gerade als die feuchte Hitze tief in mir erblühte und sich die geheimnisvolle Dunkelheit ganz für ihn öffnete.

»Peter? Petie?«

»Ma, mir geht's gut«, rief Peter zurück. Seine Stimme war jetzt klar und voller Wut. Aus irgendeinem Grund begann ich zu lachen. Ich lachte und lachte, auch wenn ich mich innerlich nach ihm verzehrte und vor Unerfülltheit brannte. Ich konnte nicht aufhören. Ich stopfte mir die Bettdecke in den Mund, aber es schüttelte mich weiter.

»Verdammt, komm mit, Maude«, stieß Peter zwischen zusammengebissenen Zähnen hervor. Er stieg aus dem Bett, packte die Princeton-Decke und zog mich hinter sich her in das winzige, kalte Bad neben dem Schlafzimmer.

»Was ist los?« flüsterte ich und lachte immer mehr. »Was tust du da, du alberner Kerl?«

Er warf die Decke in die fleckige alte Wanne mit den Klauenfüßen und schob mich mehr oder weniger darauf.

»Ich vögle meine Frau«, murmelte er. »Ich habe damit angefangen, und jetzt werde ich es verdammt noch eins auch zu Ende bringen, und Mutter kann meinetwegen die Wände hochgehen, wenn es ihr nicht gefällt. Dieses Ding hier ist am Boden festgeschraubt; wenn sie es wackeln und quietschen hört, dann muß sie eine Hexe sein. Leg dich hin, Maude.«

Ich gehorchte. Mein Kopf hing über das eine Ende der Badewanne und meine Füße über das andere, und mein Bauch wackelte vor unterdrücktem Lachen. Ich betrachtete meinen großen, schlanken, nackten Ehemann, der vor mir stand. Er zitterte vor Kälte und Wut, sein Haar hing ihm über die zusammengekniffenen Augen, und sein Penis war vollständig erigiert. Ich liebte ihn über alles. Das Lachen drohte über meine Lippen zu fließen, die Treppe hinunter zu laufen und meine Schwiegermutter zu ertränken.

»Sie *ist* eine Hexe«, sagte ich japsend. »Das hätte ich dir gleich sagen können. Sie hat mich in ein Schwein verwandelt, und dich in einen Kranich mit einem Ständer.«

Und so liebten wir uns zum ersten Mal in Retreat, Peter und ich:

Lachend wälzten wir uns in einer kalten Porzellanbadewanne auf einer schwarz-orangenen Princeton-Decke. Ich hatte mir einen Waschlappen in den Mund gesteckt, um meine Schreie zu erstikken, und der Klang der Stimme von Peters Mutter übertönte sein Lachen in dem Augenblick, als er kam: »Peter? Bist du sicher, daß alles in Ordnung ist mit dir?«

Am nächsten Morgen erwachte ich im hellen Sonnenlicht, das ein Viereck auf die Bettdecken zeichnete und das Flimmern des Meeres an die Decke warf. Ich war allein im Bett. Im Erdgeschoß hörte ich kein Geräusch, und ich wußte nicht, wie spät es war. Im Sommer geht in Retreat die Sonne sehr früh auf, es konnte ebenso halb sechs wie neun Uhr morgens sein. Wahrscheinlich war Peter längst auf dem Tennisplatz.

Ich lag still, weil ich nach der Schlafzimmerkomödie letzte Nacht nicht nach unten gehen wollte. Es war kühl in dem kleinen Zimmer, aber mein Körper speicherte noch Peters Wärme. Auch wenn ich ihn in den Nächten für mich haben würde, dachte ich, so riß ihn doch jeder anbrechende Morgen fort von mir und hinaus, wo er so sicher und sorglos wie ein junger König herumlief und wohin ich ihm bestimmt niemals wirklich folgen konnte. Ich fühlte, wie sich meine Kehle verkrampfte und meine Augen zu brennen begannen. Ich fühlte mich so verlassen und allein wie noch nie in meinem Leben.

Irgendwo in der Nähe hörte ich eine alte Stimme, die vor Groll zitternd sagte: »Wenn ich die Großmutter meines Mannes so schlecht behandelt hätte wie du mich, dann hätte er sich von mir scheiden lassen. Du bist ein schlecht erzogenes, gedankenloses und selbstsüchtiges Kind, und ich werde Parker erzählen, daß du schon zum dritten Mal in dieser Woche mein Frühstück vergessen hast. Da wird er nicht erfreut sein, Amy. O nein.«

Ich stieg aus dem Bett, ging in meinem dünnen Nachthemd zum Fenster und sah hinaus. Der Morgen lag still in gelben und blauen Farben da, und das Meer glitzerte. Ohne Zweifel kam die vorwurfsvolle Stimme aus dem großen Haus hinter unserem, aus Braebonnie. Mir fiel wieder ein, daß dort die Potters wohnten, die alten und die jungen Potters und die alte Mutter von Mr. Potter senior. Was ich gehört hatte, mußte wohl ihre Stimme gewesen sein. Und die Zielscheibe war vermutlich das lebhafte Mädchen mit den dunklen Augen, das ich gestern abend im Speisesaal kennengelernt hatte. Amy, die junge Frau von Parker Potter. Mein Herz zog sich regelrecht zusammen vor Mitleid mit ihr, die sich eine solche Behandlung von ihrer Großmutter gefallen lassen mußte.

»Arme Amy«, sagte ich laut. »Ich weiß, ich weiß.«

Und dann hörte ich zu meiner großen Überraschung das fröhliche Lachen eines jungen Mädchens. Die Stimme, die so kühl und leicht wie Regen war und an die ich mich noch genau erinnern kann, sagte: »Ach, liebe Großmama, was bist du nur für eine alte Närrin! Du hast dein albernes Frühstück doch schon vor zwei Stunden gehabt. Du hast es nur wieder vergessen.«

Und eine Tür fiel ins Schloß, und die Stimmen verklangen. Ich schlüpfte zurück ins Bett, lag da und beobachtete, wie der Sonnenfleck über meine Bettdecke wanderte. Ich lächelte. So sicher, als könnte ich in die Zukunft schauen, wußte ich, daß ich in Amy Potter eine Verbündete und bald auch eine Freundin haben würde.

DRITTES KAPITEL

In meiner ersten Woche in Retreat lernte ich drei Menschen kennen, die den Lauf meines Lebens so gründlich ändern sollten wie Dynamit einen Flußlauf. Zuerst war da natürlich Amy Potter; vor Amy hatte ich noch nie eine Freundin gehabt, und nachdem wir uns kennengelernt hatten, war sie die Flutmarke, an der ich alle weiteren Freundschaften maß. Der zweite war ihr Ehemann Parker. Und der dritte war ein Mann, der mein Leben rettete, noch bevor ich seinen Namen kannte. Sie sind jetzt alle tot. Es ist eine Ironie des Schicksals, daß der Flußlauf so oft die erdgeschichtlichen Umwälzungen überlebt, die ihn formen.

Ich lernte Parker Potter am Morgen meines ersten Tages in der Ferienkolonie kennen, und am Abend wünschte ich mir, ich wäre ihm nie begegnet. Obwohl er mich sein ganzes Leben lang immer mit einer Umarmung oder einem Kuß begrüßte und mich mit scheinbar liebevoller Zuneigung neckte, war ich mir doch stets bewußt, daß er mich durch einen Schleier aus Feindseligkeit betrachtete. Parker war so sehr mein Feind, wie seine Frau meine Freundin war.

Als ich an diesem Morgen nach unten kam, war das Haus leer. Ich war unsicher, wie man sich wohl morgens in Retreat zu kleiden hatte, daher hatte ich den korallenroten Morgenmantel übergezogen, den mir Kemble zur Hochzeit geschenkt hatte. Er war aus wunderschönem, schwerem Satin, der so weich fiel wie vergossener Sirup, mit weißen Punkten darauf und handgemachter Spitze an den Aufschlägen. Ich ging durch die Düsternis des Erdgeschosses hinaus auf die Veranda und nahm mit einem tiefen Atemzug die Bilder und Geräusche in mich auf, die Retreat am Morgen zu bieten hatte. Und obwohl Unsicherheit und Sorge mein Herz bedrückten, bekam es auf einmal Flügel und begann wie eine Lerche zu singen. Die Luft war kühl und feucht und duftete nach Tannennadeln, die Bucht glitzerte kobaltblau, weiße Segel, die sich scharf von dem fernen Blau der Camden Hills abhoben, zogen vorüber, und die kristallklare Luft erbebte von Vogelstimmen, die aus der Erde zu steigen, aus den Birkenwäldern zu sickern und von den Felsen zu fließen schienen. Ein ganzes Netz fremder Klänge und Gerüche umgab mich, und plötzlich verspürte ich ein großes Glücksgefühl. Diese ganze exotische nördliche Welt wartete nur darauf, daß ich sie erforschte, daß ich sie mit jeder Pore meines Körpers kennenlernte, so wie ich das wilde Land der Sumpfwälder am Wappoo Creek kannte. Ich dachte an die langen, arbeitsfreien Sommertage, die vor mir lagen und die ich zusammen mit Peter tief in den Wäldern, auf den Uferfelsen mit einem Buch oder Zeichenblock oder sogar in einem Kanu in einer der stillen Buchten, die ich von der Veranda aus sah, verbringen würde. Ich lächelte, streckte meine Arme aus, so weit ich konnte, schloß die Augen und atmete tief durch.

»Guten Morgen«, riefen zwei näselnde Stimmen vom Weg vor dem Cottage aus. Ich öffnete die Augen und sah zum einen zwei alte Damen, die in viele Schichten gestärkter Baumwolle gehüllt waren, Handschuhe und Sonnenhüte trugen und stocksteif dastanden, und zum anderen, daß meine spitzenbesetzten Aufschläge klafften und die Morgensonne auf einen Knutschfleck an meiner linken Brust schien. Eine der alten Damen hob eine Lorgnette von ihrem Busen und betrachtete mich eingehend. Hastig bedeckte ich mich und grinste, wie Kemble das einmal beschrieb, wie eine Beutelratte in einem Kuhfladen, wobei ich spürte, wie mir das Blut vom Hals bis an den Haaransatz stieg.

»Guten Morgen«, rief ich. »Ist das nicht ein herrlicher Tag?«

»Sehr hübsch«, sagte die eine und wandte dezent die Augen ab.

»Bitte richten Sie doch Ihrer Schwiegermutter aus, daß wir wiederkommen, wenn… Sie sich fertig eingerichtet haben«, sagte die andere. In ihrer Hand lugte silbern unter dem weißen Handschuh das Kästchen mit den Spielkarten hervor. Hintereinander marschierten sie den Weg hinunter und auf die Straße, wo sie alsbald die Köpfe zusammensteckten. Ich konnte mir gut vorstellen, worüber sie sich unterhielten. Das Thema Morgenmäntel in Retreat war also erledigt.

Ich schlich mich in die Küche, die ebenfalls verwaist war, und öffnete die Tür des alten Kühlschranks. Er war fast leer, abgesehen von einem blauen Tontopf mit Milch. Ich goß etwas davon in einen Becher und trank. Sie war süß und frisch. Dann fiel mein Blick auf einen Zettel, der mitten in der Küche auf dem sauber geschrubbten Kieferntisch an der Zuckerdose lehnte. Es war eine Nachricht von meiner Schwiegermutter.

Liebe Maude, Peter und Parker Potter von Braebonnie sind zum Segeln gegangen und werden wohl nicht vor dem Abendessen zu Hause sein. Ich bin mit Christina beim Wagen des Fischhändlers. Um zehn Uhr sind wir wieder zurück. Ich denke, wir werden heute morgen mit unseren Besuchen beginnen, und dann erwartet uns Mrs. Stallings zu einem kleinen Mittagsimbiß. Heute nachmittag zeige ich dir die üblichen Tätigkeiten im Haus. Ein einfaches Baumwollkleid reicht vollkommen. Alles Liebe, Mutter Hannah.

Mir rutschte das Herz in die Hose. Besuche? Mittagsimbisse mit anderen alten Damen... vielleicht sogar den beiden, die ich gerade in die Flucht geschlagen hatte? Die üblichen Tätigkeiten im Haus? Plötzlich sah ich den Ablauf meiner Tage in Retreat mit übergroßer Deutlichkeit vor mir.

»Nein, das will ich nicht«, sagte ich laut. »Heute nicht. Vielleicht morgen, aber nicht heute, nicht, bevor ich Peter getroffen und mit ihm darüber gesprochen habe, nicht, bevor ich die Sommerkolonie und die Landschaft gesehen habe und drunten am Meer war. Ich war noch nicht einmal am Meer.«

Ich floh ins Obergeschoß, zog in Windeseile eine leichte Hose, einen Pullover und Tennisschuhe an, wie ich sie auch im Herbst in den Wäldern bei Belleau tragen würde, und rannte aus dem Haus und die Sandstraße hinunter, die, wie ich wußte, zum Jachtclub führte. Ich würde so tun, als hätte ich den Zettel nicht gesehen. Morgen war noch genug Zeit, meine Strafe anzutreten.

Der Cove Harbor-Jachtclub bestand – und besteht noch heute – aus einem weitläufigen Haus aus braunen, verwitterten Schindeln, um das sich schiefe Veranden zogen, die an ausgestellte Röcke erinnerten. Von nickenden frühen Wildblumen umgeben, stand es direkt an der Spitze von Cove Point, halb versunken im hohen Gras. An diesem Morgen konnte man über die große leere

Bucht an der einen Seite bis hinüber nach Islesboro sehen, das in einiger Entfernung wie eine Wolke über dem Wasser lag. Die Umrisse der Camden Hills, die sich vorhin noch so deutlich abgezeichnet hatten, verloren jetzt in der strahlenden Sonne an Schärfe. Auch die kleineren, näher gelegenen grünen Inseln zeigten seltsam verschwommene Konturen.

Auf der anderen Seite der Landspitze war die Ausbuchtung von Cove Harbor zu erkennen, die aussah, als habe jemand in einen Apfel gebissen. Der Hafen war von großen, roten Felsen umgeben. Es war Ebbe, und die Felsen und Findlinge trugen Bärte aus nassem, grünem Moos und waren mit Mollusken und Entenmuscheln besetzt. Einige Slups und Catboats schwankten an ihren Liegeplätzen, die Segel fest zusammengerollt und an die Masten gebunden. Eine Flotte von kleinen Beibooten tanzte unten an dem langen Steg, der wie ein Finger von der Anlegestelle aus grauem Holz ins Wasser hineinzeigte. Ein Boot, eine lange, flache Rennslup mit Leinen, die so gespannt waren, daß sie aussahen wie ein fliehendes Reh, schien zum Ablegen bereit; die Segel waren hochgezogen, flatterten aber leicht und lose in der Brise. Auf dem Süll befanden sich gebündelte Segelleinwand und ein Korb, der mit einem Tuch zugedeckt war. Aber niemand schien an Bord zu sein. Der Name am Bug lautete *Circe*. Ich blickte mich im Hafen um, entdeckte aber niemanden. Peter war nirgendwo zu sehen.

Enttäuscht stand ich da, und die eindrucksvolle Schönheit des Hafens und des Ufers verloren viel von ihrer Wirkung. Vielleicht, dachte ich, war Peter im Clubhaus. Ich stieg die schmalen Stufen hinauf und versuchte, die Tür zu öffnen, aber sie war versperrt, und die Läden vor den salzverkrusteten Fenstern waren geschlossen. Langsam wandte ich mich zum Gehen. Offenbar waren Peter und Parker Potter bereits aufgebrochen. Ich hatte wohl keine andere Wahl, als mich Mutter Hannah anzuschließen und Besuche im einfachen Baumwollkleid zu machen, das ich nicht besaß.

»Hallo!« rief da jemand, und ein junger Mann trat aus dem Clubhaus.

»Hallo«, antwortete ich und hielt die Hand über die Augen, um ihn zu betrachten. Das Strahlen der Sonne war genau hinter ihm, und ich sah nur, daß er klein und untersetzt war und sehr rote Haare hatte. Das Licht ließ sie wie glühende Kohlen wirken.

»Sie können nur die neue Mrs. Chambliss sein«, sagte er, während er die Stufen herunterkam und in den Schatten einer großen, überhängenden Blautanne trat. Ohne das blendende Licht konnte ich erkennen, daß er etwa in Peters Alter war, blaue Augen hatte, die er zu Schlitzen zusammenkniff, und eine tiefbraune Haut, was bei seiner Haarfarbe erstaunlich schien. Als er nähertrat, bemerkte ich, daß sein ganzes Gesicht mit Tausenden von ineinander übergehenden Sommersprossen bedeckt war. Die nach oben gebogene Nase und die kleinen, weißen Zähne erinnerten an einen kleinen Jungen, und ein abgebrochener Vorderzahn vervollständigte dieses Huckleberry-Finn-Aussehen noch. Die Haare hingen ihm in die Augen, die Hemdsärmel waren bis zu den Ellbogen aufgerollt, und auf seiner weißen Hose war ein brauner Fleck. Irgend etwas an ihm verriet mir, daß er kein Arbeiter oder Angestellter war; durch seine breite Brust, die kurzen Beine und den wiegenden Gang fehlte es ihm lediglich an Eleganz. Plötzlich wußte ich Bescheid.

»Sie sind bestimmt Parker Potter«, sagte ich. »Das ist gut; dann haben Sie ja doch noch nicht abgelegt. Ist Peter da drin? Ach... ich bin Maude Chambliss. Aber das wußten Sie ja bereits, nicht wahr?«

Sein Lächeln wurde breiter und erstreckte sich jetzt beinahe von einem Ohr zum andern. Seine Augen verschwanden fast in den Wangen, so daß nur noch die feinen, weißen Wimpern zu sehen waren. Auch seine Augenbrauen waren beinahe weiß.

»Nein, Peter ist zu Micah Willis' Bootsliegeplatz gegangen, weil er die *Hannah* zu Wasser lassen will«, sagte er. »Er dachte, Sie würden ausschlafen. Sie wären noch nicht ansprechbar gewesen, als er ging, sagte er. Ich glaube, er vermutete auch, daß seine Mutter Pläne für Sie gemacht hat.«

Etwas an seiner langsamen Sprechweise und der Art, wie er »noch nicht ansprechbar« sagte, ließ mich vom Nacken bis zum Haaransatz erröten. Die zusammengekniffenen Augen ruhten einen Moment lang auf meiner Brust, als ob er das Mal der letzten Nacht durch den Stoff meines Pullovers erkennen könnte.

»Das hat sie auch«, sagte ich kühl, »und ich gehe besser wieder zurück, bevor sie nach Hause kommt. Ich dachte, vielleicht... ich bin noch nie gesegelt, und ich dachte, Peter würde –«

»Bleiben Sie doch noch einen Moment«, sagte Parker Potter. »Ich würde Sie lieber kennenlernen, solange wir unter uns sind, und nicht auf einer dieser unvermeidlichen Teepartys, die Ihre Schwiegermutter oder meine Mutter oder wer auch immer für Sie veranstalten werden. Sie sind wirklich eine Überraschung; Peter hat nie viel über Sie erzählt. Jetzt sehe ich, warum; ich wäre wohl versucht gewesen, selbst um Sie zu werben. Er hat zwar erwähnt, daß Sie gut aussehen, aber er hat nicht gesagt, daß Sie einfach hinreißend sind.«

»Ich muß jetzt wirklich gehen«, sagte ich und fühlte mich plötzlich unbehaglich in seiner Gegenwart. Auf irgendeine Weise wirkte er beherrschend. Aber diese Kraft war eine andere als die, die Peter und sein Vater ausstrahlten.

»Ich wollte Ihnen keine Angst einjagen«, sagte Parker. »Hunde, die bellen, beißen nicht. Peter ist mein ältester Freund; er würde mir eine Tracht Prügel verpassen, wenn ich auch nur versuchen würde, seine junge Frau einzuschüchtern. Setzen Sie sich doch zu mir, damit wir uns ein bißchen unterhalten können, während ich noch einiges auf der *Circe* verstaue. Ich möchte, daß wir Freunde werden. Meine Frau Amy hat Sie gestern abend kurz kennengelernt, sie sagte schon, daß sie sich über Ihre Ankunft sehr freut.«

Ich lächelte ihn an. »Ich mochte sie auch«, sagte ich. »Sie hat ein wundervolles Lachen. Einen Moment lang bleibe ich noch. Vielleicht, bis Peter zurückkommt. Wissen Sie, wie lange er brauchen wird?«

»Na ja, das dauert bestimmt bis nach dem Mittagessen«, sagte er. »Er wollte zusammen mit Micah das Boot überprüfen, und das braucht nach dem Winter eine Weile. Aber ich habe eine Idee. Wenn Sie wollen, könnte ich Sie mit der *Circe* hinüberfahren. Übers Wasser ist es nicht so weit.«

»Aber ich kann doch nicht –«

»Kommen Sie schon. Das wird eine nette Überraschung für Peter, und ich würde mich wirklich freuen. Nicht viele von den Frauen hier gehen zum Segeln. Ich habe noch keine getroffen, die es lernen wollte. Amy bekomme ich nicht in die Nähe eines Bootes.«

Ich betrachtete die schlanke, weiße Slup, die auf dem ruhigen Wasser schaukelte. Die Sonnenstrahlen tanzten auf den Messingbeschlägen, und eine Brise blähte leicht die Segel. Weiter draußen war das Meer so glatt wie Glas, und das vorhin noch harte, kalte Blau des tiefen Wassers vor der Bucht wirkte nun weich und milchig. Die Luft strich leicht über mein Gesicht, und meine Augen gewöhnten sich allmählich an die gleißenden Strahlen der Sonne. Es schien ein wunderbarer Morgen für eine kurze Segelpartie, und ich dachte, daß sich Peter sicher freuen würde, wenn ich am Bootshaus auftauchen würde, mich bereits mit seinem Jugendfreund bekanntgemacht und schon eine kleine Ahnung vom Segeln bekommen hatte. Das war, wie ich wußte, eine seiner Leidenschaften.

»Na ja, wenn es nicht allzulang dauert…?«

»Zum Mittagessen sind wir wieder zu Hause«, sagte er. Und dann grinste er wieder breit. »Sie sollten das machen, solange Sie es noch können, Miss Maude. Wenn Peters Mutter Sie erst einmal unter ihre Fittiche nimmt, dann können Sie die Vormittage auf dem Wasser vergessen. Fragen Sie meine Amy. Sie verbringt den größten Teil ihrer Vormittage damit, meine Mutter und meine Großmutter herumzukutschieren. Das wird bei Ihnen nicht viel anders sein.«

»Sie haben mich überzeugt«, sagte ich.

»Das dachte ich mir.«

Als wir draußen vor dem Hafen waren, frischte der Wind auf, und die *Circe* begann zu krängen. Anfangs war es nur eine geringe Schräglage und ein leichtes Schlingern. Aber es wurde bald stärker, und die Geschwindigkeit nahm zu. Mein Herz verkrampfte sich vor Angst. Ich war mir absolut sicher, daß wir, wenn sich die Leereling noch einen Zentimeter weiter senkte, unausweichlich ins Wasser fallen würden. Hier draußen sah das Meer beängstigend aus, es war tief und dunkel, wie das undurchsichtige Schwarzblau ewiger Nacht und Kälte. Mit weißen Fingern klammerte ich mich an die Reling und brachte ein furchtsam verzerrtes Grinsen zustande.

»Wird es erfahrungsgemäß noch rauher als jetzt?« fragte ich.

Er setzte wieder sein breites Lächeln auf, das sich über das ganze Gesicht zog.

»Noch rauher? So ruhig habe ich die Bucht schon lange nicht mehr erlebt. Es geht fast gar kein Wind, und das kommt normalerweise nur im August vor. Mein Gott, ich habe die *Circe* schon so gesegelt, daß die Leereling einen halben Meter tief in der Gischt verschwand und alle Insassen senkrecht aus dem Boot hingen. Dagegen ist dies wie ein Spaziergang mit Ihrer Großmutter.«

Das half nicht viel. Mir wurde klar, daß ich niemals mit Peter zum Segeln gehen würde. Das Gefühl, die Kontrolle und das Gleichgewicht zu verlieren, war einfach zu schrecklich. Und das würde sich immer einstellen, egal, ob die See ruhig war oder stürmisch.

»In der Kabine ist es besser«, sagte Parker. »Da sehen Sie den Horizont nicht und spüren das Schlingern nicht so stark. Warum gehen Sie nicht eine Weile nach unten, sehen sich um und strekken sich in einer der Kojen aus? Ich glaube, Amy hat mir auch heißen Kaffee in einer Thermoskanne eingepackt; sie müßte in einem der Utensilienbeutel sein. Wir sind im Handumdrehen drüben.«

»Danke, Parker«, sagte ich demütig. »Bisher bin ich nur ein bißchen im Hafen von Charleston gesegelt. Das ist hiermit nicht zu vergleichen.«

»Ich weiß«, sagte er. »Ich werde Sie nicht verraten.«

Ich kletterte durch die Luke hinunter in die Kabine des Schiffes. Sie war dunkel und behaglich, ein warmer Schoß aus Teakholz. Alles war klein, ordentlich und gut verstaut und befestigt, und die Kojen – zwei vorne und zwei achtern – waren mit den üblichen schweren Wolldecken ausgestattet, auf denen kleine, dicke, weiße Kissen lagen. Die Taschen und der Korb befanden sich in der winzigen Kombüse. Ich wühlte darin, zog eine Thermoskanne mit Kaffee heraus, goß mir eine Tasse ein und trank, während ich in einer der Kojen saß. Parker hatte recht gehabt, hier unten war das Schlingern nicht so stark zu spüren. Ich spähte durch eines der salzumrandeten Bullaugen und sah, wie der Horizont auf und nieder sprang. Ich schluckte und zog den Vorhang vor das Bullauge. Danach war es besser.

»Alles in Ordnung da unten?« schrie Parker.

»Ja, ja«, rief ich.

»Ich sage Ihnen Bescheid, wenn wir den Liegeplatz gesichtet haben. Jetzt werde ich erst noch ein bißchen weiter hinausfahren in die Bucht, damit wir gerade hineinsegeln können.«

»Okay.«

Ich entdeckte eine feuchte, wellig gewordene Ausgabe von *Yachting* und lehnte mich in der Koje zurück, um darin zu blättern. Es scheint mir heute fast unglaublich, aber das Dämmerlicht, das Rollen des Schiffes und die Wärme in der Kabine wiegten mich innerhalb von fünf Minuten in den Schlaf. Als ich erwachte, schwankte das Boot nicht mehr, das Klatschen des Wassers an den Rumpf hatte aufgehört, und ich hörte keinen Laut. Schnell setzte ich mich auf, wobei ich mir den Kopf an der Decke anstieß, zog meine Hose und den Pullover zurecht und tastete mich über den Niedergang nach oben. Das Licht war eigenartig, es wirkte weißlich und trübe. Hatte ich bis zum Spätnachmittag geschlafen? Warum hatte Parker mich nicht geweckt?

Ich streckte meinen Kopf hinaus in das weiße, undurchdringliche Licht, das so dicht war, daß ich es auf Nase, Mund und im ganzen Gesicht spürte. Ich konnte nichts erkennen, sah bei ausgestrecktem Arm noch nicht einmal meine eigene Hand. Von Parker war nichts zu hören.

»Parker?« rief ich leise, und meine Stimme war nur ein tonloses, zitterndes Quäken. Sie trug nicht. Nebel. Peter hatte gesagt, daß Geräusche im Nebel seltsam klängen...

»Hier bin ich«, hörte ich Parkers Stimme. Sie schien erst aus sehr weiter Ferne und dann aus nächster Nähe an mein Ohr zu dringen. Ich drehte den Kopf hin und her, sah ihn aber nicht. Plötzlich tauchte seine dunkle Gestalt direkt neben mir aus der weißen Masse auf.

»Tut mir leid, Maude«, sagte er. »Ich hätte es wissen sollen. Wir sind direkt bei Orcutt darauf gestoßen, es ist eine dichte Nebelbank. Ich glaube, daß sie sich bald auflösen wird. Nur die Abendnebel halten länger. Ich habe den Anker fallenlassen, und wir werden einfach in der Kajüte abwarten und etwas essen. Du mußt dir keine Sorgen machen.«

Ich ging wieder hinunter in die Kabine, und er folgte mir. Er war von Tröpfchen bedeckt, die wie winzige Perlen wirkten, und sein Haar war dunkel vor Nässe. In dem winzigen Raum ragte er hoch auf, und ich konnte die feuchte Wärme seines Körpers spüren. Mehrmals stieß ich mit ihm zusammen, und schließlich zog ich mich in eine Koje zurück, um nicht im Weg zu sein.

»Werden wir uns sehr verspäten?« fragte ich. »Peter wird sich schreckliche Sorgen machen.«

»Das bezweifle ich. Wenn er sieht, daß die *Circe* nicht da ist und Sie verschwunden sind, dann wird er sich schon seinen Teil denken. Er weiß, daß man in diesem Nebel nichts anderes tun kann, als Anker zu werfen und abzuwarten. Und er weiß, daß ich der beste Segler am Cape bin.«

Er griff an mir vorbei nach dem Korb, und der warme Duft von Whiskey wehte mir entgegen. Ich betrachtete ihn genauer. Sein Gesicht war gerötet, und seine Augen glitzerten. Bestimmt trank er schon seit einer ganzen Weile, dachte ich. Aber ich hatte keine Flasche gesehen. Plötzlich bekam ich Angst.

Sie befand sich in der Innentasche seines Parkas. Er holte sie hervor, goß jeweils einen großzügigen Schluck in zwei Kaffeetassen und reichte mir eine davon. Dann lehnte er sich in der gegenüberliegenden Koje zurück, hob seine Tasse, lächelte und sagte: »Prost, Mrs. Chambliss.«

»Ich möchte nichts«, sagte ich. »Ich trinke nicht viel.«

»Dann wird es Zeit, daß Sie es lernen. Hier trinkt jeder, der über zwölf ist. Wir würden ja verrückt an den langen Abenden, wenn wir es nicht täten. Kommen Sie, das wärmt bei diesem Nebel!«

»Mir ist nicht kalt. Hier unten ist es ganz warm.«

Er lächelte. Es war das gleiche Lächeln wie vorhin, aber jetzt erinnerte er überhaupt nicht mehr an Huckleberry Finn.

»Das stimmt«, sagte er. »Warum ziehen Sie nicht diesen schweren, feuchten Pullover aus? Bestimmt gibt es hier etwas Trokkenes, das Ihnen paßt.«

»Ich bin nicht naß«, sagte ich.

»Na ja, dann... auf gutes Segeln, Mrs. Chambliss. Maude. Die hübsche Maude aus dem tiefen Süden.« Er leerte seine Tasse. »Brrrr! Das ist doch genau das, was der Onkel Doktor empfiehlt. Wollen Sie wirklich nichts trinken?«

»Nein, danke«, sagte ich. »Mmmmh... wie lange liegen wir hier schon? Wie lange habe ich geschlafen?«

»Ich habe keine Uhr dabei, und durch den Nebel kann ich die Sonne nicht sehen, aber ich würde sagen, es ist Nachmittag«, sagte er. Seine Stimme klang jetzt schwerer, und die Augen fielen ihm beinahe zu.

»Schon Nachmittag! Parker, wir müssen wieder zurück«, sagte ich erschrocken. »Peter wird außer sich sein, und meine Schwiegermutter bringt mich um –«

»Süßes, es gibt im Moment nur eine einzige Möglichkeit, wieder zurückzukommen, und dazu müßten Sie sich mit einem langen Stock auf den Bug legen und ihn hinaushalten, damit Sie die Felsen aufspüren, bevor wir drauflaufen. Währenddessen müßte ich blind, nur nach der Erinnerung, steuern. Ich weiß zwar viel, aber ich bin kein Genie, und Sie haben überhaupt keine Ahnung vom Segeln. Das ist zu gefährlich. Außerdem würde es beinahe ebensolange dauern, als wenn wir den Nebel hier draußen abwarten. Sie können also getrost aufhören, sich zu sorgen, und es sich bequem machen.«

»Das gefällt mir alles überhaupt nicht«, sagte ich. Ich war nicht sicher, ob ich nicht bald zu weinen anfangen würde.

»Es braucht ja nicht unbedingt so schlimm zu sein«, sagte er. »Es könnte sogar Spaß machen. Ich weiß eine Methode, wie man sich wunderbar die Zeit vertreiben kann.«

Ich spürte, wie meine Wangen rot wurden, und verschränkte die Arme vor meinem Pullover. Ich wußte, daß sich wegen der Nässe meine Brüste deutlich darunter abzeichneten. Dann blickte ich auf den Korb.

»Sie hatten etwas von Mittagessen gesagt.«

»Greifen Sie zu«, sagte Parker, ohne sich zu rühren. »Wahrscheinlich sind einige belegte Brote darin. Wenn Sie Gewürzkäse mögen. Man sollte eigentlich glauben, daß Amy nach vier Jahren endlich wissen müßte, daß ich Gewürzkäse hasse. Und bestimmt sind auch Äpfel da. Ohne Äpfel geht Amy nirgendwohin.«

»Mögen Sie auch etwas?«

Er hob die Flasche in die Höhe, die zu mehr als zwei Dritteln geleert war. Offenbar trank er schon, seit ich in der Kajüte war.

»Ich habe alles, was ich brauche«, sagte er. »Genauer gesagt, fast alles.«

Ich aß mein Brot und sah mich so interessiert in der Kabine um, als hätte ich sie noch nie zuvor gesehen. Womit um Himmels willen sollte ich mich nur beschäftigen, bis wir endlich wieder weitersegeln konnten? Konnte er denn überhaupt noch segeln, nachdem er solche Mengen von Whiskey getrunken hatte?

»Erzählen Sie mir etwas über die *Circe*«, sagte ich in fröhlichem Tonfall. »Sie ist ein wunderschönes Boot.«

»Da haben Sie wirklich recht«, sagte Parker. »Der alte Willis hat sie nach meinen Angaben gebaut. Alles Maßarbeit, auch die Kojen. Das sind die weichsten Kojen im ganzen Staat Maine. Jeder sagt das. Komm herüber, Maud, du Frau meiner Träume, dann zeige ich dir, wie weich diese Kojen sind.«

»Parker...«

Schwankend erhob er sich aus seiner Koje, kam zu mir herüber und ließ sich neben mich fallen. Bevor ich noch eine Bewegung machen konnte, hatte er schon seine Arme um mich geschlungen, drückte mich nach unten, und sein nasser, weicher Mund preßte sich fest auf meinen. Seine Zunge glitt über meine Zähne, und seine rechte Hand fuhr unter meinen Pullover und umfaßte meinen Busen.

Ungeahnte Kräfte erwachten in mir, und wie eine Schlange wand ich mich mit einer einzigen Bewegung unter ihm hervor. Immerhin war er ziemlich schwer und hatte muskelbepackte Arme. Dann holte ich aus, soweit ich konnte, und schlug so fest über sein Gesicht, daß meine Handflächen schmerzten. Er starrte mich aus schmalen, trüben Augen an. Meine Hand hatte einen deutlichen weißen Abdruck auf seinem Gesicht hinterlassen, und von seiner Lippe begann ein dünner Blutfaden über sein Kinn hinabzulaufen.

Ich griff nach der schweren Thermoskanne aus Metall.

»Wenn Sie mich noch einmal anfassen, schlage ich Ihnen das hier über den Schädel«, sagte ich.

Meine Stimme war atemlos und klang lächerlich. Meine Arme und Beine zitterten. Es war eine völlig sinnlose Drohung, und das wußte ich. Er war sehr viel stärker als ich, und ich war mit ihm in dieser Kabine gefangen, irgendwo draußen in dieser unbekannten, undurchdringlich weißen Bucht.

»Ich will, daß Sie mich augenblicklich nach Hause bringen«, sagte ich. »Und wenn ich dazu zwölf Stunden lang mit einem Stock in der Hand da draußen liegen muß. Peter bringt Sie um, wenn er von diesem Vorfall erfährt.«

Er lächelte und richtete sich auf. Schon dachte ich, er wollte einen erneuten Annäherungsversuch machen, und packte die Thermosflasche fester, aber er hob nur grüßend die Hand und stieg die Kajütstreppe hinauf.

»Wenn die Dame nach Hause will, dann müssen wir ihr diesen Wunsch natürlich erfüllen«, sagte er. »Aber Sie werden sich noch wünschen, wir wären hiergeblieben, Miss Maude. Das mit dem Stock war kein Witz.«

Und das stimmte. Die nächsten paar Stunden waren ein einziger Alptraum. Ich lag im Bug der *Circe* auf dem Bauch mit einer langen Bambusstange, die an mein Handgelenk gebunden war, damit ich sie nicht verlieren konnte. Damit stocherte ich im unsichtbaren Wasser und in der Luft herum, damit die Spitze der Stange jeden gefährlichen, vorragenden Felsen entdeckte, bevor wir mit dem Rumpf darauf stießen. Parker hatte den Hilfsmotor angeworfen, und zentimeterweise tasteten wir uns durch die undurchsichtige weiße Masse vorwärts. Er stand am Steuer und hatte sich so weit wie möglich vorgebeugt, damit er meine Warnrufe hören konnte. Nach einer halben Stunde war ich bis auf die Haut durchnäßt, zitterte vor Kälte, und meine Arme taten weh. Nach zwei Stunden war ich völlig erstarrt vor Kälte und Schmerz und nur noch halb bei Bewußtsein. Die Welt bestand aus nichts als weißem Nebel und Stille, dem Plätschern des Wassers an meiner Stange und dem leisen, gedämpften Husten des Motors. Zweimal traf ich auf Felsen, und wir stoppten und umfuhren sie, aber Parker sprach kein einziges Wort mehr mit mir. Ich hatte längst jedes Zeitgefühl verloren. Später erzählte mir Peter, es sei erst kurz nach sieben Uhr abends gewesen, als wir die Anlegestelle im Jachtclub erreichten.

Aber ich wünschte mir in dieser ganzen Zeit nicht ein einziges Mal, daß wir dort draußen geblieben wären.

Ich döste halb besinnungslos vor mich hin, als im dichten Nebel plötzlich ein gedämpfter Knall ertönte. Ein Regen farbiger Lichter beschrieb einen Bogen und verzischte nahe am Boot im Wasser. Ich warf den Kopf hoch, und meine Arme gaben nach. Die Stange fiel klappernd aufs Deck und rutschte ins Wasser.

»Was ist das?« versuchte ich zu sagen, aber meine Stimme blieb mir im rauhen Hals stecken.

»Das ist eine Rettungsrakete«, meinte er so beiläufig, als befänden wir uns auf einem Spaziergang im Park.

Seine Stimme war so klar und deutlich wie am Morgen, ohne jede Spur des betrunkenen Genuschels von vorhin. Dafür hatten die Stunden in der kalten Salzluft gesorgt.

»Was soll das heißen?«

»Das bedeutet, daß wir in irgendeinen Hafen kommen, wo uns jemand erwartet. Ich würde sagen, es ist unserer.«

Ich ließ den Kopf auf meine Arme fallen und begann zu weinen.

Dann hörten wir Stimmen, das Rufen von Männern und ein oder zwei Frauen. In ihnen schwang Anspannung und sogar Angst mit. Über alle anderen hinweg hörte ich Peters Stimme: »Maude! Maude!«

Parker formte seine Hände zu einem Trichter und schrie: »Wir sind hier draußen, wir kommen ungefähr zehn Meter neben dem Cove Harbor Rock herein! Wir sind unverletzt, aber hoffentlich habt ihr Decken dabei!«

»Oh, Maude, Gott sei Dank!« hörte ich Peter sagen, und plötzlich stießen wir an die Anlegestelle und waren zu Hause. Während das Poltern schneller Schritte über den Steg näherkam, fragte Parker: »Werden Sie mich verraten, Maude?«

In diesem Augenblick wurde mir unzweifelhaft klar, daß mir, wenn ich das tat, viele Leute in dieser Kolonie niemals glauben und andere immer Zweifel hegen würden. Nicht einmal bei Peter war ich mir ganz sicher.

»Nein«, sagte ich. »Diesmal nicht, aber beim nächsten Mal.«

»Ihre Tugend ist bei mir in besten Händen«, erwiderte er gedehnt. »Sie ist sowieso nicht der Mühe wert.«

Als mich Peters Arme vom Deck der *Circe* hoben, weinte ich nicht nur vor Erleichterung, sondern auch vor ohnmächtiger Wut.

Peter wickelte mich in eine Decke, nahm mich fest in den Arm und führte mich zum Cottage zurück. Da kam Amy Parker zu mir herüber und legte ihre Arme um mich.

»Es tut mir so leid, daß Ihre erste Segelpartie so ausgegangen ist«, sagte sie. »Ich weiß, daß Parker ein ausgezeichneter Segler ist und daß Sie bei ihm absolut sicher waren, aber Sie müssen ja Todesängste ausgestanden haben.«

»Ja, das stimmt«, sagte ich mit klappernden Zähnen.

»Ich weiß«, meinte sie. »Ich hasse das Segeln selbst. Nie mehr werde ich mit Parker hinausfahren, und ich wette, Sie auch nicht.

Wenn Sie sich erholt haben, dann komme ich am Nachmittag einmal bei Ihnen vorbei, und wir gehen hinunter zu den Felsen zum Zeichnen. Das tue ich oft. Natürlich nur, wenn Sie mögen. Aber vielleicht haben Sie jetzt genug vom Wasser.«

Ich lächelte sie dankbar an. Mit ihrem einfachen Geplauder sprach sie mich von jedem Vorwurf frei, an diesem schrecklichen Nachmittag mitschuldig gewesen zu sein, und das vor der halben Bevölkerung der Kolonie.

»Das würde ich sehr gerne tun«, sagte ich.

Peter war rasend vor Wut, aber auf Parker, nicht auf mich.

»Warum in Gottes Namen hast du sie mit hinausgenommen?« schrie er seinen Freund an. »Du wußtest doch, daß der Nebel kommen würde. Deshalb sind wir doch mit der *Circe* im Hafen geblieben!«

Parker, der bis zu den Augenbrauen in dicke Wolldecken eingehüllt war, blickte Peter einen Moment lang stumm an. Sein Blick täuschte Ritterlichkeit vor und warb um Nachsicht.

»Ich weiß, daß ich das nicht hätte tun sollen«, sagte er. »Aber sie wollte unbedingt ... Und ich konnte noch nie einer Dame eine Bitte abschlagen.«

Ich holte tief Luft und ließ sie dann langsam wieder ausströmen. Es war besser, nichts zu sagen. Sobald mir wieder warm wäre und ich in Peters Armen läge, wäre alles andere gleichgültig. Schließlich war ich keine zerbrochene Freundschaft wert.

Aber ich wußte, daß Parker Potter und ich niemals Freunde werden würden.

Auch Mutter Hannah war wütend, obwohl sie versuchte, es nicht zu zeigen, und ihre Wut galt ohne Zweifel mir.

»Das war außerordentlich unvorsichtig«, sagte sie, als ich, immer noch unkontrolliert zitternd, in Decken gehüllt in Liberty vor dem Feuer lag und heißen Tee mit Brandy trank, während Peter meine weißen, ausgekühlten Füße massierte.

»Natürlich gebe ich Parker die Schuld. Gerade er hätte es besser wissen müssen, sowohl was den Nebel angeht als auch das Gerede der Leute. Das werde ich auch Helen sagen. Aber Maude, ich kann einfach nicht glauben, daß du auf dieses Schiff gegangen bist, ohne daß eine andere Frau oder ein älterer Mann dabei waren –«

»Ich dachte, wir wären höchstens eine Stunde unterwegs«,

murmelte ich. »Er sagte, er würde mich zu dem Bootsliegeplatz bringen, wo Peter war. Es sollte eine Überraschung werden.«

»Na, das war es bestimmt«, fuhr sie mich an. »Die ganze Kolonie war auf den Beinen. Der ältere Peter hatte schon die Küstenwache alarmiert, und er mußte später noch einmal anrufen und ihnen sagen, daß es falscher Alarm war. Dr. Lincoln hat vier Stunden lang an der eiskalten Anlegestelle gewartet, denn du hättest ja verletzt sein können, und er ist schon beinahe siebzig. Peter war außer sich vor Angst. Und sein Vater und ich –«

»Hör auf, Ma«, sagte Peter mit kühler und gleichmütiger Stimme. »Maude wußte nicht, daß da draußen Nebel war. Diese Fahrt dauert normalerweise nicht länger als eine halbe Stunde. Parker war derjenige, der es wissen mußte.«

»Parker ist viel zu sehr Gentleman, um einer Dame etwas abzuschlagen, wenn sie... bettelt«, sagte meine Schwiegermutter. Es hatte nicht lange gedauert, bis Parkers Lüge von der Anlegestelle bis hier herauf gedrungen war.

»Ich bezweifle, daß sie darum gebettelt hat«, sagte Peters Vater vom Sofa aus in mildem Ton.

»Das habe ich auch nicht«, wollte ich sagen, aber mein schmerzender Hals gab die Worte nicht frei, und ich spürte Tränen der Schwäche in mir aufsteigen. Ich schwieg.

»Nun, kein Wort mehr darüber«, sagte Mutter Hannah. »Peter, du solltest Maude jetzt besser nach oben bringen und ihr eine heiße Badewanne einlaufen lassen. Ich bringe eine Wärmflasche hinauf. Geh gleich ins Bett, Maude. Es tut mir leid, daß du so in Angst versetzt wurdest. Ich bin sicher, daß du Peter oder seine Familie nie absichtlich beschämen würdest... Aber du mußt immer daran denken, an einem so kleinen Ort ist die äußere Form das Wichtigste. Das Allerwichtigste.«

»Wenn ich ertrunken wäre, hätte das alle Probleme gelöst«, murmelte ich Peter zu, bevor er die Lampe ausschaltete und auf Zehenspitzen aus dem Zimmer schlich. Ich war kurz davor, sanft in den Schlaf zu gleiten, nachdem das schreckliche Zittern endlich aufgehört hatte.

»Sag doch so etwas nicht, Kleines«, meinte Peter. »Sie war ärgerlich, mehr nicht. Ich werde mit ihr reden. Sie hat schon immer großen Wert auf die äußere Form gelegt.«

»Na, dann würde mein Anblick als Leiche sicher größten Eindruck auf sie machen«, sagte ich, aber er war bereits gegangen. Im nächsten Moment schlief ich auch schon.

Mutter Hannah verbannte mich den ganzen nächsten Tag ins Bett, obwohl ich mich gesund fühlte, und Peter blieb bei mir. Er trieb sich im Schlafzimmer herum und bemühte sich, mich zu unterhalten. Er brachte mir das Tablett mit der Suppe, die mir Christina zum Mittagessen gekocht hatte, aß neben mir auf dem Bett sitzend, wobei er einen großen Teil der Suppe auf das Bettzeug verschüttete, und ließ sich schließlich mit einem Buch im einzigen Armstuhl des Raumes nieder. Aber der klare blaue Himmel und das glitzernde Wasser vor dem Fenster zogen immer wieder seinen Blick an, und schließlich schickte ich ihn weg und versicherte ihm, ich würde solange ein Nickerchen machen. Er küßte mich mit ernstem Gesicht und schlich sich auf Zehenspitzen hinaus, aber sein Schritt auf der Treppe klang schwungvoll und das *Klap* der Fliegengittertür an der Veranda geradezu jubilierend. Ich wußte, daß er wie eine heimkehrende Taube sofort zum Jachtclub eilen würde. Bestimmt würde sein Ärger auf Parker den Tag nicht überleben, schon wegen der langjährigen Freundschaft, die sie verband, und auch wegen des wartenden Meeres, und ich hatte recht. Als er am Abend mit Sonnenbrand auf Nase und Wangenknochen nach Hause kam, sagte er nur: »Ich soll dir von Parker ausrichten, es täte ihm leid, daß er dich so erschreckt hat, und er sei sicher, daß es seine Schuld ist, wenn du jetzt keinen Fuß mehr auf ein Boot setzt. Ich glaube, er meint es ernst, Maude. Er war ziemlich zerknirscht.«

»Nun, was das Boot angeht, da hat er recht«, sagte ich. »Vom Segeln habe ich die Nase voll. Ich hoffe, das macht dir nichts aus.«

»Nein. Natürlich nicht. Hier segeln nicht viele Frauen, und bei einer Regatta wärst du ohnehin nur aufgefallen. Manchmal segeln sie ein- oder zweimal im Sommer mit ihren Ehemännern, aber eigentlich ist das nichts für Frauen. Bestimmt findest du hier eine Menge Beschäftigungen, die dir besser gefallen.«

Ich starrte ihn einen Augenblick lang an; war das der Mann, der geschworen hatte, in Retreat jede Sekunde des Tages gemeinsam mit mir zu verbringen und mir jeden Zentimeter seiner Sommerwelt nahezubringen?

»Ich dachte, es gäbe noch andere Dinge, die wir tagsüber miteinander machen können«, meinte ich zaghaft.

»Natürlich, die gibt es auch. Wir fahren nach Castine, wir gehen Beeren suchen und graben nach Muscheln, und dann fahren wir einmal einen Tag nach Bar Harbor und essen im Astinicou Inn zu Abend. Ich gehe ja nicht jeden Tag zum Segeln. An manchen Tagen regnet es ohnehin zu sehr oder der Wind ist zu stark. Oder es ist neblig.«

»Na ja«, sagte ich mit einem mühsamen Lächeln und dachte, wie albern es von mir gewesen war, zu erwarten, daß er die eisernen Dogmen dieses Ortes für eine auswärtige Ehefrau brechen würde. »Ich bin kein Spielverderber, und ich liebe dich bei schlechtem Wetter genauso wie bei Sonnenschein. Außerdem sehe ich dich ja immer beim Abendessen.«

Sein Gesicht wurde lang. »Ich dachte nicht, daß es dir etwas ausmachen würde, wenn ich zum Segeln gehe«, sagte er langsam. »Das habe ich hier immer gemacht. Das tun die Männer hier nun mal, wenn sie nicht Tennis spielen. Ich hatte immer den Eindruck, daß die Frauen andere Dinge lieber mögen.«

Zum Beispiel vormittags andere Frauen besuchen, die sie ihr Leben lang jeden Sommer tagein, tagaus sehen? dachte ich, aber ich sprach es nicht aus. Oder sich am Nachmittag in Kleider und Strümpfe zwängen und Ei- und Hummersandwiches an alte Damen austeilen, während die Männer in der Ecke stehen und über das Segeln reden? Oder eine Wagenladung voller Matronen mit blauen Haaren ins Dorf oder hinüber nach Castine fahren, damit sie dort Haarnetze oder Geschirrtücher kaufen oder sich Dauerwellen machen lassen können?

»Es macht mir nichts aus, Liebling«, sagte ich mit schlechtem Gewissen, weil er so niedergeschlagen dreinblickte. Im Herbst würde er für uns beide wie ein Galeerensklave arbeiten, während ich nur einen kleinen Haushalt zu führen hatte, und das würde für den Rest unseres Lebens so sein. Sollte er doch seine Tage auf dem Wasser verbringen, mir blieben immer noch die Nächte.

Während der nächsten beiden Tage hielt mich Mutter Hannah mit kleinen Aufgaben im Haushalt auf Trab. Sie ließ mich die riesigen alten Servietten aus Damast aussortieren und falten, die über den Winter feucht und knitterig geworden waren, das umfangreiche Königlich Kopenhagener »Sommer«-Porzellan und das Keramikgeschirr fürs Frühstück spülen und trocknen und die Kerzenleuchter, Schalen und Teller aus schwerem, altem englischem Silber polieren, die in den langen Monaten in feuchter Luft angelaufen waren.

»Ich weiß gar nicht, warum wir hier im Sommer Damast und Silber verwenden«, sagte sie einmal, während sie ein Sortiment von zwölf Austerngabeln prüfte. »Es ist so mühsam zu pflegen.«

»Warum tust du es dann?« fragte ich. »Ich finde, Keramikgeschirr und hübsche Baumwollservietten wären für ein Sommerhaus sehr viel passender.«

Sie sah mich an. Ihr blaues Vormittagskleid aus Leinen betonte das kühle Kobaltblau ihrer Augen, und wieder einmal fiel mir auf, was für eine schöne Frau sie doch war, doch ihre Schönheit war bar jeder Wärme, ihr fehlte Humor oder jedwede andere sympathische Eigenschaft.

»In Liberty haben wir noch nie etwas anderes benutzt«, sagte sie. »Keines der Sommerhäuser hat Keramikgeschirr und Baumwollservietten. Es passiert so leicht, daß in einer Sommerkolonie keine Mühe mehr auf äußere Formen verwendet wird, weißt du.«

Am dritten Nachmittag, den ich gehorsam daheim verbrachte, erschien Amy Parker mit einem Skizzenblock und Stiften in der Hand an der Fliegengittertür. Christina führte sie auf die Sonnenveranda, wo Mutter Hannah und ich gerade eine Liste der Dinge anlegten, die wir am nächsten Tag in Castine kaufen wollten. Vor Erleichterung und Freude wäre ich ihr beinahe um den Hals gefallen. Ich hatte schon geglaubt, ihr Angebot, mich zum Zeichnen mitzunehmen, sei lediglich höfliches Gerede gewesen.

»Darf ich mir Maude ausleihen, Mrs. Chambliss?« sagte sie und gab meiner Schwiegermutter pflichtschuldig einen leichten Kuß auf die Wange. »Parker meint, daß es bald regnen wird, und dann haben wir eine Weile lang kein gutes Wetter mehr zum Zeichnen. Ich dachte, wir gehen direkt unterhalb von Braebonnie an den Strand. Der liegt geschützt, und es ist sehr ruhig dort.«

Mutter Hannah schürzte die Lippen. »Nun, eigentlich dachte ich, Micah und ich könnten Maude heute nachmittag zeigen, wie man die Rabatten und den Steingarten säubert und beschneidet. Aber ich habe Micah schon seit Tagen nicht mehr gesehen.«

Dabei sah sie Christina Willis an. Christina war eine kleine, untersetzte Frau, die nur ein paar Jahre älter war als Amy und ich, aber wirkte, als hätte sie sehr viel mehr Lebenserfahrung. Sie hatte ein hübsches, helles und ernstes Gesicht und dickes, schönes, weiches Haar, das sie um den Kopf gewickelt trug. Und obwohl ihr Akzent auf eine einfache Herkunft schließen ließ, war ihre Sprechweise die einer gebildeten Frau. Der Unterschied zu uns zeigte sich eher in ihren Augen; sie blickten einen an, als hätten sie schon viel gesehen, und nicht nur sommerliche Vormittage und weichen, alten Damast.

»Micah war immer mit seinem Vater am Bootsliegeplatz, Mrs. Chambliss«, sagte sie. In ihrer Stimme schwang nichts Entschuldigendes mit. »Offenbar wollen alle Leute ihre Boote gleichzeitig zu Wasser lassen, und Papa Willis ist diesen Sommer auch nicht mehr so kräftig, wie er es früher einmal war. Micah hat gesagt, daß er heute nachmittag vorbeikommt, aber es könnte spät werden.«

»Na, dann denke ich schon, daß es geht«, sagte Mutter Hannah. »Es ist nett von dir, daß du an Maude denkst, Liebes. Sie muß ja die jungen Frauen kennenlernen. Aber bleibt nicht zu lange weg, Maude; ich glaube, wir sind heute abend bei deinen Eltern zum Cocktail eingeladen, nicht wahr, Amy?«

»Ja, Ma'am«, sagte Amy. »Heute hat Großmama Geburtstag. Hattie hat Hummersalat gemacht, und Parker wird Champagner-Cocktails mixen. Die mag sie doch so gern; sie ist schon ganz aufgeregt. Und sie hat einen neuen Schal bekommen, den Parker ihr aus Hongkong mitgebracht hat.«

»Na, sie ist wirklich ein Wunder«, sagte Mutter Hannah. »Noch immer so lebhaft und an allem interessiert – weißt du, liebe Maude, sie ist die unbestrittene Königin der Sommerkolonie. Wie alt ist sie jetzt, Amy?«

»Sechsundneunzig«, sagte Amy und lächelte.

»Unglaublich«, sagte Mutter Hannah und wandte sich wieder ihrer Liste zu. Christina ging in die Küche zurück, und ich trat in Amys Schlepptau von der Veranda aus hinaus in die frische, nach Kiefern duftende Luft des Junitags. Es war, wie in einen Bottich voll gekühltem Champagner zu steigen.

»Ist sie tatsächlich schon sechsundneunzig?« fragte ich Amys schmalen Rücken. »Das ist ja wirklich unglaublich.«

Amys Rücken begann zu beben, und dann drehte sie sich um. Die Grübchen neben ihrem breiten Mund hüpften, und sie lachte. Es war das gleiche leichtherzige, fließende und unwiderstehliche Lachen, das ich an meinem ersten Morgen in Retreat gehört hatte. Ich lächelte.

»Vor allem«, meinte Amy fröhlich, »ist sie eine unglaubliche Nervensäge. Entschuldige bitte meine Ausdrucksweise. Großmama ist die boshafteste alte Tyrannin in der ganzen Kolonie, und das weiß jeder, einschließlich deiner Schwiegermutter. Und sie wird ganz sicher ewig leben, weil ihre Bösartigkeit sie wie eine Makrele geräuchert hat.«

Ich atmete vor Erstaunen tief durch, und dann begann ich ebenfalls zu lachen. Wir standen allein auf dem sonnigen Pfad, der zum Strand unterhalb von Liberty und Braebonnie führte, und lachten so hemmungslos, daß ich fast keine Luft mehr bekam. Mir hüpfte das Herz vor Freude, Erlösung und Erleichterung. Was Amy Parker anging, hatte ich recht gehabt.

»Ich dachte nicht, daß ich hier noch einmal lachen würde«, sagte ich, als wir die rosafarbene Felsbank erreichten, die den winzigen Halbmond des Kiesstrandes begrenzte. Die Flut war auf dem höchsten Stand, und die Wellen schwappten hohl in den Felsspalten. Die gesamte Bucht lag vor uns wie ein indigoblaues Satintuch, fast unbewegt in der strahlenden, hoch am Himmel stehenden Sonne. Weit draußen sah man verschwommen und träumerisch Islesboro liegen, und die Camden Hills dahinter wirkten, als hätte sie ein japanischer Maler an den Himmel gemalt. Es war dieselbe Szenerie, die ich schon von Parkers Boot aus gesehen hatte, aber diesmal erfüllte mich ihre Schönheit und Einsamkeit mit nichts als reiner Freude. Sie gehörte mir allein. Hierher konnte ich jederzeit kommen, um meine innere Leere zu füllen.

»Ich weiß«, sagte Amy. Sie setzte sich auf die Decke, die sie für uns mitgebracht hatte, und schob den Zeichenblock beiseite. »Es gibt nicht viel zu lachen in Retreat, wenn man jung ist, schon gar nicht als Frau. Man muß sich selbst etwas ausdenken. Aber jetzt, wo du da bist, brauche ich mir wenigstens nicht mehr vorzustellen, wie diese ganzen alten Frauen wohl aussehen, wenn sie nackt Charleston tanzen. Wir können gemeinsam lachen. Ich habe das Gefühl, wir werden massenweise Bilder malen...«

»Das paßt mir ganz gut«, sagte ich und grinste, als ich mir meine stahlharte Schwiegermutter bei einem wilden Nackttanz vorstellte. »Ich kann sowieso nicht gut zeichnen.«

»Ich auch nicht«, sagte Amy. »Aber damit komme ich wenigstens regelmäßig aus dem Haus. Ich tue immer so, als säße ich an einem wichtigen Werk, damit ich niemandem zeigen muß, was ich mache. Vermutlich glaubt Parkers arme Mutter, ich bereite eine Ausstellung vor. Sie redet immer von ›der Kunst unserer lieben Amy‹.«

»Was machst du, wenn sie glaubt, jetzt müßtest du eigentlich fertig sein?«

»Weiter lügen. Ich erzähle ihr, daß ich längst noch nicht so weit bin und mindestens noch ein Jahr brauche. Sie kennt sich ohnehin nicht aus und ist viel zu beschäftigt mit Großmama und Parkers Vater.«

»Ist er krank?«

»Überhaupt nicht. Er säuft wie ein Loch. Zweimal wöchentlich muß ihn Mama Potter vom Rasen klauben und ins Bett verfrachten, und sie hat immer schreckliche Angst, was er wohl auf Cocktailparties anstellt. Einmal ist er aus dem Maidstone Club hinausgeworfen worden, weil er in die Punschschüssel gepinkelt hat.«

Von einem erneuten Lachanfall geschüttelt, rollte ich mich auf die Seite. Dieses freundliche, geduldige Mädchen mit dem dichten, feinen, dunklen Haar und den frechen Grübchen war zweimal so rebellisch wie ich und hatte einen Weg gefunden, ihr eigenes Leben zu leben. In diesem Moment liebte ich sie wie die Schwester, die ich niemals gehabt hatte. Dann überlegte ich, ob sie wohl wußte, daß auch ihr Ehemann Parker trank, und hörte auf zu lachen. Wahrscheinlich wußte sie es nicht, sonst hätte sie nicht so unbekümmert über seinen Vater gesprochen.

»Ich frage mich, wie lange ich wohl brauche, bis ich mich hier so gut zurechtfinde wie du«, sagte ich. »Ich werde niemals richtig dazugehören, weil ich es einfach nicht schaffen werde, die junge Frau, das hübsche Mädchen und die fröhliche Pflegerin in einem zu sein. Du bist wenigstens in diese Rolle hineingeboren worden.«

»Ja«, sagte sie, »aber das heißt noch lange nicht, daß ich gut darin bin. Ich kann nicht Tennis spielen. Es ist mir absolut egal, ob Parker das Chowder-Rennen gewinnt oder nicht. Und es würde mich nicht die Bohne stören, wenn das silberne Teeservice unten im Clubhaus so schwarz würde wie Basalt. Stell dir vor, ein silbernes Service in einem Bretterschuppen in der Wildnis von Maine.«

Sie drehte sich zu mir um, und ihr Gesichtsausdruck war ernst.

»Es gibt zwei Dinge, die du lernen mußt, Maude. Und jetzt mache ich keine Witze. Sie werden dich hier das Fürchten lehren, bis du alt genug bist, um auf der Veranda im Jachtclub zu sitzen und selbst andere herumzuscheuchen. Entwickle irgendeine chronische Krankheit. Meine ist Migräne; wenigstens einmal im Monat, und gelegentlich öfter, je nach Bedarf, bekomme ich Migräne, lege mich ins Bett, mache die Tür hinter mir zu und lese drei Tage lang. Es ist herrlich. Und wer weiß schon, daß du gar nicht krank bist? Migräne kann man nicht sehen. Nach meinem ersten Sommer hier habe ich in der Bibliothek über die Symptome nachgelesen. Jetzt brauche ich nur noch zu erwähnen, daß es mir vor den Augen flimmert, und schon werde ich ins Bett gepackt und in Ruhe gelassen, bis ich wieder auftauche. Ich glaube nicht, daß du mit Migräne durchkommst, und ich weiß, daß Lolly Knox die Bauchkrämpfe schon für sich reserviert hat. Aber ich habe mir überlegt, daß Allergien etwas für dich wären. Zu Hause habe ich eine Freundin, die so schlimme Allergien hat, daß sie tagelang im Bett liegen muß. Du könntest plötzlich auf Schellfisch oder so etwas allergisch reagieren.«

»Du meinst, auch die anderen Mädchen hier machen das? Eine Krankheit vortäuschen, um in Ruhe gelassen zu werden? Lügen?«

»Das ist das zweite, was du lernen mußt«, sagte Amy. »Du mußt lügen lernen wie ein Gangster. Lügen wie gedruckt. Sonst fressen sie dich bei lebendigem Leibe.«

Sie meinte es ernst, und ich hatte bereits genug gesehen, um zu wissen, daß sie recht hatte.

»Damit habe ich gar keine Probleme«, sagte ich schließlich. »Nur Peter kann ich natürlich nicht anlügen.«

Sie betrachtete mich einen Moment lang und blickte dann zur Seite hinaus auf den Horizont. Ihre hellbraunen Augen hatten die Farbe von Sherry und lange, dichte Wimpern mit goldenen Spitzen. Sie war wirklich schön.

»Deinen Ehemann anzulügen, das ist das Wichtigste, was du lernen mußt«, erklärte sie.

Ich sagte nichts. Besonders schockiert war ich nicht, aber ich fühlte eine tiefe Traurigkeit, so als wäre meine Seele erschöpft. Von ganzem Herzen wünschte ich, dieses Mädchen hätte keinen Ehemann, den es anlügen mußte. Aber wenn man mit Parker verheiratet war, dann begann man vermutlich zu lügen, ohne daß man es wollte. Hatte ich nicht selbst schon gelogen, um ihn zu schützen? Gott sei Dank würde ich Peter nie anlügen müssen.

»Was ist das für ein Haus da am Ende des Strands, das fast ganz hinter den Bäumen versteckt ist?« fragte ich.

»Es gehört den Fowlers«, sagte sie. »Sie stammen aus Vermont, glaube ich. Es heißt Aerie. Ich weiß so gut wie gar nichts über sie, denn sie gehen nie auf Cocktailparties oder so, und ich glaube nicht, daß ich die Frau überhaupt schon einmal gesehen habe. Sie hat irgendeine chronische Krankheit, eine echte, aber ich weiß nicht, welche. Es klingt alles sehr geheimnisvoll und romantisch. Er beschützt sie sehr und bleibt die ganze Zeit bei ihr. Parker sagt, daß sie schon seit Jahren hierherkommen, aber kaum jemand kennt sie. Sie haben keine Kinder, und offensichtlich tut der Ehemann nichts, als seine Aktiencoupons auszuschneiden und sich um die Frau zu kümmern. Ich würde das Haus so gern einmal sehen, es liegt gleich hinter der Landspitze oberhalb einer eigenen kleinen Bucht, und man soll von dort aus den besten Blick von ganz Cape Rosier haben. Aber wahrscheinlich werde ich es niemals zu Gesicht bekommen. Ihr Grundstück fängt dort an, wo unser Strand aufhört, und er achtet sehr streng darauf, daß niemand einen Fuß hineinsetzt, geschweige denn zum Haus hinaufkommt. Er steht sogar Wache. Einmal, als eine Horde Kinder aus der Kolonie sich auf halbe Höhe seines Hügels geschlichen hat, hat er sogar die Polizei von South Brooksville gerufen.«

»Sind sie alt?« fragte ich.

»Ich glaube schon«, sagte sie. »Er zumindest sieht alt aus. Mager, gebeugt und immer ein bißchen traurig. Ich sehe ihn manchmal im Supermarkt oder auf dem Markt in Castine.«

»Ich weiß nicht, aber irgendwie beneide ich sie«, sagte ich. »Die Frau ganz besonders. Sie muß niemals Damastservietten zählen, wenn sie keine Lust dazu hat. Und was ist mit der Insel dort drunten? Der kleinen da?«

Sie drehte sich um, und ihr Blick folgte meinem ausgestreckten

Finger. Dann sagte sie: »Das ist Osprey Head. In dem ersten Sommer nach unserer Heirat hat mir Parker dort einmal ein Fischadlernest gezeigt. Es ist direkt über diesem – o mein Gott. Da unten im Wasser ist ein Hund.«

»Oh... wo?«

»Da, unter dem Felsen direkt unter uns. O nein, Maude, er ist in einer Felsspalte gefangen und kommt nicht mehr aus dem Wasser... nein, es ist ein Rehkitz! Ach herrje, das arme Ding! Schau, ich glaube, es hängt mit dem Bein fest.«

Ich sprang auf und stellte mich an den Rand des Felsens. Und tatsächlich: In der schäumenden weißen Brandung, dort, wo sich die Wellen an den untersten Felsen brachen, kämpfte ein kleines Rehkitz um sein Leben. Es war schon ganz durchnäßt. Verzweifelt versuchte es, seinen Kopf aus dem strudelnden Wasser zu halten. Aus seiner Stellung konnte ich erkennen, daß ein winziger Vorderfuß im Felsen festhing. Ich dachte keinen Moment lang nach, sondern riß mir die Schuhe von den Füßen und kletterte schon den Felsvorsprung hinunter, ehe Amy auch nur aufstehen konnte.

»Maude«, schrie sie, »komm zurück! Du wirst reinfallen; die Strömung hier ist gefährlich! Bitte komm zurück; ich hole jemanden...«

Ich warf mich auf den Bauch und langte, soweit ich konnte, zu dem kleinen Tier hinunter. Gischt traf mein Gesicht, meinen Hals und die Schultern. Das Wasser war unglaublich kalt, es war, als würde man mit winzigen eisigen Peitschen geschlagen. Aber ich konnte das Kitz nicht erreichen. Einen Augenblick lang kam sein Kopf an die Oberfläche, und es blickte mir geradewegs in die Augen. In seinen riesigen braunen Augen stand keine Furcht, nur eine Art schrecklicher, tiefer, konzentrierter Innerlichkeit. Es war der nackte, pure Überlebenswille. Ich sah, wo das kleine Bein im Felsen eingeklemmt war – das Rehkitz hatte keine Möglichkeit, sich zu befreien. Außerdem entdeckte ich, daß unter ihm der Felsen eine helle Plattform bildete, direkt unterhalb der klaren, grünen Wasseroberfläche. Wenn es darauf zu stehen käme... oder wenn ich...

»Amy«, rief ich, »hol Hilfe. Hol jemanden mit einem Seil oder so was. Ich springe ihm nach. Da ist ein Felsen, auf dem ich stehen kann –«

»Nein!« kreischte sie. »Geh nicht hinein! In diesem kalten Wasser sind schon Leute ertrunken, bevor sie überhaupt wußten, wie ihnen geschieht!«

»Geh schon!« schrie ich und sprang über die Felskante ins Meer.

Im ersten Moment war es, als landete ich im Feuer. Meine Haut brannte. Und dann traf mich die Kälte, und ich bekam keine Luft mehr. Bis zu den Rippen hing ich im Wasser und dachte schon, ich würde nie wieder einen Atemzug tun, würde ersticken, noch ehe ich ertrinken konnte. Doch dann gab das Rehkitz einen winzigen, verzweifelten Ton von sich. Ich klammerte mich am Felsen fest, streckte meine Hand nach ihm aus und berührte es. Bei meiner Berührung begann es zu strampeln und vor Schreck um sich zu schlagen. Es war so winzig, daß ich jede vogelgleiche Rippe und das Herz, das wie ein kleiner Hammer schlug, spüren konnte. Es mußte unglaublich erschöpft sein... Ich zog mich am Felsen entlang noch weiter vor, bis ich endlich festen Grund unter den Füßen spürte und mich gegen die reißende Brandung stemmen konnte. Ich griff nach dem Kitz und legte meine Hand unter seinen Bauch, so daß es von meiner Handfläche getragen wurde. Augenblicklich hörte es mit einem zitternden Seufzer zu kämpfen auf und lehnte sich auf meine Hand. Sein Atem ging stoßweise und beinahe keuchend. Wahrscheinlich hätte es dem Ansturm des Wassers nicht viel länger widerstehen können.

Ich versuchte die Stelle zu ertasten, wo sein Bein im Spalt steckte, aber meine Hand war so taub von der Kälte, daß ich gar nichts fühlen konnte. Dann stellte ich fest, daß ich auch meine Füße nicht mehr spürte. Und das Atmen fiel mir immer schwerer. Wie lange konnte es ein Mensch in sehr kaltem Wasser aushalten? Nicht lange, nach allem, was ich gehört hatte... plötzlich wurde mir klar, daß ich womöglich tatsächlich sterben würde, wenn ich das Wasser nicht verließ, daß ich das aber nicht tun konnte, ohne das Kitz loszulassen. Und daß ich es möglicherweise selbst dann nicht mehr konnte, wenn ich es losließ. Ich war völlig gefühllos und wußte längst nicht mehr, wo ich mich mit der Hand festhielt und wo meine Füße standen. Ich konnte mich nur noch an den Felsen klammern, das Reh festhalten und beten, daß Amy so bald wie möglich Hilfe brachte.

Seltsamerweise kann ich mich nicht erinnern, daß ich Angst gehabt hätte. Jedenfalls nicht soviel Angst wie einige Tage zuvor in Parkers Boot. Ich weiß noch, daß ich wieder und wieder Peters Namen flüsterte und ein- oder zweimal zu dem Kitz sagte: »Ich bin da. Ich laß dich nicht los«, und daß es bei diesen Worten zu mir aufblickte, bevor es aufs neue den Kopf sinken ließ. Ich erinnere mich auch noch an den Gedanken, daß ich eigentlich immer davon ausgegangen war, ich würde eines Tages neben meiner Mutter im Kirchhof von St. Michael liegen, und daß man mich nie finden würde, wenn ich an dieser einsamen Landspitze ertrank. Und etwas später stellte ich fest, daß mir gar nicht mehr kalt war. Eigentlich war es gar nicht so schlimm, ich konnte noch unendlich lange hier ausharren.

»Wir werden es schon schaffen«, flüsterte ich dem Rehkitz zu. Es waren vielleicht die letzten Worte, die ich je sprechen würde.

Ich war schon fast bewußtlos, als ich feste, starke Arme unter meinen Achseln spürte. Eine tiefe, nasale Stimme, die nicht Peter gehörte, sagte: »Nur noch einen Moment. Halten Sie durch, meine Liebe. Nur noch einen Moment.«

»Nehmen Sie das Kitz«, flüsterte ich mit tauben Lippen. »Nehmen Sie das Kitz…«

»Ich habe es schon«, sagte die Stimme, und im nächsten Moment zogen mich die Arme aus der tödlichen Kälte hinauf auf die Felskante. Eine schwere Decke wurde um mich gelegt, aber ich konnte ihre Wärme gar nicht spüren. Schwärze flackerte am Rande meiner geschlossenen Lider, und ich wußte, sie würde mich hinabziehen. Ich merkte, wie ich von jemandem in die Arme genommen und fest an eine breite Brust gehalten wurde. Wer immer mich trug, er begann zu laufen.

»Holen Sie das Kitz«, flüsterte ich und versuchte, mit den Fäusten gegen die Brust zu schlagen. »Gehen Sie zurück und holen Sie das Kitz.«

»Ich hole es später«, sagte er. »Es ist schon gut, ich habe es zugedeckt. Ich weiß schon, was ich mit ihm tun werde.«

»Danke«, brachte ich heraus. Dann ließ ich mich fallen, und die Schwärze umfing mich. Aus weiter Ferne, wie an der Oberfläche dunklen Wassers, konnte ich Amy Potter weinen hören.

Als ich endlich erwachte, waren eineinhalb Tage vergangen, und ich lag, eingewickelt in Quilts und Wolldecken und mit einer Wärmflasche an den Füßen, in dem großen Bett im Zimmer von Peters Eltern. Mit bleichem Gesicht stand Peter am Fußende, und seine grauen Augen waren vor Müdigkeit geschwollen. Meine Schwiegermutter saß neben dem Feuer, das im Kamin prasselte, obwohl es im Zimmer sehr heiß war. Ihr Rückgrat war so aufrecht wie der Stamm einer Birke und ihr Gesicht weiß und starr. Ihre Lippen waren ein einziger, mißbilligender Strich. Peter umarmte und küßte mich und erbot sich sofort, hinunterzugehen und die heiße Brühe zu holen, die Christina mir gemacht habe.

»Dr. Lincoln sagt, du sollst alle drei Stunden etwas davon essen«, erklärte er mir und versuchte zu lächeln. »Und er meint, daß ein Schuß Whiskey darin bestimmt nicht schaden könnte. Weder dir noch mir.«

Er ging aus dem Zimmer. Seine Mutter und ich sahen einander an.

»Der Arzt war bei mir?« fragte ich leise. Meine Brust schmerzte, als hätte ich einen festen Schlag erhalten. Meine Stimme war heiser und schwach.

»Viermal«, sagte sie tonlos. »Darunter einmal mitten in der Nacht. Ganz zu schweigen vom Pfarrer und von jeder Frau über zehn aus der ganzen Kolonie, die dir Blumen, Essen und Grußkarten gebracht haben. Und Peter, der überhaupt nicht geschlafen hat. Und Amy Potter, die nicht viel mehr geschlafen hat. Und natürlich mir selbst...«

»Es – es tut mir leid...«

»Das sollte es auch, Maude. Es sollte dir sehr, sehr leid tun. Du hast uns allen unendlich viel Sorgen bereitet, und außerdem wärst du um ein Haar gestorben. Ich frage mich, was noch nötig ist, um dich vom Meer fernzuhalten.«

»Ich gehe nicht mehr in seine Nähe.«

»Wir hoffen alle, daß das stimmt. Sowohl um deinetwillen als auch in unserem Interesse. Von Micah Willis wollen wir gar nicht reden, der leicht sein eigenes Leben hätte verlieren können, als er dich rettete.«

»Micah Willis«, murmelte ich verständnislos.

»Der Ehemann von Christina. Er kam gerade aus dem Bootshaus, als er Amy schreien hörte. Du wärst jetzt tot, wenn er nicht dagewesen wäre. Wir schulden ihm mehr, als wir jemals zurückzahlen können.«

Ich lag dort und fühlte mich so elend, wie ich mich noch nie gefühlt hatte und niemals wieder fühlen sollte. Natürlich hatte sie recht. Dieses kalte Meer war nichts für mich. Dieses Meer hielt nichts als Traurigkeit für mich bereit.

»Ach«, sagte ich. »Das Rehkitz... was ist mit dem Rehkitz?«

»Diese elende kleine Kreatur ist tot«, sagte Mutter Hannah kalt. »Sein Bein war gebrochen. Es wäre sowieso nicht zu retten gewesen. Micah ist wieder hinuntergegangen und hat es erschossen.«

VIERTES KAPITEL

Die nächsten fünf Tage mußte ich auf gemeinsamen Beschluß von Dr. Lincoln und Mutter Hannah im Bett verbringen, oder zumindest unbeweglich in einem Stuhl auf der Veranda, eingehüllt in Quilts, Bettdecken und die reichlich vorhandenen dicken Wolldecken. Um die vielen Decken war ich allerdings froh, wenn mich auch das Eingesperrtsein störte. Denn am Abend des Vorfalls mit dem Rehkitz war einer der berüchtigten fünftägigen Nebel am Cape aufgezogen, der Retreat fast eine Woche lang fest in seinen baumwollenen Fängen hielt. Ohne die Wärme der Sonne war das Haus den ganzen Tag feucht und kalt, und ich hätte mich nur zu gern in mein Bett im oberen Schlafzimmer zurückgezogen, wo man ein Feuer anzünden konnte. Aber Mutter Hannah wollte davon nichts hören.

»Bei dem Nebel kann niemand aufs Wasser hinaus, da werden sie dich alle besuchen kommen«, sagte sie. »Du darfst noch nicht aufstehen, und dies ist der einzige halbwegs schickliche Platz, der mir einfällt, wo du auch von Männern besucht werden kannst. Wenn es nur Frauen wären, dann würde ich dich in deinem oder auch in unserem Schlafzimmer unterbringen. Im Grunde wären ja wir an der Reihe, Besuche zu machen. Dein kleiner Schwimmausflug hat nicht nur unsere Pläne über den Haufen geworfen, liebe Maude.«

»Für den Nebel kannst du Maude aber nicht verantwortlich machen, Ma«, warf Peter, der in dem alten Windsor-Sessel an meiner Seite saß, in fröhlichem Tonfall ein. Auch ihn hinderte der Nebel am Segeln, und er genoß es offenbar, in einem dicken Pullover neben mir zu sitzen, Äpfel zu essen und die Literatur zu lesen, die er im Herbst in seinen ersten Kursen durchnehmen wollte.

»Natürlich gebe ich Maude keine Schuld«, sagte Mutter Hannah und verteilte Teller mit Christinas warmen Doughnuts im Wohnzimmer und auf der Veranda. »Ich weise lediglich darauf hin, daß es noch nicht viele junge Ehefrauen geschafft haben, sich von der ganzen Kolonie besuchen zu lassen, anstatt selbst überall ihre Aufwartung zu machen. Ich glaube sogar, daß dergleichen überhaupt noch nie vorgekommen ist.«

»Dann wurde es Zeit«, sagte Peter und schnappte sich ein Doughnut. »Das begründet eine neue Tradition.«

»Laß bitte die Doughnuts in Ruhe, Peter«, sagte seine Mutter scharf. »Ich möchte nicht, daß Tina heute morgen noch mehr bakken muß. Sie hat genug zu tun mit der Wäsche, die in dieser Suppe nie trocknen wird.«

»Das sind genug Doughnuts, um das ganze Land satt zu kriegen«, meinte Peter gelassen. »Wer wird sich denn schon durch diesen Nebel hierher kämpfen, um sie alle zu essen?«

»Frag lieber, wer es nicht tun wird«, sagte Mutter Hannah und ging in ihr Schlafzimmer, um ein passendes Vormittagskleid anzulegen.

Und tatsächlich, sie kamen alle. Um halb elf Uhr morgens war die Veranda voll mit den Bewohnern der Kolonie, die bereits ihre Häuser bezogen hatten. Alle waren in dicke Pullover und Schals gehüllt, trugen, soweit es sich um alte Damen handelte, Hüte und Handschuhe, tranken Kaffee und Tee und bissen genüßlich in Christinas köstliche Doughnuts. Eingehüllt in einen leuchtend bunten spanischen Schal von Mutter Hannah, der ihr, wie sie meinte, immer ein wenig zu grell gewesen sei, zu meiner dunklen Haut aber ausgezeichnet passe, lag ich unter vielen feuchten Wolldecken, schüttelte zahllose Hände und ließ mich auf meine heiße Wange küssen. So lange, bis sich in meinem Kopf alles drehte und ich mir nur noch wenige Namen und Gesichter merken konnte, murmelte ich immer wieder, es gehe mir hervorragend und es sei so nett von ihnen, mich zu besuchen. Zwar hatte ich sie alle schon einmal im Speisesaal getroffen, am Abend meiner Ankunft, aber das schien schon viele Jahre – Jahrzehnte – zurückzuliegen.

Zuerst kamen die Bewohner von Braebonnie, alle auf einmal, angeführt von Parkers hoch aufragendem Vater Philip. Er war rothaarig wie sein Sohn und hatte das gleiche jungenhafte Gesicht, aber alles an ihm schien eine Nummer größer, und es fehlte ihm Parkers pfiffiger Gesichtsausdruck. Philip Potter war ein Elefant von einem Mann. Röhrend begrüßte er mich, schlug Peter auf den

Rücken, grinste und gab Mutter Hannah einen Kuß auf die Wange, die ihren Kopf hastig beiseite drehte, damit er nicht die Lippen traf. Dann stampfte er davon, um den älteren Peter und etwas Flüssiges für einen nebligen Tag zu suchen.

Als nächster kam Parker mit seiner furchtsamen, spatzenzarten Mutter Helen. Er küßte mich auf die Stirn, flüsterte mir zu, in diesem Schal sähe ich aus wie eine kubanische Dirne und verschwand in derselben Richtung wie sein Vater. Peter sah ihm nach, blieb aber tapfer an meiner Seite und stellte den Jugendfreunden und Nachbarn seine Ehefrau vor. Auf dieser engen, kühlen Veranda, die nur von einer gelblichen Lampe erleuchtet wurde und an deren kleine Fensterscheibe sich dichter Nebel preßte, wirkte er auf mich wie ein offenes Kaminfeuer. Die Leute drängten sich um ihn, als strahle er tatsächlich Wärme aus. Männer gaben ihm Klapse auf den Rücken und schüttelten ihm mit ehrlicher Freude die Hand; alte Damen grinsten albern; junge Frauen setzten ein breites Lächeln auf und hielten seine Hand einen Moment länger fest, als es mir gefiel. Zum ersten Mal dachte ich darüber nach, ob eine der Anwesenden wohl gehofft hatte, eines Tages den Platz einnehmen zu können, den ich jetzt innehatte. Es schien mir mehr als wahrscheinlich.

Zu guter Letzt erschien Amy, an deren Arm sich Großmama klammerte. Bis zur Nasenspitze eingehüllt in Schals und Pullover, sah die alte Frau aus wie ein boshaftes Baby. Erstaunlicherweise trug sie auf dem Kopf eine Seglerkappe, oder zumindest etwas, das einer solchen Kappe ähnelte. Das Ding war bis über ihre dichten Augenbrauen heruntergezogen, was sie, wie Peter flüsternd meinte, wie einen dieser geschnitzten Kokosnußköpfe aussehen ließ, die man in Miami kaufen konnte und die Piraten darstellen sollten. Aus den vielen Wollschichten blickten gelblich ihre eulenartigen Augen hervor.

»Ihr fehlt nur noch der Dolch zwischen den Zähnen«, sagte Peter laut zu Amy. Vor Schreck schnappte ich nach Luft, aber dann wurde mir klar, daß Großmama, zumal mit der ganzen Wolle über den Ohren, stocktaub war. Amy grinste Peter an und gab mir einen Kuß.

»Der Dolch ist gar nicht nötig«, meinte Amy. »Ihre Zähne genügen völlig. Damit sie dich besser fressen kann, mein Lieber.«

»Was?« schrie Großmama. »Was flüsterst du da, Amy? Ich kann es nicht leiden, wenn du flüsterst, das tust du ständig. Das werde ich Parker erzählen.«

»Wir haben nur gerade gesagt, wie gut Ihnen diese Kappe steht, Mrs. Potter«, sagte Peter laut, nahm mit seiner Hand ihre kleinen Klauen und lächelte sie an. Wie durch ein Wunder verflog ihr finsterer Blick, und ihr Gesicht zeigte die schiefe Karikatur eines koketten Lächelns.

»Mach nur so weiter, Peter Chambliss«, kreischte sie. »Ich kenne dich schon, du bist genau wie dein Großvater. Jetzt geh mal beiseite und laß mich deine Frau anschauen. Hat mir nicht jemand erzählt, sie käme aus Ägypten?«

»Charleston, Mrs. Potter«, sagte Peter mit bebenden Mundwinkeln. Auch ich mußte an mich halten, als ich der alten Dame meine Hand hinstreckte. Amy lief dunkelrot an und wandte sich ab. Großmama beugte sich vor und spähte in mein Gesicht.

»Gussie Stallings hat etwas von Negerin gesagt«, erklärte sie. »Aber du siehst mir nicht wie eine Negerin aus. Gussie würde doch auch dann noch lügen, wenn es um ihr Leben ginge. Aber du bist bestimmt keine von uns, oder? Bist du jüdisch? Aber du würdest doch sicher keine Jüdin hierherbringen, Peter.«

»Großmama, bitte«, sagte Amy und zog heftig am Arm der alten Dame. Ihr Gesicht war mittlerweile weiß vor Wut. »Wir stopfen dir jetzt mit ein paar Doughnuts den Mund. Dann bist du wenigstens einen Moment lang still. Es tut mir leid, Maude. Ich wünschte, ich könnte sagen, daß sie nicht weiß, was sie redet, aber sie weiß es genau. Darum entschuldige ich mich für uns alle. Ich werde sie dir in Zukunft vom Hals halten.«

»Was sagst du da?« schrie die alte Frau.

»Ich sagte, es ist an der Zeit, Tee trinken zu gehen!« schrie Amy zurück.

»Ist das die, die mit Parker die ganze Nacht im Boot draußen war? Und die Micah Willis naß wie eine ersoffene Ratte ohne Kleider am Leib heimgebracht hat, in seinen Armen?«

»Komm schon, Großmama!« Amy zog ihre Schwiegergroßmutter mit sich fort, aber die Stimme der Alten drang noch zu Peter und mir herüber.

»Sie sieht doch nicht so aus wie ein Mädchen, das ein Chambliss heiratet, oder? Wie sie da im Stuhl liegt, so bewegungslos wie ein Pferd. Ich dachte immer, er würde Gretchen Constable heiraten. Hannah hatte sich immer Gretchen als Schwiegertochter gewünscht...«

Ich sah Peter an. Sein Gesicht war so düster wie eine Gewitterwolke. Aber als ich lachte, mußte auch er grinsen.

»Wer ist Gretchen Constable?« fragte ich.

»Eines der Mädchen, die hier jeden Sommer verbrachten, bis sie erwachsen waren. Sie hat Burden Winslow geheiratet, an dem Tag, als er seinen Abschluß in Princeton gemacht hat, und das hatten sie so geplant, seit sie dreizehn waren. Wir waren nie etwas anderes als Freunde, und das weiß die alte Hexe genau. Soweit ich weiß, hat Mama da keineswegs irgendwelche Hoffnungen gehegt. Gretchen ist älter als ich und sehr viel reicher. Mein Gott, warum kann man alte Frauen nicht erwürgen, bevor sie achtzig werden und dieses Syndrom der Altersbosheit ausbricht? Ich weiß nicht, wie Parker das aushält.«

»Ich glaube nicht, daß er das muß«, sagte ich schneidend. »Soweit ich sehe, müssen Amy und Parkers Mutter sie ertragen, und in erster Linie wohl Amy. Ich kann mir nicht vorstellen, daß Parker und sein Vater in den letzten Jahren viel von ihr gesehen haben.«

Er sah mich mit seinen schmalen grauen Augen einen Moment lang forschend an; dann wandte er sich ab, um die nächste Besuchergruppe zu begrüßen, die Mutter Hannah in die Veranda führte – eine Gruppe, die auf mich wie eine kleine Armee wirkte. An ihrer Spitze marschierte die furchteinflößende Augusta Stallings, meine erste Widersacherin in Retreat.

O mein Gott«, murmelte Peter leise. »Guten Morgen, Mrs. Stallings. Ein herrlicher Morgen für eine Entenjagd, nicht wahr?«

Augusta Stallings beachtete ihn gar nicht und sah mich an wie kurz zuvor Großmama. Ich lächelte sie gezwungen an und schwor mir innerlich, daß keine der alten Damen von Retreat jemals mehr so auf mich herabsehen würde, wenn ich erst einmal wieder auf den Beinen war. Diese Liegeposition war wirklich äußerst demütigend.

»Na, Mädchen, jetzt bist du noch nicht eine Woche hier, und schon hast du zweimal für Aufregung in der Kolonie gesorgt«, sagte sie. »Offenbar kann man euch Mädchen aus dem Süden einfach nicht vom Wasser fernhalten. Ich habe schon zu Hannah gesagt, daß wir jetzt keine Konzerte und Gesangsveranstaltungen mehr brauchen, wir stecken dich einfach ins Wasser und sehen dem Feuerwerk zu.«

»Es waren Unfälle, Mrs. Stallings«, sagte Peter in gleichmütigem Tonfall, und ich wußte, daß er jetzt wirklich wütend war. »Wissen Sie, so ähnlich wie vor kurzem, als Sie hier vom Stuhl gefallen sind. Nur Unfälle. Ich weiß, daß Maude sie genauso bedauert wie Sie.«

Sie wandte sich zu ihm um und wollte etwas sagen, aber eine der jüngeren Frauen, die mit ihr gekommen war, faßte sie am Arm und murmelte: »Mama Gussie, du bist hingefallen und hast uns nichts davon erzählt? Was sollen wir nur mit dir machen?« Und einer der Männer meinte: »Mama, du hast doch versprochen, daß du keine Besuche mehr machst, ohne daß eines der Mädchen dabei ist.«

Ich betrachtete die Gruppe. Außer der alten Augusta Stallings bestand sie aus vier älteren Männern und vier etwas jüngeren Frauen, die für mich auf den ersten Blick alle beinahe gleich aussahen. Die Männer waren rundlich und untersetzt wie ihre Mutter und hatten naß wirkendes schwarzes Haar, zusammengekniffene, haselnußbraune Augen und volle, rosafarbene Münder. Die Frauen ähnelten ihnen auf bemerkenswerte Weise, nur daß ihre Lippen blasser und dünner und ihre Augen trüb waren, wie vor Müdigkeit. Alle acht hatten rote Wangen, trugen unter ihren Wolljacken ordentliche, etwas zu enge Kleidung und sprachen mit der gleichen lauten, gleichförmigen Stimme wie Augusta Stallings. Das Gespräch drehte sich nur um sie selbst, ihre Häuser, ihre Kinder, ihre Dienstboten, ihre Segelschiffe, ihre Winter in Providence und den Stand ihrer Gesundheit. Als sie unter der Führung der alten Augusta zum Kaffee und zu den Doughnuts gingen, immer noch in voller Lautstärke miteinander übereinander redend, sagte ich zu Peter: »Nie im Leben werde ich sie auseinanderhalten können. Ich weiß nur, daß es alles Stallings sind, oder?«

»Wie könnten sie etwas anderes sein?« sagte er, und in seiner Stimme schwangen Amüsement wie Verärgerung mit. »Die Stallings sind unsere kollektive Strafe dafür, daß wir den Eingeborenen das Land weggenommen haben. Sie leben hier seit dem ersten Tag und halten sich streng an Gottes Gebot: ›Gehet hin und vermehret euch.‹ Gott hat ihnen auch reichlich Geld zukommen lassen, durch eine Patentmedizin ihres Großvaters, die die ganze Nation von Hämorrhoiden oder sonst etwas Unaussprechlichem geheilt hat, bevor sie von Bayer aufgekauft wurde. Seitdem hat keiner von ihnen auch nur einen Finger gerührt. Die Jungs – das sind Albert, John, George und Henry, die du gerade kennengelernt hast – sitzen im Aufsichtsrat der Firma und gehen unten in Providence brav ins Büro, wo aber niemand sie beachtet. Hier übrigens auch nicht, aber das merken sie gar nicht, weil sie ständig zusammenstecken und uns anderen deshalb selten begegnen, wofür wir uns immer wieder mit stillen Stoßgebeten bedanken. Sie sind dämlicher als Bohnenstroh und dümmer als die Polizei erlaubt, aber viel zu hochnäsig, um das zu merken. Sie machen jeden verrückt, doch wirklichen Schaden können sie eigentlich nur dadurch anrichten, daß sie alle miteinander im Jachtclub abstimmen. Es gibt so viele von ihnen, daß sie die Siedlung zu einer Schlittschuhbahn umbauen könnten, wenn sie wollten. Zum Glück wohnen sie alle zusammen, es ist also leicht, ihnen aus dem Weg zu gehen.«

»Alle miteinander in einem Cottage?« sagte ich ungläubig. »Das muß ja das größte in ganz Maine sein.«

»Na ja, das große Haus ist es wohl auch«, meinte Peter und grinste vor Vergnügen. »Es ist riesig, dreißig Zimmer, wie ich gehört habe. Aber darin lebt die alte Gussie ganz allein. Sie läßt weder einen der Jungs, noch ihre Schwiegertöchter, noch ihre unzähligen Enkelkinder auch nur eine Nacht im Haus ihrer Ahnen verbringen. Die Cottages der Söhne sind alle gleich, sie sehen aus wie Ferkel, die sich um die Muttersau drängen. Und da sitzen sie mit ihrer immer umfangreicher werdenden Brut und warten, bis die Alte den Löffel abgibt. Dann wird es zwischen den Brüdern einen Kampf um das Haus geben, der den amerikanischen Bürgerkrieg in den Schatten stellt.«

»Und das sind die Leute, die sich die Seele als Gesellschaft sucht, und dann die Tür hinter sich schließt?« sagte ich. »Das sind die Leute, die das einfache Leben lieben, jene hochgesinnten Menschen, für die Retreat, wenn man deiner Mutter glauben darf, so berühmt ist?«

»Für Mutter sind die Stallings die schreckliche Ausnahme, die die Regel bestätigt«, sagte er. »Und es ist sicher richtig, daß es so etwas hier auch nicht noch einmal gibt. Die Winslows und die Conants leben vielleicht nicht unbedingt einfach, aber sie sind doch millionenmal hochherziger als die Stallings, wenn das auch nicht unbedingt viel heißen muß.«

Dann kamen Dr. Lincoln und seine Frau herein, und ich lächelte in ehrlicher Freude, ihn zu sehen. Sein Gesicht und seine Stimme waren in der letzten Woche immer voller Freundlichkeit gewesen, und seine kühlen, vorsichtigen Hände hatten mir stets geholfen. Wie er es nun schon so oft getan hatte, beugte er sich über mich, nahm meine Hand, wobei sein langer Zeigefinger automatisch meinen Puls suchte, und lächelte dabei sein gütiges, unbestimmtes Lächeln. Obwohl ich wußte, daß er schon fast siebzig war, sah er doch eher wie knapp über fünfzig aus. Er war mager, hielt sich sehr gerade und hatte dichte, nur leicht ergraute dunkle Haare und sanfte blaue, ein wenig kurzsichtige Augen.

»Ich sehe schon, unsere kleine Meerjungfrau hat sich sehr gut erholt«, sagte er. Von Peter hatte ich gehört, daß er als hochgeschätzter Arzt an einer Reihe von guten Krankenhäusern in der Gegend um Boston gearbeitet hatte und jetzt pensioniert war; er war ein begabter klassischer Musiker, Vater von drei kaum unterscheidbaren, blassen Ästheten, die in Retreat einfach »die Jungs« genannt wurden, und seiner hübschen kleinen Frau Mary völlig ergeben. Sie stand an diesem Vormittag neben ihm, winzig und sehr schön, und ihr Porzellangesicht war trotz ihrer über sechzig Jahre so glatt und faltenlos wie das eines Kindes oder einer Puppe.

»Wir haben uns große Sorgen um Sie gemacht, meine Liebe«, sagte sie mit einer silbernen Sopranstimme. »Das ist wirklich ein schlimmer Auftakt für Ihren ersten Sommer an so einem schönen Ort. Ich hatte schon Angst, daß Ihnen jetzt vielleicht alles hier verleidet sei. Aber Ridley meinte, Sie seien ziemlich zäh, und ich sehe, daß er wie immer recht hat. Sie sehen ganz gesund und sehr hübsch aus. Eine gute Wahl, Peter.«

»Danke«, sagten Peter und ich wie aus einem Mund und lachten. Dr. Lincoln richtete sich wieder auf und drehte sich zu seiner Frau um.

»Geht es dir gut, meine Liebe?« sagte er und, an uns gewandt:

»Mary hat diesen Sommer Schwierigkeiten mit ihrem Rücken. Wir schlafen auf einem Brett.«

Ich verbiß mir das Lachen und sah, daß es Peter genauso ging.

»Ich hoffe, es ist nichts Ernstes«, meinte ich.

»O nein«, antwortete Mary Lincoln. »Es sind wohl nur der Nebel und die Feuchtigkeit. Ich freue mich schon auf den Juli. Liebe Maude, Sie müssen uns unbedingt einmal in Land's End besuchen kommen, wenn Ridley Sie wieder aufstehen läßt. Am Dienstag backe ich immer einen schönen Zitronenkuchen. Und ich sehe so gerne ein strahlendes junges Gesicht in unserer dunklen, alten Hütte. Das Haus hat Ridleys Großvater gehört, und ich darf überhaupt nichts daran verändern. Ich hätte ja schon vor Jahren etwas Licht hineingelassen. Wahrscheinlich sind die Feuchtigkeit und die Düsternis ein Grund dafür, weshalb die Jungs nicht öfter kommen.«

»Sie kommen nur deshalb nicht öfter, Liebes, weil sie alle arbeiten müssen«, sagte ihr Ehemann in so nachsichtigem Ton, als hätte er das schon viele Male gesagt.

»Ach was«, meinte sie fröhlich. »Sie könnten schon kommen, wenn sie wollten.«

Der Doktor rollte in komischer Übertreibung mit den Augen und führte seine Frau wieder zurück ins Wohnzimmer. Ich richtete mich auf und sah Peter an.

»Sie werden mich alle als das Mädchen in Erinnerung behalten, das zweimal in nur einer Woche ins Meer gefallen ist, und obendrein vielleicht noch als die Negerin«, sagte ich. »Aber ich kann mir unmöglich all ihre Gesichter und Namen merken. Du wirst mir helfen müssen.«

»Das schaffst du schon, nur keine Angst«, sagte er. »Ich werde nicht von deiner Seite weichen und dir im Notfall Nachhilfe geben. Außerdem hast du den ganzen Sommer Zeit, sie alle kennenzulernen; niemand erwartet von dir, daß du dir so viele Leute auf einmal merkst.«

Wenn ich jetzt zurückblicke, weiß ich kaum noch zu sagen, wen ich an diesem Vormittag kennenlernte und wer später im Lauf des Juni dazu kam, aber unter all denen, die aus diesem ersten Nebel auftauchten, sind mir besonders lebhaft Guildford und Deirdre Kennedy von Corpore Mens Sanos (auch Camp Corpy genannt) auf der anderen Seite der Landspitze in Erinnerung. Sie stammten beide aus Philadelphia; er war Professor am Hamilton College, sie eine ehemalige Frauenrechtlerin, und ihre drei Töchter trugen die erstaunlichen Namen Clio, Thalia und Calliope.

»Sie sind wahnsinnig exzentrisch und ungeheuer sportlich«, sagte Peter später. »Hier wie zu Hause tun sie ständig alle möglichen guten Werke, und sie sind erbarmungslos herzlich und hartgesotten zugleich – ich habe gehört, daß Deirdre jeden Morgen splitterfasernackt zwei Meilen weit in der offenen Bucht schwimmt. Außerdem sind sie gnadenlose Verfechter der Völkerverständigung. Einmal im Monat ziehen sie irgendwelche fremde Gewänder an und veranstalten gräßliche Abendessen, bei denen sie ihren Gästen Speisen aus dem jeweiligen auserwählten Land vorsetzen. Ich war letztes Jahr dort, als Japan dran war, und es gab tatsächlich Tintenfisch und Tang, so wahr mir Gott helfe. Sie haben ihre Mädchen natürlich nach den Musen genannt, aber im Fall der armen Callie ist Calliope wirklich passend, denn sie singt auf den musikalischen Abenden, und das klingt wie eine Karussellpfeife. Und was den geistigen Anspruch angeht: Wenn man zu ihnen zum Bridgespielen geht, reizt er auf Griechisch, und sie antwortet auf Lateinisch. Es kann einen verrückt machen, aber sonst sind sie ganz nett.«

Als nächste kamen die Valentines, zwei altjüngferliche Schwestern, die in einem weinbewachsenen verfallenen Cottage, das Petit Trianon hieß, im Wäldchen hinter der Speisehalle wohnten. Auf den ersten Blick erkannte ich, daß es sich bei den Damen Charlotte und Isabelle Valentine aus Baltimore, dank des Eisenbahnvermögens ihres piratenhaften Herrn Papa angenehm wohlhabend, um die beiden alten Damen handelte, die ich am Morgen nach meiner Ankunft durch den klaffenden, korallenroten Satin schockiert hatte. Dieselben weiß behandschuhten Finger wie an jenem Morgen hoben dieselben Lorgnetten, dieselben alten Lippen zogen sich in derselben wohlanständigen Abscheu zusammen, und dieselben scharfen Augen musterten mich abschätzend. Die Schwestern hatten leise, erschöpfte Stimmen mit südlichem Akzent, eine Haut wie fein geknitterte Seide und rochen stark nach Jasmin-Badepuder.

»Es hat uns so leid getan, als wir von Ihrem Pech hören mußten«, meinte Miss Isabelle – oder Miss Charlotte – mit schleppender Stimme.

»Wir selbst waren ja noch nie in diesem schrecklichen Meer«, sagte Miss Charlotte... oder vielleicht auch ihre Schwester. »Papa sagte immer, das Baden in diesen nördlichen Gewässern wäre ein viel zu großer Schock für den weiblichen Körper. Auch wenn er selbst jeden Tag zum Schwimmen ging, vom Bootssteg des Jachtclubs aus, nicht wahr, Sissy?«

»Das stimmt überhaupt nicht«, sagte Sissy mit beißender Stimme. »Hier ist Papa niemals ins Wasser gegangen. Das war in Rehoboth; du hast das schon wieder vergessen.«

»Nein, habe ich nicht.«

»Aber doch, natürlich. Immer vergißt du –«

An dieser Stelle kam Mutter Hannah herein und lockte sie mit der Aussicht auf Tee ins Wohnzimmer, und sie marschierten davon, eine hinter der anderen, und immer noch streitend.

»So geht das den ganzen Tag«, sagte Peter. »Das ist der Grund, weshalb sie nach Retreat kommen. Ich habe gehört, daß sie sich zu Hause nie streiten. Aber wahrscheinlich hält sie das am Leben. Es ist entsetzlich, aber irgendwann lernt man, nicht mehr hinzuhören. Sie sind wie Samuel Coleridges Alter Seefahrer: Die Leute laufen davon, wenn sie die beiden kommen sehen. Ich habe schon erwachsene Männer auf Händen und Knien durch die Büsche kriechen sehen, weil sie ihnen bloß nicht begegnen wollten. Sie machen pausenlos überall Besuche und klatschen ununterbrochen. Dauernd geraten sie in irgendwelche Schwierigkeiten, zerbrechen oder verlieren etwas, und dann muß man ihnen helfen und sich die ganze Zeit über ihr ewiges Gestreite anhören. Du wirst in diesem Sommer ihr Hauptopfer sein, weil du neu bist. Aber laß dich nicht von ihnen mit Beschlag belegen, sonst tust du den ganzen Sommer nichts anderes, als sie irgendwohin zu bringen und sich um sie zu kümmern, anstatt... was immer du sonst tun willst.«

Anstatt Besorgungen für meine Mutter zu machen – wollte er das sagen? Ich war mir nicht sicher.

Als nächste kamen drei junge Frauen ohne Begleitung. Sie waren etwas außer Atem, und ihre Haare und Kleider waren voller Nebeltröpfchen, wie mit Perlen besetzt. Zwei von ihnen waren großgewachsene, helle, langgliedrige Neuengländerinnen, wie ich sie allmählich schon gewohnt war, nur die dritte war dunkel und leicht übergewichtig, aber sie sahen alle so aus, als gehörten sie zu einer Familie.

»Ah«, sagte Peter. »Die Mädchen von Mary's Garden. Darf ich euch meine Frau Maude vorstellen? So jemanden wie euch wird sie in diesem Sommer brauchen.«

»Hallo«, sagten drei kühle neuenglische Stimmen in einem Ton. Drei sonnengebräunte, kräftige Hände schüttelten fest die meine, und ich spürte bei jeder jenen Hornhautrand an der Außenseite der Handfläche, der vom Tennisspielen zeugt. Kemble hatte ihn auch. Meine eigenen Hände fühlten sich in solchen strapazierfähigen Pranken weichlich und kraftlos an.

»Priss Thorne, Jane Thorne und Fern Thorne«, sagte Peter. »Verheiratet mit Tobias, Clovis und Phinizy Thorne. Sie wohnen auf dem Strandstück direkt unterhalb von Braebonnie, aber man kann sie noch nicht mal vom höchsten Punkt des Felsens aus sehen. Sie sind den ganzen Sommer mit den Kindern hier, und im August kommen dann die Männer aus Washington herauf. Ich weiß nicht, was wir in Retreat ohne die Thorne-Frauen machen würden. Wann immer du etwas brauchst, sei es ein Tennisspiel, ein Druckverband oder Badesalz für die Valentine-Schwestern, schaust du einfach in Mary's Garden vorbei. Sie sind der Kleister, der uns zusammenhält.«

»Wir helfen Ihnen jederzeit gerne«, sagte Priss Thorne. Ihr Gesicht war braun wie Handschuhleder und ihr Haar von der Sonne strohblond. Sie hatte sehr blaue Augen mit attraktiven Fältchen in den Winkeln und lange, schön geformte Muskeln wie ein junger Mann.

»Wenn Sie uns brauchen und im Garden nicht finden, dann heften Sie einfach einen Zettel an das Schwarze Brett am Tennisplatz«, sagte Jane, die andere Blondine. Sie hatte harte, männliche Gesichtszüge und Haare, die in einem geraden Bob um ihr langes Gesicht herum geschnitten waren.

»Spielen Sie Tennis?« fragte diejenige, die dann wohl Fern sein mußte. Sie war vierschrötig und resolut, überhaupt nicht hübsch und ebenso tief gebräunt wie die anderen. »Wir würden uns über eine gute Partnerin sehr freuen. Bisher konnten wir keine der anderen jungen Frauen dafür interessieren.«

»Leider nicht«, sagte ich und dachte bei mir, daß die anderen jungen Frauen wahrscheinlich viel zu beschäftigt damit waren, Dienstmädchen zu spielen, um sich für Tennis zu interessieren. Wie schafften es diese drei, täglich genug Zeit zum Tennisspielen zu erübrigen? Ich hatte noch keine junge Frau in Retreat getroffen, zu der nicht eine ältere Frau gehörte.

»Wir würden es Ihnen gerne beibringen«, sagte Priss. »Bestimmt könnten wir innerhalb eines Sommers eine ganz gute Spielerin aus Ihnen machen.«

»Ich werde Sie beim Wort nehmen«, sagte ich, weil ich ahnte, daß ich mich mit dieser Aktivität ab und zu von Liberty freimachen konnte.

»Wir kommen wieder auf Sie zu, wenn es Ihnen besser geht«, sagte Jane Thorne. »Dieses Wasser kann grausam sein, wenn man es nicht gewohnt ist.«

Sie hörte sich an wie jemand, der täglich stundenlang in diesem Eiswasser schwamm. Ich kam mir verweichlicht und empfindlich vor und fühlte mich schrecklich.

»Warum sind sie nicht daheim und kümmern sich um Schwiegermami?« sagte ich boshaft zu Peter. Allmählich wurde ich müde und wünschte mir, der Strom der Besucher würde endlich abreißen. Aber es sah nicht danach aus.

Er lachte. »Weil die liebe Schwiegermami nach dem Tod des alten Thorne augenblicklich die Kurve gekratzt, ihren Söhnen Mary's Garden überlassen und ein Haus in Palm Springs gekauft hat. Sie hat kaltes Wasser schon immer gehaßt.«

»Und so kommen die armen Mädchen jeden Sommer her, kümmern sich um die Kinder, die Schwiegermütter anderer Leute und die Witwen, und im August erscheinen ihre Männer und werden versorgt wie die Könige«, sagte ich. Allmählich kannte ich das Muster. Als er nicht antwortete, sagte ich: »Tut mir leid, ich bin müde. Warum heißt es Mary's Garden?«

»Nun, es sind drei gleiche Cottages, die nebeneinander stehen. Der alte Thorne hat sie gebaut. Und ihre Mutter hieß Mary. Übrigens haben sie als eine der wenigen Familien Telefon, und jeder geht zum Telefonieren zu ihnen. Die Mädchen sind wirklich die Seele dieser Kolonie. Sie werden dir gute Freundinnen sein und dir einiges hier zeigen.«

Das bezweifelte ich, aber ich sagte nichts. Und dann fiel mein Blick auf eine Frau, deren Augen auf Peter ruhten. Was ich da sah, gefiel mir nicht besonders.

Sie war schön. So lange ich sie kannte, war sie schön. Gretchen Constable Winslow gehörte zu den wenigen Frauen in Retreat, die in ihrer Jugend ein große Schönheit waren und das bis ins hohe Alter blieben. Sie hatte einen vollkommenen Knochenbau und makellose Zähne, vor allem aber eine wunderbare Harmonie des Körpers. Alles an Gretchen paßte zusammen, da gab es keine falsche Proportion, kein Übermaß, nichts Ungereimtes. Meist hat Schönheit etwas mit Lebendigkeit, mit den Farben eines Menschen oder seinem Ausdruck zu tun. Bei Gretchen war das nicht so. Hätte man sie in Marmor geschnitten, sie sähe genau so aus wie damals, an jenem Vormittag, als sie in Fleisch und Blut in der Tür zur Veranda von Liberty stand und meinen Ehemann aus Augen anschaute, die das helle leuchtende Grün von Sonnenlicht auf Sumpfwasser hatten.

Er spürte ihren Blick und sah auf.

»Hallo, Gretchen«, sagte er mit einem Lächeln. Die Frau kam auf ihn zu, küßte ihn leicht auf die eine Wange und legte ihre Hand einen Augenblick auf die andere, ehe sie sich mit einem leichten, höflichen Lächeln zu mir wandte. Ihre Lippen, die Wangen, das Kinn und die Grübchen zu beiden Seiten des Mundes sahen aus, als wären sie von einem zärtlichen Bildhauer gestaltet worden.

»Ich bin Gretchen Winslow, eine sehr alte Freundin von Peter«, sagte sie mit kühler, glatter Stimme, die zwar keinen neuenglischen, aber auch keinen anderen mir vertrauten Akzent hatte. Wie ihr Gesicht, ihr Haar und ihr Körper war auch ihre Stimme ziemlich farblos. Gretchens Haar hatte das blasse Goldbraun von sonnendurchglühtem Tee, und ihre Haut war nur um weniges heller. Es war, als betrachte man eine Frau, die ganz und gar aus honigfarbenem Carrara-Marmor gemacht war.

»Ich bin Maude Gascoigne«, sagte ich gedankenlos und fügte dann hinzu: »Ich meine natürlich, Maude Chambliss.«

»Natürlich«, sagte sie. »Wir waren alle sehr überrascht, von Ihnen zu hören. Peter hat im letzten Sommer nie etwas von Ihnen erzählt.«

»Im letzten Sommer kannte ich sie noch nicht«, sagte Peter, der noch immer lächelte. Er hatte ihre Hand nicht losgelassen. »Ich habe sie erst im November kennengelernt.«

»Und sie dann gleich hergebracht und geheiratet«, sagte Gretchen mit einem leichten Lachen. »Haben Sie vielleicht Neuigkeiten für uns, Maude?«

»Neuigkeiten?« fragte ich; dann verstand ich. »Oh. Nein. Natürlich nicht. Wenigstens glaube ich das nicht...«

Gretchen Winslow konnte mich immer ins Stottern bringen.

»Na ja, lang wird's nicht mehr dauern, wette ich«, sagte sie; ihre Augen entließen mich, und sie wandte sich wieder Peter zu. »Hör zu, Lieber, ich kann nicht länger bleiben. Diese dumme Nola ist heute morgen nicht aufgetaucht, und die Kinder sind allein im Cottage. Burdie hat gestern seine Mutter, seinen Vater und Erica Conant zur Party bei den Sternhagens in Northeast Harbor mitgenommen, und jetzt kommt er da nicht wieder weg. Ich bin also mindestens bis morgen mit den Kleinen ganz allein. Ich weiß, daß es eine unverschämte Bitte ist, aber könnte ich dich heute nachmittag oder abend vielleicht für ein paar Minuten ausborgen? Der kleine Freddie hat seine Schildkröte in die Toilette gestopft, und es klingt so, als wäre jetzt irgend etwas an der Pumpe kaputt, und du kennst dich doch mit so etwas aus... Maude, meine Liebe, es macht Ihnen doch nichts aus, oder? Ich schicke ihn danach augenblicklich wieder nach Hause, zusammen mit einigen meiner Plätzchen, die ihm immer so geschmeckt haben.«

»Es macht mir überhaupt nichts aus«, sagte ich und haßte sie. Selbst wenn sie nicht schön, arrogant und offenbar so vertraut mit meinem Mann gewesen wäre, hätte ich sie gehaßt. Dieses erste Aufflackern von Feindseligkeit Gretchen Winslow gegenüber war pure Chemie. Ich bin sicher, daß sie das Gleiche verspürte; man sah es in ihren chamäleongrünen Augen. Wenn man sie genau betrachtete, sah man auch, daß sie mindestens fünf oder sechs Jahre älter war als Peter. Voller Boshaftigkeit dachte ich, daß sie vermutlich ihrem dreißigsten Lebensjahr näher war, als sie die Welt wissen lassen wollte.

»Dann sehe ich dich später, Peter?« sagte sie.

»Ja... natürlich.«

»Bis dann, mein Herz. Auf Wiedersehen, Maude. Wir werden uns bestimmt noch sehr, sehr oft sehen.«

»Das kommt ganz drauf an«, stieß ich zwischen zusammengebissenen Zähnen hervor, als sie weit genug entfernt war.

»Hör zu, Maude«, setzte Peter an, aber da kam der letzte Gast an diesem Vormittag und versetzte ihm einen festen Rippenstoß. Er fuhr herum, umfaßte die Frau und schwenkte sie vor Freude lachend im Kreis. Dieses Mal lachte ich mit.

Sie war sehr klein, beinahe zwergenhaft, und fast vollkommen rund, und ihre Kleidung war ein kunterbuntes Durcheinander, wahllos zusammengestellter Teile. Noch nie hatte ich eine so unordentliche Frau gesehen. Nichts paßte zusammen, und alles hing irgendwie an ihr herunter. Als Peter sie wieder abstellte, bemerkte ich, daß sie zu allem Überfluß auch noch fett war. Ihr Fleisch hing in rosafarbenen Falten herab, es bebte, schlappte und wogte bei jeder Bewegung. Seltsamerweise wirkte sie dennoch nicht abstoßend. Ihr Lächeln war so offen und fröhlich und ihr Lachen so jung und frei, und ihre blauen Augen strahlten so sehr, daß man alles andere vergaß; nicht einmal die deutlichen Spuren des Frühstückseis auf ihrem Schal vermochten einen zu stören. Ich verspürte den Wunsch, die Hand auszustrecken und sie zu berühren, wie man das bei einem süßen Baby oder einem niedlichen Haustier tat.

»Ich bin Carlotta Padgett. Lottie«, sagte sie zu mir, und ich bemerkte, daß sie schon ziemlich alt war, was man aber wegen der festen, rosaglänzenden Haut zunächst nicht sah. »Ich weiß, daß du Maude bist, und ich bin hergekommen, um dir zu sagen, wie froh wir sind, dich hier in Retreat zu haben. Und, meine Liebe, mir tut es auch um das Rehkitz so leid. Was du da getan hast, war sehr tapfer, und ich hoffe, daß dieser nette Junge da stolz auf dich ist.«

Sie sah Peter an.

»Ja«, sagte er verblüfft. »Natürlich bin ich stolz auf sie.«

»Dann solltest du ihr das sagen. Ich wette, das hast du noch nicht getan«, meinte Lottie Padgett. »Und sicherlich wird ihr das auch sonst niemand sagen. Hör zu, du hübsches Kind, wenn sie dich aus diesem dummen Stuhl herauslassen, dann komm doch herunter in das Kleine Haus – so heißt es – auf der anderen Seite der Bucht direkt unter Aerie, damit ich dich kennenlernen kann. Der Kessel steht stets auf dem Feuer, und ich habe immer ein paar Kätzchen und ein oder zwei kleine Hündchen, für die ich sorge, und im Moment sogar ein Waschbärbaby, das ich aufzuziehen versuche. Irgendein Idiot hat seine Mutter erschossen; ich habe es vor ein paar Tagen gefunden, als ich drüben auf Osprey Head beim Pilzesammeln war. Ich habe gehört, daß du aus den Sümpfen stammst. Ich selbst komme aus den Nadelwäldern, und ich sehe sofort, wenn jemand ein Herz für die Natur und die Tierwelt hat. Es gibt viel, was ich dir über Retreat erzählen kann.«

Und bevor wir noch antworten konnten, war sie schon wieder verschwunden, mit rauschenden Röcken und einem hastig übergeworfenen Umhang; was blieb, war ein starker Geruch nach Mottenkugeln. Einige Leute versuchten, sie aufzuhalten und in ein Gespräch zu verwickeln, und Peters Mutter verstellte ihr an der Tür mit Doughnuts und Kaffee den Weg, aber sie winkte alle beiseite, rief noch fröhlich etwas über die Schulter zurück, ging hinaus in den Nebel und hatte die Tür hinter sich zugeschlagen, noch ehe ich einmal Luft holen konnte.

Ich sah Peter an, der hinter ihr hergrinste.

»Habe ich das geträumt?« fragte ich.

»Nein. Sie ist die wirklichste Frau, die ich kenne«, sagte er. »Nicht schlecht. Lottie Padgett hat dich besucht. Das ist eine einzigartige Ehre. Weißt du, Maude, ich glaube nicht, daß sie in all den Jahren, seit ich nach Retreat komme, jemals bei uns oder irgendeinem der anderen Häuser war. Sie lebt dort unten am Strand wie eine Einsiedlerin in einem kleinen, verfallenen Haus, redet hauptsächlich mit den Tieren und sammelt Pilze und Beeren und solche Sachen. Sie nimmt Streuner und verletzte Vögel bei sich auf, und niemand über sechzehn wurde jemals zu ihr eingeladen. Aber die Kinder… es ist unglaublich, ihr Haus ist vom Morgen bis zum Abend voller Kinder, den ganzen Sommer lang. Sie ist wie der Rattenfänger von Hameln. Als Kind habe ich sie geliebt.«

»Ist sie schrecklich arm?«

»O nein. Sie ist schrecklich reich. Ihr Ehemann hatte Ölquellen – Plural bitte! – in Oklahoma geerbt, da stammen sie auch beide her, und brachte sie irgendwann hierher, als er einen Freund vom College besuchte – ich glaube, es war Sykes Conant, der damals noch nicht lange mit Erica verheiratet war –, und sie verliebte sich in das Cape und die Wälder und brachte Claude dazu, ihr hier ein kleines Puppenhaus zu bauen. Sie haben einen Sohn, den schwächlichen Frankie, der jetzt, glaube ich, irgendwo in Kalifornien Pfarrer der Episkopalkirche ist. Frankie hat sich immer für seine Mutter geschämt, er ist ein ziemlicher Scheißkerl. Er hat nie geheiratet, wahrscheinlich war er, wie man so sagt, vom anderen Ufer. Ich glaube nicht, daß er jemals wieder hier war, seit er das Priesterseminar abgeschlossen hat. Claude starb vor etwa fünfzehn Jahren. Daraufhin hat Lottie erst mal einen Haufen Geld für ein Tierheim drüben in Castine gespendet, aber sonst hat sie in all den Jahren nichts verändert. Ich weiß, daß sie sich nie neue Kleider oder Möbel für ihr Haus kauft. Es sieht aus wie ein Stall. Was es ja im Grunde genommen auch ist.«

»Besuchst du sie manchmal noch?«

»Ja, ich besuche sie noch. Aber verrat mich nicht. Normalerweise bricht sie den Kontakt ab, wenn man sechzehn wird.«

»Ich würde sie gerne besuchen«, sagte ich. »Sie hat mir sehr gut gefallen. Sie ist die einzige, die sich um das arme kleine Rehkitz Gedanken gemacht hat.«

»Ich habe auch an das kleine Reh gedacht«, sagte er ernst. »Glaubst du, es hat mir gefallen, daß Micah es erschießen mußte? Ich hatte nur solche Angst um dich, daß ich vergessen habe, es zu erwähnen. Du solltest sie wirklich besuchen, ihre Freundschaft ist eine große Ehre. Aber wenn ich du wäre, würde ich Mutter nichts davon sagen. Sie hält Lottie für unhygienisch und außerdem für verrückt.«

»Und was denkst du?«

»Oh, kein Zweifel. Sie ist beides. Aber ich liebe sie wegen anderer Dinge. Sie hat ein reines, liebendes Herz. Manchmal denke ich, daß so etwas in Retreat ziemlich selten ist.«

Überrascht sah ich ihn an. Er lächelte verlegen.

»Ich liebe diesen Ort«, sagte er. »Er bedeutet für mich Freiheit, unbeschwerte Kindheit und Natürlichkeit. Aber es ist auch ein sehr kleiner Ort. Und sein Blickwinkel ist sehr eng. Es ist wie bei einer Lupe: Wenn man nicht vorsichtig ist, kann sie das Sonnenlicht einfangen, und man verbrennt sich. Ich wäre ja dumm, wenn ich das nicht wüßte.«

»Peter, laß nicht zu, daß er mich verbrennt«, sagte ich spontan.

»Halt dich an mich, Mädchen«, sagte er in lässigem Ton, »ich bring dich schon sicher nach Hause.«

Bald nachdem der letzte Gast gegangen war, lag ich tief unter den Decken vergraben oben im Bett und kämpfte gegen den Schlaf an. Peter wanderte ruhelos im Zimmer umher und starrte hinaus in den Nebel.

»Glaubst du, daß du schlafen kannst?« sagte er. »Das solltest du; diese Belagerung hat dich bestimmt erschöpft. Ich denke, ich gehe hinüber zu den Willisses und schaue nach, ob Micah schon diese Winsch repariert hat. Ich bin wieder da, bevor du aufwachst.«

»Ja ja, geh ruhig«, sagte ich schläfrig. »Und gehst du auch hinüber zu Gretchen Winslow?«

Er sah mich über seine Schulter hinweg an. Das seltsame, perlige Nebellicht ließ sein helles Haar silbern und seine hohen Wangenknochen metallisch glänzen.

»Würde es dir etwas ausmachen? Es ist ziemlich unangenehm, hier allein mit zwei kleinen Kindern ohne Wasser dazusitzen. Ich sollte wenigstens versuchen, ob ich die Schildkröte da rausholen kann.«

»Sie bekommt immer, was sie will, oder?« sagte ich, und mein Tonfall gefiel mir selbst nicht.

Er kicherte. »Das ist bei fast allen Winslows so. Gretchens Vorfahren kamen sechzehnhundert irgendwas aus Massachusetts hierher, und sie ist eine der wenigen Frauen in der Kolonie, die mütterlicher- wie väterlicherseits eine lange Ahnenreihe hat. Manchmal läßt sie einen das merken. Wenn du nicht willst, gehe ich nicht.«

»Nein«, sagte ich und begrub mein Gesicht im Kopfkissen. »Tu, was du willst. Ich werde nicht anfangen, dich herumzukommandieren.«

Ich wartete ab, was er sagen würde, aber er schwieg, und ich schlief ein, noch ehe er das Zimmer verlassen hatte. Als ich aufwachte, brannten die Lampen, und der weiße Nebel hatte sich schwarz gefärbt. Gerade kam Mutter Hannah herein und brachte auf einem Tablett mein Abendessen. Hinter ihr tauchte Peter auf, dessen Haare sich, mit Nebeltröpfchen besetzt, um sein Gesicht lockten. Auf dem Tablett befand sich, neben der unvermeidlichen ärztlich verordneten heißen Muschelsuppe, den Brötchen und der Butter, ein kleiner Teller mit frischen Plätzchen.

»Hast du die Schildkröte gefunden?« sagte ich zu Peter. Er sah mich erst verständnislos an, dann meinte er: »Oh, nein. Ich war nicht dort. Ich bin bei Micah und Tina vorbeigegangen und habe Micah gebeten, sich darum zu kümmern. Ich hätte die verdammte Schildkröte sowieso nicht rausholen können, selbst wenn ich sie gefunden hätte.«

Mutter Hannah sah ihn streng an. »Du bist nicht zu Gretchen gegangen, obwohl sie dich darum gebeten hat? Also wirklich, Peter. Du kannst doch nicht einfach einen fremden Mann zu einer Frau schicken, die allein im Haus ist. Was soll sie nur von dir denken? Ich dachte, du hättest die Plätzchen mitgebracht. Ich habe sie auf dem Tisch gefunden.«

»Wahrscheinlich hat sie sie selbst herübergebracht«, sagte Peter, nahm eines und biß hinein. »Hmmm. Ein bißchen trocken. Gretch war schon mal besser. Immer mit der Ruhe, Ma. Micah Willis ist ja wohl kaum ein Fremder. Und er repariert die Scheißhäuser in der Kolonie, seit er sechzehn ist, das weißt du genau. Meine Versuche wären eine bloße Zeitverschwendung gewesen, und danach hätte sie sowieso Micah holen müssen.«

»Du weißt schon, was ich meine«, sagte Mutter Hannah scharf, drehte sich um und ging aus dem Zimmer. Wir sahen ihr beide nach.

»Wenn du es nicht weißt, ich weiß es«, sagte ich grinsend. Er grinste mich ebenfalls an.

»Na ja. Ich glaube, Ma hat immer gedacht, zwischen Gretch und mir könnte sich etwas entwickeln. Dabei dachte sie vermutlich eher an eine Fusion als an eine Beziehung. Die Winslows sind stinkreich und ein halbes Jahrhundert älter als die Chamblisses. Und sie haben die Kolonie seit jeher mehr oder weniger angeführt. Ma hätte da nur zu gern ein bißchen mitgemischt. Freddie Winslow hat die Handelsbank der Familie in Manhattan geerbt, und Burdie, Gretchs Ehemann, wird sie später übernehmen.«

»Aber deine Familie hat doch selbst eine Bank«, sagte ich. »Was kümmert sie die der Winslows?«

»Na ja«, meinte er, beugte sich vor und öffnete den obersten Knopf meines Nachthemds, »ihre Bank ist größer als unsere Bank. Du fühlst dich doch schon viel besser, oder?«

»Was gibst du mir dafür, daß ich's dir zeige?« sagte ich und zog seinen feuchten Kopf an meine Brust. »Aber weißt du, ich bin ein bißchen überrascht, daß deine Mutter sich Gedanken darüber macht, wie sie ihre gesellschaftliche Stellung verbessern kann. Das ist doch nicht gerade sehr vornehm. Au, Peter. Das tut weh!«

Er kletterte zu mir ins Bett und zog die Decken über unsere Köpfe.

»Sie betrachtet es nicht als sozialen Aufstieg. Für sie geht es darum, die Erbmasse rein zu halten oder so etwas. Für passende Enkelkinder zu sorgen. Sobald sie selbst ein Enkelkind hat, das sie verwöhnen kann, wird es ihr egal sein. Warum versuchen wir nicht, ihr den Gefallen zu tun? Wir können doch gleich damit anfangen.«

Und das taten wir.

»Peter?« rief Mutter Hannah die Treppe hoch. »Ist mit Maude alles in Ordnung? Es hörte sich an, als sei sie hingefallen...«

Am nächsten Tag vertrieb die Sonne den Nebel, und eine Reihe von zauberhaften, glitzernden, blauumrandeten Tagen zog über die Bucht. Peter konnte endlich die *Hannah* zu Wasser lassen und stach voller Begeisterung in See, genau wie jeder andere Mann in Retreat, der alt genug... oder noch nicht zu alt... war zum Segeln. Wenn die Männer vom Wasser kamen, versammelten sie sich auf dem Tennisplatz, und von der unteren Sonnenveranda aus, wo mir Mutter Hannah an den Vormittagen, in dicke Wolljacken eingewickelt, zu sitzen erlaubte, konnte ich, während ich Leinen sortierte oder alte Familienrezepte in mein eigenes Kochbuch übertrug, das *Plop* der Tennisbälle, die Schreie und den Applaus hören. Ich wußte, daß ich all diese sahnigen, geformten oder gefrorenen Dinge, die meine Schwiegermutter für das Kochbuch einer jungen Ehefrau passend fand, wohl kaum jemals zubereiten würde, aber diese Beschäftigung hielt sie mir vom Leib, und nach ein oder zwei Tagen schien sie davon überzeugt, daß ich in ihrer Abwesenheit nicht gleich wieder zum Wasser stürmen und eine neuerliche Dummheit begehen würde, und sie begann wieder mit ihren vormittäglichen Besuchen und Lebensmitteleinkäufen.

Der ältere Peter war in dieser Woche vom Morgengrauen bis zur Dämmerung drüben an Rosier Point, wo die Chamblisses eine kleine Hütte besaßen. Er katalogisierte seine Vögel, zeichnete kleine Tiere und schrieb in sein »Logbuch«, wie Mutter Hannah es nannte. Außerdem starrte er wohl in die dunklen, stillen Schlupfwinkel seiner eigenen Seele. In den wenigen Tagen, seit wir in Retreat waren, war er verblaßt wie Tinte in der Sonne. Ich hatte, was ihn betraf, ein vages ungutes Gefühl, aber niemand schien es zu teilen. Durch seine Abwesenheit hatte ich das Cottage an den Vormittagen für mich allein, denn Christina Willis begleitete Mutter Hannah auf ihren Einkaufstouren. Ich begann diese Vormittage zu genießen, wie ich später nur wenige andere in Retreat genossen habe. Damals, in diesen stillen ersten Tagen, machte mir die Kolonie ihr erstes und schönstes Geschenk: das überwältigende Erlebnis von Meer, Himmel und Einsamkeit. Es ist ein Geschenk, das einem Demut lehrt, und es ist nicht von dieser Welt.

Aber am vierten Morgen ließen mich die Untätigkeit und das Alleinsein unruhig werden. Ich hatte das Gefühl, Peter schon seit sehr langer Zeit nicht mehr bei Tageslicht gesehen zu haben. Dr. Lincoln und Mutter Hannah hatten mir für mindestens einen weiteren Tag Ausgangsverbot erteilt, und Amy wurde in dieser Woche von den Hausgästen ihrer Schwiegermutter mit Beschlag belegt. Ich zog meinen Zeichenblock heraus und versuchte mich an Kohleskizzen von dem Blick auf die Bucht und die Straße vom Fenster aus, aber sie blieben leblos und nichtssagend; was ich wollte, war die Wirklichkeit. Dann wanderte ich durchs Wohnzimmer und zog einen alten Roman aus dem Bücherschrank, aber die großen Fliederbüsche vor dem Fenster machten den Raum so düster, daß ich nicht lesen konnte. Sie standen in voller Blüte, überwältigende weiße Wolken, die in der nebelfeuchten Luft so stark dufteten, daß man die Süße nicht nur zu riechen, sondern sogar zu schmecken meinte. Ich liebte ihren Duft, rief er doch die Erinnerung an jene erste magische Nacht am Wappoo Creek in mir wach, und ich nahm mir vor, vielleicht später einen Strauß für unser Schlafzimmer zu schneiden.

Gerade in diesem Moment begannen sich die Büsche vor dem Fenster so heftig zu bewegen, als sei ein plötzlicher Sturm aufgekommen, und weiße Blütenblätter regneten über die Blumenbeete und den Rasen. Ich stand da und blickte angestrengt hinaus. Da wurde es im Zimmer hell, und ich blickte direkt in das dunkle

Gesicht von Micah Willis. Er hielt eine große Gartenschere in der Hand, und als er mich sah, tippte er grüßend mit der Hand an die Stirn und schnitt weiter. Ich zögerte, denn ich hatte ihn seit dem Tag, als er mich aus dem Meer zog, nicht mehr gesehen und wußte, daß mein Dank längst überfällig war. Ich hatte ihm zwar durch Christina ausrichten lassen, wie dankbar ich ihm sei, und sie hatte gelächelt und gesagt, Micah sei froh, daß er rechtzeitig gekommen sei; aber ich wußte, daß ich ihm eigentlich einen kurzen Brief schuldete. Aus irgendeinem Grund war ich verlegen. Noch immer spürte ich seine warmen, nackten Arme an meinem Körper.

Ich ging durch die Haustür hinaus in den Junisonnenschein, blinzelnd wie ein Höhlentier. Micah war mit den Bäumen links von der Schwelle fertig und wollte gerade mit denen auf der rechten Seite beginnen. Der Rasen war mit Blüten übersät, und die kühle Luft war erfüllt von dem Duft des Flieders. Ein kleiner, dunkler, lebhafter Junge mit Apfelbäckchen, den ich auf fünf oder sechs Jahre schätzte, sammelte die weißen Zweige auf, bis er die Bündel kaum mehr umfassen konnte, trug sie, eine weiße Spur hinterlassend, schwankend zu einem schlammbespritzten Ford-Lastwagen, der in der Einfahrt stand, und warf sie auf die Ladefläche. Als ich die Fliegengittertür hinter mir schloß, hielten der Mann und der Junge inne und sahen mich an.

»Ich wollte Ihnen noch für neulich danken«, sagte ich. Schon in meinen eigenen Ohren klang mein südlicher Dialekt wie klebriger Sirup, und ich dachte, wie schrecklich er sich für jemanden anhören mußte, der eine klare Aussprache gewohnt war. »Ich hätte es schon früher tun sollen, aber man hat mich nicht aus dem Haus gelassen. Schon hier im Garten fühle ich mich wie ein entlaufener Sträfling.«

Er sah mich höflich an, die Schere weiterhin zum Schneiden bereit. Der kleine Junge stellte sich neben ihn und blickte mich ernst mit den dunklen Augen seines Vaters an.

»Das hätte jeder getan«, sagte Micah. Seine Stimme war genauso tief, klar und unmelodiös, wie ich sie in Erinnerung hatte.

»Ich hoffe, Sie haben... sich nicht erkältet«, sagte ich und merkte verzweifelt, wie ich zu plappern begann. »So kaltes Wasser habe ich noch nie erlebt.«

»Na, dazu bräuchte es wohl mehr als ein Tauchbad in der Bucht«, sagte er, und der kleine Junge kicherte. Ich sah zu ihm hinab und lächelte.

»Ich bin Mrs. Chambliss«, sagte ich. »Und wer bist du?«

»Nein, das bist du nicht«, piepste das Kind, und jetzt lächelte Micah Willis, ein weißes Flackern auf seiner braunen Haut.

»Die einzige Mrs. Chambliss, die er kennt, ist Ihre Schwiegermutter«, sagte er. »Er hat wohl den Eindruck, daß da ein ziemlich großer Unterschied besteht. Das ist Caleb Willis, mein jüngstes und bisher einziges Kind. Sag guten Morgen zu Mrs. Chambliss, Caleb.«

»Guten Morgen«, sagte der kleine Junge und blickte mich unverwandt an. Seine Augen wurden groß. »Papa, das ist die Dame mit dem Rehkitz, oder?«

»Ja«, sagte ich, »ich bin die Dame mit dem Rehkitz.«

Mit den Augen fragte ich Micah Willis, ob sein Sohn über das Kitz Bescheid wußte, und nickte.

»Caleb weiß, daß ich das Kitz erschießen mußte«, sagte er. »Es tut ihm ebenso leid wie mir. Und Ihnen wohl auch. Ich habe ihm erzählt, daß Sie hineingefallen sind, als Sie versuchten, das Reh herauszuholen.«

Dann schwieg er. Er stand da, in der einen Hand die Schere und die andere auf dem Kopf seines Sohnes, und wartete offenbar darauf, daß ich wieder hineinging und er mit der Arbeit fortfahren konnte. Statt dessen sagte ich: »Was machen Sie denn mit den ganzen Fliederzweigen?« und deutete auf die Ladefläche des Lastwagens.

Sein Gesicht erstarrte. Nicht ein Muskel bewegte sich, aber seine Züge schienen plötzlich so hart zu werden wie Beton.

»Die alte Mrs. Chambliss hat gesagt, ich könnte sie haben«, sagte er.

»Wir tun sie auf die Ahnen«, kam ihm Caleb zu Hilfe. Er blickte von seinem Vater zu mir.

»Ach, bitte, ich wollte Ihnen doch nicht unterstellen, daß Sie sie einfach nehmen«, rief ich und wurde rot. »Ich habe mich nur gefragt, was Sie damit machen –«

Es war mir entsetzlich peinlich. Ich hatte ihn nicht nur praktisch des Diebstahls beschuldigt, sondern auch noch angedeutet, daß die Landbewohner solch kostenlose Schönheit nicht nötig hätten.

»Es tut mir leid«, flüsterte ich.

Er lächelte nicht, aber sein Gesicht wurde etwas weicher.

»Caleb und ich bringen immer einen Armvoll auf den Friedhof, wenn wir Mrs. Chamblisses Fliederbüsche beschneiden«, sagte er. »Da liegen alle unsere Vorfahren. Caleb kennt schon fast jeden von ihnen.«

»Wie schön«, sagte ich. »Ich finde es einen wunderbaren Gedanken, da zu leben, wo die Familie immer schon gewohnt hat. Herzlichen Dank noch einmal, und bitte machen Sie doch weiter.«

Ich drehte mich um und ging ins Haus zurück. Sofort hörte ich wieder das Geräusch der Schere. Mit noch immer heißem Gesicht setzte ich mich wieder an Mutter Hannahs Blaubeer-Eisbombe.

Es muß etwa eine Stunde später gewesen sein, daß ich den Schrei hörte. Er stammte von dem Kind, das wußte ich sofort, und der Schreck und die Angst, die darin lagen, ließen mich augenblicklich aufspringen und aus der Haustür laufen. Micah Willis kniete im Gras neben seinem Sohn, der auf dem Rücken lag, während eine Fontäne hellen Blutes in hohem Bogen durch die Luft spritzte und auf den Blütenschnee niederging. Ich sah, daß Micah sein Taschentuch fest auf den Spann des Kindes preßte, aber es war längst durchgeblutet. Ich drehte mich um, rannte zum Wäscheschrank, packte einen Armvoll sauberer Handtücher und lief wieder zurück. Micah nahm den kleinen Jungen gerade auf den Arm, aber das Blut spritzte noch immer.

»Hier, legen Sie das auf die Wunde und pressen Sie weiterhin fest darauf«, sagte ich keuchend und ließ mich neben ihm auf die Knie fallen. Er packte die Handtücher und umwickelte den kleinen Fuß damit. Sein Gesicht war weiß unter der Sonnenbräune. Der Junge schrie noch immer.

»Wen soll ich anrufen?« rief ich. »Gibt es einen Arzt im Dorf? Ich laufe zu den Thorne-Mädchen und telefoniere –«

»Das muß genäht werden«, sagte er. »Er muß zum Arzt nach Brooksville. Es geht schneller, wenn ich ihn hinbringe. Wenn seine Mutter zurückkommt, sagen Sie ihr bitte, wo wir sind.«

Er hob das Kind auf und rannte zum Lastwagen, aber schon begann das Blut wieder zu spritzen.

»Warten Sie!« rief ich ihm nach. »Sie brauchen jemanden, der das Handtuch festhält. Geben Sie ihn mir, während Sie fahren. Ich kann Erste Hilfe, das war nötig in den Wäldern zu Hause.«

Im Lastwagen legte er mir das Kind in die Arme und legte den Gang ein. Der alte Wagen sprang hustend an, schwankte den Weg entlang und bog auf die Sandstraße ein, die zum Festland führte. Ich hielt Caleb fest auf dem Schoß. Mit einer Hand drückte ich das Polster aus Handtüchern auf seinen kleinen Fuß, und mit der anderen streichelte ich ihm über das Haar und die Wangen.

»Ist ja schon gut«, flüsterte ich. »Es hört schon auf zu bluten, und jetzt bringen wir dich zum Arzt, und vielleicht, wenn du ganz, ganz viel Glück hast, dann bekommst du eine Narbe.«

Das Kind wurde ruhiger, hörte zu schluchzen auf und sah mich an. Sein Gesicht und die Kleidung aus blauem Baumwollstoff waren mit dunklem Blut bespritzt, und seine Augen wirkten riesig in dem kalkweißen Gesicht.

»Eine Narbe? Glauben Sie wirklich?«

»Ziemlich sicher«, sagte ich und küßte ihn auf den Scheitel. »Ich kann dir sogar fast versprechen, daß du eine Narbe bekommen wirst. Vielleicht die beste Narbe auf ganz Cape Rosier.«

»O ja«, sagte er, begann aber nicht wieder zu weinen. Er ließ sich gegen meine Brust fallen und schloß die Augen. Sorgenvoll blickte sein Vater erst ihn an und dann mich, aber ich spürte den kräftigen Schlag des kleinen Herzens und den stetigen Atem an meinem Arm.

»Es ist ziemlich schwer, eine Narbe zu bekommen«, sagte ich, mehr zu dem Jungen als zu seinem Vater. Beide lächelten leicht.

»Hört es auf zu bluten?« fragte Micah Willis, und ich nickte. Noch immer sickerte Blut durch das äußere Handtuch, aber es spritzte nicht mehr.

»Wie ist das passiert?«

»Er ist auf die Schere getreten. Ich habe sie hingelegt, um ein paar Unkrautstengel zu zupfen, und plötzlich schrie er und blutete wie ein angestochenes Schwein. Ich hatte schreckliche Angst, so hat er sich noch nie verletzt. Seine Mutter wird mich umbringen.«

»Es ist nicht ganz so schlimm«, sagte ich. »Da verläuft eine Arterie, das ist alles. Darum blutet es so. Der Schnitt ist nicht tief, ich bin fast sicher, daß keine Sehne verletzt ist. Sonst könnte er den Fuß nicht so bewegen.«

»Waren Sie mal Krankenschwester?« fragte er. Er fuhr noch immer sehr schnell, aber nicht mehr ganz so rasant.

»Nein, aber wir lebten meilenweit von der Stadt entfernt mitten in einem Sumpfgebiet, und mein Vater achtete darauf, daß ich wußte, was man bei Verletzungen, Schlangenbissen und ähnlichem tun muß, denn ich war oft allein unterwegs. Und dann habe ich auch ziemlich viel über Biologie gelesen. Zumindest genug, um zu wissen, daß Calebs Wunde heilen wird.«

»Wir sind Ihnen zu Dank verpflichtet«, sagte er förmlich. »Ich weiß nicht, wie ich es ohne jemanden, der ihn festhält, geschafft hätte. Sie sind ganz voller Blut. Ihre Schwiegermutter wird einen Riesenschrecken kriegen.«

»Na ja, einen Schrecken vielleicht, aber überraschen wird es sie nicht«, sagte ich. »Nach dem, was ich ihr während der letzten Woche zugemutet habe, wird ihr ein bißchen fremdes Blut auf meinen Kleidern überhaupt nichts mehr ausmachen. Wahrscheinlich wird sie sich wünschen, es wäre meines.«

Ich hielt inne und sah ihn unsicher an. Schließlich war dieser Mann eigentlich ein Fremder für mich und zudem noch ein Angestellter meiner Schwiegermutter.

»Es war undankbar und unschön, so etwas zu sagen. Entschuldigen Sie«, murmelte ich.

»Macht gar nichts«, sagte er und grinste breit, was sein scharfgeschnittenes, dunkles Gesicht sehr viel weicher wirken ließ. »Ich habe von Ihrem Ausflug mit Parker Potter gehört. Hat mich überrascht, daß Sie ihn nicht gleich ins Meer geworfen haben. Das wäre nicht schlecht gewesen.«

Ich lächelte ebenfalls, leicht verlegen, und sagte: »Wie lange dauert es noch?«

»Es sind noch ungefähr fünf Meilen bis Brooksville«, sagte er. »Dort gibt es einen Arzt, der auch Operationen macht.«

»Ach – das habe ich ja völlig vergessen«, rief ich. »Dr. Lincoln ist doch in der Kolonie, er geht nicht zum Segeln, und ich glaube nicht, daß er und seine Frau vor dem Mittagessen das Cottage verlassen. Wir hätten uns die Zeit sparen können –«

»So ist es besser«, sagte er, ohne mich anzusehen. Etwas an seinem Tonfall riet mir, lieber nicht nachzufragen. Ich schwieg und hielt das schlaffe Kind im Arm, bis wir etwa zwanzig Minuten später vor einer glänzenden weißen Villa hielten, in der die Praxis des Arztes untergebracht war.

Als Micah mit Caleb auf dem Arm, der gewaschen, verbunden und ganz schläfrig von den Beruhigungsmitteln war, aus dem Behandlungszimmer kam, streckte der kleine Junge automatisch seine Arme nach mir aus, als sei ich seine Mutter. Ich nahm ihn, legte ihn an meine Schulter und trug ihn hinaus zum Lastwagen. Wir waren schon auf halbem Weg zurück nach Retreat, und Caleb war erschöpft eingeschlafen, als ich sagte: »Es wäre eine Schande, die Fliederzweige verwelken zu lassen. Können Sie sie nicht irgendwo unterstellen, bis Sie sie auf den Friedhof bringen?«

»Nun, der Friedhof liegt auf dem Weg, kurz vor dem Gemischtwarenladen. Wenn Sie noch ein bißchen Zeit haben, dann bringe ich sie dort hin. Caleb wäre enttäuscht, wenn wir das nicht machen. Es gibt da auch einen Brunnen. Wäre keine schlechte Idee, wenn Sie sich ein bißchen saubermachten.«

Ich blickte auf meine Hände und Arme und den Saum meines Kleides. Sie sahen aus, als hätte ich beim Schlachten geholfen.

»Ich würde den Friedhof gerne sehen«, sagte ich.

Zwischen zwei schiefstehenden, rostig-weißen Marmorsäulen hindurch, die schon lange keinen Bogen mehr trugen, fuhren wir auf den kleinen Friedhof von Cove Harbor. Die Gräber waren durch einen dunklen Vorhang aus Fichten und Tannen von der Straße getrennt, aber sobald man ihn passiert hatte, sah man die wackligen alten Grabsteine, die sich, meist vom Alter und von der Witterung geschwärzt und mit Moos bewachsen, in unregelmäßigen Reihen über die Salzwiese am Rand der Bucht zogen. Wilde Gräser und Blumen wiegten sich in der Brise, die vom Meer her wehte, und nach dem stickigen Straßenstaub war der Geruch nach Salzgras, das am Ufer zu Heu trocknete, nach Tang, Flieder und dem reinen Nadelwald von Cape Rosier einfach wundervoll. Schmetterlinge tanzten über der Wiese, Vögel sangen, Möwen krächzten und flogen über uns hinweg, und die dunklen Finger der spitzen Tannen bohrten sich in das klingende Blau des Mittagshimmels. In der Stille strich mir der salzige Wind feucht über das erhitzte Gesicht und den Nacken.

»Was für ein schöner Ort«, sagte ich. »Und wie viele Leute hier liegen! Ist der Friedhof sehr alt?«

Micah, der schon dabei war, den Flieder abzuladen, hielt einen Augenblick inne. Den schlafenden Jungen hatten wir auf den Vordersitz gelegt und mit dem letzten sauberen Handtuch zugedeckt.

»Er geht zurück bis etwa auf 1680. Die hier sind die letzten«, sagte er und deutete auf die nächststehende Steinreihe. »Die ältesten sind dort unten, direkt am Meer. Da liegen meine Verwandten, und auch die von Christina. Wer zuerst kam, konnte sich sozusagen die besten Plätze aussuchen.«

»Ihre Familie wohnt seit dem 17. Jahrhundert in dieser Gegend?« sagte ich. »Ich dachte immer, damals hätten hier nur Indianer gelebt, und das seit Urzeiten.«

»Das stimmt nicht ganz«, meinte er amüsiert. »Schon der alte Leif Erikson war mit seinen Wikingern da, und der war nicht mal der erste. Es gibt Felszeichnungen drüben auf Monhegan und an einigen anderen Stellen, die sehr wahrscheinlich von den Wikingern stammen. Dann kamen die Engländer, die Spanier, die Franzosen und wieder die Engländer, unter Sir Walter Raleigh und seinem Bruder. Die erste dauerhafte Siedlung wurde 1616 in Kittery gegründet. Meine Familie kam von Massachusetts hierher, als Maine gerade entdeckt wurde. Wir brauchten schon immer unser eigenes Stück Land, ohne das wird ein Willis nicht froh. Christinas Leute sind Duschesnes, sie stammen von Franzosen ab.«

Ich sah ihn bewundernd an. »Ich glaube, es gibt nicht viele Leute, die so gut über ihr Land und ihre Familie Bescheid wissen wie Sie«, sagte ich. »Wird hier in den Schulen viel Geschichte unterrichtet?«

»Von uns gehen nicht viele zur Schule«, erklärte er sachlich. »Sobald einer alt genug ist, um lange Hosen zu tragen, fährt er zum Fischen hinaus, lernt Segeln oder arbeitet in den Holzfällercamps oder in der Landwirtschaft. Es gibt hier oben gar nicht viele Schulen. Aber wir lernen trotzdem genug. Meine Familie liest sehr gerne, und wir lernen es schon ziemlich früh. Damit beschäftigen wir uns an den langen Wintertagen, wenn das Wetter zu schlecht ist, um nach draußen zu gehen. Andere musizieren, weben, malen oder schnitzen. Und alle erzählen den anderen Geschichten. Aber es gibt auch Leute bei uns, die eine anständige Ausbildung haben.

Christinas Bruder zum Beispiel arbeitet als Biologe drüben in Bar Harbor, und ihr Onkel in Portsmouth spielt Violine in einem Orchester. Mein einer Großvater war Kapitän zur See und mein anderer Lehrer in Nova Scotia. Eigentlich sollte ich zur Schule gehen und studieren, aber dann hat mein Vater sich die Finger der rechten Hand abgefroren und konnte nicht mehr zum Fischen gehen. Er hat die kleine Bootswerft aufgebaut, und dabei habe ich ihm geholfen. Wir bauen hübsche kleine Holzboote, wenn ich das selbst so sagen darf.«

Wir waren dort angekommen, wo sich die verwitterten Grabsteine der Familie Willis befanden, und stellten dicke Fliedersträuße auf die Gräber. Es waren so viele, daß es auch noch für die Familiengräber der Duschesnes und einige der Nachbargräber reichte. Als ich mir an der kleinen gemauerten Zisterne unterhalb der Quelle den größten Teil der Blutflecken von meinem Gesicht und den Kleidern gerieben hatte, stand die Sonne bereits hoch über uns. Wir gingen zum Lastwagen zurück.

»Tut es Ihnen nie leid, daß Sie nicht zur Schule gegangen sind?« fragte ich.

»Manchmal schon, glaube ich«, sagte er und blickte hinaus über das Wasser, das jetzt in der Mittagssonne weiß glitzerte. »Aber normalerweise nicht. Die Willises haben immer ihren eigenen Grund und Boden besessen, und ich glaube nicht, daß wir unseren Besitz hier hätten halten können, wenn ich fortgegangen wäre. Dann wäre die ganze Ausbildung auf lange Sicht nichts wert gewesen. Wir sind nicht übermäßig gescheit, und wir haben immer alles geopfert, um unser Land und unsere Häuser zu behalten. Keiner von uns ist reich geworden. Vielleicht wird der Junge dort oben den Absprung schaffen. Aber irgendwie glaube ich das nicht.«

»Ihre Familie ist genau wie meine«, sagte ich. »Oder umgekehrt, meine ist so wie Ihre Familie. Seit 1700 irgendwas klammert sie sich an das alte, große Haus in den Sümpfen, daß man glauben könnte, das Land wäre ein Heiligtum. Ich bin sogar französischer Abstammung, wie Ihre Frau. Mein Mädchenname ist Gascoigne. Ich dachte nicht, daß ich hier jemanden finden würde, mit dem ich irgendwelche Gemeinsamkeiten habe.«

»Das haben Sie auch nicht«, sagte er scharf. »Ein französischer Nachname reicht dazu längst nicht aus.«

Ich schwieg, und mein Gesicht brannte von dem Schlag seiner Zurückweisung. Für einen Augenblick hatte ich vergessen, daß ich die Arbeitgeberin war und er »mein« Angestellter; ich hatte nur zwei Menschen gesehen, die etwas gemeinsam hatten, auch wenn es nicht viel war. Die Zwanglosigkeit unserer Unterhaltung hatte mich dazu verleitet.

»Ihr mögt uns nicht besonders, nicht wahr?« sagte ich. »Uns Sommergäste, meine ich?«

»Na ja, der Hauptgrund ist, daß ihr nicht arbeitet«, sagte er ernst, und ich vermutete, daß ihm seine scharfen Worte schon leid taten, was er mir gegenüber aber nie zugegeben hätte. »Wir sehen euch hier in euren großen Häusern, mit euren Autos und Segelbooten, und keiner von euch rührt auch nur einen Finger. Die Leute in Maine sind fleißig.«

»Aber die meisten von uns arbeiten ja den Rest des Jahres«, sagte ich und wunderte mich, daß ich diese Leute verteidigte, die mir doch eigentlich so fremd waren. »Einige von uns arbeiten auch hier oben. Mein Schwiegervater arbeitet an einem Buch über Vögel und Blumen. Mein Mann bereitet seine Unterrichtsstunden vor. Die Frauen arbeiten wie wild an ihren Blumenbeeten.«

»Blumenbeete! Was ist denn das für eine Arbeit? Das ist doch nur eine Beschäftigung, damit man das Gefühl hat, daß man etwas tut. Was glauben Sie, wie sich unsere Frauen fühlen, wenn sie sehen, wie Sie hier oben leben? Wenn sie bei Ihnen im Haushalt arbeiten und immer ›Ja, Ma'am. Nein, Ma'am‹ sagen müssen?«

»Sie brauchen es ja nicht zu tun, oder?« sagte ich ärgerlich.

»Nein«, meinte er. »Das brauchen sie nicht. Aber die meisten von uns haben im Winter ganz gerne etwas zu essen. Sie können sich doch gar nicht vorstellen, wie die Winter hier sind, wenn Sie noch nie einen erlebt haben. Es ist etwas anderes, in einem unserer Häuser den ganzen Winter zu verbringen, als, wie einige von Ihren Leuten, für ein paar Tage in ihr warmes, winterfestes Cottage zu kommen.«

»Das sind nicht meine Leute«, sagte ich. »Meine eigene Familie ist genauso arm und genauso stur wie die Ihre, wenn Sie das unbedingt gegeneinander aufrechnen wollen. Aber das wäre mir nie klar geworden, wenn wir nicht hierhergekommen wären und miteinander gesprochen hätten.«

»Na ja, das sollten Sie sich besser nicht zur Gewohnheit machen«, sagte er, ohne mich anzusehen.

»Sie meinen, ich kann mich in Zukunft nicht mehr mit Ihnen unterhalten? Oder mit Christina oder Caleb?«

»Es wäre nicht gut für Sie, wenn Sie es täten«, sagte er. »Ihrer Schwiegermutter würde es nicht gefallen. Und keiner von diesen alten Damen. Ihrem Mann möglicherweise auch nicht.«

»Werfen Sie Peter nicht mit diesen... Frauen in einen Topf!« sagte ich gereizt. »Wenn Sie sich ein bißchen anstrengen würden, sähen Sie sofort, daß Peter völlig anders ist als sie. Und im übrigen rede ich, verdammt noch mal, mit wem ich will! Davon können mich auch die versammelten alten Damen von Maine nicht abhalten!«

Er drehte sich um und sah mich an. Es war ein langer, ruhiger und abschätzender Blick. Plötzlich spürte ich wieder die Wärme seines Körpers an meinem, als er mich aus dem Wasser gezogen hatte, wurde dunkelrot und wandte mich ab.

»Sie werden es hier oben nicht leicht haben, Maude Chambliss«, sagte er. »Sie sehen die Dinge zu deutlich. Und Sie sind tollkühn.«

»Was meinen Sie damit?«

»Das Segeln im Nebel. Das Rehkitz. Mein Junge.«

»Ich verstehe Sie nicht.«

»Das ist wahr«, sagte er. »Sie verstehen es nicht.«

Wir gingen zurück zum Lastwagen. Ich nahm das schlafende Kind auf den Schoß, und wir schwankten die Straße hinunter nach Retreat, wo Micah mich in Liberty absetzen wollte. Wir redeten nicht viel, bis wir an der Stelle abbogen, wo die alte Eiche neben der Straße stand.

Er räusperte sich.

»Wir stehen tief in Ihrer Schuld«, sagte er. »Aber es wäre in Ihrem eigenen Interesse, wenn Sie das, was heute passiert ist, Ihrer Familie und den Nachbarn gegenüber nicht erwähnen. Ich weiß, daß Sie aus Freundlichkeit so gehandelt haben, und ich danke Ihnen dafür. Aber die anderen würden es nicht verstehen.«

»Sie meinen, ich soll überhaupt nichts von dem Unfall sagen?« fragte ich.

»Genau. Ihre Schwiegermutter und Christina sind um diese

Zeit wahrscheinlich noch nicht zu Hause, und wenn Sie hineingehen und sich umziehen, dann braucht niemand etwas davon zu erfahren. Alle anderen sind gerade beim Mittagessen oder auf dem Wasser. Ich lasse Sie jetzt hier raus und stecke diesen Knaben da ins Bett. Das mit der Narbe war gut.«

Ich nickte wie betäubt, und als er in die Einfahrt von Liberty einbog, sah ich, daß er recht gehabt hatte: Niemand von meiner Familie war da. Die ganze Feriensiedlung schien verwaist. Aber als ich ausstieg, in meinen zerknitterten, feuchten Kleidern, die noch immer nasse Flecken hatten und mit Blut bespritzt waren, traten gerade Miss Isabelle und Miss Charlotte Valentine aus ihrem Cottage, Spielkarten in den behandschuhten Händen. Am liebsten hätte ich laut aufgelacht. Erst korallenroter Satin und Knutschflecke, jetzt zerknitterte, blutige und fleckige Kleidung und Micah Willis' Lastwagen.

»Guten Morgen«, rief ich ihnen zu, wie damals an jenem Tag, der schon eine Ewigkeit zurückzuliegen schien. »Ist das nicht ein herrlicher Tag?«

FÜNFTES KAPITEL

Anfang Januar des darauffolgenden Jahres wurde ich schwanger, und damit verengte sich die sommerliche Welt von Retreat für mich erneut auf den schmalen Ausschnitt, den ich von der Sonnenveranda in Liberty aus sehen, riechen, hören und schmecken konnte. Gleich bei unserer Ankunft zu diesem zweiten Sommeraufenthalt befahl mir Mutter Hannah, mich hinzulegen, noch ehe ich meinen Hut abgenommen hatte. Dann deckte sie mich mit dicken Lagen von Wolldecken zu.

»Ich halte es für äußerst unklug von Peter, dich überhaupt in diesem Sommer hierherzubringen, aber er hört ja nie auf seine Mutter, und nun bist du da«, sagte sie, als sie mir warme Milch und Salzstangen auf die Veranda brachte, was ich beides nicht ausstehen kann.

»Es geht mir sehr gut«, sagte ich. »Ich bin ja erst im fünften Monat. Auch wenn ich schon wie ein Koloß aussehe, habe ich mich mein ganzes Leben nicht besser gefühlt. Mein Arzt zu Hause sagt, daß mir mäßige Bewegung gut tut.«

»Das ist doch dieser junge Mann irgendwo aus dem Westen, nicht wahr?« sagte sie kühl. Dr. Canfield aus St. Louis, der Peter und mir außerordentlich gut gefallen hatte, als ich ihn in Concord zum ersten Mal aufsuchte, schien in Lichtgeschwindigkeit zu schrumpfen. Mutter Hannah war empört, weil ich mich geweigert hatte, sechs Wochen vor dem errechneten Termin nach Boston zu kommen und mein Baby dort zur Welt zu bringen.

»Aus Missouri«, sagte ich, fest entschlossen, ihr diesen Sommer gleichmütig zu begegnen. »Und er sieht sehr viel jünger aus, als er ist. Wirklich, Mutter Hannah. Ich werde mich schrecklich fühlen, wenn ich den ganzen Sommer herumliegen soll.«

»Wir werden sehen, was Dr. Lincoln sagt.« Sie lächelte dünn. »Ich habe ihn gebeten, morgen früh vorbeizukommen und einen Blick auf dich zu werfen. In deinem Zustand kannst du in dieser

Wildnis nicht ohne ärztliche Betreuung bleiben. Ich kann keine Verantwortung für dich übernehmen.«

»Peter wird das sicher gerne tun«, sagte ich und fühlte, wie mein mühsam errungener Gleichmut im Keim erstickt wurde.

»Peter!« sagte sie mit liebevoller Geringschätzung. »Was weiß denn mein leichtherziger Sohn über werdende Mütter? Ich war in Retreat zweimal in deinem Zustand, und Dr. Lincoln hat sich jedesmal um mich gekümmert. Wir zwei werden schon darauf achten, daß dir nichts geschieht. Und das heißt, meine Liebe, keine Bäder im Meer und kein Herumlaufen auf den Felsen mehr. Und auch keine Friedhöfe«, fügte sie hinzu, ohne mich anzusehen.

»Ich wußte doch, daß ich das irgendwann noch zu hören kriege«, sagte ich zu Peter, als wir am Abend in unserem Bett unter der Princeton-Decke lagen. »Ich habe mich schon gefragt, warum sie sich damals im letzten Sommer, als es passiert ist, so zurückgehalten hat. Und was Dr. Lincoln angeht: Peter, er ist ein alter Mann! Vielleicht haben sie schwangere Frauen zu seiner Zeit tatsächlich für neun Monate ins Bett gesteckt, aber Dr. Canfield sagt –«

»Ich weiß«, sagte er, tätschelte mir die Wange und ließ dann seine Hand über meine Brüste auf die Wölbung meines Bauches gleiten.

Das Baby war an diesem Abend lebhafter als sonst, denn die Fahrt aus Northpoint hierher war, obwohl wir uns zwei Tage Zeit gelassen und oft pausiert hatten, dennoch sehr ermüdend gewesen. Seine Hand zuckte unter den Tritten des Babys.

»Ich verspreche dir, daß du dir nichts mehr über das Meer und den Friedhof anhören mußt. Aber laß ihr und Dr. Lincoln doch ein oder zwei Wochen ihren Willen; ich wette, daß sie dir die Bettruhe dann erlassen. Obwohl ich dir gestehen muß, daß es mir nicht leid tut, wenn dich dieser Junior da von Friedhöfen und Ozeanen fernhält.«

Ich warf ihm einen scharfen Blick zu, aber er schwieg. Im letzten Sommer hatte er nichts zu meiner und Micah Willis' eiligen Fahrt ins Dorf und unserem Besuch auf dem Friedhof gesagt. Er hatte seiner Mutter lediglich in ruhigem Ton erklärt, daß er nicht mit einer Frau verheiratet sein wolle, die ein Kind zu Tode bluten lasse, nur weil es ein einheimisches Kind sei. Und als sie dagegenhielt: »Na ja, so habe ich das nicht gemeint. Aber was macht denn das für einen Eindruck, Maude allein mit Micah in diesem Lastwagen«, fuhr er sie so scharf an, daß sie protestierte.

»Peter Chambliss, nur weil du jetzt verheiratet bist –«

Da kam der Ältere Peter aus seinem Arbeitszimmer, in dem er sich die letzten drei Tage verkrochen hatte, und sagte: »Ein totes Kind auf deiner Türschwelle würde hoffentlich einen größeren Eindruck auf dich machen, Hannah.« Dann ging er wieder in sein Arbeitszimmer zurück und schloß die Tür hinter sich. Sie drehte sich um und ging nach oben. In diesem Sommer hörte ich nichts mehr über den Vorfall, aber als wir nach Northpoint aufbrachen, fühlte ich mich, als träte ich aus einem paradiesischen Gefängnis in die ganz normale, geheiligte Luft der Freiheit.

»Peter, kann es denn gut sein für mich oder für das Baby, wenn ich den ganzen Sommer gelangweilt und unglücklich bin?« sagte ich. Das war moralische Erpressung, aber ich wußte nicht, wie ich mich ihm sonst begreiflich machen sollte.

»Maude, wenn du dich in diesem Sommer hier wirklich nicht wohl fühlst – wenn du wirklich und wahrhaftig unglücklich bist –, dann kommen wir einfach nicht mehr her. Das verspreche ich dir. Ich werde dich nicht dein Leben lang jeden Sommer wieder quälen. Aber versuch es doch dieses Jahr noch einmal. Es wird bestimmt anders. Sie wird aufhören, dich ständig zu kritisieren; ich habe mit ihr darüber geredet. Sie hat gesagt, daß sie sich Mühe geben wird, und das wird sie bestimmt tun. Und bitte bemüh auch du dich etwas. Versuch doch einmal, dich in sie hineinzudenken. Sie hat sich ihre Stellung in der Kolonie hart erkämpft, und sie kennt die Regeln. Ich glaube wirklich, daß sie dir eigentlich nur zeigen will, wie man sich hier einfügt.«

»Was hat man von einem Sommersitz, an dem man nicht so sein kann, wie man ist?« sagte ich schmollend. Ich war geschlagen, und ich wußte es. »Möchtest du, daß dein Kind hier aufwächst, indem es sich ständig Mühe gibt, den Vorstellungen anderer Leute zu entsprechen? Willst du, daß er – oder sie – hinter einem Gitter von Regeln eingesperrt wird?«

Die silbrigen Brauen über seinen grauen Augen zogen sich zusammen, und er sah mich mit ehrlichem Erstaunen an.

»Aber warum sollte es eingesperrt werden? Ich war nie eingesperrt. Ich bin es auch jetzt nicht. Hier oben konnte ich immer ich selbst sein.«

Ich glaube, erst in diesem Moment wurde mir wirklich und unwiderruflich klar, daß die überirdische Freiheit der Männer in Retreat mit der sklavenhaften Unfreiheit der Frauen erkauft wurde. Peter verstand wirklich nicht, was mich bedrückte.

»Dann solltest du besser hoffen, daß dieses Baby ein Junge wird«, sagte ich ganz leise, rollte mich im Bett herum und suchte auf der klumpigen Matratze nach einem Platz für meinen Bauch. Es dauerte sehr lange, bis ich endlich einschlief.

Anfangs war es gar nicht so schlimm. Natürlich war Dr. Lincoln einer Meinung mit Mutter Hannah und verordnete mir absolute Ruhe im Bett oder auf der Sonnenveranda, aber wie sie versprochen hatte, tadelte und belehrte mich Mutter Hannah in diesem Sommer nicht mehr, und wenn ihre Gesellschaft am Nachmittag auch nicht gerade anregend war, so war sie doch beruhigend und gar nicht so unangenehm. An den kühlen, klaren Juninachmittagen las sie mir vor, aus Büchern, die sie selbst in ihrer Jugend gelesen hatte – *Penrod und Sam, Jane Eyre, Silas Marner* –, und ich stellte überrascht fest, daß ich mich auf diese paar Stunden freute, bevor ich wieder ins Bett geschickt wurde, um ein völlig unnötiges Nickerchen zu machen. Wenn sie mit Christina an den Vormittagen Einkäufe machte, saß Peter bei mir auf der Sonnenveranda, korrigierte Arbeiten und bereitete sich auf die Herbstkurse vor. Er war der geborene Lehrer, denn es interessierte ihn über die Maßen, was in den Köpfen kleiner Jungen vor sich ging, und er war felsenfest davon überzeugt, daß es entscheidend war, was man ihnen eintrichterte.

Manchmal sprachen wir über das Baby, aber eher auf abstrakte Weise und nicht so voll handfester Vorfreude, wie man sich das von werdenden jungen Eltern vorstellt. Was Peter anging, so wußte ich nur, daß ihm der Gedanke, Vater zu werden, gefiel, aber was es für seine unmittelbare Zukunft bedeuten würde, schien ihn nicht zu beschäftigen. Statt dessen sprach er darüber, wie es sein würde, wenn das Baby erwachsen war, was für ein Mensch es wohl sein und wie sich seine seltsam gemischte Boston-Charleston-Herkunft auswirken würde.

Ich hingegen konnte beim besten Willen nicht über den Moment hinausdenken, in dem die Wehen begannen. Ich stellte mir nur vor, daß ich dann ins Krankenhaus kam, dort schrumpfte wie ein Ballon und kurze Zeit später nach Hause kam und mein altes Leben wieder aufnahm. Die Tatsache, daß dieser weiche, elastische Knoten in meinem Bauch womöglich unser Leben auf den Kopf stellen würde, ging in diesem Sommer einfach über mein Vorstellungsvermögen. Ich war doch gerade erst dabei zu lernen, eine richtige Ehefrau und eine halbwegs annehmbare Schwiegertochter zu werden. Bestimmt würde niemand von mir verlangen, daß ich nun auch noch die Rolle der perfekten Mutter übernahm. In dieser Zeit machte ich mir unendliche Sorgen, daß ich das Baby vielleicht nicht würde lieben können.

Einmal sprach ich zu Peter davon.

»Das ist wirklich das Dümmste, was ich je gehört habe. Natürlich wirst du es lieben. Das kommt ganz automatisch bei der Geburt.«

»Hast du Peter sofort geliebt, als du ihn das erste Mal sahst?« fragte ich Mutter Hannah.

»Augenblicklich«, sagte sie. »Es war eine Art überirdischer Verzückung, die wunderbarste Empfindung, die ich je hatte. Dieses Geschenk erhalten wir zusammen mit den Kindern, da bin ich mir sicher.«

Aber ich war mir da nicht so sicher. Ich hätte viel darum gegeben, mit Amy über meine Zweifel und Ängste sprechen zu können, aber Parker hatte sie auf eine Geschäftsreise nach Hongkong mitgenommen, und sie würde vor Mitte Juli nicht nach Braebonnie kommen. In Retreat gab es sonst niemanden, dem ich mich anvertrauen mochte. Da tauchte aus dem Nichts plötzlich Micah Willis' Bild vor meinem inneren Auge auf. Ich wußte, daß ich mich mit ihm, ohne zu zögern, über solche Themen unterhalten hätte. Aber natürlich gab es keine Möglichkeit, ihn zu treffen.

In unserer zweiten Woche ließen Peter und Micah die *Hannah* zu Wasser, und von da an saß ich allein in der sonnigen Morgenstille auf der Veranda.

»Macht es dir auch bestimmt nichts aus?« fragte Peter, der schon in der Tür stand und beinahe zitterte vor Begierde, endlich auf die wellige blaue Bucht hinauszufahren.

»Nein, wirklich nicht. Geh nur. Es ist mir lieber, wenn du da draußen glücklich bist, als wenn du hier festsitzt. Ich kann ja sowieso nicht weggehen.«

»Dann bis heute abend«, sagte er, küßte mich und war verschwunden. Danach zogen sich die Stunden meines Arrests schmerzlich in die Länge. Ich wünschte mir sogar, das Baby würde früher kommen, damit wir es hinter uns brachten und ich wieder auf den Beinen sein konnte, aber dann bekam ich ein schlechtes Gewissen. Alles in allem war es der Anfang einer schlimmen Zeit.

An einem Morgen zu Beginn der dritten Woche trat mein Schwiegervater hinaus auf die Veranda und fand mich weinend vor.

»Maude, Liebes! Was ist denn? Geht es dir nicht gut? Soll ich Ridley Lincoln holen?«

Noch nie hatte ich seine Stimme so aufgeregt gehört. Der Ärmste, wahrscheinlich dachte er, er sei allein mit einer Frau, die gleich niederkommen würde. Ich lächelte ihm unter Tränen zu und schüttelte den Kopf.

»Nein, es geht mir gut«, sagte ich. »Aber das ist ja das Problem, Papa Chambliss. Ich fühle mich ausgezeichnet und bin seit drei Wochen nicht aus diesem Stuhl herausgekommen, außer, um ins Bett zu gehen. Es tut mir leid, jeder meint zwar, das sei das Beste für mich, aber ich bin gewöhnt, draußen zu sein. Ich vermisse die Wälder. Ach, und ich vermisse auch das Wasser so sehr –«

Ich unterbrach mich, weil meine Stimme versagte. Er war der letzte, dem ich Kummer bereiten wollte. Den ganzen Juni über war er meist still und in sich gekehrt gewesen, und ich hatte ihn kaum gesehen. Um keinen Preis wollte ich, wie der Tropfen, der das Faß zum Überlaufen bringt, dafür verantwortlich sein, daß er endgültig in seiner Dunkelheit versank.

Er setzte sich zu mir, nahm meine Hand und drückte sie abwesend. Überrascht sah ich ihn an. Abgesehen von dem rituellen Wangenkuß bei der Begrüßung und beim Abschied hatte er mich noch nie berührt. Er bemerkte meinen Blick nicht, weil er aufs Wasser hinaussah. Die Bucht lag ruhig im dunstigen Licht, man konnte kaum ausmachen, wo sie endete und wo der Himmel begann. Für Juni war es warm auf der Veranda.

Dann wandte er mir wieder den Kopf zu und lächelte, und ich lächelte unwillkürlich zurück, weil er dabei Peter so ähnlich sah.

»Du sollst dein Wasser haben«, sagte er. »Sag mir, wo dein Pullover ist, ich nehme dich mit auf einen kleinen Ausflug zu einem Teil von Retreat, den du noch nicht kennst. Ich glaube, er wird dir sehr gefallen.«

»Aber Mutter Hannah –«, setzte ich an.

»Das mit Hannah überlaß ruhig mir«, sagte er noch immer lächelnd. »Es ist Zeit, daß ich mich mal um meine Schwiegertochter kümmere, bevor sie mich zum Großvater macht. Es ist nicht leicht, neu zu sein in Retreat, meine Liebe. Ich wünschte, Hannah würde sich häufiger daran erinnern, daß es ihr auch einmal so ging wie dir.«

Er fuhr den großen Marmon-Touringwagen vor, in dem er und Mutter Hannah jedes Jahr nach Maine reisten, und brachte mich auf dem Vordersitz unter. Dann holperten wir aus der Einfahrt von Liberty und den Weg hinauf, vorbei an der Abzweigung nach Braebonnie und auch an der kleineren Straße, die nach Mary's Garden, Fir Cottage und Land's End führte. Wir hatten fast schon die Hauptstraße erreicht, als er anhielt, ausstieg, einen Armvoll überhängender Rhododendrenzweige zur Seite schob und ein silbern gestrichenes, verwittertes Tor öffnete. Da war kein Schild, kein Briefkasten, kein Anzeichen dafür, daß hinter den schützenden Rhododendren eine Straße abging, aber nur ich konnte sie sehen. Sie wand sich durch den dichten Wald aus Fichten, Tannen und Birken, ein geisterhaftes Band aus weißem Sand in der grünen Düsternis. Ich fragte mich, wie viele Leute diesen Weg kannten.

»Wohin fahren wir?« fragte ich, während wir langsam die Straße entlangschaukelten. Die Büsche und Bäume drängten sich so um das Auto, daß wir uns regelrecht einen Weg bahnen mußten. Ich hatte meine Stimme zu einem Flüstern gesenkt, denn in dieser grünen Stille hätte die normale Lautstärke wie Schreien gewirkt.

»Wir besuchen eine sehr alte Freundin von mir, die in der ganzen Bucht den besten Blick aufs Wasser hat und die sich bestimmt freut, dich kennenzulernen. Ich glaube, du wirst sie auch mögen.«

Die Stimme meines Schwiegervaters war ruhig und freundlich, aber in seinen Augen und seinem Tonfall waren Abenteuerlust und Freude am Geheimnisvollen zu spüren. Er erinnerte mich an ein Kind kurz vor Weihnachten.

Plötzlich wußte ich Bescheid.

»Es ist Aerie, nicht wahr?« sagte ich. »Ich habe es nur einmal von den Felsen unterhalb von Braebonnie aus gesehen. Amy hat mir von den Leuten erzählt, die dort leben, den Fowlers. Sie sagte, Mrs. Fowler sei krank, und niemand bekomme die beiden jemals zu Gesicht –«

»Ja, es ist Aerie.« Er lächelte zu mir herüber. »Sarah und Douglas Fowler. Es gibt nur einige wenige Leute, die sie besuchen. Ich kenne Sarah schon seit unserer Kindheit, das Haus hat ihrer Familie gehört. Douglas kam in dem Sommer, in dem sie heirateten, hierher und verliebte sich in das Haus, und seit sie krank ist, bringt er sie weiterhin jeden Sommer her. Es scheint ihr gut zu tun. Sarah hat die Wälder und das Meer immer leidenschaftlich geliebt.«

»Kann sie... ist sie sehr krank?« fragte ich. Ich fand es seltsam, daß er eine kranke Frau einfach so überfiel, auch wenn es sich um eine alte Freundin handelte.

»Das ist schwer zu sagen«, meinte er. »Meistens finde ich, daß sie genauso wirkt wie früher. Manchmal spricht sie nicht, aber sie war schon immer recht still. Ich weiß, daß sie sich freut, mich zu sehen. Wenn ich mir nicht sicher wäre, würde ich nicht hingehen.«

Ich sagte nichts. Hatte er denn die Gewohnheit, sie häufiger zu besuchen? Wann ging er zu ihr? Ich hatte immer geglaubt, daß er die Vormittage drüben in der Hütte am Rosier Pond verbrachte, aber vielleicht hatte ich das falsch verstanden. Mein Peter hatte die Fowlers nie erwähnt.

Er sah mich erneut an und bemerkte meine Verwirrung.

»Sarahs Krankheit nennt man Schizophrenie«, sagte er. »Jedenfalls nennen die Ärzte sie so. Sie hat nacheinander drei Babys verloren, und nach dem dritten scheint sie sich in ihr Inneres zurückgezogen zu haben, wo sie einen großen Teil der Zeit bleibt. Wenn sie... bei uns ist, dann ist sie beinahe so normal wie früher, obwohl sie die Neigung zeigt, alles auszusprechen, was ihr in den Kopf kommt. Und du kannst dir vorstellen, daß das in Retreat eine gefährliche Sache ist. Vielleicht könnten sie öfter ausgehen, als sie es tun, aber Sarah hat die gesellschaftliche Seite unserer Sommeraufenthalte schon immer gehaßt. Ich glaube, daß sie im wesentlichen so lebt, wie sie es ohnehin gerne tut.«

»Ich hoffe, daß mein Anblick sie nicht verletzt«, sagte ich ängstlich. Die arme Frau: Alle ihre drei Babys waren gestorben, und ich war so offensichtlich schwanger.

»Nein, Sie möchte dich kennenlernen. Ich habe ihr von dir erzählt. Sie sagt, sie glaube, du und sie, ihr hättet viel gemeinsam. Sie weiß auch von dem Baby, falls du dir deshalb Sorgen machst.«

Der Anblick der Landschaft und des Meeres jenseits des grünen Tunnels überwältigte mich. Das große Haus aus braunen Schindeln stand ganz vorne an der Spitze eines Felsens auf einer Lichtung im dichten Wald und blickte hinaus aufs Meer. Auf drei Seiten schwebte es inmitten der blauen Luft, die Möwen kreisten über und unter ihm, und der Wind, der in Liberty nur eine leichte, spielerische Brise gewesen war, pfiff hier eine laute, freudige Melodie. Ich hatte den kurzen, absurden Eindruck, daß man, wenn man in diesem Haus lebte, bestimmt fliegen konnte. Vor uns in der Ferne träumten die Isle au Haut und North Haven und dahinter die Camden Hills. Wie Konfetti waren Segel über dem wilden, weiten Blau verstreut, und ich wußte, daß eines davon Peter gehörte. Um die Grundmauern des Hauses wuchsen Blumen, und über den Felsen führte eine Treppe mit Geländer, deren Ende man nicht sah. Alles war elementar: die Sonne, das Meer, der Wind, der Felsen. Am liebsten hätte ich vor Freude geweint.

»Na, ist dir das genug Wasser?« fragte der ältere Peter und lächelte angesichts meines entzückten Gesichts und meines offenen Mundes.

»O ja«, sagte ich leise, »oh, ist das herrlich!«

Ein Mann kam die Stufen herab auf uns zu, ein alter Mann, dachte ich erst, aber dann sah ich, daß er nicht älter war als mein Schwiegervater. Doch er ging gebeugt, schien gebrechlich und irgendwie ausgebleicht. Aber sein Lächeln war warm.

»Jetzt wissen Sie, warum es Aerie heißt«, sagte Douglas Fowler, nachdem ich ihm vorgestellt worden war.

»Ich würde es Himmel nennen«, sagte ich. »Ich glaube nicht, daß ich jemals von hier fortgehen könnte.«

Und dann errötete ich tief, denn die beiden gingen ja tatsächlich kaum aus. Aber er sagte nur: »Sarah denkt genauso wie Sie. Ich sehe sie sonst nie weinen, aber wenn wir wieder nach Vermont zurückfahren, gibt es jedesmal Tränen.«

Nicht einmal um ihre Babys hat sie geweint? dachte ich. Aber das sprach ich natürlich nicht aus.

Im Inneren nahm ein großer Raum die ganze Länge des Hauses ein. Durch eine Wand mit vielen Fenstern sah man auf eine Steinterrasse, ein Stück Rasen und das wilde, unendliche Blau hinaus. Ich hatte den Eindruck, daß man in diesem Raum alles tun konnte, was zum Leben gehörte, und vielleicht taten sie das auch: Essen, Schlafen, Arbeiten, Nichtstun, sich Lieben... An einem Ende befand sich ein riesiger, rauchgeschwärzter Kamin, der von Bücherregalen eingerahmt war. Die Fensterwand war mit Sitzbänken ausgestattet, um die sich dickgepolsterte, breite Sofas, Sessel und Ottomanen gruppierten. Am anderen Ende des langen Raumes stand ein runder Eßtisch aus Eichenholz mit Stühlen. Vor der vorderen Fensterwand stand eine Staffelei und daneben ein Messingteleskop, das aufs Meer gerichtet war. Alte, schwarze Längs- und Querbalken liefen hoch oben am Giebel durch den Raum, und im ersten Stock befand sich eine umlaufende Galerie, von der, wie ich vermutete, die Schlafräume und Badezimmer abgingen. Überall lagen bunte Teppiche, Kissen und Decken mit orientalischen Mustern, Bücher, Zeitungen und Zeitschriften herum, und von den Tischen und dem Kaminaufsatz leuchteten Blumen. Im Kamin brannte ein Feuer, und auf dem schäbigen alten Wollteppich davor dösten zwei massige Scotch Terrier.

»Wenn ich einmal gestorben bin, dann möchte ich hierherkommen«, sagte ich zu Douglas Fowler. Er lachte. Und noch ein Lachen war zu hören. Ich sah mich schnell im Raum um, und es dauerte eine Weile, bis ich sah, woher es kam.

Sarah stand hinter dem Couchtisch am Eingang zu dem Vorraum, durch den wir soeben gekommen waren, und mein erster Gedanke war: Mein Gott, sie ist ein Geist. Ich hatte noch nie einen lebenden Menschen gesehen, der so bleich war wie Sarah Fowler. In der Düsternis des riesigen Raumes wirkte sie beinahe durchscheinend.

Mein zweiter Gedanke war: Aber sie ist wunderschön! Und das war sie wirklich. Sie war groß und dünn, hatte den Knochenbau eines Rehs oder eines Windhundes und das Gesicht einer griechischen Statue.

»Du hast eine kleine Streunerin mitgebracht, wie ich sehe«,

sagte sie zum älteren Peter und lächelte mir zu. Dann ging sie zu ihm und küßte ihn auf die Wange. Ihr Gesicht war feingeschnitten, blutleer und freundlich, ihre Augen sprühten, und ihr Haar floß wie zinnfarbenes Wasser über ihren Rücken. Sie schien ganz und gar aus Silber zu bestehen. Er legte seine Hand leicht auf ihr Haar. Es war nur eine winzige Berührung, als wolle er es ihr aus dem Gesicht streichen, aber plötzlich wußte ich, daß er sie liebte, wie ein Mann eine Frau liebt – und das schon seit sehr langer Zeit. Und mit der jähen Klarsicht, die einen in solchen Momenten befällt, wußte ich, daß auch sie ihn liebte und daß ihr blasser Ehemann davon wußte. Aber keiner der drei würde jemals darüber sprechen. Ich war drauf und dran, über die Hoffnungslosigkeit dieses Kusses und der Berührung des silbernen Haares zu weinen, hier, mitten im Wohnzimmer der geistesgestörten Frau.

Aber Sarah Fowler lächelte mich mit ehrlicher Freude an, nahm meine Hände und sagte: »Ich habe Peter gebeten, Sie mitzubringen, als ich gehört habe, daß Ridley Lincoln Sie ins Bett gesteckt hat. Der alte Narr. Natürlich müssen Sie aufstehen und die Sonne genießen; natürlich brauchen Sie das Meer. Es hat mich geheilt, als ich... krank war. Es wird auch Sie gesund erhalten. Ich möchte, daß Sie diese Treppe zum Strand hinuntersteigen, sich hinsetzen und einfach die Wellen über sich hinwegspülen lassen, während ich mich mit Peter unterhalte und Douglas ins Dorf fährt. Wenn Sie wirklich erfüllt und zufrieden sind, dann kommen Sie wieder, und wir trinken eine Tasse Tee.«

»Sarah, ich weiß nicht, ob Maude diese ganzen Stufen allein hinuntersteigen –«, setzte der Ältere Peter an, aber sie legte einen Finger auf ihre Lippen, und er unterbrach sich.

»Sie braucht die Einsamkeit, Peter. Glaub mir, ich weiß das. Dort unten liegt ein Zauber, aber er wirkt nur in der Einsamkeit.«

»Bitte«, sagte ich. Plötzlich sehnte ich mich verzweifelt danach, die Treppen zum Meer hinunterzulaufen, und starb fast vor Durst nach dem Wasser.

Er nickte, und im nächsten Augenblick war ich durch die Terrassentüren und über die Terrasse gelaufen, hinein in den Wind. Er erfaßte mich und überspülte mich wie die Wellen selbst, er war kühl, feucht und roch nach Nadelwald, Salz, Ferne und dunklen, geheimen grünen Orten. Ich warf meine Arme in die Höhe, lachte laut und ritt auf dem Wind die Treppen hinunter, die an der Vorderseite des Felsens zum Strand und zum Meer führten.

Der Strand war völlig abgeschieden, ein vollkommen geformter kleiner Halbmond aus glänzenden Kieselsteinen, der zu beiden Seiten von großen, überhängenden roten Felsen begrenzt wurde. Hinter und über ihm lagen nur die hohe Felswand, das Haus und der Himmel. Niemand, der sich nicht im Haus befand, konnte wissen, ob hier unten jemand war. Weder Blicke noch Stimmen drangen bis zu diesem Ort. Ich stand hier ganz allein, umtost vom Meer, von der Einsamkeit und vom salzigen Wind, und dann hob ich meinen Rock und watete ins Wasser.

Es war hellgrün und kalt, sprudelnd und prickelnd wie eisgekühltes Mineralwasser. Was sich im letzten Sommer so schrecklich angefühlt hatte, erschien mir jetzt wundervoll. Die sandige Fläche unter dem Wasser war nur leicht abfallend, und ich watete, spritzte, stampfte, goß mir kaltes Wasser über Gesicht und Arme, tollte herum, tanzte und sang.

Plötzlich war ich wieder ein leichtherziges, anmutiges Wesen, ein Mädchen, das die ganze Nacht durchtanzen konnte mit dem Mann, der ihr einen Armvoll Flieder mitgebracht hatte. Die Sonne schien, das Wasser plätscherte träumerisch, und ich war jung, und alles schien möglich. So lange ich lebe, werde ich mich an diesen Morgen am Strand unterhalb von Aerie erinnern.

Als ich nicht mehr waten mochte, entdeckte ich eine sonnenwarme Höhlung inmitten der großen, umgestürzten Felsen, setzte mich, schloß die Augen und ließ Wind, Sonne und Meer durch meine Haut in mich hineinfließen, bis kein Gedanke mehr mein Bewußtsein beschwerte und ich nicht mehr zu sagen vermochte, wo mein Ich aufhörte und das Meer und der Himmel begannen. Das Baby lag ganz still, und in meinen Ohren hörte ich ein hohes Summen, das die Musik der Erde selbst zu sein schien. Ich glaube, ich schlief eine Weile. Als ich meinen Schwiegervater nach mir rufen hörte, stand die Sonne etwas höher am Himmel, und meine Wangenknochen und die Nase brannten ein bißchen. Den Strand zu verlassen war eines der schwersten Dinge, die ich je getan habe.

Wir tranken Tee und unterhielten uns über nichts Besonderes. Es war ein zwangloses Gespräch darüber, wer bereits in der Feriensiedlung war und wer dieses Jahr nicht kommen würde, aber auch über Bücher und Musik, Theater und die Prohibition, über Gartenarbeiten und wieder über Musik und Filme. Wir sprachen weder über mein Baby noch über Peter, Mutter Hannah oder Douglas Fowler, und das kam mir überhaupt nicht seltsam vor. Als Douglas schließlich mit einer Ladung voll Lebensmittel aus dem Dorf zurückkam, lächelte ihn Sarah in echter Zuneigung an, und als wir aufstanden, um zu gehen, schenkte sie mir ein ebensolches Lächeln und sagte: »Ich glaube, mein Versteck hat Ihnen gefallen. Das ist etwas, was Sie über Retreat wissen müssen, Maude: Einige von uns brauchen von Zeit zu Zeit einen Rückzugsort. Ich glaube, Sie sind ein solcher Mensch. Ich weiß, daß ich es bin, und ich hoffe, daß mein Strand auch der Ihre sein kann. Nutzen Sie ihn, wann immer Sie wollen, aber denken Sie daran, daß es ein Geheimnis ist.«

»Das würde ich sehr gerne tun«, sagte ich und bemerkte überrascht, daß mir brennende Tränen in die Augen stiegen. »Wirklich. Ich habe noch nie einen... besseren Ort gesehen.«

»Dann kommen Sie bald wieder«, sagte sie und wandte sich an Peter. »Und du auch.« Sie legte einen Finger an seine Wange. »Komm her und bring Maude mit, sooft es dir möglich ist.«

Ihre Stimme war anders, wenn sie mit ihm sprach. Ich wandte mich ab, um weder ihre noch seine Augen zu sehen, und bedankte mich murmelnd über meine Schulter hinweg. Douglas und die beiden Scotch Terrier begleiteten mich über die Terrasse.

»Ich hoffe, daß Sie wiederkommen«, sagte er in seiner knappen, neuenglischen Sprechweise. »Außer von der alten Lottie Padgett wurde sie seit Jahren von keiner Frau mehr besucht. Nur Peter kommt regelmäßig. Ich glaube, es hat ihr ungeheuer gut getan. Ich weiß, daß sie Sie mag.«

»Ich hoffe sehr, daß ich wiederkommen kann«, sagte ich. »Herzlichen Dank für Ihre Gastfreundschaft.«

»Viel Glück mit dem Kleinen, Miss Maude«, sagte er. »Es ist eine schöne Zeit für eine Frau. Genießen Sie es. Im nächsten Sommer wird es Sie schon ganz schön auf Trab halten.«

Ich dachte an seine eigenen Babys, die niemals mit der schönen, durchscheinenden Frau im Haus auf dem Felsen Fangen spielen konnten.

»Danke«, sagte ich mit zitternden Lippen. In diesem Moment

kam der ältere Peter, wir verabschiedeten uns und fuhren davon. Wir redeten kein Wort miteinander, bis wir beinahe schon in Liberty waren, aber das Schweigen war nicht drückend.

»Ich besuche sie ein- oder zweimal in der Woche«, sagte er, als rede er vom Wetter. »Das gibt Douglas die Möglichkeit, ins Dorf zu fahren, und ich kann Sarah treffen und sehen, wie es ihr geht. Wahrscheinlich ist es auch eine Flucht; die Familie geht davon aus, daß ich in der Hütte bin. Nicht, daß es Sarah etwas ausmachen würde, wenn sie es wüßten, aber... es ist ein ganz besonderer Ort. Mir gefällt es, daß ich hier oben ein Geheimnis habe.«

Ich wußte, daß er mich auf diese zarte Weise bat, unseren Besuch und die Tatsache, daß er seit Jahren häufig dorthin ging, nicht zu erwähnen. Aber ich hätte ohnehin nichts gesagt, nicht einmal zu Peter. Der Strand war jetzt auch mein Geheimnis.

»Ich kann das verstehen«, sagte ich. »Es wäre einfach paradiesisch, öfter dorthin zu fahren.«

»Dann sollten wir das tun, meine hübsche Maude, wenigstens einmal in der Woche, bis du nach Hause fährst, um dein Baby zur Welt zu bringen«, sagte er und lächelte mir zu. »Danach hast du bestimmt erstmal keinerlei Chance mehr, dich zu einer Spazierfahrt mit deinem Schwiegervater loszueisen, aber dieses soll dein und mein Sommer werden. Wir können einander besser kennenlernen, und du kannst von den verbotenen Früchten der Einsamkeit und des Salzwassers kosten.«

»Danke«, sagte ich, beugte mich zu ihm und küßte ihn auf die Wange.

Und so fuhren wir, mein Schwiegervater und ich, bis Mitte Juli einmal in der Woche im Marmon die Straße hinab und hinauf nach Aerie, und für diese ruhigen, meererfüllten Vormittage werde ich immer dankbar sein. Sie gaben mir in diesem Sommer das Gefühl für mich selbst zurück, und sie waren alles, was ich von dem Mann, der der Vater meines Ehemanns war, jemals bekommen sollte. Denn am 18. Juli bekam der ältere Peter einen Herzanfall, während er im eisigen Wasser an Rosier Pond schwamm, und starb, bevor ihn der eilig herbeigerufene Sheriff ins Krankenhaus nach Castine bringen konnte. Als wir die Nachricht erhielten, war mein erster Gedanke: Wer soll es Sarah erzählen? Gibt es überhaupt jemanden, der das tun kann?

Wenn ich erwartet hatte, meine Schwiegermutter trösten zu müssen, so sollte ich bald feststellen, daß ich mich geirrt hatte. Ich war überflüssig. Es gibt ein ungeschriebenes Gesetz, wie in Retreat mit dem Tod umgegangen wird, ein Ritual, dessen Name »Wir« ist. Und dabei wird niemand von außerhalb zugelassen.

Es waren Deirdre und Guildford Kennedy vom Camp Corp, die, mit Dr. Lincoln im Schlepptau, zu uns kamen und uns die Nachricht überbrachten. Später erfuhr ich, daß Guildford mit dem älteren Peter beim Schwimmen gewesen war. Er war gerade an der Anlegestelle aus dem Wasser geklettert, um sich in der Sonne zu wärmen, als er meinen Schwiegervater rufen hörte. Sofort sprang er hinein, zog den älteren Peter auf den Steg und rief Deirdre zu, sie solle Sheriff Carter und Ridley Lincoln holen. Dann fuhren die Kennedys zusammen mit Sheriff Carter ins Krankenhaus, hielten den älteren Peter die ganze Fahrt über in ihren muskulösen Armen und flüsterten ihm beruhigende Worte zu. Der Sheriff brach auf der Fahrt nach Castine alle Geschwindigkeitsrekorde, aber unterwegs sagte Deirdre irgendwann: »Ich glaube, er hat uns verlassen.« Ridley Lincoln, der sie vor dem Krankenhaus erwartete, konnte das nur noch bestätigen. Als sie es Mutter Hannah erzählten, saß sie da wie zu Stein erstarrt, und ich sank in einem plötzlichen Schwächeanfall in einen Stuhl auf der Veranda und fühlte, wie mir das Blut aus Armen und Gesicht wich. Ich wußte, daß nach dieser blutleeren Stille die Trauer zuschlagen würde, und sie würde schrecklich sein. In diesen letzten Wochen hatte ich den älteren Peter lieben gelernt.

Von meiner Schwiegermutter war ein kleiner, leiser Ton zu hören wie ein Seufzen – mehr nicht.

»Hannah, Liebling. Ich rufe dir jemanden. Maude ist hier, ich hole Maude –«

»Nein«, sagte Mutter Hannah, und ihre Stimme klang auf einmal ganz alt. »Peter. Peter soll kommen.«

»Ach, meine Liebe«, murmelte Deirdre Kennedy, und ich wußte, daß sie annahm, Mutter Hannah spreche vom älteren Peter.

»Mein Sohn«, sagte Mutter Hannah. »Mein Sohn soll kommen.«

»Guild hat bereits einige der Männer losgeschickt, damit sie nach ihm suchen«, sagte Deirdre. »Sie bringen ihn so bald wie möglich zu dir. Aber in der Zwischenzeit könnte Maude –«

»Maude brauche ich nicht«, sagte meine Schwiegermutter. Sie war sehr ruhig.

Und so saß ich an diesem schrecklichen Tag sehr lange auf der Veranda in Liberty und wartete sowohl auf Peter als auch auf die Trauer, während sich das Cottage mit Frauen füllte.

Inzwischen bin ich mit diesem Ritual vertraut und kenne aus eigener Erfahrung den Klang der Buschtrommeln, wie Peter das immer nannte, die den Frauen von Retreat noch vor dem Eintreffen der mündlichen Nachricht mitteilen, daß einer der ihren dahingegangen ist. Ich kann das Phänomen noch immer nicht erklären, aber es überrascht mich schon lange nicht mehr. Doch damals stand ich wirklich vor einem Rätsel. Eine nach der andern kamen die Frauen aus der hellen Mittagssonne herein. Helen Potter von Braebonnie war die erste, sie nahm Mutter Hannah leicht in die Arme und drückte die Wange an ihr marmorkaltes Gesicht. Helens Augen waren geschlossen, und ihr Gesicht war unbewegt, aber an ihrem zusammengepreßten Mund konnte ich wirkliche Trauer ablesen.

»Meine liebe Hannah, es tut mir so leid«, flüsterte sie.

Mutter Hannah nickte und schwieg noch immer. Ihre Augen waren weit aufgerissen, weißumrandet und blickten starr über Mrs. Potters Schulter ins Nichts, aber sie bewahrte auf schreckliche Weise Haltung.

Dann kam die zwitschernde Mary Lincoln und danach Augusta Stallings, die eine in ein Tuch geschlagene Flasche mitbrachte und grimmig dreinsah; es folgten die kühle Aurora Winslow, die dickliche kleine Erica Conant und die Valentine-Schwestern, die unschlüssig an der Verandatür standen und zu mir hinüberspähten, bevor sie mit ausgestreckten Armen und piepsenden Stimmen auf meine Schwiegermutter zuliefen. In einer halben Stunde hatte sich das Wohnzimmer des Hauses mit Frauen gefüllt, die Mutter Hannah ihre Aufwartung machten. Mit ihnen waren auch einige Männer erschienen, aber sie betraten das Haus nicht. Sie standen auf dem Rasen oder der Veranda und sprachen leise und kopfschüttelnd miteinander. Sie waren genauso traurig, das wußte ich, denn der Ältere Peter war beliebt, und diese Männer waren seit der Kindheit seine Freunde gewesen. Und nun waren sie wieder einmal weniger geworden, weil aus der versprengten Herde alter Hengste an diesem Tag einer abberufen worden war. Die Frauen hingegen strahlten eine beinahe körperlich spürbare Kraft aus. Damals ahnte ich dunkel, was ich erst viel später begreifen sollte: Der Tod eines Mannes in Retreat verringert zwar die Anzahl der Männer des Stammes, aber er verleiht auch dessen Frau eine neue Macht. In Retreat verwandelt sich eine neue Witwe buchstäblich von einem Moment auf den andern von einer Schloßherrin in eine Königin. Und das geschah gerade mit Mutter Hannah.

Ich sah noch etwas anderes an diesem Tag: In jenem Übergangsritus, den der Tod darstellte, war es die Aufgabe der alten Frauen, zu kommen, zu helfen, zu trösten und zuzusehen. Die jungen Frauen blieben zu Hause, um sich um die Kinder und die Kranken zu kümmern. Peter sagte einmal nur halb im Spaß, daß die alten Damen die Plätze in der ersten Reihe beanspruchen könnten, wenn in Retreat jemand starb. Ich sehnte mich nach Amy, aber auch jede andere junge Frau wäre mir recht gewesen, sogar Gretchen Winslow. Aber in diesen qualvollen Stunden, die ich, ohne nachzudenken, mal sitzend, mal stehend auf der Veranda verbrachte, während ich darauf wartete, daß Peter heimkehrte, kam keine der jungen Frauen zu uns. Ich sollte noch erleben, daß sie erst später an der Reihe waren, den ganzen Abend lang und am nächsten Tag würden sie sich die Tür in die Hand geben, leise anklopfen und Schüsseln, Kuchen und Blumensträuße aus den Gärten der Kolonie hereinreichen, an denen kleine Karten hingen: *Herzliches Beileid von Ella Stallings* oder *Priss Thorne* oder wer immer die Geberin auch war. Und sie würden Peter umarmen, sich nach Mutter Hannah erkundigen und fragen, ob sie etwas für sie tun könnten, und sagen: Nein, danke, wir können leider nicht hereinkommen, wir müssen wieder zu den Kindern oder dem Abendessen oder Mutter So-und-so, und manchmal dachten sie daran, mir in meinem Exil auf der Veranda zuzuwinken, und manchmal auch nicht.

Aber bis weit in den Nachmittag hinein war ich allein. Wenn ich mich ins Wohnzimmer wagte, wo sich die Frauen drängten, wurde ich sofort hinausgescheucht mit dem Befehl, meine Füße hochzulegen; ob ich vielleicht das Baby hier bekommen wolle, um allem noch die Krone aufzusetzen? Oder man fragte mich höflich und kühl, ob ich etwas brauche, und wenn ich mit elender Stimme verneinte, wandte man sich wieder dem Kreis zu, in dessen Mitte Mutter Hannah saß wie eine düster brennende Kerze. Einmal kam Dr. Lincoln aus dem Garten herauf, legte geistesabwesend seine Finger auf meinen Puls, nickte, sagte: »Gut, gut«, und ging wieder. Danach kam niemand mehr, bis endlich Peter auftauchte. Als ich seine eiligen Schritte auf der Veranda hörte, kämpfte ich mit aller Kraft gegen die Tränen an. Aber sobald ich seine Stimme vernahm, begannen sie zu fließen.

Ohne auf die Versammlung der Frauen zu achten, rannte ich durchs Wohnzimmer auf ihn zu. Ich breitete meine Arme aus, und er warf sich hinein. Ich hielt ihn, so fest ich konnte, das Gesicht gegen seine Brust gepreßt, und sagte weinend immer wieder: »Ach, es tut mir so leid. Ach, Peter, es tut mir so leid...«

Er weinte auch, aber das fühlte ich mehr, als daß ich es sah. Sein Atem ging unregelmäßig und schnaufend, und in seinem Körper und seinen Armen war ein leichtes Zittern zu spüren. Ich konnte das feuchte Salz der Bucht in seinem Pullover fühlen und schmekken, und hörte, wie sein Herz raste. Die Fahrt mit dem Segelboot nach Hause mußte schrecklich gewesen sein. Er legte seinen Kopf auf meinen, und ich spürte, wie seine Tränen durch mein Haar sickerten. Aber er sagte nichts.

Dann begann Mutter Hannah zu weinen. Es war ein seltsamer Laut, wie das silbrige Weinen einer Puppe oder eines sehr kleinen Kindes. Ich hatte sie noch nie weinen gehört und es mir auch nicht vorstellen können, und als es begann, wußte ich erst gar nicht, wo dieser Ton herkam. Peter hob den Kopf und sah mit blinden Augen um sich; ich sah sein Gesicht, und mein Herz krampfte sich zusammen, als hätte es jemand gepackt, geschlagen und ausgewrungen. Ich hätte ihn beinahe nicht wiedererkannt. Eine solche Trauer hatte ich noch nie gesehen.

»Peter, ach, mein Kleiner«, schluchzte Mutter Hannah, und wie von magischer Hand verschwand die Trauer aus Peters Gesicht, und es verwandelte sich in Stein. Ich war dabei, als es geschah. Ich sah, wie Peter, das verletzte Kind, für immer verschwand, und Peter, der Mann, seinen Platz einnahm. Er stand unbeweglich und hielt mich umarmt, während er über meinen Kopf hinweg auf seine Mutter blickte. Sie streckte ihre Arme nach ihm aus, bewegte die Finger in seine Richtung, als winke sie zum Abschied. Einen Augenblick lang sahen sie einander an, Mutter und Sohn. Dann schob mich Peter beiseite und lief auf sie zu. Die Ehrenformation der Frauen teilte sich, Mutter Hannah stand auf, schwankte leicht, und dann rannte sie über den Sisalteppich und warf sich in seine Arme.

»Petie«, schluchzte sie an seiner Brust, wie ich es gerade getan hatte, »Papa ist tot. Wir haben Papa verloren, mein Liebling.«

»Ich weiß, Mama«, sagte er und wiegte sie in seinen Armen wie ein Kind. »Ich weiß, ich weiß.«

»Maude, gehen Sie und holen Sie Ihrem Mann ein Glas Whiskey«, rief Augusta Stallings dröhnend von der anderen Seite des Raumes. »Ich habe welchen mitgebracht, falls ihr keinen dahabt. Und bringen Sie Hannah ein Glas Sherry, wenn Sie schon mal dabei sind. Der Schock läßt allmählich nach.« Und als ich zögerte: »Na los, machen Sie schon, Mädchen. Sie haben doch gesagt, daß Sie etwas tun wollen, oder? Stehen Sie nicht herum und glotzen. Lassen Sie den beiden doch ihre Privatsphäre, um Gottes willen.«

Mein Gesicht brannte, und die Tränen stiegen erneut auf. Privatsphäre? Ich war Peters Frau. Sein Vater war mein Schwiegervater. Auch ich hatte an diesem Tag einen Verlust erlitten. Ich drehte mich um, ging in die Küche und goß den Whiskey und den Sherry ein. Aber noch bevor ich mir die Tränen aus den Augen wischen konnte, hörte ich Mutter Hannah sagen: »Petie, versprich mir, daß du mich heute nacht nicht allein läßt. Morgen ist es besser, dann ist Hermie da. Aber ich habe in Retreat noch nie eine Nacht allein verbracht. Bitte verlaß mich jetzt nicht.«

»Nein, Mama«, sagte Peter, »das tue ich nicht.«

Ich brachte das Tablett mit den Getränken ins Wohnzimmer und übergab es Augusta Stallings.

»Vielleicht könnten Sie das für mich übernehmen«, sagte ich. Ohne ihre Antwort abzuwarten, ging ich die Treppe hinauf in Peters und mein Schlafzimmer und schloß die Tür hinter mir. Ich setzte mich aufs Bett und sah aus dem Fenster über das Dach von Braebonnie hinweg. Ganz in der Ferne hinter den Fichten- und Tannenwipfeln konnte ich hoch gegen den Himmel die Schornsteine von Aerie erkennen. Dann begann ich zu weinen. Es war schon vollständig dunkel, bevor ich wieder aufhören konnte.

Als ich nach unten ging, leergeweint und völlig ausgehungert, waren die Frauen gegangen. Im Wohnzimmer schien niemand zu sein, aber als ich näherkam, hörte ich Stimmen und leises Lachen aus dem verdeckten Alkoven am Kamin. Und obwohl ich sie nur einmal gehört hatte, erkannte ich in dem Lachen sofort die Stimme von Gretchen Winslow. Ich blieb am Fuß der Treppe stehen.

»Ach, und da ist er in diesem komischen Sombrero und dem Umhang, die ihm Mama und Papa aus Mexiko mitgebracht haben«, sagte Gretchen mit leiser Stimme, in der sich Lachen und Weinen mischten. »Ich war damals etwa acht oder neun und konnte mich nicht entscheiden, in wen ich verliebt war, den älteren oder den jüngeren Peter. Der Sombrero gab dann eindeutig den Ausschlag für den älteren Peter.«

Ein Lachen erklang, das, wie ich ungläubig feststellte, von Mutter Hannah stammte. »Er trug den Hut und den Umhang damals bei der Chowder-Regatta, weißt du noch, Peter?« sagte sie. »Ich muß zugeben, es sah ziemlich fesch aus.«

»Er trug diesen Hut, bis einer von den Stallings-Jungs – war es Albert oder Henry? – ihn stahl und am Fahnenmast beim Jachtclub hochzog. Dann regnete es darauf, und er löste sich auf«, sagte Peter und begann ebenfalls zu lachen. Ein leises Rascheln von umgeblätterten Seiten war zu hören, und mir wurde klar, daß sie am Feuer saßen und die Fotos in einem der großen alten Alben aus dem Bücherschrank betrachteten. Drei Menschen, die meinen Schwiegervater ihr ganzes Leben lang oder einen großen Teil davon gekannt hatten und die gemeinsam auf dem mühsamen Weg durch die Trauer Linderung suchten. Wie eine Familie. Ich drehte mich um und ging in die Küche.

Dort saßen Micah und Christina Willis an dem alten Kieferntisch. Aus dem Herd roch es nach frischem Backwerk, und Blumen in Vasen und kleinen Eimern gaben ihren reichen Duft dazu. Christina schnitt auf einem Backbrett von einer gelben Teigrolle Doughnuts ab, und Micah teilte eine große, dunkelbraune Lammkeule in zarte, dünne rosafarbene Scheiben. In einem großen Eisentopf auf dem Herd kochte irgend etwas vor sich hin, und neben dem Ofen kühlten frische Doughnuts aus. Vor Hunger und Schmerz hätte ich am liebsten zu weinen angefangen.

Micah warf mir einen langen, unergründlichen Blick zu. Dann zog er einen Stuhl herbei und bedeutete mir, mich zu setzen. Christina sah auf und lächelte.

»Kommen Sie«, sagte Micah. »Sie sehen aus wie eine gebadete Katze. Und essen Sie etwas, Sie haben bestimmt den ganzen Tag nichts gehabt. Alle sind viel zu sehr damit beschäftigt, die Toten zu beweinen, anstatt sich um die Lebenden oder bald auf die Welt Kommenden zu kümmern.«

»Ach, Sie Ärmste«, sagte Christina Willis, und auf ihr breites, glattes Gesicht legte sich ein sorgenvoller Ausdruck. »Ich glaube, ich habe heute den ganzen Tag nichts von Ihnen gesehen und gehört. Ich habe schon Peter nach Ihnen gefragt, aber er wußte auch nicht, wo Sie waren. Haben Sie denn noch nichts gegessen?«

»Ich war bisher überhaupt nicht hungrig«, sagte ich. Ich wollte kein Mitleid erregen. »Ich war oben. Aber machen Sie sich um Gottes willen meinetwegen keine Sorgen. Ich will Ihnen auch nicht im Weg sein. Heute war ich allen nur im Weg…«

Das hatte ich eigentlich nicht sagen wollen, und mir kamen schon wieder die Tränen. Sie wußten bestimmt, daß Gretchen Winslow im Wohnzimmer saß, wo ich hätte sitzen sollen, um meinen Ehemann und meine Schwiegermutter zu trösten. Ich drehte den Kopf zur Seite.

»Aber eines von diesen Doughnuts wäre herrlich«, sagte ich. »Und riecht es da nicht nach Kaffee?«

»Setzen Sie sich«, sagte Christina. »Sie sollten mehr essen als Doughnuts, finde ich. Es gibt Hummersuppe aus den Hummern, die Micah gerade vor einer Stunde hereingebracht hat, ein Lamm aus der Herde seines Vaters, und ich habe auch einen Auflauf gebacken. Ihr Schwiegervater hat meine Aufläufe immer sehr gemocht –« Sie unterbrach sich, wurde rot und drehte sich zum Herd. Micah beugte sich so über seine Arbeit, daß sein Gesicht vom dunklen Vorhang seiner Haare verdeckt war.

Mir wurde klar, daß auch sie den Älteren Peter in gewisser Weise geliebt hatten und daß sie genau wie ich versuchten, ihre Trauer zu verstecken. Aus irgendeinem Grund war das eine Erkenntnis, die mich wärmte und befreite. Zum ersten Mal an diesem schrecklichen Tag wußte ich, daß ich von ihm sprechen konnte, ohne zu weinen.

»Ich werde ihn mehr vermissen, als ich sagen kann«, sagte ich geradeheraus und blickte von einem der Willis' zum andern. »Wir waren gerade wirkliche Freunde geworden, er und ich. Er hat mir... etwas gezeigt, was ihm sehr wertvoll war... und von dem ich sonst nie etwas erfahren hätte. Ich werde nie vergessen, daß er es mit mir geteilt hat. Es hat mir alles bedeutet.«

Ich wußte nicht, warum ich so mit ihnen sprach. Nach den Regeln von Retreat war es gänzlich unpassend, aber dennoch schien es mir vollkommen natürlich und wunderbar tröstend. Unwillkürlich mußte ich lächeln, als ich an das große Haus oben am Felsen dachte.

»Ja«, sagte Micah langsam und ohne mich anzusehen, »ich dachte mir schon, daß er Sie eines Tages nach Aerie mitnehmen würde. Gleich als Sie hier ankamen, hatte ich das Gefühl, daß Sie diejenige sind, der er es zeigen würde.«

Dann wußte er also Bescheid. Aber was wußte er? Ich blickte erst auf sein dunkles Profil und dann hinüber zu Christina. Sie sah nicht von dem Teller auf, den sie gerade für mich füllte. Sie wußten alles. Das Ehepaar Willis wußte alles über meinen Schwiegervater und die schöne, bleiche Sarah Fowler. Bestimmt hätten sie meine vielen neugierigen Fragen beantworten können, aber ich wußte, daß ich niemals fragen würde und daß sie nie mehr darüber sprechen würden.

Ich aß einen Teller mit Hummersuppe, Lamm mit grünen Bohnen und danach ein Doughnut, trank dazu zwei Tassen Kaffee, und fühlte mich dann unendlich viel besser. Wir saßen am Küchentisch, Micah, Christina und ich, und an diesem Abend entstand ein unsichtbares Band, das uns für immer zusammenhalten würde. Für diesen Abend zwischen Verlust und neuem Anfang bin ich noch heute dankbar.

»Wird er hier begraben werden?« fragte ich, ohne daran zu denken, wie seltsam es war, bezahlten Angestellten eine solche Frage zu stellen.

»Sie meinen, bei uns?« sagte Micah, und ich wußte, daß er den stillen kleinen, sonnenüberfluteten Friedhof am Meer vor sich sah und uns, wie wir mit Armen voller Blütenzweige mitten zwischen den Gräbern seiner Familie gestanden hatten. »Ich weiß nicht. Das wollte ich eigentlich Sie fragen.«

»Ich habe keine Ahnung«, sagte ich. »Ich hoffe es. Bestimmt hätte er sich sehr darüber gefreut. Liegen dort überhaupt irgendwelche... von uns Sommergästen?«

»Der Friedhof ist öffentlich«, antwortete er knapp. »Einige liegen dort. Er wäre dort willkommen.«

Aus seinem Tonfall schloß ich, daß nicht viele dort willkommen waren.

»Sie mochten ihn, nicht wahr?« fragte ich.

»Ich hatte eine Schwäche für ihn, ja. Er hat mir das Segeln beigebracht.«

Auf seinem Gesicht erschien so etwas wie ein Lächeln.

»Das Segeln? Tatsächlich? Ich dachte, der Club... ich dachte, Ihr Vater hätte das getan. Wo er doch ein Bootsbauer ist.«

Jetzt lächelte er wirklich. Es ließ ihn um Jahre jünger aussehen. »Sie dachten, der Club sei privat? Sie haben recht. Es ging den Mitgliedern vermutlich auch sehr gegen den Strich. Aber sie konnten nicht viel dagegen tun, weil Ihr Schwiegervater in diesem Jahr den Vorsitz innehatte. Ich war neun und nur wenig älter als sein eigener Sohn. In diesem ersten Sommer schlug ich in der Beast-Klasse jeden einzelnen aus der ganzen Kolonie. Danach hat er mich nicht mehr zum Segeln mit den Sommergästen eingeladen; ich nehme an, dafür haben die Frauen gesorgt. Aber Peter und ich haben unsere eigenen Wettfahrten veranstaltet, draußen beim Hafen der Bootswerft. Ich meine natürlich Ihren Peter. Er wurde so gut, daß er mich oft geschlagen hat. Ja, Ihrem Schwiegervater verdanke ich viel, und das Segeln ist nicht das einzige. Er hat auch meinen Sohn unterrichtet. Vermutlich wußte das niemand von Ihnen. Ein-, zweimal in der Woche, den ganzen Sommer über, kam er dafür zur Werft herunter. Ich hätte es auch selbst machen können, aber er war ein besserer Lehrer.«

Und wieder überfiel mich die Trauer. Ich spürte, wie mein Gesicht zuckte, und preßte meine Faust fest auf den Mund, damit er sich nicht verzog. Ich wollte vor Micah und Christina Willis nicht weinen.

»Offenbar gab es also doch einen unter uns Sommergästen, den Sie Ihren Freund nannten«, sagte ich mit belegter Stimme.

Ich sah ihn nicht an und war überrascht, als ich, nach langem Schweigen, seine Hand auf meiner Schulter spürte. Es war eine zärtliche Berührung. Als ich aufblickte, sah ich, daß auch sein Gesichtsausdruck voller Zärtlichkeit war.

»Nur ein Narr redet in Verallgemeinerungen, Maude«, sagte er. »Er war wirklich mein Freund. Unter uns Dorfbewohnern hatte er viele Freunde. Und es hat unter euch auch andere gegeben, auf die das zutrifft. Aber die Regel ist es nicht. Um ihn jedenfalls trauern nicht nur die Leute aus Retreat. Ich glaube, wir würden uns alle sehr geehrt fühlen, wenn er unter uns ruhen würde.«

Aber das sollte nicht sein. Am nächsten Morgen kam Hermione aus Connecticut an. Sie war gelblich-blaß, hatte ein kaltes Gesicht und rotgeweinte Augen und ließ das Cottage erbeben im Sturm ihrer Wut und Trauer. Es war die Wut des verlassenen Kindes, das wußte sogar ich. Das erste Opfer dieser Raserei war Peters Vorschlag, ihren Vater auf dem kleinen Friedhof am Meer zu begraben. Ich hörte die Explosion vom Treppenabsatz aus, als ich gerade aus dem Schlafzimmer kam, wo ich zum ersten Mal eine Nacht allein verbracht hatte, und zu einem späten Frühstück nach unten gehen wollte. Wie Peter es versprochen hatte, hatte er die ganze Nacht bei seiner Mutter gewacht. Ich drehte mich wieder um, stieg die Treppe hinauf und nahm Zuflucht in dem kleinen viereckigen Raum, der auf die Bucht hinausging. Obwohl ich die Tür hinter mir schloß, konnte ich Hermies hitzige, bittere Worte noch immer hören.

»Nein! Nicht, so lange noch ein Fünkchen Leben in mir ist!« kreischte sie mit tränenerstickter Stimme. »Er wird auf keinen Fall so weit weg unter all diesen Bauern liegen, wo wir ihn nicht besuchen können. Ich will nicht, daß er in diesem gewöhnlichen, kleinen... Schlammloch begraben wird! Wir leben nicht hier, sondern in Boston! Alle aus unserer Familie sind in Boston begraben! Seit ich verheiratet bin, habe ich ihn im Sommer nicht mehr gesehen, weil er hier oben festsaß, und ich lasse nicht zu, daß er für immer hier bleibt! Nein, das lasse ich nicht zu, Mama!«

Ihre Stimme war immer höher geworden, bis sie einem lauten Wehklagen ähnelte, und ich hörte Mutter Hannahs murmelnde Stimme und die von Peter, fest und voller Ärger. Seit dem gestrigen Nachmittag hatte ich ihn nicht mehr gesehen, aber ich war erleichtert über diesen eisenharten Ton, der gestern noch nicht dagewesen war.

Es gab eine häßliche und wüste Auseinandersetzung, und ich konnte nur dasitzen und zuhören, wie sich Bruder und Schwester über den Körper ihres Vaters stritten. Irgendwann brachte Hermie Peters Weigerung zur Sprache, nach Hause zu kommen und den Platz seines Vaters in der Bank einzunehmen. Unter anderem nannte sie ihn einen Verräter an der Familie und beschuldigte ihn, für die langwierigen Depressionen ihres Vaters indirekt verantwortlich zu sein. Mutter Hannah begann zu weinen.

»Du hast ihn vielleicht sogar umgebracht«, kreischte Hermie. »All diese Sorgen um dich haben sein Herz geschwächt. Ich wußte immer schon, daß es einmal so kommen würde.«

Plötzlich war es schrecklich still. Dann hörte man einen Schlag, ein erschrockenes Japsen, neuerliches Gejammer von Hermie und das Zuschlagen der Haustür. Alles in mir krampfte sich zusammen. Ich wußte weder, wie ich den beiden Frauen begegnen sollte, die meine Anteilnahme nicht wollten, noch wußte ich, wie ich Peter helfen konnte, der jetzt sicher auf dem Weg hinunter zum Wasser war.

Ich verbrachte noch einen weiteren Tag in meinem Zimmer. Irgendwann am Nachmittag kam Christina mit einem Tablett zu mir und sagte, daß Mutter Hannah und Hermie zum Beerdigungsinstitut nach Castine gefahren seien, um die Überführung zu regeln.

»Sie müssen nach unten kommen und ein bißchen Luft schnappen«, sagte sie und legte ihre abgearbeitete Hand auf meine. »Sie sehen ganz spitz aus. Dr. Lincoln hat mich gebeten, nach Ihnen zu sehen.«

»Es geht mir gut, Tina«, sagte ich. »Ich habe Bücher da, und ich weiß, daß Sie mich nicht verhungern lassen. Wahrscheinlich ist es besser, wenn ich noch einen Tag hier oben bleibe. Die Familie hat auch ohne mich genug zu entscheiden und zu erledigen.«

»Es sieht so aus, als hätte Miss Hermie bereits alles entschieden«, sagte sie steif.

»Dann bringen sie ihn wohl nach Boston«, sagte ich. »Wissen Sie zufällig, wann das sein wird? Und… hat Peter gesagt, wann er wiederkommt?«

»Sie fahren morgen mit dem Mittagszug von Bangor aus mit ihm nach Hause«, sagte sie. »Das Beerdigungsinstitut bringt ihn direkt zum Zug, und Micah wird sie hinfahren und das Auto wieder zurückbringen. Machen Sie sich wegen Peter keine Sorgen. Viele Jahre lang habe ich ihn schon aufs Meer hinaus fliehen sehen. Er kommt wieder.«

Sie lächelte mir zu, und trotz meiner Angst lächelte ich zurück. Seltsam, daß sie und Micah innerhalb von vierundzwanzig Stunden mein einziger Halt in diesem Haus geworden waren. Ich hatte immer gedacht, Peter würde das sein.

Ich war sehr erleichtert, daß ich Hermione während ihres Besuchs gar nicht zu Gesicht bekam. Als Mutter Hannah in mein Zimmer kam, war ich gerade am Einschlafen.

»Ich habe Hermie ins Bett gebracht«, sagte Mutter Hannah. »Sie hatte einen fürchterlichen Tag. Genau wie ich. Und du vermutlich auch, Maude. Du warst sehr rücksichtsvoll in dieser schwierigen Zeit, und wir danken dir. Du mußt uns verzeihen, daß wir dich im Stich gelassen haben, ich wußte, daß die Willises sich um dich kümmern würden, aber wir haben fast so getan, als wärst du gar nicht da, und ich weiß, daß du deinen Schwiegervater gerne hattest. Wenn wir von Boston zurückkehren, werden Peter und ich dich dafür entschädigen. In der Zwischenzeit halte ich es für das Beste, wenn du hierbleibst und uns nicht begleitest. Hier kann Dr. Lincoln ein Auge auf dich haben. Ich habe mich schon darum gekümmert, daß du übers Wochenende zu den Potters kannst. Morgen früh kommt Amy und achtet darauf, daß du im Bett bleibst. Dr. Lincoln sieht dann etwas später nach dir. Den größten Gefallen, den du dem älteren Peter tun kannst, ist, daß du auf sein Enkelkind achtgibst.«

Ich nickte und wußte, daß ich keine Chance hatte. Ohnehin hatte ich kein Bedürfnis danach, diesen Trauerzug nach Boston zu begleiten. Ich wollte in Retreat bleiben, mit meinen eigenen Erinnerungen an den älteren Peter.

»Ist Peter… hast du etwas gehört?«

»Er kommt bestimmt rechtzeitig nach Hause, um mit uns zu fahren«, sagte sie und lächelte liebevoll. »Er ist nur verwirrt. Mach ihm keine Vorwürfe, Maude. Er kommt immer rechtzeitig zurück.«

Natürlich kam er auch. Im Morgengrauen schlich er auf Zehenspitzen die Treppe herauf und kletterte zu mir ins Bett. Ich drehte mich um, streckte meine Arme nach ihm aus, und er schob sich hinein. Seine Haut war kalt, und sein Herz schlug in langsamen, zögernden Schlägen. Da es offenbar nichts zu sagen gab, sagte ich auch nichts. Dann, als ich dachte, er schlafe schon längst, murmelte er: »Geht es dir gut?«

»Ja. Und dir?«

»Es wird mir wieder gutgehen, wenn ich all das hinter mich gebracht habe und wieder hier bei dir bin. Maude?«

»Was ist, Lieber?«

»Ich will, daß das Baby ein Junge wird. Ich wünsche mir einen Jungen, damit er ein neuer Peter Williams Chambliss werden kann.«

»Na gut, dann werde ich eben dafür sorgen«, sagte ich und küßte ihn. »Schlaf jetzt.«

»Du bist das einzige in meinem Leben, was Sinn macht«, murmelte er, und dann schlief er ein. Nach einer Weile schlief auch ich. Als ich aufwachte, wartete Amy Potter mit einem Frühstückstablett neben meinem Bett, die Sonne stand hoch am Himmel, und sie waren schon vor über einer Stunde mit Micah Willis im Marmon weggefahren.

Für den Rest des Sommers war Peter ein Mensch, den ich nicht kannte. Er wirkte still und abwesend und war häufiger unterwegs als zu Hause. Als er und Mutter Hannah aus Boston zurückkamen, wanderte er eine Nacht lang ruhelos durchs Haus und fuhr dann drei Tage lang mit der *Hannah* hinaus. Mutter Hannah, die mit dem Strom der Besucher, den Dankesbriefen und mit ihrer Erhebung in den Stand einer Königin beschäftigt war, schien seine Abwesenheit kaum zu bemerken. Sie verordnete mir wieder Quarantäne auf der Sonnenveranda und beschäftigte mich dort mit Handarbeiten und vergilbten Romanen. Ohne meinen Ehemann und meinen Schwiegervater hatte ich keinen Freund bei Hofe, der mir half, dem Stuhl und den Decken zu entkommen.

»Ich vermisse Peter«, sagte ich einmal zu ihr, als sie fragte, ob es mir gutgehe.

»Nun, du gewöhnst dich besser an seine kleinen Ausflüge«,

sagte sie. »Er ist mit Schwierigkeiten immer schon so umgegangen. Er ist empfindsam und braucht Zeit für sich allein. Das war bei seinem Vater genauso. Wir müssen immer daran denken, wir Frauen, daß dieser Ort eigentlich für die Männer da ist, damit sie wieder neue Kräfte für die Arbeit sammeln können. Wenn du es aus diesem Blickwinkel betrachtest, dann bin ich sicher, daß dir seine gelegentlichen kleinen Segelausflüge nichts mehr ausmachen werden.«

Aber sie machten mir etwas aus. Peters kleine Segelausflüge wurden immer häufiger und dauerten immer länger. Ich selbst wurde immer dicker, unbeweglicher, müder und unglücklicher, und das Baby senkte sich und wartete, wie mir schien, ungeduldig darauf, auf die Welt zu kommen. Ich sagte mir, daß es nun bald an der Zeit war, nach Northpoint zurückzufahren; im Herbst würde dann mein Baby geboren, und dann hätte ich Peter wieder, und alles würde wieder gut. Ich mußte nur warten. Nur warten...

Aber offenbar wartete ich nicht lange genug. In der zweiten Augustwoche, während Peter mit der *Hannah* weit draußen am Naskeag Point und in der Blue Hill-Bucht war, bekam ich plötzlich starke Wehen, und statt meines Ehemanns waren es Micah Willis, der mich die endlosen, holprigen Meilen ins Krankenhaus nach Castine fuhr, und Mutter Hannah, die mich auf dem Rücksitz in ihren Armen hielt und mich gegen die Stöße schützte, Mutter Hannah, deren Stimme mir immer wieder ins Ohr flüsterte: »Es wird alles gutgehen. Ich bin ja da.«

Es war eine lange, schwere Geburt, und ich war blind vor Schweiß, Schmerzen und Angst. Ich wußte, daß das Baby zu früh kam. Bestimmt war es zu klein. Offenbar konnte ich nicht mithelfen; die Schmerzen kamen in saugenden, roten Wellen, und wegen der verfrühten Geburt durfte ich kein Äther bekommen. Ich versuchte zu pressen, aber mein Körper schien wie gelähmt. Dann versuchte ich flach und schnell zu atmen, wie es mir der schwitzende, geistesabwesende Krankenhausarzt und die müden Schwestern sagten, aber auch das gelang mir nicht. Eine Ewigkeit lang gab es nur Schmerzen, Pressen und noch mehr Schmerzen. Niemand hatte mir je gesagt, daß Schmerzen so schlimm sein konnten.

Gegen Abend hatte ich den Eindruck, meine Mutter sei im Zimmer. Ich konnte sie leibhaftig neben meinem Bett sehen. Sie war klein, dunkel und schön; sie lächelte, legte ihre Hände auf mein Gesicht und sprach mit einer Stimme, die weich war und voll Honig und Rauch aus Charleston. Vor Erleichterung begann ich zu weinen.

»Ach, Mama, ich schaffe das nicht«, jammerte ich. »Sag ihnen das. Sie wollen nicht auf mich hören, und ich schaffe es nicht, Mama…«

»Du schaffst es«, sagte sie, aber dabei veränderte sich ihre Stimme, sie gehörte nicht mehr zu ihr.

»Ich schaffe es nicht«, weinte ich. »Nicht ohne Peter. Er hat mich allein gelassen, und ohne ihn kann ich es nicht. Ach, Mama, ich hasse ihn!«

Die Worte stiegen in mir auf, immer höher und höher und wurden zu einem Schrei, einem endlosen Schrei. Inmitten dieses Schreies beugte sich die Frau neben mir vor, wischte mir das feuchte Haar aus der Stirn und hielt meine Hände fest, und ich wußte, daß es nicht meine Mutter, sondern meine Schwiegermutter war.

»Du schaffst es«, flüsterte sie mir zu. »Du kannst es und du mußt es schaffen. Verzeih Peter und mach weiter. Egal, was es kostet, wir Frauen müssen dafür sorgen, daß es weitergeht. Das ist unsere Aufgabe. Und gemeinsam werden wir es schaffen.«

Und wir schafften es auch. Um vier Uhr morgens glitt mein Sohn Peter Williams Chambliss in die Welt, er war winzig, rot und brüllte vor Lebendigkeit, und die schreckliche Liebe, die mich erfaßte und davontrug, als sie ihn mir auf den Bauch legten, war so stark und so alt wie die Erde und würde, wie ich düster ahnte, ebenso lange währen. Noch als sie ihn aus meinen Armen hoben und ich endlich in Schlaf fiel, flüsterte ich: »Er gehört mir, mir, mir.«

Das erste, was ich sah, als ich am nächsten Morgen die Augen öffnete, war eine Krankenschwester mit einem großen Strauß seidiger Anemonen, die so einzigartig schön waren wie Schmetterlingsflügel. Sie reichte mir eine Karte.

Von Ihrer geheimen Freundin, stand da in schwarzer, nach hinten geneigter Schrift. *Für den allerjüngsten Peter. In Liebe. S.*

SECHSTES KAPITEL

»Es ist fast schon unheimlich, wie parallel unser beider Leben verlaufen, nicht wahr?« sagte Amy Potter zu mir an einem Junimorgen während meines dritten Sommers in Retreat.

Wir saßen am Strand unterhalb des Kleinen Hauses und beobachteten die Bemühungen der letzten Boote einer Samstagsregatta, die um die Landspitze herum auf die Little Deer-Insel zusegelten. Sie sollten Birch Island umfahren und dann wieder zurückkehren; das Rennen dauerte den ganzen Tag. Peter war in der *Hannah* schon früh nach vorne gegangen, wir hatten ihn beobachtet, wie er, die Lee-Reling beinahe im Wasser, am Strand vorbeigefahren war. Parker Potter, dessen rotes Haar in der Sonne leuchtete, kam erst jetzt in unser Blickfeld: Wir sahen, wie er mit der *Circe* kämpfte, er mühte sich mit dem Großsegel ab, das deutlich killte. Amy seufzte. Es war kein guter Sommer für Parker.

Petie lag neben mir auf einer Decke, das Gesicht noch rot von einem Brüllanfall, nach dem er schließlich erschöpft eingeschlafen war. Seine kleinen, fest geballten Fäuste bewegten sich noch immer unruhig, und zwischen seinen roten Lippen formte sich eine Spuckeblase, die dann platzte. Ich rückte den Schirm zurecht, der meinen kleinen, wütenden Sohn vor der Sonne schützte, und blickte Amy an.

»Du meinst, wegen des Babys und weil du auch so kurz vorm Termin hier bist?« sagte ich. In diesem Sommer war Amy schwanger, und sie war sehr umfangreich und sehr unglücklich. Ihr Baby sollte Ende Juli geboren werden, und Parker hatte versprochen, sie in einigen Wochen nach Boston zu bringen. Genau wie meine Schwiegermutter im vorigen Sommer war auch Parkers Mutter der Meinung, Amy hätte gar nicht erst nach Braebonnie kommen sollen. Sie ließ sie nur samstags zu Ausflügen mit mir aus dem Haus und auch das nur, nachdem ich versprochen hatte, daß wir direkt zum Haus der alten Lottie Padgett am Strand gehen würden. Im schlimmsten Fall konnte Lottie Padgett das Kind vermutlich ebenso gut zur Welt bringen, wie jede Hebamme, das wußte auch Helen Potter. Lottie kümmerte sich rührend um uns, versorgte uns mit Kräutertee und Gewürzplätzchen und setzte uns an den Strand, wenn die Sonne schien, und vor das Feuer, wenn das Wetter schlecht war. Wie Tiere oder kleine Kinder nahm sie uns in ihren Kreis auf, und ich spürte, wie in diesem geheimnisvollen Puppenhaus die Spannung wie Wasser von mir ablief. Auch Amy, die eine schwierige Schwangerschaft hatte, wirkte hier ruhiger und fröhlicher, und sogar Petie hörte auf zu schreien und schlief ein. Ich glaube, ich habe in Retreat selten so friedliche Stunden erlebt wie damals an jenen Juni-Samstagen am Kleinen Haus.

Amy strich sich das Haar aus der Stirn und zog eine Grimasse, als ihr Baby ihr einen Tritt versetzte. Es trat immer sehr heftig zu, den ganzen Sommer über schien Amys Bauch geradezu zu tanzen. Ihr dunkles, spitzbübisches Gesicht war so blaß und schmal, daß die Grübchen neben ihrem Mund wie Löcher in ihren Wangen wirkten. Unter ihren Augen lagen tiefe Schatten, und – das war das Erstaunlichste – ihr dunkles, halblanges Haar war mit silbernen Strähnen durchzogen, die im letzten Jahr noch nicht dagewesen waren. Ich war nicht sehr überrascht, denn Amy hatte mir erzählt, daß ihre Mutter noch vor ihrem dreißigsten Geburtstag vollständig weiße Haare gehabt hatte. Aber sie wirkte dadurch noch erschöpfter und zarter.

»Na ja, wegen des Babys«, sagte sie. »Und weil Vater Potter so plötzlich gestorben ist wie der ältere Peter. Und weil Parker so... verstört ist, und das alles. Ich weiß, daß auch Peter nach dem Tod seines Vaters eine sehr schwierige Zeit durchgemacht hat.«

»Das ist wirklich unheimlich, ja«, sagte ich. »Aber du solltest wenigstens zusehen, daß dein Baby nicht im Krankenhaus von Castine zur Welt kommt. Sonst habe ich Angst, daß alles Schlimme, was mir jemals zustoßen wird, auch dir zustößt.« Ich sah, wie ihre müden Augen dunkler wurden, und fügte hastig hinzu: »Nicht, daß die Geburt von Petie eine schlimme Erfahrung gewesen wäre. Aber ich hätte ihn doch lieber zu Hause bekommen, mit Peter an meiner Seite, und ich weiß, daß es dir ebenso geht.«

Es war seltsam, daß ich, die Jüngere und Unerfahrenere von uns beiden, in diesem Sommer älter zu sein schien als sie. Ich dachte immer wieder, wie groß doch der Unterschied war zwischen einer Frau, die bereits ein Kind geboren hatte, und einer, die noch keines bekommen hatte.

»Das hoffe ich«, sagte sie mit dünner Stimme. »Ich sage es nicht gerne, aber irgendwie bringe ich Parker nicht dazu, mir fest zuzusagen, daß wir nach Hause fahren. Ich glaube, er vergißt die Hälfte der Zeit, daß hier in meinem Bauch ein Baby ist. Und zwar sein Baby. Vor ein paar Tagen hat er zu Gretchen Winslow gesagt, wenn ich noch fetter und träger würde, lasse er sich scheiden.«

»O Gott, ich wette, das hat Gretch gefallen«, sagte ich und spürte, wie mich heiße Wut auf Parker durchzuckte. Es war nicht die erste kleine Grausamkeit, die Amy sich in diesem Sommer von ihm gefallen lassen mußte.

»Vermutlich«, sagte Amy. »Vor allem, nachdem sie schon wieder eine Million Pfunde verloren und eine sagenhafte Sonnenbräune hat. Ach, Maude, sag mir, daß es besser wird, wenn das Baby auf der Welt ist. Hat es Peter damals nicht geholfen, den Tod seines Vaters irgendwie zu... überwinden? Ich weiß nicht, was passiert, wenn das bei Parker nicht so ist.«

Aber ich weiß es, dachte ich voller Ingrimm. Er wird sich zu Tode saufen, und du sitzt den Rest deines Lebens mit seiner Mutter, seiner Großmutter und seinem Baby da.

»Es wird bestimmt besser, du wirst sehen«, sagte ich und tätschelte ihr die Hand. Ihre Knochen fühlten sich leicht und unglaublich zart an, beinahe wie die eines Vogels. »Peter hat sich wieder gefangen, als Petie auf der Welt war. Er fährt jetzt nicht mehr tagelang mit dem Boot hinaus und ist nicht mehr so distanziert. Und er verteidigt mich gegen seine Mutter. Jetzt ist er wieder mein alter Peter, und wir sind uns näher denn je. Parker wird sich auch verändern, wenn er erst einmal Vater ist. Die Geburt seines ersten Kindes wird ihm zwar nicht die Trauer nehmen, aber doch den schlimmsten Schmerz.«

»Ich wünschte, ich könnte das glauben...«

»Ich weiß, daß es so ist.«

Philip Potter war im vergangenen April auf dem Golfplatz des Brookline Country Clubs gestorben, an der geheimen roten Blume eines Aneurysmas, das, wie die Ärzte meinten, schon sein ganzes

Leben lang im Verborgenen gewartet hatte. Er war tot gewesen, noch ehe er im Gras lag. Ein Segen, sagte jeder zu Helen und Parker, denn er war nicht der Mann gewesen, der es ertragen hätte, krank oder verkrüppelt zu sein. Für Helen Potter schien das ein großer Trost zu sein. Wie so viele der älteren Frauen von Retreat bezog sie aus dem Tod ihres Ehemanns eine enorme Stärke. Sie, die in ihrem ganzen Leben noch keine eigene Entscheidung getroffen oder auch nur eine entschiedene Meinung geäußert hatte, wurde über Nacht fähig, eine Firma zu leiten, den riesigen Familienbesitz zu verkaufen und ein kleineres, moderneres Haus in Brookline zu erwerben. Sie erklärte sogar ihrer Schwiegermutter, die achtundvierzig Stunden ohne Unterlaß geheult hatte, sie solle endlich damit aufhören. Großmama war es, die den Tod von Philip Potter nicht verwinden konnte. Großmama und Philips einziges Kind Parker. An dem Tag, als sein Vater starb, betrank sich Parker, und nur wenige Menschen hatten ihn seitdem jemals wieder vollständig nüchtern gesehen.

Er hatte immer schon viel getrunken, und bis zu einem gewissen Grad war die Kolonie an seine eher lausbubenhaften Eskapaden gewöhnt. Man war allgemein der Ansicht, Parker versuche auf diese Weise, die Aufmerksamkeit seines machtvollen brüllenden Vaters auf sich zu ziehen, um von ihm als gleichwertig oder zumindest als brauchbarer Erbe angesehen zu werden.

Aber in diesem Sommer war nichts Vergnügliches an Parker Potters Benehmen, wenn er betrunken war, und das war er täglich. Er verlor seinen athletischen Schwung auf dem Tennisplatz und am Steuer der *Circe*, er war ungeschickt, machte Fehler, stolperte, fiel hin und verlor Spiele und Regatten. Dann schrie und fluchte er, warf seinen Schläger hin, trat in die Flanken seines Boots und beschuldigte jeden und alles außer sich selbst. Auf dem Tennisplatz wurde er so ausfallend, daß selbst der höfliche Guildford Kennedy, der mit ihm Doppel spielte, ihn öffentlich zurechtwies, worauf Parker seinen Schläger nach Guildford warf und ihm eine Rißwunde auf der langen, eleganten Nase zufügte. Im Speisesaal brüllte er einen der jungen einheimischen Kellner an, weil sein Kaffee kalt war. Er schüttete dem Jungen die Flüssigkeit ins Gesicht und riet ihm zu verschwinden und sich nie mehr wieder blicken zu lassen. Als Amy versuchte, ihn zur Vernunft zu bringen, fuhr er sie an, sie solle ihr großes Maul halten, warf seinen Stuhl um und stolzierte hinaus, während sie mit den Tränen kämpfte und sich für ihn entschuldigte. Auf der Straße ins Dorf drängte er Erica Conants Chauffeur mit seinem Mercedes-Roadster von der Straße, und jagte der wütenden Erica und ihren Bridge-Club, der vom Beacon Hill zu Besuch war, einen gehörigen Schrecken ein. Und eines Nachmittags, als er von einer Regatta kam, erzählte mir Peter, daß niemand mehr mit Parker segeln wolle. Er sei einfach zu jähzornig und beherrsche das Boot nicht mehr gut genug für Wettfahrten auf dem Ozean.

»Heute nachmittag hat er ungeheure Mengen von Whiskey in den Punsch im Jachtclub gegossen, und dabei trinken hauptsächlich alte Damen und Kinder dieses Zeug«, erzählte Peter. »Es war überhaupt nicht lustig. Burdie Winslow hat schon gesagt, man solle ihm die Clubprivilegien entziehen, und Guild Kennedy war beim Wettkampfkomitee, um ihn einige Zeit sperren zu lassen. Ich habe noch nie gesehen, daß sich jemand in dieser Sommerkolonie so unmöglich benommen hat, und wir hatten hier schon einige Mitglieder, die gelegentlich zu tief ins Glas geschaut haben. Sein Vater zum Beispiel, aber der wurde nie ausfallend. An allem ist nur der Schnaps schuld. Parker ist in diesem Sommer zu einem schweren Alkoholiker geworden.«

»Woher bekommt er den Alkohol?« fragte ich. »Ich weiß, daß es in Braebonnie immer welchen gibt, aber doch nicht genug, um sich jeden Tag zu betrinken.«

Peter sah mich spöttisch an. »Weißt du das wirklich nicht?« sagte er. »Dort, wo wir ihn alle kaufen. In diesen Buchten und Meeresarmen wird in dunklen Nächten mehr Whiskey geschmuggelt als irgendwo anders an der Küste. Es gibt drei oder vier ›offizielle‹ Quellen. Ich werde dir nicht sagen, welche das sind, aber Micah Willis hat sich seinen Ford-Lastwagen nicht mit dem Fischen verdient, darauf kannst du wetten.«

»Micah... ach, das glaube ich dir nicht«, sagte ich. »Er hat eine Familie und eine Firma – bist du sicher? Ich dachte, was es in den Häusern an Schnaps gibt, stamme noch aus den Zeiten vor der Prohibition. Peter, du weißt genausogut wie ich, daß Micah Willis einer der moralischsten Menschen ist, die wir kennen.«

»Da stimme ich dir zu«, meinte Peter grinsend. »Und wenn er

es für unmoralisch hielte, würde er sich auch sofort dem Sheriff stellen. Aber wie die meisten Einheimischen hier findet er vielmehr ein Gesetz unmoralisch, das einem Mann vorschreibt, was er trinken darf und was nicht. Ich bin mir nicht sicher, ob er nicht recht hat.«

»Ist es gefährlich?«

»Aber klar!« sagte er. »Und mehr werde ich dir nicht über das Schmuggeln und Micah oder irgend jemand anderen erzählen. Und bitte erwähne das nicht ihm oder Christina oder meiner Mutter gegenüber. Sie glaubt immer noch, daß unsere Vorräte noch von Papa stammen.«

»Ich bin doch nicht blöd«, sagte ich forsch. Aber immer, wenn ich Micah jetzt sah, stiegen in mir Bilder von stillen Ruderbooten mit eingelegten, stoffgedämpften Rudern auf mondlosem Wasser auf, sah ich die schweigenden Gestalten wartender Männer, die in der Dunkelheit nach einem kurzen Lichtsignal Ausschau halten, und auf das leise Geräusch langsamer Motoren lauschen. Und etwas Altes und Dunkles in meinem Blut fühlte sich von diesen Bildern angezogen.

»Vielleicht wäre es besser, wenn niemand mehr Parker Schnaps verkaufen würde«, sagte ich zu Peter, aber der schüttelte den Kopf.

»Von Micah und den anderen kriegt er auch nichts mehr, aber unten an der Bucht gibt es immer jemanden, von dem er etwas bekommt. Ich hatte wirklich gehofft, daß er sich nach dem Tod seines Vaters aufrappeln würde, aber statt dessen ist es noch viel schlimmer geworden.«

»Das ist doch kein Wunder«, sagte ich. »Jetzt wird er ihn nie schlagen. Er kann seinem Vater nicht mehr beweisen, wie stark und erwachsen er ist. Und wenn er noch soviel trinkt, die Aufmerksamkeit seines Vaters wird er nicht mehr erringen.«

Peter schälte sich aus seinem salzfeuchten Pullover, kam auf mich zu, legte seine Arme um mich und küßte mich auf den Scheitel.

»Wie kommt es, daß du so klug bist?« fragte er.

»Das bin ich nicht«, sagte ich. »Ich weiß nur, wie es ist, wenn man ein nie endendes Gespräch mit einem toten Elternteil führt. Ich habe jahrelang mit meiner Mutter gehadert, weil sie gegangen ist und mich mutterlos hat aufwachsen lassen. Und... ich glaube, das hast auch du getan, als du im letzten Sommer nach dem Tod deines Vaters immer wieder mit dem Boot hinausgefahren bist. Du warst wütend auf ihn.«

»Du mußt keine Entschuldigungen für mich finden«, sagte er in mein Haar hinein. »Ich war ein Trottel. Ein Scheißkerl. Ich schäme mich bis heute, wenn ich daran denke, wie ich dich nach seinem Tod allein gelassen habe. Und dann mußtest du auch noch allein ins Krankenhaus, als unser Baby kam, nur in Begleitung meiner Mutter und des Hausangestellten. Mein Gott! Ich frage mich, warum du mich überhaupt noch ins Haus gelassen hast.«

»Na ja, ich wußte doch, wie verzweifelt du warst«, sagte ich und streichelte ihn. »Und schließlich sollte das Baby eigentlich erst zwei Monate später geboren werden. Außerdem bist du ja wiedergekommen, nicht wahr? Und seit damals bist du nicht mehr aufs Meer geflohen.«

Er zog mich aufs Bett. Draußen war es trübe und warm, und die Wolken, die der Ostwind herangetrieben hatte, ballten sich zusammen und saugten die Hitze aus der untergehenden Sonne. Petie schlief im Erdgeschoß in der alten Korbwiege, in der schon sein Großvater gelegen hatte, bewacht von Micahs Nichte, der hübschen, zwölfjährigen Polly Willis. Mutter Hannah hatte sie in diesem Sommer speziell für Petie angestellt, und sie ging ausgezeichnet mit ihm um, denn daheim kümmerte sie sich um mehrere kleine Geschwister, Vettern und Kusinen. Wenn Petie aufwachte und sofort wütend zu brüllen anfing, konnte Polly ihn jederzeit besänftigen und wieder in den Schlaf wiegen, das wußte ich. Ich verkroch mich in dem warmen Bett und schmiegte mich an Peters Seite.

»Was würde ich nur ohne dich tun?« sagte er, und seine Stimme klang schläfrig an meinem Nacken. »Was wäre, wenn du jemand anders wärst und ich nicht mit dir reden könnte? Wenn du hochnäsig, boshaft oder dumm wärst?«

»Dann wüßte ich, daß du mich nur wegen meines Aussehens geheiratet hast«, sagte ich mit geschlossenen Augen. Nach den Schwierigkeiten im letzten Sommer und all der Distanz zwischen uns fühlte sich Peters Körper an meinem doppelt kostbar, doppelt tröstend an.

»Und wenn ich das hier... nicht mehr tun könnte?« sagte er,

drehte mich um, so daß ich ihn ansehen mußte und schlang seine langen Beine um mich. »Oder das...«

Ich entspannte mich, und mein Körper wurde weich, aber ich flüsterte ihm ins Ohr: »Vielleicht überlegst du es dir noch einmal. Es ist nicht die beste Zeit dafür, wenn du nicht noch ein Kind möchtest.«

»O Gott, nein«, sagte er, stützte sich auf einen Ellbogen und fuhr sich mit der Hand übers Gesicht. »Nicht, bevor das erste ein richtiger Mensch wird.«

Ich schwieg. Ja, ich hatte Amy heute morgen die Wahrheit gesagt, ich hatte Peter wieder und konnte mir nicht vorstellen, daß wir uns jemals wieder so fremd sein würden. Aber es war nicht die ganze Wahrheit. Ich hatte ihr nicht gesagt, daß in diesem Sommer zwischen uns der erste große Riß aufgebrochen war.

Denn Peter fand keinen richtigen Kontakt zu seinem Sohn, jedenfalls nicht auf diese starke, untergründige Weise, in der ich mich mit meinem Kind verbunden fühlte. Zwar ignorierte er Petie nicht, er spielte jeden Morgen mit ihm und hielt ihn im Arm, wenn er wach, frisch gebadet und gefüttert war. Als wir mit ihm nach Retreat zurückgekommen waren, hatte er ihn durch die ganze Feriensiedlung getragen und seinen Freunden gezeigt und dabei ganz und gar wie der stolze junge Vater ausgesehen. Und solange alles in Ordnung war, war er das auch. Doch in schwierigen Zeiten schien er sich von seinem Sohn zu entfernen, und die gab es mit Petie reichlich. Dann gab er ihn mir oder Polly, und wenn das Schreien gar nicht aufhören wollte, zog er sich in sein Arbeitszimmer zurück oder ging in das große Schlafzimmer, um sich mit seiner Mutter zu unterhalten, und manchmal trieb es ihn auch hinunter ans Wasser zum Boot. Zu Hause in Northpoint hatte er mehr Geduld mit dem Baby und mehr Mitgefühl mit mir, die ich mich ständig abmühte, es zu besänftigen und zu beruhigen. Dort schien er von Petie zwar nicht gerade bezaubert, aber wenigstens angerührt, und gelegentlich wirkte er auch amüsiert über den Kampf seines winzigen Sohnes gegen das Universum.

»So ist's recht, mein Kleiner«, sagte er dann, »greif diese Windmühlenflügel an und gib's ihnen.«

Aber in Retreat schlug er sich auf die Seite seiner strengen und unnachgiebigen Mutter. »Dieses Kind muß erzogen werden. Laß ihn doch schreien, Maude. Er wird nie aufhören mit dem Geschrei, wenn du zu ihm läufst und ihn hochnimmst, sobald er den Mund aufmacht.«

»Du klingst genau wie deine Mutter«, sagte ich schon früh in diesem Sommer zu ihm. »Was passiert nur mit dir hier oben? Du redest ganz anders als zu Hause. Erziehen! Er ist ein zehn Monate altes *Baby*, Peter! Du hörst dich an, als wolltest du ihn in eine Militärakademie stecken.«

»Das wäre keine schlechte Idee«, sagte Peter grimmig, wobei er versuchte, das wütende Heulen des Babys zu übertönen. Ich hob Petie hoch. Tief in meiner Kehle bis hinunter in den Bauch spürte ich meine Liebe zu ihm und den Schmerz über seinen Schmerz. Peter Williams Chambliss IV. war bereits wütend zur Welt gekommen, und jetzt, zehn Monate später, war er noch immer ein zorniges und untröstliches Baby. Er kämpfte, schrie und tobte, offenbar hungerte und dürstete ihn nach etwas, das wir ihm einfach nicht geben konnten. Manchmal machte er mir angst, manchmal wurde auch ich wütend, so unersättlich, gierig und maßlos erschien er mir. Er war dunkel, temperamentvoll und äffchenartig. Ich wußte, daß er in den Augen seiner Großmutter und in geringerem Maße auch in denen seines Vaters das Ebenbild jener dunklen, erdhaften Fremden aus den Sümpfen darstellte, die meine Familie waren. In dieser ersten Zeit erinnerte nichts an Petie an die langknochige, flachshaarige, nördliche Rasse seines Vaters. Ich glaube, Peter erkannt das erst in Retreat, er sah, was Mutter Hannah wahrnahm und worüber sie den Mund verzog. Zu Hause war Petie auch sein Sohn und nicht nur meiner.

Meiner, meiner… ja, er gehörte mir. Jeder Zentimeter, jeder Knochen, jede Wimper, jeder Fingernagel und jeder Schrei an ihm gehörten mir. Ich zitterte vor Liebe zu ihm, und oft weinte ich über seine unergründliche Pein. Ich wußte, daß mein Mann und meine Schwiegermutter fanden, ich verwöhnte das Baby.

»Maude, ich mache mir solche Sorgen, daß er verzogen wird, so daß später niemand mit ihm zusammensein will. Was würde er dann für ein Leben führen?« sagte Peter einmal, als ich in der Nacht wieder einmal wach dasaß und das Baby wiegte. Danach versuchte ich, nicht so oft zu meinem schreienden Kind zu gehen, denn natürlich wollte ich ihm eine solche Einsamkeit ersparen.

Etwa eine Woche, nachdem Amy und ich unser Gespräch am Strand des Kleinen Hauses geführt hatten, nahm mich Peter zu einem Ausflug nach Castine mit. Wir fuhren allein, denn Mutter Hannah verbrachte einen Bridge-Nachmittag im Club mit Erica und ihren Freundinnen. Als wir gingen, lag Petie schlafend in seiner Wiege, und Polly Willis saß neben ihm und las in einem Mädchenbuch. Als sie in diesem Sommer zu uns kam, hatte ich festgestellt, daß sie eine eifrige Leserin war, daher hatte ich ihr die schönsten Romane aus den Vorräten des Cottages herausgesucht und war eines Nachmittags sogar mit ihr in die Jugendbibliothek gegangen, damit ihr eine eigene Lesekarte ausgestellt wurde.

»Sie ist völlig verdorben«, hatte Micah gesagt, als er sie an diesem Morgen zu mir brachte. »Man bekommt sie zu keiner Arbeit mehr, weil sie ständig die Nase in einem Buch hat.«

Aber der Blick, den er seiner Nichte zuwarf, die lesend neben dem schlafenden Baby saß, war freundlich.

»Machen Sie mir doch nichts vor, Micah Willis«, sagte ich. »Ich weiß genau, daß Sie abends dasitzen und im Schein einer Laterne Griechisch oder sonst etwas Abgelegenes lesen. Das liegt in der Familie.«

»Aber sonst wissen Sie nichts, Maude Chambliss«, sagte er und trat durch die Küchentür hinaus. »Es ist Latein, kein Griechisch. Ich hole dich um vier Uhr ab, Pol«, rief er seiner Nichte zu. »Deine Tante Christina ist heute nicht da, sie ist bei der Beerdigung der alten Mrs. Waldo. Aber wenn du mich brauchst, ruf im Laden an und laß jemanden eine Nachricht zum Bootshaus bringen.«

»Ist schon recht, Onkel Micah«, rief sie zurück, ohne ihren braunen Kopf zu heben. Micah, Peter und ich lächelten. Polly hatte eine ungeheure Wirkung auf andere Menschen. In ihren langsam erblühenden Körper steckte das große, vertrauensvolle Herz eines Kindes. Das ergab eine reizvolle Kombination.

»Wir sind so gegen vier Uhr zu Hause«, sagte ich. Sie lächelte nochmals, und Peter und ich stiegen in den Marmon und fuhren davon.

Es war ein beinahe vollkommener Tag. Die Luft war kühl und erfrischend und duftete nach Tang und Salz. Die Sonne stand hoch am zartblauen Himmelsgewölbe, und die Wolken waren dichte, silbern umrandete Gebilde wie aus weißem Marmor. Klar und blau waren der Horizont und die fernen Hügel zu erkennen; in ein oder zwei Tagen würde das Wetter sich ändern. Auf der Fahrt sah ich auf den Wiesen rosafarbenen Klee und dunkelrote Lupinen und an den Wegrändern Gänseblümchen, Hahnenfuß und die purpurfarbenen Flaggen wilder Iris. Dahinter erhob sich das ewige Dunkel der dichten Tannen, Fichten und Kiefern, und dazwischen glitzerte indigoblau die Bucht. Ich holte tief Luft und legte meinen Kopf an die Sitzlehne.

Auf der Veranda des mit Holzschnitzereien verzierten Pentogoet Hotels aßen wir zu Mittag inmitten von Begonien- und Geranienkästen, über denen Schmetterlinge tanzten. Von hier aus konnte man den mit Segeln gesprenkelten Hafen am Ende der steil abfallenden Straße überblicken. Dort lag ein großer Dreimast-Schoner vor Anker, das offizielle Schulschiff der Marineakademie oben auf dem Hügel. Die Segel waren aufgerollt, und kleine, blaugekleidete Gestalten bewegten sich über das Deck. Das Postschiff nach Islesboro lag schwankend an der Anlegestelle, und eine kleine Menschenmenge, in gedeckte Farben gekleidet, wartete auf die Ankunft des großen Dampfschiffes E. S. S. *Belfast*, das seit der Jahrhundertwende auf der Fahrt von Boston nach Bangor regelmäßig in der Bucht anlegte. Die Straße und der Hafen hatten die exotische Atmosphäre eines Kurorts oder einer kleinen europäischen Hafenstadt, sie waren so ganz anders als die dunkelgraue, grüne und kobaltblaue Landschaft um Retreat. Von unserem Platz aus konnten wir die Geräusche des Hafens nicht hören, aber die Ferienstimmung war dennoch deutlich spürbar. Eine fette, gelbe Katze kam aus dem Hotel und ließ sich nicht weit von uns nieder, um in der Sonne zu dösen. Alte Damen, schreiende Babies und furchtsame junge Frauen schienen Lichtjahre entfernt. Ich reckte mich in der weichen Luft des Nachmittags und lächelte Peter zu. Auf einmal fühlte ich mich wieder sehr jung und so frei wie ein Blatt auf einem langsam fließenden Fluß.

»Schade, daß wir wieder zurückmüssen«, sagte ich träumerisch. »Ich fühle mich wieder wie achtzehn, als das alles noch vor uns lag.«

»So weit entfernt davon bist du ja noch nicht, du bist gerade erst zwanzig«, meinte Peter grinsend. Er hatte die Augen gegen die blendende Sonne geschlossen. Jetzt öffnete er sie und sah mich an.

In diesem Licht wirkten sie noch klarer als sonst, wie Eis über kalten Tiefen, die seit Jahrhunderten unberührt lagen. Sein Gesicht und die Unterarme hatten sich nach den langen Tagen auf dem Wasser bereits tief rotgolden gefärbt, und sein dichtes Haar war weißblond geworden. Er sah so gut aus, während er hier saß, daß ich ihm einfach zulächeln mußte. Mein Mann. Meine erste Liebe.

»Ist es wirklich so schlimm für dich hier, Maude?« sagte er leise. »Hast du an diesem schönen Ort tatsächlich das Gefühl, daß alles Gute bereits hinter dir liegt? Das stimmt nämlich nicht.«

»Nein«, sagte ich. »Das weiß ich. Es ist nur... jetzt kenne ich die Umrisse dessen, was vor mir liegt. Als ich achtzehn war, lag noch alles im Verborgenen.«

»Das ist auch jetzt noch so«, sagte er. »Warum solltest du dein ganzes Leben schon jetzt festlegen? Niemand kann in die Zukunft sehen.«

»Kannst du das nicht?« fragte ich ehrlich überrascht. Ich hatte geglaubt, daß gerade er die Formen der Dinge wahrnehmen könnte, die vor ihm lagen, besonders in Retreat, jenem Ort, wo die Zeit schon seit langem stehengeblieben war.

»Natürlich nicht.«

Auf der Heimfahrt schwiegen wir die meiste Zeit. Es war ein wunderbarer Tag gewesen, eine Flucht, und ich genoß noch die nachklingende Wärme, denn wenn wir im Cottage ankamen, war Petie sicher wach und heulte, und dann würde sich der Zauber der letzten Stunden auflösen. Aber wir konnten immer wieder wegfahren. Es würde sicher noch viele solcher Tage geben in den vielen Jahren, die vor uns lagen.

Es war schon weit nach vier Uhr, als wir in die Einfahrt vor Liberty bogen, und Micahs Lastwagen stand bereits da. Aber er war nicht wie sonst ordentlich vor der Hintertür abgestellt, sondern schräg mitten in der Einfahrt mit zwei Rädern im Rasen. Die Fahrertür stand offen, als wäre sie in großer Eile aufgestoßen worden. Auch die Haustür war offen, und hinter den Fliegengittern der benachbarten Verandas konnte ich undeutlich Gestalten ausmachen, die nach Liberty herübersahen.

»Petie«, stöhnte ich, und einen Moment lang blieb mir das Herz stehen. Noch bevor Peter richtig anhalten konnte, war ich bereits aus dem Marmon gesprungen und lief über den Rasen. Ich hörte, wie er die Autotür zuschlug, mir über die Wiese nachrannte und meinen Namen rief. In meinen Ohren begann es zu sausen. Dann wurde die Fliegengittertür aufgerissen und eine Gestalt taumelte rückwärts heraus. Taub und ohne zu begreifen starrte ich den Mann an, der die Vordertreppe von Liberty herunterstürzte und reglos auf dem weißen Kiesweg liegenblieb. Erst als Peter ihn erreichte, sich über ihn beugte und voller Abscheu sagte: »Herrgott, Parkie!«, erkannte ich, daß dieser Mann Parker Potter war, der sehr betrunken war und aus dem Mund blutete. Nun fluteten die Geräusche wieder auf mich ein, und während ich ins Haus rannte, hörte ich das Schreien meines Kindes, ein leiseres Schluchzen und die kalte, wütende Stimme meiner Schwiegermutter, die sagte: »Verschwinden Sie sofort aus meinem Haus. Ich werde den Doktor und die Polizei rufen und dafür sorgen, daß Sie keinen Fuß mehr in mein Haus setzen.«

Innen, in der Fliederdüsternis, stand Micah Willis mitten im Wohnzimmer. Er schnaufte heftig, wrang die Hände, war totenblaß unter der gebräunten Haut, und sein Mund war ein granitharter Strich. Sein starrer Blick ging an Mutter Hannah vorbei zu seiner Nichte, die in einem Ohrensessel kauerte, die Hände vors Gesicht geschlagen hatte und leise weinte. Mutter Hannah trug ihren Morgenmantel, in dem ich sie außerhalb ihres Schlafzimmers noch nie gesehen hatte, und hielt einen großen Kerzenständer aus Messing wie ein Schlagwerkzeug in der Hand. Ihr Gesicht war rotgefleckt vor Wut und glänzte durch eine Schicht Cold Cream. Petie in seiner Wiege plärrte wie am Spieß. Ich ging zu ihm und hob ihn automatisch hoch, noch bevor ich die Szene im Zimmer vollständig begriffen hatte. Peter, der hinter mir stand, sagte: »Was zum Teufel geht hier vor?«

Micah antwortete nicht, sondern richtete lediglich langsam seine Augen auf Peter. Mutter Hannah trat ein paar Schritte vor, faßte Peter am Arm und sagte mit der gleichen kalten, erbosten Stimme: »Ich habe einen schrecklichen Lärm gehört. Die Kinder schrien, und als ich hereinkam, sah ich, wie Micah gerade Parker Potter niederschlug, mitten im Wohnzimmer! Und dann hat er ihn aus dem Haus geworfen; ich bin sicher, daß es jeder der Nachbarn gesehen und gehört hat. Peter, ruf den Sheriff an, ich will, daß er verhaftet wird. So etwas dulde ich nicht in meinem Haus –«

»Sei mal still, Mutter. Was ist hier los, Willis?« fragte Peter. Seine Stimme klang exakt wie die seiner Mutter.

Micah holte tief Luft und schüttelte den Kopf. Polly Willis schluchzte auf, und Micah sah erst zu ihr hinüber und dann wieder zu Peter.

»Ich kam, um Polly abzuholen, und da sah ich Parker, wie er sich auf der Sonnenveranda über sie hermachte«, sagte er. Seine Stimme klang gepreßt. »Er hatte seine Hände überall und hielt ihr den Mund zu... sie stand ans Fenster gepreßt, war weiß wie Kalk, wehrte sich gegen ihn, bekam keine Luft mehr... ich hab ihn von dem Mädchen weggezogen und zusammengeschlagen, und wenn Ihre Mutter nicht gekommen wär, hätte ich ihn umgebracht. Das würde ich am liebsten immer noch tun. Er ist natürlich stockbesoffen, das ist er ja schon den ganzen Sommer. Wenn ihr ihn ertragen könnt, dann ist das eure Sache, aber wenn er irgend jemandem aus meiner Familie noch einmal ein Haar krümmt, dann ist er ein toter Mann. Und das meine ich ernst. Das Mädchen ist gerade erst zwölf geworden –«

»Sie kommen hier herein und schlagen einen meiner Gäste nieder«, schrie Mutter Hannah plötzlich mit schriller Stimme. Ich schüttelte meinen Kopf, um klar denken zu können, denn ich hatte sie noch nie schreien gehört.

»Er hat versucht, meine Nichte zu vergewaltigen«, sagte Micah.

»Solche Worte dulde ich nicht in meinem Haus! Sie sind augenblicklich entlassen –«

»Was sagst du da?« Ich hörte meine eigene Stimme ebenso laut schreien wie die meiner Schwiegermutter. »Er kommt hier herein und entdeckt diesen... diesen Hornochsen mit seiner zwölfjährigen Nichte, und du stehst da und wirfst ihm vor, daß er schmutzige Worte gebraucht? Ja, glaubst du denn, Parker Potter ist heute nachmittag als Gast in dein Haus gekommen? Läßt du denn zu, daß deine Gäste Zwölfjährige vergewaltigen?«

Sie fuhr zu mir herum. »Halt du doch deinen Mund! Du weißt doch überhaupt nichts darüber... wie man sich hier benimmt! Das hast du nie gewußt! Ich hätte mir doch denken können, daß du zu... zu Abschaum hältst, gegen einen von uns... Ich habe geschlafen; ich wußte gar nicht, daß außer Polly und dem Baby noch jemand da war.«

Sprachlos starrte ich sie an und drehte mich dann zu Peter um. Er stand schweigend da und blickte von mir zu seiner Mutter.

»Peter!« schrie ich. Er schüttelte den Kopf.

»Mutter, hör sofort auf«, sagte er in beherrschtem Tonfall. »Wenn du nicht still sein kannst, dann geh bitte wieder in dein Zimmer. Er hat das einzig Richtige getan; er konnte doch nicht dastehen und zulassen, daß Parker... *Herrgott!* Was für eine scheußliche Geschichte. Gott sei Dank ist er noch rechtzeitig gekommen. Micah, warte, bis ich ihn rüber nach Braebonnie gebracht habe, dann reden wir darüber. Natürlich bist du nicht entlassen; ich hoffe, du glaubst nicht –«

»Ich glaube gar nichts, was nicht stimmt«, sagte Micah Willis mit einer Stimme, die noch kälter war als die von Mutter Hannah und vollkommen ruhig. »Bringen Sie ihn besser nach Hause. Ich hab nicht sehr fest zugeschlagen. War auch nicht nötig, der Whiskey hat den Rest besorgt. Und machen Sie sich nicht die Mühe, mich rauszuwerfen. Ich kündige selbst.«

Peter sah Micah an und wollte etwas sagen, aber dann drehte er sich um und ging durch die Haustür hinaus. Ich stand schweigend da, in einem Arm den schniefenden Petie, die andere Hand auf Polly Willis zitterndem Kopf. Ich wußte, daß ich sie eigentlich trösten sollte, aber ich konnte den Blick nicht abwenden von dem dunklen Mann mit den starren Augen, der vor mir stand. Er blickte mich schweigend an. Allmählich beruhigte sich sein Atem. Draußen vor dem Fenster ging Peter vorbei, der Parker hinter sich herschleppte.

»Polly, kannst du laufen, Kind?« sagte Micah dann. Sie nickte.

»Dann bringe ich dich jetzt nach Hause.«

Er ging auf sie zu, legte seinen Arm um sie, half ihr aus dem Stuhl auf und führte sie zur Tür. Er sah sich nicht um.

»Micah, warten Sie«, rief ich ihm nach.

Er ging weiter. Die Gittertür schlug hinter ihm zu.

»Micah, ich will mit Ihnen reden... bitte kommen Sie noch einmal einen Augenblick zurück. Lassen Sie mich Ihnen helfen. Micah, *ich* bin es...«

Er drehte sich zu mir um, in der Nachmittagssonne war sein Gesicht dunkel und hart. Polly saß im Lastwagen und starrte blicklos vor sich hin.

»Nein«, sagte er. »Verstehen Sie denn nicht? Sie gehören nicht zu uns. Ich will nichts mit Ihnen oder Ihrer Familie zu tun haben. Oder mit einem der anderen hier.«

»Aber wir sind nicht so! Das waren nicht wir, das war Parker!«

»Einer von euch genügt schon«, sagte er. Er stieg in den Lastwagen und machte die Tür zu. Ich setzte mich in den Ohrensessel, in den sich Polly Willis in ihrem Schrecken verkrochen hatte, beugte den Kopf über mein zappelndes Kind und weinte. Petie weinte ebenfalls, und ich wiegte ihn in meinen Armen hin und her. Ich hörte nicht auf zu weinen und hielt den Kopf gesenkt.

Nach einer Weile spürte ich, daß jemand neben mir war. Ich blickte auf und sah Micah schweigend neben meinem Sessel stehen. Er legte seine Hand auf Peties flaumigen Kopf, und das Baby hörte auf zu weinen und sah ihn mit ernstem Blick an. Micah sagte noch immer nichts, stand nur da, berührte das Kind und sah auf mich herab.

»Sie waren dabei, als er zur Welt kam«, sagte ich und spürte einen salzigen Geschmack auf der Zunge. »Bitte. Bestrafen Sie nicht uns alle für das, was Parker getan hat. Ich wollte... ich will, daß Petie in Ihrer Gegenwart aufwächst.«

Er seufzte.

»Ich war im Unrecht«, sagte er. »Nicht, weil ich ihn geschlagen habe. Das war richtig, und ich hätte womöglich noch mehr tun sollen. Aber es war falsch von mir zu sagen, daß ich kündige. Das wollte ich Ihnen sagen. Polly kann natürlich nicht bleiben, aber Christina und ich, wir arbeiten weiter, glaube ich. Vorausgesetzt, sie will uns noch haben, und wenn Peter es sagt, dann wird sie schon wollen. Aber wir bleiben nicht ihretwegen. Wir bleiben wegen Ihrem Schwiegervater. Und wegen diesem kleinen Kerl, der sich mit der ganzen Welt im Krieg befindet. Und wegen Ihnen, vermutlich. Nein... nein, Sie gehören nicht zu uns. Aber Sie hätten dazugehören können. Das ist der Unterschied. Sie wehren sich immer noch gegen all dies, nicht wahr? Sie sind eine erbitterte Kämpferin, Maude Chambliss.«

»Danke«, sagte ich und lächelte ihn unter Tränen an. Unwillkürlich lächelte er zurück.

»Das war kein Kompliment.«

»Trotzdem danke... Micah.«

»Nichts zu danken... Maude«, sagte er und ging wieder, dieses Mal endgültig.

Danach war alles fast wieder so, wie es immer im Sommer gewesen war, wenn auch nicht ganz. Wir nahmen unsere geheiligte Alltagsroutine wieder auf, die sich wohl bis zum Jüngsten Tag nicht verändern würde. Aber auf einmal war ich froh darum. Sie half mir, wieder ein Gefühl für Normalität zu entwickeln, und ich wußte, daß wir das mehr als alles andere brauchten. Natürlich war Mutter Hannah ein paar Wochen lang mir gegenüber kühler als gewöhnlich und noch distanzierter als zuvor, aber das empfand ich kaum als Beleidigung. Und Christina war, wenn sie in der Küche arbeitete, vielleicht etwas stiller als sonst, sie sang nicht mehr so oft, wenn sie Teig ausrollte oder Geschirr wusch, und Micah kam nicht so häufig mit frischem Holz, Farbe oder der Heckenschere vorbei. Aber sie blieben, und keiner erwähnte jemals wieder diesen schrecklichen Nachmittag. Und das hatte ich auch nicht erwartet.

Nach Amys qualvoller Entschuldigung, die ich mir am liebsten gar nicht angehört hätte, umarmte ich sie heftig, und wir sprachen nicht mehr von Parker und dem, was im Cottage vorgefallen war. Helen Potter schickte einen großen Strauß Iris aus dem Garten von Braebonnie, aber ohne Begleitkarte, und was Parker anging, so wurde er nach diesem Nachmittag zehn Tage lang nicht gesehen. Peter erzählte, daß er sich mit der *Circe* auf einer ausgedehnten Tour durch die Jachtclubs und Häfen der Penobscot-Bucht befand.

»Ich habe ihm gesagt, daß ich ihn höchstpersönlich zu Brei schlage, wenn er vor Ablauf einer Woche wiederkommt«, sagte Peter. »Er hat es versprochen. Er wollte sich drüben in Northeast Harbor bei den Fitzwilliams oder sonst jemandem vergraben und ausnüchtern. Ob er nüchtern wird, weiß ich nicht, aber in Northeast Harbour ist er bestimmt. Offenbar hat er dort eine Freundin.«

»O Gott«, sagte ich angewidert. »Hört das denn niemals auf? Ich weiß nicht, wie Amy es weiter mit ihm aushalten soll.«

»Was für Möglichkeiten hat sie denn sonst?« sagte Peter, und ich antwortete nicht. Dazu gab es nichts zu sagen.

Am ersten Julitag kam Parker wieder, gebräunt, mit klaren Augen, um einige Pfunde leichter und ruhiger, als ich ihn jemals gesehen hatte. Er ging von der *Circe* aus ohne Umwege nach Liberty und brachte Mutter Hannah eine riesige Schachtel Pralinen, die er, wie er sagte, während der ganzen Fahrt von Northeast Harbor herüber auf Eis gelegt hatte. Für Petie hatte er eine Spieluhr dabei, die »London Bridge is Falling Down« spielte, und für Peter eine Kiste sehr teuren Bordeaux. Mir habe er nichts mitgebracht, sagte er, denn er wolle mich nicht mit Geschenken beleidigen. Er wisse um meine Gefühle ihm gegenüber, aber ich hätte sein Wort, daß er, was ihm noch an Freundschaft unter den Siedlungsbewohnern geblieben sei, nicht erneut mißbrauchen werde.

»Und ich möchte, daß ihr wißt, daß ich seit jenem Nachmittag keinen Tropfen mehr getrunken habe«, sagte er demütig. »Und ich fange auch nicht wieder damit an. Am Tag nach dem Vierten Juli bringe ich Amy nach Hause. Es wird Zeit, daß ich erwachsen werde und mich wie ein verantwortungsbewußter Vater und Ehemann benehme.«

Nachdem er gegangen war, tauschten Peter und ich Blicke.

»Glaubst du, daß er es ernst meint?« sagte ich.

»Ich glaube, daß er jetzt nüchtern ist«, sagte Peter. »Mehr möchte ich dazu noch nicht sagen. Ob er es bleibt, darüber kann man nur spekulieren. Aber er wäre wirklich der allergrößte Idiot der Welt, wenn er sich hier bald wieder so aufführen würde. Alle haben die Nase ziemlich voll von ihm.«

»Na ja«, meinte Mutter Hannah und sah ihre Pralinen an. »Heute hat er sich jedenfalls wie ein perfekter Gentleman benommen, das muß man sagen. Bestimmt fängt er sich wieder.«

Ich war nicht überzeugt von Parkers Bekehrung. Wenn ich das Wort damals schon gekannt hätte, hätte ich schwören können, daß ich an ihm einen starken Geruch nach Testosteron wahrgenommen hatte. Ich erinnerte mich nur allzu deutlich an Peters Worte über die Freundin, die drüben in Northeast Harbor zu Besuch war.

Aber während der nächsten paar Tage hielt Parker Wort. Ich sah ihn in der Dämmerung mit Amy im Garten von Braebonnie spazierengehen; er hatte den Arm um sie gelegt, und ihr Kopf lag auf seiner Schulter. Ich wandte mich vom Fenster ab, weil ich den beiden nicht einmal aus der Distanz zu nahe treten wollte.

Seit Generationen wird in Retreat am Vierten Juli eine offene Regatta veranstaltet, zu der die Jachtclubs von Brookline, Deer

Isle und Northeast Harbor eingeladen sind. Bei Einbruch der Dämmerung wird eine dicke, milde Muschelsuppe serviert, man trinkt Punsch und danach, während der Dämmerung, die in New England schnell hereinbricht, findet an der Anlegestelle ein Feuerwerk statt, dessen märchenhafte Blumen über der Bucht und den Inseln erblühen. Alle Bewohner, sogar diejenigen, die man seit dem Vierten Juli des letzten Jahres nicht mehr im Hafen oder im Club gesehen hat, kommen zu Muschelsuppe, Punsch und Feuerwerk.

In diesem Jahr war an diesem wundervollen Tag unter den Gästen eine große, außerordentlich schlanke junge Frau mit einem modischen, hennafarbenen Kurzhaarschnitt. Sie trug weiße Flanellhosen und einen engen, gestreiften Seemannspullover, und ihre Zähne leuchteten in der Dämmerung. Sie ließ sie oft aufblitzen, wenn sie allen, am häufigsten aber Parker Potter zulächelte, und ohne zu fragen wußte ich plötzlich, daß sie jene Freundin aus Northeast Harbor war. Peter wußte es ebenfalls. Ich glaube allerdings nicht, daß Amy es wußte. Als sich Parker freiwillig bereit erklärte, das Abspülen zu übernehmen, und im rückwärtigen Teil des Clubs verschwand, und die fremde Frau meinte, sie würde ihm Gesellschaft leisten, da lächelte Amy nur ihr altes, schnelles Lächeln mit den tiefen Grübchen und sagte: »Besser sie als ich.«

Aber Peter wußte Bescheid. Sein Mund wurde gerade und hart, und er hörte auf, mit Burdie Winslow und Al und Henry Stallings auf der Wiese herumzualbern. Andere wußten es ebenfalls, glaube ich, denn viele Augenpaare waren den beiden auf dem Weg zur Küche gefolgt, auch wenn keine Pause im allgemeinen Geplauder entstand. Dann wandten sich die Augen wieder ab. Lieber nichts sehen und nichts sagen. In meiner Brust zuckte es heiß und hell. Wie konnte er es wagen? Wie konnte sie es wagen? Ohne zu zögern übergab ich Petie Mutter Hannah in ihrem Schaukelstuhl und ging zu Amy, die in einem Lehnsessel und mit einer Decke zugedeckt auf der Wiese saß.

»Geht es dir gut? Willst du etwas? Wirst du nicht allmählich müde?« fragte ich fröhlich. Ich hoffte sehr, sie würde ja sagen. Dann konnte ich sie nach Hause bringen und mit ihr dort bleiben. Ich hatte genug von diesem Treiben und von diesem Abend, und ich wünschte mir nichts mehr, als daß es Amy ebenso ging.

Aber sie sagte: »Nein, mir geht's wunderbar. Ich will das Feuerwerk sehen.« Ich setzte mich neben sie in das feuchte Gras und plauderte albern drauf los. Ich war fest entschlossen, sie von der langen Abwesenheit ihres Mannes und seiner Helferin abzulenken. Eine Weile gelang mir das auch. Peter saß schweigend neben uns, und ausnahmsweise schlief Petie in seinen Armen. Ich weiß nicht, wann Amy bewußt wurde, daß weder Parker noch die Frau wieder aufgetaucht waren. Als sie es merkte, waren ihr die meisten Festgäste bereits zuvorgekommen. Köpfe wandten sich der geschlossenen Küchentür zu, und wie Sommerwind rauschte leises Flüstern durch die schnell kühler werdende Nacht.

»Komm«, sagte ich, stand auf und zog sie hinter mir her. »Wenn es mir zu kühl ist, ist es auch für dich zu kalt. Ich nehme dich mit nach Liberty und mache dir eine Tasse heiße Schokolade, und dann stecke ich dich ins Bett. Du kannst heute nacht bei uns bleiben. Peter wird... deiner Familie Bescheid sagen. Komm, Amy. Ich schlafe mit dir im Gästezimmer, das wird wie eine kleine Übernachtungsparty.«

Sie blickte zu mir auf, und in ihren Augen standen tiefer Schmerz, Leere und bodenlose Niedergeschlagenheit. Ihr Blick traf mich wie ein Schlag und ich hätte beinahe zu weinen angefangen. Aber ihr Gesicht blieb unbewegt, und sie sagte nur: »Ist gut. Alles, was jetzt noch kommt, habe ich schon einmal gesehen, und außerdem bin ich ziemlich müde. Peter, bitte entschuldige mich bei Mutter Helen und Großmama, mir ist heute abend nicht nach einer Auseinandersetzung zumute.«

»Mach dir keine Sorgen«, sagte er und küßte sie auf die Wange. »Ich kümmere mich darum.« Über ihren Kopf hinweg begegneten sich unsere Blicke, und seine Augen waren schmal vor Ärger. Unbewußt, wie ich annahm, beugte er sich zu Peties flaumigem Köpfchen hinunter und küßte die weiche Höhlung an der Schulter, direkt unter den abstehenden dunklen Haaren. Eine schmerzliche Liebe durchzuckte mich. So etwas hatte er noch nie getan.

Amy wollte keine Schokolade. Sie sagte, sie wolle sofort ins Bett gehen, und ich brachte sie in der kleinen Gästekammer über der Veranda unter. Ich stopfte Kissen um sie herum, zog Mutter Hannahs seidenweiche alte Baumwollbettücher glatt und deckte sie mit zahlreichen Wolldecken zu.

»Ich mache dir trotzdem einen Teller mit Broten und eine Tasse Kakao zurecht und stelle sie dir neben das Bett«, sagte ich. »Du hast die Muschelsuppe kaum angerührt, was ich dir allerdings nicht verdenken kann, weil sie jedes Jahr schlechter wird. Aber vielleicht bekommst du heute nacht Hunger, wenn du aufwachst. Wenn du etwas willst, ich bin in der Nähe. Ich warte nur noch auf Peter und Petie. Ruf mich einfach, wenn du mich brauchst.«

Sie hatte sich zur Seite gerollt und vergrub sich tief in den Dekken, ohne das Gesicht von der Fensterwand wegzudrehen, durch die man über das Wäldchen aus Fichten und Birken hinweg auf den Jachtclub, die Anlegestelle und das schwarze Meer und den Himmel dahinter blicken konnte. Noch immer blühte und strahlte schweigend das Feuerwerk.

»Danke, Maude«, sagte sie, und ihre Stimme war leise, gleichgültig und leblos. »Ohne dich würde ich diese Nacht wohl kaum durchstehen.«

»Ach, Amy, Liebes –«

»Nein. Sag nichts mehr. Ich will jetzt nur noch schlafen.«

»Soll ich den Vorhang vorziehen?«

»Nein, ich will den Mond sehen«, sagte sie. Jetzt klang ihre Stimme belegt, und ich dachte, sie würde zu weinen anfangen. Na ja, das wäre vielleicht das Beste. Wein dich aus…

»Ich hab dich lieb«, flüsterte ich, ging hinaus und machte die Tür zu.

Bald danach kam Peter mit Petie und seiner Mutter. Ich nahm ihm meinen schlafenden Sohn ab, nickte Mutter Hannah zu und ging nach oben, um das Baby in die Wiege zu legen. Gerade jetzt hatte ich keine Lust auf eine Auseinandersetzung mit meiner Schwiegermutter. Wenn sie nach alldem noch immer Worte der Verteidigung für Parker Potter fand, hätte ich das nicht ertragen.

Peter folgte mir nach oben und ließ sich aufs Bett fallen. Er fuhr sich mit der Hand über Gesicht und Mund, und ich hörte den rauhen Flüsterton des nachgewachsenen Bartes, der mich immer wieder überraschte, weil man Peters Bart nicht sah.

»Schläft sie?« fragte er.

»Ich weiß nicht. Vor etwa einer Stunde hat sie gesagt, sie wollte schlafen. Peter, sie sah… wie tot aus. Wie eine Leiche. Mein Gott, wie konnte er das nur tun? Wie konnte er?«

»Ich würde sagen, das war ganz leicht für ihn«, sagte Peter. »Schließlich ist es das, was er am besten kann. Natürlich ist es der Alkohol. Am Nachmittag hatte er draußen auf dem Wasser eine Flasche in einer Papiertüte dabei. Und Burdie sagt, daß Parker in der Clubküche einen Vorrat hat. Als ich gegangen bin, hatten die beiden die Küchentür noch nicht aufgesperrt, aber die Geräusche waren eindeutig; sie haben bestimmt kein Geschirr abgewaschen. Einige Leute dort unten überlegen, ob sie die Hütte anzünden und sie ausräuchern sollen. Maude, ich sage dir, ich würde am liebsten das erste Streichholz anzünden.«

»Jetzt muß irgend jemand etwas unternehmen«, sagte ich. »Amy muß nach Hause nach Boston, das Baby könnte jeden Moment kommen. Wenn er sich nicht um sie kümmert, muß es jemand anders tun. Hat Parkers Mutter etwas gesagt? Oder seine Großmutter? Können sie nicht mit ihm reden?«

»Woher soll ich denn das wissen?« fuhr er mich verzweifelt an. »Keine von ihnen hat auch nur mit einem Wimpernschlag angedeutet, daß sie weiß, was los ist. Als sie nach Hause gegangen sind, haben alle auf die Küchentür gestarrt, und die beiden alten Hyänen haben nur gelächelt und allen fröhlich eine gute Nacht gewünscht. Mein Gott, sein Vater hätte ihn kurz und klein geschlagen.«

»Wenn er das nur getan hätte«, meinte ich bitter. »Dann müßten wir das jetzt nicht ertragen. Na ja, ich gehe morgen hinüber und sage Parker – wenn er überhaupt da ist –, daß er sie nach Hause bringen muß, und wenn er es nicht tut, machen wir es, und wir bleiben bei ihr, bis das Baby kommt. Das werde ich auch ihrer Schwiegermutter und der schrecklichen Großmutter erklären.«

»Laß uns erst einmal abwarten«, sagte Peter erschöpft. »Vielleicht ist er ja bereits daheim. Wenn nicht, dann knöpfe ich ihn mir morgen früh vor. Das verspreche ich. Du mußt nicht Amys Kämpfe für sie ausfechten. Das kann ich tun, und ich werde es auch tun.«

Ich gab ihm einen Gute-Nacht-Kuß, sah noch einmal nach Petie und ging dann ins Erdgeschoß und las, bis ich schläfrig wurde. Es war schon nach Mitternacht, als ich auf Zehenspitzen zum Gästezimmer schlich und ganz vorsichtig die Tür öffnete. Bestimmt schlief Amy längst.

Aber sie war wach. Sie stand am Fenster und sah hinaus auf die Wälder und die Bucht. Ihre massige Gestalt war in Decken gehüllt, und ihr Hals wirkte erschreckend zerbrechlich unter dem Gewicht ihres silbern durchzogenen Haars. Ich ging zu ihr und legte meine Arme um sie, ohne etwas zu sagen, und auch sie schwieg. Unter uns in der Ferne, draußen auf dem schwarzen Wasser, flackerte und tanzte ein Licht. Wir wußten beide, daß es das Bordlicht der *Circe* war, aber keine von uns sprach es aus. Es war nicht nötig.

Irgendwann schüttelte ich ganz leicht ihre Schultern und sagte: »Es ist jetzt wirklich Zeit zum Schlafen. Und ich bin bei dir. Morgen früh überlegen wir uns, was zu tun ist. Peter hilft dir. Du wirst sehen, morgen sieht alles schon besser aus.«

Sie drehte sich zu mir um und lächelte. Es war ein kleines, verletztes Lächeln, und sie wollte gerade etwas sagen, als ein großer Streifen reinen, kristallgrünen Lichts den schwarzen Himmel über dem Wasser erleuchtete. Dann erschien ein riesiger Fleck von leuchtendem Weiß, als hätte jemand den Himmel mit flüssigen Diamanten übergossen, durchzuckt von schnellen rosafarbenen, roten und türkisfarbenen Zungen. Ich holte tief Luft, und sie drückte meine Hand, bis es weh tat.

»Das ist das Nordlicht!« sagte sie keuchend. »Ach, Maude, sieh nur! Seit sechs Jahren komme ich hierher, und ich habe es noch nie gesehen. Ach, schau doch nur, schau!«

Etwa eine halbe Stunde standen wir regungslos da, Amy und ich, so still und schweigend wie zwei Marmorstatuen, und sahen zu, wie der ganze Himmel leuchtete, schimmerte und glühte. Selbst wenn ich gewollt hätte, hätte ich kein Wort herausgebracht. Seitdem habe ich in den langen Sommern in Retreat noch oft Nordlichter gesehen, aber keines von ihnen war so atemberaubend und erschreckend schön wie dieses erste, das ich aus dem Fenster im ersten Stock von Liberty sah. Als es endlich erlosch, war das Fahrtlicht der *Circe* verschwunden. Amy und ich schliefen innerhalb von fünf Minuten ein.

Am Mittag des nächsten Tages wurde Amys Baby geboren, genau wie Petie im Krankenhaus von Castine, in Anwesenheit von mir, Peter und einer völlig verwirrten Helen Potter. Erst zwei Tage später, als er, reuevoll und beladen mit Geschenken, von Bord der

Circe ging, erfuhr Parker, daß er eine Tochter namens Elizabeth Wainwright Potter hatte, die bereits achtundvierzig Stunden alt war. Ich war dabei, als er ins Zimmer trat, und als Amy sein Gesicht sah, brach sie zum ersten Mal in diesem Sommer spontan in lautes Gelächter aus. Seitdem brachte jede Erwähnung des Nordlichts sie zum Lachen, und mich gewöhnlich auch.

Aber später, während Elizabeth Potter heranwuchs, dachte ich oft, daß dieses unheimliche Licht kein gutes Vorzeichen gewesen war.

SIEBENTES KAPITEL

Zeitlosigkeit ist das größte Geschenk, das das Meer einem geben kann. Wenn man die Gabe hat, es anzunehmen, dann besänftigt, klärt und heilt einen diese weite, blaue Fülle aus Raum und Zeit. Man muß ganz ruhig und still dasitzen, dann verrät es einem außerdem, daß das eigentliche Leben außerhalb der Zeit liegt und man daher auch keine Angst vor den vergifteten Früchten der Zeit zu haben braucht. Sie fallen einem natürlich trotzdem in den Schoß, aber am Meer schmecken sie nicht so bitter.

So etwas kann man nicht wissen, solange man jung ist und die Zeit als einen unzuverlässigen Liebhaber betrachtet, den es zu verführen gilt; aber die Alten wissen es. Die alten Frauen in Retreat haben es immer gewußt, und dieses Wissen war es, was sie so mühsam und mit aller Kraft zu bewahren versuchten. Als ich damals mit Peter zum ersten Mal nach Retreat kam, da rieb ich mich auf unter dem aufgezwungenen Joch der Zeitlosigkeit; ich focht mit Zähnen und Klauen gegen seine Verteidigerinnen. Aber jetzt bin ich selbst eine alte Frau, und ich sitze auf meiner Veranda, schaue hinaus auf das ewige Gesicht der Bucht und schmecke den dickflüssigen Honig der Zeitlosigkeit und des Immergleichen. Und tief in meinem Herzen leiste ich Mutter Hannah und all den anderen, gegen die ich vor so langer Zeit gekämpft habe, Abbitte. Ihr hattet recht. All das war es wert.

An diesem Ort der Meeresstille steigen die Erinnerungen so deutlich auf wie Bilder in einem Buch. Einem Buch: dem Buch über Maine. Als Petie etwa neun Jahre alt war, schrieben er und Elizabeth Potter auf dickem, liniertem Papier ein Buch, das sie »Die wahre Geschichte von Maine« nannten. Sie illustrierten es mit lebendigen, etwas schiefen und auf schmerzliche Weise wahren Zeichnungen von Kindern, die in Booten, am Strand, auf Felsen und Wiesen wunderbare Dinge taten, und von langweiligen Erwachsenen, die dieselben verzauberten Orte nicht zu nutzen wußten. Jede dieser Zeichnungen kenne ich in- und auswendig, genauso wie die Erinnerungen, die mir jetzt kommen, während ich hier in dem Schaukelstuhl aus Korbweide mit dem mit Springkraut gefüllten Kissen sitze, die beide schon alt waren, als ich vor einem ganzen Lebensalter nach Retreat kam. Am Meer ist die Erinnerung oft klarer als die Wirklichkeit.

Nur ganz selten blitzt aus dem ewigen Strom der gleichmäßig dahinfließenden Zeit ein Augenblick der Einsicht auf, ein Augenblick, der Ende und neuer Anfang zugleich ist und einen mit großer Angst erfüllt, auch wenn man die Tragweite der bevorstehenden Veränderungen nur dunkel ahnen kann.

Meinen ersten solchen Augenblick erlebte ich Ende August 1941 auf der Anlegestelle am Jachtclub, in meinem achtzehnten Jahr in Retreat. Es war eine Nacht, die einen eisigen, silbrigen Glanz hatte, in dem Meer und Sterne zu brennen schienen. Amy Potter saß neben mir, genau wie ich in dicke Pullover und Decken gehüllt, und wir tranken Kaffee aus der Thermoskanne, die ich aus dem Cottage mitgebracht hatte. In einer plötzlichen Eingebung hatte ich ein gutes Maß Rum hineingegossen, was in dieser kalten Stille wunderbar schmeckte. Wir warteten auf die Boote von Retreat, die nach der letzten Regatta der Saison, einem zweitägigen Ausflug nach Northeast Harbor, zurückkehren sollten, und wir warteten schon lange. Etwa eine Stunde zuvor war Priss Thorne aus Mary's Garden an die Anlegestelle gekommen, um uns zu sagen, daß Tobias gerade einen Funkspruch durchgegeben habe. Die Boote seien vor Long Island, in der Blue Hill-Bucht, in dichten Nebel geraten, der sich erst vor kurzem aufgelöst habe. Und daher hatten wir keine Angst um Peter und Petie in der *Hannah* oder um Parker, der mit Elizabeth in der *Circe* segelte. Wir waren nur ein bißchen betrunken.

Ich seufzte zufrieden.

»Wenn Rum immer so gut schmecken würde wie heute abend, dann wäre ich eine Alkoholikerin«, sagte ich. Dann sah ich Amy an und verzog das Gesicht: »Tut mir leid. Das war überhaupt nicht komisch.«

Sie lächelte und nahm einen großen Schluck aus ihrer Kaffeetasse. »Es muß dir nicht leid tun. Parker hat schon seit über zwei Monaten keinen Schluck mehr getrunken«, sagte sie sachlich.

»Ich könnte mir wirklich vorstellen, daß es dieses Mal anhält. Die neue Klinik hat eine gute Erfolgsquote, und ich glaube, daß ihm der Arzt dort wegen seiner Leber ganz schön Angst eingejagt hat. Natürlich ist das Leben mit ihm keine reine Freude, aber war es das jemals? Ich weiß schon, was du meinst. Ich könnte auch die ganze Nacht hier sitzen und dieses Zeug trinken. Wann haben wir eigentlich das letzte Mal ganz allein nachts zusammengesessen, ohne daß jemand auf uns wartete? Nur wir beide?«

»Das letzte Mal, an das ich mich erinnern kann, war kurz vor Happys Geburt«, sagte ich. »In der Nacht, als Petie und Elizabeth mit dem Dingi nach Spectacle hinübergesegelt sind und eigentlich bei Sonnenuntergang wieder zurück sein sollten, aber nicht auftauchten. Damals sind Peter und Phinizy Thorne hinausgefahren, um sie zu suchen. Erinnerst du dich noch? Damals saßen wir genau hier, wo wir jetzt sitzen, genauso in Decken eingewickelt, und warteten. Wir müssen uns wohl entsetzliche Sorgen gemacht haben, aber daran kann ich mich nicht erinnern. Ich weiß nur noch, daß ich hoffte, nicht noch einmal ein Baby im Krankenhaus von Castine zur Welt bringen zu müssen.«

»Ich glaube nicht, daß wir sehr viel Angst hatten«, sagte sie, »jedenfalls nicht davor, daß sie ertrunken sein könnten. Elizabeth segelte damals schon besser als Parker. Aber ich befürchtete, daß Elizabeth vielleicht die erste schwangere Elfjährige der Welt würde. Erinnerst du dich noch an diese Liebesgeschichte, Maude?«

»O ja«, sagte ich leise. »Sehr gut sogar.«

Dieser und die nächsten beiden Sommer waren in mein Gedächtnis eingebrannt. Niemals im Leben würde ich die verzehrende, angstvolle Liebe vergessen, die Petie zu Elizabeth Potter ergriff, als er zwölf war. Und ich vermutete, daß es vielen Leuten in der Siedlung ebenso ging. Vielleicht auch Elizabeth selbst, wer wußte das schon? Mit elf Jahren war sie so leidenschaftlich, lebhaft und weiblich, wie sie es in ihrem wechselvollen Leben jemals werden sollte, und in jenen drei Sommern schien sie ebenso bezaubert von der Liebe wie mein armer, stammelnder Sohn. Aber Elizabeth ließ sich von ihren Leidenschaften nie verbrennen. Sie knisterte und loderte und besprühte die Welt um sich herum mit den Funken ihres Feuers, aber sie war niemals diejenige, die zu schwarzer Asche verkohlte. Als ich jetzt wieder mit Amy an der Anlegestelle saß, dachte ich bei mir, daß Elizabeth, die damals fünfzehn und von einer geradezu erschreckenden Schönheit war, sich an die Flammen dieser ersten Liebe vermutlich genausowenig erinnerte wie an den Tag ihrer Geburt. Es war ihr nicht gegeben, die Verluste zu zählen.

Ich glaube, ich hatte Angst vor ihr, seit sie krabbeln konnte. Elizabeth Potter war ein Kind, das ohne Grenzen, ohne die Fähigkeit zur Selbstbescheidung oder Zurückhaltung auf die Welt gekommen war. Sie hatte keine Angst. Was sie haben wollte, nahm sie sich, mit ehrfurchtgebietender Zielstrebigkeit, und wenn sie gehen wollte, ging sie, außer man hielt sie gewaltsam fest. Und selbst dann kreischte sie so lange, bis man kapitulierte und die Beschränkungen erschöpft aufhob. Einmal hörte ich sie beinahe vierundzwanzig Stunden lang schreien. Am Ende konnte sie niemand von den Felsen, dem Hafen, den Booten und der See fernhalten. Von Kindheit an so anmutig und beweglich wie eine Bergziege, schien sie sich, abgesehen von einem gelegentlichen Kratzer, nie zu verletzen. Es waren die anderen – vor allem Petie, der angstvoll und verzweifelt hinter ihr herlief –, die hinfielen, bluteten oder sich die Knochen brachen. Lange bevor ich fürchtete, Elizabeth würde ihm das Herz brechen, hatte ich Angst, sie könnte ihn umbringen.

Sie hatte das feuerrote Haar der Potters, und sie duldete nicht, daß man es ihr abschnitt. Darum fiel es ihr schon im Alter von vier oder fünf Jahren wie Lava über den schlanken Rücken. Gewöhnlich ließ sie es offen um ihren schmalen Kopf fliegen, aber manchmal, wenn es sehr heiß war oder sie im Meer schwimmen gewesen war, drehte sie es auf und steckte es auf ihrem Kopf fest. Dann ähnelte sie einer Frau, die Matisse hätte malen können, und sah sehr viel älter aus, als sie in Wirklichkeit war. Sie besaß Amys glatte, olivfarbene Haut und die schlitzförmigen Augen irgendeines Piraten-Vorfahren aus der Familie Potter, und diese Kombination war von erstaunlicher Wirkung. Mit ihrer starken Ausstrahlung zog sie die Blicke auf sich wie Peter in jungen Jahren. Als sie noch ziemlich jung war, standen die beiden einmal bei einem Tee im Jachtclub nebeneinander und tranken Preiselbeer-Punsch, und er beugte sich zu ihr hinunter, um zu verstehen, was sie ihm ins Ohr flüsterte. Da donnerte Augusta Stallings vom anderen Ende des Raumes: »Schaut euch diese beiden an! Wie zwei Erbsen in einer Schote. Sie könnte von dir sein, Peter. Außer den roten Haaren hat sie überhaupt nichts von Parker an sich.«

Es trat ein unbehagliches Schweigen ein, und alle Blicke richteten sich auf meinen Mann und Amys neunjährige Tochter. Da ließ Gretchen Winslow ein silberhelles Lachen hören, und das Geplauder setzte wieder ein, als hätte niemand die Bemerkung gehört. Und vielleicht war diese Szene nicht einmal vielen Leuten aufgefallen, denn Augustas Ausbrüche gehörten zum Sommer in Retreat wie die schwarzen Fliegen und die Stechmücken. Aber drei Menschen hatten sie registriert: Parker Potters ohnehin geröteter Kopf wurde purpurrot, Elizabeths kleines Gesicht leuchtete in einer triumphierenden Freude auf, und Peties dunkles, rundes Gesicht wurde starr vor Demütigung. Ärger und Mitleid überfluteten mich wie heißes Wasser. Petie war zehn Jahre alt, und er wußte, daß er in sehr wesentlichen Punkten niemals das Kind sein konnte, das sein Vater sich wünschte. Und diese traurige Tatsache verfolgte ihn und nagte an ihm, seit er alt genug war, sie zu erkennen.

»Warum wirst du mit ihm nicht warm? Warum kannst du nicht einfach mit ihm spielen und toben, ihm das Haar verwuscheln und ihn über deine Schulter schwingen?« schrie ich einmal, als Petie noch klein war und schluchzend davontrottete, weil ihm sein Vater gesagt hatte, er solle im Kinderzimmer Ball spielen.

»Ich weiß nicht, Maudie«, sagte Peter, und in seiner Stimme schwang echter Schmerz mit. »Und dabei liebe ich ihn doch. Mein Gott, manchmal liege ich nachts wach und denke: Was wäre, wenn ihm etwas zustößt? Wenn wir ihn nicht hätten? Aber irgendwie kann ich ihm das, was er braucht, nicht geben. Maude, er ist das bedürftigste kleine Wesen, das ich jemals gesehen habe. Nichts ist ihm genug. Wenn man ihn umarmt, dann will er festgehalten werden, wenn man ihn anlächelt, weicht er einem den restlichen Tag nicht mehr von der Seite. Das macht mir angst. Ich kann dieses bodenlose Loch in ihm nicht auffüllen. Du kannst das, und manchmal denke ich, außer dir braucht er nichts im Leben, und auch für dich ist er alles, was du brauchst.«

Er schwieg, und ich sah ihn an, während er in seinem alten Morris-Sessel neben dem Feuer saß, in dem kleinen Arbeitszimmer in Northpoint. Das war im Winter sein Lieblingsplatz, und in den kalten Monaten sehe ich ihn noch immer dort sitzen, genau wie ich ihn in den warmen Monaten die Stufen der Anlegestelle zur *Hannah* hinunterlaufen sehe, während die Sonne in seinem hellen Haar glänzt. An diesem Abend war sein Gesicht voller Qual, und ich spürte den vertrauten Schmerz über seinen Schmerz, der mein schlimmster war. Peters Qualen konnte ich noch nie ertragen, das fiel mir selbst bei Petie leichter.

»Er braucht auch seinen Vater«, sagte ich leise. »Und du solltest wissen, daß du alles bist, was ich in meinem Leben brauche. Du warst zuerst da. Wenn ich Petie verlieren würde, wüßte ich nicht, was ich täte, aber wenn ich dich verliere, dann sterbe ich.«

Nun lächelte er. »Klinge ich eifersüchtig? Vielleicht bin ich es auch. Aber ich glaube es eigentlich nicht. Diese Art verzweifelter, nagender Bedürftigkeit... ich kann sie einfach nicht ertragen, Maude. Ich kann ihm meine endlose Liebe geben, aber nicht meine endlose Anwesenheit. Es ist traurig, daß ich das über dein einziges Kind sagen muß, aber es ist wahr, und so sehr ich es hasse, ich kann es nicht ändern. Vermutlich habe ich das von Papa geerbt.«

Ich erinnerte mich an die Zeiten, als der ältere Peter manchmal für Tage oder Wochen einfach aus dem Cottage zu verschwinden schien, und an jene Zeit nach dem Tod seines Vaters, in der Peter es genauso gemacht hatte. Ich hatte Petie in seiner Abwesenheit zur Welt gebracht, vielleicht war es deshalb kein Wunder, daß Peter das Gefühl hatte, er gehöre mir allein. Na ja, dachte ich, es ist wohl nicht zu ändern. Aber solange er Petie liebt – und ich weiß, daß er das tut –, kann ich für uns beide anwesend sein. Man kann nicht verlangen, was nicht da ist.

Aber Petie schien das nicht zu wissen, und die Lücke, die sein Vater offenließ, muß ihn während seiner Kindheit wie eine Brandwunde geschmerzt haben. Ich wünschte nur, ich hätte das damals deutlicher gesehen. Natürlich ist es nicht so einfach, aber ich glaube heute, daß wir, wenn Peter seinem Sohn näher gewesen wäre, keine solchen oder vielleicht gar keine Qualen wegen Elizabeth hätte erdulden müssen.

Denn sein ganzes Leben hatte Petie nach etwas Absolutem gesucht, bis zu jenem Tag, als die elfjährige Elizabeth ihren feuerroten Kopf hob und ihn wirklich sah. Hier gab es etwas Bedingungsloses, Grenzenloses, Unbeherrschbares, das ihn ergänzen, ihn ganz machen konnte. Und das war nicht einmal meiner Liebe zu ihm gelungen, so ungeheuer groß und hingebungsvoll sie mir selbst auch oft erschienen war. Aber der Vulkan Elizabeth Potter konnte es und tat es eine Zeitlang auch, mit Folgen, die für Petie katastrophal waren. Elizabeth schien sich in seinem Fleisch festzusetzen und ihn wie ein Sukkubus zu reiten, ihr Wille war der seine, und ohne Zögern ging er dorthin, wo sie hinging. Und sie führte ihn an Dinge heran, die in dem fragilen, abgeschlossenen kleinen Ökosystem von Retreat mehr als verbotene Kinderstreiche, vielmehr verhängnisvoll waren.

Die körperliche Bindung zwischen den beiden war stark und reif. Sie konnten die Hände nicht voneinander lassen. Mit zwölf war Petie noch immer recht klein, und obwohl seine Schultern, Hände und Füße an Umfang und Kraft zugenommen hatten, war sein Gesicht doch noch rund und glatt, und sein dunkles, feines Haar hing ihm seidig in die Augen. Elizabeth war mit elf bereits eine fesselnde Frau, und dieses Wort benutze ich bewußt. Sie hatte zwar erst kleine, knospenhafte Brüste, und ihr Körper war so lang, schlank und beweglich wie der eines jungen Baumes, aber in ihren Augen und um den weichen, lebhaften Mund zeigte sich etwas, das Lichtjahre von der Kindheit entfernt lag. Sie war erst elf, und dieses ständige Streicheln und Schmusen und die langen, schmachtenden Blicke, die zwischen ihnen leuchteten, wären überall unangebracht gewesen. In Retreat aber wirkte ihr Verhalten beinahe pornographisch. Ich warnte Petie immer wieder und verbot ihm, soviel Zeit mit Elizabeth zu verbringen, und Peter untersagte es ihm sogar einmal rundheraus. Er erklärte ihm, er solle seine Finger von ihr lassen, sonst würde er ihn den Sommer über nach Northpoint zu einem Sommerkurs schicken, und vermutlich hatte Amy zu Elizabeth etwas Ähnliches gesagt, denn sie hörten auf, einander in unserer Anwesenheit zu berühren. Statt dessen waren sie tagsüber stundenlang nirgends zu sehen, und ich sagte verzweifelt zu Peter, daß ich das viel schlimmer fände. Aber Peter sagte nur: »Maude, was können wir schon tun? Sie sind doch noch Kinder. Glaubst du wirklich, daß sie drüben auf Buck oder

Spectacle sind und vögeln? Befürchtest du, Parker könnte mit einem Gewehr herüberkommen und Petie zwingen, seine Tochter zu heiraten? Laß sie. Das gibt sich schneller wieder, als du denkst.«

Aber davon war ich nicht überzeugt. Meines Erachtens konnten sie sehr wohl drüben auf Buck oder Spectacle sein und genau das tun, was Peter sagte. Petie war einfach wild vor Liebe, und das machte ihn blind und schweigsam. Sie faßten einander zwar nicht mehr an, solange wir dabei waren, aber überall sonst taten sie es, und in diesem Sommer schwärmte der Klatsch wie Bienen durch die Kolonie. Mutter Hannah, die damals schon gebrechlich und reizbar geworden war, schimpfte mich ständig deshalb. Aber was immer ich auch unternahm, es war nie genug. In diesem Sommer war ich mit Happy schwanger, ich war müde und besorgt und mir war nicht ganz wohl bei dem Gedanken an ein Baby nach zwölf Jahren, und immer, wenn ich ernsthaft mit Peter zu reden versuchte, schien er davonzutreiben wie Nebel auf dem Wasser. Verzweifelt ging ich im Spätsommer einmal zu Amy hinüber und bat sie, mit mir über Petie und Elizabeth zu reden, worauf sie in Tränen ausbrach.

»Bitte, bitte«, sagte sie und verbarg ihr Gesicht in den Händen. »Ich kann jetzt nicht darüber reden. Wenn du glaubst, daß man etwas unternehmen muß, dann tu es, aber *rede* nicht mit mir darüber. Du mußt doch sehen, daß Parker drauf und dran ist, sich zu Tode zu saufen. Nie weiß ich, wo er gerade ist und mit wem. Und diese alte Frau macht mich vollkommen verrückt mit ihren ständigen Klagen und Forderungen, sie jagt mir jede Haushälterin davon, die ich finden kann, und wahrscheinlich bekomme ich schon wieder eine Fehlgeburt, und... an Elizabeth ist nichts auszusetzen! Wenn dieser verdammte kleine Trottel Petie ihr nicht ständig nachlaufen würde, wäre das alles gar kein Problem!«

Ich legte meine Hand freundschaftlich auf ihren Lockenkopf, der inzwischen fast weiß war, und ging schweren Herzens nach Liberty zurück. Ich hätte wissen müssen, daß Amy mir nicht helfen konnte. Jeder in der Siedlung wußte, daß ihre Welt an einem seidenen Faden hing und Elizabeth ihre einzige Freude war. Über die Jahre hatte Amy mehrere Babys verloren, aber ich glaube nicht, daß diese Verluste sie tief getroffen haben. Elizabeth genügte Amy eigentlich.

Wir glaubten, die Winterpausen fern von Retreat würden die Anziehungskraft zwischen den beiden mindern, aber noch für zwei weitere Jahre war das nicht der Fall. Petie und Elizabeth wurden reifer, und ihre Leidenschaft wurde weniger kindlich, und inzwischen hatten wir wirklich Grund, uns darüber Sorgen zu machen, was sie in den langen Stunden, in denen sie verschwunden waren, wohl taten. Im zweiten Sommer brachte Peter unseren Sohn Mitte Juli nach Northpoint zurück und verdonnerte ihn zu einem Sommerkurs, nachdem er mit Elizabeth im Beiboot der *Hannah* verschwunden und sie erst bei Sonnenaufgang wieder aufgetaucht waren. Prompt rannte Petie davon und kam nach Retreat zurück. Als Ella Stallings sie zu Beginn des dritten Sommers eng umschlungen in ihrem Bootshaus entdeckt hatte, während zwei der drei jüngsten Stallings-Kinder mit ernstem Blick dabeistanden, nahm Amy Elizabeth mit nach Boston und brachte sie in dem kühlen, nach Kampfer duftenden Haus einer Tante unter, zusammen mit einem Nachhilfelehrer und einer Gouvernante. Innerhalb von drei Wochen war sie wieder da; sie hatte Geld aus der Brieftasche des Nachhilfelehrers gestohlen, den Zug von Boston nach Bangor genommen und sich per Anhalter mit einem Eislieferanten nach Retreat durchgeschlagen. In diesem Sommer mußte ich mich allein um ein Baby und eine kranke und unmögliche Mutter Hannah kümmern, da Peter zum ersten Mal seit unserer Heirat in Northpoint geblieben war, um nach Dr. Flemings erstem Schlaganfall als geschäftsführender Direktor die Schule zu leiten. Als Elizabeth wieder in Retreat auftauchte, verschmutzt von der Reise und einen Moschusduft verströmend, der meinen Sohn anzog wie das Licht die Fliegen, rettete ich mich, in Tränen aufgelöst, in Lottie Padgetts staubiges, fröhliches Wohnzimmer.

»Was soll ich nur tun?« schluchzte ich. »Ich kann ihn doch nicht einsperren. Die beiden sind noch zu jung; das ist nicht gut, diese Art von... von Verrücktheit. Alle reden darüber, auch die Leute aus dem Dorf. Selbst wenn sie alt genug wären, dann wäre das doch keine Grundlage für eine dauerhafte Beziehung. Eine solche Intensität – das kann nur seelischen Schaden anrichten. Das Gleichgewicht fehlt, die Leichtigkeit, die Süße... Was *sieht* sie nur in ihm? Was er von ihr will, ist ja völlig klar, aber was sieht sie in meinem armen, unbeholfenen Petie?«

Miss Lottie brachte Kräutertee, schob eine fette, gelbschwarze Angorakatze von einem Sessel und ließ sich hineinsinken. Wie gewöhnlich war das Zimmer unglaublich unordentlich. Aber sobald ich es betrat, fühlte ich mich wieder jung, neu und ganz beruhigt, ich vergaß, daß ich allein die Verantwortung für ein großes, altes Haus, eine kranke und reizbare alte Frau und ein stämmiges, ernstes blondes Kleinkind trug und außerdem für einen vierzehnjährigen Sohn, der sein Herz an eine Sirene verloren hatte.

Miss Lottie wartete, bis ich mich geschneuzt hatte, dann sagte sie: »Was sie in ihm sieht? Sich selbst. Erst der Blick eines Mannes macht sie ganz, vollständig und schön. Das hat ihr ihr Vater nie gegeben, weißt du. Wärst du gerne ein lebhaftes kleines Mädchen, das bei Parker Potter aufwächst? Was für ein Frauenbild hat er ihr denn schon vermittelt? Und so glaubt sie, sie wäre ein Nichts, niemand, gar nicht vorhanden, bis sie in den Augen eines Mannes absolute, blinde Anbetung entdeckt. Es ist für sie, wie in einen Spiegel zu schauen. Das ist es, was sie in Petie sieht. Sie fühlt sich als ein ganzer, ein vollwertiger Mensch. Sie fühlt sich sicher. Kein Wunder, daß sie ihm so verzweifelt nachläuft. Ohne ihn verschwindet sie einfach.«

»Aber sie ist bei ihm nicht sicher«, sagte ich. »Petie kann ihr keine Sicherheit geben; das ist lächerlich.«

»Nein«, sagte Miss Lottie traurig. »Elizabeth wird sich niemals sicher fühlen. Eine Menge Menschen werden deshalb leiden müssen.«

»O Gott, Miss Lottie, unsere armen Kinder«, flüsterte ich. »Wir geben uns solche Mühe. Ich weiß auch, daß Amy das tut. Aber es reicht nicht...«

Sie streckte die Hand aus und strich mir das wirre Haar aus dem Gesicht. Ihre alten Finger fühlten sich so warm und trocken an wie Zweige.

»Maude, du warst Petie eine gute Mutter«, sagte sie. »Du darfst dir nicht an allem die Schuld geben. Es gibt Dinge, bei denen kannst du ihm einfach nicht helfen. Für manche Kinder ist diese Feriensiedlung kein guter Ort. Besonders für die Wilderen unter ihnen. Auch wenn ich das alles hier liebe, habe ich das immer gewußt. Ich habe versucht, den stürmischen Herzen, denen, die anders sind, einen sicheren Hafen zu bieten. An einem anderen Ort, der nicht ganz so abgeschieden ist von der Welt, hätten sie es vielleicht leichter, aber hier... ich habe schon andere Kinder hier Krieg führen sehen. Vielleicht nicht so wie Elizabeth, nicht so zerstörerisch, aber es passiert etwa einmal in jeder Generation. Manche kämpfen, manche laufen weg. Und man kann nicht viel dagegen tun, außer sie auffangen, wenn sie fallen.«

Ich dachte an den älteren Peter, der sich jede Woche voller Freude nach Aerie aufgemacht hatte, und an meinen eigenen Peter, der wie ein goldener Pfeil aufs Meer hinausstrebte.

»Wie kann ich meinem Jungen nur helfen?« fragte ich.

»Ich glaube, du solltest ihm das Geschenk machen, ihn diesen Schmerz ganz ausloten zu lassen«, sagte Miss Lottie. »Laß ihm die Chance, die volle Wucht auszuhalten, ohne daß seine Mama versucht, ihn davor zu schützen. Das hat etwas mit seiner Würde zu tun. Dann wird es nicht so schwer für ihn, wenn sie fortgeht, weil er eine innere Stärke entwickelt hat.«

»Dann glauben Sie also, daß sie ihn irgendwann fallenlassen wird?«

»Elizabeth kann gar nicht anders«, sagte sie, und in ihrer alten Stimme lag ein schmerzlicher Ton, aber es schwangen auch Kraft und Sicherheit mit. Als ich den felsigen Pfad hinauf nach Liberty ging, fühlte ich mich abgekühlt und besänftigt, sie hatte mir etwas von ihrer Ruhe vermittelt. Vielleicht hatte sie recht; vielleicht war es bald zu Ende...

Es dauerte kaum noch vierzehn Tage. Eines Freitagabends kam Petie in der Dämmerung nach Hause, nachdem er mit Elizabeth einen Tag auf dem Wasser verbracht hatte. Er sah erschöpft, krank und leblos aus, ging geradewegs in sein Zimmer und kroch ins Bett. Als ich anklopfte, wollte er die Tür nicht aufmachen, und er aß nichts von dem Abendessen auf dem Tablett, das ich vor seiner Zimmertür abgestellt hatte. Um die Schlafenszeit versuchte ich es noch einmal an seiner Tür, und es kam keine Antwort. Ohne jede Scham ging ich ums Haus, um durch die Ritzen in den alten Fensterläden in sein Zimmer zu spähen. Er lag tief unter den Bettdecken vergraben und schlief offenbar.

Als ich am nächsten Morgen aufstand, war er verschwunden, und ich schickte Christina Willis hinunter zum Jachtclub, damit sie nachsah, ob das Dingi dalag. Sie berichtete, es sei fort, und ich ging hinüber nach Braebonnie. Amy stand in der Küche und richtete auf einem leinengedeckten Tablett das Frühstück für eine Kranke. Sie wirkte angeregt und hübsch und jung.

»Ist Elizabeth da?« fragte ich. »Petie ist im Dingi hinausgefahren, und ich dachte, sie wäre vielleicht bei ihm.«

»Nein, sie ist oben und packt«, sagte Amy, ohne mich anzusehen. »Heute früh hat sie gesagt, daß sie wieder zu ihrer Tante Liza zurückfährt und den restlichen Sommer Kurse an der Kunstakademie besuchen will. Am Montag beginnt ein neuer Aquarellkurs; Parker wird sie am Vormittag hinfahren. Du weißt ja, daß sie künstlerisch sehr begabt ist, aber wir dachten nie, daß sie besonders interessiert –«

»Weißt du, ob sie sich gestritten haben? Petie ist in einem schrecklichen Zustand«, sagte ich. »So, wie er gestern abend nach Hause kam, habe ich ihn noch nie gesehen.«

»Ich glaube nicht«, sagte Amy. »Sie hat erzählt, daß sie ihm gesagt habe, sie halte es für das Beste, wenn sie sich eine Weile nicht sähen, und sie würde ihn immer als ihren besten Freund betrachten. Darauf hat er wohl nicht viel gesagt, daher dachte ich – wirklich, Maude, damit sind unsere Gebete doch endlich erhört worden, findest du nicht auch? Ich meine, wir wußten doch gar nicht mehr, was wir noch tun sollten, und jetzt müssen wir uns keine Sorgen mehr machen.«

»Außer um Petie«, sagte ich, und Wut stieg in mir auf. »Nur um Petie, der aussieht wie eine lebende Leiche. Mein Gott, hätte sie ihn nicht irgendwie vorwarnen können? Er betet sie an!«

»Du bist doch zu mir gekommen, weil du wolltest, daß ich sie von ihm fernhalte, und das ist noch gar nicht so lange her«, sagte Amy kühl. »Jetzt hat sie sich selbst von ihm zurückgezogen, und nun bist du wieder nicht einverstanden. Was willst du denn eigentlich, Maude?«

»Ich weiß es nicht«, sagte ich und schaute weg. »Ich dachte, das wäre es, was ich wollte. Aber jetzt bin ich mir nicht mehr so sicher.«

Die nächste Woche war schrecklich für Petie, aber ich glaube, für mich war es eine genauso schlimme Zeit. Er wollte mit mir nicht über Elizabeth sprechen, aß wenig und wenn, dann in seinem Zimmer, und von Sonnenaufgang bis weit nach Einbruch der

Dunkelheit blieb er allein im Dingi draußen auf dem Wasser. Nur die ständige Aufmerksamkeit, die die kleine Happy und Mutter Hannah von mir forderten, hinderte mich daran, seiner Fährte zu folgen, ihn aufzuspüren und so fest an meine Brust zu drücken, wie ich das getan hatte, als er klein war. Nur das, und Miss Lotties Worte: »Du solltest ihm das Geschenk machen, ihn diesen Schmerz ganz ausloten zu lassen.«

Und so sah ich tatenlos und mit wehem Herzen zu, wie er aufs Meer hinaus floh, genau wie vor ihm sein Vater und sein Großvater. Nach dieser ersten fürchterlichen Woche kam er eines Abends zu mir und fragte, beinahe wieder mit seiner alten noch etwas brüchigen Männerstimme, ob er nach Northpoint fahren dürfe, um den Rest des Sommers bei seinem Vater zu verbringen.

»Ich könnte versuchen, bei der Differentialrechnung endlich einen Fuß auf den Boden zu bringen«, meinte er. »Wenn ich mich jetzt dransetze, könnte ich vielleicht sogar bei der ersten Prüfung durchkommen.«

Stolz und voller Liebe und Mitleid, die an mir zerrten wie Möwen an den Fischen am Strand, sah ich ihm nach, als er in Micahs Lastwagen zum Bahnhof nach Ellsworth abfuhr. Ich glaubte damals, den Mann, der er einmal sein würde, schon in Umrissen erkennen zu können, und was ich sah, gefiel mir außerordentlich.

»Lieber Gott, mach, daß es vorbei ist«, flüsterte ich, während der Lastwagen die Straße entlangholperte und verschwand. Als sie sich im nächsten Sommer wiedersahen, schien es auch tatsächlich zu Ende zu sein. Mit ihren fünfzehn Jahren war Elizabeth schöner denn ja, ein Wesen aus Rauch, Flammen und Lachen, und sie behandelte Petie mit neckender, liebevoller Fröhlichkeit, wie eine alte Freundin. Und er ging mit ihr so zwanglos und locker um wie ein gönnerhafter Teenager mit einem hübschen Kind. Nur ich sah den Schmerz, der wie ein Kaminfeuer ständig in ihm brannte und der niemals verlöschen würde. In jener Nacht, als Amy und ich darauf warteten, daß auf dem schwarzen Wasser die Positionslichter der Segelboote in Sicht kämen, wußte ich plötzlich, daß Petie sich schmerzlich nach Elizabeth verzehrte und sich verzweifelt bemühte, es nicht zu zeigen.

»O ja«, sagte ich noch einmal zu Amy Potter. »Ich erinnere mich genau daran.«

»Es ist so lange her«, sagte sie. »Kannst du dir das vorstellen? Wenn man hier oben ist, glaubt man fast, die Zeit würde gar nicht vergehen, aber sie geht dennoch weiter. Ach, Maude! Wenn wir doch die Zeit anhalten könnten, genau in diesem Moment! Ich will nicht, daß sich jemals etwas ändert.«

Sie schwieg eine Weile, dann sagte sie: »Maude?«

»Hmmmmm?«

»Hast du bei Peter jemals so ein Gefühl gehabt? So eine wilde, verzehrende Heftigkeit?«

Ich lächelte in der Dunkelheit, auch wenn sie es wohl nicht sehen konnte.

»Ich hab's jetzt noch«, sagte ich.

»O Gott«, flüsterte sie. Mehr nicht.

Auf einmal sahen wir weit draußen auf dem Wasser ein Licht. Wir standen auf und gingen nach vorne an den Steg, aber da hörten wir das leise Brummen eines Motors und wußten, daß es nicht die zurückkehrenden Segelboote waren, sondern ein einzelner Hummerfischer. Wir beobachteten, wie das Licht immer näher kam, und bald konnten wir die dunklen Umrisse des Bootes sehen und die schwarzen Buchstaben auf der weißen Seite des Schiffes erkennen: *Tina.*

»Es ist Micah«, sagte ich zu Amy. »Was macht er um Himmels willen so spät noch draußen? Normalerweise hört er mittags mit dem Fischen auf. O mein Gott, hoffentlich ist den Seglern nichts passiert.«

Ein paar Meter vor der Anlegestelle schaltete Micah den Motor der *Tina* aus und glitt leise neben den Steg. Ich fing die Leine auf, die er mir zuwarf, und während er leichtfüßig vom Deck neben uns auf die Planken des Stegs sprang, fragte ich: »Haben Sie die Segelboote gesehen? Ist alles in Ordnung da draußen? Wir haben gehört, daß Nebel aufgezogen ist, und sie sind schrecklich verspätet.«

»Ich habe sie nicht gesehen«, sagte er, und seine Augen leuchteten weiß in der sternklaren Nacht. In der Kälte, die vom Wasser aufstieg, konnte ich die Wärme seines Körpers spüren, und ich umschlang mich mit den Armen. Ich sah ihm zu, wie er die *Tina* festmachte. Wer bist du? fragte ich ihn innerlich. Ich kenne dich jetzt seit achtzehn Jahren und weiß es immer noch nicht.

Erst jetzt fiel mir auf, wie ungewöhnlich es war, daß er an der Anlegestelle des Jachtclubs festmachte. Er brachte die *Tina* sonst immer in den Hafen der Werft auf der anderen Seite der Landspitze.

»Ist etwas passiert?« fragte ich noch einmal.

»Ist Peter oben im Haus?« fragte er zurück. »Ich hab gehört, daß er dieses Wochenende hier ist.«

»Nein, er ist mit den Booten draußen. Dieses Wochenende ist doch die Northeast Harbor Regatta. Micah, was ist los?«

»Ich weiß nicht genau«, sagte er. »Vielleicht ist etwas passiert, vielleicht auch nicht. Ich hätte gerne mit Peter darüber gesprochen, und vielleicht auch mit Guild Kennedy und den Thorne-Jungs, weil sie aus Washington sind. Obwohl ja keiner von denen wirklich was im Kopf hat.«

»Micah!«

Er setzte sich auf einen Pfosten und zündete sich eine seiner kurzen Zigaretten an. Im Licht des aufflammenden Streichholzes wirkten seine Augen blau.

»Heute vormittag war ich drüben bei der Brücke an der Deer-Insel, weil ich mit der *Tina* eine Pumpe von Eaton in Little Deer abholen wollte. Unter der Brücke, direkt in der Mitte, ankerte eine riesige Segeljacht, und der Verkehr auf beiden Seiten der Brücke war gesperrt, offenbar von den Leuten des Sheriffs. Sonst befand sich kein Boot auf dem Wasser, nur das große Schiff. Ich konnte den Namen nicht erkennen, und es zeigte auch keine Flaggen. Ich machte den Motor aus und ließ mich auf die Jacht zutreiben. Aber ziemlich bald wurde ich von einem Militärkutter verfolgt, der so schnell war wie ein Hühnerfalke, ich bin mir fast sicher, daß er von der Marine war. Er signalisierte mir, ich solle zurückfahren. Ich hatte keine große Lust dazu, darum fuhr ich noch ein Stück auf das Schiff zu, und dann sah ich, daß der Kutter ein Kanonenboot war und ein paar 40-mm-Rohre auf Deck montiert hatte, die direkt auf mich gerichtet waren. Darum kehrte ich um und fuhr davon, aber ich sah noch, daß auf dem Deck der Jacht ein paar Leute saßen. Sie lagen in Liegestühlen und tranken und rauchten, als wären sie in Miami und nicht in der Penobscot-Bucht in Maine. Ich konnte sie ziemlich deutlich erkennen.«

»Und?« sagte ich und zog die Augenbrauen hoch. Kanonenboote unter der alten Brücke zur Deer-Insel? Mir kroch es kalt den Rücken hoch.

»Und nichts«, sagte er, drückte seine Zigarette aus und ging langsam den Steg hinauf. »Außer daß einer davon Franklin Roosevelt war. Dieses Kinn und den Zigarettenhalter würde ich überall erkennen. Und wenn ich mich nicht sehr täusche, war der andere Winston Churchill!«

»Ach, das gibt's doch nicht«, sagte Amy leise, ungläubig.

»Ich weiß, was ich sehe«, sagte Micah, und ich wußte, daß das stimmte.

»Was heißt das?« rief ich ihm nach, aber nicht sehr laut. Aus irgendeinem Grund wollte ich meine Stimme nicht erheben.

»Krieg«, klang es von seiner sich entfernenden Gestalt zu mir zurück. »Wir stehen offenbar kurz davor, in diesen verdammten Krieg einzutreten. Und es wird auch höchste Zeit, wenn ihr mich fragt. Wir haben England lange genug allein im Regen stehenlassen.«

Amy und ich sahen ihm nach, ohne etwas zu sagen. Von irgendwoher unter meinen Rippen stieg Furcht auf, die sich wie geschmolzene Lava in meine Arme und Beine ausbreitete und mir den Atem stocken ließ. Jetzt erkannte ich die Veränderung, die große, schwarze, geflügelte Gestalt der Veränderung, des Verlustes und des Nie-mehr-wieder, die da am Rande der Dunkelheit drohend aufragte. Ich konnte sie beinahe mit Händen greifen, ihren Atem spüren und ihren Geruch wahrnehmen.

»O mein Gott«, flüsterte ich. »Das darf doch nicht wahr sein. Wir werden doch nicht in diesen Krieg eintreten.«

Amy antwortete nicht, und ich sagte nichts mehr. Etwa eine halbe Stunde später begannen sich die anderen Frauen der Kolonie auf der Anlegestelle zu versammeln, in ihren Jacken und Schals traten sie schweigend aus dem schwarzen Wald hinter dem Jachtclub. In der Kälte der Nacht rieben sie sich die Arme und hielten wie wir Ausschau nach Lichtern in der Bucht. Wir nickten einander zu und wechselten ein paar Worte, aber sonst standen wir nur schweigend zusammen. Ich dachte an Petie, der da draußen auf dem schwarzen Wasser war, und an Happy, die in Liberty in Peties altem Kinderzimmer schlief, während Christina Willis neben ihr saß und las. Ich dachte an Peter, der bald lachend die Anlegestelle heraufkommen würde, an ein brennendes Feuer und vielleicht ein Glas Brandy, und an die vielen Quilts oben auf dem Bett. Was Micah Willis an diesem Morgen unter der Brücke zur Deer-Insel gesehen hatte, erwähnte ich den Frauen gegenüber nicht.

Plötzlich waren in weiter Ferne auf dem Wasser Lichter zu sehen, erst ein oder zwei, und dann eine ganze Reihe, die weit draußen vor dem Fiddle Head wie eine Wolke Glühwürmchen tanzten. Einige Augenblicke später hörten wir bereits Stimmen und Gelächter zwischen den Booten hin- und herspringen. Die Stimmen klangen sehr jung, und durch irgendein alchemistisches Zusammenspiel von Nacht, Wasser und Entfernung schienen sie sich auf einmal zu entfernen, anstatt näherzukommen.

Und in diesem Moment sah ich es vor mir wie in einer vollkommenen Vision, wußte ich es mit absoluter Sicherheit, und die Last dieser Erkenntnis drückte mich fast zu Boden: Wir würden Krieg haben, und Frauen würden sich am Wasser versammeln, wie wir Frauen in diesem Augenblick, und über die leere Wasserfläche hinweg die Stimmen ihrer Männer hören.

Stimmen, die sich entfernen.

Und Frauen, die aufs Meer hinaussehen.

Natürlich kam der Krieg. Micah hatte recht gehabt, auch wenn einige von uns ihre Zweifel hatten, was Franklin Roosevelt und Winston Churchill auf der Jacht an der Deer-Insel anging. Ich selbst bezweifelte die Geschichte nicht. Später im selben Monat erfuhren wir, daß die beiden sich an Bord eines Zerstörers in der Placentia-Bucht vor Nova Scotia, sehr nahe bei Campobello, getroffen hatten, um mit dem Entwurf dessen, was später der Atlantikpakt werden sollte, zu beginnen. Aber auch ohne diese Information hätte ich Micah Willis' Erzählung nicht bezweifelt.

Darum war es, als wir an einem verschlafenen Sonntag in Northpoint kurz nach dem Mittagessen im Speisesaal die schreckliche Nachricht von Pearl Harbor hörten, nicht der Schock, der mich bleich werden und mir den Atem stocken ließ, sondern die Furcht, die seit jener Nacht im August kalt und schwer auf meinem Herzen lag.

»Petie«, flüsterte ich und grub meine Fingernägel in Peters Hand. »Ich kann Petie nicht in den Krieg ziehen lassen.«

»Er ist erst sechzehn, Maude«, sagte Peter und blickte unverwandt auf das verzierte Gitter des Kamins. »Es dauert noch Jahre, bis er gehen kann, selbst wenn er es wollte.«

»Aber wenn der Krieg noch so lange weitergeht?«

»Er dauert nicht so lang. Jetzt werden wir wie verrückt kämpfen, und alle werden sich hinter Roosevelt stellen. In einem Jahr sind wir wieder daheim.«

»Nein, ganz bestimmt nicht!« schrie Petie ärgerlich vom Teppich vor dem Kamin aus, wo er sich in ein Buch über Kriegsschiffe vertieft hatte. Seit den ersten Bombenangriffen der Deutschen auf England las er darin, denn er war sicher, daß sich der Krieg sehr bald aufs Meer ausdehnen würde. Es war sein großer Traum, ein Kriegsschiff zu kommandieren. Er warf das Buch zur Seite.

»Er dauert bestimmt so lange, bis ich achtzehn bin, das weiß ich! Sie nehmen Achtzehnjährige bei der Marine... ich werde einfach sagen, daß ich älter bin. Ich melde mich freiwillig. Diesen Krieg werde ich nicht verpassen!«

»Warum kaufst du dir dann nicht einfach ein Gewehr, hältst es dir an den Kopf und drückst ab?« schrie ich, rannte aus dem Wohnzimmer und sperrte mich im Badezimmer ein, wo ich weinte, bis ich keine Kraft mehr hatte. Als ich wieder herauskam, war das Wohnzimmer leer, das Feuer heruntergebrannt, und auf dem Klapptisch neben der Eingangstür lag ein Zettel, auf dem stand, daß Peter und Petie hinüber in den Gemeinschaftsraum gegangen seien, um die Spätnachrichten zu hören.

Ich setzte mich ans Fenster und sah hinaus auf den Campus, der im trüben, grauen Dezemberlicht verlassen dalag. Er war so leer wie eine Mondlandschaft, aber drüben im Gemeinschaftsgebäude brannte Licht, und ich wußte, daß sich dort die Männer und die Jungen drängten, abseits von der Welt der Frauen, wie sie das seit unvordenklichen Zeiten taten, um auf Nachrichten aus dem Krieg zu warten. Im ganzen Land, überall warteten Männer und Jungen... Voller Hoffnungslosigkeit begann ich wieder leise zu weinen. Ich glaubte nicht daran, daß Petie nicht kämpfen mußte. Damals war ich mir nicht einmal sicher, ob Peter diesem Krieg entkommen würde. Natürlich war es nicht das letzte Mal, daß ich in diesem Krieg weinte, aber ich schwor mir, es nie mehr vor meinem Mann und meinem Sohn zu tun. Und das gelang mir.

In diesem Sommer fuhr Peter überhaupt nicht nach Retreat. Anders als im Sommer zuvor kam er nicht einmal übers Wochenende, denn Dr. Fleming hatte am Tag nach Pearl Harbor einen zweiten und sehr viel schwereren Schlaganfall erlitten, und durch das Fortdauern des Krieges und die Benzinknappheit kam es nicht in Frage, daß Peter ständig nach Maine fuhr. Petie weigerte sich ebenfalls mitzukommen, er bestand darauf, in Northpoint zu bleiben, um einen Kurs in Marinegeschichte zu belegen, und Peter versprach, ein Auge auf ihn zu haben. Hätte Mutter Hannah nicht so ein Theater veranstaltet, dann wäre ich ebenfalls zu Hause geblieben. Aber sie war unerbittlich, und Peter unterstützte sie, und so fuhr ich mit einer trotzigen Fünfjährigen und einer kränklichen alten Autokratin, die inzwischen im Rollstuhl saß, mit dem Zug nach Ellsworth. Dort fanden wir nur mühsam ein Taxi, das uns bis nach Blue Hill brachte, wo ich den einzigen Taxifahrer des Ortes bestach, damit er uns die letzten Meilen bis nach Retreat fuhr. Es war schon dunkel, als wir den Weg nach Liberty entlangholperten, und ich bemerkte, daß nicht ein einziges Fenster in den Cottages, an denen wir vorbeikamen, beleuchtet war und in den Auffahrten zu den Garagen keine Autos zu sehen waren.

»Sind wir denn die einzigen? Wo sind all die anderen?« fragte Mutter Hannah nörgelnd. Ich versuchte, meine aufsteigenden Befürchtungen hinunterzuschlucken.

»Ich will wieder nach Hause«, begann Happy zu jammern.

»Sin nich viel Leute da, wenn Se's genau wissen wolln«, sagte der Taxifahrer, und ich fand, er klang dabei nicht unglücklich. »Aber das is vor allem der Stromausfall, wissn Se. Ohne Verdunklungsvorhänge dürfn Se das Licht nich anschalten. Wird alle sechs Stunden kontrolliert. Und das is gut so, bei den ganz'n U-Booten hier an der Küste. Hab sogar gehört, daß bei euch da am Strand ein Spion gelandet ist, vor ein oder zwei Monaten. Wo jetzt alle Männer von euch Sommerleut im Krieg sin, und bloß noch die Frauen da sin. Ich weiß ja nich, wieso ihr überhaupt kommt, wenn Se's genau wissn wolln.«

Ich zitterte vor Wut und Furcht, während ich ihn bezahlte und mich damit abmühte, Mutter Hannah und ihren Rollstuhl aus dem Auto zu ziehen. Bei dem Wort »Spion« hatte Happy zu weinen begonnen. Sie war davon überzeugt, daß Adolf Hitler kommen und sie persönlich vernichten würde, denn ihre düstere, kleine Seele stellte sich vor, daß Spione seine Abgesandten waren. Als ich keine Anstalten machte, sie zu trösten, steigerte sich das Weinen zu lautem Geheul.

»Hoffentlich habn Se was eingelagert«, sagte unser Fahrer und beugte sich aus dem Fenster des Wagens. »Es soll nämlich nirgndwo Milch un Fleisch un so gebn. Un nich viel Gemüse, un Mehl is auch schon lang aus. Die Hummerfischer sind alle im Krieg, drum gibt's auch kein'n Fisch un so. Vielleicht könn Se sich'n Muscheln ausgrabn.«

Ich drehte mich wütend zu ihm um.

»Macht es Ihnen Spaß, drei einsamen Frauen Angst einzujagen? Fühlen Sie sich dabei gut?«

»Schlecht fühl ich mich jednfalls nich«, sagte er fröhlich und schoß mit seinem unbeleuchteten Taxi auf die Straße zurück.

»Besorg dir die Taxinummer dieses Mannes und ruf sofort seinen Vorgesetzten an«, herrschte mich Mutter Hannah an. »So lasse ich mich nicht behandeln, schon gar nicht von einem Einheimischen.«

»Ich will nach Hause!« brüllte Happy.

»Ihr haltet beide augenblicklich den Mund!« zischte ich zwischen zusammengebissenen Zähnen, und zu meiner Überraschung schwiegen sie tatsächlich. Zum ersten Mal in unser aller Leben betraten wir ein Cottage, das kalt und vollständig dunkel war. Peter hatte offensichtlich vergessen, an Christina Willis zu schreiben, die sonst Liberty für unsere Ankunft vorbereitete, ein Feuer anzündete, den Kühlschrank füllte und etwas Köstliches auf den Herd stellte.

»Wenn eine von euch beiden noch ein einziges Wort sagt, dann gehe ich und lasse euch allein«, sagte ich mit tränenerstickter Stimme, und in der Dunkelheit spürte ich, wie beide nickten. Statt Einsamkeit und Furcht fühlte ich jetzt Scham in mir aufsteigen. Ich tastete mich zu dem alten Schreibtisch auf der Veranda vor, in dessen oberster Schublade immer eine Schachtel Streichhölzer lag. Ich verbrauchte sie fast alle, um die Sturmlaternen und Kerzen anzuzünden, aber schließlich leuchteten in der stickigen Düsternis kleine Inseln gelben Lichts, und das Wohnzimmer, dessen Möbel mit weißen Leintüchern abgedeckt waren, wurde lebendig. Ich zog die Leintücher von dem Sofa vor dem Kamin ab, bugsierte Happy und Mutter Hannah dorthin, entzündete einige halbwegs trockene Birkenscheite, die glücklicherweise noch im Kamin lagen, und betrachtete meine Schutzbefohlenen. Sie sahen mich ebenfalls mit großen erwartungsvollen Augen an und schwiegen für den Augenblick.

Ich weiß, wen ich mir jetzt herwünsche, dachte ich voller Inbrunst. Bitte, lieber Gott, laß Micah kommen.

Und als hätte ich an einer Wunderlampe gerieben, hörte ich das unverwechselbare Tuckern seines Lastwagens auf der Straße, die Reifen, die auf dem Kies knirschten, und seine schnellen, weichen Schritte auf dem Weg. Im nächsten Moment öffnete sich die Haustür, und er war da.

Er trug einen dunklen Seemannspullover, dunkle Hosen und Stiefel, und sein Gesicht war beschmiert, als hätte er schwarze Schminke aufgelegt. Seine Augen und seine Zähne schienen zu leuchten.

»Guten Abend, die Damen«, sagte er. »Ich hab mir schon gedacht, daß Sie es sein könnten, als ich das Taxi aus Blue Hill vorbeifahren sah. Wer sonst sollte auch so... entschlossen sein, unter diesen Umständen hier heraufzukommen.«

»Sie meinen, so stur, nicht wahr?« sagte ich. Dann spürte ich, wie mir die Tränen in die Augen stiegen und meine Mundwinkel verräterisch zuckten. »Ach, Micah«, sagte ich nur. »Ich bin wirklich froh, Sie zu sehen.«

»Bitte entschuldigen Sie meine Negerschminke«, sagte er. »Ich gehe in offiziellem Auftrag auf diesem Teil des Capes Patrouille, und die schwarze Farbe verhindert, daß mein häßliches Gesicht hell leuchtet und die Nazis erschreckt.«

Als er Happys Gesicht sah, lächelte er, und seine Zähne blitzten wieder. »Das sagt man nur so, Kleine. Hier gibt es keine Nazis, weil ich und Bruno aufpassen. Ich bring ihn rein und zeig ihn dir. Er ist ein ganz großer Labrador, der zwar nicht viel mehr kann, als im Lastwagen sitzen und wichtig dreinschauen, aber er würde mit seinen großen gelben Augen noch dem Teufel Angst einjagen. Magst du Hunde?«

»Ja«, sagte Happy und starrte ihn fasziniert an. »Ich habe einen Scottie, der heißt Fala. Aber er durfte nicht mitkommen.«

»Fala, aha. Weißt du was? Bruno könnte doch so lange dein Freund sein, bis du wieder zu Fala nach Hause kannst. Würde dir das gefallen?«

Da lächelte sie jenes süße Lächeln, das ihr ihren Spitznamen eingebracht hatte. In letzter Zeit hatte ich es nicht oft gesehen.

»Ja«, sagte sie.

»In Ordnung«, meinte er. Dann wandte er sich an mich: »Ich habe ein paar Sachen im Wagen, die mir Tina mitgegeben hat. Eine Fischsuppe, einen Blaubeerkuchen und Doughnuts. Und ein Dutzend Eier von ihren eigenen Hennen, wenn Sie's niemandem verraten. Wir dürften sie nämlich gar nicht halten. Morgen früh kommt sie und hilft Ihnen, das Haus in Ordnung zu bringen. In der Zwischenzeit zünde ich die Feuer in den Schlafzimmern an. Im Schuppen müßte noch Holz liegen.«

»Micah, ich weiß gar nicht, wie ich Ihnen danken soll«, sagte ich mit schwacher Stimme. »Mir war nicht klar, daß es hier oben so schlecht aussieht, bis mir der Taxifahrer von der Lebensmittelknappheit erzählt hat. Und natürlich von den U-Booten und den Spionen. Ab morgen werden wir Ihnen nicht mehr zur Last fallen, das verspreche ich. Peter hat im letzten Herbst ein altes Auto gekauft, das im Schuppen steht. Ich habe unsere Lebensmittelkarten dabei und kann die notwendigsten Dinge selbst besorgen.«

»Tja, das Auto«, sagte er. »Ich fürchte, das steht nicht mehr im Schuppen. Sheriff Perkins hat es im April für seine Leute beschlagnahmt, sie fahren damit jeden Abend von Brookville nach Castine Patrouille. Ich selbst bin für die Küste und das Dorf zuständig. Sie könnten ohnehin nichts damit anfangen, weil es Benzin nur für Behördenfahrzeuge gibt. Aber ich habe Ihnen Calebs Fahrrad mitgebracht, und zum Lebensmittelladen können Sie ja zu Fuß gehen. Wir sorgen schon dafür, daß Sie alles Lebensnotwendige haben, aber ich fürchte, es wird kein sonderliches Vergnügen werden. Sie sollten wirklich nicht allein hier oben sein.«

»Micah Willis, sagen Sie dem Sheriff, er soll meinen Wagen sofort zurückbringen, sonst hetze ich ihm die Polizei auf den Hals«, ließ sich Mutter Hannah in kaltem Ton vernehmen. »Wie kann er es wagen, ihn einfach zu konfiszieren? Außerdem habe ich noch nie einen Sommer in Retreat ausfallen lassen, und das werde ich auch jetzt nicht tun.«

»Nein, Ma'am«, sagte Micah und sah sie an. »Das habe ich auch nicht erwartet. Aber darf ich Sie darauf aufmerksam machen, daß Sheriff Perkins selbst die Polizei ist?«

Er grinste sie an wie ein Bandit. Und zu meiner großen Überraschung grinste sie zurück.

»In diesem Fall dürfen Sie mich zu meinem Zimmer bringen, Micah«, sagte sie und hielt ihm ihren Arm hin. Er ging zu ihr, nahm den Arm und half ihr auf. Ich sah ihnen nach, während er sie aus dem Wohnzimmer führte wie zu einem Staatsempfang, und wandte mich dann an meine gähnende Tochter.

»So, Kleines, jetzt stecken wir dich in deinen Schlafanzug, und dann werden wir vor dem Kamin zu Abend essen«, sagte ich.

Nachdem meine Tochter und meine Schwiegermutter versorgt waren und wir die Lebensmittel hereingetragen und verstaut hatten, holte Micah Verdunklungsvorhänge aus dem Lastwagen und hängte sie für mich auf. Dann ging er zum Sicherungskasten und drehte den Strom an, und der Raum erstrahlte in seinem vertrauten, weichen, gelblichen Licht. Ich hatte Kaffee gekocht, den ich ihm anbot, und er trank ihn neben dem Kamin. Er könne nicht bleiben, sagte er, denn er habe noch den größten Teil seiner Runde vor sich, und in sechs Stunden sei er schon wieder dran.

»Ist das alles wirklich notwendig?« fragte ich.

»Ja«, antwortete er. »Was euch Clem Peak über die Spione und die U-Boote erzählt hat, ist zum Teil wahr, auch wenn der alte Narr Sie nicht hätte erschrecken sollen. Jetzt haben wir schon länger keine U-Boote mehr gesichtet, aber da waren welche vor Rosier, und die Patrouille des Sheriffs hat vor kurzem am Strand des Jachtclubs eine Art Spion aufgegriffen. Er hat behauptet, er sei Holländer, aber das war albernes Geschwätz. Wenn ihr euch an die Vorschriften haltet, dann kann euch nichts passieren. Jeder in der Gegend weiß, daß wir in Retreat jetzt regelmäßig Patrouille gehen, und außerdem seid ihr nicht ganz allein. Miss Lottie ist unten im Kleinen Haus, die Lincolns sind da, und mindestens eines von den Thorne-Mädchen ist mit den Kindern in Mary's Garden. Und natürlich Mrs. Stallings, drüben in Utopia.«

»Aber in unserer Nähe ist niemand«, sagte ich.

»Na ja, wenn Sie laut schreien, dann hört Sie schon jemand«, sagte er. »Was ist übrigens mit Mrs. Chambliss los?«

»Arthritis, sagt ihr Arzt«, erklärte ich. »Aber ich bin mir nicht sicher… Sie scheint immer schwächer zu werden. Sie haben recht, es war keine gute Idee herzukommen. Hoffentlich sieht sie das jetzt ein.«

»Peter kommt nicht«, sagte er. Es war keine Frage.

»Nein, in der Schule ist zuviel Durcheinander. Viele der älteren Jungen melden sich, und die meisten der jüngeren Lehrer sind schon fort. Es ist so schlimm, wenn man sehen muß, wie die Jungen, die man schon so lange kennt, in den Krieg ziehen. Ich habe jeden Tag Angst wegen Petie… Ach, Micah. Was ist mit Caleb? Hat er… ist er…?«

»Sofort bei Kriegsbeginn ist er zur Marine«, sagte er. »Jetzt ist er in Brisbane, im Krankenhaus. Er hat einiges abbekommen bei dieser Schlacht im Korallenmeer.«

»O mein Gott, Micah. Aber er wird doch wieder gesund, oder? Kommt er bald nach Hause?«

»Ungefähr in einem Monat. Aber ohne sein linkes Bein.«

Ich starrte ihn an, und dann verbarg ich mein Gesicht in den Händen. Ich spürte, wie mir die Tränen in die Augen schossen. Wortlos schüttelte ich den Kopf und flüsterte dann: »Das tut mir so leid. Das tut mir so leid.«

Ich sah wieder den kleinen, dunklen Jungen vor mir, der mit Armen voller Flieder über eine Sommerwiese lief, und spürte das Gewicht seines schlaffen, schläfrigen Körpers.

»Das muß Ihnen nicht leid tun«, meinte Micah. »Zum Fischen braucht er sein Bein nicht. Und wenigstens kommt er nach Hause. Manche kommen gar nicht mehr zurück.«

Ich hob den Kopf und sah ihn schweigend an. Er ertrug alle Schicksalsschläge mit Gleichmut; meine Tränen brauchte er nicht. Ich schwor mir, daß er sie wie Peter nie mehr sehen würde.

»Sie haben recht«, sagte ich. »Manche kommen gar nicht wieder.«

»Na ja, dann geh ich mal«, sagte er und wandte sich zur Tür, blieb aber noch einmal stehen. »Aber ich finde, Sie sollten das hier immer in Reichweite haben, nur zur Sicherheit.« Er holte eine dicke, stumpfe Pistole aus seiner Tasche und reichte sie mir. Ich sah sie an.

»Ich will keine Pistole in meinem Haus –«

»Nehmen Sie sie«, sagte er. »Wenn Sie wollen, können Sie sie ja verstecken, aber halten Sie sie bereit. Falls Sie nicht schießen können, komme ich morgen vorbei und zeige es Ihnen. Sie ist jetzt geladen. Aber seien Sie vorsichtig, drüben in Sedgwick hat eine Frau dem Fischhändler in den Hintern geschossen, weil sie ihn für einen Spion gehalten hat.«

Ich sah ihn an, und er lächelte. Ich lächelte ebenfalls und nahm die Pistole.

»Danke«, sagte ich. »Und passen Sie auf Ihren eigenen Hintern auf. Ich kann nicht behaupten, daß ich in all den Jahren nicht in Versuchung gekommen wäre.«

»Als wenn ich das nicht wüßte«, sagte er und verließ das Cottage, und wir waren wieder allein in der dunklen Kolonie. Ich wikkelte die Pistole in ein Flanelltuch und schob sie unter mein Bett. Sie machte mich überhaupt nicht nervös, sondern schien so beruhigend zu glühen wie ein Herdfeuer.

In der nächsten Zeit fühlte ich mich sicher, obwohl sich in der ausgedünnten Kolonie und im Dorf die Gerüchte jagten; man wollte U-Boote, landende Spione und geheimnisvolle Lichter draußen am Meer gesichtet und unverständliche Nachrichten auf den Funkgeräten der Hummerfischer gehört haben. In gewisser Weise brachte mich der Klatsch den Dorfbewohnern nahe, zum ersten und einzigen Mal, seit ich Retreat kannte, denn die Gefahr, die uns allen drohte, schien alle sozialen Schranken aufzuheben. Von Zeit zu Zeit schickte Mr. Courtney, dem der Laden im Dorf gehörte, eines seiner schweigsamen Kinder mit einem kleinen Sack notwendiger Dinge zu uns, und ich schickte als Gegenleistung eine meiner wertvollen, aber nutzlosen Benzinmarken, zusammen mit meinem Rationierungsheft. Mrs. Fellows, der die Farm an der Straße nach Brooksville gehörte, legte mir Krabbenfleisch und etwas Gemüse beiseite, wenn sie etwas hatte, und der alte Trenton Percy schmuggelte Milch für Happy. Micah brachte regelmäßig Hummer und Muscheln, und Christina gab uns Brot, wann immer sie welches buk. Als sein Vater einmal ein Reh erlegte, das in seinen Erbsenfeldern geräubert hatte, brachte uns Micah ein Viertel davon. Ich schickte den wenigen anderen Bewohnern von Retreat Fleisch und Kotelettstücke – es waren meist ältere Leute und ein paar junge Mütter mit Kindern, wie ich.

Ich bat Micah und Christina häufig, abends nach dem Abendessen herüberzukommen und mit mir Radio oder die alten Schallplatten mit klassischer Musik und Opern zu hören, die der ältere Peter so geliebt hatte. Nachdem Happy und Mutter Hannah ins Bett gegangen waren, saßen wir zu dritt im Schein des Feuers bei vorgezogenen Vorhängen und tranken Kaffee und gelegentlich einen Brandy aus einer der staubigen Flaschen, die noch aus den Prohibitionsvorräten des älteren Peter stammten. Wir sprachen nur selten über den Krieg oder über uns selbst, meist unterhielten wir uns über so unproblematische Themen wie Reisen, Kunst, Musik und Gartenarbeiten. In dieser seltsamen, spannungsreichen Zeit fühlte ich mich den beiden sehr nahe.

»Komischerweise genieße ich diesen Sommer sehr, und Happy und deine Mutter auch«, schrieb ich an Peter Ende Juli. »In gewisser Weise ist es hier so friedlich wie noch nie. Inzwischen bin ich froh, daß wir hergefahren sind. Seit der ersten Woche habe ich nichts mehr von Spionen und U-Booten gehört.«

»Es würde mich außerordentlich überraschen, wenn Sheriff Perkins einen lebendigen Spion fangen würde«, schrieb Peter zurück. »Nach dem, was ich so über seine Freizeitaktivitäten weiß, sollte er lieber sich selbst fangen, im Auftrag der Steuerbehörde und der Abteilung für Alkohol- und Waffenhandel. Parker Potter hat immer Selbstgebrannten von ihm bezogen.«

In einer Nacht Anfang September saß ich mit den Lincolns und Jane Thorne auf der Veranda, und wir betrachteten die Meteorschauer, die über den schwarzen Himmel oberhalb der Fichten und Tannen zogen. Am nächsten Tag wollten alle drei nach Hause fahren, und einen Tag später sollte Peter kommen, um uns abzuholen. Ich war schon dabei, das Cottage für den Winter vorzubereiten. Im Wohnzimmer standen Schachteln, Bündel und Koffer, und einige der Möbel waren bereits abgedeckt. Aus dem restlichen Wild und den letzten Gemüsen hatte ich einen Eintopf gekocht, Christina hatte uns einen Blaubeer-Auflauf gebacken, und wir waren satt und voller Wehmut. Keiner von uns verspürte große Lust, den sicheren Hafen von Retreat zu verlassen.

Zum Abschied küßte ich sie alle leicht auf die Wange, wie es in Retreat so üblich war, sagte ihnen, daß ich ihnen noch auf Wiedersehen sagen würde, bevor sie nach Hause fuhren, und ging hinauf, um nach Happy und Mutter Hannah zu sehen. Meine Tochter lag auf der Seite und hatte beim Schlafen den Daumen im Mund. Mutter Hannah war es trotz aller Befehle und Tadel nicht gelungen, ihr das Daumenlutschen abzugewöhnen, und ich selbst hatte schon längst aufgegeben. Aber im Licht der Sterne sah sie süß und friedvoll aus, ihre Stirn war glatt und ihr Mund um den dicklichen Finger entspannt. Ich zog ihre Bettdecke höher und ging hinunter zum Zimmer von Mutter Hannah. Sie las manchmal noch bis spät in die Nacht, aber heute war ihr Licht ausgeschaltet. Wann war sie eigentlich von der eindrucksvollen Gestalt zu einer so schwachen, kleinen Frau geschrumpft? Wenn sie wach war, schien sie wie ein sich aufplusternder Truthahn an Größe und Präsenz zuzunehmen, aber solange sie schlief, war sie nur eine kranke, kleine, alte Frau.

Ich schloß ihre Tür, schlich mich auf Zehenspitzen davon und ging in die Küche, um mir ein Glas von Trenton Percys geschmuggelter Milch einzuschenken. Das Licht schaltete ich nicht an, denn ich hatte die Verdunklungsvorhänge nicht vorgezogen. Draußen lag weiß das Mondlicht auf den breiten Bodenbrettern der Veranda. Nicht einmal das übliche Rauschen der nördlichen Wälder war in der Stille zu vernehmen und auch nicht das leise Plätschern der Wellen unten am Strand. Zu Hause werde ich diese Ruhe vermissen, dachte ich.

Und dann sah ich den Schatten. Er fiel ganz plötzlich und in grotesk verzerrter Form über die mondbeschienenen Dielen der Veranda, ein langer, dünner, schwankender Schatten, der ohne jeden Zweifel zu einem Mann gehörte und ohne jeden Zweifel Gefahr bedeutete. Er war so wirklich, daß sich meine Nackenhaare aufstellten und mein Mund sich verzog wie der eines wilden verängstigten Tieres. Der Schatten stand erst unbeweglich da, dann machte er einen großen Schritt, blieb stehen und machte noch einen Schritt. Ich erstarrte und preßte mich flach an die Küchentür. Mein Herz hämmerte. Es war eindeutig: Ein Mann, keinesfalls einer von uns, schlich über die Veranda des Hauses und lauschte nach jedem Schritt, ob man ihn vielleicht gehört hatte. Er bewegte einen Arm, und ich sah die grotesk vergrößerte Form einer Pistole, die er in der Hand hielt. Es konnte nichts anderes sein. Ich ließ jede Hoffnung fahren, daß es vielleicht einer aus der Patrouille des Sheriffs oder sogar Micah Willis wäre. Niemand, der nicht Übles im Schilde führte, würde sich mit einer Pistole in der Hand auf eine Veranda schleichen. Ich rührte mich nicht, und auch der Schatten bewegte sich nicht.

Nach einer Ewigkeit, in der meine Ohren sausten und mir das Herz bis zum Hals pochte, zog sich der Schatten zurück. Ich holte tief und zitternd Luft und ging zur Treppe, um zu meinem Kind hinaufzusteigen. Da hörte ich ihn an der Vordertür, hörte, wie er ganz langsam die quietschende alte Fliegengittertür öffnete und vorsichtig an dem alten Türknopf aus Messing rüttelte. Micah hatte mich ermahnt, die Tür jeden Abend abzuschließen, und inzwischen hatte ich mich daran gewöhnt, aber ich wußte, daß er den alten Knopf ohne weiteres mit Gewalt herumdrehen oder einfach eine Scheibe einschlagen und ihn entsichern konnte. Schlagartig wichen alle klaren Gedanken aus meinem Kopf, und als ich wieder zu mir kam, stand ich vor Happys Zimmer am oberen Treppenabsatz und hielt Micahs Pistole in der Hand. Ich hielt sie die Treppe hinunter geradewegs auf eine dunkle Gestalt gerichtet, die totenstill mitten auf der Treppe stand und mich ansah. Ich konnte nur ihre Umrisse erkennen, aber die sah ich deutlich. Seine eigene Waffe hielt der Mann in der Hand, aber sie hing herunter, war nicht auf mich gerichtet. Ich konnte mich nicht daran erinnern, wie ich die Treppe hinaufgekommen war und die Pistole unter dem Bett hervorgeholt hatte. Ich konnte mich auch nicht daran erinnern, wie der Eindringling ins Haus gekommen war, und ich wußte nicht, ob ich gehört oder gesehen hatte, wie er die Treppe hinaufstieg. Ich hörte auch keinerlei Geräusch von ihm, keinen Atem außer meinem eigenen, den ich heftig einsog. Dann sagte Happy hinter mir schläfrig: »Mama?«

»Drehen Sie sich ganz langsam um und gehen Sie die Treppe hinunter, sonst schieße ich Ihnen in den Kopf«, sagte ich, und meine Stimme klang so hoch und perlenzart wie die eines Kastraten. Er sagte nichts und rührte sich nicht von der Stelle.

»Ich meine es ernst«, sagte ich. »Verschwinden Sie augenblicklich. Diese Pistole ist geladen, und ich werde Sie umbringen.«

Nun sagte er etwas, leise, beinahe flüsternd, aber ich verstand ihn nicht. Er stieg noch eine Stufe weiter hinauf und dann noch eine. Und da drückte ich ab.

Die schwarze Welt explodierte in einer Flamme. Die rote Helligkeit des Schusses blendete meine Augen, und der Ton prallte in dem engen Treppenhaus ab und hallte in meinen Ohren wider. Ich senkte die Pistole nicht, ich sah und hörte nichts, aber ich fühlte das Vibrieren, als seine Schritte die Treppe hinunterstolperten. Ich schoß wieder und wieder, bis die Pistole keinen Schuß mehr von sich gab. Dann ließ ich sie an der obersten Stufe fallen, ging in Happys Zimmer und schloß die Tür. Ich schob ihre Kommode davor, nahm Happy in die Arme und hielt sie fest. Sie schrie jetzt mit der hohen, dünnen Stimme eines verschreckten Kindes. Leise hörte ich meine Schwiegermutter aus dem Erdgeschoß rufen, immer wieder, aber ich stand nicht auf, um zu ihr zu gehen. Ich saß nur einfach da und hielt mit geschlossenen Augen mein Kind in den Armen. Ich hätte selbst-dann nicht aufstehen können, wenn eine ganze Panzerdivision ins Haus gerumpelt wäre.

Micah war der erste, der kam. Ich weiß nicht, wie lange es dauerte, ich weiß nur noch, daß Happy beinahe keine Tränen mehr hatte. Später erzählte er mir, daß die Lincolns die Schüsse gehört hätten. Der Doktor war nach Mary's Garden gelaufen und hatte über Jane Thorpes Telefon Micah verständigt, der gerade zu seiner Elf-Uhr-Patrouille aufbrechen wollte. Durch die geschlossene Zimmertür rief Micah nach mir, und steif wie ein Automat stand ich auf, öffnete, und als ich ihn dort stehen sah, sagte ich, beinahe im Plauderton: »Micah, ich glaube, ich habe jemanden erschossen.« Dann setzte ich mich auf den Fußboden, weil sich alles um mich drehte. Hinter mir begann Happy erneut zu weinen.

Nachdem der Doktor Mutter Hannah, die völlig außer sich war, ein Beruhigungsmittel gegeben hatte und Mary Happy soweit besänftigt hatte, daß sie wieder eingeschlafen war, saßen die Lincolns den Rest der Nacht mit mir in der Küche. Draußen auf der Veranda hielt einer der Männer des Sheriffs Wache. Micah hatte einige der Männer aus dem Dorf geweckt, um mit ihnen und zwei Hilfssheriffs mit Hunden und Gewehren die Wälder und den Strand abzusuchen. Irgendwann in dieser langen Nacht, während wir Kaffee tranken und warteten, was geschehen würde, sagte Dr. Lincoln: »Ich rechne damit, daß sie ihn ohne große Mühe finden. Er kann wohl nicht weit gehen oder fahren, denn er war doch… mmh, ziemlich viel Blut auf dem Boden unten an der Treppe und draußen auf der Veranda. Bestimmt ist seine Spur deutlich zu erkennen.«

Ich gab einen leisen Ton von mir, und Mary Lincoln tätschelte meinen Arm. »Nur keine Angst, Liebes. Mit Milch habe ich alles herausbekommen, Milch ist wunderbar gegen Blutflecken. Auf der Veranda ist gar nichts mehr zu sehen.«

»Mary«, sagte Dr. Lincoln, »könntest du einmal nach Hannah sehen? Wenn sie unruhig ist, dann gib ihr doch noch eines der Pulver, die ich auf dem Nachttisch gelassen habe.«

Der Doktor sah mich an, und erst jetzt bemerkte ich, daß er unter seinem Mantel ein Nachthemd trug. Offenbar hatte ich ihn angelächelt, denn er sagte: »So ist es richtig, meine Liebe. Sie brauchen keine Gewissensbisse zu haben über das, was in dieser Nacht geschehen ist.«

Ich wollte ihm erzählen, daß ich keinerlei Gewissensbisse verspürte, sondern nur Entsetzen, Schwäche und Ungläubigkeit, aber ich konnte meinen Mund nicht dazu bringen, sich zu bewegen. Schweigend saßen wir alle drei da, bis es in den Ritzen rund um die Verdunklungsvorhänge hell wurde, dann stand ich steif auf und zog sie hoch. Ich rieb mir die Augen, und als ich sie wieder öffnete, sah ich Micah Willis den Weg heraufkommen. Er führte Bruno an der Leine und hielt ein Gewehr in der Armbeuge. Ich beobachtete, wie er über die Wiese vor Liberty ging, das Haus betrat und in die Küche kam. Wir sahen einander an, er und ich, aber eine Weile lang sagten wir gar nichts.

Mary Lincoln goß ihm Kaffee ein, und während er ihn trank, erzählte er: »Wir haben ihn nicht gefunden, aber er wird uns wohl nicht entkommen. Da führt eine dicke Blutspur in den Wald, es sieht so aus, als wäre er hinunter ans Ufer gelaufen, direkt beim Jachtclub. Dort hat er wohl auch angelegt. Ein paar Spuren deuten darauf hin, daß ein sehr großes, flaches Boot ans Ufer gefahren ist und wieder abgelegt hat. Es hatte ihn offenbar ausgesetzt. Wenn er durchkommt, würde es mich überraschen.«

»Ist es möglich, daß es... jemand von uns, jemand aus der Gegend war?« sagte ich mit tauben Lippen. Am meisten Angst hatte ich davor, daß es vielleicht jemand gewesen sein könnte, der gar nicht wirklich gefährlich war. Aber das war wohl nicht sehr wahrscheinlich.

»Nein«, sagte Micah. »Das ist nicht möglich.«

Nun gingen die Lincolns nach Hause, und Micah und ich saßen an dem alten Kieferntisch und sahen einander an.

»Das war großartig, was Sie heute nacht getan haben, Maude«, sagte er. »Ich bin stolz auf Sie. Peter wird es auch sein.«

Ich wollte sachlich antworten, so leicht und ironisch, wie er selbst oder eine Frau aus Maine es getan hätten. Aber statt dessen legte ich meinen Kopf auf die Arme und weinte.

Nach einer Weile ging er um den Tisch herum zu mir, legte seine Arme um mich, zog mich zu sich hoch und hielt mich fest, während seine Hand meinen Rücken streichelte.

»Na, na, Maude«, sagte er leise. »Ist schon gut.«

Ich hob den Kopf, weil ich ein hysterisches Lachen aufsteigen spürte, und da küßte er mich auf meinen tränenverschmierten Mund, einfach so, als täte er das jeden Tag. Es war ein langer, weicher Kuß voller Verlangen. Als er mich wieder losließ, sahen wir einander lange an, und dann sagte ich idiotischerweise: »Da ist etwas Hartes in deiner Hemdtasche.«

Er trat einen Schritt zurück, faßte in seine Tasche und zog eine kleine, dunkelbraune Nuß heraus. »Das ist eine Nuß, ein indianischer Glücksbringer. Mein Vater hat sie mir gegeben, und schon sein eigener Vater hat sie immer bei sich gehabt. Ohne sie würde ich nicht aus dem Haus gehen.«

Ich nahm die kleine Nuß und tastete sie mit den Fingern ab. Sie war seidig glatt und überraschend schwer.

»Solche Nüsse gibt es auch bei uns zu Hause«, sagte ich mit träumerischer Stimme. Mir wurde bewußt, daß ich todmüde war. »Mein Bruder hat mich immer Nüßchen genannt, weil ich klein, braun und rundlich war.«

Nun lächelte er, und ich sah auch in seinem Gesicht und den Augen die Müdigkeit. Und etwas anderes, das vorher nicht dagewesen war.

»Und hast du auch viel Glück, Maude?«

»Ja«, sagte ich. »Ich glaube schon.«

ACHTES KAPITEL

1950 schloß die Regierung der Vereinigten Staaten das winzige Postamt in South Brooksville, das seit Gründung der Ferienkolonie für Retreat zuständig gewesen war, und baute ein neues und größeres. Am letzten Geschäftstag des alten Postamtes ging Miss Charity Snow, die Postbeamtin gewesen war, solange die meisten Leute in Retreat denken konnten, endlich nach langem Zögern in den Ruhestand. In der Kolonie erzählte man sich, daß ein sehr strenger, offizieller Brief aus Washington nötig gewesen war, um Miss Charity aus ihrem Puppenhaus-Postamt zu vertreiben, und jeder wußte, daß sie seit April, als der behördliche Brief mit der Ankündigung der Wachablösung eintraf, nicht mehr mit Elsie Borders, ihrer bereits ernannten Nachfolgerin, sprach.

»Was für eine Ironie, daß Miss Charitys Todesurteil mit der Post kam«, sagte Peter. »Sie sollten die Briefmarke einrahmen und sie Elsie in dem neuen Gebäude direkt vor die Nase hängen.«

»Sei nicht albern, Peter; Charity Snow war viel zu alt, um sich noch ordentlich um die Post zu kümmern, und ihre Launen wurden allmählich unerträglich«, sagte Mutter Hannah. »Wenn ich die Post abholte, sprach sie oft gar nicht mit mir, und ich mußte ihr jedesmal meinen Namen sagen, als hätte sie mich in den letzten fünfzig Jahren ihres Lebens nicht fast jeden Tag gesehen. Aber daran waren ihre Arterien schuld, das weiß ich genau. Sie wußte, daß sie Fehler machte. Sie wollte sich einen langen, unwürdigen Verfall ersparen. Charity war eine eitle Frau.«

»Das ist doch Quatsch. Der Grund war der Rausschmiß«, sagte Peter. »Dieses unbedeutende kleine Postamt war ihr Leben.«

Am Abend ihres letzten Tages als Postbeamtin tat sie all das, was sie vielleicht fünfzig ihrer über siebzig Lebensjahre lang jeden Abend getan hatte. Sie richtete die Briefmarken und Münzrollen aus, wischte den Boden, blickte in ihren Kalender, ließ die Flagge herunter und faltete sie ordentlich zusammen und verschloß die

Tür. Am nächsten Morgen fand ein Fischer, der beim ersten Tageslicht seine Hummerfallen herausholen wollte, Miss Charitys Leiche am Rande der flachen Bucht, wo sie von der leichten Dünung leise hin- und herbewegt wurde.

Als Christina Willis mir die Nachricht überbrachte, durchzuckten mich Schreck und Trauer weit stärker, als das meiner Beziehung zu Miss Charity angemessen war. Auch Tina war tief getroffen, es war das einzige Mal in meinem Leben, daß ich sie weinen sah. Weder beim Tod des älteren Peter, der ihr, wie ich wußte, das Herz brach, hatte sie Tränen in ihren ernsten blauen Augen gehabt, noch an dem schrecklichen Tag, als Caleb ohne sein Bein nach Hause kam, und auch nicht später, während der langen, schlimmen Zeit, als er im Alkohol, im schnellen Fahren und in Raufereien eine Art Vergessen suchte. Auch als der alte Micah Willis, Micahs Vater, im Alter von einundneunzig Jahren nach einer Herzattacke starb, war es nur Micah gewesen, der unfähig war, von seinem Vater zu sprechen, ohne daß ihm die Stimme versagte. Aber nun liefen ihr Tränen über die braunen Wangen, und ihre Stimme zitterte.

»Was hätte es denn ausgemacht, sie noch so lange zu behalten, bis sie es nicht mehr geschafft hätte? Wie lange hätte das noch gedauert, ein, zwei Jahre? Ihre Augen wurden sowieso immer schlechter, das wußte sie. Angeblich hat jemand einen anonymen Brief an die Regierung geschrieben, in dem stand, daß Miss Charity nachlässig und zänkisch sei. Na ja, zänkisch stimmte ja vielleicht, aber nachlässig bestimmt nicht.«

Sie schluchzte, und auch ich, die ich mich über die Jahre oft genug über Miss Charitys Anmaßung beklagt hatte, spürte, wie mir die Tränen kamen. Irgendwie schien ihr Tod den Anbruch einer neuen Epoche anzukündigen.

Ein paar Tage später sprach ich beim Abendessen davon.

»Ich dachte ja, der Krieg würde alles verändern, aber das war nicht so«, sagte ich. »Wenigstens nicht in Retreat. Hier ist es nicht viel anders als vorher. Aber dieses Ereignis wird die Dinge verändern. Man kann es schon spüren, es ist, als hätte jemand ein Loch in den Deich gebohrt, und nun ergießt sich alles über uns.«

»Was denn?« fragte Petie und schenkte uns Wein ein.

»Was auch immer da draußen ist«, sagte ich und wußte, daß ich so mystisch und auch etwas verrückt klang wie eine zittrige alte Wahrsagerin. Aber ich konnte meine Gedanken nicht anders formulieren.

»Soll ich deine Glaskugel holen, Ma?« sagte Petie und grinste erst Sarah Forbes und dann mich an. Er war fast fünfundzwanzig und seit mehr als zwei Jahren Assistent des Vizepräsidenten in der Familienbank, aber im Licht der tropfenden Kerzen sah er aus wie ein etwas pummeliger Teenager. Seit Wochen hatte er sich die Haare nicht mehr schneiden lassen, und dunkle Strähnen lockten sich um seine Ohren und im Nacken. Er hatte sowohl meine kleinen Zähne geerbt als auch meine kleine, rundliche Gestalt, das schwarze Haar und die dunklen Augen. Die Geheimratsecken, die er schon jetzt hatte, erinnerten an meinen Vater; auch Kemble hatte früh eine Stirnglatze bekommen. Nur sein vorstehendes Kinn zeugte davon, daß er ein Chambliss war. Schon lange machte Mutter Hannah keine Bemerkungen mehr über die unschickliche, bäuerische Durchsetzungskraft der Gascoigne-Gene, aber ich wußte, daß sie jedesmal, wenn sie Petie ansah, einen neuen Stich verspürte. Aber wenigstens den Realismus hatte er von seiner Großmutter geerbt, und ich hatte gewußt, daß er über meine Äußerung lachen würde.

»Weißt du denn nicht, daß du von Generationen von Hexen abstammst?« sagte ich, und mein Grinsen wurde breiter, als ich Mutter Hannahs kaum hörbares Schnauben vernahm. Petie lachte laut. Es war Peters freudiges, volles Lachen, in das ich erleichtert einstimmte. Es hatte eine lange Zeit gegeben, nach den Sommern mit Elizabeth Potter, in der wir dieses Lachen nicht gehört hatten. In letzter Zeit hatte ich auch das Lachen seines Vaters nicht mehr häufig vernommen, und beide bedeuteten mir jetzt sehr viel.

»Und wann verwandelst du Gretchen Winslow in eine Kröte?« fragte er. Am Tag zuvor hatte ihm Gretchen auf dem Tennisplatz eine ziemlich gemeine Bemerkung an den Kopf geworfen, und ich hatte in seinen Augen die alte, kochende Wut aus seinen Kindertagen aufblitzen sehen, obwohl er nichts gesagt hatte.

»Also wirklich, Petie«, sagte Mutter Hannah gereizt.

»Ihre Tage als menschliches Wesen sind gezählt«, sagte ich. Auf der anderen Seite des Tisches schob Happy die Lammkoteletts auf ihrem Teller herum und baute Berge aus dem Kartoffelbrei, die sie mit Erbsen krönte.

»Ich hasse sie«, sagte sie in sachlichem Ton. »Und diesen dummen Freddie und die dumme Julia auch. Sie halten sich alle für etwas Besonderes. Ich hoffe, daß sie ins Wasser fallen wie Miss Charity und ertrinken. Und bis Weihnachten nicht wieder auftauchen. Am besten soll auch noch ihr dummes Boot sinken.«

In diesem Jahr war Happy dreizehn, sie war breit und picklig, und nichts erinnerte mehr an das lebhafte, plappernde Kleinkind, das damals den Spitznamen bekommen hatte. Wir hatten sie nach Peters Lieblingstante Camilla getauft, aber seit der Zeit, als sie die ersten Schritte machte, entschlossen hinter Peter herstolperte und vor Freude jauchzte, wenn er sie hochhob, hieß sie nur noch Happy, und das blieb auch so, als ihr sonniges Gemüt irgendwann im Laufe ihrer Kindheit, als Peter endgültig in seiner Arbeit für die Schule aufging, verschwand. Im Aussehen ähnelte sie Peter und seinem Vater in mancher Hinsicht, sie hatte das gleiche helle, weiche Haar, die helle Haut und auch die grauen Augen, die jedoch bei ihr zur Zeit meistens winterlich kühl und unzufrieden dreinblickten. Allerdings fehlten ihr die langen Glieder und der schlanke Körperbau, denn sie hatte meine Körpergröße und meine Rundlichkeit geerbt, und weil sie ihren Babyspeck noch nicht verloren hatte, wog sie mit dreizehn wohl etwas mehr als ich. Ich wußte es nicht genau, weil Happy jede Waage in Northpoint und Liberty versteckt oder kaputtgemacht hatte.

Ich seufzte. Natürlich war mir klar, daß es ein plumper Teenager unter all diesen jungen, sonnengebräunten Gazellen nicht leicht hatte, und tatsächlich machten die beiden Winslow-Kinder, Freddie und Julia, immer wieder böse und feindselige Bemerkungen über sie und ließen sie nicht mitsegeln, wenn sie sie darum bat. Und erst wenige Tage zuvor war ihr Vater für den Rest des Sommers nach Hause gefahren und nun monatelang nicht mehr in ihrer Reichweite, und damit kam sie nie gut zurecht. Dennoch war ihr Ausbruch abstoßend und übertrieben, und ich wußte, daß Mutter Hannah ihr eine Abfuhr erteilen würde, wenn ich Happy nicht sofort tadelte. Die verdammte Mutter Hannah, dachte ich erschöpft.

»Das ist nicht lustig, und außerdem sagt man so etwas nicht,

Happy«, erklärte ich. »So etwas will ich beim Abendessen nicht mehr hören.«

»Petie hat damit angefangen. Und du hast etwas Böses über Mrs. Winslow gesagt. Wenn du das darfst, dann –«

»Ich glaube, du nimmst jetzt besser deinen Teller und ißt auf der Veranda weiter«, sagte ich ruhig.

»Ja, natürlich, du und der heilige Peter da, ihr dürft so gemeine Sachen sagen, aber wenn ich mal einen kleinen Witz mache –«

»Happy.«

Sie sprang auf, stürmte aus dem Zimmer, ohne ihren Teller mitzunehmen, und schlug die Tür zur Veranda hinter sich zu.

»Solche widerlichen, scheußlichen Sachen würde Papa nie zu mir sagen«, warf sie mir noch über die Schulter hinweg zu. Ich hörte die erstickten Tränen in ihrer Stimme und wußte, daß sie sich nun in einen ihrer Wutanfälle hineinsteigern würde. Die arme Happy. Sie hatte recht; Peter hätte sie weder getadelt noch vom Tisch weggeschickt, er hätte gar nichts gesagt. Dieses Schweigen war es, was Jahre zuvor die Flamme hinter ihrem Lächeln gelöscht hatte.

»Sie ist schrecklich verwöhnt, finde ich«, sagte Mutter Hannah in zufriedenem Tonfall. »Ich habe das auch schon zu Peter gesagt. Diese moderne Erziehung ruiniert so viele Kinder. Zu meiner Zeit wäre so ein Ausbruch nicht erlaubt gewesen.«

Meine Wangen brannten vor Ärger über Mutter Hannah, die am Kopf des Tisches in ihrem Lehnstuhl thronte. Seit dem Tod des älteren Peter saß sie dort, obwohl es seit Jahren ich war, die unsere Mahlzeiten servierte, sich um die Gäste kümmerte und meistens auch kochte. Um in die Küche zu gelangen, mußte ich über sie hinwegklettern, aber ich wußte, sie würde mir ihren Thron nicht überlassen. Bei jeder Mahlzeit ertappte ich sie ein- oder zweimal dabei, wie sie mit dem Fuß nach dem Knopf am Boden tastete, mit dem früher die Dienstboten aus der Küche gerufen worden waren. Sie hatte vergessen, daß er nicht mehr angeschlossen war, seit ich endlich eingeführt hatte, daß Tina Willis am späten Nachmittag nach Hause gehen konnte. Mutter Hannah war nun schon sehr alt und krank und so gebrechlich, daß sie fast gar nichts mehr tun konnte, und ihr Kurzzeitgedächtnis funktionierte kaum noch. Aber ihr autokratischer Wille war ungebrochen.

»Wo ist Tina? Ich klingle schon seit fünf Minuten«, sagte sie dann.

»Du erinnerst dich doch, Mutter Hannah. Tina kommt schon seit fast fünf Jahren nicht mehr am Abend. Der Knopf funktioniert nicht mehr, wir haben ihn abgeschaltet.«

»Das hat mir niemand gesagt. Warum wurde ich nicht gefragt? Wer hat ihr gesagt, daß sie nicht mehr zu kommen braucht?«

»Das war ich, aber du warst einverstanden, weil wir nur noch so wenige sind. Du weißt doch, daß Peter und Petie im Sommer nur noch für ein oder zwei Wochen kommen.«

»Nein, das weiß ich nicht. Warum kommen sie denn nicht mehr? Hast du ihnen gesagt, daß sie nicht kommen sollen? Ich will Tina wiederhaben! Jeder in Retreat hat eine Köchin, die das Abendessen macht.«

»Außer den Winslows hat niemand mehr eine Vollzeitköchin«, antwortete ich dann.

»Du widersprichst mir immer, Maude«, sagte sie. »Du weißt doch, daß das nicht wahr ist. Augusta Stallings hat Marjorie, Mary und Ridley Lincoln haben Marva und Helen Potter hat Dorothy.«

Und dann schwieg ich, denn Augusta Stallings und ihre Marjorie waren beide längst tot, ebenso wie die Lincolns, Marva und Helen Potter, die beinahe so alt geworden war wie die schreckliche Großmama vor ihr.

An diesem Abend antwortete ich auch nicht auf ihre Bemerkung über Happys Benehmen. Statt dessen blickte ich über den Tisch hinweg Sarah Forbes an, Peties Freundin, die zu Besuch war. Sie kauerte sich so verlegen in ihrem Stuhl zusammen wie ein kleiner brauner Vogel, der sich gegen einen Sturm schützt. Petie hatte sie im letzten Jahr bei einer Tanzveranstaltung kennengelernt, ihr Vater war Gastprofessor für Wirtschaftswissenschaften an der Universität von Boston, und die Familie war neu in der Stadt. Seitdem gingen sie ziemlich regelmäßig miteinander aus, und Peter und ich mochten sie, obwohl ich gelegentlich Schwierigkeiten hatte, mich an ihren Namen zu erinnern. Sie schien sich für mich durch nichts von den vielen anderen jungen Leuten zu unterscheiden, die wir seit dem Krieg in Boston und New Hampshire kennengelernt hatten: klug, gut gekleidet, gebildet, höflich und anonym. Sarah hatte überhaupt nichts Großspuriges an sich, aber sie stellte auch keine Gefahr dar, und im großen und ganzen fand ich, daß sie ganz gut zu meinem gleichmütigen Sohn paßte. Sie schienen beide in mancherlei Hinsicht aus dem gleichen festen und guten Stoff gemacht.

Aber niemand konnte sagen, ob es Petie ernst war mit ihr; wenn sie zusammen waren, benahmen sie sich wie gute Freunde aus der Kindheit. Ich war mir allerdings sicher, daß es ihr durchaus ernst war, denn gelegentlich entdeckte ich in ihren braunen Augen etwas Eindringliches, etwas so Verlangendes und Anbetungsvolles, daß es mich beinahe erschreckte. Hinter ihrer braven und züchtigen Fassade verzehrte sich die kleine, dunkle Sarah Forbes nach meinem Sohn. Das hätte mich beunruhigen sollen, aber ich hatte in den Augen meines Sohnes einst die gleiche verzweifelte Begierde gelesen, das Verlangen nach Elizabeth Potter, so daß es mir nicht unangenehm war, wenn sich jetzt jemand nach ihm verzehrte.

Aber ich hatte den Eindruck, daß Petie es nicht bemerkte, und obwohl er sie gerade zum ersten Mal nach Retreat mitgebracht hatte, damit sie uns alle kennenlernte, glaubte ich doch nicht, daß sie in seinen Plänen eine große Rolle spielte. Ich war ein bißchen enttäuscht und erwähnte das auch Peter gegenüber, aber der zuckte nur mit den Schultern.

»Na ja, sie ist wenigstens keine Bedrohung für ihn. Das ist doch gut«, meinte er.

»Mein Gott, bist du wieder romantisch«, sagte ich. »Magst du sie denn nicht?«

»Was gibt es an ihr nicht zu mögen?«

Mutter Hannah war es, die Sarah Forbes nicht mochte, und obwohl sie es natürlich nicht sagte, strahlte sie ihre Mißbilligung doch in kleinen, regelmäßigen Wellen aus, und ich wußte, daß sich Sarah in ihrer Gegenwart genauso unbehaglich und fehl am Platz fühlte wie Jahrzehnte zuvor ich, als ich zum ersten Mal das alte Haus in der Charles Street besucht hatte. Sarah und ihre Eltern waren von Michigan nach Boston gezogen. Und wenn Sarah auch vieles vergeben würde, diese Tatsache war unverzeihlich.

»Bitte entschuldigen Sie dieses häusliche Drama, Sarah«, sagte ich. »Peter hat oft gesagt, daß man Kinder beim Eintreten in die Pubertät in Käfige sperren und erst wieder herauslassen sollte, wenn sie ins College kommen, und vielleicht hat er recht.«

»Bitte entschuldigen Sie sich nicht, Mrs. Chambliss«, sagte sie mit einem scheuen Lächeln, das, obwohl sie mich ansah, an Petie gerichtet war. »Meine Schwester Charlotte hat keine vollständige Mahlzeit mit uns gegessen, bis sie fast achtzehn war.«

Ich lächelte sie an, und Petie lachte laut. Sie errötete freudig, und ich spürte ein liebevolles Gefühl für sie in mir aufsteigen. Bei diesem kleinen Vogel von einem Mädchen war mein Sohn sicher. Vielleicht würde er mit ihr zusammen nicht zu schwindelerregenden Höhen aufsteigen, aber lichtlose Tiefen würden ihm ebenfalls erspart bleiben. Und er würde lachen. Während Peters dunklen Zeiten war mir klargeworden, was leichtherzige Menschen wert waren, und in diesem Augenblick war ich bereit, Sarah Forbes einen guten Teil meines Lebens abzugeben, wenn sie dafür ein Teil im Leben meines Sohnes wurde.

Mutter Hannah war ärgerlich über den Verlauf dieses Abendessens, das wußte ich. Die Anwesenheit von Sarah Forbes störte sie kaum weniger als Happys Wutanfall. Ich wußte auch, daß sie müde war, und wenn ich sie nicht davon überzeugen konnte, ins Bett zu gehen, dann würde ihre Laune immer schlechter werden, bis sich ihr Ärger über einem von uns entlud, möglicherweise über Sarah. Sie ermüdete sehr schnell, und obwohl ich ihr das Frühstück ans Bett brachte und ihr nach dem Mittagessen half, sich zu einem langen Nickerchen niederzulegen, war es ihr beinahe unmöglich, nach dem Abendessen noch mit der Familie zusammenzusitzen. Aber manchmal bestand sie darauf, weil sie, wie ich wußte, die stillen Stunden in der Dunkelheit liebte, die man bei Musik und mit einem Buch vor dem knisternden Birkenfeuer verbrachte. Und darum zwang ich sie nicht immer, früh ins Bett zu gehen. Seit einiger Zeit litt sie ständig unter den Schmerzen eines Magengeschwürs, das ihr alter Arzt in Boston vor zwei Wintern festgestellt hatte. Ich wußte nicht, wie schwer diese Schmerzen waren, weil sie sich weigerte, über ihre Krankheit zu sprechen, und nicht zuließ, daß ich sie an den Vormittagen, wenn sie nach einer durchlittenen Nacht erschöpft und mit weißen Lippen erwacht war, in das neue medizinische Zentrum nach Castine fuhr. Mehr als einmal sagte ich sorgenvoll zu Peter, daß sie vielleicht etwas Schlimmeres haben könnte als ein bloßes Magengeschwür, denn selbst die Schonkost, die ich kochte, half nicht mehr.

»Dieser Arzt ist selbst schon so alt; vielleicht hat er eine falsche Diagnose gestellt?« meinte ich. »Oder er erzählt uns nicht die ganze Wahrheit?«

»Er ist ein guter Arzt«, antwortete Peter stets. »Mein ganzes Leben lang und einen großen Teil ihres Lebens war er unser Hausarzt. Auch wenn es etwas Schlimmeres sein sollte, sie ist dort, wo sie sein möchte, zu Hause oder in Retreat. Glaubst du, daß es ihr besserginge, wenn sie nicht nach Retreat kommen könnte?«

Und so schwieg ich. Aber ich machte mir Sorgen, und wann immer ich konnte, brachte ich sie früh zu Bett. Heute abend würde ich darauf bestehen. Ich wollte nicht, daß Mutter Hannahs Gift sich über Sarah ergoß, und ich nahm nicht an, daß es Petie einfallen würde, sie gegen seine Großmutter zu verteidigen, so wie sein Vater damals mich. Petie wurde mit Mutter Hannah fertig, indem er sie einfach ausblendete. Ich glaube, daß er drei Viertel der Dinge, die sie sagte, gar nicht hörte.

Zu meiner Erleichterung widersprach sie nicht, als ich vorschlug, sie in ihr Zimmer zu bringen.

»Dieses ganze Gerede über Zeichen, über Löcher in Deichen und Wahrsagekugeln, so ein Unsinn«, sagte sie mit dem atemlosen Rest ihrer alten, herrischen Stimme. »Ich habe einen ganzen Berg Romane von Mary Roberts Rinehart gefunden, die irgend jemand bis heute versteckt haben muß, denn ich habe sie noch nie gesehen. Sie ist eine sehr viel bessere Gesellschafterin als wahrsagende Zigeunerinnen.«

»Da hast du wahrscheinlich recht«, sagte ich und hielt ihr den Arm hin, damit sie sich hochziehen konnte. Über ihren Kopf hinweg grinste Petie mir zu, denn genau wie ich wußte er, daß sie die Rinehart-Bücher in den langen Sommern in Retreat immer wieder gelesen hatte, und auch ihm fiel auf, daß sie zuweilen immer noch ihre älteste Waffe gegen mich einsetzte, indem sie auf meine dunkle, zigeunerartige Hautfarbe anspielte. In all diesen Jahren im Nordosten hatte ich nichts von meiner üppigen, südlichen Ausstrahlung verloren. »Madame Maude« nannten mich Peter und Petie gelegentlich, und Peter bemerkte einmal, seine Mutter sei vermutlich enttäuscht, daß mich mein Aufenthalt in dem Land der langen Nächte und der langen Winter nicht ein bißchen ausgebleicht habe.

Nachdem ich sie zu Bett gebracht hatte, ging ich zurück, um meinen Kindern am Feuer Gesellschaft zu leisten. Natürlich hatte keines von ihnen mein Gerede über das Omen, das Miss Charitys Tod darstellte, ernst genommen; wer hätte das schon getan?

Micah, dachte ich mit plötzlicher Klarheit. Micah hätte gewußt, was ich meinte.

Aber es war nicht wahrscheinlich, daß ich mit ihm darüber sprechen konnte, wenigstens nicht allein. Seit jenem Morgen unseres ersten und einzigen Kusses in der Küche in Liberty waren Micah Willis und ich nicht mehr miteinander allein gewesen. In den Jahren seither hatten wir uns in schweigender Übereinkunft nur noch gesehen, wenn jemand anderes zugegen war. Er kam genauso häufig wie früher, um seine üblichen Arbeiten am Haus und im Garten zu erledigen, und ich begegnete ihm nicht seltener als früher auf meinen Spaziergängen über die Halbinsel oder in der kleinen Kirche, auf deren stillem Friedhof wir uns zum ersten Mal länger unterhalten hatten. Aber seit jenem Vormittag richteten wir es so ein, daß immer Christina, Peter, Mutter Hannah oder eines der Kinder dabei waren.

Es war weder Befangenheit, was uns davon abhielt, uns allein zu treffen, noch das schlechte Gewissen, ja nicht einmal die dunkle Ahnung, daß ein solches Zusammentreffen zu mehr führen würde als zu einem Kuß, vielleicht sogar zu einer gefährlichen und verzweifelten Leidenschaft. Ich war mir nicht sicher, was es eigentlich war: eine Art liebevolle Sorge um das Wohlergehen des anderen und das Wohlergehen derjenigen, die uns beiden lieb waren, glaube ich. Ich wußte, daß aus diesem Kuß für uns beide etwas anderes hätte entstehen können, etwas Tieferes, Volleres und ganz und gar Wirkliches. Das habe ich wahrscheinlich immer gewußt. Aber es war, als würde uns allein das Wissen darum genügen und uns die Kraft geben, die Freundschaft zwischen uns nicht zu zerstören. Jedenfalls änderte sich überhaupt nichts an der Liebe, die ich Peter gegenüber empfand, oder an der tiefen, hingebungsvollen Zuneigung, die er für Christina verspürte. Es war für beide von uns etwas ganz anderes. Unsere Fähigkeit zu lieben kennt keine Grenzen, das ist in meinem lebenslangen spärlichen Vorrat von Wahrheiten die einzige, die ich bis heute aufgehoben habe. Mit Micah Willis habe ich das zum ersten Mal gespürt.

Er und Christina kamen am Abend oft nach Liberty, nachdem wir alle gegessen hatten und der Abwasch erledigt war. Wir setzten damit einfach fort, was uns in jenem einsamen, unsicheren Kriegssommer zur lieben Gewohnheit geworden war. Wir taten jetzt nichts anderes als damals: Wir hörten Musik, sprachen über alles, was uns in dieser Welt beunruhigte und weiterhalf, wir tranken Kaffee und gelegentlich einen kleinen Brandy, aßen übriggebliebenen Kuchen, lachten, erzählten uns Geschichten aus unserer Kindheit und machten uns über Leute aus unserer Umgebung lustig, die das, wie wir fanden, verdient hatten. Genau wie es alte Freunde überall tun. Wenn er in Retreat war, gesellte sich Peter manchmal zu uns, und er genoß diese Abende ebenso wie ich.

Die Kinder mochten die Willises und sahen nichts Ungewöhnliches darin, daß die Leute, die tagsüber für ihre Familie arbeiteten, am Abend im Wohnzimmer saßen und mit uns lachten und Brandy tranken. Aber ich hegte immer den Verdacht, daß der Hohn der Gleichaltrigen aus der Kolonie und, wenn auch weniger häufig, der Eltern dieser Kinder seine Spuren hinterließ. Bestimmt hatte in der ganzen Geschichte von Retreat noch nie jemand seine Dienstboten zu Gast gehabt. Ich glaube, daß Petie und Happy deshalb von Zeit zu Zeit eine kleine Schlacht auszufechten hatten, besonders mit Freddie und Julia Winslow, die ihre Stichworte von Gretchen erhielten. Wann immer etwas Abfälliges über mich und die Willises an mein Ohr drang, war die Quelle gewöhnlich Gretchen Winslow. Mir machte das Gerede wenig aus, und auch Petie kümmerte es meistens nicht, denn er war jetzt schon erwachsen und kam kaum mehr nach Retreat. Aber der Klatsch konnte immer noch Happy verletzen, die gegen Kritik doch so empfindlich war, und daher schützte ich sie, so gut ich konnte, vor den vereinigten bösen Zungen der Winslows. Allerdings war das auf lange Sicht sinnlos, denn von Mutter Hannah bekam sie viel Schlimmeres zu hören.

Es war nicht so, daß Mutter Hannah das Ehepaar Willis nicht gemocht hätte. »Micah und Christina sind feine Menschen, das Salz der Erde«, hörte ich sie oft mit einem Drink in der Hand sagen, wenn wir wieder einmal auf das Lieblingsthema der Kolonie, die Dienstboten, zu sprechen kamen. »Ich bin stolz darauf, sie als Nachbarn zu haben.«

Aber nicht als Gäste, schwang unüberhörbar in ihren Worten mit. Selbst die Tatsache, daß Christina ganz gut Geige spielte und drei Sprachen fließend beherrschte und Micah sich durch die großen Philosophen der Welt las und eine doppelt so große Bibliothek hatte wie die von Mutter Hannah zu Hause in Boston, konnte das Eis nicht brechen. Ich glaube, sie hielt sie für eine Art *idiots savants* oder Zirkusschimpansen, die eben erstaunliche Dinge vollbringen konnten. Verblüffend, aber dennoch Schimpansen. Ich war diese Haltung gewohnt und achtete kaum mehr darauf, denn sie konnte mich nicht davon abhalten, die Gesellschaft der beiden Willises zu genießen. Und Micah und Tina hatten ausgezeichnete Antennen dafür und tauchten einfach nicht auf, wenn Mutter Hannah nach dem Abendessen noch mit der Familie zusammensaß. Ich habe nie herausgefunden, woher sie das wußten, aber sie wußten es.

Peter allerdings machte es wütend. Am Abend, bevor er nach Northpoint zurückfuhr, hatten seine Mutter und er deshalb einen Streit gehabt. Die Willises hatten uns am Abend zuvor in Liberty besucht, und Mutter Hannah war den ganzen nächsten Tag wütend und gereizt gewesen und hatte Peter schließlich beim Abendessen ärgerlich darauf angesprochen.

»Es ist eine so demonstrative Provokation, Peter, eine derart ostentative und abstoßende Geste. Worüber kannst du dich denn um Himmels willen mit unserem Hausmeister und der Köchin unterhalten?«

Ich grinste und verdrehte hinter Mutter Hannahs Rücken die Augen, denn für die ostentative und abstoßende Geste war ganz offensichtlich ich verantwortlich. Aber ich sah, wie die vertraute Röte in Peters Wangen stieg.

»Na ja«, sagte er, »ich glaube, gestern abend haben wir uns über Jung unterhalten und seine Feststellung, daß die Idee der Zeit die Ewigkeit nicht mit einbezieht. Denn du weißt ja, Mutter, Ewigkeit ist per definitionem überzeitlich. Micah interessierte sich dafür, wie die Gottesvorstellung eigentlich die Gotteserfahrung verhindert, und ich glaube, es war Christina, die erklärte, Jung habe gesagt, Religion sei die beste Verteidigung gegen eine religiöse Erfahrung. Schließlich waren wir uns alle darin einig, daß die Christusvorstellungen in unserer Kultur sehr gefährlich sind, denn es ist so schwer, die Vorstellungen zugunsten der Realität beiseite zu schieben.«

Mutter Hannah schnaubte, und zwei rote Flecken erschienen auf ihren ausgetrockneten Wangen.

»Das ist ja monströs«, sagte sie. »Ich dachte, die Willises wären wenigstens gute Kirchgänger.«

»Ach ja, Monster«, fuhr Peter nachdenklich fort. »Darüber haben wir auch gesprochen. Micah sagte, er habe in seinen philosophischen Büchern gelesen, daß ein Monster ein geläutertes Wesen sein kann, etwas, das alle Vorstellungen über ethisches Verhalten sprengt. Die Franzosen nennen solche Wesen *monstres sacrés*, heilige Monster. Vielleicht kennst du selbst solche Wesen. Ich glaube, ich kenne welche.«

»Du kannst doch nicht dasitzen und mir erzählen, daß du über... solche Dinge mit Leuten sprichst, die wir bezahlen, damit sie Hausarbeit für uns erledigen«, sagte sie kalt. »Ich kann das nicht glauben.«

»Na ja, wir haben auch über andere Sachen geredet«, sagte Peter und begann zu grinsen. »Micah hat erzählt, daß einige von Calebs Schafen üble Risse in den Eutern hätten und daß das Saugen der Lämmer das nicht viel besser mache.«

»Also, wenn du jetzt anfängst, vulgär zu werden, dann gehe ich ins Bett«, sagte Mutter Hannah. Nachdem ich sie versorgt hatte, kam ich wieder zurück ins Wohnzimmer und sank hilflos lachend in Peters Schoß. Schließlich begann er selbst zu lachen, wenn auch wider Willen.

»Manchmal frage ich mich, wie du sie all die Sommer lang ausgehalten hast«, sagte er. »Du warst ja diejenige, die sich um sie kümmern mußte.«

»Erst jetzt fragst du dich das!« sagte ich. »Wo es gerade einfacher wird.«

»Stimmt das, meine arme kleine Maude?« sagte er und strich mir das Haar aus der Stirn. »Dann bin ich froh. Ich fände es schrecklich, wenn Retreat für dich nichts weiter wäre als die Schinderei mit einer alten, kranken Frau. Auch wenn sie meine Mutter ist und ich sie liebe, sehe ich doch jeden Tag, wie schwierig sie ist. Es ist komisch, so lange Zeit habe ich das gar nicht bemerkt. Vermutlich wollte ich es nicht sehen. Denn wenn es mir aufgefallen wäre, dann hätte ich etwas dagegen tun müssen, und das hätte bedeutet, daß ich ein paar Tage lang nicht aufs Wasser oder auf den Tennisplatz hätte gehen können. Du hattest es hier oben nie leicht, nicht wahr?«

Ich spürte, wie mir die Tränen in die Augen schossen, und vergrub mein Gesicht in seinem Hemd, damit er sie nicht sah.

»Ich habe andere Dinge hier oben, die mir wichtig sind«, sagte ich. »Ich habe Maine, die Halbinsel, die Wälder, den Nebel, das Meer, die Tannenspitzen... dafür würde ich fast alles tun, Peter. Und ich habe Freunde. Die Willises zum Beispiel. Amy war mir eine ganz wunderbare Freundin. Und Miss Lottie, die Mädchen aus Mary's Garden – Gott segne sie, sie haben es sogar geschafft, mir das Tennisspielen beizubringen. Und die Kinder haben hier ihre Sommer verbracht und diesen zauberhaften Ort für sich entdeckt... das hat alles mehr als ausgeglichen. Außerdem«, fügte ich hinzu und biß ihn in den Hals, »hatte ich das außerordentliche Glück, in einer Badewanne und an allen möglichen und unmöglichen Orten mit dir zu schlafen. Gestern zum Beispiel auf einem Moospolster, das nicht nur mit roten Ameisen durchsetzt, sondern auch noch zentimeterdick mit Fischadlerkot bedeckt war.«

»Na, das sehe ich ein«, sagte er und biß mich ebenfalls in den Hals. »Solche Augenblicke der Transzendenz sind natürlich jede Mühe wert.«

Am vorangegangenen Nachmittag waren wir mit dem Dingi hinausgefahren. Der Tag war so windstill und warm wie ein Augusttag, und das Wasser bewegte sich nur leicht auf und ab, wie die Brust einer schlafenden Frau. Wir waren zum Osprey Head hinübergerudert, um zu sehen, wie es den jungen Fischadlern den Sommer über ergangen war, und um in dem tiefen, seidigen, graugrünen Moos, das einen großen Teil der felsigen Insel überzog, zu picknicken. Dieser Besuch war für uns ein unumstößliches Ritual, ich glaube nicht, daß ich je nach Northpoint zurückgefahren bin, ohne den Fischadlern auf Wiedersehen zu sagen.

Darum kam es mir außerordentlich seltsam und geradezu falsch vor, diese Pilgerfahrt schon Anfang des Sommers zu veranstalten. Aber Peter hatte recht, das Wetter war in letzter Zeit einfach zu schön gewesen, um lange so zu bleiben, und wir konnten sicher sein, daß noch vor dem Wochenende der Nordostwind schlechtes Wetter herantreiben würde. Außerdem war es denkbar, daß Peter gegen Ende dieses Sommers nicht aus Northpoint wegkam, um uns abzuholen, und dann würde Petie es statt seiner tun. Und so packte ich Mittagessen und eine Decke ein, und wir ruderten die halbe Meile vom Hafen des Jachtclubs hinaus bis zu der runden, grünen, kleinen Insel, dem nächstgelegenen kleinen Archipele in der Bucht.

Das Fischadlernest war direkt auf dem Gipfel der Insel, auf dem Kamm eines nackten, rosafarbenen Felsens, der mich immer an den Rücken eines Drachens erinnerte. Es befand sich, solange Peter zurückdenken konnte, in einem toten Baum, der die Winterstürme, die vom offenen Meer her über die Deer-Insel hinwegheulten, irgendwie überstanden hatte. Peter erzählte, daß manche Nester ein ganzes Jahrhundert lang benutzt würden, wobei die Vögel sie jedes Jahr vergrößerten, bis die Nester einen Durchmesser von eineinhalb Metern oder mehr erreichten. Leicht verschwitzt vom Aufstieg unter der hochstehenden Sonne standen wir in der warmen, insektendurchsurrten Stille und sahen hinauf. Die vier jungen Fischadler waren inzwischen fast so groß wie ihre Eltern, aber noch immer drehten sie ihre scharfschnäbeligen, behelmten Köpfe hin und her und kreischten nach Nahrung. Die erwachsenen Vögel waren nicht da.

»Diese Riesenbabys«, sagte Peter. »Sie sind längst groß genug, um selbst zu jagen, sitzen aber immer noch da und warten auf ihre alten Eltern, damit sie ihnen das Mittagessen anschleppen. Wahrscheinlich verlassen sie das Nest erst, wenn sie hinausgeworfen werden. Das erinnert mich an einige mir bekannte Menschenkinder.«

Ich lächelte und blickte gebannt zu den Jungvögeln hinauf. Ich liebte die Fischadler auf Osprey Head, ihren schönen, anmutigen Flug, die Entschlossenheit ihrer Angriffe auf die Fische, nach denen sie regelrecht tauchten, und ihre Treue zu ihren Nestern und Jungvögeln. In den ersten Jahren dieses Jahrhunderts hatte Maine, wie ich wußte, einen großen Teil seiner Fischadler verloren, weil sie durch ihre Anhänglichkeit an ihre Nester für Jäger leichte Beute darstellten. Aber jetzt hatte der Staat Schutzmaßnahmen eingeleitet, und außerdem brachte das Töten eines Fischadlers nach einem alten Aberglauben Unglück.

»Ich glaube, sie gefallen mir von allen Vögeln in Maine am besten«, sagte ich zu Peter. »Sie dulden die Nähe der Menschen.«

»Ja«, meinte er lächelnd, »mancher Mensch könnte sich von ihnen eine Scheibe abschneiden. Auf dich, *Pandion haliaetus carolienensis*. Möge dein Volk wachsen und gedeihen.«

Wir machten uns auf den Rückweg zu dem kleinen Kiesstrand, wo wir unseren Picknickkorb gelassen hatten.

»Woher kennst du seinen lateinischen Namen?« fragte ich.

»Papa hat ihn mir gesagt, als er mich zum ersten Mal hierhergebracht hat«, erklärte er. »Ich mußte ihn auswendig lernen. Er sagte, ein so edler Vogel wie der Fischadler verdiene es, mit seinem richtigen Namen angesprochen zu werden, und wir sollten ihn wenigstens kennen, wenn wir ihn schon nicht benutzen.«

»Dann werde ich ihn auch lernen«, sagte ich, und plötzlich brandete die Trauer um meinen Schwiegervater wieder in mir auf. Meine Augen wurden feucht. »Ich vermisse deinen Vater so sehr«, sagte ich zu Peter. »Immer, wenn wir hier sind, muß ich an ihn denken. Ich kann dir gar nicht sagen, was er mir bedeutet hat.«

Peter ließ sich auf die Decke fallen, die ich im Schutz eines großen Felsens ausgebreitet hatte. Er schwieg eine Weile und sah hinaus auf das stille blaue Wasser vor der Uferlinie von Retreat.

»Ich glaube, ich weiß es«, sagte er.

Ich folgte seinem Blick und sah, daß er hinaufschaute zu den Schornsteinspitzen von Aerie, die im Schimmern der heißen Mittagssonne gerade noch in der Ferne zu erkennen waren. Seit dem Sommer, in dem der ältere Peter starb und Petie zur Welt kam, war ich nicht mehr dort gewesen. Sarah und Douglas Fowler hatten im Jahr darauf das Haus an eine Familie aus New Haven verkauft, die nur im August dort war, so daß wir sie nicht oft zu Gesicht bekamen. Ein paar Jahre später erfuhr ich, daß Sarah gestorben war, aber niemand schien zu wissen, woran. Ihr Tod erschien mir in gewisser Weise unwirklich, und mir war, als wäre sie noch immer dort, in ihrem wunderbaren Haus hoch oben in Luft, Sonne und Wind.

»Es hat sich soviel verändert«, sagte ich leise. »Auch wenn Retreat noch genauso aussieht, noch immer so zu sein scheint wie früher, fehlen doch jetzt so viele, und man kann die Lücken spüren, die sie hinterlassen haben. Sie werfen so lange Schatten…«

Meine Augen richteten sich auf den Strand unterhalb des Felsens, auf dem Aerie stand. Auch das Kleine Haus, dieser verzauberte Ort, der zu Miss Lottie Padgetts Zeiten so vielen kleinen Wesen Zuflucht geboten hatte, stand jetzt leer. Seit ihrem Tod im ersten Kriegsjahr hatte der schwächliche Frankie, der in seiner Kirche in der Stadt festsaß, keinen Fuß mehr hineingesetzt, und soweit wir wußten, wollte er es weder vermieten noch verkaufen. Mehrere von uns hatten ihm Angebote geschickt, vor allem deshalb, weil es uns so schmerzte, daß das Cottage verschlossen und dunkel dastand und immer mehr verfiel, aber keiner unserer Briefe war beantwortet worden. Außer Peters Vater vermißte ich von allen alten Retreatern Miss Lottie am meisten, und noch heute frage ich mich oft, was aus meiner armen Happy geworden wäre, wenn Miss Lottie sie unter ihre Fittiche genommen hätte.

Auch viele andere, die meine ersten Jahre in der Kolonie geprägt hatten, waren gestorben. Großmama natürlich, und im letzten Jahr auch Helen Potter, so daß Amy nun endlich die alleinige Herrin auf Braebonnie war. Auch Dr. Lincoln und seine Frau waren gestorben, und Land's End gehörte nun den ununterscheidbaren »Jungs«, die im Sommer immer abwechselnd zusammen mit ihren ebenso ununterscheidbaren Frauen und Kindern nach Retreat kamen. Miss Isabelle und Miss Charlotte Valentine hatten ihr Haus einer Nichte vermacht, die nicht daran interessiert war und es den Winslows verkaufte. Meine Schwiegermutter war in Retreat inzwischen die Älteste, eine wahre Matriarchin. Manchmal fragte ich mich, ob es diese Tatsache war, die sie am Leben erhielt.

Peter schenkte Wein aus, und wir tranken, aßen unsere Sandwiches und legten uns dann auf den Rücken und ließen die Sonne wie wilden Honig über uns fließen. Und dann erklang etwas, worauf ich jeden Sommer lauschte, das ich aber nur ein- oder zweimal vernommen hatte, nur in Augenblicken völliger Entspannung und Stille: ein hohes, seltsames Summen, das ich immer für das Lied der Erde selbst hielt oder für das jahrtausendealte Geheimnis des Meeres. Ich wollte Peter gerade fragen, ob er es auch höre, als er seinerseits fragte: »Hat Papa dich nach Aerie mitgenommen, damit du Sarah Fowler kennenlernst? In dem Sommer, in dem er gestorben ist?«

Ich blieb noch einen Moment schweigend liegen und spürte das

Gewicht der Sonne rot und schwer auf meinen Augenlidern, dann sagte ich: »Ja.« Kurz darauf fügte ich hinzu: »Ich wußte nicht, ob du weißt, daß er... manchmal dorthin ging.«

»Ja. Ich wußte es. Ich wußte, daß er viele Sommer lang dorthin ging, und auch, aus welchem Grund. Ich wußte, daß er sie liebte. Einmal bin ich ihm nachgegangen. Ich war damals achtzehn, glaube ich, und ich habe sie durchs Fenster beobachtet. Er berührte sie nie, aber man konnte es an seinem und auch an ihrem Gesicht sehen. Sie war ein ganz besonderer Mensch, und es war ein besonderer Ort. Ich hätte mir gewünscht, er wäre in der Lage gewesen, das mit mir zu teilen.«

»Peter, du weißt doch, warum er es nicht konnte... ich meine, deine Mutter... er hat deine Mutter immer geliebt. Diese andere Sache hat daran nichts geändert.«

»Ich weiß«, sagte er. Er rollte sich herum, setzte sich auf und sah noch einmal hinüber zu den Schornsteinen und dem Dachfirst von Aerie.

»Wie war das damals für dich?« fragte ich.

»Anfangs war ich entsetzt, wütend und irgendwie verlegen, als benähmen sie sich schlecht in der Öffentlichkeit. Du weißt ja, wie spießig Jugendliche sein können. Aber dann dachte ich mir – ich weiß nicht genau –, daß es irgendwie sein Recht war. Retreat war immer mehr die Sache meiner Mutter als seine, und es stand ihm zu, hier etwas Eigenes nur für sich zu haben. Ich wußte immer, daß es mit Mutter nichts zu tun hatte, daß es seine Gefühle ihr gegenüber nicht veränderte und mich und Hermie in keiner Weise bedrohte. Es war nur... ein Teil von ihm, an dem wir keinen Anteil hatten und von dem wir nichts wußten, und vielleicht war das ganz in Ordnung so; jeder Mensch hat das Recht dazu. Weißt du, man kann zwei Menschen lieben und beiden die Treue halten. Und schließlich freute ich mich sogar für ihn. Ich glaube, es war ein Liebesbeweis, daß er dich ausgewählt hat, das mit ihm zu teilen.«

Schweigend saß ich in der Sonne. Ich dachte an Micah Willis, und mein Gesicht wurde heiß. Ja, es stimmte, daß man zwei Menschen... Und dann überlief es mich kalt. Konnte es sein, war es möglich, daß er nicht nur über seinen Vater, sondern auch über sich selbst sprach? Es hatte jetzt schon mehrere Jahre gegeben, in denen Peter den Sommer über nicht nach Retreat gekommen, sondern in Northpoint geblieben war. Er war inzwischen Schuldirektor, und ich wußte, daß er Aussichten hatte, an eine sehr renommierte Schule zu wechseln, wenn er das wollte. Zwar hatte es mir immer leid getan, daß er zurückbleiben mußte, weil ich wußte, wie sehr er diese Sommer in Retreat liebte, aber ich war stolz auf ihn und bereit, so oft und so lange von ihm getrennt zu sein, wie es nötig war, wenn er dafür etwas erreichte, was er unbedingt wollte. Noch nie hatte ich darüber nachgedacht, daß es in diesen Sommern möglicherweise jemanden gab, zu dem er so einfach und selbstverständlich hinging wie sein Vater zu Sarah Fowler nach Aeric.

Ich betrachtete ihn, wie er da im Sonnenlicht neben mir saß, und dachte: Das ist nicht möglich. Und dann dachte ich: Aber wenn es doch so wäre... falls es so wäre... wäre es dann in Ordnung? Könnte ich Peter mit dem gleichen Verständnis begegnen, das ich seinem Vater entgegengebracht hatte?

Und ich wußte, daß ich es nicht konnte und niemals können würde.

Aber du hast Gefühle für Micah, die nicht annähernd das berühren, was dich mit Peter verbindet, sagte ich zu mir selbst.

Das ist etwas ganz anderes, dachte ich. Und ich wußte, daß es so war, auch wenn ich weder mir noch anderen hätte erklären können, weshalb. Wenn mein Mann jemals eine andere Frau hätte und ich davon erführe, dann wäre das mein Tod. Etwas ganz Wesentliches, das mich lebendig machte, wärmte und mir das Leben auf dieser Welt ermöglichte, würde sterben.

Ich gab ein leises, verzweifeltes Geräusch von mir, und er zog mich an sich, und wir liebten uns, dort in der Sonne und der Stille am Strand von Osprey Head. Es war das erste Mal in unserem gemeinsamen Leben, daß ich mich danach nicht ganz und gar erfüllt fühlte.

Nach diesem Tag, und nachdem Peter nach Northpoint zurückgefahren war, verspürte ich diesen Sommer über unablässig eine gewisse Unruhe. Schuld daran war nicht die ständige untergründige Spannung, die immer herrschte, wenn man mit Happy unter einem Dach lebte; daran war ich gewöhnt. Ich war auch jetzt, selbst nachdem Petie und Sarah fort waren, nicht einsam – in Retreat war ich niemals einsam. Und auch die fortschreitende Krankheit von Mutter Hannah war nicht der Grund; sie war nun schon mehrere Sommer hinfällig, und wir hatten die Situation längst bewältigt. Aber irgendwie füllte mich nichts wirklich aus. Tief in mir war ein schmerzliches Verlangen, eine Leere, die sich anfühlte, als sei ich buchstäblich kurz vorm Verhungern.

Seltsamerweise schien Mutter Hannah etwas davon zu ahnen. In all den Jahren, die ich sie kannte, hatte sie nie viel Intuition bewiesen, aber in diesem Sommer spürte sie meine innere Einsamkeit. Und obwohl sie zunehmend schwächer wurde und immer häufiger schlaflose Nächte voller Schmerzen ertragen mußte, gab sie sich wirklich Mühe, nett zu mir zu sein. Ich habe nie erfahren, ob sie wußte, daß dieses Gefühl der Leere mit Peter zusammenhing, denn auf dieser Ebene sprachen wir nicht über ihn. Aber ich glaube heute, daß sie es wohl vermutete, denn sie erzählte viele Stunden lang, beim Mittagessen, zum Cocktail, beim Abendessen und sogar vor dem Feuer an den Abenden, an denen sie aufbleiben konnte, entspannt und liebevoll aus seiner Kindheit. Bei diesen Gelegenheiten klang ihre Stimme weicher als je zuvor, und ich hätte nicht gedacht, daß das Bild von Peter, das sie in ihrer Erinnerung trug, so ungeschönt wäre: Er war lustig, niedlich und quecksilbrig, aber auch rücksichtslos und stur. Zu meiner großen Überraschung lachte sie sogar über manche Eskapaden dieses Kindes, und ich war ihr so dankbar, wie ich es früher nie gewesen war.

Sie erzählte auch von ihrer eigenen Zeit als junge Frau in der Kolonie, und auf diese Weise wurde für mich die ruhige, vornehme und beherrschte Zeit der Jahrhundertwende lebendig, die ich sonst niemals kennengelernt hätte. Damit vermittelte sie mir ein tiefes und klares Gefühl für die Kontinuität des Lebens in Retreat, das ich seitdem nie wieder verloren habe, ein unendlich wertvolles Geschenk in einer Welt, die vor lauter Veränderungen in Flammen zu stehen scheint. Ich glaube, dies ist fast das wichtigste von all den Dingen, die sie mir hinterlassen hat. Sie sprach niemals von ihren eigenen Gefühlen gegenüber Retreat, nur von den Sitten, Gebräuchen und Tabus, und sie erzählte Anekdoten, die mir ein Lächeln entlockten oder, sehr viel seltener, die Tränen in die Augen treten ließen. Aber hinter den gemessenen Worten, hinter den wohlgestalteten und freundlichen kleinen Geschichten über ihre Sommer am Meer tauchte der Geist eines einsamen, nicht in diese Gesellschaft passenden Mädchens auf, eines Mädchens, das ebenso wie ich vielleicht nachts geweint und einer erbarmungslosen älteren Frau gegenüber Furcht und Abwehr empfunden hatte. Ich wußte, daß ich sie nie nach diesem Mädchen fragen würde, aber ich fühlte, daß ich dieses Mädchen trotzdem lieben konnte, und dadurch wuchs auch meine Zuneigung zu der alten Frau, die es so lange Zeit in ihrer Brust verschlossen hatte.

In den ersten Julitagen wurden ihre Schmerzen und die Schwächezustände vorübergehend besser, und sie weigerte sich, die Tabletten zu nehmen, die ihr Arzt ihr geschickt hatte. Bisher hatte ich sie viermal täglich überreden müssen, sie zu schlucken. Auch die verschriebenen Schlaftabletten wollte sie nicht mehr nehmen.

»Ich fühle mich wirklich ganz gut, Maude«, sagte sie. »Ich glaube, ich würde gerne zur Regatta am vierten Juli gehen und wenigstens einen Cocktail trinken, einen Teller Muschelsuppe essen und das Feuerwerk sehen. Es ist schon Jahre her, seit ich zum letzten Mal dort war.«

»Mutter Hannah, glaubst du wirklich, daß das klug ist?« meinte ich. »Du weißt doch, was dort immer für eine Menschenmenge ist. All die Leute aus Blue Hill und Northeast Harbor sind da, und alles drängt sich, trinkt und schreit herum. Ich finde es immer so ermüdend. Eigentlich wollte ich dieses Jahr selbst nicht gehen.«

»Ich habe auf einmal das Bedürfnis, sie alle zu sehen«, sagte sie. »Das habe ich schon lange nicht mehr verspürt.«

»Vielleicht könnten wir einige Leute zu einer Cocktailparty einladen? Wen immer du auch sehen möchtest. Guild und Deirdre Kennedy, Erica, die Stallingses, die Mädchen aus Mary's Garden –«

»Nein. Bitte, nur für eine Weile«, sagte sie und lächelte. »Ich möchte die Kinder sehen, die Hunde und all das.«

In diesem Sommer hatte sie noch nicht oft gelächelt. Ich wurde weich. Einem solchen Wunsch nach Leben durfte man sich nicht verschließen.

»Na gut, dann gehen wir zusammen hin«, sagte ich. »Es wird bestimmt lustig.«

Der Morgen des vierten Juli war bedeckt und dunstig. Ich konnte die Startpistolen zur ersten Wettfahrt hören, dumpfe kleine Schüsse, und wußte, daß wir bei dieser schwülen Luft bei Sonnenuntergang sehr wahrscheinlich Nebel haben würden. Die Feuchtigkeit verlangsamte meine Bewegungen, ich hatte leichte Kopfschmerzen, und die Welt draußen wirkte farblos und ausgebleicht.

Happy war gereizt und müde und erklärte, sie käme nicht mit zu dieser dummen Regatta. Sie und Charlton Anderson hätten vor, sein Dingi zu streichen, und dann würden sie hinaufgehen ins Dorf zum Kegeln. Ich mochte Charlton Anderson nicht besonders; er war trotzig und sah den Erwachsenen in der Kolonie nicht in die Augen, wenn er das Geld abholte, das er fürs Rasenmähen, für Malerarbeiten und das Wegfahren des Abfalls bekam. Aber er war der Sohn von Micahs Vetter, wir kannten ihn schon sehr lange, und außerdem hatte ich genug mit Mutter Hannah zu tun, auch ohne eine störrische Happy mitzuzerren.

»Gut«, sagte ich und ging, um Mutter Hannah aufzuwecken. Happy schlug beim Hinausgehen die Fliegengittertür hinter sich zu. Ich seufzte. Ich hatte gehofft, daß sie in diesen Sommern in Retreat das gleiche finden würde wie einst ihr Vater: Tage von fast magischer Vollkommenheit. Erlebnisse einer unbeschwerten Kindheit, die sie später als Erwachsene wärmen konnten. Aber Happy wollte die Kindheit ihres Vaters nicht. Sie wollte auch in diesem Sommer nur eines, nämlich ihren Vater.

Mutter Hannah war bleich und bewegte sich nur langsam, und obwohl sie es bestritt, wußte ich, daß sie wieder eine schlaflose Nacht gehabt hatte. Aber sie sagte, sie freue sich auf diesen Tag. Ich konnte sie schließlich dazu überreden, sich auf die Cocktails und das Mittagessen zu beschränken, anstatt einen langen Nachmittag und den Abend im Jachtclub durchzustehen, aber nachdem ich ihr beim Ankleiden geholfen hatte, war sie bereits außer Atem. In diesem schwachen Zustand würde ich sie nie allein den Weg hinunterbekommen, ich hatte ja auch noch den Korb mit den Getränken und dem Imbiß zu tragen, den ich am Abend zuvor vorbereitet hatte. Es war Tradition, daß die Besucher sich die Cocktails und eine Kleinigkeit zu essen selbst mitbrachten, und Mutter Hannah hatte um Bloody Marys und Krabbensandwiches gebeten. Ich dachte einen Moment lang nach, dann rief ich Christina Willis an. Fünfzehn Minuten später waren sie und Micah da. Sie trugen

Freizeitkleidung und Segelschuhe wie die Sommergäste auch und unterhielten sich so unbeschwert mit Mutter Hannah, als kämen sie jeden Tag vor dem Mittagessen auf einen Sprung vorbei.

»Micah und Tina werden uns hinunterbringen, Mutter Hannah«, sagte ich beiläufig und hoffte, daß sie nicht ausgerechnet an diesem Morgen hochnäsig wurde. Sie zog eine ihrer dunklen Augenbrauen hoch, sagte aber nur: »Tina, Micah, das ist nett von euch. Ich bin eben nicht mehr so gut auf den Beinen wie früher. Ein paar starke Arme sind mir da ganz recht.«

Ich seufzte dankbar, und wir machten uns auf den Weg. Die Sandstraße hinab zum Jachtclub stützten Micah und Tina Mutter Hannah von beiden Seiten, und ich bildete mit dem Korb und der Ausrüstung die Nachhut. Es dauerte eine ganze Weile, und wir mußten oft stehenbleiben, weil sie außer Atem war. Ihr Gesicht wirkte an diesem trüben Vormittag so bleich wie eine Wachskerze, und das Geräusch, das der Atem in ihrer Brust machte, gefiel mir gar nicht. Aber während des gesamten Weges wurde sie immer wieder von Bekannten begrüßt, die sie umarmten und auf die Wange küßten. Als wir uns dem Clubhaus näherten, wurden wir von einem Schwall von Stimmen willkommen geheißen, und mehrere Leute lösten sich aus der Menge und kamen auf sie zu. An Mutter Hannahs leuchtenden Augen und der Kraft ihrer Stimme merkte ich, wie sehr sie das alles vermißt hatte. Eine alte Königin begab sich unter ihr Volk und wurde lächelnd und voller Loyalität empfangen. Über ihren Kopf hinweg lächelte Tina mir zu, und Micah zwinkerte fröhlich.

Ich sah, wie Marjorie Stallings auf der Veranda aus ihrem Schaukelstuhl aufstand und den Korbtisch neben sich frei räumte. George winkte uns zu, wir sollten Mutter Hannah heraufbringen, und ich machte eine Geste des Dankes. Die anderen Schaukelstühle waren wie immer von den ältesten Damen belegt: Erica Conant und ihre Freundinnen, Deirdre Kennedy und neben ihr Jane Thornes ältliche Mutter, die aus Providence zu Besuch war. Die drei Stühle mit dem besten Blick auf den Hafen und die Inseln dahinter waren von Gretchen Winslow, Burdie und seiner autokratischen alten Mutter Aurora besetzt. Neben ihnen standen mager und gelangweilt ihre Kinder Freddie und Julia mit ein paar ebenso fohlenhaften Teenagern, die ich nicht kannte. Ich war froh, daß

Happy nicht mitgekommen war; Freddy und Julia konnten niemals widerstehen, sie zu piesacken, und Happy gelang es nie, nicht genauso zu reagieren, wie sie es erwarteten. Das hätte nur Ärger gegeben.

Nun blickte Gretchen Winslow auf und sah uns, und ich wußte, daß es auch so Ärger geben würde. An diesem Morgen sah sie wunderschön aus, sie strahlte in dem trüben, seltsamen Licht wie eine Perle, und in ihren Khaki-Hosen und dem hellen, bronzefarbenen Pullover wirkte sie afrikanisch, wie eine Löwin unter einer Kuhherde. Mein Gott, wird sie eigentlich nie älter? dachte ich gereizt. Als sie Mutter Hannah zwischen den Willises sah, und mich, die wie eine Eingeborene den Proviant schleppte, leuchteten ihre hellgrünen Augen boshaft auf, und sie lächelte ihr klares, ruhiges Lächeln. Ja, eine Löwin unter einer Kuhherde. Es würde Blut fließen, und ohne Zweifel würde es meines sein.

Gretchen kam, um Mutter Hannah zu begrüßen, küßte sie auf die Wange, führte sie zu einem leeren Stuhl und half ihr, sich hinzusetzen. Dann nahm sie mir den Schal ab und wickelte ihn Mutter Hannah um die Beine.

»Es ist schön, dich wiederzusehen, Mutter Hannah«, sagte sie mit seidenweicher Stimme, und mein Gesicht wurde warm, was sie wohl beabsichtigt hatte, denn ihr Lächeln wurde breiter. Gretchen war außer mir der einzige Mensch in Retreat, der meine Schwiegermutter Mutter Hannah nannte, und meiner Meinung nach hatte niemand weniger Recht dazu. Ich sah, daß sich Deirdre Kennedy und einige von Ericas Freundinnen zu uns umgedreht hatten, und wußte, daß ich nicht die einzige war, die die vertrauliche Anrede gehört hatte. Mutter Hannah lächelte Gretchen an und ergriff ihre Hand.

»Ich freue mich, daß du so gut aussiehst, meine Liebe«, sagte sie. Ihre Stimme war jetzt recht kräftig. »Deine Besuche habe ich in diesem Sommer vermißt.«

»Wir hatten mit den Besuchern unserer Kinder alle Hände voll zu tun«, sagte Gretchen in freundlichem Ton. »Es waren ungeheuer viele.«

Und außerdem ist Peter in diesem Sommer nicht da, dachte ich bei mir, und das verringert den Reiz, gebrechliche alte Damen zu besuchen, doch erheblich.

Micah schaute zu mir herüber. Ich sah ein vergnügtes Glitzern in seinen Augen, und obwohl er das Gesicht nicht verzog, war mir klar, daß er genau wußte, was Gretchen meinte und ich nicht aussprach. Ich rollte ganz leicht die Augen, und er grinste.

Gretchen, die noch immer Mutter Hannahs Hand hielt, richtete sich jetzt auf und sah mich an. Ihr gelassener grüner Blick erfaßte Micah und Tina und wanderte dann langsam von einem zum anderen der auf der Veranda versammelten Gäste, als wolle sie sichergehen, daß auch alle ihr zusahen und zuhörten. Aber die Anwesenheit der Willises in diesem Innersten des Heiligtums und ihr wie nebenbei hingeworfenes »Mutter Hannah« hatten schon dafür gesorgt.

»Weißt du, Maude, ich hätte es gut gefunden, wenn du dem Festkomitee mitgeteilt hättest, daß du Gäste mitbringst«, sagte sie butterweich. »Dann hätten wir euch ein paar Stühle auf der Veranda reserviert. Jetzt sind leider nur noch einige hinter dem Haus frei. Aber wir sind froh, daß du deine Freunde bei dir hast. Wir haben uns alle Sorgen gemacht, daß du einsam sein könntest in diesen Sommern, wenn Peter nicht da ist. Es ist nett, jemanden zu haben, der… den Druck wegnimmt.«

Stille trat ein. Es war auch nicht nötig, noch etwas zu sagen, denn jeder wußte, was sie meinte, auch ohne, daß sie die Augen auf Micah Willis richtete. Ich spürte, wie mir ein Feuerstrahl von Nacken ins Gesicht zischte, dessen wütende Hitze mir einen Moment lang die Luft nahm. All die langen Sommer der Fremdheit und Einsamkeit, die ich hier verbracht hatte, die schmerzlich langsam und hart erkämpfte Anerkennung, Micah Willis' unermüdliche Höflichkeit und Anständigkeit angesichts der Kälte meiner Schwiegermutter und Gretchens unberechtigte Bosheit kochten in mir auf wie die Lava in einem Vulkan. Ich sah Micahs sonnenverbranntes Gesicht weiß werden, hörte Tinas leises, tonloses, verletztes Schnaufen und sah auch, wie die Augen meiner Schwiegermutter erst weit und dann eng wurden und wie sie ihre Hand aus der von Gretchen zurückzog, und dann hatte ich endlich wieder genug Luft, um zurückzuschlagen.

Aber bevor ich etwas sagen konnte, redete Mutter Hannah. Sie sprach freundlich, deutlich und scharf, mit ihrer alten Stimme, die ich noch von meiner ersten Zeit in Retreat her kannte.

»Wenn du's genau wissen willst, Gretchen«, sagte sie, »sind Mr. und Mrs. Willis meine Gäste. Sie wären heute ohnehin zum Mittagessen gekommen, und ich dachte, da unser regelmäßiges Treffen dieses Mal auf den Regattatag fällt, wäre dies eine hübsche Abwechslung zu meinem dunklen, kleinen Eßzimmer. Es ist so nett von dir, daß du daran gedacht hast, und wir nehmen diese Stühle gerne an. Es ist schon ziemlich heiß geworden, findest du nicht?«

Einen Augenblick lang trafen sich blaue Augen mit grünen, und ich hatte das Gefühl, daß keiner von denen, die auf der Veranda und dem Rasen standen, zu atmen wagte. Dann senkte Gretchen den Blick und murmelte: »Bitte setzt euch doch.« Sie drehte sich um, ging wieder auf die Veranda, sammelte ihre Cocktail-Gerätschaften zusammen und scheuchte ihre Kinder vor sich her die Treppe hinunter. Ich bekam schlagartig wieder Luft. Mit den Augen sagte ich zu Mutter Hannah: Was immer du auch von jetzt an sagen oder tun wirst, ich werde dich bis an mein Lebensende lieben, und ich hatte den Eindruck, daß ihre blauen Augen mit einem leichten Lächeln antworteten. Dann wandte sie sich an Micah und Christina Willis.

»Nun, Micah? Tina? Wollen wir?«

Ich sah die Willises an; ihre Gesichter waren so glatt und verschlossen, als wären sie aus Marmor. O bitte! flehte ich sie innerlich an. Bitte. Ich weiß, daß es schrecklich war. Ich weiß, daß ihr uns allen am liebsten ins Gesicht spucken würdet. Aber gebt ihr wenigstens das. Ihr wißt nicht, was sie das gekostet haben muß. Gebt es *mir*.

»Das ist ein hübscher Platz, um die Regatta anzuschauen«, sagte Micah fröhlich, nahm Mutter Hannahs Arm und half ihr die Stufen hinauf zu der Gruppe von Schaukelstühlen. Beinahe wäre ich vor Erleichterung und Freude in Ohnmacht gefallen, und ich schloß die Augen und öffnete sie wieder. Micah blickte mich von oben her geduldig an, als warte er auf ein trödelndes Kind, und Tina lächelte ihr ernstes Lächeln. So leichtfüßig wie ein junges Mädchen rannte ich die Stufen hinauf und nahm in dem letzten freien Schaukelstuhl Platz, und der Tag begann und verging, wie es auf der alten Halbinsel seit hundert Jahren üblich war.

Und so kam es, daß Micah und Tina Willis auf der Veranda im Jachtclub von Cove Harbor Bloody Marys tranken und zu Mittag aßen, als hätten sie ihr Leben lang nichts anderes getan, und obwohl sie es nie wieder tun sollten, wußte ich doch, daß sie jederzeit die Möglichkeit dazu gehabt hätten. Denn an diesem Tag war ein mächtiges Tabu erschüttert worden, und zwar von dem einzigen Menschen, der dazu in der Lage war: meiner Schwiegermutter Hannah Stuart Chambliss, der Ältesten in der Kolonie Retreat auf Cape Rosier in Maine, in vollem Besitz ihrer geistigen Kräfte und alles dessen, was diese Position verlangte. Sie und dieser schneidende, kristallklare Augenblick auf den Stufen zum Jachtclub an diesem Morgen waren wohl ausschlaggebend dafür, daß Caleb Willis im nächsten Jahr wie selbstverständlich als Clubmitglied aufgenommen wurde und Jahre später sogar den Vorsitz innehatte.

Wir sprachen nicht darüber, wir vier. Zumindest nicht direkt. Nach dem Mittagessen verkündete Mutter Hannah, sie sei müde und wolle sich gerne ein wenig hinlegen, und so traten wir, das freundschaftliche und, wie ich glaube, auch bewundernde Geplauder der anderen in den Ohren, unseren Rückzug nach Liberty an. Als ich ihr half, sich zu ihrem Nickerchen hinzulegen, sagte ich ihr, nach einer Reihe mißglückter Versuche, schlicht: »Danke.«

Sie winkte ungeduldig ab, und obwohl ihr Gesicht bleich und mit Schweißperlen überzogen war, strahlte es. Ich dachte bei mir, daß dieser Tag wohl im großen und ganzen so vollkommen gewesen war, wie sie sich das nur wünschen konnte. Nicht nur, daß sie wie eine Königin empfangen worden war, sie hatte auch noch ein königliches Edikt erlassen. Der Triumph ließ ihre Augen wie Feuer glänzen.

»Na ja, das war schon wunderbar, was du da getan hast –«

Sie legte einen Finger an ihre Lippen, und ich unterbrach mich. Dann sah sie mich lange an und seufzte.

»Du hattest es nicht leicht hier oben, Maude«, sagte sie. »Das weiß ich. Und ich weiß auch, wie das ist. Aber du hast es durchgestanden; du hast dir hier ein eigenes Leben geschaffen. Ihr hättet auch einfach fortbleiben können; auch das weiß ich. Peter hätte das für dich getan. Glaub bloß nicht, daß ich mich jetzt im Alter ändern werde; ich werde dir, wenn es nötig ist, immer noch sagen, was ich denke, und Happy und Petie ebenfalls. Und ich werde immer noch der Meinung sein, daß Peter... dein Peter« – und sie lächelte leise – »eine Frau hätte heiraten können, die besser zu der Lebensweise gepaßt hätte, zu der er erzogen wurde. Aber Gretchen ist heute einfach zu weit gegangen. So etwas erlaube ich nicht, nicht meiner Schwiegertochter gegenüber und auch nicht gegenüber Micah und Tina Willis. Sie sind gute und fähige Menschen, und ich habe sie über die Jahre oft schlecht behandelt, besonders Micah. Ich glaube natürlich keinen Moment lang, daß ein Mittagessen auf der Veranda des Jachtclubs sie dafür entschädigen kann, aber es ist das einzige, was ich in meinem Zustand noch tun kann.«

Sie legte sich in die Kissen zurück und wurde so still, daß ich dachte, sie wäre eingeschlafen. Ich wollte mich schon auf Zehenspitzen aus dem Raum schleichen, als sie sagte: »Es ist gut, wenn du Micah zum Freund hast, Maude. Stütz dich auf ihn, wenn es nötig ist; ihm kannst du vertrauen. Peter ist... Peter ist wie sein Vater. Manchmal segeln sie beide einfach davon, und oft bleiben sie ziemlich lange weg. Ja, sie kommen immer wieder, aber es gibt Zeiten, da braucht man jemanden, und dann sind sie nicht da. Dann stütz dich auf Micah. Eine Frau, die allein ist, wird hart und furchtsam. Das weiß ich.«

Dann wußte sie also Bescheid über ihren Ehemann und Sarah Fowler? Oder nicht? Wie viele Geheimnisse doch durch dieses alte Haus schwebten!

Ich wollte wieder auf sie zugehen, um sie zu umarmen, aber sie schüttelte den Kopf auf dem Kissen und schloß die Augen.

»Jetzt bin ich müde«, sagte sie.

Und so verließ ich das Zimmer und sagte leise, als ich die Tür hinter mir zumachte: »Trotzdem, ich danke dir.«

»Nichts zu danken, meine Liebe«, hörte ich noch, während ich schon auf dem Weg in die Küche war.

Dort stapelte Micah Holz in die Holzkiste, aber Tina war nirgendwo zu sehen. Wir sahen einander an, und dann grinsten wir beide breit und begannen zu lachen.

»Micah, ich wollte nur sagen –«, setzte ich an.

»Da gibt es nichts zu sagen«, unterbrach er mich. »Ich habe auf einer altersschwachen Schindelveranda mit drei recht netten Damen zu Mittag gegessen, etwas getrunken und ein oder zwei Wettfahrten angesehen. Ich habe schon Besseres und Schlechteres erlebt, und das gilt für alle drei Dinge. Aber ich habe noch nicht viel Besseres gesehen als die Art und Weise, wie deine Schwiegermutter heute Gretchen Winslow abgefertigt hat. Es gibt kaum jemanden, der es mehr verdient hätte.«

»Ich weiß«, sagte ich voller Reue. »Ich hoffe, du nimmst es nicht zu persönlich. Ich war es, die Gretchen treffen wollte. Seit dem Tag, an dem ich sie kennengelernt habe, ist sie hinter mir her.«

»Hmmm«, meinte er. »Sie will etwas, das du hast, und weiß, daß sie es niemals bekommen wird.«

»Du meinst... Peter?« sagte ich, wurde rot und haßte mich dafür.

»Nein. Na ja, vielleicht, aber das habe ich nicht gemeint.«

»Was dann? Ich kann mir überhaupt nicht vorstellen, was ich außerdem noch haben soll, das sie gerne hätte.«

»Maude, du verbreitest Frühlingsstimmung um dich«, sagte er und blickte in die Holzkiste. »Gretchen strahlt Winter aus. Das kann sie nicht ändern, aber sie ist immer eiskalt. Das macht sie bösartig und zutiefst eifersüchtig auf die, die Frühlingsstimmung um sich verbreiten... So. Jetzt hast du genug Holz für mindestens eine Woche; wenn ich nächsten Montag komme, um die Hecken zu schneiden, bringe ich mehr. Danke für das Futter und für deine Gesellschaft. Und richte das auch Mrs. Chambliss von uns aus.«

Und damit verschwand er aus der Küche.

Mutter Hannah wollte nichts zu Abend essen, daher stellte ich ein Sandwich und ein Glas Milch neben ihr Bett, und Happy und ich aßen allein. Ich lag schon im Bett und las wieder einmal *Sturmhöhe,* als das Telefon klingelte. In meinem Nachthemd setzte ich mich in der Dunkelheit auf die oberste Treppenstufe und hob ab.

»Ma?«

»Petie?«

»Ja, ich bin's. Hör zu. Ich muß dir was erzählen. Ich... wir... also, Sarah und ich wollen diesen Herbst heiraten. Vielleicht um Thanksgiving herum, in der Schulkapelle, wenn du glaubst, daß du das schaffst. Nur eine ganz kleine Hochzeit, im engsten Familienkreis, weißt du... Ma?«

Meine Ohren dröhnten. Da war der Anruf, auf den ich so gehofft hatte; ich lauschte halb ängstlich, halb freudig... und mir fehlten die Worte. *Nein*, schrie mein Herz wütend. *Nein*. Du bist noch zu jung, das ist albern, ich kann dich nicht gehen lassen...

Ja, sagte meine Vernunft. Das ist gut für dich. Mit ihr wirst du sicher sein. *Ich* werde mit ihr sicher sein. Und was um Himmels willen meinte ich damit?

»Ma? Bist du noch da?«

»Ja, Liebling, ich bin noch da. Mein kleiner Petie. Heiraten. Oje. Jetzt laß mich erst einmal Luft holen.«

»Magst du Sarah, Mama?« Es war eine angstvolle Frage.

»Ach Liebling, ja, natürlich. Natürlich. Ich freue mich, wirklich. In der Kapelle an Thanksgiving, gut, was immer ihr wollt. Warte nur, bis ich es Großmama und Happy erzählt habe... Hast du es Papa schon gesagt? Oh, Petie, wie ist es dazu gekommen?«

Er lachte, erleichtert, wie ich glaubte.

»A: Warte noch, bis du es Großmama und Happy erzählst, wir wollen es erst Sarahs Familie sagen. B: Nein, ich habe es Papa noch nicht gesagt. Wir haben es erst heute abend beschlossen, und er hält gerade einen Vortrag in Brookline. Und C: Sarah hat mir erklärt, daß sie nie mehr auch nur ein Wort mit mir reden würde, wenn sie dich nicht zur Schwiegermutter bekäme und jeden Sommer nach Retreat fahren könne. Was hatte ich da für eine Wahl?«

Ich schwieg. Natürlich, Sarah Forbes würde nicht nur Peties Frau werden, sondern auch meine Schwiegertochter. Natürlich, sie würden ihre Sommer hier in Liberty verbringen, wie das Petie immer getan hatte; was hatte ich gedacht? Plötzlich sah ich all die kommenden Jahre in diesem alten Schindel-Cottage vor mir: zwei Frauen, Schwiegermutter und Schwiegertochter, nur daß ich jetzt die Ältere sein würde und dieses kleine, braune, entschlossene Mädchen, das ich nicht kannte, die Jüngere. Und sie würde warten, warten, bis sie an der Reihe war...

Ich wollte Retreat doch wenigstens eine kleine Weile für mich selbst haben, dachte ich verzweifelt. Ich wollte es nur für Peter und mich haben. Nur ein paar Sommer lang. Ich will nicht, daß diese starke, junge Frau herkommt, mich beobachtet, mich bedient und abwartet...

»Jetzt gebe ich dir Sarah«, sagte er. »Sie will mit dir sprechen –«

»Liebling, Großmama ruft nach mir, und es geht ihr wirklich nicht gut«, sagte ich hastig. »Ich muß nach ihr sehen. Gib Sarah einen Kuß von mir, und sag ihr, daß ich das alles ganz wundervoll finde und daß wir wieder darüber reden, wenn ihr Papa Bescheid gesagt habt. Ruf mich morgen abend an.«

»Alles Liebe von uns beiden«, sagte er.

»Euch auch, Liebling. Mach's gut.« Ich legte den Telefonhörer auf und saß lange in der Dunkelheit auf der obersten Treppenstufe, starrte ins Nichts und hörte in der Stille unter mir Stimmen, die noch gar nicht gesprochen hatten.

Natürlich hatte Mutter Hannah nicht gerufen, aber ich ging dennoch an ihre Tür, öffnete sie vorsichtig und spähte hinein. Sie lag auf der Seite und war mit der alten Wolldecke zugedeckt, die immer am Fußende ihres Bettes lag. Das Fenster war offen, und aus der Ferne konnte man wie regelmäßige Atemzüge deutlich das Rauschen der Brandung hören. Eine leichte Brise, die nach Tannennadeln und Salz roch, strich durch ihr Haar. Auf dem Boden neben dem Bett lag ihre Schreibmappe, und ich sah, daß sie das Sandwich gegessen und die Milch getrunken hatte. Ich schloß die Tür und ließ sie schlafen. Morgen war immer noch Zeit, ihr von Petie und Sarah zu erzählen. Ich wußte nicht, ob sie sich darüber freuen oder ärgern würde. Früher hätte sie sich nicht gefreut, aber die alte Frau, die in diesem stillen Zimmer schlief, war nicht mehr die, die ich in all den Sommern hier gekannt hatte. Sie war nicht einmal mehr die gleiche Frau, die dieses Jahr nach Retreat gekommen war. Und ich, dachte ich, während ich über den alten, gestrichenen Fußboden, der sich unter meinen Füßen kalt und klebrig anfühlte, zurück nach oben tappte, ich auch nicht.

Als ich am nächsten Morgen ziemlich spät mit dem Frühstückstablett zu ihr ging und sie fand, war ich nicht überrascht. Ich war erschrocken, ja; ich zitterte haltlos vor Entsetzen und Trauer, wie ich es in dieser Stärke nie erwartet hätte, aber überrascht war ich nicht. Die Frau, die ich seit meiner Heirat gekannt hatte, hatte mich schon längst verlassen, und die alte Frau, die da still und leblos im Bett lag, war beinahe eine Fremde für mich. Ich kniete mich neben sie hin und nahm mit beiden Händen ihre Hand. Sie war kalt, sehr kalt, und auch ihr stilles Gesicht war kalt, und die lose hängende, seidenweiche Haut an ihrem Hals.

»Ach, wärst du doch noch nicht fortgegangen«, flüsterte ich. »Ich hätte dir noch soviel zu erzählen gehabt.«

Ich stand auf, ging zum Telefon im Erdgeschoß und rief Amy Potter in Braebonnie an. Und damit setzte sich wieder einmal der langsame Festzug des Todes in Bewegung, so wie es in Retreat Sitte war, dieses Mal für Mutter Hannah und daher auch für mich.

Erst am Abend, als Peter und Petie schon auf dem Weg nach Retreat waren und Happy bei Priss und Tobias Thorne und ihren sanftmütigen Töchtern untergebracht war, fand ich den Brief, den sie mir hinterlassen hatte. Er lag in ihrer Schreibmappe; als ich sie vom Boden aufhob, fiel der Deckel herunter, und ich sah den versiegelten Umschlag mit meinem Namen. Wann immer sie aufgehört hatte zu atmen, und aus welchem Grund auch immer, sie hatte vorher noch Zeit gehabt, diesen Brief zu schreiben. Ich glaube nicht, daß sie, als sie es tat, Schmerzen litt oder in Eile war, denn der Brief war ziemlich lang, und ihre Handschrift war rund, leserlich und schön, so gestochen und klar wie in ihrer Jugend.

Maude. Ich muß dir etwas sagen und glaube nicht, daß ich es persönlich tun kann. Dafür schäme ich mich, aber niemand kann aus seiner Haut, und du und ich, wir haben einander niemals ins Vertrauen gezogen. Das ist nicht unbedingt etwas Schlechtes, aber dadurch fällt es mir schwer, mit dir über so etwas zu sprechen. Deshalb schreibe ich dir, und wenn es so weit ist, wirst du es lesen.

Ich habe Liberty und alles, was dazu gehört, dir hinterlassen. Mein Testament in Boston bestätigt das. Ich weiß nicht, wie Peter darüber denken wird, aber ich hoffe, du hältst es nicht für nötig, ihm meine Gründe zu erläutern. Denn sie sind für ihn nicht schmeichelhaft. Du bist die Starke von euch beiden, Maude; das war mir immer klar, und deshalb habe ich dich auch nicht immer gemocht. Ich hätte mir gewünscht, daß Peter es wäre. Aber nun bist du es, und daher mußt du Liberty bekommen, und du mußt es so bewahren, wie es ist, und darauf achten, daß Peties Frau nach dir das ebenso tut. Bewahre das alles: dieses Haus, diesen Ort, diese Welt. Es ist alles, was wir Frauen haben.

Du wirst in deinem Leben noch große Veränderungen erleben; ich danke Gott, daß ich nichts davon mehr sehen werde. Aber ich weiß, daß du Retreat, diese Halbinsel und das Haus auf deine eigene Weise liebst, und du bist die einzige, die stark und rücksichtslos genug ist, es so zu bewahren, wie es ist, wenigstens noch eine Weile lang. Vielleicht kann das niemand mehr sehr lange. Du bist stark, Maude; ich konnte deinen Willen nicht brechen, genau wie auch meiner nicht gebrochen wurde. Dafür beglückwünsche ich dich. Vieles von dem, was ich dir zugemutet habe, tut mir leid, aber ich mußte wissen, ob du ausdauernd bist.

Paß auf Peter auf. Sichere diesen Ort ebenso für ihn wie für dich. Er braucht ihn wie die Luft und das Wasser, wird aber nicht immer die Kraft haben, hierzubleiben und ihn zu hüten. Auch sein Vater hatte diese Kraft nicht. Aber letzten Endes kann Peter diesen Ort ebensowenig verlassen, wie sein Vater das konnte.

Ich glaube, das Cottage wird von dir auf Sarah Forbes übergehen. In ihr sehe ich, was ich in dir sah, als du sehr jung warst, auch wenn ich nicht sagen kann, daß ich sie sehr mag. Petie kann Liberty nicht bewahren, und ich bezweifle sehr, daß die arme Happy es kann. Und so wird es Sarah sein oder eine Frau, die ihr ähnlich ist. Du wirst dich doch darum kümmern, daß Petie sich aufrafft und ihr einen Heiratsantrag macht? Das kannst du, denn er tut alles, was du sagst.

Danke für diesen Nachmittag und für vieles andere, Maude. Vergiß nie, daß Gretchen Winslow dir nicht freundlich gesinnt ist, und ich glaube, es wäre keine schlechte Idee, sie gelegentlich in den Hintern zu treten, nur aus Prinzip.

Der Brief war formal mit *Hannah Stuart Chambliss* unterschrieben und mit dem Datum versehen. Ich las den letzten Satz noch einmal und begann zu lachen, und dann legte ich mein Gesicht in die Hände und weinte um meine geliebte Feindin.

Sehr spät an diesem Abend, nachdem Peter und Petie gekommen waren und ein Krankenwagen aus Castine Mutter Hannah abgeholt hatte, gingen Amy und ich hinunter zum Jachtclub und setzten uns auf die Veranda. Peter war mit seiner Mutter mitgefahren, und Petie telefonierte mit Sarah.

Eine Weile lang saßen wir schweigend im Mondschein. Draußen in der silbern gesprenkelten Bucht schienen die dunklen Bukkel von Spectacle und Osprey Head wie in Licht gebadet, und die Inseln weiter draußen sahen so aus, als schwämmen sie in der Luft anstatt auf dem Wasser. Die Sterne blitzten und schienen immer höher zu klettern. Kein Lüftchen wehte, und kein Geräusch war zu vernehmen außer dem stetigen Knarzen der alten Weidenschaukelstühle. Da streckte Amy den Arm aus und nahm meine Hand.

»Jetzt sind wir an der Reihe«, sagte sie.

»Womit?« fragte ich. Ich war fast bewußtlos vor Müdigkeit und viel zu erschöpft, um neugierig oder überrascht zu sein. Aber die Wärme ihrer Hand war angenehm.

»Auf der Veranda zu sitzen. Wir haben jetzt das Recht auf die Schaukelstühle. Wir werden nicht mehr für alte Frauen aufstehen. Wir sind jetzt diejenigen mit den Privilegien.«

»Ach Amy«, sagte ich, und mir kamen wieder die Tränen, wie heute morgen, als ich eine andere Hand in der meinen gehalten hatte, die einer Toten. »Ach Amy. Diese Privilegien wollte ich nie.«

NEUNTES KAPITEL

Nach vielen Jahren habe ich heute nachmittag auf der Veranda in Liberty zum ersten Mal wieder den schrillen, jammernden Schrei eines Fischadlers gehört. Ich hörte ihn sehr deutlich, ungeachtet der Tatsache, daß mein schwindendes Hörvermögen schon seit einiger Zeit eine ständige Quelle des Ärgers für mich und zweifellos auch für meine Umwelt ist. Aber dieser durchdringende Schrei war klar und kam ganz aus der Nähe, auch wenn, wie ich bereits gesagt habe, die Geräusche hier am Wasser seltsam klingen, und der Nebel, der die Kolonie jetzt einhüllt, sich um diese Zeit bereits senkte, so daß ich nicht genau sagen konnte, aus welcher Richtung der Schrei kam. Jedenfalls nicht vom Osprey Head. Es ist schon sehr lange her, daß dort zum letzten Mal die Fischadler nisteten. Die Seeadler, die an ihrer Stelle jetzt dort leben, sind wunderschöne Vögel, ihre Pracht läßt einem das Herz stillstehen, und die Ferienkolonie schützt sie im allgemeinen sehr viel besser als früher die viel häufigeren Fischadler, aber ich habe diese ersten starken und treuen Bewohner immer vermißt.

Dieser Schrei machte mich ganz plötzlich auf eine überwältigende Weise glücklich. Es war die gleiche, schwindelerregende Welle reiner Freude, wie ich sie schon einmal in der Kindheit erlebt hatte. Ich kann mich noch deutlich daran erinnern: Damals stand ich an einem Oktobernachmittag auf einer Lichtung am Wappoo Creek, ganz allein in der eigentümlichen Stille, die der Herbst in den Sümpfen mit sich bringt, gebadet im zähen Honiggold der Sonne, das durch die Bäume rings herum fiel, die gerade begannen, die gedämpften, metallischen Herbstfarben anzulegen. Ich weiß nicht mehr, was ich gerade gemacht hatte, nur noch, daß ich auf einmal ganz still dastand und meine Augen schloß. Und plötzlich erschütterte mich ein so aufwühlendes Gefühl der Freude, ja der Euphorie, daß ich nur noch meine Arme um mich schlingen und den Atem anhalten konnte. Goldene Feuerräder drehten sich hinter meinen geschlossenen Lidern, und dann stiegen mir Tränen in die Augen, glitten unter meinen Wimpern durch und liefen mir übers Gesicht. Ich weiß nicht, was dieses Erlebnis bedeutete, aber es veränderte mich in gewisser Weise; ich kannte nun die vollkommene Freude, an der ich meine zukünftigen Erfahrungen messen konnte. Seitdem ist nichts mehr dem gleichgekommen. Einige Augenblicke kamen nahe heran, aber keiner hatte diese alles auslöschende, alles aufhebende Kraft. Ich hätte nie geglaubt, daß ich so etwas noch einmal fühlen würde, aber heute nachmittag, als ich den Ruf des Fischadlers vernahm, geschah es doch. Es dauerte kaum einen Atemzug lang, aber danach war ich sowohl erschüttert als auch besänftigt. Das ist ein sehr großes Geschenk für eine Frau, die am Ende ihres Lebens steht.

Sehr alte Menschen wissen etwas über den inneren Frieden. Sie haben sich durch das dunkle, niederdrückende Wissen um den Tod – ihren eigenen Tod – gekämpft, mit dem das mittlere Lebensalter eingeleitet wird, und waren dort, wo ihnen die Kindheit noch einmal begegnet und sie zu jenem unbeschreiblichen Schatz führt, den nur die ganz Jungen und die Alten kennen: die Stille des Augenblicks. Die Bereitschaft, jeden Tag so zu leben, wie er zu ihnen kommt, mit allen Sinnen. Die Kinder können das, weil sie noch nichts von den Schmerzen, der Furcht und den Gefährdungen wissen, die das Leben mit sich bringt; die Alten tun es, weil sie um all diese Dinge wissen und sie nur dann ertragen können, wenn sie im Augenblick bleiben.

Ja, die Alten können etwas über den inneren Frieden sagen, aber nur selten über die reine Freude, und daher erschien mir das, was heute nachmittag auf den Schwingen eines irgendwo über mir fliegenden Fischadlers zu mir kam, wie eine Gnade. Ich glaube, die reine, erschütternde Kraft dieser Freude verdankte sich der Tatsache, daß es mein eigenes Kind war, das vor so vielen Sommern die Fischadler aus Retreat vertrieben hatte.

Nach Mutter Hannahs Tod hatte uns die Veränderung, die ich nach Miss Charity Snows Selbstmord vorausgesagt hatte, endlich eingeholt. Es ist seltsam, daß ich meine deutliche Vorahnung im Frühsommer niemals mit dem möglichen Tod eines Familienmitglieds in Verbindung brachte. Nach all den Jahren unserer Ehe erschien mir Peter das lebendigste menschliche Wesen, das ich überhaupt je kennengelernt hatte, und an den Tod der eigenen Kinder denkt man ohnehin nie. Das galt zumindest für mich. Und Mutter Hannah schien mir trotz ihrer Krankheit und Gebrechlichkeit das ewige Leben zu haben. Daher war ich erst später in der Lage zu erkennen, daß die Dunkelheit, die in jenem Sommer über uns kam, in der Nacht ihres Todes einsetzte. Solange ich ihr ausgeliefert war, schlug ich lediglich in Schmerz und Hilflosigkeit um mich und fragte mich verzweifelt, was eigentlich mit uns geschehen war und warum.

In den Stunden nach dem Tod seiner Mutter bewegte sich Peter wie ein Automat; er war aschfahl, sein Gesicht versteinert verschlossen. Diesmal war ich es, die sich um Getränke und Essen für die Trauergäste kümmerte, denn natürlich kam die gesamte Kolonie. Ich öffnete die Tür, ging ans Telefon, nahm die Blumensträuße, Briefe und Telegramme entgegen, tätschelte die gebrechlichen, altersfleckigen Hände der alten Damen, die Mutter Hannahs Altersgenossinnen gewesen waren, und lächelte und dankte den jüngeren Frauen und Männern, für die sie ihr ganzes Leben ein Fixstern in diesem kleinen Firmament gewesen war. Christina Willis schickte immer neues Essen, und Micah brachte Feuerholz, mähte den Rasen und machte Einkäufe für mich, und sogar Happy, die in den ihr verhaßten Röcken und Halbschuhen mürrisch und plump wirkte, empfing an ein oder zwei Nachmittagen die Besucher an der Tür. Petie kam aus Boston und kümmerte sich um die bürokratischen Einzelheiten des Todes, die an einem kleinen, abgelegenen Ort so ermüdend und lästig sein können: den Totenschein, die Todesanzeigen in den Zeitungen Neuenglands, die telefonischen Verhandlungen zwischen dem Beerdigungsinstitut in Castine und Fitzgerald's, der Firma in Boston, die sich seit unvordenklichen Zeiten um die Begräbnisse der Familie Chambliss kümmerte, die Gottesdienste dort und die Bestattung.

Peter ging mit Parker Potter zum Segeln.

Als er nach beinahe zwei Tagen zurückkehrte, stritten wir uns deshalb.

»Wie konntest du das tun?« sagte ich. Ich war den Tränen nahe vor Erschöpfung, vor Trauer und vor unbändiger Wut auf ihn. Er war sonnengebräunt von den Stunden auf dem Wasser, und die goldenen Bartstoppeln auf seinem Gesicht und die umschatteten Augen schienen mir in erster Linie ein Zeichen von Sorglosigkeit und Gleichgültigkeit zu sein.

»Das war ganz leicht«, sagte er verkniffen. »Man löst die Leinen, zieht das Großsegel hoch, und ab geht's.«

»Du weißt genau, was ich meine. Als dein Vater starb, bist du segeln gegangen. Als Petie zur Welt kam, warst du beim Segeln. Und jetzt, wo deine Mutter gestorben ist, gehst du ebenfalls segeln. Wenn es dir schon egal ist, daß wir hier alles für dich tun, dann könntest du wenigstens an die alten Freunde deiner Mutter denken. Sie haben sie auch geliebt, weißt du.«

»Auch?« sagte er, und seine Augen wurden plötzlich hart und gnadenlos wie das Meer im Winter. »Was meinst du mit auch? Du hast sie doch nie leiden können.«

Ich rang nach Atem, als hätte er mich geschlagen. Aber es war schlimmer als das. In meinen Augen standen Tränen, und mein Mund zitterte angesichts dieser unfairen, verletzenden Bemerkung.

»Das stimmt nicht«, sagte ich und versuchte, meine Stimme unter Kontrolle zu behalten. »Ich habe sie auf eine Weise geliebt, die du nie verstanden hast, weil du nicht da warst. Und ich bin bei ihr geblieben. Ich habe mich um sie gekümmert. Wir waren vielleicht nicht die besten Freundinnen, sie und ich; vielleicht war ich auch niemals die Schwiegertochter, die sie sich wünschte, aber ich war da. Und nur weil ich da war, konntest du jederzeit zum Segeln gehen, wenn du Lust hattest.«

»Nun, dafür danke ich dir sehr, heilige Maude. Aber es hat auch nicht viel genützt, oder? Sie ist trotzdem gestorben«, sagte er, und diesmal war der Schmerz in seinem Gesicht und in der Stimme deutlich zu erkennen. Es war ein älterer, tieferer Schmerz als der, den ich gesehen hatte, als sein Vater starb; damals war es pure, flackernde Wut gewesen. Jetzt war der Schmerz dunkel, dumpf und endlos. Er würde Peter verändern. Das Band zu seiner Mutter, das er so lange und entschieden geleugnet hatte, hatte dennoch existiert; jeden einzelnen Sommer seines Lebens war er vor ihr davongelaufen, aber sie hatte ihn doch nicht losgelassen. Mein Ärger verflog, und an seine Stelle traten der Schmerz über seinen Schmerz und eine kalte Angst. Was würde nun aus uns werden, aus Peter und mir? Wer würden wir sein, wenn sie nicht mehr da war, um uns unsere Plätze zuzuweisen?

»Es tut mir leid«, sagte ich. »Es macht nichts, und jetzt bist du ja da. Ich dachte, wir sollten morgen, bevor wir nach Boston zurückfahren, einen ganz kleinen Gottesdienst in der Kapelle halten lassen. Ich habe den neuen Pfarrer angerufen, und er sagte, er sei gern bereit, eine kleine Gedenkfeier abzuhalten, und Petie geht herum und sagt den Leuten –«

»Das liegt ganz bei dir«, sagte er. »Ich fahre allerdings schon heute abend zurück. Ich möchte mit ihr nach Hause fahren. Ich übernachte im Universitätsclub.«

»Aber... ich dachte, wir fahren alle miteinander morgen nachmittag mit dem Zug. Die Firma Fitzgerald's nimmt sie in Empfang und kümmert sich um sie. Ich habe Mrs. Harris gebeten, das Haus aufzusperren und alles für einen kleinen Empfang nach der Beerdigung vorzubereiten, und Petie hat Tickets für uns –«

»Ich mache das lieber allein, Maude«, sagte er, ohne mich anzusehen. »Nur ein Gottesdienst am Grab. Ich rufe heute abend deshalb Dr. Constable an. Jeder wird verstehen, wenn es nach dem Gottesdienst keinen Empfang gibt; ich lebe nicht mehr in Boston, seit ich das College verlassen habe, und du hast überhaupt nie dort gewohnt, und die meisten ihrer Freunde sind tot. Hermie kann später etwas veranstalten. Es scheint mir einfach besser so.«

Ich starrte ihn an.

»Peter, sie ist meine Schwiegermutter. Sie ist Happys und Peties Großmutter –«

»Petie kann mit mir kommen«, sagte er ungerührt. »Er muß sowieso wieder in die Bank. Es wäre besser, wenn Happy hier bei dir bleibt. Ich weiß nicht, ob ich sie jetzt ertragen kann, und außerdem muß ich in die Schule zurück. Ich fahre nach dem Gottesdienst direkt dorthin.«

»Aber jeder würde es verstehen, wenn du dir den Rest des Sommers freinimmst«, sagte ich. Mein Herz klopfte angstvoll, und mein Mund war ausgetrocknet. »Charles wird doch einen Monat oder so auch allein fertig. Peter, Liebling, nimm dir etwas Zeit, damit die Wunde heilen kann; du kannst doch nicht so tun, als sei gar nichts passiert. Du könntest segeln, wir könnten zum Picknick gehen, wir könnten ein bißchen herumfahren.«

»Jetzt, nachdem sie weg ist und du deine Freiheit hast?« sagte er und lächelte mich an; es war ein furchtbares Lächeln. »Ich glaube nicht, Maude. Aber herzlichen Dank.«

»Warum tust du mir das an?« flüsterte ich.

»Ich weiß nicht, wovon du sprichst«, sagte Peter, ging aus dem Zimmer und die Treppe hinauf. Als er zwei Stunden später wieder herunterkam, war er rasiert und stadtfein gekleidet, und kurz danach fuhren er und Petie mit Micah Willis fort, der sie zur Bahnstation nach Ellsworth brachte. Er legte den Arm um mich, bevor er ging, und drückte meine Schultern liebevoll, aber er gab mir keinen Kuß. Es war das erste Mal in unserem gemeinsamen Leben, daß er ohne Abschiedskuß wegfuhr. Mit aller Kraft kämpfte ich gegen den Schmerz und die Tränen an, damit weder er noch Petie oder Micah Willis sie zu sehen bekamen. Erst als das Auto die Straße entlanggeholpert und nicht mehr zu sehen war, ließ ich die Tränen strömen. Aber Happy sah sie. Sie kam von der Veranda hereingelaufen, wo sie uns belauscht hatte. Demonstrativ trug sie ihre ältesten Tennisschuhe und die schmutzigsten Jeans, ihr Gesicht war fleckig vor Ärger und, wie mir erst später klar wurde, vor Schmerz, und sie war zum Angriff gerüstet.

»Du hast ihn weggeschickt!« heulte sie. »Du hast Papa weggeschickt, dabei hat er gesagt, daß er bleiben würde; er hat mir versprochen, daß er bleibt und daß wir etwas zusammen machen!... Oh, ich hasse dich, und ich hasse diese dumme alte Frau!«

Ich sah, daß sie tatsächlich blind vor Tränen war, und streckte erschrocken die Arme nach ihr aus. Wir waren alle an Happys Ausbrüche gewöhnt, aber das war die Wut und Trauer eines sehr viel jüngeren Kindes. In diesem Sommer hatte ich mich oft über sie geärgert, aber ihr Leid und ihre Empörung hatten mir auch weh getan und mir deutlich meine Unfähigkeit gezeigt, sie zu beruhigen und ihre Bedürfnisse zu befriedigen. Auch Petie war ein gieriges Kind gewesen, der vor Wut über die eigene innere Leere um sich schlug, aber ihn hatte ich immer besänftigen können. Beinahe von Anfang an hatte Happy nie etwas anderes gewollt als immer nur Peters Arme und sein Herz. Und genau wie bei Petie war er einfach nicht fähig gewesen, ihr das zu geben. Ich habe nie verstanden, warum dieser Mann, dessen Liebe, ja, dessen ganzes Wesen mich erfüllten und trugen, keine Verbindung zu seinen Kindern herstellen konnte. Vielleicht war gerade diese Liebe zu mir der Grund, dachte ich, während ich versuchte, mein wütendes Kind in die Arme zu nehmen. Und bei diesem Gedanken überfluteten mich erneut Schmerz und Schuldgefühle.

Happy zuckte vor mir zurück und kreischte weiter. Das alte, bedrückende Bewußtsein, ihre Bedürfnisse nicht erfüllen zu können, stieg wieder in mir auf, und ich ließ die Arme sinken und setzte mich in den alten Korbschaukelstuhl. Ach, meine Kinder! Warum waren sie nur beide von einer so unstillbaren Sehnsucht besessen? Warum hatte ich keine Nahrung, die sie sättigen konnte? Und warum erkannte Peter, wenn er seine Distanz zu ihnen schon nicht verringern konnte, nicht wenigstens, was er ihnen damit antat?

Ich saß schweigend da und hoffte, daß sich der Wutanfall beruhigte, damit sie mich wenigstens hören und ich vernünftig mit ihr reden konnte. Ich wußte, daß Peter ihr nicht versprochen hatte, den Sommer über hierzubleiben; dieses Phantom war ihrem Wunschdenken entsprungen. Außerdem war sie durch den plötzlichen Tod ihrer allgegenwärtigen Großmutter weitaus verwirrter und verängstigter, als sie es jemals zugegeben hätte. Und ich wußte, daß sich ihr Bedürfnis, Peter zu verletzen und zu bestrafen, nun auf mich richtete. So reagierte sie auch, wenn sie auf Petie wütend und eifersüchtig war, den sie als meinen Liebling betrachtete. Ich mußte einfach abwarten, bis sie sich beruhigt hatte. Ich schloß die Augen.

Augenblicklich hörte das Schreien auf, und eine Stille trat ein, die sich endlos hinzuziehen schien. Ich wollte die Augen öffnen, einen Moment noch, dann würde ich es tun. Einen Moment... ich war so müde...

»Du kannst nicht einmal wach bleiben, während ich mit dir rede«, schrie Happy in voller Lautstärke, rannte aus dem Haus und schlug die Tür hinter sich zu. Als ich den Weg erreicht hatte, war sie schon nicht mehr zu sehen, und ich hörte das Scharren ihrer Turnschuhe auf dem Felspfad zum Strand unterhalb von Braebonnie. Gerade wollte ich ihr nachlaufen, da klingelte das Telefon. Ich blieb stehen, drehte mich um und ging hinein, um den Hörer abzunehmen.

Ich hätte es klingeln lassen sollen.

Noch lange Zeit danach bekam ich sie nicht mehr unter Kontrolle. Sie verschwand einfach, ohne mir zu sagen, wo sie hinging. Nachdem sie zwei- oder dreimal erst lange nach Einbruch der Dunkelheit mit ihrem Fahrrad zurückgekommen war, während ich schon mit dem Auto die ganze Kolonie abgefahren und jeden angerufen und gefragt hatte, ob er sie gesehen habe, und sogar bereits überlegt hatte, den Sheriff zu alarmieren, sperrte ich das Fahrrad in die Garage und versteckte den Schlüssel. Nach einem enormen Wutanfall und drei Tagen schlimmsten Schmollens schien sie ihre Strafe zu akzeptieren. Sie erkundigte sich, ob sie sich mit Francie Duschesne treffen dürfe, Christina Willis' Nichte. Francie lerne in diesem Sommer das Quiltnähen und habe angeboten, es ihr zu zeigen.

»Das macht Spaß, glaube ich«, sagte sie. »Außerdem gibt es niemanden in der Kolonie, der so etwas macht.«

»Ja, das wird dir bestimmt gefallen«, sagte ich und strich ihr das helle Haar aus der Stirn. In diesem Sommer wurde sie vom Kind zur Frau. Peters hohen Wangenknochen erschienen in ihrem runden, teigigen Gesicht, und meine eigenen vollen Brüste begannen zu knospen. Ich fragte mich, ob es ihr wohl etwas ausmachte, so wie mir damals.

»Wenn du mich läßt, könnte ich mit dem Fahrrad hinüberfahren«, sagte sie. »Der Quilt-Rahmen steht im Hof der Bootswerft. Ich komme nicht wieder so spät heim, ich verspreche es.«

Ich zögerte. Zwar mochte ich Francie Duschesne; sie war das Kind von Tinas jüngerem Bruder Clovis, der ein strenger und altmodischer Vater war. Francie war hübsch, gescheit und fröhlich, wenn auch sehr scheu, und ich dachte, etwas von Happys Lebendigkeit könnte ihr sicher guttun, während Happy umgekehrt etwas von ihrem guten Benehmen lernen konnte. Aber ich mochte ihren älteren Bruder Jackie nicht, der im Dorf schon häufiger durch Vandalismus und Raufereien für Unruhe gesorgt hatte. Er arbeitete mit Micah und Caleb auf der Bootswerft; Micah hatte ihn, wie ich von Tina wußte, Clovis zuliebe Anfang des Sommers aufgenommen. Aber sie fürchtete, daß es nicht gutgehen würde.

»Er ist verschlagen und schwierig«, sagte sie. »Clovis will das nicht sehen, und Micah duldet es nicht. Ich mache mir Sorgen.«

Es gefiel mir nicht, daß Jackie in Happys Nähe war. Aber Quiltnähen – und das auch noch im Hof direkt unter Micahs Augen – war natürlich harmlos. Und ich wußte, daß Happy in der Kolonie einsam war und ihren Vater und ihre Großmutter vermißte.

»In Ordnung«, sagte ich. »Aber sei bitte vor Einbruch der Dunkelheit zu Hause, Liebes.«

Und so fuhr sie jeden Morgen mit ihrem Fahrrad hinüber, und wenn sie am Abend zurückkam, sprudelte sie über vor Begeisterung für Stiche und Muster. Allmählich entspannte ich mich und ließ mich in die Stille des Cottages sinken wie in kühles Wasser. Ich tat, was ich in diesen langen Sommern immer getan hatte, entweder auf Mutter Hannahs Aufforderung hin oder später unter ihren strengen Augen: Ich besorgte das Essen, wusch und polierte Besteck und Porzellan, ich schrieb Listen, arbeitete im Garten, machte Besuche in der Kolonie und fuhr alte Damen zu ihren Besorgungen und Ausflügen, spielte ein wenig und schlecht Bridge, verbrachte Nachmittage zusammen mit Amy am Strand unterhalb von Braebonnie, las, hörte Musik, ging in der schnell hereinbrechenden Dämmerung zu Cocktaileinladungen, hatte selbst Leute zu Besuch und absolvierte gelegentlich ein frühmorgendliches Tennisspiel mit den Frauen aus Mary's Garden. Ich kochte kleine Abendmahlzeiten für Happy, mich und manchmal auch für Micah und Tina, und wie immer kamen die beiden abends zu Besuch.

Nur tat ich diese Dinge jetzt aus eigenem Antrieb. In meinem eigenen Haus. Und auch wenn Mutter Hannah jetzt noch immer bei uns war, fast wie früher, als sie nur zwei Zimmer weiter in ihrem Bett gelegen hatte, so würde diese eigenartige Anwesenheit doch allmählich weniger spürbar werden. Ich vermißte vielleicht die Frau, die ich in diesem letzten Sommer kennengelernt hatte, aber keinesfalls jene, die all die anderen Sommer so sehr überschattet hatte. Im August ließ ich Micah Willis die Fliederbüsche stark zurückschneiden, und nun badete das Cottage, im wörtlichen wie im übertragenen Sinne, in hellem Licht.

»Ja, uns geht es gut«, sagte ich zu Peter, wenn er anrief, was er gewöhnlich ein- oder zweimal in der Woche tat. »Das Wetter ist schön, und ich entwickle eine Alltagsroutine, die mir gut gefällt, glaube ich. Und Happy hat sich mit Tinas Nichte angefreundet, sie lernt das Quiltnähen, kannst du dir das vorstellen? Lach nicht, vielleicht sparst du damit das Geld für ein Boot... Ja, ich vermisse dich auch. Wir vermissen dich beide. Wir freuen uns auf dich.«

Von meinen Schwierigkeiten mit Happy hatte ich ihm nichts erzählt. Am Tag nach der Beerdigung seiner Mutter hatte er angerufen und sich wortreich für sein Verhalten entschuldigt, und ich war so dankbar gewesen, ihn wieder bei mir zu wissen, und so voller Mitleid angesichts der grauen Trauer und der Schmerzen, die ich hinter seinen Worten fühlte, daß ich diesem Kummer keinen neuen hinzufügen wollte. Und im tiefsten Inneren wußte ich auch, daß ich alles tun würde, um den Ton kalter Ablehnung nicht hören zu müssen, den Happys Benehmen so oft in seiner Stimme erzeugte. Mit Happy wurde ich schon allein fertig.

Am ersten Sonntag im August, kurz nach vier Uhr nachmittags, bog der staubige blaue Sedan des Sheriffs in die Einfahrt von Liberty. Langsam und mit starrem Gesicht stieg John Gray aus. Er griff nach hinten auf den Rücksitz, zog Happy heraus und führte sie den Weg herauf zur Tür. Ich saß gerade auf der Veranda und las, eingehüllt in die Sonntagsstille Retreats und jenen zähflüssigen Frieden, der einen Sturm ankündigt. An der Tür trafen wir zusammen, und mein Herz schlug langsam, müde und laut. Happys Gesicht war kalkweiß und ihre Nase und Augen vom Weinen geschwollen und gerötet.

»Was ist passiert?« Nur mühsam brachte ich diese Worte heraus. »Ist sie verletzt? War es ein Unfall?«

»Sie ist nicht verletzt, nein«, sagte John Gray. »Und man kann wohl kaum sagen, daß es ein Unfall war.«

Seine Stimme war so ausdruckslos wie sein Gesicht, aber ich bemerkte, daß er nach Luft rang und daß in seinen Augen Wut stand. Ich sah Happy an, die zu heulen begann und das Gesicht mit den Händen verdeckte.

»Was ist los?« fragte ich und wünschte mir mehr als alles in der Welt, seine Antwort nicht hören zu müssen.

»Ich habe sie, Francie und Jackie Duchesne drüben am Osprey Head erwischt«, sagte John Gray. »Ein vorüberfahrendes Schiff hatte mich über Funk verständigt. Als ich hinkam, hatten sie das Nest heruntergerissen und zerfetzt, erst mit Steinen, von denen sie einen ganzen Haufen gesammelt hatten, und zum Schluß wohl mit den Händen. Die jungen Vögel waren verschwunden, bis auf einen, den sie mit einem Stein erwischt haben. Sie schienen schon ziemlich ausgewachsen, aber bestimmt flogen sie noch nicht sehr gut. Ich habe den Vogel erschossen, es ging nicht anders. Wissen Sie, ich bin einmal raufgeklettert und habe das Nest ausgemessen, als die Vögel im Winter fortgeflogen waren. Es hatte fast eineinhalb Meter Durchmesser und an der Basis einen Umfang von etwa sechs Metern. Und es war etwa einen dreiviertel Meter hoch. Jedes Jahr ist es gewachsen, und keiner kann sich mehr erinnern, wann es entstanden ist. Ich weiß jetzt noch nicht, ob sie dafür bestraft werden, aber bei den Mädchen geht das wohl sowieso nicht. Den Jungen könnte ich dafür einsperren, das habe ich schon einmal gemacht. Aber wenn jemand Anzeige erstatten will, werde ich ihn nicht daran hindern. Die anderen beiden habe ich zu Clovis runtergebracht. Wenn ich Sie wäre, würde ich das Mädchen eine Weile im Haus behalten. Diese Vögel haben vielen Leuten hier etwas bedeutet.«

Er drehte sich um und marschierte den Weg wieder hinunter. Schockiert und verzweifelt stand ich da und sah mein Kind an.

»Warum?« flüsterte ich. Meine Ohren dröhnten.

»Sie haben mich dazu gezwungen!« heulte Happy. »Jackie und Francie haben gesagt, sie wären nicht mehr meine Freunde, wenn ich nicht mitmachen würde. Es war nicht meine Schuld!«

Eine Wut erfüllte mich, die so eiskalt und schrecklich war, daß mir übel wurde. Am liebsten hätte ich sie geschüttelt, bis sie die Besinnung verlor. Ich hätte alles getan, um ihre Stimme nicht mehr hören zu müssen. Diese anmutigen, treuen Vögel, ihre Stärke, ihr Stolz, ihre Schönheit...

»Geh hinauf in dein Zimmer und komm ja nicht mehr herunter«, sagte ich. Ich mußte mich zwingen, diese Worte zwischen meinen Zähnen hindurchzupressen. Mein Mund zitterte. »Bleib oben, bis ich dir sage, daß du wieder herauskommen darfst. Ich bring dir dein Abendessen, aber ansonsten will ich dich für den Rest des Tages nicht mehr sehen. Es ist mir egal, wer dir was gesagt hat. Keine Macht der Erde kann ein menschliches Wesen dazu bringen, das zu tun, was du diesen Vögeln angetan hast. Das ist das Schlimmste, was ich jemals gehört habe. Ich weiß, daß wir darüber hinwegkommen werden, aber im Augenblick weiß ich nicht, wie.«

»Ich hasse dich!« schrie Happy. »Du hast mich auch dazu gebracht, genauso wie Francie und Jackie. Ich will meinen Papa; mein Papa würde dir nicht erlauben, so mit mir zu reden!«

»Nun, diesen Wunsch kann ich dir erfüllen, denn ich rufe ihn gleich an«, sagte ich und ließ sie stehen.

»Nein! Ruf ihn nicht an, ruf Papa nicht an!«

Ihre Stimme stieg immer höher und wurde hysterisch. Ich konnte die Verzweiflung und den Schrecken darin hören und den tiefen Selbsthaß, der sie ihr ganzes Leben verfolgen sollte. Ich hatte entsetzliche Dinge zu ihr gesagt, Dinge, die ihr das Blut gerinnen ließen. Aber in diesem Augenblick war mir das völlig egal.

»Weißt du, was dein Vater einmal zu mir gesagt hat?« sagte ich. »Wir waren drüben, um die Fischadler anzusehen, und er sagte: ›Ich habe so oft gehört, daß es Unglück bringt, einen Fischadler zu töten, aber für mich ist es einfach eine Sünde.‹ Ich glaube, er wird sehr ärgerlich sein, wenn er hört, weshalb er kommen muß, Happy. Jetzt geh hinauf.«

»Na ja, wenigstens kommt er, nicht wahr?« rief sie schrill, während sie die Treppe hinaufstapfte. »Ob er will oder nicht, jetzt muß er kommen!«

Ich erledigte den Telefonanruf, und dann ging ich hinaus auf die Veranda und saß einfach nur da, bis es dunkel wurde. Mehrmals hörte ich das Telefon klingeln, aber ich rührte mich nicht. Irgendwann im Lauf des Abends kam Amy Potter auf die Veranda, stellte sich neben mich, nahm meine Hände und sagte: »Ich habe gerade davon gehört. Es tut mir so leid, Maude. Dieser Jackie ist schrecklich, davon war ich schon immer überzeugt... Es wird vorübergehen. Der Sommer ist schon fast vorbei. Bring sie bald nach Hause, und wenn ihr im nächsten Sommer wiederkommt, ist es Vergangenheit, und niemand spricht mehr davon. Keiner glaubt, daß es deine Schuld war, das weißt du.«

»Inzwischen wissen es alle«, sagte ich leblos.

Sie schwieg einen Moment, dann sagte sie: »Ja, wahrscheinlich. Kommt Peter? Willst du, daß ich bei dir bleibe?«

»Nein, aber vielen Dank«, sagte ich und drückte ihr die Hand. »Er wird in etwa einer Stunde hier sein. Ich... brauche etwas Ruhe. Ach Amy. Unsere Kinder.«

»Ja«, sagte sie. »Unsere armen Kinder.«

Peter kam kurz vor Mitternacht. Sein Gesicht sah so aus, daß ich eine Ahnung davon bekam, wie er als sehr alter oder sterbender Mann aussehen würde. Ich weiß nicht, ob er auf mich wütend war, aber wenn er es war, dann verschwand dieses Gefühl, sobald er mich sah, denn offenbar zeigte mein Gesicht einen ähnlich schrecklichen Ausdruck wie das seine. Er stieß einen leisen Ton aus, kam auf mich zu, legte seine Arme um mich und begrub sein Gesicht in meinem Haar. Wir hielten uns fest und schaukelten vor und zurück in unserem Schmerz. Schließlich hob ich den Kopf.

»Es ist fast, als sei jemand gestorben«, sagte ich heiser. »Natürlich ist es nicht ganz so schlimm.«

»Ich fühle mich so, als wäre jemand gestorben«, sagte er. »Ich wünschte beinahe –«

»Peter!«

»Ist sie in ihrem Zimmer?«

Ich nickte. »Peter, vielleicht ist es besser, wenn du bis morgen wartest. Ich war entsetzlich streng zu ihr, und sie hat enorme Angst davor, was du wohl sagen wirst. Ich glaube wirklich – sie sagt, Jackie Duchesne hat sie dazu gezwungen.«

Er sah mich einfach nur an.

»In Ordnung«, sagte ich. »Ich kann mir nicht vorstellen, daß sie schläft.«

Ich werde nie genau erfahren, was er zu ihr gesagt hat. Einmal hörte ich sie schreien, und ich dachte kurz, er habe sie vielleicht geschlagen, aber das war natürlich Unsinn, so etwas hätte er nie getan. Ich wollte schon aufstehen und zu ihr gehen, aber dann setzte ich mich wieder. Es war offensichtlich, daß nichts, was ich bisher gesagt hatte, zu Happy durchgedrungen war. Peter würde sie wenigstens *zuhören*. Ich lauschte angestrengt, konnte aber kein Geräusch mehr aus dem Obergeschoß hören. Ich dachte an den lebhaften, fröhlichen, tapsigen kleinen Blondschopf, der immer hinter Peter hergelaufen war wie ein kleines Dingi hinter einer Segeljacht. Was war das, was weder ich noch er ihr geben konnten?

Als er zurückkam, wollte Peter nicht viel über das Gespräch mit Happy erzählen. Er sagte nur, sie habe einigen Bedingungen zugestimmt, die er für sie festgelegt habe. Als erstes würde sie ab morgen früh in jedes Cottage gehen und sich persönlich entschuldigen. Dann würde sie natürlich nie mehr mit Francie und Jackie Duchesne sprechen. Und sobald wir gepackt und das Cottage für den Winter hergerichtet hatten, würde sie mit uns nach Northpoint fahren. Im Winter käme sie dann nach der Schule sofort nach Hause, ohne noch mit ihren Schulfreunden etwas zu unternehmen und ohne am Abend auszugehen. Ihr Taschengeld für die nächsten sechs Monate müsse sie für einen Fond beim Naturschutzbund von Maine spenden, damit das Fischadlernest auf Osprey Head wieder aufgebaut werden könne.

Und schließlich würde sie einen Entschuldigungsbrief an das ganze Dorf schreiben, den John Gray am Sonntag in der Kirche vorlesen sollte.

»Ich habe ihn von Northpoint aus angerufen«, sagte Peter. »Ich habe ihm angeboten, einen Scheck auszuschreiben, um den entstandenen Schaden sofort wiedergutzumachen. Und ich sagte ihm, daß ich Happy bestrafen würde.«

»Was meinte er?«

»Er sagte, es gäbe sicherlich keine Anzeige, denn was würde das schon bringen? Und von einem Scheck wollte er nichts wissen. Ich kann ihm das nicht verdenken. Kein Geld der Welt kann das je wiedergutmachen. Ich bezweifle, daß die Vögel wiederkommen werden. Wenn das Nest zerstört ist, kommen sie in der Regel nicht mehr zurück.«

»O Gott«, sagte ich müde. »Was für ein Alptraum. Aber wenigstens hast du das Nötige gesagt, und sie hat konkrete Auflagen, die sie erfüllen kann, und ziemlich strenge dazu. Und wir können weiterleben. Es tut ihr wirklich sehr leid. Wenn sie sich an deine Bedingungen hält, dann können wir vergeben und vergessen.«

»Kannst du das vergessen, Maude?« fragte er.

»Wahrscheinlich nicht. Aber wenigstens vergeben.«

»Nein«, sagte Peter. »Auch das nicht. Wir leben weiter, und vielleicht wird es auch ein gutes Leben, aber das vergebe ich ihr nie.«

»Das hast du ihr aber nicht gesagt?«

»Doch. Genau das.«

»Liebling, bitte geh wieder zu ihr und –«

»Ich werde sie nicht anlügen, Maude. Ich glaube nicht, daß ich das jemals verzeihen kann. Jetzt nicht. Vielleicht später, wenn sie ihre Verpflichtungen erfüllt hat. Warten wir einmal ab, wie sie sich morgen früh entschuldigt.«

Aber sie entschuldigte sich überhaupt nicht am nächsten Morgen. Als wir aufwachten, war die Welt undurchsichtig, weiß und still vom salzigen Nebel, und Happy war verschwunden.

Sie war nirgendwo in der Nähe. Um die Mittagszeit hatte ich jeden angerufen, der sie in der Umgebung der Kolonie möglicherweise gesehen haben konnte, und Peter war mit dem Auto unterwegs gewesen. Ganz langsam war er über die kurvige Landstraße gefahren, die sich über die Halbinsel zog, hatte gerufen, gehupt und geblinkt. Als er zurückkam, war er heiser und durchnäßt und zitterte sowohl vor Furcht als auch vor Kälte, denn die Temperatur war in der Nacht stark gesunken. Um vier Uhr nachmittags hatten er, Parker Potter, die Stallings-Männer und sogar Freddie Winslow jedes Haus in der Kolonie und im Dorf abgesucht, jeden Dachboden und Stall, jedes Außengebäude und jeden Bootsschuppen. Um fünf Uhr riefen wir John Gray an. Um sieben Uhr waren alle Polizeiposten alarmiert, und verschiedene Suchtrupps aus Männern und Jungen des Dorfes und der Umgebung gingen hinaus in den weißen Nebel. Nirgendwo an den Anlegestellen des Dorfes oder der Jachtclubs wurde ein Boot vermißt, so daß sich die Suche in dieser Nacht noch nicht aufs Meer ausdehnte. In diesem Nebel hätte ohnehin niemand mit einem Boot hinausfahren können. Aber wir alle dachten an die Tiefe, die Dunkelheit und die Kälte des Meeres, das sich endlos um Osprey Head herum erstreckte.

Natürlich kam Amy. Alle Frauen der Ferienkolonie, die ihre Kinder alleinlassen konnten, kamen. Mit ernstem und liebevollem Gesicht tauchte Christina aus dem Nebel auf, mit einem großen Korb voll Essen und ihrer riesigen Kaffeekanne. Sie versorgte die ganze Nacht die Männer, die draußen unterwegs waren, und die wartenden Frauen mit Kaffee und belegten Broten. Micah brachte Holz, schürte das Feuer und kam zu mir. Ich saß in dem Korbstuhl, der früher Mutter Hannah gehört hatte. Ohne mich zu berühren, kauerte er sich vor mich hin und sah mir geradewegs ins Gesicht.

»Sie ist nicht im Wasser, Maude«, sagte er. »Das kann nicht sein, denn sie hätte ein Boot nehmen müssen. Darum werden wir sie finden. Es wird eine Zeit dauern, aber wir finden sie. Allzuweit kann sie nicht gekommen sein, und bei Tagesanbruch löst sich der Nebel auf.«

Ich sah in sein dunkles Gesicht und konnte sagen, was ich weder Peter noch irgendeinem anderen lebenden Wesen in dieser Nacht nicht hätte sagen können.

»Ich bin schuld. Ich habe ihr nicht gesagt, daß wir ihr verzeihen, und ich habe auch Peter nicht dazu überredet. Niemals habe ich sie so geliebt wie Petie, und das wußte sie. Und das hat sie umgebracht.«

Jetzt berührte er mich ganz leicht an der Wange.

»Du hast sie nicht umgebracht. Und Peter auch nicht. Sie ist nicht tot. Sie braucht nicht deine Verzeihung, und auch nicht die ihres Vaters, sie muß sich selbst verzeihen. Aber warte, bis es hell wird, dann finden wir sie, oder sie kommt von selbst wieder.«

Am Morgen hatte sich der Nebel aufgelöst, so weit hatte Micah recht. Aber Happy tauchte nicht auf. Um sieben Uhr fuhren alle, die Segelboote oder Motorboote besaßen, hinaus, und auch die Küstenwache rückte aus mit drei schlanken, blauweißen Kuttern. Micah fuhr mit dem ersten, Peter und Parker mit dem zweiten und dritten. Peter und ich konnten nicht miteinander reden, wir konnten einander nicht einmal in die Augen sehen. Zum ersten Mal verstand ich, daß der Verlust eines Kindes einen Mann und eine Frau auseinanderreißen kann. Wir können das nicht überstehen, dachte ich ganz klar. Wenn sie tot ist, werden wir füreinander ebenfalls tot sein.

Um die Mittagszeit begann die Hysterie in meiner Kehle aufzusteigen, und ich wußte, wenn ich ihr nachgab, würde ich mich nicht mehr daraus befreien können. Ich blickte mich in dem Raum um, unter der Gruppe von Frauen, die hier versammelt war, und suchte blindlings jemanden, an den ich mich klammern konnte. Das erste Gesicht, das ich deutlich erkannte, war das von Gretchen Winslow. Sie warf mir einen Blick zu, ging dann schnell durch das Zimmer auf mich zu, packte mich an den Schultern und zog mich hoch. Ich sah, wie Amy die Stirn runzelte und auf uns zugehen wollte, aber Gretchen schüttelte den Kopf.

»Hör zu, Maude«, sagte sie streng. »Du wirst jetzt folgendes tun: Du hältst noch eine Viertelstunde lang durch. Das schaffst du, das schafft jeder. Dann ist schon eine Stunde vorbei, und dann wirst du dir sagen: ›Jetzt halte ich noch eine weitere Stunde durch. Das ist zu schaffen. Ich kann das schaffen.‹ Hast du mich verstanden?«

»Ja«, sagte ich. Und genau das tat ich auch, diesen ganzen, endlosen, strahlenden, tödlichen Tag lang. Ich hielt eine Stunde lang durch. Und dann noch eine. Und noch eine. Irgendwann sagte ich benommen zu Gretchen: »Wieso bekriegen wir uns eigentlich?«

»Ich weiß nicht«, antwortete sie.

Um sieben Uhr abends kam der Sheriff und erzählte, die Boote kehrten nun zurück, würden aber morgen früh bei Tagesanbruch wieder hinausfahren. Um acht Uhr erschienen Peter und Parker, bleich und schweigend, und wurden von den Frauen mit Kaffee, Sandwiches und Brandy versorgt. Einige der Frauen gingen heim zu ihren eigenen Familien. Um neun kam Micah, um Christina abzuholen. Er brachte neues Holz und umarmte mich wortlos.

»Wir waren ganz oben in Castine und ganz unten in Haven«, sagte er. »Nichts zu sehen. Das ist das beste Zeichen, Maude. Ich glaube nicht, daß wir sie auf dem Meer finden.«

Ich konnte nur schweigend nicken. Noch eine Stunde, und noch eine...

Dann ging Micah, um in der Bootswerft nach dem Rechten zu sehen, die Caleb den ganzen Tag allein betreut hatte. Dreißig Minuten später war er wieder da und hielt eine schmutzige, schluchzende Happy in den Armen.

»Ich habe sie unter der Persenning von Freddie Winslows großem, breitem Boot gefunden, das bei mir liegt, weil es ein paar neue Planken braucht«, sagte er mit belegter Stimme. Happy hatte ihren Kopf an seinen Hals gelegt und wollte nicht aufblikken. Micah sah mich und Peter an und setzte Happy ab. Schwankend, blinzelnd stand sie da, mit nassem, aschfahlem, tränenverschmiertem Gesicht und schlammbeschmierten Kleidern. Erst lief sie in meine Richtung, und ich breitete meine Arme aus und fühlte, wie meine Knie nachgaben. Aber dann kehrte sie um und rannte zu Peter. In diesem Moment kam der Fußboden auf mich zu, und ich spürte, wie Micah Willis mich auffing und festhielt, wie er das schon zweimal getan hatte, und bevor mich die schwindelnde, summende Dunkelheit nach unten zog, sah ich gerade noch, wie Happy ihre schmutzigen Arme nach Peter ausstreckte und wie er sich schweigend umdrehte und das Zimmer verließ. Das letzte, was ich hörte, war der Ton von Happys verzweifeltem, verlorenem Heulen, als er ging.

Danach gaben wir uns mehr Mühe mit ihr. Wir brachten sie nach Hause nach Northpoint und verbrachten soviel Zeit wie möglich mit ihr, obwohl wir streng darauf achteten, daß sie Peters Bedingungen einhielt. Dafür reduzierten wir beide unsere Termine auf ein Mindestmaß. Der Direktor einer großen, erfolgreichen Privatschule hat mehr Verpflichtungen als irgend jemand anders, den ich kenne; er muß voll in das Leben der Schule integriert sein, muß sich um die Ehemaligen kümmern, um das Lehrerkollegium, die örtliche Gemeinde und die größeren Firmen, von denen womöglich Spenden und Stipendien zu erwarten sind. Peter übertrug seinem Assistenten Charles Corwin soviel wie möglich und verbrachte jeden Abend nach dem Abendessen mindestens eine Stunde lang mit Happy, obwohl ihn diese Mühe deutlich auszehrte. Und ich strich die endlosen Komiteesitzungen, die zahlreichen sozialen Funktionen, die mit der Schule im Zusammenhang standen, und viele geheiligte Rituale von Northpoint, um jeden Nachmittag, wenn sie von der Schule kam, zu Hause zu sein. Sie besuchte in der Nähe auf dem Land eine private Tagesschule, die ihren privilegierten Schülern viele Freizeitaktivitäten bot, an denen sich Happy allerdings nie beteiligte. Ich glaube auch nicht, daß sie das vermißte. In diesem Herbst und Winter war Happy so still und zurückgezogen wie noch nie in ihrem unbeständigen Leben.

Ich beaufsichtigte sie bei den Hausaufgaben, bereitete kleine Mahlzeiten für sie und nahm sie mit zum Einkaufen und zu Matineen und Kinovorstellungen nach Laconia. In diesem Herbst überzeugte ich sie auch davon, sich das schöne, dicke, weißblonde Haar kinnlang schneiden zu lassen, zu einem glänzenden Bob, der ihr gut stand. Ich kaufte ihr etwas Make-up und den ersten – längst überfälligen – Büstenhalter. Zum Geburtstag schenkte ihr Peter einige schöne, dicke Kaschmir-Twinsets, und er bezahlte ihr auch die Reitstunden, die sie sich wünschte. Seit wir aus Retreat zurückgekommen waren, hatte sie nicht mehr viel Appetit gehabt, und daher war sie um Weihnachten herum sehr viel dünner als jemals zuvor. Ihre schweren Brüste und die breiten Hüften bildeten einen erstaunlichen Kontrast zu der schmalen Taille, und mit den von Peter geerbten hohen Wangenknochen und dem neuen Haarschnitt war sie auf einmal eine sehr hübsche junge Frau geworden. Obwohl ihr Gesichtsausdruck noch immer meist teilnahmslos oder beleidigt wirkte, hatte er doch nichts Trotziges oder Wütendes an sich wie bei dem streitsüchtigen Kind.

»Am liebsten würde ich sie einsperren, bis sie einundzwanzig ist«, sagte ich eines Abends beim Schlafengehen. »Bald werden wir die Jungen mit Gewalt von ihr fernhalten müssen.«

»Bisher hat sie noch kein Interesse an ihnen gezeigt«, meinte Peter. »Ich würde mir keine Sorgen machen. Welcher Junge ihres Alters würde sich schon an ein derart ausdrucksloses Gesicht wagen?«

»Die Gleichaltrigen machen mir keine Sorgen«, sagte ich. »Es geht eher um die alten Böcke über achtzehn. Schau dir ihren Körper an!«

Peter grinste.

»Er sieht genau wie deiner aus, als ich dich kennenlernte«, sagte er. »Aber ich würde sagen, daß es noch zu früh ist, sich aufzuregen.«

Als die vereinbarten sechs Monate um waren, schrieb Happy einen Brief an den Naturschutzbund von Maine wegen der Fischadler und legte einen Scheck über die Summe ihres Taschengeldes der letzten sechs Monate bei. Ihr Vater nahm sie mit ins Dorf, damit sie ihn einwerfen konnte, und dann feierten wir drei mit einem festlichen Essen in der Northpoint Tavern.

»Ich bin sehr stolz auf dich, Happy«, sagte Peter, während wir Hummer aßen, was immer ihr Lieblingsgericht gewesen war. Heute abend aß sie nur wenig davon.

»Danke«, sagte sie, ohne ihm in die Augen zu sehen.

»Du hast dich wie ein tapferer Soldat und wie eine sehr erwachsene junge Frau verhalten«, sagte ich. »Ich denke, wir können den Hausarrest jetzt aufheben.«

Sie hob den Kopf, sah mich an, und ihr Blick ähnelte dem von Peter. Dann sah sie zu ihrem Vater.

»Habt ihr mir verziehen?« fragte sie.

»Ach, Liebling, natürlich haben wir das«, sagte ich schnell und liebevoll, und Peter nickte.

»Du hast dich sehr gut gehalten, Happy«, sagte er.

»Und habt ihr es auch vergessen?« fragte sie, und dabei sah sie nicht mich an.

Peter gab den Blick zurück, und eine ganze Weile sagte er nichts. O bitte, flehte ich im stillen.

»Ich müßte lügen, wenn ich das sagen würde, Happy«, meinte er schließlich. »So etwas vergißt man nicht. Genügt Vergebung nicht?«

»Nein«, sagte Happy. »Ich glaube nicht.«

Wir sprachen nicht mehr davon, und Happy wurde stiller denn je. Irgendwann Ende Februar kam sie zu uns, als wir gerade mit einem Drink vor dem Feuer saßen, und sagte, sie wolle in Miss Cawthornes Schule überwechseln, die sich in einem Vorort von Providence befand.

»Dort gibt es die besten Möglichkeiten zum Reiten«, sagte sie. »Man bekommt sogar ein Pferd, wenn man will. Ich habe mir überlegt, daß ich auf eines sparen werde; wenn ich sechzehn bin, habe ich genug Geld, mir eines zu kaufen, wenn es kein allzu gutes ist. Bitte laßt mich gehen. Ich möchte das wirklich.«

»Na ja, mein Schatz«, sagte ich verblüfft. »Ich glaube, darüber läßt sich reden. Aber bis zum Herbstsemester ist es ja noch lange hin.«

»Ich will aber schon zum Frühlingssemester anfangen«, sagte sie ruhig. »Es beginnt in weniger als einem Monat. Ich weiß, daß sie einen Platz frei haben, und ich glaube, sie würden mich nehmen, weil Papa ja Schuldirektor ist und so. Ich habe schon hingeschrieben. Ich weiß auch, daß es teuer ist, wenn ich nicht mehr zu Hause wohne, aber ich könnte ja einen Job annehmen. Im Laden der Schule oder als Kellnerin in der Schulkantine… darum habe ich mich auch schon gekümmert. Ihr müßtet euch keine Sorgen um mich machen. Dort sind nur Mädchen, und die Schule ist sehr streng. Mir bleibt gar nichts anderes übrig, als mich gut zu benehmen.«

Mein Herz machte unwillkürlich einen schmerzhaften Satz, und ich sah schnell zu Peter hinüber. Er schloß einen Moment lang die Augen.

»Wir mußten uns dieses Jahr keine Sorgen mehr um dich machen, Kleines«, sagte er. »Es gibt keine Klagen.«

»Weißt du, dann wäre ich euch auch nicht mehr im Weg«, fuhr sie fort. »Ich weiß, daß ihr beiden vieles aufgegeben habt, um bei mir zu Hause zu bleiben. Ich will nicht, daß ihr das noch länger tun müßt. Es gibt mir ein schreckliches Gefühl.«

»Wir sind doch gerne mit dir zusammen gewesen«, sagte ich.

»Du bist wirklich eine andere Frau geworden«, sagte Peter und lächelte gequält.

Sie sah ihn an. Dann sagte sie: »Ich hoffe, daß Ihr's Euch schnell überlegt. Ich will es wirklich.«

Und sie verschwand wieder in ihrem Zimmer.

Schließlich ließen wir sie gehen. Ich war dagegen; sie war noch so jung. Über die Veränderung, die im Herbst und Winter mit ihr vor sich gegangen war, machte ich mir einerseits Sorgen, aber andererseits war ich dankbar und fragte mich manchmal, ob wir nicht zu hart mit ihr umgegangen waren. Aber es war nicht von der Hand zu weisen, daß sie sich sehr viel besser benahm als jemals zuvor, sie liebte Pferde und Reiten, und Miss Cawthornes Schule hatte darin eine große Tradition. Außerdem erklärte Peter, daß sie mit einem Abschluß dieser Schule auf jedes gute College gehen könnte. Was er nicht aussprach, was ich aber ohnehin wußte, war die Tatsache, daß sich Peter nichts mehr wünschte, als Happy aus dem Haus und viele hundert Meilen entfernt in einer sicheren Festung zu wissen. Dann konnte er sich mit leichterem Herzen und gutem Gewissen wieder seinen Pflichten zuwenden.

Und so brach sie an einem blauen, windigen Tag Anfang März nach Providence auf. Ich fuhr mit ihr, einem Koffer voll neuer Kleider, der Reitausrüstung, ihrem Radio und dem Schallplattenspieler im Kombi voraus, und Peter folgte uns im Volvo, an dem ein Anhänger mit einer soeben erstandenen Stute namens Quecksilber hing. Sowohl die Schule als auch Quecksilber hatten mehr gekostet, als ein Schuldirektor sich leisten konnte, aber Peter und Hermie hatten Mutter Hannahs Besitz zu gleichen Teilen unter sich aufgeteilt, und unser Anteil erschien mir eine erstaunliche Menge Geld. Obwohl wir an Weihnachten im Dorf ein riesiges altes Haus aus der Kolonialzeit gekauft hatten, viel für umfangreiche und dringend nötige Reparaturen in Liberty ausgaben und Peter den Rest des Vermögens sofort an den diskreten alten Mann in der Trust-Abteilung der Bank weitergab, die sich von jeher um die Investitionen der Familie kümmerte, konnten wir uns die Schule und das Pferd leisten. Sonst gab es nicht viel, wofür wir Geld gebraucht hätten. Das Haus der Familie in Boston hatte Peter Petie und Sarah als Hochzeitsgeschenk überlassen, und eine Summe für seinen Unterhalt beiseite gelegt, und sonst mußten wir für nichts sorgen außer für die Bank, die aus eigener Kraft gut lief.

»Ich habe das Gefühl, ich hätte ihre Kindheit verabschiedet«, sagte ich auf dem Rückweg. »Bestimmt ist sie, wenn sie wieder zurückkommt, ein ganz anderer, mir unbekannter Mensch.«

»Das glaube ich kaum, sie kommt ja schon in zwei Monaten in den Sommerferien her«, meinte Peter und lächelte mich an. »Freu dich lieber, daß wir jetzt allein sind, Maude. Sie wird dieselbe alte Happy bleiben. In drei Jahren kann sie sich doch nicht so sehr verändern.«

Es sollte nicht lang dauern, bis wir herausfanden, wie schnell solche Veränderungen vor sich gehen können.

Im November des folgenden Jahres wurde Happy dabei ertappt, daß sie die Nacht in der Wohnung eines jungen Mathematiklehrers verbracht hatte. Als sie von der entsetzten Miss Cawthorne für ihre Sünde getadelt wurde, meinte sie trotzig, es sei nicht das erste Mal gewesen; sie schlafe schon seit Wochen mit ihm. Der Lehrer wurde sofort entlassen, und Happy wurde natürlich der Schule verwiesen.

»Er hat mich wenigstens beachtet«, sagte sie zu Peter.

Mit viel Mühe und guten Beziehungen gelang es Peter innerhalb eines Monats, sie in der French-Schule in Boston einzuschreiben, die überall als letzte Zuflucht für widerspenstige junge Damen bekannt war. Das Schulgebäude war ein bedrohlich wirkender roter Backsteinbau; es fehlten nur noch die Zinnen und Schießscharten, dann hätte es wie eine mittelalterliche Festung ausgesehen. In dieser Schule gab es keine Pferde, keinen Ausgang in die Stadt und nichts, was die Insassen ablenken oder verführen konnte.

»Das hier sieht aus, als könnte es ein bißchen Schwung vertragen.« Sie grinste uns an, als wir in die Auffahrt der Schule einbogen. An dieses Lächeln erinnere ich mich nicht gerne.

»Das würde ich dir nicht raten«, meinte Peter und gab ihr das Lächeln zurück.

»Nicht? Schade. Aber ein Mädchen braucht gelegentlich seinen Spaß, Papa.«

An diesem Tag war sie gerade erst fünfzehn geworden. Auf der Heimfahrt fragte ich mich, wie lange es wohl dauern würde, bis es neue Schwierigkeiten gab. Vielleicht hätten wir sie nicht erneut wegschicken sollen?

»Ich dulde nicht, daß du deine ganze Zeit als Gefängniswärterin für Happy verbringst«, sagte Peter angespannt. »Happy braucht eine strengere Hand als die deine und vielleicht auch als die meine. Es ist das Beste so.«

»Ich glaube nicht, daß wir wissen, was sie braucht«, sagte ich traurig. »Ich frage mich, ob wir das jemals wußten.«

»Ach, unsere Kinder«, hatte ich an dem Abend, als Happy das Fischadlernest zerstörte, zu Amy Potter gesagt.

»Ja, unsere armen Kinder«, hatte sie geantwortet, und ich wußte, sie dachte an den herzzerreißenden, schwankenden Verlauf, den Elizabeths Leben genommen hatte. Während ihrer Teenagerzeit hatte Elizabeth Amy nur Kummer gemacht, und man erzählte sich in Retreat wilde Geschichten über dieses schöne, feurige Mädchen: Sie handelten von Alkohol, Drogenexperimenten, schamlosen Affären mit einer erstaunlichen Reihe von Männern und schließlich von einem Flug nach Paris und dem Eintauchen in eine Gesellschaft, die man später einmal den Jetset nennen sollte. Parker sprach nie über seine Tochter, und Amy war oft abgespannt, und ihre Haare wurden vollkommen weiß. Das volle Lachen klang jetzt nur noch selten durch den Morgenwind aus Braebonnie zu mir herüber.

Auch andere unserer Freunde hatten Kummer mit ihren Kindern, wir waren nicht die einzigen. Albert und Louise Stallings Sohn Gus hatte sich geweigert, das elterliche Geschäft zu übernehmen und wurde Jazz-Saxophonist; wir hörten schreckliche Geschichten über Heroinabhängigkeit und ein Leben in den Slums der New Yorker Lower East Side. Ceile Conant, Ericas geliebte einzige Enkelin, hatte vor zwei Sommern ein uneheliches Kind zur Adoption freigegeben und war daraufhin monatelang verschwunden gewesen, ohne daß ihre Familie wußte, wo sie war.

Und Micah Willis' Sohn Caleb hatte jahrelang Probleme mit Alkohol und Raufereien gehabt.

Aber die anderen Kinder waren nach und nach zurückgekommen, wenn auch meist nur im übertragenen Sinn. Elizabeth Potter beendete ihr freies Leben sehr abrupt und begann ein Kunststudium an der Sorbonne; als Amy mir davon erzählte, strahlte sie vor Erleichterung und Freude wie eine Kerze. Dann lernte sie einen jungen Franzosen aus gutem Hause kennen, dessen Familie ebenso wie die Potters schon lange im Bankwesen tätig war, und heiratete ihn zwei Jahre später. Jetzt erwartete sie ihr erstes Kind und leuchtete vor Glück.

Gus Stallings war schließlich doch ins Familiengeschäft eingetreten, von allen Süchten frei außer der Sucht nach seinem Saxophon; Ceile Conant kam nach Hause, und Caleb Willis hatte vor einigen Jahren eine kraftvolle junge Frau aus Bucksport kennengelernt, die ihn völlig veränderte. Anfang Dreißig heiratete er schließlich, gab das wilde Leben auf und arbeitete jetzt zusammen mit seinem Vater in der Bootswerft. Inzwischen hatte er selbst Kinder, zwei kleine, dunkle Töchter, die auf unheimliche Weise fast genauso aussahen wie er selbst in ihrem Alter.

Ja. Die Kinder kamen nach Hause. Und so, dachte, hoffte, betete ich, würde das irgendwann auch bei Happy der Fall sein.

Und sie kam nach Hause. Im Spätfrühling des Jahres 1953, nach kaum mehr als einem Jahr Gefängnis in der French-Schule, ein Jahr ohne Zwischenfall, kam Happy nach Northpoint, zusammen mit einem rothaarigen, außerordentlich gutaussehenden Iren, der volle zehn Jahre älter war als sie. Sie verkündete, daß sie ihn so bald wie möglich heiraten wolle. Die Hochzeit solle in der Kapelle in Northpoint stattfinden, gefolgt von einem Empfang in unserem Wohnzimmer. Peter und mir stellte sie ihn als Thomas O'Ryan vor. Er sei bisher als Busfahrer und Mechaniker an der French-Schule angestellt gewesen, wolle aber seinen Horizont erweitern und etwas versuchen, was seinen Talenten eher entgegenkam. Happy meinte, sie sei sicher, Peter könne entweder in Northpoint oder in der Bank etwas Passendes für ihn finden. Die Bank sei allerdings besser, denn Tommy O'Ryan stamme wie Peter aus Boston und fühle sich dort mehr zu Hause. Sie hoffe, er könne bis zur Hochzeit in einem unserer Gästezimmer übernachten, aber falls das nicht ginge, würde er sich selbstverständlich im Dorf einmieten.

An diesem schönen, grünen Junitag war Happy sechzehn. Sie war außerdem im zweiten Monat schwanger, und als sie uns das erzählte, blieb Peter die schnelle, kalte Ablehnung ihrer Pläne, die er gerade formulieren wollte, im Halse stecken. Entsetzt und ungläubig starrte er sie an, und sein Gesicht wurde zu Stein. Ich spürte, wie mir die Luft wegblieb und nicht wiederkommen wollte. Happy lächelte selig, an diesem Abend war sie eine Frau in voller Blüte, erfüllt, beherrscht und strahlend. Tommy O'Ryan lächelte Peter mit einem geübten Lächeln an, das sowohl unterwürfig als auch vertraulich war. Mich sah er nicht einmal an.

»Also, was meint ihr?« sagte Happy, und erst jetzt hörte ich das Zittern in ihrer Stimme und verstand, daß sie schreckliche Angst hatte und versuchte, diese Tatsache hinter einer Fassade zu verstecken. »Kann Tommy bei uns bleiben oder nicht?«

»Hast du noch dein letztes Restchen Verstand verloren, Camilla?« sagte Peter mit tiefer, drohender Stimme. Selbst ich zuckte bei seinem schneidenden Ton zusammen. »Er wird nicht bei uns bleiben, sondern dieses Haus augenblicklich verlassen. Und du gehst auf dein Zimmer und wartest, bis deine Mutter und ich etwas Zeit zum Nachdenken hatten. Dann werden wir dir sagen, was wir tun werden. Wie um Gottes willen ist das bloß passiert? Der *Schulbusfahrer*, der *Mechaniker* der Schule? Wie konnte das passieren?«

Happys Gesicht verzog sich zu einer Grimasse. »Das ist ganz einfach, Papa«, sagte sie. »Man läßt die Hosen runter, er schiebt sein Ding in dein Ding, und früher oder später kommt ein Baby dabei raus. Ich dachte, du wüßtest das.«

Ich erwartete, daß er sie schlagen würde, und trat zwischen die beiden. Tommy O'Ryan, der noch immer lächelte, machte einen oder zwei Schritte rückwärts. Peter blieb stehen und rieb sich mit der Hand übers Gesicht.

»Geh hinauf«, sagte er. »Es wird keine Hochzeit geben. Mr. O'Ryan wird jetzt gehen, und er kann froh sein, daß ich ihn nicht erschieße. Was mit deinem... Kind wird, das werden wir später entscheiden. Und wenn Mr. O'Ryan nicht augenblicklich verschwindet, dann hole ich die Polizei.«

»Wenn er geht, dann gehe ich mit. Ich bin sechzehn. Du kannst mich nicht daran hindern«, sagte Happy, und ihr Gesicht war beinahe so weiß und hart wie das von Peter.

»Dann geh«, sagte Peter, drehte sich um und stieg die Treppe hinauf.

Zu dritt standen wir im Vorraum unseres Hauses und sahen einander an. Ich brachte noch immer kein Wort heraus.

»Mama?« sagte Happy, und plötzlich war hinter dem Gesicht der Frau wieder mein Kind zu sehen. »Mama? Wir haben kein Geld, und wir wissen nicht, wohin wir gehen sollen. Kannst du denn nicht mit Papa reden? Wenn er Tommy nur eine Chance geben würde, dann würde er ihn bestimmt liebgewinnen. Und er bekommt einen kleinen Enkel...«

Jetzt sprach Tommy O'Ryan zum ersten Mal mit einem vollen, musikalischen Tenor, der mich vage für ihn einnahm, obwohl ich den geübten Schwung des geborenen Scharlatans darin erkennen konnte.

»Ich bin kein solcher Bauer, Miss Chambliss.« Er grinste. »Ich war zwar zeitweise etwas wild, aber jetzt werde ich mich bessern und für Happy und unser Baby ein Heim schaffen. Ich kann hart arbeiten und mich überall nützlich machen. Wahrscheinlich war das alles ein bißchen überstürzt, aber ich liebe Ihr Mädchen, und bestimmt kann noch alles in Ordnung kommen.«

Ich sah ihn an. Nichts würde in Ordnung kommen. Alles, was Tommy O'Ryan war und darstellte, war für Peter ein rotes Tuch. Das wußte ich instinktiv. Ach Happy!

»Mama?«

»Warte einen Moment. Warte und sei still«, sagte ich und ging in die Küche, wo meine Handtasche lag. Ich nahm das Haushaltsgeld für diese Woche heraus und gab es Tommy O'Ryan.

»Geht ins Gasthaus und nehmt euch ein Zimmer«, sagte ich. Traurigkeit und Entsetzen machten meinen Mund gefühllos. »Ich werde mit meinem Mann reden. Ich kann Ihnen schon jetzt sagen, daß dabei nichts Gutes herauskommen wird, aber ich will nicht, daß meine Tochter da draußen ist ohne einen Platz zum Schlafen, und ich glaube, es ist besser, wenn sie eine Weile nicht hierherkommt. Wartet in eurem Zimmer, bis ich euch morgen früh anrufe. Ich weiß jetzt keine Lösung.«

»Mama«, setzte Happy wieder an und machte eine kleine Bewegung auf mich zu. In ihren Augen formten sich Tränen, sie liefen über die weißgoldenen Wimpern, die wie Peters Wimpern waren. Ich sagte nichts, und sie kam zu mir, legte ihre Arme um mich und drückte sich gegen mich. Ich hielt sie nicht fest. Ich spürte die feste, neue Schwellung ihrer Brüste und den üppigen, vertrauten Schwung ihrer Hüften. Meine eigenen Tränen begannen zu fließen.

»Jetzt geh. Ich ruf dich an«, flüsterte ich und sah meinem Kind nach, wie es hinausging, um die Nacht in einem Hotelzimmer zu verbringen, mit einem Mann, der uns, wie ich dunkel ahnte, unser ganzes Leben lang verfolgen sollte. Dann ging ich zu Peter hinauf.

Es war eine schreckliche Nacht, schlimmer als alles, was ich mit Peter jemals durchgemacht habe. Die arme Happy, in dieser einen Nacht hatte sie endgültig jede Hoffnung auf das zerstört, wonach sie sich ihr ganzes Leben so brennend gesehnt hatte.

Beim Morgengrauen hatten wir uns zu einer Entscheidung durchgerungen. Wir würden ihnen erlauben zu heiraten, denn ich wußte, daß sie sonst ohne unsere Erlaubnis nach Maryland oder sonstwohin verschwinden und es trotzdem tun würden. Peter würde sein möglichstes tun, um eine Stelle für Tommy O'Ryan zu finden; ich wußte, daß es ihm gelingen würde. Wir würden eine Wohnung für sie mieten, nahe bei Tommys Arbeitsstelle, und die Miete für ein Jahr übernehmen, damit Tommy seinen Arbeitslohn für die Einrichtung verwenden konnte. Wir würden, wenn es an der Zeit war, Happys Krankenhausrechnung bezahlen, falls Tommy O'Ryan das nicht konnte. Und wir würden uns darum kümmern, daß Happy im ersten Jahr ein Kindermädchen für das Baby hatte.

Happy sollte uns mit dem Kind nicht öfter als zweimal in der Woche besuchen, vorzugsweise dann, wenn Peter nicht zu Hause war, aber Tommy O'Ryan durfte das Haus in Northpoint nicht mehr betreten. Und nach Retreat durften sie beide nicht kommen.

Die Bedingungen waren hart. Ich war sicher, daß sie härter waren, als ich es durchsetzen konnte, aber darüber würde ich mir später Gedanken machen. Ich wußte, daß ich von Glück reden konnte, daß ich Peter überhaupt irgendwelche Zugeständnisse abgerungen hatte. So wütend und unnachgiebig wie an diesem

Abend hatte ich ihn noch nie gesehen. Von dem witzigen, zärtlichen, strahlenden jungen Mann, der mit mir im Mondlicht am Ufer des Wappoo Creek getanzt hatte, war nichts mehr übriggeblieben. Was jetzt in ihm brannte, war ein kaltes Feuer.

Happy begann zu weinen, als ich ihr am nächsten Morgen die Bedingungen ihres Vaters nannte, aber ich blieb hart.

»Laß ihm ein bißchen Zeit«, sagte ich. »Es war ein fürchterlicher Schock, Happy. Mehr kann ich nicht für dich tun, und ich glaube auch nicht, daß du eine Alternative hast.«

»Selbst wenn ich Jesus Christus hätte heiraten wollen, hätte das nichts geändert«, schluchzte Happy. »Er haßt mich, und er würde jeden hassen, der mich heiraten will. Ich hätte wissen müssen, daß er mich haßt. Wahrscheinlich wußte ich es auch und konnte es mir nur nie eingestehen.«

Dazu gab es nichts zu sagen. Natürlich hatte Peter Happy nie gehaßt, aber sie hatte den Kern Wahrheit über ihren Vater verstanden: Er hatte sie auch nie wirklich geliebt. Und so sagte ich nichts.

Zwei Tage später stand ich im schäbigen Büro eines Friedensrichters in einem kleinen Dorf am Rand von Laconia, während draußen der Regen fiel, und sah zu, wie meine Tochter Mrs. Thomas Sean O'Ryan wurde. Dann lud ich die Neuvermählten auf ein Mittagessen in dem kleinen Hotel am Lake Winnipesaukee ein, wo Peter und ich in unserem ersten Jahr in Northpoint einmal übernachtet hatten. Ich erinnerte mich, wie wir an jenem Abend am Ufer des großen Sees gesessen und über die bevorstehende Reise nach Retreat gesprochen hatten. Diese Reise hatte mein Leben so verändert, wie sich nun ihres ändern würde.

In diesem Sommer und Herbst sahen wir die beiden nicht oft. Peter sprach nicht oft von Happy, und ich drängte ihn nicht. Vielleicht, wenn das Baby erst auf der Welt war... Bei den seltenen Gelegenheiten, bei denen Peter und die inzwischen hochschwangere Happy sich begegneten, verhielt er sich ihr gegenüber neutral und höflich. Aber er weigerte sich, Tommy O'Ryan zu sehen oder auch nur über ihn zu sprechen.

Happys Sohn Sean Williams O'Ryan wurde im Januar geboren, und ich hielt ihn im Arm, fühlte diesen herrlichen, nach Milch duftenden kleinen Körper und berührte die seidige Lockenkrone aus rotgoldenem Haar. Einen Augenblick lang war ich auf selige, blinde Weise glücklich. Die Existenz dieses Kindes konnte Peter nicht leugnen: Es war sein Ebenbild. Es hatte das unverwechselbare, gefurchte Kinn der Chamblisses und den gleichen Schopf Haare auf dem Kopf. Und die Augen waren Peters graue Augen anstatt der wasserblauen von Tommy O'Ryan.

Aber Peter wollte nicht kommen. Und Happy wollte ihm das Baby nicht bringen.

»Wenn er will, kann er ihm aus dem Weg gehen, solange er lebt«, sagte sie kalt. »Sean gehört mir, und mehr brauche ich nicht, ihn und Tommy. Zum Teufel mit Papa.«

»Ich habe nichts dagegen«, meinte Peter, als ich ihm erzählte, daß Happy ihm sein Enkelkind nicht bringen würde.

Ich sah ihn an. So lange war er nun schon in kühlem Schweigen versunken, in jener grauen Ausdruckslosigkeit, in die sich schon sein Vater von Zeit zu Zeit zurückgezogen hatte. In diesem Winter war Peter nur körperlich anwesend, und auch das nicht oft. Er blieb abends lange in der Schule und ging frühmorgens wieder weg. Abgesehen von kurzen, sorgfältig begrenzten Gesprächen redeten wir kaum miteinander, und seit dem letzten Herbst hatten wir nicht mehr miteinander geschlafen. Oft in jener Zeit fragte ich mich, ob unser Leben so enden würde, ob dem Tod nur noch eine Aneinanderreihung unterkühlter Jahre vorangehen würden. Es war die unglücklichste Zeit meines Lebens; das kann ich jetzt, nach all diesen Jahren, noch immer sagen.

Eines frühen Augusttages saßen wir gerade mit unseren Büchern auf der Veranda von Liberty, als wir draußen das Geräusch eines bremsenden Autos und Schritte auf dem Weg hörten. Und dann trat Happy schweigend auf die Veranda heraus, legte Peter ihr Baby in den Arm, blieb stehen und sah ihn an. Sie sagte kein Wort. Peter wurde bleich, starrte erst Happy an und dann den kleinen Sean. Das Baby blickte ihm ernsthaft ins Gesicht, seine großen, grauen Augen fest auf Peters gerichtet, und die tizianroten Locken glühten in der späten Nachmittagssonne. Dann lächelte es, und schließlich grinste es, ein schalkhaftes und völlig bezauberndes Grinsen. Es steckte seinen Finger in Peters Mund und krähte vor Vergnügen. Peter schloß die Augen, und als er sie wieder öffnete, war er so vollständig und ganz und gar wieder bei uns wie früher. Sein ganzes Gesicht strahlte seine Anwesenheit aus, das alte Feuer brannte wieder, in seinen Augen glitzerte etwas, das für seine eigenen Kinder niemals da gewesen war, und sein Lächeln war weit und schloß das Baby ein.

»Mein Gott!« sagte er zu dem Kleinen. »Wo bist du nur so lange gewesen?«

Von diesem Tag an war Sean sein Ein und Alles. Peters Vergnügen an ihm war unendlich, unergründlich und beinahe zum Lachen. Es erleuchtete das Cottage, strahlte auf mich und, wenn auch nicht ganz so hell, auch auf Happy aus und erstreckte sich sogar, zögernd und ganz allmählich, auf Tommy O'Ryan. Endlich war die kalte Ablehnung Tommy gegenüber zu Ende. Peter fuhr nicht, wie er es geplant hatte, nach Northpoint zurück, sondern blieb in Retreat und ging all den sommerlichen Beschäftigungen nach, die ihm früher lieb gewesen waren: Er segelte, spielte Tennis, las abends am Kamin und nahm mich mit auf Ausflüge nach Blue Hill und Bar Harbor und einmal sogar nach Castine.

Und überallhin, manchmal sogar auf die *Hannah*, begleitete ihn der kleine Sean. Tommy, der Happy und das Baby mit seinem alten Ford nach Retreat gefahren hatte, mußte nach zwei Tagen wieder zurück zu seiner Arbeitsstelle; er leitete den Reparaturtrupp der Motorflotte von Northpoint. Viel länger hätte er wohl auch nicht bleiben dürfen, denn schon nach zwei Tagen machten sich sein schmeichlerisches Wesen, seine Großspurigkeit, seine grellen Kleider und Manieren und sein eklatant mangelndes Verständnis für die Rituale und Verhaltensweisen, die die Kolonie zusammenhielten, bereits unangenehm bemerkbar, und in Peters grauen Augen sammelten sich Gewitterwolken. Aber Happy blieb den restlichen Sommer bei uns, und später im August kamen auch noch Petie, Sarah und die fünfjährige Maude Caroline für drei Wochen und wohnten unten am Strand in Miss Lotties renoviertem Haus, das wir für sie gemietet hatten. Am Sonntag nach der letzten Regatta ließen wir Sean in der kleinen Kapelle am Ufer taufen, und ganz Retreat kam zu dem kleinen Sektempfang, den ich danach in Liberty gab. Peter trug Sean den ganzen Nachmittag mit sich herum, und jeder fand das Kind niedlich und machte Happy Komplimente, und in diesem Augenblick, in diesem Sommer, zeigte sich im Gesicht meines Kindes kein unerfüllter Wunsch und kein unstillbares Verlangen, sondern nichts als reine Freude.

Als alle gegangen waren und Happy Sean ins Bett brachte, sagte ich zu Peter: »Danke. Du hast mich in diesem Sommer so glücklich gemacht. Ich dachte nicht, daß ich dich jemals zurückbekommen würde.«

Er legte seine Arme um mich, hielt mich fest und legte, wie er das früher immer zu tun pflegte, sein Kinn auf meinen Scheitel.

»Ich danke dir, meine liebste Maude. Du bist es doch nicht, die ich verlasse. Du bist es nie gewesen. Weißt du denn das nicht inzwischen?«

»Ach Peter. Bitte verlaß keinen von uns jemals wieder«, flüsterte ich. »Jetzt sind wir alle zusammen, an diesem Ort, den ich mehr als alles auf der Welt liebe; den du liebst. Nichts auf der Welt könnte schöner sein als dies, all die Sommer habe ich von nichts anderem geträumt, nur davon, daß wir alle zusammen hier wären. Aber all das wäre nichts mehr wert, wenn du uns verlassen würdest.«

»Dann tue ich es auch nicht«, antwortete Peter.

ZEHNTES KAPITEL

»Drei Generationen einen Tag lang gemeinsam am Strand – richtig traditionell, nicht wahr?« sagte Elizabeth Potter Villiers an einem strahlenden, endlos langen Junitag im Jahr 1961 auf dem kleinen Kiesstrand unterhalb von Braebonnie.

Ich beschattete mein Gesicht gegen die hochstehende Mittagssonne und blickte zu ihr auf. Vor der glitzernden Bucht war sie nur als Silhouette zu erkennen: lange Beine, die in schmale, kantige Hüften übergingen, die weiche Linie ihrer Taille und darüber die fließende, üppige Wölbung ihrer Brüste. Ein silbernes Licht umfloß sie. Sie wirkte nackt, und das war sie auch beinahe, denn sie trug einen dieser neuen französischen Bikinis, die man erst seit diesem Jahr an amerikanischen Stränden sah und gemeinhin auch nur an solchen, die weit südlicher lagen als Retreat. Ich lachte laut auf. Nicht einmal an Elizabeths Umrissen war irgend etwas Traditionelles zu erkennen.

»Mein Gott, Süßes, da fühle ich mich gleich so alt wie Methusalems Mutter«, sagte Amy Potter schalkhaft. Auf ihren weißen Locken saß ein großer, roter Strohhut, den ihr Elizabeth aus Italien mitgebracht hatte, und ihr Gesicht und ihre Augen glänzten vor Freude: Trotz der gespannten Situation und den Krankheiten in Braebonnie war Amy in diesem Sommer glücklich. Elizabeth war zum ersten Mal seit beinahe zehn Jahren aus Europa zu Besuch und zum ersten Mal wieder in Retreat, seit sie mit knapp zwanzig Jahren das College verlassen hatte und nach Paris geflohen war. Aber nicht zum ersten Mal in diesem Sommer dachte ich, daß Amys Freude eine gefährliche Freude war.

Elizabeth ließ sich neben ihrer Mutter auf ein Handtuch fallen und besprühte uns dabei mit Wassertropfen, die wie Säure oder Eis brannten. Ich wußte, daß das Wasser in der Bucht kaum vierzehn Grad hatte, aber sie war schon zweimal an diesem Vormittag drinnen gewesen. Dieses letzte Mal war sie hinausgeschwommen, bis wir sie in dem strahlenden Glitzern nicht mehr erkennen konnten. Mir verursachten die eisigen Nadelstiche eine Gänsehaut, aber Elizabeth schien nicht zu frieren. Mit gekreuzten Beinen saß sie neben ihrer Mutter, und der Bikini faßte ihre schweren, milchkaffeebraunen Brüste kaum. Sie langte nach oben und drehte ihre nassen, roten Haarsträhnen im Nacken zu einem festen Knoten, den sie mit einer Elfenbeinspange befestigte. Wenn ich sie ansah, mußte ich an die Farben der afrikanischen Steppe denken. Ein Raubtier mitten unter uns, dachte ich. Ein Raubtier unter bewundernden Schafen.

Natürlich hatte sie sich verändert in all den Jahren, seit ich sie zuletzt gesehen hatte, aber in gewisser Weise war sie doch dieselbe geblieben. Wie lange war das schon her? Jener schreckliche Sommer, an dessen Ende sie nach Boston zurückgegangen war und Petie tief verletzt und blutend in seiner verzweifelten Liebe zu ihr zurückgelassen hatte? Damals war sie fünfzehn gewesen: ein Kind, aber auch schon eine Frau wie die, die an diesem Morgen am Strand saß und ihr nasses Haar zurücksteckte. Sie war nur noch fraulicher geworden. Was man damals nur geahnt hatte, war jetzt zur vollen Reife gelangt. Elizabeth Potter Villiers war so schön, so lebendig und auf unbarmherzige und unschuldige Weise sinnlich wie ein großes Raubtier.

Raubtier war wirklich die treffende Bezeichnung für sie, dachte ich. Nach allem, was in der Kolonie geredet wurde und was Amy mir erzählt hatte, wußte ich, daß sie eine lange Spur Toter und Schwerverletzter hinter sich herzog, im wörtlichen wie im übertragenen Sinne. Da hatte es zwei oder drei verlassene Liebhaber in Paris, Griechenland und Spanien in ihren ersten Jahren im Ausland gegeben; einen älteren französischen Bankmanager und seine Frau, nach deren Doppelselbstmord man einen verknitterten Zettel mit dem Namen der jungen Elizabeth gefunden hatte; eine Abtreibung in Athen, nach der Elizabeth beinahe an einer Blutvergiftung gestorben war; weitere zerbrochene Liebesaffären in Frankreich und ein kurzer und intensiver Flirt mit Heroin in Paris, bis der junge Toby Villiers sie kennenlernte, heiratete und der Vater des dunkelhaarigen Fünfjährigen wurde, der an diesem Vormittag nackt im flachen Wasser der Penobscot-Bucht plantschte und in silbrigem Französisch vor sich hinplapperte.

Und schließlich der gewaltsame Tod ihrer Ehe, die Flucht nach Italien in die schützenden Hügel der Toscana, wo Elizabeth in den Armen und im Landhaus eines florentinischen Barons Zuflucht fand. Leider hatte dieser einen gutaussehenden Taugenichts zum Sohn und eine überaus ansehnliche, raffinierte Ehefrau, die beide eines Tages unerwartet in der Villa auftauchten. Nach einigen unerfreulichen Wochen steigerte sich der mörderische Zorn der Baronessa derart, daß Elizabeth trotz ihrer guten Beziehungen zum jungen Baron schließlich ihr Kind nahm und nach Hause zu ihrer Mutter floh. Und wie immer, wenn als Folge ihrer eigenen Handlungen schließlich die Katastrophe eintrat, schien Elizabeth ernsthaft verwirrt und verwundet zu sein. Und diese Verletzlichkeit war es, was ihrer Anziehungskraft die besondere Note verlieh. Selbst wenn man Elizabeth Potter am liebsten geschüttelt hätte, war doch der Wunsch stärker, sie zu schützen, und wenn auch nur vor sich selbst. Sogar ich fühlte das.

Abgesehen von dem dunklen, kleinen Warrie Villiers und Peties und Sarahs molliger kleiner Sallie waren wir drei Frauen allein am Strand. Happy weigerte sich, überhaupt nur in Elizabeth Villiers Nähe zu kommen. Selbst bei meiner emotionalen Tochter hatte ich noch nie eine derartige, spontane Antipathie erlebt. Sie erlaubte nicht einmal Sean, mit dem kleinen Warrie zusammenzusein, was diesen allerdings angesichts des Altersunterschieds nicht im mindesten störte. In diesem Sommer lernte er auf seinem ersten Beetle Cat, der *Osprey*, segeln, was ihn völlig in Anspruch nahm. Er fand schon kaum Zeit für mich und seine Mutter, und über Warrie Villiers sagte er: »Er ist ein weibisches Baby mit langen Wimpern. Ein feiger Frosch.«

Als er das sagte, wies ich ihn, nachdem ich vergeblich gewartet hatte, daß Happy ihn tadeln würde, scharf zurecht. Von Peter erwartete ich das gar nicht erst, denn er griff nie ein, was immer der Junge auch tat oder sagte.

»Wenn du Warrie nicht magst, ist das deine Sache«, erklärte ich. »Aber in meinem Haus nennst du ihn nicht so, ist das klar?«

Er sah mich mit seinen grauen Augen an, und sein Mund zuckte, als wollte er eine freche Antwort geben. Aber er sagte nur: »Ja, Maudie-Gro. Tut mir leid.« Und obwohl ich wußte, daß es ihm nicht im mindesten leid tat, schmolz mein Herz.

»Komm, Kollege«, sagte Peter zu ihm und wich meinem Blick aus. »Vor dem Abendessen haben wir noch ein paar Stunden Zeit. Wir könnten mit der *Hannah* zum Osprey Head hinausfahren. Ich glaube, es ist ruhig genug, daß du auch mal das Steuer übernehmen kannst.«

Noch bevor Happy oder ich ein Wort sagen konnten, waren sie verschwunden. Happy sagte: »Es macht wirklich Spaß, beim eigenen Vater immer die zweite Geige zu spielen. Mich hätte Papa *nie* aufgefordert, mit seiner geliebten *Hannah* hinauszufahren.«

Ihre Stimme klang kindlich und voller Trotz und Sehnsucht. Seit sie mit ihrem Sohn nach Retreat gekommen war, standen die Dinge zwischen uns besser als jemals zuvor, aber es gab doch immer wieder Augenblicke wie diesen, die verrieten, daß sie nie von ihrer unerfüllten Sehnsucht nach ihrem Vater geheilt werden würde. Aber Sean war Peters Liebling, und diesen Platz würde Happy nie einnehmen können. Trotz all meiner Versuche zu besänftigen und auszugleichen, konnte ich nichts dagegen tun.

An diesem Vormittag am Strand aber wurde mir klar, was Sean mit seiner Bemerkung über Warrie Villiers gemeint hatte. Es war tatsächlich etwas Feminines an dem Kind, ein wissender, gefälliger und beinahe raffinierter Zug. An einem kleinen Mädchen hätte das nicht unpassend gewirkt, man hätte höchstens über die kleine Frau gelächelt, die sich im Körper eines Kindes verbarg. Aber bei Warrie fiel es auf. Oft klimperte er mit seinen langen Wimpern und blickte seitlich darunter hervor, gewöhnlich auf seine Mutter. Seine langen, geschmeidigen Finger tanzten durch die Luft, mit beinahe vibrierenden Spitzen schwebten sie über diesem oder jenem Objekt, ohne es zu berühren. Seine Stimme war ein flötender Diskant, was für ein kleines Kind im Grunde normal war, und auch das schnelle Französisch, das aus seinem gespitzten rosa Mündchen floß, war selbstverständlich bei einem Kind, das mit Französisch aufgewachsen war. Aber bei Warrie wirkte all dies ein bißchen unpassend, ähnlich unpassend wie das Verhalten, das er seiner Mutter gegenüber an den Tag legte – und sie ihm gegenüber. So selbstverständlich und beiläufig wie auf die Kieseln und Muscheln am Strand legte er seine Hände auf ihre Brüste, ihre Schenkel, ihr Haar und den Nacken, und sie streichelte ihrerseits seinen seidigbraunen, nackten Körper mit offenkundigem Genuß, wann immer er in ihre Nähe kam. Obwohl mir der Unterschied zwischen der romanischen Lebensweise und diesem kalten, nördlichen Strand bewußt war, mußte ich doch nach einer Weile meine Augen von Elizabeth und ihrem Sohn abwenden. Und ich konnte feststellen, daß es auch Amy so ging, selbst wenn sie so tat, als bemerke sie nichts. Eine Aura der Fremdartigkeit umgab die beiden, Mutter und Sohn. Fremdartigkeit und eine Ahnung von Gefahr.

Ich dachte an Miss Lottie Padgetts Worte vor zwanzig Jahren, als ich mich in meiner Qual und Verzweiflung wegen Petie und Elizabeth zu ihr geflüchtet hatte: »Elizabeth wird sich niemals sicher fühlen. Eine Menge Menschen werden deshalb leiden müssen.«

Viele hatten schon gelitten, und es würden wohl noch mehr werden, dachte ich. Aber bitte nicht meine arme, wiedergeborene Amy. Ich hatte nicht den Eindruck, daß Amy noch sehr viel mehr Schmerzen ertragen konnte, nicht von dieser quecksilbrigen, sinnlichen Tochter, die ihr Herzblatt war. Sie hatte schon von Parker genügend zu erdulden. Nach mehr als einem Vierteljahrhundert ärztlicher Warnungen, Szenen, Krisen, Alarmzeichen, Leid und Peinlichkeiten schien Parker Potter nun, da er das Trinken weder vertragen noch damit aufhören konnte, wirklich und wahrhaftig dem Tode nah zu sein. Elizabeth war unter anderem aus Italien nach Retreat gekommen, um ihrer Mutter in diesem letzten und schlimmsten Kampf beizustehen. Aber ein Sommertag verschmolz mit dem anderen, und Elizabeth verbrachte weit mehr Zeit am Strand unterhalb von Braebonnie als an der Seite ihres Vaters. An den meisten Vormittagen gelang es ihr, Amy dazu zu verführen, sich neben sie zu setzen, und Amy wurde sanft, sonnengerötet und fröhlich durch die Liebe und das Lachen, auch wenn ihr Mann inzwischen anschwoll wie eine Kröte von den Giftstoffen, die seine Leber nicht länger bekämpfen konnte. Ich vermutete, daß Parker, seit seine Tochter gekommen war und seine Frau aufmunterte, mit erneutem, bitterem Trotz weitertrank, denn die stürmischen Auseinandersetzungen, die Wutausbrüche und Anfälle nahmen an Anzahl und Stärke zu. Kaum ein Tag verging, an dem Peter nicht alles stehen und liegen ließ, um nach einem aufgeregten Telefonanruf von Amy oder Elizabeth hinüberzulaufen, und auch ich war ein paarmal nach Braebonnie gegangen, doch es war alles vergebens. Parker trank und tobte weiter. Aber Amy hatte ihre Tochter und ihre Vormittage in der Sonne, und das war ihr mehr als genug.

Sally kam heulend auf mich zugelaufen, nachdem Warrie, der älter und größer war, sie rücksichtslos getreten hatte. Ich nahm ihren warmen, zappelnden Körper in meine Arme, wiegte sie und blickte zu Warrie hinüber. War ich die einzige, die diesen gemeinen kleinen, seitlichen Tritt bemerkt hatte? Nein, Elizabeth hatte ihn auch gesehen; sie schüttelte den Kopf über ihren Sohn, lächelte und sandte ihm einen kleinen, stillen Kuß. Er küßte zurück. Nun blickte ich zu ihr.

»Sie sollte einfach zurücktreten«, sagte Elizabeth und streckte sich, so daß eine rosig-braune Brustwarze aus dem mattschwarzen Bikinioberteil schlüpfte. Warrie kicherte. Ihr Haar glänzte wie lackiert, und sie trug viele goldene und edelsteinbesetzte Ringe um ihre langen Finger. Einen dieser Finger streckte sie jetzt aus und hob Sallys wütendes kleines, rotes Gesicht hinauf zur Sonne.

»Tritt einfach zurück, *chérie*, am besten in seine kleinen, braunen Eier«, sagte sie. »Es ist nie zu früh für ein kleines Mädchen zu lernen, was ihr die Aufmerksamkeit eines jungen Mannes einträgt. Mein Gott, sie ist Petie wirklich wie aus dem Gesicht geschnitten, nicht wahr? Ich wette, er hat ganz genauso ausgesehen in ihrem Alter, so temperamentvoll, entschieden und stur wie ein kleiner Maulesel.«

Sie lachte, und dann ließ sie Sallys Gesicht los und sah mich an.

»Ich wünschte, er hätte nicht das Gefühl gehabt, daß er wegfahren muß, Maude«, sagte sie träge. »Ich hatte nicht vor, ihn in diesem Sommer zu vernaschen.«

Ich spürte, wie die Wut in mir aufstieg, und sogar Amy blickte ihre Tochter scharf an und wurde rot im Gesicht. Nur wenige Tage nach Elizabeths Ankunft hatten Petie und Sarah das Kleine Haus verlassen und waren zurück nach Boston gefahren. Die gesamte Kolonie wußte, daß sie geplant hatten, den ganzen Sommer in dem kleinen Cottage zu verbringen, das Peter und ich für sie gekauft hatten, als Miss Lotties Sohn endlich zum Verkauf bereit war. Sie hatten behauptet, die angegriffene Gesundheit von Sarahs Vater mache ihre sofortige Abreise dringend erforderlich, und hatten Maude Caroline und Sally bei Peter und mir gelassen. Die meisten in Retreat erinnerten sich noch genau daran, daß Petie Elizabeth einst verzweifelt geliebt hatte, und konnten zwei und zwei zusammenzählen. Nur Peter und ich wußten, daß es Sarah gewesen war, die mit bleichem und entschlossenem Gesicht auf der Abreise bestanden hatte. Ich wußte allerdings noch immer nicht, welcher Anlaß sie dazu bewogen hatte. Wenn zwischen Petie und Elizabeth etwas vorgefallen war, was meinen Sohn und meine Schwiegertochter dazu brachte, ihre lang geplanten Sommerferien abzubrechen, dann war das, das war so sicher wie das Amen in der Kirche, nicht von Petie ausgegangen. Und ich wußte, daß auch Amy Potter das klar war.

»Vielleicht gibt es in Retreat ein oder zwei Leute, deren Pläne nichts mit dir zu tun haben«, sagte Amy in kühlem Ton zu ihrer Tochter, und Elizabeth lachte laut, ein volles, weiches, fließendes Lachen.

»Da hast du bestimmt recht«, sagte sie. Dann hob sie den Kopf und blinzelte mich an. »Maude, du solltest wirklich einmal einen meiner Bikinis anprobieren. Mit deinem Busen, der schmalen Taille und den Hüften hast du die Jungs hier schon immer verrückt gemacht – in Frankreich oder Italien würdest du keine Minute alleinbleiben. Und für Europa hast du genau das richtige Alter. Du solltest mit mir kommen, wenn ich wieder zurückgehe.«

»Aber Liebstes, du hast doch gesagt, du bleibst mindestens ein oder zwei Jahre!« Amys Stimme klang beinahe wie ein Schluchzen.

»Natürlich, Mama. Das werde ich auch. Aber früher oder später muß ich meine Sachen holen, und dann muß Warrie ja in die Schule…«

»Warrie sollte hierbleiben und in Miss Dawsons Schule gehen, und dann nach Choate und Harvard, oder vielleicht auch nach Yale, wie ein richtiger Potter«, sagte Amy streng.

»Irgendwie kann ich mir nicht vorstellen, daß Warries lieber Papa da zustimmen würde«, sagte Elizabeth amüsiert. »Das würde seine Familienehre beflecken. Und er muß das Schulgeld für dieses Küken zahlen, denn ich habe keinen Sou.«

Und sie streckte die Hand aus und tätschelte das kleine, harte Hinterteil ihres Sohnes, der sich genußvoll an sie schmiegte. Da hob ich die schniefende Sally auf und sagte: »Ich finde, dieses Küken hier hat für heute genug Sonne abbekommen. Ihre Nase ist feuerrot.« Und ich drehte mich zum Gehen um. Hinter mir hörte ich Amy in scharfem Tonfall etwas sagen, das ich nicht verstand, und ich hörte Elizabeth träge lachen. Genug der Sonne, der Trägheit und der Sinnlichkeit, dachte ich mit plötzlichem Abscheu. Ich wünschte mir jetzt ein Bad und kühle, gestärkte, saubere Kleider für Sally und mich und ein Nickerchen in einem weißen Zimmer, durch das ein scharfer, salziger Wind blies. Und dann lächelte ich in den verschwitzten Nacken meiner Enkelin hinein. Ich selbst war ein Wesen der Sonne, der Trägheit und der Sinnlichkeit, ich kam aus einer Stadt, die für das alles stand: Charleston. Was für einen langen Weg hatte ich zurückgelegt.

Als Sally und ich ins Haus kamen, war es verwaist. Sean war, wie ich wußte, drunten am Jachtclub, wo Caleb Willis den Jugendlichen aus der Kolonie in den neuen Beetle Cats das Segeln beibrachte. Der Club hatte eine ganze Flotte davon gekauft, die die alten Brutal Beasts ersetzten, auf denen Generationen vorher geübt hatten. Peter und ich hatten eines der Boote gekauft, für Sean, Maude Caroline und alle, die noch nach ihnen kommen würden, aber Maude Caroline hatte meine Abneigung gegen schwankende Boote geerbt und beschäftigte sich lieber mit Tennisspielen und Schwimmen. Sie war in diesem Sommer zwölf Jahre alt, und wie schon in den letzten vier Jahren war sie mit vielen anderen Jugendlichen aus Retreat zum Rosier Pond ins Tagescamp gefahren. Peter war mit der *Hannah* unterwegs, und was Happy anging, so wußte ich nicht, wo sie sich aufhielt. An den meisten Vormittagen nahm sie den Wagen, fuhr etwa um zehn Uhr weg und kehrte erst um drei oder vier Uhr nachmittags zurück, gerade rechtzeitig, um sich um Sallys Bad und den nachmittäglichen Imbiß zu kümmern und mit Peter und mir auf der Veranda etwas zu trinken.

Wenn wir fragten, wo sie gewesen sei, sagte sie nur: »Ich bin ein bißchen herumgefahren. Ich bleibe gern in Bewegung.«

Manchmal kam sie mit, wenn wir in eines der anderen Cottages zum Cocktail gingen, aber nicht oft. Es gab nur wenige Familien, in denen Happy Freunde hatte. Wenn sie keine Lust hatte, bestand ich nicht darauf, daß sie uns begleitete, denn wenn Happy ein oder zwei Gläser zuviel getrunken hatte, wurde sie so schwierig wie einst als Teenager, und man wußte nie genau, was sie sagen würde.

Wenn sie nicht zuviel getrunken hatte, war ihre Gesellschaft in diesem Sommer meistens recht angenehm. Peters Zuneigung zu Sean färbte auch auf sie ab, und wenn sie auch eifersüchtig auf die Aufmerksamkeit war, die ihr Vater ihrem Sohn widmete, so ließ sie sich das Peter gegenüber klugerweise nicht anmerken. Sean selbst ging außerordentlich liebevoll mit ihr um, wie er das mit jedem tat, abgesehen von seinem Vater. Bei den wenigen Gelegenheiten, bei denen ich meinen Enkel zusammen mit Tommy O'Ryan gesehen hatte, trug dieser eine Ausgelassenheit zur Schau, die gänzlich aufgesetzt wirkte, so als brodle unter der Oberfläche seiner rauhen Lebensfreude ein Vulkan der Rivalität. Vermutlich war Tommy genauso eifersüchtig auf seinen Sohn wie Happy, aber aus anderen Gründen, und ich empfand Verachtung und Unbehagen angesichts dieser untergründigen Gefühle. Abgesehen von dem flammenden, erdbeerroten Haar und den beiden tiefen, querliegenden Grübchen in den Wangen war Sean von oben bis unten ein Chambliss, und er ähnelte seinem Großvater sowohl im Aussehen wie auch im Verhalten. Mit sicherem Schritt und ohne viel nachzudenken bewegte er sich in einer Umgebung, in die sein Vater nie aufgenommen wurde. Ich wußte, daß Tommy O'Ryan das haßte, auch wenn er mit einem strahlenden Lächeln darüber hinwegging. Dieser unausgesprochene Haß machte mir große Angst. Eines Tages, so glaubte ich, würde er uns verfolgen. Sean selbst war in Anwesenheit seines Vaters still, verschlossen und unergründlich. Tommy hatte einen neuen Job angenommen, und so lebten sie jetzt in einem kleinen Haus in Saugus. Happy sagte uns einmal: »Sean und sein Vater kommen einfach nicht miteinander aus. Tommy bräuchte ein kleines Mädchen, das ihn anbetet, wie das Seanie mit Papa macht. Er bearbeitet mich deshalb die ganze Zeit.«

Und dann lächelte sie, ein inniges, geheimnisvolles Lächeln.

O mein Gott, Tommy O'Ryan. Wie sehr hat uns dieser gutaussehende Scharlatan verfolgt, auch wenn er meistens gar nicht anwesend war; das hatte ich an jenem Tag, als ich seiner erstmals ansichtig wurde, sehr richtig erkannt. Auf seine eigene Weise war er genauso faszinierend wie Peter oder Elizabeth Potter; wenn er mit einer Gruppe Menschen zusammenstand, zog er stets alle Blicke auf sich. Bis zu dem Tag, an dem ich ihn zuletzt sah, war er einer der bestaussehenden Männer, die ich je kennengelernt habe. Ich habe gesehen, wie sich Fremde, Männer wie Frauen, auf der Straße nach ihm umdrehten, und gelegentlich, wenn ich ihn aus der Nähe sah, mit seinem schönen, hellen Lachen, den blitzenden weißen Zähnen, dem zurückgeworfenen, leuchtend roten Kopf, oder wenn er mir aufmerksam zuhörte, die blauen Augen voll auf mich gerichtet und den Kopf zur Seite gelegt, dann nahm er mir einfach den Atem. In solchen Momenten begriff ich, warum Happy in seiner Gegenwart gelegentlich vor körperlicher Erregung zitterte, und selbst dann, wenn die Dinge zwischen ihnen besonders schlecht standen, ein warmer Strom fleischlicher Begierde zwischen ihnen zu spüren war. Sogar wenn ich wütend auf ihn war, konnte ich verstehen, warum meine Tochter ihn nicht verlassen konnte. Verspürte ich nicht Peter gegenüber das gleiche Gefühl, seit jenem Abend, an dem ich ihn kennengelernt hatte? Und oft dachte ich, was ich wohl getan hätte, wenn Peter ein Tommy O'Ryan gewesen wäre. Ich hätte mich nicht von ihm trennen können, genausowenig, wie Happy das vermochte.

Aber er konnte den positiven Gefühle, die er wachrief, nicht gerecht werden. Tommy O'Ryan kannte keine Grenzen, und er hatte kein Gespür für die Bedürfnisse anderer. Wann immer er uns in Northpoint oder Retreat besucht hatte, war er prahlerisch, großspurig und überheblich gewesen, bis ihm Peter beide Häuser verbot. Mit seiner lautstarken Vertraulichkeit befremdete er die Kolonie, mit seinem wüsten Trinken und der obszönen Sprache verärgerte er selbst Parker Potter, und er machte schamlose Annäherungsversuche bei jeder Frau unter sechzig, mit Ausnahme von Gretchen Winslow, die er eine frigide Zicke nannte – in ihrer Anwesenheit.

Als Peter von einem peinlich berührten Guild Kennedy erfuhr, daß Tommy während eines der geheiligten Männertreffen am Mittwochabend im Jachtclub beim Pokern geschummelt hatte, drohte er, Happy zu enterben, wenn Tommy sich in Retreat jemals wieder blicken lasse. Und so bekam ich ihn kaum noch zu Gesicht, und Peter sah ihn nur noch dann, wenn Tommy erneut eine Stelle verloren hatte und von Peter wieder einmal eine Empfehlung brauchte.

Hätte Peter nicht Happys Anteil an Mutter Hannahs Erbe in einem geschlossenen Fond angelegt, aus dem ihr monatlich eine gewisse Summe überwiesen wurde, so hätte Tommy wohl gar nicht mehr gearbeitet. Peter meinte grimmig, er werde Tommy O'Ryan gern bis an sein Lebensende Arbeitsstellen besorgen, Sean unter seine Fittiche nehmen und für ihre Wohnung, ihr Auto und die medizinische Versorgung zahlen, aber solange Happy mit Tommy verheiratet sei, bekäme sie ihr Erbe lediglich in kleinen Portionen. Sie könne sich ja von ihm scheiden lassen. Happy tobte, schmollte und schimpfte, aber Peter blieb hart.

An einem Tag im Juli, kurz nach der großen Regatta am vierten Juli, kam Elizabeth Potter Villiers schluchzend in unser Cottage gelaufen und rief, ihr Vater versuche ihre Mutter mit einem Schürhaken zu erschlagen, und Peter solle bitte sofort kommen.

Als wir Braebonnie erreichten, fanden wir Parker auf dem Boden vor dem kalten Kamin, wo er sich gerade erbrach. Amy versuchte vergeblich, ihn hochzuheben, aber der Schürhaken hing unberührt in seinem eisernen Ständer. Peter warf Elizabeth einen schnellen, fragenden Blick zu, sagte aber nichts. Sie wurde rot und wandte sich ab. Peter zog Parker hoch und führte ihn ins Schlafzimmer im Erdgeschoß. Amy wischte sich das weiße Haar aus ihrem tränenverschmierten Gesicht und lächelte uns bemüht zu.

»Tut mir leid, daß wir euch wieder gestört haben«, sagte sie mit erstaunlich fester, wenn auch erschöpfter Stimme. »Ich habe Elizabeth gesagt, sie solle nicht zu euch laufen. Es war höchstens Alarmstufe zwei oder drei. Ich glaube nicht, daß er es geschafft hätte, den Schürhaken aus dem Ständer zu ziehen und jemanden damit zu schlagen.«

Ich umarmte sie kurz und sagte: »Gar kein Problem. Dafür sind wir ja da.«

»Das ist doch selbstverständlich«, sagte Peter, der gerade wiederkam.

»Nein«, sagte Amy. »Das stimmt nicht. Niemand sollte das tun müssen, was wir euch zumuten. Es war ein Fehler, ihn mitzubringen, aber der Arzt meinte, daß er vielleicht keinen weiteren Sommer mehr erlebt.«

»Das hoffe ich«, sagte Elizabeth Villiers mit tiefer, kalter Stimme. »Ich hoffe, er erlebt keine weitere Woche mehr. In diesem Zustand ist er ja kein Mensch mehr. Und schon gar kein Vater. Aber das war er ohnehin nie.«

»Lizzie –«, setzte Amy an, aber Elizabeth brach in Tränen aus und warf sich in Peters Arme. Er hielt sie sanft und tätschelte ihr den Rücken, wobei er mich über ihren zitternden roten Haarschopf hinweg hilflos anblickte.

»Ich weiß, daß es dumm von mir war, zu euch hinüberzulaufen, Peter«, schluchzte sie an seiner Schulter. »Aber er hat gesagt, er würde Mutter mit dem Schürhaken umbringen, und ich wußte, daß er es wahr machen würde, wenn er könnte... ich habe Angst vor ihm. Wenn er im Haus ist, fühle ich mich nicht sicher.«

»Schatz, Papa hat gar keine Kraft mehr, dir etwas anzutun«, sagte Amy leise, aber Elizabeth schüttelte nur den Kopf. Miss Lotties Worte fielen mir ein: »Elizabeth wird sich niemals sicher fühlen« – und ich ahnte, daß Elizabeths Angst weniger mit der körperlichen Bedrohung zu tun hatte, die Parker für sie darstellte, als damit, daß er niemals ein Vater für sie gewesen war.

Als greife sie meinen Gedanken auf, sagte Amy: »Sie hat niemals einen richtigen Vater gehabt. Als sie geboren wurde, war Parker schon nicht mehr dazu fähig. Ich glaube, das war es, was sie die ganzen Jahre gesucht hat... Es tut mir leid, daß sie sich in diesem Sommer so auf Peter stützt. Wir halsen euch beiden damit einfach zuviel auf.«

»Es tut mir auch leid«, sagte Elizabeth, hob den Kopf und sah erst Peter an und dann mich. Sie sah aus wie ein verängstigtes Kind.

»Das ist nicht nötig«, sagte Peter und kniff sie in die Nase. »Es ist schon eine ganze Weile her, seit ich zum letzten Mal den edlen Ritter spielen durfte. Meine beiden Frauen kommen ganz gut allein zurecht.«

Ich sah ihn an und schüttelte in spöttischem Tadel den Kopf. Aber ich verspürte einen leisen Schock. Glaubte er das wirklich von mir? Und vor allem von seiner unsicheren, von verzweifeltem Verlangen besessenen Tochter?

»Darf ich euch etwas zu trinken anbieten, als Friedensangebot?« erkundigte sich Elizabeth, aber ich lehnte ab.

»Sally wacht bald auf, Maude Caroline kommt aus dem Camp zurück, und Happy ist wahrscheinlich noch nicht zu Hause«, sagte ich.

»Ich trinke einen kleinen Schluck, und dann sehe ich noch einmal nach deinem Vater«, meinte Peter, und sowohl Amy als auch Elizabeth lächelten dankbar. Vermutlich hatten sie beide schon eine ganze Weile mehr keine gepflegte Cocktailstunde mit einem Mann verbracht, der so gesund und so angenehm war wie Peter.

»Gute Idee«, sagte ich, gab Amy und Elizabeth einen Kuß und ging zurück nach Liberty. Als ich über die Mauer stieg, hörte ich hinter mir Elizabeth lachen, und auch Amys Lachen klang wieder fröhlich und erfüllt. Danke, mein Liebling, sagte ich im stillen zu Peter.

Mitte August gab ich für Elizabeth Potter Villiers eine Cocktailparty. Das war so üblich in Retreat, wenn eine gute Freundin jemanden zu Besuch hatte, und außerdem wußte ich, daß Amy Elizabeth selbst gerne in die Kolonie eingeführt hätte, es aber wegen Parkers Zustand nicht wagte.

Es war eine große Party. Ich hatte mir einen Ruck gegeben und sogar die Winslows eingeladen. Der junge Freddie war, wie ich mich erinnerte, ein Verehrer von Elizabeth gewesen, als die beiden noch Teenager waren, sogar zu jener Zeit, als das Feuer zwischen ihr und Petie am höchsten loderte, und sie war auch mit anderen Jugendlichen ihres Alters aus der Kolonie befreundet gewesen. So lud ich einfach alle ein. Und die meisten kamen; ob aus Neugier auf Elizabeth oder aus Loyalität zu Amy, das wußte ich nicht. Aber um Amys Willen war ich froh darüber.

Es war eine schöne Party. Die späten Blumen blühten, Lampions brannten, und alle hatten sich über den Rasen verteilt. An diesem Abend war der Sonnenuntergang über der Bucht ein unvergeßliches Freudenfeuer aus Blutrot, Orange und goldenem Purpur. Es war schon herbstlich kühl, aber alle blieben so lange wie möglich im Garten. Micah Willis, der mit Christina, Caleb, dessen Frau aus Bucksport und ihrem kleinen Sohn Micah – dem jüngsten und geliebtesten Sproß aus dieser Ehe und ein Abbild seines Großvaters – gekommen war, sagte: »So einen feurigen Sonnenuntergang habe ich seit Jahren nicht gesehen. Die Alten glaubten, daß so ein purpurfarbenes Abendrot die Nordlichter ruft. Es würde mich nicht wundern, wenn wir in einer der nächsten Nächte eines sehen könnten.«

»Ach, das wäre schön«, sagte Elizabeth. »Ich kann mich nicht erinnern, daß ich jemals eines gesehen hätte.«

»Na, ich schon, ganz oft sogar«, meinte Happy. Sie hielt ein Glas in der Hand, in dem sich offenbar reiner Scotch befand, und ich versuchte, ihr einen warnenden Blick zuzuwerfen. Aber sie sah Elizabeth an.

»Deine Mutter und ich haben eines gesehen, in der Nacht, als du geboren wurdest, Elizabeth«, sagte ich. »Hat sie dir das jemals erzählt? Du bist tatsächlich unter dem Nordlicht geboren.«

»Nein«, sagte Elizabeth, »ich glaube, das hat sie mir nie erzählt.«

Als wir ins Haus gingen, war Parker Potter da. Er trug nichts außer einem offenen Bademantel, saß oder lag vielmehr auf dem Korbsofa und trank Scotch aus einer bereits halbleeren Flasche. Die Gesellschaft wurde still. Er sah schrecklich aus, todkrank und obszön. Sein schrumpeliger, schlaffer Penis und die Hoden waren entblößt, und der monströse, gespannte Bauch glänzte fischig weiß unter dem Mantel hervor. Amy japste und rannte auf ihn zu, und Elizabeth gab einen kehligen Laut des Schreckens und des Abscheus von sich. Peter ging hinter Amy her zu Parker. Niemand sonst rührte sich.

»Verdammt soll er sein«, sagte Elizabeth mit einer tiefen, zittrigen Stimme. »Wie hat er es bis hierher geschafft? Sonny Norton sollte ihn doch bewachen.«

In diesem Moment kam Sonny Norton, der große junge Mann, der in diesem Jahr stellvertretender Postmeister war und Amy schon lange mit Parker und anderen Dingen in Braebonnie half, ins Zimmer gestolpert. Über seinem Auge klaffte ein deutlich anschwellender Schnitt, und auf seinem Gesicht und dem Hemd war getrocknetes Blut.

»O Gott, es tut mir leid, Mrs. Chambliss«, schnaufte er. »Er hat mir eine Schnapsflasche übergezogen, und als ich wieder zu mir kam, war er verschwunden.«

Parker blickte sich in dem Zimmer um, in dem seine Freunde und Nachbarn standen, und dann sah er seine aufgeregte Frau an und Peter, der versuchte, den Mantel über seinem Bauch zusammenzuziehen. Er lächelte, breit und bedrohlich. Und dann holte er mit der Schnapsflasche aus, so weit er konnte, und schlug Amy damit quer übers Gesicht. Ohne einen Laut ging sie zu Boden.

Erschrockene Schreie wurden laut, und aufgeregte Bewegung kam in die Menge der Umstehenden. George Stallings fing Amy auf, bevor sie auf den Fußboden fiel, und zog sie hinaus auf die Veranda. Micah Willis und Peter hielten Parkers Arme auf dem Rükken fest, der sich heftig wehrte. Die Gäste drängten sich um die kämpfenden Männer, blieben aber stehen, als Caleb Willis die Arme hob und um Ruhe bat.

»Ihr Leute geht jetzt besser heim, bitte«, sagte er mit der tiefen Stimme, die der seines Vaters so sehr ähnelte. »Wenn Frank Stallings hier ist, dann sollte vielleicht jemand seine Tasche holen, damit er sich um Mrs. Potter kümmern kann. Es sieht nicht so aus, als ob sie schwer verletzt wäre, aber sie braucht einen Arzt. Mrs. Chambliss wird bald überall anrufen und Ihnen allen mitteilen, wie es Mrs. Potter geht.«

»Vielen Dank, Caleb«, sagte ich über das leiser werdende Gemurmel hinweg und versuchte, mich durch die Menge bis zu Amy durchzukämpfen. Micah und Peter zogen Parker in Peters und mein Schlafzimmer hinter der Küche, und George Stallings hatte Amy auf das Sofa in der Veranda gelegt. Ich konnte sehen, wie sie fiebrig die Hände bewegte und ihre Augenlider flatterten. Auf ihren Wangenknochen war ein dunkelroter Fleck, und ein dünner, blutiger Strich zog sich über ihre weiße Haut.

Happy stand bewegungslos neben der Bar, nippte an ihrem Drink und beobachtete Elizabeth, die in der Mitte der Veranda stand. Starr sah Elizabeth ihre Mutter an und begann dann plötzlich zu schreien.

Genau in diesem Moment kam Frank Stallings, der Sohn von Albert und Louise, mit seiner Arzttasche hereingelaufen, die er neben Amy fallenließ.

»Irgend jemand sollte Elizabeth einen Schlag versetzen«, sagte er, »ich gebe ihr gleich ein Beruhigungsmittel. Ihr übrigen macht bitte ein bißchen Platz. Oder ihr geht nach Hause, wie Caleb gesagt hat.«

Die Leute begannen sich zurückzuziehen und langsam das

Haus zu verlassen. Elizabeth schrie immer noch; es klang so unnatürlich, als käme es von einer Maschine. Sie hatte die Augen geschlossen, und ihr Gesicht war kalkweiß. Happy stellte ihr Glas ab, ging zu ihr und versetzte ihr so einen festen Schlag, daß sie den Schwung mit den Fersen abfangen mußte. Elizabeth holte tief Luft, hörte auf zu schreien und öffnete die Augen. Dann wurden ihre Augen schmal, und ihr Gesicht sah aus wie das einer Tigerin, einer Medusa. Ich hielt den Atem an, und Happy schlug sie nochmals, so hart wie zuvor, mit einem kleinen, beiläufigen Lächeln.

»Bist du fertig mit Schreien, Elizabeth? Ich mache das gern noch einmal«, sagte sie. Elizabeth gab einen Ton von sich, der wie das Pfeifen eines Teekessels klang, holte aus, bremste sich dann aber und blickte über Happys Kopf hinweg. Ich und die anderen, die noch im Raum waren, folgten ihrem Blick und sahen Peter auf der Schwelle zur Küche stehen. Er starrte Elizabeth und seine Tochter an.

Elizabeths kalkweißes Gesicht löste sich in Tränen auf, und sie warf sich in Peters Arme. Er hielt sie fest und blickte unverwandt Happy an. Einen langen Augenblick hörte man nichts außer Elizabeths würgendem Schluchzen.

»Mußtest du sie so hart schlagen?« sagte er zu Happy.

Seine Stimme war ruhig, aber so schrecklich, wie ich sie noch nie gehört hatte. Happys Gesicht begann zu schmelzen, als wäre es aus Wachs.

»Dr. Stallings hat es gesagt«, jammerte sie wie ein kleines Kind.

»Bestimmt hat er nicht gesagt, du sollst sie niederschlagen«, meinte Peter.

»O Peter, bring mich nach Hause, ich will nach Hause«, weinte Elizabeth, und als er nicht antwortete, blickte sie hoch in sein Gesicht. Seltsamerweise versetzte mir der Anblick der beiden Köpfe, dieser beiden Gesichter, die nur wenige Zentimeter voneinander entfernt waren, einen schmerzhaften Stich. Blitzartig tauchte eine Szene aus Elizabeths Kindheit vor meinem inneren Auge auf: Peter, der sich im Jachtclub zu der neunjährigen Elizabeth hinunterbeugt, und die Stimme der alten Augusta Stallings: »Schaut euch diese beiden an! Wie zwei Erbsen in einer Schote. Sie könnte von dir sein, Peter, außer den roten Haaren hat sie überhaupt nichts von Parker an sich.«

»Ich bringe dich nach Hause, Liebes«, sagte Peter jetzt zu Elizabeth und strebte mit ihr auf die Tür zu, den Arm fest um sie gelegt. Wie alle anderen blickte ich ihnen schweigend nach, atemlos vor Angst und erfüllt von etwas, das ich nicht benennen konnte. Ich hörte Gretchen Winslow murmeln: »Offenbar hat Peter in diesem Sommer schon wieder eine überdrehte Tochter am Hals.« Und dann hörte ich Happy auflachen. Es war ein häßlicher Ton. »Tochter?« sagte sie. »Glauben Sie das wirklich, Mrs. Winslow? Daddy hat sie schon am Hals, ja, aber nicht unbedingt wie eine Tochter!«

Die Stille im Raum war geradezu ohrenbetäubend. Peter blieb stehen und drehte sich nach Happy um.

»Geh hinauf in dein Zimmer, Camilla«, sagte er mit seiner kalten neuen Stimme. »Ich werde später mit dir reden.«

»Du kannst mich nicht mehr herumkommandieren«, kreischte sie. »Ich bin inzwischen eine erwachsene Frau mit einem Sohn. Du kannst mir nicht mehr sagen, was ich tun soll!«

»Geh«, sagte er und drehte sich wieder um, am Arm noch immer die weinende Elizabeth. Niemand sagte etwas.

Happy machte auf dem Absatz kehrt, stürmte die Treppe hinauf und schlug die Tür hinter sich zu.

Danach gingen die meisten. Frank und George Stallings brachten Amy nach Hause, und bald waren nur noch Micah und Christina Willis da. Bestimmt würde niemand diese entsetzliche Szene jemals vergessen, auch wenn man sie mir gegenüber nicht mehr erwähnte. Aber sie würde von Generation zu Generation weitergetragen werden, immer wieder erzählt, Jahr für Jahr. Ich hob den Kopf und sah Micah an und Christina, die ein Tablett mit Kaffee hereingebracht und vor mir auf den Teetisch gestellt hatte.

»Die Chamblisses haben wieder eine hübsche Zeichnung an die Wand der Höhle gemalt«, sagte ich langsam. Ich war so erschöpft, daß ich am liebsten nie mehr aufgestanden wäre. Christina goß den Kaffee in die Tassen, und Micah reichte mir eine. Einen Augenblick lang sah er mich schweigend an, dann sagte er: »Du hast dieser Zeichnung nichts beigefügt, Maude. Das waren Mrs. Villiers und natürlich Peter. Deinen Namen wird niemand dort lesen.«

»Happy hat sich auch nicht großartig verhalten«, sagte ich.

»Nein. Vermutlich nicht«, antwortete er. »Aber über Happy

wird die Kolonie nicht klatschen, sei unbesorgt. Sie will nur ihren Papa. Sie ist zwar schon ein bißchen alt dafür, aber es ist nichts Unnatürliches. Je früher Mrs. Villiers etwas Wasser zwischen sich und Retreat legt, desto besser. Sei nicht zu streng mit Happy. Und sei um Gottes willen nicht so streng mit dir selbst. Wenn du mit Schlamm werfen willst, dann such dir dafür die richtige Person.«

»Micah hat recht«, sagte Christina, legte ihre Hand auf mein Haar und strich es mir aus dem Gesicht. »Man muß kein Genie sein, um zu sehen, wer hier die Atmosphäre vergiftet. Ruh dich ein bißchen aus und laß Mrs. Potter sich selbst um ihre Familie kümmern. Peter braucht es nicht zu tun, und du schon gar nicht.«

Ich stand auf, gab ihr einen dankbaren Kuß, drückte Micahs harte, braune Hand, und sie gingen. Innerlich leer ausgebrannt sank ich wieder in den Stuhl. Da kam Sean zurück, der beim Square Dance im Jachtclub gewesen war. Er betrachtete mich schweigend und nachdenklich, holte sich dann ein Glas Milch und ein Stück Kuchen, und kam wieder ins Zimmer.

»Geht es dir gut, Maudie-Gro?« fragte er.

»Geh ins Bett, Liebes«, sagte ich matt. »Ich bin heute abend nicht gut aufgelegt. Es gab einen schrecklichen Auftritt mit Mr. Potter, und deine Mutter und Großvater haben sich gestritten. Großvater bringt gerade Mrs. Villiers nach Hause, und wenn er zurückkommt, würde ich lieber allein mit ihm sprechen. Morgen ist wieder alles in Ordnung.«

Er sah auf einmal verzweifelt aus.

»Ach, Maudie-Gro«, sagte er mit leiser, angespannter Stimme, »dann wird mich Mama sicher nach Hause bringen. Das weiß ich. Jedesmal, wenn sie sich mit Großvater streitet oder glaubt, daß er sie schlecht behandelt, droht sie damit. Beim letzten Mal hat sie gesagt, wenn es noch einmal passiert, dann fahren wir heim und kommen nie wieder nach Retreat zurück...«

Tränen standen in seinen grauen Augen, und er drehte den Kopf weg. Ich streckte den Arm aus und nahm seine Hand.

»Liebling, das würde deine Mutter nie tun«, sagte ich. »Wir würden es ihr nicht erlauben. Dein Großvater würde es ihr nicht erlauben. Wir wissen doch alle, was dir diese Sommer bedeuten. Hier gehörst du her; ohne dich könnten wir uns diese Sommeraufenthalte gar nicht mehr vorstellen.«

Er blickte mir ins Gesicht, ein mageres, sonnenverbranntes Kind mit klaren, grauen Augen und einem Schmerz im Gesicht, der kaum erträglich war. In diesem Moment wirkte sein Gesicht viel zu erwachsen für einen Jungen seines Alters. Ich spürte, wie mir selbst die Tränen kamen. Er blinzelte, sah wieder fort, und die nächsten Worte sprach er in den Raum hinein.

»Du weißt ja nicht, wie es ist«, sagte er. Es war fast ein Flüstern. »Du weißt einfach nicht, wie die Winter sind, Maudie-Gro. Ich hasse sie. Ich hasse jeden Augenblick, den ich nicht in Retreat bin. Mutter und Vater... zusammen sind sie... ich weiß nicht. Nicht wie andere Eltern. Wenn ich nicht nach Retreat kommen könnte, zu dir und Großpapa im Sommer, dann würde ich sterben, glaube ich. Ich wünsch mir bloß... ich wünsch mir, ich könnte immer hier leben.«

Sein Gesicht verzog sich.

»Wir lieben dich so sehr, dein Großpapa und ich«, sagte ich und zog ihn an mich, damit er meine eigenen Tränen nicht sehen konnte. Ach, weder Happy noch Tommy O'Ryan hatten diesen großherzigen Jungen verdient. Warum hatte ich mir nie die Frage gestellt, wie wohl die Winter in dem winzigen Haus in Saugus für ihn waren? Warum hatte ich nie daran gedacht, daß er auch bei uns in Northpoint leben könnte?

Aber ich kannte die Antwort auf diese Fragen. Tommy O'Ryan würde es nie erlauben, und er war schließlich Seans Vater. Wir, Peter und ich, konnten nichts tun, außer ihm die Sommer so schön wie möglich machen.

»Ich liebe euch auch«, sagte er. Dann zog er laut schniefend die Nase hoch, umarmte mich fest und löste sich von mir.

»Ich verschwinde jetzt besser ins Bett«, sagte er. »Großpapa hat gesagt, daß wir morgen nach Little Deer segeln, wenn das Wetter hält. Das heißt... meinst du, daß er es immer noch will?«

»Machst du Witze? Keine zehn Pferde könnten ihn davon abhalten«, sagte ich lächelnd. Er winkte mir zum Abschied zu und sprang zwei Stufen auf einmal nehmend, die Treppe zur oberen Veranda hinauf, wo er schlief.

Fünf Minuten später kam Peter zurück.

»So, jetzt sind alle für eine Weile versorgt, glaube ich«, sagte er, ließ sich neben mir auf das Sofa sinken und langte nach der Kaffeekanne. »Frank hat allen dreien ein Beruhigungsmittel gegeben, und er wird gleich morgen früh noch einmal nach ihnen sehen. Ich auch. Amy wird Parker in eine Klinik einweisen lassen. Sie kann das alles nicht mehr ertragen, und Elizabeth auch nicht.«

Ich wartete noch einen Augenblick, dann sagte ich: »Peter, ich glaube, du solltest damit aufhören, jedesmal hinüberzulaufen, wenn Elizabeth dich ruft. Nach heute abend sollte das ein anderer tun.«

Er sah mich an.

»Glaubst du denn den Unsinn, den Happy da von sich gegeben hat, Maude?« fragte er schließlich, und seine Stimme hatte beinahe denselben kalten, toten neuen Ton, den ich heute schon einmal gehört hatte.

»Du weißt, daß ich es nicht glaube«, sagte ich. »Du weißt es genau. Aber Liebster... das hier ist ein kleiner Ort. Die Leute verstehen das falsch. Die Leute klatschen. Du willst doch nicht, daß deine Freunde hinter deinem Rücken über deine... Beziehung zu Elizabeth reden. Für Happy ist es schrecklich; du weißt, daß sie auf Elizabeth eifersüchtig ist. Warum reizt du sie auch noch? Und ich habe heute abend gehört, daß Sean ihren Ärger dann abbekommt. Ich muß dir erzählen –«

»Darüber will ich nicht diskutieren«, sagte er und stand auf. »Wie kannst du nur so etwas sagen? Elizabeth ist... ein Kind. Ein Kind, Maude. Willst du, daß ich mich einem Kind verweigere, wenn es mich braucht?«

Ich starrte ihn an.

»Peter«, sagte ich, »das tust du mit Happy schon ihr ganzes Leben lang.«

Ich war auf einen Wutausbruch gefaßt, aber er setzte sich wieder und nahm meine Hände.

»Maude, ich will versuchen, dir meine Gefühle Happy gegenüber zu erklären«, sagte er in erschöpftem Ton. »Mit Petie war es genauso. Ich liebe sie beide wirklich, aber ich kann einfach ihre Bedürftigkeit nicht ertragen. Sie ist mir zu viel und zu andauernd, sie erstickt mich. Wenn ich mich nicht zurückziehe, bringt sie mich um. Sie haben doch dich, sie brauchen mich gar nicht so sehr, nicht die ganze Zeit... Meine Mutter hat mir immer meinen Freiraum gelassen, sie hat sich nie an mich geklammert. Und du auch nicht, niemals. Du liebst mich, aber du brauchst mich nicht für deine schiere Existenz.«

Ich saß nur da und sah ihn an. Dazu gab es nichts zu sagen. Ich brauche dich, jammerte mein Herz im stillen. Ich habe dich immer gebraucht, und ich werde dich immer brauchen. Warum kannst du das nicht sehen? Deine Liebe gibst du mir jederzeit, aber wenn ich dich brauche, scheinst du es oft gar nicht zu merken. Deine Hände sind es nicht, die mich dann auffangen.

Ich dachte daran, wessen Hände statt dessen da waren, immer da gewesen waren, und verbannte den Gedanken aus meinem Kopf. Es gab eine Zeile in einem Gedicht von Robert Frost, die ich liebte: »Nur wo sich Bedürfnis und Liebe vereinen, und die Arbeit ein Spiel ist um tödlichen Einsatz...«

Peter würde dieses Gedicht nicht mögen. Es würde zu schwer auf seinem Herz lasten.

Ach, Mutter Hannah, dachte ich düster, du hast deinen Sohn mit deiner schrecklichen Strenge verkrüppelt. Sein ganzes Leben lang ist er vor dir davongelaufen; und das ist die Summe dessen, was er von dir gelernt hat.

»Na ja«, sagte ich, »vielleicht könntest du dich morgen früh mit Happy wieder versöhnen. Du warst sehr streng zu ihr, und das vor allen Leuten. Tu es Sean zuliebe, wenn du es schon nicht für mich oder für sie tun willst. Er ist es, der darunter leidet, nicht du. Das habe ich heute abend erfahren.«

»Was meinst du damit?« fragte er.

Aber ich erzählte es ihm nicht. Ich saß da und sagte: »Später, bitte, Lieber. Ich bin todmüde.«

Ach, Gott, ich habe es ihm nicht erzählt.

Als wir erwachten, jagten graue Wolken über den Himmel, und in der Bucht herrschte schwerer Seegang. Als Micah Kaminholz brachte, sagte er, er habe im Radio gehört, ein früher Herbststurm sei im Anzug, und keines der Hummerboote sei ausgelaufen.

»Ein idealer Tag, um vor dem Feuer zu sitzen und zu lesen.« Er lächelte mir zu, als habe er gestern abend bereits vergessen.

»Genau das werde ich auch tun«, sagte ich. »Willst du nach dem Abendessen nicht mit Tina vorbeikommen? Peter hat aus Ellworth einen Courvoisier mitgebracht.«

»Da brauchst du mich nicht lange zu bitten«, antwortete er. »Ist bei euch alles in Ordnung?«

»Scheint so«, sagte ich. »Peter ist nach Castine gefahren, um bei Pengallen das eine oder andere für die *Hannah* zu besorgen, Happy schläft noch, glaube ich, und Sean habe ich beim Morgengrauen weggehen hören. Er wollte eigentlich mit Peter zum Segeln gehen, aber wahrscheinlich hat er ihn auf dem Weg zum Jachtclub getroffen und ist dann mit ihm nach Castine gefahren. Das ist ja auch kein Tag, an dem man aufs Wasser hinausfährt.«

So um zwei Uhr kroch Happy aus den Federn. Ihr Gesicht war geschwollen, und sie sah immer noch benommen aus.

»Ist Papa da? Ich wollte mich so schnell wie möglich entschuldigen, um es hinter mich zu bringen«, sagte sie.

»Er ist mit Sean nach Castine gefahren«, sagte ich. »Das ist sicherlich keine schlechte Idee, Liebes. Wenn du dich entschuldigst, tut er es auch, und dann können wir die ganze Sache vergessen.«

»Ja, bis Elizabeth das nächste Mal anruft«, schnaubte sie. Ich warf ihr einen Blick zu, und sie sagte: »Tut mir leid.« Dann ging sie, um sich ein verspätetes Mittagessen zu bereiten.

Um vier Uhr kam Peter in die Küche gestapft, und Regen tropfte aus seinem Haar und den Kleidern. Der Wind draußen war zu einem heulenden Sturm geworden, und ich konnte sehen, wie der Flieder im Vorgarten hin- und herpeitschte.

»Papa, es tut mir leid«, sagte Happy sofort mit leiser Stimme.

Er zögerte, dann sagte er: »Es ist ja nichts passiert. Wo ist Sean?«

Happy und ich schwiegen und sahen einander an. Mein Herz begann zu klopfen, und Happys Gesicht wurde weiß.

»Ich habe ihn nicht gesehen, aber ich habe gehört, wie er heute sehr früh weggegangen ist. Ich dachte, ihr hättet euch getroffen«, sagte ich mit steifen Lippen. »Hast du ihn denn überhaupt nicht gesehen?«

Er antwortete nicht. Sein Gesicht war starr und ausdruckslos.

»Happy?« fragte er.

Sie schüttelte langsam den Kopf, sah aber weder ihn noch mich an. Sie blickte hinunter auf ihre Hände. Ihr Gesicht wurde erst rot und dann wieder weiß.

»Happy«, sagte Peter noch einmal. Diesmal war es keine Frage.

»Ich habe ihn wirklich nicht gesehen«, flüsterte sie. »Aber ich... ich glaube, er könnte vielleicht weggelaufen sein oder so.«

»Warum?« fragte Peter. Es klang beinahe beiläufig.

»Na ja, ich habe ihm gesagt – nachdem du so schrecklich zu mir warst, Papa, gestern abend, du weißt schon, als du mich vor allen Leuten hinaufgeschickt hast –«

»Happy!«

»Ich habe ihm gesagt, wir würden heute heimfahren und nie mehr wiederkommen«, flüsterte sie, und dann begann sie zu weinen. »Aber das hat er von mir schon so oft gehört, er weiß doch, daß ich es nicht so meine. Er weiß, daß ich das nur so sage...«

Peter drehte sich auf der Stelle um und rannte aus dem Haus. Ich stand in der Küche, mein Kopf schwamm, und der Raum schien sich langsam um mich zu drehen. Happy lief aus dem Zimmer, und ich hörte, wie sie die Treppe hinaufpolterte und ihre Tür hinter sich zuschlug. Da packte ich meinen Regenmantel und rannte hinter Peter her. Ich wußte, daß er auf dem Weg zum Jachtclub war.

Der Wind war so stark, daß ich mich dagegenlehnen mußte. Der Regen flog in dichten, beinahe horizontalen Schnüren an mir vorbei, und ich konnte nicht viel sehen. Schließlich traf ich Peter auf der Straße vor dem Haus der Kennedys. Er legte mir den Arm um die Schultern und zog mich mit sich in Richtung Liberty. Er hielt den Kopf gesenkt und sagte nichts.

»Das Boot!« schrie ich. »Peter, ist die *Osprey* da?«

»Nein«, rief Peter zurück, und ich begann zu weinen. Ich glaube, in diesem Moment wußte ich es bereits.

Es war Caleb Willis, in Micahs Fischerboot, der ihn fand. Sehr viel später erzählte er mir, was sein Vater gesagt hatte, als Peters Anruf kam: »Geh du, Caleb. Ich schicke diesmal den Funkspruch an die Boote hinaus. Ich kann nicht zu ihr gehen und ihr sagen, daß das Meer diesen kleinen Jungen geholt hat.«

Als Caleb mir das sagte, wußte ich, daß Micah damit nicht Happy gemeint hatte.

Caleb fand ihn beinahe sofort, und ich bin noch heute dankbar dafür, daß uns ein langes, angstvolles Warten erspart blieb. Es war fast, als hätte Caleb gewußt, wohin Sean mit der *Osprey* fahren würde: an den nahen, felsigen Strand von Osprey Head.

In der stürmischen See hatte Sean keine Chance gehabt. Wie er überhaupt so weit gekommen war, diese Vorstellung wird mich noch die restlichen Nächte meines Lebens verfolgen, so wie sie Peter verfolgt hat. Immer wenn ich schweißnaß aufwachte, weil ich wieder die Welle gesehen hatte, die das Boot schließlich umwarf, und mich fragte, wie diese letzten Augenblicke wohl für ihn gewesen sein mochten, hörte ich Peter seufzen und stöhnen, und ich wußte, daß er das gleiche Bild vor sich sah.

Als Caleb die *Osprey* fand, schwamm Sean daneben im flachen Wasser, und das Großfall war fest um seinen Fuß gewickelt. Offenbar hatte er sich darin verfangen, als die Insel bereits in Sichtweite war, war hingefallen, und das kleine Boot war, ohne festgespanntes Segel und ohne eine Hand am Steuer, umgekippt. Natürlich lernten selbst die Kleinsten bei Caleb, wie man ein gekentertes Boot wieder aufrichtete, aber stets in der Sommersonne im ruhigen Wasser des Hafens von Cove.

Er hatte nur eine Schürfwunde an seinem Knöchel und sah fast aus, als schliefe er. Nicht einmal seine Sonnenbräune war verschwunden. Als Caleb mit tränenverschmiertem Gesicht das Segeltuch von Seans Gesicht hob, hatte ich albernerweise erwartet, das Meer hätte sie weggewaschen.

Bei seinem Anblick drehte Peter sich um und schleppte sich die Stufen zum Haus hinauf. Happy, die in diesem Moment nicht mehr bei Sinnen war, rannte ihm nach.

»Ich habe ein neues für dich, Papa«, schrie sie. Ich packte sie um die Taille und hielt sie fest. »Ich bin schwanger, im dritten Monat. Ich habe ein neues für dich...«

»Sei still, Liebes, sei still«, weinte ich. »Du weißt nicht, was du sagst. Sei still...«

Peter wandte sich um und sah auf sie hinab.

»Offenbar kannst du nicht einmal eines am Leben erhalten, Camilla«, sagte er in beinahe freundlichem Ton. »Bitte verschone uns mit einem weiteren.«

Und er ging in sein Zimmer und schloß die Tür hinter sich. Viele endlose, schreckliche Stunden lang, während das Haus voller Beileidsbesucher war, der Krankenwagen des neuen Krankenhauses in South Brooksville mit lautem Sirenengeheul angerast kam, und Happy schrie und schrie und schrie, sah ich ihn nicht.

Als ich um Mitternacht vor dem Kaminfeuer döste, während Christina Willis auf der anderen Seite des Raumes schweigend strickte, kam er endlich herunter. Er trug sein Ölzeug und hatte seine Utensilientasche bei sich.

»Ist alles geregelt?« sagte er mit förmlicher Stimme.

»Ja«, sagte ich. Längst konnte ich keine Überraschung und auch fast keine Trauer mehr verspüren. Er konnte doch jetzt nicht segeln gehen? Der Wind hatte sich gelegt, aber der Regen prasselte noch immer herunter.

»Morgen kommt Tommy«, sagte ich. »Sie werden... es gibt einen Gottesdienst und dann die Beerdigung hier, am Friedhof. Ich habe Tommy gesagt, daß wir ihn nach Boston bringen wollen, aber er wollte nichts davon wissen. Ich konnte es ihm nicht ausreden, Peter. Und Happy will es auch, sie war unerbittlich. Jetzt hat sie sich beruhigt, Frank hat ihr eine dreifache Dosis Beruhigungsmittel gegeben. Tommy meinte... er meinte, sie wollen ihn übermorgen begraben. Er will, daß wir mit dem Pfarrer reden...«

»Schön. Rede du mit dem Pfarrer«, sagte Peter. »Ich werde nicht dabeisein. Ihr könnt mit... ihm machen, was ihr wollt. Meinetwegen kann Tommy auch eine altmodische Totenwache halten, mit allem Drum und Dran.«

»Wohin gehst du?«

»Was glaubst du?« sagte er, trat über die Schwelle und schloß die Tür hinter sich.

Ich sprang von der Couch auf und rannte hinter ihm hinaus in den Regen. Als er den Weg hinuntergegangen war und auf die Straße zum Jachtclub einbog, holte ich ihn ein. Ich packte ihn an den Schultern und drehte ihn zu mir herum.

»Peter, wenn du jetzt mit diesem Boot hinausfährst, verlasse ich dich und komme nie mehr zurück«, sagte ich. »Hast du mich verstanden? Wenn du jetzt wegfährst, bin ich bei deiner Rückkehr nicht mehr da. Und ich komme nicht wieder. Das schwöre ich bei Gott.«

»Und wohin willst du gehen, Maude?« sagte er. Unter dem Rand seines Gummihutes konnte ich sein Gesicht nicht erkennen.

»Heim nach Charleston«, sagte ich, ohne zu überlegen, und in diesem Augenblick wußte ich, daß ich das tun würde. So viele

Jahre hatte ich Charleston nicht mehr mein Zuhause genannt, nicht einmal in Gedanken, aber irgendeine unverwüstliche Wurzel bestand offenbar noch immer. Vor meinem inneren Auge tauchte Belleau auf, wie es golden und ewig in der Stille der sommerlichen Sümpfe vor sich hin träumte. Nach dem Tod unseres Vaters hatte Kemble das Haus nicht gewollt und es an einen Arzt aus Connecticut vermietet, nachdem er und Yolande Huger in das große Haus seiner Schwiegereltern in der Stadtmitte gezogen waren. Ich konnte nach Belleau gehen, und das würde ich auch tun. Vielleicht würde ich ohne Peter vor Trauer und Einsamkeit fast zugrundegehen, aber Belleau würde mich auffangen, das wußte ich.

»Würdest du das wirklich tun, Maude?« fragte Peter erstaunt. »Ganz im Ernst?«

»Du kannst ja die Probe aufs Exempel machen«, sagte ich.

Und so kam es, daß Peter an jenem klaren, kühlen Augusttag im Jahre 1961 neben mir in der kleinen Kirche über der Penobscot-Bucht saß. Hinter uns hatten sich die gesamte Kolonie und ein großer Teil des Dorfes versammelt, und in der Reihe vor uns saßen Happy, völlig versteinert, und Tommy O'Ryan mit weißem Gesicht und hörten die Predigt des neuen, jungen Pfarrers an.

Ich richtete meine tränennassen Augen auf Peter und sah, wie seine Lippen Worte formten: Mutter, nimm dich seiner an. Dann legte er den Kopf in seine Hände und weinte laut. In meinem ganzen Leben hatte ich das bei Peter noch nie gesehen, und ich sollte es auch nie wieder sehen.

Der Großteil der Trauergemeinde ging nach dem Gottesdienst nach Hause. Nur einige wenige blieben bei Happy, Tommy, Peter und mir – Micah und Christina Willis, Caleb und der junge Pfarrer, glaube ich –, als Sean Williams O'Ryan in die sommerwarme Erde am Rande der Penobscot-Bucht gesenkt wurde, wo er, wie er es sich gewünscht hatte, für immer bleiben sollte.

ELFTES KAPITEL

Danach verließen wir alle Retreat. Obwohl die Sommerferien noch einige Wochen lang dauerten und Maude Carolines Camp erst ein paar Tage später vorbei sein sollte, lag Peter, als ich am Morgen nach der Beerdigung völlig erschlagen und steif erwachte, nicht mehr neben mir. Ich fand ihn in der Einfahrt, wo er den Wagen belud. Ich nahm zwei Tassen Kaffee und ging hinaus. Das Gras an meinen nackten Füßen war kalt vom Tau, und plötzlich bemerkte ich, daß in der vergangenen Woche auch der Sommer gestorben war. Die Bucht und der Himmel zeigten ein neues, stählernes Blau, und die Bäume und Hecken begannen sich bereits zu färben. Das würde ein früher Winter am Cape Rosier werden.

»Gehst du allein zurück in die Schule, oder fahren wir alle?« fragte ich. Ich wußte es wirklich nicht. Nach der Beerdigung war Peter mit der *Hannah* hinausgefahren, und als er zurückkehrte, hatte ich schon tief und erschöpft geschlafen. Seitdem hatten wir nicht mehr miteinander gesprochen.

»Ich dachte mir, daß du wahrscheinlich mit mir kommen möchtest, und ich kann nicht bleiben«, sagte er. Er sah erbärmlich aus, ganz grau und blutleer. Sein altes Feuer war ausgebrannt.

»Nein«, sagte ich, »ich glaube auch nicht, daß ich noch bleiben kann. Nächsten Sommer wird es besser sein, aber dieser hier ist vorüber. Ich werde die anderen wecken und es ihnen sagen.«

»Happy und Tommy sind vor einer Stunde gefahren«, sagte Peter. »Als ich herunterkam, sah ich das Auto gerade noch aus der Einfahrt biegen. Das ist mir ganz recht, ich hätte mit den beiden ohnehin kein Wort reden können. Petie und Sarah habe ich schon angerufen, sie kommen nach Northpoint und holen Maude Caroline und Sally dort ab. Laß uns nur schnell unsere Kleider ins Auto werfen und von hier verschwinden. Micah und Tina machen das Haus für den Winter fertig, und ich werde von zu Hause aus wegen der Einwinterung der *Hannah* telefonieren.«

»Peter«, sagte ich zögernd, »wegen Happy... du kannst jetzt nicht ganz und gar mit ihr brechen. Du siehst doch bestimmt, wie sehr sie leidet. Bitte, versuch wenigstens, ihr eine Hand zu reichen, ihr zu zeigen, daß sie nicht allein ist.«

»Sie ist nicht allein«, sagte er. »Sie hat Tommy. Und sie hat diese brandneue Leibesfrucht. Sie hat dich. Sie ist wirklich nicht allein.«

»Peter...«

»Gut, Maude«, sagte er, und seine Stimme klang erstorben und gleichgültig. »Ich versuche es. Ich werde mir mit ihr Mühe geben. Aber ich brauche erst ein bißchen Zeit.«

Als spürte sie die Gefühlslage ihres Vaters, hielt sich Happy in diesem Herbst von uns fern. Sie rief noch nicht einmal an, was sie sonst am Wochenende stets getan hatte. Wenn ich meinerseits in dem kleinen Haus in Saugus anrief, war sie höflich, aber sie klang gedämpft und erschöpft. Sie erkundigte sich nur oberflächlich nach ihrem Vater und erwähnte ihn ansonsten nicht. Weder zu Thanksgiving noch zu Weihnachten wollte sie kommen, und sie erzählte auch nicht, welche Pläne Tommy und sie für die Ferien hatten. Als ich mich erkundigte, wann ihr Kind geboren werden sollte, sagte sie nur: »Im Februar.« Und auf mein Angebot, um diese Zeit zu ihr zu kommen, erklärte sie, Tommys Schwester aus Chicago habe ihr angeboten, sie könne bei ihr in ihrer Stadtwohnung wohnen, und Tommy sei damit einverstanden. Auch wenn ich den Gedanken schrecklich fand, daß Peters und mein Enkelkind in die schlimme Welt von Tommys böswilliger und dummer Familie hineingeboren werden sollte, schwieg ich doch. Es war noch Zeit genug, darüber nachzudenken.

In diesem Herbst und Winter hangelten wir uns an einer Reihe fester äußerer Regeln und Abläufe entlang. Es war, als lebten wir nach einem Handbuch für Menschen, die ein geliebtes Kind verloren hatten, und böten all unsere Kräfte auf, den darin enthaltenen Ratschlägen zu folgen. So engagiert wie nie zuvor widmete ich mich meinen Pflichten als Schloßherrin in Northpoint; jede Betätigung und jede Aufgabe diente mir als eine Art Gegengift. Wie die geölten Räder einer Maschinerie trugen mich meine Aktivitäten durch die immer kürzer werdenden Tage. Peter begann in diesem Herbst, ein Buch zu schreiben, ein lange geplantes und oft verschobenes Projekt; Gegenstand waren die Jahrzehnte, die er mit der Gestaltung der ordnungsgemäßen Kindheit und Jugend privilegierter neuenglischer Söhne verbracht hatte. Peter konnte gut schreiben, und das Buch zeichnete sich durch eine graziöse Leichtigkeit und einen liebevollen, aber völlig unromantischen Blick auf die langen Reihen der Jungen aus, die durch seine Seiten marschierten. Es war, als könne er durch die fröhliche Erinnerung an viele andere Jungen den Schmerz auslöschen über den einen, dessen Tod ihm so schwer auf der Seele lastete. Wir hatten uns beide ein gewaltiges Arbeitspensum auferlegt, und nach einigen Wochen konnten wir beide, glaube ich, auch wieder einigermaßen schlafen. Unser Leben ging weiter, und wenn wir einander auch nicht im Arm hielten und trösteten, so standen wir doch wenigstens Schulter an Schulter und blickten nach vorne.

Aber manchmal... manchmal mußte jeder von uns eine Pause einlegen, wir standen plötzlich still, leer und ohne Beschäftigung da, starrten verständnislos ins Nichts und mußten uns zwingen zu denken: Was nun? Wie sieht der nächste Schritt aus? Was würde jemand, dessen Herz nicht durch den Verlust eines Menschen ausgebrannt und erkaltet war, jetzt tun, denken, fühlen? Und wenn wir die Antwort fanden, taten wir genau das.

Mir passierte das oft in jenem kalten, dunklen Herbst. Und ich weiß, daß es Peter genauso ging, ich sah es an seinem Gesicht und seiner Körperhaltung.

Am sechzehnten Dezember klingelte spätabends das Telefon. Ich saß gerade im Arbeitszimmer vor dem Kamin, hatte die Füße auf ein brüchiges altes Lederkissen gestützt, und überprüfte noch einmal die Gästeliste für den Weihnachtsempfang nach dem Lichterfest des Chors, der in zwei Tagen stattfinden sollte. Ich hatte wenig Lust, die Wärme des kleinen Raumes hinter mir zu lassen und die Treppe hinauf in die kühle Dunkelheit des ersten Stockwerks zu klettern, wo unser Schlafzimmer lag. Seit Wochen war der Himmel grau, und die Kälte kroch einem in die Knochen, aber bisher war noch kein Schnee gefallen. In diesem Jahr war es mühsam, das große alte Haus richtig zu heizen. Ich begann mich aus meinen Decken zu schälen, aber da hörte ich, daß Peter abhob, und sank dankbar zurück. Es war wahrscheinlich ohnehin für ihn; vor den langen Ferien läutete das Telefon unendlich oft.

Gerade döste ich über dem Buchstaben J, als ich hörte, wie sich die Tür öffnete, und ich blickte auf. Peter stand in seiner alten Hausjacke auf der Schwelle, hielt sich am Türrahmen fest, und sein Gesicht war bleich und starr. Ich spürte, wie meine Lippen das Wort *Was?* formten, aber es kam kein Ton heraus.

»Das war Elizabeth Potter aus Boston«, sagte er langsam und mit brüchiger Stimme. »Amy ist vor einer Stunde gestorben. Wahrscheinlich an einem Aneurysma. Elizabeth hat gesagt, daß sie über Kopfweh klagte und ihre Hand zum Kopf hob, und dann fiel sie einfach... um. Sie war sofort tot. Elizabeth will, daß wir kommen.«

Ich begann zu weinen. Dann stand ich auf, ging ins Obergeschoß, packte meine Tasche und eine für Peter, während er die notwendigen Telefonate führte und alles regelte. Während er duschte und sich für die Reise ankleidete, zog ich mich um und setzte mich dann auf die Bettkante. Die ganze Zeit über weinte ich. Ich weinte um die lebenssprühende junge Frau mit den wilden Locken und den roten Wangen, die mich in meinen ersten Tagen in Retreat aufgemuntert hatte; ich weinte um die Frau mit dem erfüllten Lachen, das in den späteren Jahren nur noch so selten zu hören war; ich weinte um die schlanke, weißhaarige Frau, die noch vor kurzem mit einem roten Sonnenhut am Strand gesessen und aus lauter Freude und vor Liebe zu ihrer Tochter gelacht hatte. Und ich weinte um mich selbst, denn von nun an war niemand mehr in Retreat, der so mit mir lachte, der verständnisvoll grinste, wenn ich über die uralten Damen, die die Schaukelstühle auf der Clubhaus-Veranda mit Beschlag belegten, eine Grimasse schnitt, und der mir verstohlen zulächelte, wenn der Himmel über der Penobscot-Bucht im großartigen Feuer des Nordlichts erstrahlte. Amy war tot, und mit ihr war ein großer Teil meiner eigenen Geschichte gestorben. Peter war meine Seele, aber Amy war meine Jugendzeit.

Gerade als die Morgenröte über dem Charles River erglühte, kamen wir vor dem Haus an der Endicott Street an, in das Amy und Parker nach dem Verkauf des riesigen alten Familienbesitzes gezogen waren. Noch bevor wir die ausgetretenen Marmorstufen hinaufgestiegen waren, kam Elizabeth bereits aus dem Haus gelaufen und warf sich in Peters Arme. Er hielt sie schweigend fest, während sie weinte, und sein Gesicht drückte nur Mitleid und eine Art konzentrierter Ruhe aus. Auf der langen Fahrt von Northpoint hierher hatten wir nicht viel miteinander geredet. Aber plötzlich hatte er gesagt: »Ich werde für Elizabeth tun müssen, was ich kann, Maude; du weißt, daß Parker nicht dazu fähig ist. Möglicherweise wird sie sich auf mich stützen. Macht dir das etwas aus?«

»Natürlich nicht«, sagte ich, und das meinte ich auch so. »Das war nur im Sommer, als alle angefangen haben, über euch zu klatschen... Nein, Liebling, natürlich nicht. Wenn du helfen kannst, dann tu es. Vielleicht weiß es Parker noch gar nicht. Aber bestimmt gibt es noch andere Verwandte; ich weiß, daß Amy irgendwo in Vermont Familie hat, und da sind ein paar Cousins in Salem –«

»Wenn die Verwandten kommen, werde ich ihnen gerne das Feld überlassen«, sagte er. »Aber bis dahin hab bitte Geduld. Unter all ihrem europäischen Chichi ist sie doch immer noch ein Kind.«

Und ich lächelte leicht und sagte: »Na ja, vielleicht sehr weit darunter«, und er kicherte ein bißchen.

Aber als sie sich in seine Arme warf, ihr Gesicht an seinem Hals vergrub und es hin- und herrieb, wie ich das gelegentlich aus Zuneigung und Leidenschaft tat, krampfte sich ein sehr altes, kaltes Gefühl in meinem Magen zusammen, und ich mußte mich zwingen, meine Arme um sie zu legen, sie sanft von Peter wegzuziehen und ins Haus zu führen. Sie trug nur einen kurzen Morgenmantel aus einem grünen, durchsichtigen Stoff und darunter ein noch kürzeres Nachthemd, und ihre rotbraunen Brustwarzen hatten sich in der Kälte aufgerichtet. Ihr Gesicht war geschwollen und tränenverschmiert, und in den Augen standen Trauer und eine Art verzweifeltes Glitzern, eine wilde Angst, die beinahe an Verrücktheit grenzte.

»Komm ins Haus, Liebes. Wir kochen erst einmal Kaffee, ziehen dir etwas Warmes an, und dann schauen wir mal«, sagte ich. Als wir sie in ihren Bademantel gehüllt und vor ein Feuer im Wohnzimmer gesetzt hatten, das Peter entfacht hatte, wischte ich ihr mit einem warmen Waschlappen das Gesicht ab und strich ihr das wilde, rote Haar zurück.

»Jetzt erzähl mal«, sagte ich. »Wie geht es deinem Vater? Und was sind die offiziellen Feststellungen des Arztes? Ich weiß, daß du noch keine Zeit hattest, deine Familie anzurufen; das werden wir für dich tun. Vermutlich beauftragt auch eure Familie immer das Beerdigungsinstitut Fitzgerald; die meisten Familien in Boston tun das. Soll ich dort anrufen und Bescheid sagen, in welchem Krankenhaus sie ist?«

Elizabeth sah erst mich an und dann Peter. Sie stand vom Sofa auf, ging zu Peter, der in einem großen Ohrensessel am Feuer saß, und setzte sich neben ihn auf den Boden. Dann schlang sie ihre Arme um seine Knie und legte den Kopf darauf.

»Sie ist nicht im Krankenhaus«, sagte sie, und ihre Stimme klang gedämpft und wie der Singsang eines kleinen Kindes. »Sie liegt immer noch im Arbeitszimmer auf dem Boden. Ich habe keinen Arzt angerufen. Ich kenne hier keine Ärzte und weiß nicht, was man in solchen Fällen sagt. Papa ist im Obergeschoß und schläft. Oder er ist betrunken. Oder vielleicht auch tot. Warrie und sein Kindermädchen sind im Kinderzimmer im zweiten Stock; bis sie aufstehen, wird es noch Stunden dauern. Ich habe gewartet, bis Peter kommt; ich wußte, daß er schon das Richtige tun würde. Aber ich habe eine Decke über sie gelegt. Es ist kalt im Arbeitszimmer, und ich weiß nicht, wo der Thermostat ist.«

Peter und ich sahen uns über ihren gebeugten Kopf hinweg an. Amy lag dort schon seit Stunden, denn der Anruf in Northpoint war kurz vor elf Uhr gekommen.

»Liebes, was hast du denn die ganze Zeit gemacht?« sagte ich. »Du hättest doch jemandem Bescheid sagen müssen!«

»Na ja, jetzt ist Peter ja da, und du auch«, sagte sie, den Mund noch immer an Peters Knie gedrückt. »Ich dachte, bis es hell wird, passiert ohnehin nichts. Eine Weile lang habe ich bei ihr gesessen, aber dann wurde mir kalt, und darum bin ich hierher gegangen. Ich habe ein bißchen gelesen.«

Verzweifelt schüttelte ich den Kopf und sah Peter an. Er schüttelte ebenfalls den Kopf. Dann hob er Elizabeth auf, führte sie zum Sofa und setzte sie neben mich.

»Geh mit Maude hinauf und zieh dir etwas an, Kleines«, sagte er. »Ich sage es deinem Vater, und dann holen wir den Arzt. Wir müssen uns jetzt um sie kümmern. Das weißt du doch, oder?«

»Was meinst du damit?« fragte Elizabeth und sah ihn mit ihren schrägstehenden Augen an.

»Der Doktor wird sie ins Krankenhaus bringen und für tot erklären lassen. Und dann macht Fitzgerald sie für die Beerdigung zurecht. Aber keine Angst, wir kümmern uns darum.»

»Du meinst, sie werden sie holen?«

»Das muß sein, Liebes, das ist gesetzlich vorgeschrieben«, sagte er.

»Aber dann bringen sie sie wieder zurück?«

»Na ja... nein, sie lassen sie von Fitzgerald abholen, und die Firma kümmert sich dann um alles weitere.«

»Du meinst, sie lassen ihr das Blut aus und malen sie mit Make-up an«, sagte Elizabeth mit schriller Stimme.

»Liebes«, sagte ich. Es war schwer, sich vorzustellen, daß dies eine fünfunddreißigjährige Frau war.

»Nein«, sagte Elizabeth.

»Um ihretwillen müssen wir uns jetzt um sie kümmern, Elizabeth«, sagte ich. »Du willst doch nicht, daß die Leute kommen und sie dort am Boden vorfinden.«

»*Nein!*« schrie Elizabeth.

»Elizabeth, mit diesem Verhalten würdest du deiner Mutter großen Kummer machen«, sagte ich und behielt nur mühsam die Fassung. »Es war ihr immer wichtig, alles so zu regeln, daß andere Menschen nicht unnötig leiden müssen. Und ich weiß, daß sie das auch dir beigebracht hat.«

In einer plötzlichen, fließenden Bewegung sprang Elizabeth auf und sah auf mich herunter. »Sie hat mir nie etwas beigebracht!« schrie sie weinend. »Weder das Leben noch das Sterben hat sie mir beigebracht! Ich hasse sie! Ich habe Angst, und ich hasse sie! Jetzt habe ich niemanden mehr, der sich um mich kümmert!«

Ich streckte meine Arme nach ihr aus, doch sie gab mir einen heftigen Schlag auf die Wange, floh wieder zu Peter und schlang erneut die Arme um ihn.

»Wage es nicht, mich anzurühren!« schrie sie. Ich war völlig entgeistert und unfähig zu begreifen, aber ich hörte die Hysterie in ihrer Stimme. Peters Gesicht war bei der Ohrfeige weiß geworden, und jetzt hielt er Elizabeth mit beiden Händen von sich weg und sah sie durchdringend an.

»Du wirst Maude nie wieder schlagen, Elizabeth«, sagte er. »Du hast einen schweren Schock erlitten, deshalb haben wir Verständnis für dich. Aber du wirst niemanden mehr schlagen. Jetzt reiß dich zusammen und geh mit Maude und zieh dir etwas an. Wir müssen heute vormittag viel erledigen, und außerdem wacht dein Sohn bald auf.«

»Nein!« kreischte sie. »Ich gehe nicht mit ihr! Ich gehe mit niemandem außer dir! Warrie ist mir egal; sein dummes Kindermädchen wird sich um ihn kümmern. Ich will dich, Peter! Ich will, daß du bei mir bleibst... bleib bei mir... bleib bei mir...«

Das Kreischen hatte einen regelmäßigen Rhythmus angenommen, und ihr Gesicht war kalkweiß. Sie hatte die Augen geschlossen, und der Mund war verzogen wie der eines jammernden Kindes. Peter holte tief Luft und versetzte ihr zwei mäßige Schläge auf beide Wangen. Das Kreischen hörte augenblicklich auf, und sie atmete tief ein. Dann öffnete sie die Augen und sah ihn an.

»Jetzt geh mit Maude«, erklärte Peter mit ganz normaler Stimme. »Und hör mit diesem Unsinn auf.«

Sie starrte ihn noch eine ganze Weile an, während sich ihre Brust hob und senkte. Dann drehte sie sich um, trat neben mich, legte ihre Hand in meine und stand erwartungsvoll da.

»Ich sollte zu Amy gehen«, sagte ich.

»Nein«, meinte Peter. »Laß das besser mich tun. Behalt sie lieber so in Erinnerung, wie du sie in diesem Sommer gesehen hast, lachend mit dem roten Sonnenhut am Strand.«

Und ich nahm Elizabeths Hand und führte sie die Treppe hinauf, so blind vor Tränen, daß ich mich mit der freien Hand am Treppengeländer entlangtasten mußte. Ich war später immer dankbar, daß mir Peter den letzten Anblick von Amy Potter ersparte. Er erzählte mir nur, es sei schrecklich gewesen, sie so zu sehen.

Es wurde ein sehr langer, beinahe endloser Tag. Während Elizabeth sich anzog, ging ich hinauf ins Kinderzimmer und weckte Warrie Villiers' Kindermädchen. Ich erzählte ihr, was geschehen war, und wartete, während sie kopflos durchs Zimmer lief und in ihrem schnellen Französisch vor sich hinplapperte. Als sie endlich in mehrere Lagen schwarzer Seide gekleidet war und sich um ihren kleinen Schutzbefohlenen kümmern konnte, ging ich hinunter in den ersten Stock und sah nach Elizabeth. Sie hatte sich bereits ein kurzes, einfaches, gerades Kleid aus cremefarbenem Jersey übergezogen, das wie angegossen saß, stand aber in Strumpfhosen da, hielt ihre hellen, hochhackigen Schuhe in der Hand und sah blicklos hinaus über das Gewirr der Baumspitzen von Beacon Hill. Ich hörte, wie sie leise und tonlos vor sich hinsummte und zog vorsichtig die Tür zu, um sie nicht zu stören. Dann machte ich mich auf die Suche nach Parkers Zimmer. Ich fand ihn nackt auf dem Rücken liegend, die Bettdecken waren auf dem Boden verteilt, und er sah so bewegungslos, bleich und aufgebläht aus wie ein toter Fisch. Sein Atem kam mit einem schnarchenden Gurgeln, und ich dachte im ersten Moment, auch er liege im Sterben. Auf dem Boden entdeckte ich eine leere Cognacflasche, und das Zimmer roch streng nach Schnaps, Erbrochenem und Schweiß. Ich ging wieder hinaus und schloß die Tür hinter mir. Sollte sich doch Peter oder irgendein Verwandter um Parker Potter kümmern. Ich wußte, daß ich ihn heute zum letzten Mal gesehen hatte, und wenn ich von nun an an ihn dachte, sah ich nicht mehr den grinsenden jungen Mann mit dem buschigen roten Haar und dem frechen Gesichtsausdruck vor mir, sondern nur noch diese röchelnde lebende Leiche.

»Leb wohl, Parker«, flüsterte ich und ging ins Erdgeschoß, wo sich Peter vor dem hohen Sekretär gerade anschickte, die ersten Telefongespräche zu führen.

»Du kannst Parker vergessen«, sagte ich. »Jemand muß ihn ins Krankenhaus bringen. Ich glaube kaum, daß er den heutigen Tag übersteht, und bestimmt schafft er keine Beerdigung.«

»O mein Gott«, sagte Peter müde. »Was soll nur aus ihnen werden? Wer kümmert sich um Warrie und Elizabeth?«

»Wir könnten sie vielleicht für eine Weile bei uns aufnehmen«, sagte ich zögernd.

»Nein«, meinte Peter, ohne von seiner Liste aufzublicken. »Das ist keine gute Idee. Einige von Amys oder Parkers Verwandten werden bald da sein.«

»Aber Peter, ich glaube nicht, daß sie diese Verwandten überhaupt kennt«, sagte ich.

»Wir sind jedenfalls keine Möglichkeit für Elizabeth«, sagte er, und etwas in seiner Stimme riet mir, das Thema fallenzulassen.

Bald kam ein gebeugter, alter Arzt, ging ins Arbeitszimmer, wo Amy lag, und kam kopfschüttelnd wieder heraus.

»Ein Aneurysma, das ist ganz offensichtlich«, sagte er. »Vielleicht hatte sie es schon ihr ganzes Leben. Es tut mir leid. Ich mochte Amy Potter wie meine eigene Tochter.«

Und nachdem er Parker Potter gesehen hatte, schüttelte er wieder den Kopf und meinte: »Ich werde ihn noch heute nachmittag nach Silver Hill einweisen. Die Tochter hat die entsprechenden Formulare unterzeichnet. Es ist sehr wahrscheinlich, daß er nicht mehr herauskommt. Und vielleicht erfährt er nie, daß Amy gestorben ist. Bleibt die Tochter da, wissen Sie das? Dann sollte sie mit der Klinik eine Regelung für eine Dauerpflege treffen.«

»Ich glaube nicht, daß sie jetzt dazu fähig ist«, sagte Peter. »Wenn sein Bruder und die Schwester kommen, werde ich ihnen das Ganze überlassen, aber solange übernehme ich die Verantwortung für alles Nötige. Unsere Familien sind schon lange miteinander befreundet. Ich bin Peter Chambliss.«

»Ich weiß schon, wer Sie sind.« Der alte Mann lächelte. »Ich habe das eine oder andere in der Bank Ihres Vaters deponiert. Ich werde dem Krankenhaus, Fitzgerald und den Leuten von Silver Hill sagen, daß sie sich an Sie wenden sollen.«

Den ganzen Tag gingen Leute in dem engen alten Haus ein und aus, während das bleiche Dezembersonnenlicht langsam dahinschwand und Schneewolken sich sammelten. Die dunkel gekleideten, rücksichtsvollen jungen Männer von Fitzgerald kamen und nahmen Amy mit; währenddessen brachte ich Elizabeth in die Küche und sah zu, wie sie an einem Toast knabberte und an dem Kaffee nippte, den die weinende Köchin zubereitet hatte. Der kleine Warrie, der in seinen schwarzen, kurzen Hosen und dem dunklen Jackett sehr elegant und französisch aussah, trieb sich schweigend an der Seite seiner Mutter herum, wobei er ständig die Hände irgendwo an ihrem Körper hatte und die Augen auf sie gerichtet hielt. Er war höflich, und solange ich in Hörweite war, sagte er nur einmal: »Gehen wir jetzt nach Paris zurück, Mama?«

»Nein, sei still. Ich weiß es nicht«, antwortete Elizabeth, die ruhelos eine Zigarette nach der anderen rauchte.

»Haben wir jetzt gar kein Geld mehr?«

»Nein, Warrie, mach mich bitte nicht nervös«, sagte sie. »Großpapa und Großmama haben ganz viel Geld. Wir verhungern bestimmt nicht.«

»Aber wer schreibt jetzt die Schecks aus, wenn Großmama tot ist?«

»Es wird uns schon nichts passieren, das habe ich dir doch gesagt. Jetzt geh zu Mamselle oder hinauf ins Kinderzimmer und hör deine Schallplatten. Mama will dein Gerede nicht mehr hören, und sie ist traurig. Weißt du denn nicht, daß Großmama gestorben ist?«

»Tut mir leid, Mama«, sagte der Junge leise, und mein Herz schmerzte vor Mitleid mit ihm. Es gab vermutlich keinen Platz in diesem großen, dunklen Haus – und vielleicht auch nicht in diesem fremden Land, in das seine Mutter mit ihm geflohen war –, wo ein magerer, dunkler Junge mit viel zu alten Augen willkommen war.

Am späten Nachmittag hatte sich die gesamte Verwandtschaft im Wohnzimmer versammelt, und die Vorbereitungen für eine stille Beerdigung waren getroffen. In Cremefarben und Gold saß Elizabeth so nahe wie möglich neben Peter und hörte schweigend zu, während sich die gutbürgerliche Trauergemeinde in gedämpftem Ton unterhielt. Die Nacht brach herein, und die alten Dienstboten zogen die Vorhänge zu, brachten Tabletts mit Getränken und öffneten die Haustür, um Beileidskarten und Sträuße mit Gewächshausblumen entgegenzunehmen und gelegentlich auch einen Freund der Familie hereinzulassen. Elizabeth beugte immer wieder ihren schmalen, rothaarigen Kopf, murmelte ihren Dank, duldete einen Kuß auf hohe Wangenknochen und sagte, daß sie noch keine Pläne habe und daß es ein Glück sei, daß ihre Mutter nicht gelitten habe. All dies tat sie an Peters Seite, den sie nicht aus den Augen ließ. Nach einigen Stunden bemerkte ich, daß sich verwunderte Augenbrauen hoben und einige der Frauen kurze Blicke tauschten, und einmal unterbrach ich ein geflüstertes Gespräch im Wintergarten. Erschöpfung und eine Art dumpfer Widerstand hatten von mir Besitz ergriffen. Wir waren die Nacht und den ganzen Tag lang auf den Beinen gewesen und brauchten jetzt beide unseren Schlaf. Wir mußten heraus aus diesem düsteren Haus des Todes und zu Petie und Sarah nach Brookline, wo wir in dem großen Gästezimmer im Obergeschoß, das sie immer für uns bereithielten, lange und tief schlafen würden. Aber wie sollte ich Peter von der unendlich bedürftigen Elizabeth Potter loseisen?

Gerade wollte ich das Thema anschneiden, da sah ich, wie Elizabeth den Kopf hob. In ihren braunen Augen zeigte sich etwas wie Erlösung, und ein Strahlen flog über ihr Gesicht. Ich folgte ihrem Blick und sah Petie und Sarah, die in Mantel und Stiefeln, mit pudrigem Schnee auf den Schultern, vor dem alten, leichtfüßigen Butler auf der Wohnzimmerschwelle standen. Sarah lächelte leicht und winkte Peter und mir zu, bevor sie zu Elizabeth ging. Petie stand da und rührte sich nicht, sondern starrte Elizabeth über den Raum hinweg an. Ich sah den Ausdruck in seinem Gesicht, und kalte Furcht überflutete mich. Es war der alte Blick, den ich aus jener schrecklichen Zeit ihrer Jugend kannte: ein Blick, der reines, nacktes, lebendiges Begehren ausdrückte. Elizabeth sprang von Peters Seite auf, rannte an Sarahs ausgestreckten Armen vorbei und warf sich geradewegs in Peties Arme. Die Worte, die sie sprach, las ich mehr von ihren Lippen ab, als daß ich sie hörte. »O Petie, hilf mir.« Und ganz tief in mir spürte ich seine Antwort: »Jetzt bin ich da. Ich helfe dir.«

Und von diesem Augenblick an, den ganzen Abend und den ganzen nächsten Tag, am Morgen vor der Beerdigung, während der Beerdigung selbst und bei dem kleinen Empfang hinterher im Haus, und auch noch den folgenden Abend kümmerte sich Petie mit ganzer Seele um seine alte Liebe, trotz Peters und meinen besorgten Blicken, unseren Ermahnungen und offenen Warnungen, trotz Sarahs bleichem Gesicht, ihrem Schweigen und dann ihrem unzweideutigen Verschwinden aus dem Haus in der Endicott Street. Er war ständig bei Elizabeth, und nichts – weder die Tränen in Sarahs Stimme am Telefon, die nicht zu überhören waren, noch die verschlossenen Gesichter und die gerunzelten Stirnen von Elizabeths Verwandtschaft, und auch nicht der geflüsterte Streit mit seinem Vater, den ich in der Küche des Hauses mithörte – konnten ihn von ihr lösen. Als Peter und ich zu seinem und Sarahs Haus nach Brookline kamen, um die letzte Nacht dort zu verbringen, war er nicht da, und Sarah hatte sich in ihrem Zimmer eingeschlossen und wollte nicht mit uns sprechen. Und als wir am nächsten Morgen aufstanden, war er nicht nach Hause gekommen. Ich machte das Frühstück für die Kinder, während Peter mit grimmigem Gesicht in die Endicott Street fuhr, um sich mit seinem Sohn auseinanderzusetzen. Dort sah er, wie Petie gerade in ein Taxi stieg, in dem bereits eine blasse Elizabeth im Pelzmantel und ein schweigender Warrie saßen, und als er fragte, wohin sie eigentlich wollten, war es Elizabeth, die sagte: »Zurück nach Italien, Peter. Petie bringt uns zum Flughafen.« Petie sagte kein Wort, und Elizabeth küßte Peter sanft auf den Mund.

»Danke«, sagte sie. Und dann waren sie verschwunden.

Peter fuhr zurück nach Brookline, um auf seinen Sohn zu warten, aber als Petie aus dem Taxi stieg und das stille Haus betrat, sah sein rundes Gesicht so bleich und niedergeschlagen aus, daß Peter nicht das Herz hatte, ihm heftige Vorwürfe zu machen.

»Sarah ist oben«, sagte er ruhig. »Sie ist in keiner besonders guten Verfassung.«

»Ich weiß«, sagte mein Sohn mit erstorbener Stimme. »Es tut mir leid, Papa, Mama. Ich werde jetzt alles wieder in Ordnung bringen, wenn das möglich ist.«

»Ist es vorbei?« fragte ich.

»Ja«, sagte Petie.

Aber es war nicht vorbei. Sehr früh am Neujahrsmorgen rief uns Sarah in Northpoint an. Ihre Stimme war vom vielen Weinen so belegt, daß ich sie erst gar nicht verstehen konnte. Sie erzählte uns, daß Petie mit Elizabeth in Retreat sei und daß die beiden sich in Braebonnie verkrochen hätten. Micah Willis habe Licht im Cottage der Potters gesehen und bei Peter und mir angerufen, um zu fragen, ob wir wüßten, wer dort wohne. Als er uns nicht erreichte, habe er bei ihr und Petie in Brookline angerufen und sie habe sofort gewußt, daß Petie nicht bei einer Sitzung der American Bankers Association in New York war. Dann habe sie in Braebonnie angerufen, und Elizabeth sei ans Telefon gegangen. Sie habe gelacht, aber nicht geleugnet, daß Petie bei ihr war. Petie selbst habe sich geweigert, ans Telefon zu gehen. Sarah war sich sicher, daß Elizabeth bei dem Anruf betrunken gewesen war.

»Bitte, bitte, Maudie-Gro«, schluchzte Sarah. »Bitte fahr hin und hol ihn. Du bist die einzige, auf die er hört. Er muß betrunken sein oder verrückt oder so. Wenn du nicht fährst, kann ich nicht mehr bei ihm bleiben, und was soll dann aus meinen Kindern werden? Bitte hilf mir.«

Natürlich fuhren wir. Wir hatten gar keine andere Wahl.

Bisher war mein Herz immer fröhlich geworden, sobald wir von Northpoint aus ostwärts auf die kleine Straße einbogen, die uns schließlich über die Grenze nach Maine führen sollte. Aber an diesem trüben, aschgrauen Morgen lag ein so schwerer Stein auf meiner Brust, als wären Peter und ich zu einem Sterbenden unterwegs. Und vielleicht stimmte das sogar; vielleicht starb die Ehe meines Sohnes und mit ihr sein Platz in jener Welt, in der unsere Familie seit jeher zu Hause war: der Welt der Ordnung und der Regeln, der Welt der Berechenbarkeit. Außerhalb dieser Welt lag die Wildnis. Ich kannte diese Wildnis, vielleicht besser als irgend jemand anders in Peties Umgebung, aber Petie wußte überhaupt nichts darüber, wenn man von den Jahren absah, die er im glühendheißen Kielwasser von Elizabeth Potter verbracht hatte. Damals hatte er sich so böse verbrannt, daß ich erwartet hatte, er würde nie wieder in ihre Nähe gehen. Der arme Petie, vielleicht hatte er das selbst geglaubt. Aber Elizabeth war die Verkörperung der Wildnis, und als er nach all den Jahren wieder in ihre Reichweite gekommen war, hatte sie die Festung im Handumdrehen eingenommen. Auf dieser langen und größtenteils schweigsamen Fahrt durch das winterliche Maine hatte ich keine Ahnung, ob ich mich gegen diese Kraft behaupten konnte.

Peter fuhr ohne Pause, und er war so verschlossen, daß ich ihn nur selten ansprach. Was gab es auch schon zu reden? Einmal wandte er mir den Kopf zu und sagte: »Was ist nur aus unseren Kindern geworden, Maude? Sind wir ganz allein daran schuld? Was hätten wir ihnen denn noch geben sollen? Was können wir ihnen jetzt geben?«

Es hatte schließlich doch noch geschneit; der Schnee lag in großen, blaugrauen Bergen am Rande der Straße, wo ihn die Schneepflüge hingeschoben hatten, und auf den Feldern, den Felsen und dem felsigen Strand unterhalb der Camden Hills. Die Inseln waren blau, schwarz und weiß, und die kleinen Buchten und Fjorde zeigten ein blauschattiges Weiß: Eis unter Schnee. Das kalte Licht ließ Peters Gesichtszüge scharf hervortreten und beleuchtete das Netz feiner Fältchen um seine Augen, den Mund und auf der Stirn. Sein Haar wirkte eher silbern als golden. In diesem Jahr war Peter sechzig Jahre alt geworden, und zum ersten Mal sah er in meinen

Augen so alt aus, wie er war, wenn nicht noch älter. Ich spürte, wie mir die Tränen in die Augen stiegen.

Ich hätte einiges darüber zu sagen gewußt, was wir Happy und Petie nicht gegeben hatten und was wir ihnen heute noch geben könnten, aber ich schwieg. Jetzt war nicht der richtige Zeitpunkt, darüber mit diesem Mann zu reden, den ich am meisten und am längsten liebte auf der Welt und der in seiner Qual und Niederlage gefangen neben mir saß. Wenn wir Petie zurückholen konnten, dann würden Peter und ich über mögliche Heilmittel für ihn sprechen. Aber bei Happy war ich davon überzeugt, daß es nichts gab, was sie heilen oder verändern konnte. Ich streckte den Arm aus und berührte Peters Wange.

»Es gibt so viele Dinge, die unsere Kinder ganz allein durchstehen müssen«, sagte ich. »Entweder schaffen sie es oder eben nicht. Fühl dich nicht schuldig, Liebling.«

»Ich frage mich, ob Elizabeth unter anderen Umständen anders geworden wäre«, sagte er.

»Nur Parker hätte anders sein müssen, und dafür ist es jetzt um Jahrzehnte zu spät«, sagte ich. »Peter, Liebster, wenn wir Petie zurückholen können – und wir werden es schaffen –, dann wirst du die Fäden zwischen Elizabeth und unserer Familie abschneiden müssen. Wir können ihr nicht helfen, und uns bringt sie nur Qualen. Das weißt du doch, oder?«

»O ja«, sagte Peter. »Das weiß ich.«

Am Nachmittag erreichten wir South Brooksville. Im letzten Sommer hatte dort ein neues kleines Gasthaus eröffnet, und obwohl es eigentlich während der Wintermonate geschlossen war, hatte Peter vorher angerufen und die Zusage bekommen, daß man ein Zimmer für uns herrichten und daß ein Feuer im Kamin brennen würde. Die beiden Wirte, ein kaum unterscheidbares Paar eleganter, älterer Männer in engen Bluejeans und Pullovern, erklärten uns, unser Zimmer befinde sich ganz oben, es gebe einen Heizlüfter und einige zusätzliche Decken, und wir könnten gerne mit ihnen zusammen frühstücken, aber ansonsten hätten sie kein Essen im Haus.

»Ein kalter, ungemütlicher Ort«, meinte Peter, als wir uns in dem kleinen Zimmer eingerichtet hatten, und häufte Kohlen aufs Feuer. »Ich hatte fest damit gerechnet, daß wir etwas Warmes zum Essen bekämen. Aber dann müssen wir eben einen Schluck trinken.«

Und er zog eine Flasche guten, alten Brandy aus seinem Koffer, goß mir etwas in das Zahnputzglas und nahm selbst einen herzhaften Schluck aus der Flasche. Ich nippte, und Wärme floß in die kalte Höhlung in meinem Inneren.

»Ich bin sicher, daß wir bei Tina und Micah etwas zu essen bekommen«, sagte ich. »Ich werde sie vom Erdgeschoß aus anrufen. Wir können nicht mit leerem Magen nach Retreat kommen. Mein Gott, Peter, es ist eine ganz andere Welt, nicht wahr? Ich hatte natürlich nicht erwartet, daß es genauso aussieht wie im Sommer, aber jetzt kommt es mir geradezu... abweisend vor. Beinahe furchterregend fremd.«

»Es ist wunderschön«, sagte Peter und blickte hinaus in die blaue Dämmerung. Von unserem Fenster aus konnte man über Bucks Harbor hinweg Harbor Island sehen. Geheimnisvoll hing die Mondsichel über dem Wasser. »Ich hatte nie daran gedacht, das Cottage isolieren zu lassen, aber es wäre vielleicht ganz schön, wenn wir gelegentlich auch im Winter herfahren könnten. Die Potters haben das öfters gemacht.«

Ich dachte an Braebonnie und daran, wie es wohl in all diesem leeren Blau aussah: ein Schiff aus Licht, eine Festung in der kalten, endlosen Nacht. Eine Burg, in der zwei auf Abwege geratene Kinder böse Spiele trieben, in einer Welt aus reinem, unmenschlichem Weiß...

»Wir sollten gehen«, sagte ich. »Wir können ja bei den Willises vorbeifahren. Bringen wir es hinter uns.«

»Ich will nicht, daß du mit mir kommst, Maude«, sagte Peter, ohne sich vom Fenster abzuwenden. »Ich möchte, daß du hierbleibst, wo es warm ist, wenigstens, bis ich ein wenig Land sehe. Das will ich allein erledigen; ich habe dich viel zu lange die Last mit Petie tragen lassen. Es kann sehr unangenehm werden, und es ist meine Sache.«

»Glaubst du, ich habe noch nie etwas Unangenehmes erledigt?« rief ich tief getroffen. »Er ist mein Sohn; ich kenne ihn besser als irgend jemand anders –«

»Genau«, sagte Peter. »Und jetzt wird er endlich seinen Vater kennenlernen.«

»Wirst du streng zu ihm sein?« Das war eine alberne Frage. Hatte ich denn erwartet, daß wir hier waren, um Petie mit freundlichem Streicheln zur Heimkehr zu bewegen?

»So streng, wie es nötig ist«, sagte Peter. »Streng genug, damit er ein für allemal weiß, daß ich mich um sein Wohlergehen sorge. Versuch nicht, mich daran zu hindern, Maude, ich melde mich bei dir, wenn ich dich brauche.«

»In Ordnung«, sagte ich matt. Plötzlich haßte ich die Vorstellung, daß ich lange, leere Stunden allein in diesem nackten Zimmer verbringen sollte, das so hoch über der vertrauten Landschaft lag. Dann sagte ich: »Erlaube mir wenigstens, Micah anzurufen. Er könnte mit dir gehen.«

»Nein.« Peter sah mich ausdruckslos an, und zwei hektische rote Flecken standen auf seinen hohen Wangenknochen. »Du kannst ihn anrufen, wenn du willst; er und Tina werden dir ein Abendessen machen. Aber ich will nicht, daß mir Micah Willis hilft, meinen Jungen nach Hause zu holen.«

Er gab mir einen Kuß auf die Wange, verließ das Zimmer und machte die Tür hinter sich zu. Ich hörte noch das Echo seiner Schritte auf der alten Treppe, dann öffnete und schloß sich die Eingangstür des Gasthofes, und schon sprang der Motor des Wagens an. Dann war es still. Ich stellte die Brandy-Flasche und das Glas auf den Nachttisch, wickelte mich in die drei Decken und streckte mich auf dem Bett aus, um darauf zu warten, daß mein Mann meinen Sohn zu mir zurückbrachte. Selten in meinem Leben habe ich mich so allein, so entsetzlich und hoffnungslos traurig gefühlt.

Trotz der unbequemen dünnen Matratze und den kratzigen Decken schlief ich ein und wachte erst durch ein Klopfen an der Tür wieder auf. Das Feuer war fast niedergebrannt, und das Viereck des Fensters war jetzt tiefschwarz und mit Sternen gesprenkelt. Im Zimmer war es kalt, und während ich zur Tür rannte und sie aufriß, spürte ich den eisigen Boden unter meinen Füßen. Peter, sagte mein Herz, aber es war nicht Peter, der vor der Tür stand. Es war Christina Willis, und sie lächelte und breitete ihre Arme aus. Halb enttäuscht und halb dankbar ob ihrer tröstlichen, greifbaren Gegenwart, stieß ich einen kleinen klagenden Ton aus und warf mich an ihre Brust. Ihr schwerer Lammfellmantel war noch kalt von der Nachtluft, und ihre Wange, die sie an meine drückte, eisig, aber ihre Arme und ihre Stimme waren warm.

»Ich bin ziemlich ärgerlich auf euch, weil ihr uns nicht gesagt habt, daß ihr hier seid«, sagte sie und zog mich an das blakende Feuer. »Was sitzt du hier in der Dunkelheit und in der Kälte herum, wenn ich seit Stunden für Peter und dich eine Lammkeule auf dem Feuer und schon eine Flasche guten Rotwein geöffnet habe? Komm, zieh deinen Mantel und die Stiefel an und laß uns aus diesem ungemütlichen Loch verschwinden. Wenn diese beiden Kerle alle ihre Gäste so behandeln, weiß ich nicht, wie sie jemals einen Cent verdienen wollen.«

»Tina, ich kann nicht weg, Peter könnte jede Minute zurückkommen –«, setzte ich an, unterbrach mich dann aber. Wieviel wußte sie von dem, was in Braebonnie vor sich ging? Es gab nicht viel, was Micah und Tina Willis nicht von uns wußten, aber das... das war eine ganz besondere Qual, eine besondere Schande. Bestimmt wollte Peter nicht, daß ich darüber sprach.

Sie sah mich an, und ihr glattes Gesicht war so fröhlich wie immer, aber in ihren Augen stand Mitleid.

»Peter hat Micah vor einer Weile angerufen«, sagte sie freundlich. »Er hat uns gebeten, dich zu holen und dir etwas zum Abendessen und ein Bett für die Nacht zu geben; er bleibt noch bis morgen früh in Braebonnie. Soviel ich weiß, ist Petie... er will nicht gehen, und Elizabeth ist ziemlich betrunken und beinahe hysterisch. Peter sagt, er würde schon mit der Situation fertig, aber es würde noch eine Weile dauern.«

»O Tina, dann muß ich hingehen«, rief ich und griff nach meinem Mantel.

»Nein. Er hat es absolut verboten, Maude, und er hat Micah und mir ein Versprechen abgenommen. Dort ist für dich heute nacht kein Platz. Was in diesem Haus geschieht, ist eine Sache zwischen Peter und seinem Sohn. Bitte misch dich nicht ein.«

Ich wollte schon auffahren; was wußte sie schließlich von mir und meinem Sohn, von dem langen Band, das zwischen uns bestand, und der Qual dieses schrecklichen Besuchs mitten im Winter? Aber dann dachte ich an die Jahre, die sie und Micah ertragen mußten, während Caleb seine eigene Wildnis durchwanderte, und an ihren schwererkämpften Frieden. Christina Willis wußte Bescheid. Müdigkeit und eine Art schwerer Ruhe durchfluteten mich.

»In Ordnung«, sagte ich. »Gut. Ich bin froh, daß ich hier herauskomme. So hoch oben über diese blauen Kälte bin ich mir fast wie die Schneekönigin in ihrem Gefängnis vorgekommen.«

»So fühle ich mich hier von November bis April.« Sie lachte, und wir gingen zusammen hinaus in die Nacht.

Tina und Micah Willis lebten in einem hübschen, ordentlichen Haus im Kolonialstil, das eine halbe Meile von Retreat entfernt an der Straße lag. Hinter dem Haus lagen ein Garten und eine jetzt schneebedeckte Salzwiese, noch weiter dahinter ein kleines Wäldchen aus Fichten und Birken, darunter das Bootshaus und schließlich der Strand an der Bucht. Alles war still und von dem schmalen, jungen Mond in silbernes Licht getaucht.

Ich hatte mich immer gefragt, warum sich die Häuser der Einheimischen am Cape Rosier mit ihren Scheunen alle an der hügeligen Straße drängten, wo doch das Ufer völlig leer war und einen herrlichen Ausblick bot. Aber in dieser Nacht verstand ich es. Niemand, der am Ufer eingeschneit war, konnte sich bis zur Straße hinaufgraben; er mußte warten, bis ein Schneepflug oder das Tauwetter kam. Ich dachte an die schmalen Wege in Retreat und überlegte, wie Peter wohl hineingekommen war.

Als könne sie Gedanken lesen, sagte Christina: »Micah hat Peter in Calebs alten Schneeschuhen hinuntergebracht und ist erst umgekehrt, als er ihn auf der Veranda auftauchen sah. Morgen wird er Enoch Carter mit dem Schneepflug vorbeischicken, dann können sie wieder heraus.«

»Glaubst du denn, daß sie dann alle heraus*wollen*, Tina?« fragte ich.

»O ja«, sagte sie ruhig. »Das glaube ich schon.«

»Es gibt nicht viel, was ihr beiden nicht über uns wißt, du und Micah. Ich frage mich manchmal, warum ihr euch mit uns abgebt.«

»Du bist es wert, Maude. Du bist eine der wenigen, die es wert sind«, sagte Tina Willis und lächelte mir zu.

Ich streckte den Arm aus und drückte ihre Hand am Lenkrad, und sie ließ es los und erwiderte den Druck. Das Tor zur großen Scheune stand offen, und wir fuhren hinein. Nachdem sie es geschlossen hatte, liefen wir durch denn dunklen Korridor, in dem sich Stiefel, Schneeschuhe, Koffer und Gartenstühle häuften, in eine große, terrakottageflieste Küche, wo im offenen Kamin ein Feuer loderte. Um einen polierten Tisch in der Mitte des Raumes gruppierten sich Stühle aus Kirschholz, und in einer Ecke neben dem Kamin luden ein weiches Sofa und Sessel zum Verweilen ein. An einer modernen Theke stand Micah Willis in einem hübschen Island-Pullover und Cordhosen und schnitt ein knusprig braunes Stück Lammbraten in dünne, rosafarbene Scheiben. Die Wärme, der Geruch nach Knoblauch, Basilikum und Rotwein und der Anblick seiner dunklen, vertrauenerweckenden Gestalt trieben mir Tränen in die Augen. Er streckte einen Arm aus, und ich rannte zu ihm. Er küßte mich auf die Wange, während er mit der anderen Hand noch immer das Messer schwang.

»Komm herein, du Sommerbesucherin«, sagte er in der klangvollen Stimme, die ich vom letzten Sommer her noch im Ohr hatte. »Weißt du eigentlich, daß du noch nie hier warst?«

»Ach, Micah, das ist doch nicht möglich, nach all den Jahren.«

»Doch. Wir sind immer nach Liberty gekommen. Aber jetzt bin ich froh, dich hier begrüßen zu können. Nun sind wir an der Reihe.«

Er goß uns Wein in dünne, alte Kristallgläser, und wir setzten uns auf das Sofa vor dem Feuer und tranken. Dabei sah ich mich im Raum um. Die Regale waren voll mit Büchern und schönen, filigranen Gegenständen, und das warme Licht des Feuers tanzte auf poliertem, altem Holz, Messing und Silber. Alte, abgetretene Orientteppiche lagen auf dem Boden, und auf den Tischen und in tiefen, italienischen Töpfen standen Pflanzen und Blumen. In einer Ecke befand sich ein kleines Spinett, auf dem Christinas Violine lag, und ein guter Plattenspieler und Hunderte von Schallplatten nahmen eine ganze Nische in der Wand ein. Dieser Raum war viel mehr als eine Küche, er war das Herzstück des Hauses und, wie ich plötzlich erkannte, das Herz des erfüllten, reichen Lebens, das Micah und Christina miteinander führten. Es unterschied sich vollkommen von dem Leben, das ich im Sommer von ihnen kannte; es war geradezu ein anderes Universum. Während ich mich so umsah, stieg ein Gefühl in mir auf, das ich nicht zu benennen vermochte: War es eine Art Neid? Eine Sehnsucht?

»Das ist ja ein herrlicher Raum«, sagte ich. »Ich weiß nicht, warum ich so überrascht bin; vermutlich habe ich mir ganz Maine immer so wie Retreat vorgestellt, sommerlich und voll mit Korb- und Rattanmöbeln auf alten, schäbigen Veranden. Aber mir war nie klar, wo ihr eigentlich hingingt, wenn der Sommer vorbei war.«

Tina sah erst Micah an und dann mich und lächelte.

»Ja, man kann durchaus in zwei Welten leben«, sagte sie. »Nur nicht zur gleichen Zeit. Unsere Welt und eure... sie existieren Seite an Seite, aber sie vermischen sich nicht. Deshalb ist keine von beiden weniger wert, sie sind nur voneinander getrennt.«

Sie weiß es, dachte ich plötzlich. Sie weiß von Micah und mir – was immer es da zu wissen gibt –, und sie hat es immer gewußt. Ich fragte mich, ob es ihr etwas ausmachte. Eigentlich glaubte ich es nicht. Sie hatte es selbst gesagt: *Sie existieren Seite an Seite, aber sie vermischen sich nicht.*

Micahs Blick ruhte auf mir, und seine Augen waren dunkel und unergründlich. Viele hundert Mal hatte ich diesen Blick schon gesehen, und viele Sommer lang hatte ich mich darauf gestützt wie auf einen Fels oder einen Baum.

»Was Peter heute nacht tut, ist richtig, Maude«, sagte er. »Er hat die Kraft dazu, und es ist auch seine Aufgabe und nicht die deine. Lehn dich zurück und laß dich von uns ein bißchen verwöhnen. Morgen sieht alles schon besser aus.«

Tina Willis trug die Platten mit dem Lamm und den gebratenen Kartoffeln auf, und ich stellte überrascht fest, daß ich inzwischen tatsächlich ziemlich hungrig war.

Nach dem Abendessen sahen wir ein bißchen fern, Micah legte einige Schallplatten auf – Brandenburgische Konzerte und die Goldberg-Variationen –, und Christina spielte für uns auf ihrer Violine ein paar alte französische Volkslieder. Aber wir sprachen nicht viel. Bis es an der Tür klopfen würde und Peter und Petie hereinkämen – oder wir auf andere Weise aus Braebonnie hören würden –, schien es einfach nichts zu geben, worüber man reden konnte. Ich hatte mir eigentlich vorgenommen, wach zu bleiben, auf der Couch zu sitzen und zu warten, weil ich glaubte, ohnehin nicht schlafen zu können, aber um Mitternacht beugte Micah sich über mich, nahm meine Hand und sagte: »Es hilft keinem von ihnen, wenn du morgen früh todmüde bist, und vor Tagesanbruch können sie ohnehin nicht aus dem Haus. Geh ins Bett, Maude. Tina hat Calebs altes Zimmer für dich hergerichtet. Von dort aus hast du den schönsten Blick auf den Sonnenaufgang über der Bucht.«

»Aber wenn Peter anruft –«

»Er hat gesagt, er würde nicht anrufen, und du sollst auch nicht dort anrufen. Außerdem wirst du bestimmt nicht mit Elizabeth sprechen wollen, das kannst du mir glauben, Maude. Nach dem, was er mir erzählt hat, hat sie einfach nicht mehr alle Tassen im Schrank. Das hatte sie noch nie, wenn du mich fragst. Sie hat immer irgend jemandem Schwierigkeiten gemacht, und das wird auch so bleiben. Aber nach heute nacht werden es vermutlich nicht mehr die Chamblisses sein. Peter hatte einen Blick, mit dem ich ihm nicht in der Dunkelheit begegnen möchte. Komm.«

Und er nahm meine Hand, ich stand auf und folgte ihm den Korridor entlang in ein Zimmer, wo Tina gerade ein hübsches, holzgeschnitztes Bett aufschlug. Ich zog mich aus und ließ mir von Tina eines ihrer langen Flanellnachthemden über den Kopf ziehen, und als ich unter die Decken gekrochen war, gaben mir beide Willises wie einem Kind einen Kuß auf die Wange und wünschten mir gute Nacht.

»Ruft mich, wenn etwas los ist«, murmelte ich, während ich den Schlaf schon wie eine Welle anrollen spürte, die mich nach unten zog.

»Mach ich«, sagte Micah.

Und Christina fügte hinzu: »Zum Frühstück gibt es Pfannkuchen mit Ahornsirup.« Dann schalteten sie das Licht aus, und ich schlief tief und traumlos, ohne mich ein einziges Mal umzudrehen.

Ich schlug die Augen auf, als sich ein Gewicht auf den Bettrand senkte. Es war heller Vormittag, und weißes Schneelicht glitzerte an der Zimmerdecke. Peter war da. Seine Wangen und sein Kinn waren mit feinen, goldenen Stoppeln besetzt, und seine Kleidung war zerknittert und verschwitzt. Regungslos saß er da, starrte vor sich hin, und seine grauen Augen waren auf nichts Bestimmtes gerichtet. Sein Blick war der eines Gejagten. Er spürte, daß ich ihn ansah, und wandte sich zu mir um.

»Peter«, flüsterte ich. Ich hatte schreckliche Angst. Sein Blick war furchtbar.

»Petie ist von Ellsworth aus mit dem Zug weggefahren«, sagte er, und seine Stimme klang heiser und erschöpft, als hätte er die ganze Nacht geredet oder sogar geschrien. »Ich habe ihn selbst hingebracht, um fünf Uhr heute morgen. Sarah holt ihn ab. Elizabeth ist in deinem Zimmer im Gasthof. Micah fährt sie in etwa einer Stunde zum Bahnhof. Sie fährt wieder nach Boston und dann weiter nach Italien.«

»Peter, wie –«

»Später, Maude«, sagte er. »Später. Bitte.«

»Fährt sie wirklich nach Italien zurück?«

»Und wenn ich sie persönlich ins Flugzeug setzen muß.«

»Peter… glaubst du wirklich, daß es jetzt vorbei ist?«

»Ja«, sagte er.

ZWÖLFTES KAPITEL

In dem Jahr, in dem meine Enkelin Darcy geboren wurde, war das Wetter wechselhaft und seltsam. Wäre ich eine weisere Frau gewesen oder so hexenhaft, wie die Kolonie glaubte, als ich als junge Ehefrau zum ersten Mal hierherkam, dann hätte ich die Vorzeichen vielleicht erkannt. Aber ich war es leider nicht. Ich bin es niemals gewesen.

Es war Mitte Februar, als die winzige Darcy Chambliss O'Ryan brüllend das Licht dieser Welt erblickte, aber die Luft draußen vor dem Fenster der Entbindungsklinik war so lau wie im Mai und erfüllt mit den Düften des Frühlings. Ich öffnete eines der Fenster in Happys Zimmer halb, um die seltsame Frische hereinzulassen, und roch plötzlich ganz deutlich den unverwechselbaren Geruch eines Fluß-Swamps im Süden zur Zeit der ersten Blüte; ich hatte keine Ahnung, welcher raffinierte Frühlingswind ihn diesen weiten, eiskalten Weg bis hierher getragen hatte. Einen Augenblick lang schloß ich die Augen, und mir wurde schwindelig vor Erinnerungen und Heimweh. Es war wie ein Segen über dem roten Schopf meiner neuen Enkelin, ein Segen, den ihr meine fernen Verwandten schickten. Die arme Kleine, sie würde diesen Segen nötig brauchen.

Eine geschäftige Krankenschwester kam ins Zimmer gestürmt und schloß entsetzt das Fenster.

»Februarluft bei einem Neugeborenen! Also wirklich, Mrs. O'Ryan«, sagte sie zu Happy, die sie nur mit stumpfen Augen ansah. Seit man ihr die kreischende, rothaarige Darcy gebracht hatte, hatte Happy sich kaum gerührt und kein einziges Wort gesagt. Sie konnte oder wollte auch nicht stillen, und die erste Mahlzeit ihres Lebens erhielt Darcy von fremden Händen und aus einer Flasche. Und als das Baby in Happys Arme gelegt wurde, reagierte sie gar nicht. Wäre Tommy O'Ryan nicht hinzugesprungen, um seine Tochter aufzufangen, wäre sie wohl auf den Boden gerollt.

Ich wußte, daß mit Happy etwas nicht stimmte, aber erst, als sie träumerisch in die nackten, winterlichen Zweige vor ihrem Fenster blickte und sagte: »Die Herbstfarben sind dieses Jahr besonders schön, nicht wahr?«, wurde auch ihr Arzt aufmerksam und zog einen Psychiater hinzu. Noch am selben Nachmittag wurde Happy mit einer schweren Wochenbettpsychose in die psychiatrische Abteilung verlegt, und als Darcy das Krankenhaus verlassen durfte, nahm ich sie mit einer Kinderschwester zu mir nach Hause nach Northpoint. Und Tommy O'Ryan, der auf einmal ganz zahm war und sichtbar besorgt um sein Kind, kam jedes Wochenende und wohnte in unserem Gästehaus am Rande des Gartens, um ihr nahe zu sein. Nicht einmal Peter konnte etwas dagegen haben. Er ging am Samstag und am Sonntag einfach in sein Büro in der Schule, und Tommy verlegte die Stunden mit seiner Tochter klugerweise auf den Tag und verbrachte die Abende damit, in den Kneipen an der Water Street mit ihr anzugeben. Ich glaube nicht, daß Peter und er in diesem ganzen Winter und Frühling öfter als einmal zusammentrafen.

Tommy O'Ryan hatte schon vieles getan, was ich abstoßend und ärgerlich fand, und er würde zweifellos noch weitere solche Dinge tun, aber in diesem seltsam milden Winter gelang es ihm, ein beträchtliches Stück in meiner Achtung zu steigen. Stundenlang saß er in Darcys Kinderzimmer, schaukelte sie auf seinen Knien und sang ihr vor in seinem irischen Tenor, der ebenso unwiderstehlich war wie seine Sprechstimme. So gut wie er konnte niemand Darcy besänftigen und beruhigen, weder ich noch ihre phlegmatische deutsche Kinderschwester und auch nicht Peter; aber der nahm sie ohnehin nur selten auf den Arm. Er war der erste, dem auffiel, daß sie mir verblüffend ähnlich sah, abgesehen von ihrem seidigen Schopf lockiger, leuchtend roter Haare, und dann bemerkte selbst ich es und konnte mich eines Gefühls der Freude nicht erwehren.

»Du und Peter, ihr habt wirklich starke Gene«, sagte Tommy. »Erst der Junge, der ein Abbild von Peter war, und jetzt dieser kleine Floh, der dir wie aus dem Gesicht geschnitten ist. Von mir ist nur das Haar, sonst nichts. Ich hoffe nur, daß sie auch deine Freundlichkeit hat, Maude. Und dein Rückgrat.«

»Ach, Tommy, da ist schon noch mehr, was sie von dir geerbt

hat«, protestierte ich lachend. »Hör dir diese Stimme an. Ganz weich und irisch, und sogar wenn sie schreit, kann man noch die Harfen klingen hören. Es ist nicht dieser nasale neu-englische Ton, und dafür bin ich unendlich dankbar.«

»Und ich bin dankbar, daß es dich gibt«, sagte er, und er meinte es wohl auch. »Allein wäre ich mit dem Baby nicht fertiggeworden. Ich weiß nicht einmal, ob ich mich um Happy kümmern kann, wenn sie nach Hause kommt. Ich habe niemals gewollt, daß meine Familie zu einer Belastung für euch wird, und das ist bei Gott wahr, obwohl ich nicht annehme, daß Peter mir das jemals glauben wird.«

»Gib ihm noch etwas Zeit, Tommy«, sagte ich. »Er hat eine schlimme Zeit hinter sich. Erst die Sache mit seinem Sohn, und jetzt ist seine Tochter in einer Nervenklinik. Es gab in Peters Familie immer eine gewisse Dunkelheit, und es macht ihm angst, daß er diese bei einem seiner Kinder oder gar bei beiden wiederzuentdecken glaubt. Wenn er einsieht, daß bei Happy nur die Hormone und nicht die Vererbung schuld sind, dann wird es ihm schon sehr viel besser gehen. Und er freut sich, Darcy hier zu haben, auch wenn er es nicht zeigt.«

Und ich glaube, das stimmte. Wenn Peter an den Werktagen abends nach Hause kam, ging er zuallererst hinauf in Darcys Kinderzimmer, um nach ihr zu sehen. Um diese Zeit war sie bereits gebadet und hatte das Fläschchen bekommen. Sie duftete frisch, war noch leicht feucht und rot vom Baden, und ihre großen, violetten Augen waren groß vor Neugier. Ich folgte Peter, nahm Darcy von Fräulein Schott, die ich zum Abendessen hinunterschickte, entgegen und setzte mich mit dem zappeligen kleinen Bündel in den alten Schaukelstuhl, der einst Mutter Hannah gehört hatte. Dort, neben dem Kaminfeuer im Kinderzimmer, wiegte ich sie und sang ihr vor. Darcy krähte und strampelte, und Peter lachte und berührte ihre seidigen Wangen oder die weiche Stelle an ihrem Kopf. Dann ging er hinunter und bereitete uns Cocktails, die wir in der hereinbrechenden Dämmerung tranken. Ich konnte sehen, daß Darcy Peter mit denselben Mitteln bezauberte, die auch Sean eingesetzt hatte: Lachen, Furchtlosigkeit und ein gewisser babyhafter Schalk, der gelegentlich hervorbrach. Aber da war noch mehr: »Es ist, als könnte ich dich sehen, als du noch ein Baby warst«, bemerkte Peter. »Als bekäme ich auf einmal den Rest von dir, die Zeit, bevor du siebzehn wurdest.«

Aber er nahm sie nicht oft auf den Arm. Und nachdem er nach ihr gesehen hatte, blieb er nicht lange im Kinderzimmer. Peter hatte einmal einem lachenden Baby sein Herz geschenkt. Das würde er nie mehr wieder tun.

In der Aprilwoche, in der Happy aus dem Krankenhaus kam, war es so grau und eisig, wie man das eigentlich nur im Februar erwarten konnte. Ich flehte sie an, zu uns zu kommen, damit sich das Fräulein noch eine Weile um sie und Darcy kümmerte, aber sie weigerte sich. Am nächsten Wochenende holte Tommy Darcy nach Hause, und sein hübsches Gesicht war mit tiefen Sorgenfalten durchzogen. Peter und ich konnten nicht mehr tun, als darauf zu bestehen, daß das Fräulein noch für eine Woche mit in das Haus nach Saugus fuhr, und sie für diese Zeit zu bezahlen. Ich weinte, als Tommy das Baby aus meinen Armen nahm und es der Kinderschwester in seinem klappernden Plymouth Fury reichte. Es war, als gäbe ich ihm ein Stück von meinem eigenen Fleisch. Selbst Peters Augen glänzten, und er wandte sich ab.

»Paß auf sie auf, Tommy«, flüsterte ich. »Bitte, wenn ihr uns irgendwie braucht –«

»Ich werde mein Bestes tun, Maude«, sagte er, und in seiner Stimme schwang keinerlei Prahlerei mit. Nur Sorge, nur Zweifel. »Vielleicht sieht Happy ein, daß sie Hilfe braucht, wenn sich die Lage etwas beruhigt hat.«

Aber Happy wollte keine Hilfe. Ob sich die Lage beruhigt hatte, wußten wir nicht, denn wir hörten eine ganze Weile nichts mehr von ihr. Lediglich Tommy rief an und erzählte, daß sie das deutsche Fräulein nach zwei Tagen entlassen und statt dessen eine Nachbarin, mit der sie sich angefreundet hatte, angestellt hatte, damit sie jeden Tag kam und ihr mit Darcy half.

»Das gefällt mir gar nicht, Maude«, sagte Tommy. »Florrie Connaught ist bestimmt eine gute Seele, aber sie ist so dick wie ein Mehlsack und steht mit Wasser und Seife auf Kriegsfuß. Sie und Happy sehen von morgens bis abends fern, und ich glaube, sie trinkt auch gerne ein Schlückchen. Es riecht danach, wenn ich heimkomme. Ich kann nur hoffen, daß sie diejenige ist, die trinkt. Ich könnte es nicht ertragen, wenn es Happy wäre.«

»Nein, natürlich nicht«, sagte ich, und von da an sorgte ich mich um Darcy O'Ryan wie noch um kein Kind seit Petie. Ständig mußte ich an ihr lausbübisches Gesicht, ihr hübsches Lächeln und ihren leuchtendroten Haarschopf denken.

»Ich wünschte, wir könnten sie Happy irgendwie abnehmen«, sagte ich einmal in diesem Frühling zu Peter. »Nur solange, bis sie alt genug ist, um in die Schule zu gehen.«

»Glaubst du wirklich, daß deine Tochter ihr eigenes Kind nicht aufziehen kann?« fragte er.

»Ich wollte, ich wäre mir da sicher.«

»Nur mit der Ruhe, Liebes«, sagte er und küßte mich auf die Stirn. »Kinder sind härter, als man denkt. Sie sind wesentlich widerstandsfähiger als Erwachsene; das sehe ich jeden Tag.«

Es gab eine Zeit, da hast du gar nichts gesehen, dachte ich. Und deine eigenen Kinder waren überhaupt nicht widerstandsfähig, sonst hätten wir dieses Problem jetzt nicht.

Aber ich ließ es auf sich beruhen. Peter war dabei, sein Buch abzuschließen, und wirkte so abwesend wie noch nie. Wenn es im Sommer endlich geschafft war, dann würde er sich entspannen können, und dann würden wir zusammen die langen, angenehmen Tage in Retreat genießen und damit beginnen, das endlose Dilemma mit unseren Kindern und Enkeln zu bewältigen…

In diesem Sommer fuhr ich zum ersten Mal in meinem Leben ganz allein nach Retreat. Schon seit Wochen hatte ich das gewußt, und es hatte mir nichts ausgemacht. Jetzt, nachdem die Kinder erwachsen waren, blieb ich oft allein in Retreat, und Peter kam nur manchmal übers Wochenende und vielleicht noch für eine Woche gegen Ende des Sommers. Ich hatte nicht erwartet, daß ich einsam sein würde. Bisher hatten mich die wilde, großartige Natur am Cape Rosier, das reiche Tier- und Pflanzenleben in den Wäldern, auf den Feldern, und im kalten Meer selbst und der mitreißende, besänftigende Rhythmus jedes Sommertags immer beschäftigt und erfüllt. Ich konnte mir nicht vorstellen, daß mich Maine einmal nicht ausfüllen könnte.

Aber in diesem Sommer war ich einsam. Es dauerte beinahe eine Woche, in der ich rastlos herumwanderte und unruhig schlief, bis ich den Grund für meine ungewohnte Stimmung herausfand: Es gab im Umkreis von Hunderten von Meilen niemanden, der mich brauchte. Peter war völlig in die letzten Seiten seines Buches vertieft, und für ihn sorgten unsere Haushälterin und deren Ehemann. Petie und Sarah hatten die Kinder zu den begeisterten Großeltern Forbes in deren Ferienhaus in Santa Fe gebracht und waren selbst zu einer zweimonatigen Reise nach Jamaika aufgebrochen, um den Riß in ihrer Ehe zu kitten. Happy wollte sich nicht von Mrs. Connaught und ihren Seifenopern trennen, um Darcy nach Retreat zu bringen, und Kemble und Yolande aus Charleston, die schon vor langem für diesen Juli einen Besuch angekündigt hatten, kauften statt dessen ein altes Haus auf Sullivan's Island und begannen dort mit einer umfangreichen Renovierung. Amy war noch nicht lange tot, und Braebonnie stand zum ersten Mal, seit ich mich erinnern konnte, dunkel und mit verschlossenen Fensterläden da, Peters *Hannah* und Seans *Osprey* waren in Micahs Bootshaus aufgebockt, und sogar Gretchen Winslow war mit Freddie, Julia und deren Familien auf Auslandsreise gegangen. Mein ganzes Erwachsenenleben lang hatte ich auf diesen Augenblick völliger Freiheit in Retreat gewartet, und jetzt folgten mir überall, wohin ich mich in diesem nebligen, grünen Juni auch wandte, die leisen Schritte meiner Toten.

Nicht einmal Micah und Christina Willis waren da. Sie feierten im Juni ihren fünfundvierzigsten Hochzeitstag, und Micah hatte Tina mitgenommen auf eine schon lange versprochene Fahrt über die Frenchman's Bucht, nach Bar Harbor, hinaus in den wilden, blauen Atlantik und nach Osten bis Nova Scotia, wo Tina Verwandte hatte, die sie seit ihrer Kindheit nicht mehr gesehen hatte. Caleb hatte mir seine Stieftochter aus Bucksport geschickt, einen mageren, verschlossenen Teenager namens Ruby, die Retreat für mich öffnen und mir helfen sollte, aber ich empfand ihre düstere Anwesenheit in Liberty bald als so drückend wie eine tiefhängende Wolke. Darum zahlte ich ihr das Geld für einen Monat aus und schickte sie wieder weg. Danach war ich trotz den üblichen Cocktail-Besuchen in anderen Cottages und den zufälligen Begegnungen beim Einkaufen so allein, als hätte ich keine Angehörigen auf dieser Welt.

So wird es sein, wenn ich als Witwe hierherkomme, dachte ich, und sah die gebrechlichen alten Damen vor mir, über die Amy Potter und ich immer gekichert hatten, wenn sie sich in all ihrer

Strenge und Pedanterie auf den so wichtigen Schaukelstühlen auf der Veranda des Jachtklubs zusammenrotteten. Ich schwor mir, nie mehr über sie zu lachen.

Wenn ich mit Peter telefonierte, bemühte ich mich meistens, meine Stimme fröhlich klingen zu lassen, aber eines Sonntags, nachdem wir fünf Tage lang ununterbrochen Nebel gehabt hatten und ich niemanden und nichts gesehen und gehört hatte als das ständige Tuten des Nebelhorns von der Landspitze her, brach ich doch zusammen.

»Ich bin so einsam, daß ich am liebsten sterben würde, Peter«, sagte ich beinahe weinend. »Ich schäme mich vor mir selbst, aber es ist so. Mir war niemals klar, wieviel von dem Zauber dieses Ortes von dir und den Kindern abhängt.«

Einen Moment lang schwieg er, und dann sagte er: »Maude, was hältst du von einem Haus am Lake Winnipesaukee? Gordon Wells hat mir erzählt, daß ein großartiges altes Haus am Weirs Beach zum Verkauf ansteht. Ich dachte, ich könnte hinfahren und es mir einmal ansehen. Von uns aus fährt man dorthin nicht länger als zwei Stunden; ich könnte bequem jeden Tag nach der Schule hinfahren und hätte noch Zeit für eine Segelpartie vor dem Abendessen, und du könntest jederzeit herkommen und die Kinder sehen, wann immer du willst.«

»Ach, Peter... wir sollen Retreat verlassen?« Ich begriff kaum, was er meinte.

»Mir scheint, wir lösen uns allmählich davon«, sagte er langsam. »Für mich wird es immer schwerer hinzufahren, und die Kinder kommen nicht mehr so oft, und wenn du jetzt so einsam und traurig bist...«

»Peter, es ist... ein Teil von uns«, sagte ich. »Ich glaube nicht, daß wir es einfach – was, verkaufen? vermieten? können.«

»Für mich gibt es nicht mehr sehr viel dort, Maude«, sagte Peter mit leiser, dumpfer Stimme, und ich wußte, er sah wieder die leere Stelle im sturmumtosten Jachthafen vor sich, wo eigentlich Seans *Osprey* liegen sollte, und er sah mitten im Winter die Lichter in Braebonnie, die dort nicht brennen sollten.

»Das wird wiederkommen, Lieber«, sagte ich. »Warte nur, bis das Buch fertig ist und du wieder herkommst und mit der *Hannah* in der Sonne hinausfahren kannst und alle Zeit der Welt hast. Ich hätte gar nichts sagen sollen. Es ist nur der verdammte Nebel; wir sitzen seit Tagen darin fest.«

»Na ja, denk wenigstens darüber nach«, sagte er. »Tust du das, mir zuliebe?«

Ich versprach es. Ich holte mir ein Sandwich und ein Glas Milch, verschloß die Fensterläden gegen den dichten Nebel und das Heulen des Nebelhorns, und ging ins Bett. Und dachte nach über Sommernächte an einem anderen Ufer. Könnte ich Liberty und Retreat verlassen? Je weiter diese lange, weiße, gespenstische Nacht voranschritt, desto wahrscheinlicher erschien es mir, daß ich es konnte, wenn Peter mit mir kam.

Ich erwachte an einem strahlend blauen Morgen von Geräuschen, die verrieten, daß gerade ein großes Feuer im großen Kamin entzündet wurde. Ich roch auch den Duft nach frischem Kaffee und rannte in meinem Flanellnachthemd ins Wohnzimmer, wo ich Micah vorfand, der sich gerade Birkenrinde von den Händen stäubte und vor sich hinpfiff. Er trug ein gestreiftes Jerseyhemd und alte, weiße Hosen, was bedeutete, daß er zum Segeln gehen wollte. Am liebsten hätte ich geweint, als ich ihn da so unerwartet in meinem kalten Wohnzimmer stehen sah. Flammen schlugen aus dem Kamin, und aus dem Kaffeebecher, den er mir hinhielt, stieg Dampf auf. Ich grinste ihn einfach nur an und nahm den Kaffee.

»Hast du die Sonne mitgebracht oder sie dich?« fragte ich, nachdem ich die halbe Tasse getrunken hatte. In einem winzigen Augenblick hatte sich die ganze Welt verändert, und der Gedanke, Retreat zu verlassen, erschien mir so lächerlich wie die Besiedelung des Saturn. Warum hatte ich nur geglaubt, es sei nötig, ständig gebraucht zu werden? Es war doch genug, einfach nur *dazusein*.

»Ich bin ihr den ganzen Weg von Grand Manan herunter nachgefahren«, sagte Micah. »Ich glaube, aller Nebel der Welt entsteht in Nova Scotia. Und die Leute dort haben es auch nicht besser verdient.«

»Du sprichst doch nicht etwa von Tinas Verwandten?« sagte ich. »Schäm dich, Micah Willis.«

»Der alte Verrazano, der auf der Suche nach der Nordwest-Passage dort vorbeigekommen ist, hat diese Gegend auf seiner Karte

›Terra Onde di Mala Gente‹ genannt. Das heißt Land der Bösen Leute. Und ich glaube, damit hat er Tinas Verwandtschaft gemeint.«

»Ich hoffe, daß du Tina diese Einsicht vorenthalten hast«, sagte ich lachend.

»Natürlich. Du bist die erste, die es erfährt. Und wenn du es weitererzählst, dann werde ich im Lebensmittelladen verkünden, daß du morgens im Nachthemd Herrenbesuch empfängst.«

Ich blickte an meinem Nachtgewand herunter. Obwohl es mich vom Kinn bis zu den Knöcheln einhüllte, wurde ich mir doch plötzlich meines nackten Körpers darunter so bewußt, als hätte ich gar nichts an. Ich wurde rot, und er lachte.

»Zieh dir was an, worin du zum Segeln gehen kannst«, sagte er. »Ich will dir was zeigen.«

»Du weißt doch, daß ich Segeln hasse.«

»Aber es gibt etwas, das du einfach nicht verpassen solltest.«

»Versprichst du mir, vorsichtig zu sein?«

»Heute brauchst du wirklich keine Angst zu haben, Maude«, sagte er liebevoll, und ich wußte, daß auch er gelegentlich die leere Stelle im Jachthafen vor sich sah und das kleine Schiff, das vor den Felsen von Osprey Head gekentert war.

»Ich bin gleich wieder da«, sagte ich.

Micah hatte recht gehabt; an diesem kristallklaren Morgen mußte man das Meer um das Cape Rosier nicht fürchten. Wir fuhren in Calebs schlanker neuer Holzslup hinaus, die erst in diesem April von der Willis-Bootswerft zu Wasser gelassen worden war, und die *Beth* glitt wie mit geöltem Kiel über das glitzernde Wasser. In der leichten Brise legte sie sich nicht einmal einen halben Meter weit schräg. Als wir das Festland vor dem Hafenbecken umrundet hatten, merkte ich, daß wir auf Osprey Head zufuhren, und ich sog scharf die Luft ein vor Schmerz und Überraschung. Micah sah mich über seine Schulter hinweg an.

»Das, was hier draußen geschehen ist, kann ich nicht ändern, Maude«, sagte er. »Aber ich kann es für dich wieder erträglich machen. Oder dir wenigstens einige Lebewesen zeigen, die es können.«

»Ich wollte die Insel nie mehr wiedersehen«, sagte ich leise.

»Du kannst nicht in Retreat sein und sie nicht sehen«, sagte er.

»Dann dürftest du nie aufs Meer hinausschauen, und das tust du früher oder später doch.«

Ich schwieg und beobachtete, mit welcher Anmut und katzenhaften Leichtigkeit sich sein noch immer fester Körper in der *Beth* bewegte. Wie Tina mußte er jetzt wohl fünfundsechzig oder noch älter sein, aber der junge Mann, der mich aus dem kalten Meer gezogen hatte, lebte noch dicht unter der Oberfläche. Nur die weißen, gekräuselten Haare an den Schläfen und im Nacken und das feingefurchte Netz aus Fältchen in seinem Gesicht erzählten von Arbeit, Witterung, Leiden und der vergehenden Zeit.

Micah begann nun die lange Überfahrt zum Osprey Head. Jetzt sah ich zum ersten Mal, daß sich eine niedrige, spinnenartige Brücke, die wahrscheinlich aus Pontons gebaut war, vom langen Finger des Loon Ledge zum steinigen Strand von Osprey Head erstreckte. Weder von Liberty noch von Braebonnie aus war sie zu sehen, aber jetzt konnte ich mir ausmalen, daß jeder, der sich durch das dichte Unterholz von Loon Ledge kämpfen wollte, hinüber nach Osprey Head gelangen konnte, und diese Erkenntnis ließ mich tief erschrecken.

»Micah«, sagte ich, »wann ist diese Brücke gebaut worden? Wer hat sie hier errichtet?«

»Ich dachte schon, es würde dir gar nicht mehr auffallen«, sagte er und grinste über meinen erschrockenen Tonfall. »Dahinter steckt eine widerliche, aber verdammt gute Geschichte. Willst du sie hören?«

»Das kannst du dir doch denken! Hat jemand die Insel gekauft? Ach, Micah, erzähl mir nicht, daß jemand ein Haus auf Osprey Head baut!«

»Ich erzähl dir gar nichts, wenn du jetzt nicht still bist und zuhörst«, sagte er, löste das Fall des Hauptsegels und glitt bis auf ein paar Meter ans Ufer heran. Dann hob er den Anker über Bord, drehte sich zu mir um und sah mich an. Seine Arme lagen auf den Knien, und er hatte die Augen gegen das helle Sonnenlicht zusammengekniffen.

Ich wartete.

»Du weißt doch, daß Osprey Head den Fowlers droben in Aerie gehört hat. Sie haben die Insel zusammen mit dem großen Haus an diese Leute verkauft, von denen man nie viel gesehen hat. Nun ja, im letzten Herbst haben die dann ihrerseits alles zum Verkauf angeboten, ohne jemandem davon zu erzählen, und es wurde, wenn du so willst, ganz heimlich von einer Gesellschaft aus New Jersey gekauft, die hier eine Sardinenfabrik plante. Das Meer um Osprey Head war immer schon voller Sardinen, deshalb gab es ja hier auch die Fischadler.«

»O mein Gott«, flüsterte ich entsetzt, aber er hob grinsend die Hand, und ich schwieg wieder.

»Na ja, als wir um Weihnachten herum davon erfuhren, gingen ein paar von uns zu den Nationalpark-Leuten. Wir wußten, daß wir wenigstens eine Erschließung verhindern konnten, falls die vom Park das Gelände kauften. Und sie hatten immerhin soviel Interesse, daß sie ein gutes Angebot machten. Aber die Sardinenfirma war nicht interessiert, und darum bildeten wir eine kleine Abordnung, gingen zu der Firma hin und erklärten, daß nicht einer der Männer oder Jungen hier oben beim Bau mitarbeiten würde. Nun, da wurden sie schon ein bißchen nachdenklich, denn sie hatten auf billige Arbeitskräfte gezählt; ihre eigenen Leute arbeiten nicht für so wenig Geld. Aber wir waren uns einig, daß wir keinen Finger rühren würden, und wenn sie uns Gold anboten. Das brachte Bewegung in die Sache, denn die Sardinenfirma hatte alles auf eine Karte gesetzt und eine ganze Flotte von Bulldozern herauftransportiert – damit haben sie uns die ganzen Landstraßen ruiniert, das kann ich dir sagen. Der Vorarbeiter war so wütend, daß er damit drohte, die Bulldozer am nächsten Morgen anfangen zu lassen, und wenn er alles selber machen müßte. Es sah also gar nicht gut aus für Osprey Head.«

»Was ist dann passiert?«

»Nun ja, etwas ziemlich Komisches«, sagte er und sah hinaus auf den Horizont. »Der Vorarbeiter sammelte sich aus den Kneipen von Ellsworth ein paar Leute zusammen und kam im Morgengrauen hier an, aber dummerweise waren alle Bulldozer über Nacht kaputtgegangen. Der dämliche Kerl. Er hätte doch wissen müssen, daß die kalte Salzluft die Maschinen ruiniert, wenn man sie über Nacht draußen stehenläßt.«

»Und dann?«

»Dann ging er zu diesen Typen aus New Jersey, erklärte ihnen, sie schuldeten ihm das Geld für ein Dutzend Bulldozer, und verschwand. Daraufhin war der Firmeneigner endlich klug genug, das Angebot der Nationalpark-Gesellschaft zu akzeptieren. Alles, was noch dran erinnert, ist diese Brücke, auf der jetzt die Ranger gelegentlich rüberfahren können, um die Küste nach einem Sturm zu säubern und ab und zu nach den Muschelbeständen zu sehen. Das gefällt mir auch nicht, aber es ist noch das Beste, was in dieser schlimmen Situation passieren konnte.«

»Und du hast nicht vielleicht eine Ahnung, wer – äh – der Salzluft bei diesen Bulldozern ein bißchen zu Hilfe gekommen ist?« fragte ich.

»Das kann ich dir wirklich nicht genau sagen«, meinte er. »So etwas Bösartiges würde ich keinem meiner Freunde und Nachbarn zutrauen.«

»Du Verrückter«, sagte ich und begann zu lachen. »Du hättest für ein paar Jahre ins Kittchen wandern können. Warum hast du dafür deinen sturen Kopf riskiert?«

Er sah mich lange an. Sein Gesicht war ruhig.

»Dort nisten jetzt Weißköpfige Seeadler, Maude«, sagte er. »Ich habe das Nest im letzten Herbst entdeckt und die Eier bei Beginn der Schneeschmelze. Wahrscheinlich sind es sogar mehr als ein Paar. Und für sie würde ich noch mehr als meinen Kopf riskieren.«

Ich spürte Gänsehaut auf meinen Armen und ein Prickeln im Nacken.

»Ist es das, was du mir zeigen willst? Die Adler?«

»Genau«, sagte er und wandte sich ab. »Natürlich können sie dir den Jungen, den du hier verloren hast, nicht ersetzen. Aber vielleicht kann es alles… ein bißchen leichter machen.«

»Dann zeig sie mir, Micah«, sagte ich leise.

Im Dingi der *Beth* ruderten wir ans Ufer. Es war ein anderer Strandabschnitt als der, wo Peter und ich jahrelang unser Picknick gemacht hatten und wo Sean über Bord gegangen war; eine sehr viel wildere Küste, voller Steine, Felsen und Wurzeln, bedeckt mit zentimeterdicken Schichten neongrünen Mooses. Der felsige Abhang, über dem der Nadelwald begann, war noch immer naß von dem tagelangen Nebel und so glitschig, daß wir gelegentlich auf allen Vieren krabbeln mußten, um nicht auszurutschen. Wir redeten nicht, und in der Weite der salzigen Luft und des dunkelblauen Meeres war kein Laut zu hören, abgesehen von den Rufen der Möwen, dem Plätschern der Wellen am Strand unter uns und unseren keuchenden Atemzügen. Gelegentlich streckte Micah die Hand aus, um mir zu helfen, aber ich schüttelte stets den Kopf. Ich war fest entschlossen, diesen Weg zur Heilung, wenn er denn Heilung bringen würde, allein und aus eigener Kraft zu gehen. Es schien mir auf einmal das Wichtigste zu sein, das ich in meinem Leben noch tun würde.

Als wir fast den höchsten Punkt des Felsens erreicht hatten, sagte Micah beinahe flüsternd: »Schau mal nach oben.« Der unglaubliche, unwirkliche Schatten eines riesigen Vogels zog über mein und sein Gesicht. Dann nahte der Vogel selbst, getragen von einem Luftstrom, und landete schwer auf einem Ast einer abgestorbenen Fichte, die vielleicht vor vielen Jahren einmal vom Blitz getroffen worden war, neben einem sehr großen, unordentlichen Nest, das in einer Astgabel hing. Der Baum stand auf dem Felsen, der den Abhang nach oben hin abschloß, und Nest und Vogel befanden sich etwa drei Meter über uns, so daß uns der Vogel mit Sicherheit sah. Aber er rührte sich nicht, und auch wir blieben wie versteinert stehen. Einen langen Augenblick starrten wir in die kalten, gelben Augen eines großen Weißköpfigen Seeadlers, des größten, den Micah, wie er später erzählte, jemals gesehen hatte, und die Zeit blieb stehen. Die Welt um uns versank, und nur noch diese Augen blieben.

Der Kopf des Adlers war weiß und glänzte in der Sonne, und in seinem großen, gebogenen, gelben Schnabel, der beinahe so lang war wie sein Kopf, zappelte ein Fisch. Der Adler drehte seinen Kopf von links nach rechts, um Micah und mich zu betrachten, die wir wie angefroren am Felsen standen, und dann ließ er den Fisch über den Rand des riesigen Nestes fallen. Es war so breit und so tief, daß es bestimmt zwei Menschen Platz geboten hätte, und aus dem schrillen, klappernden Geschrei aus dem Inneren konnte ich schließen, daß junge Adler darin waren. Mit angehaltenem Atem beobachtete ich, wie ein flaumiger Kopf, der fast nur aus einem aufgerissenen gelben Schnabel und rosafarbenen Schlund zu bestehen schien, über dem Nestrand auftauchte, und dann noch einer und noch einer. Da breitete der Adler seine weiten Schwingen aus, sein weißer Schwanz und der Bauch blitzten kurz auf, und er erhob sich erneut in die Lüfte. Der Wind, den er erzeugte, streifte unsere Gesichter. Über uns stieß er einen Schrei aus, und aus der Ferne unter uns antwortete ein anderer Adler. Das *kik-kik-kik-kik* der jungen Adler wurde aufgeregter, und ich wußte, daß der andere Elternteil auf dem Weg zum Nest war und weiteres Futter für die Jungen brachte. Und ich legte meine Wange an das steinerne Gesicht des Felsens und weinte. Eine solche Woge der Freude, der Kraft und der tiefen, klingenden Liebe überschwemmte mich, daß ich mich am liebsten genau wie der Adler hoch in die Lüfte geschwungen hätte. In diesem Augenblick wußte ich, daß ich diesen wilden Ort, dieses Cape Rosier, mit einer Leidenschaft liebte, die weder mit Peter, noch mit Micah, Petie oder sonst jemandem auf der Welt etwas zu tun hatte. Für einen ewigen Augenblick lang war ich so stark wie der Felsen und so heil, so ganz wie die Insel. Ich wußte, daß ich Retreat niemals verlassen würde.

Ich hatte keine Ahnung gehabt, daß unser Aufstieg über den felsigen Abhang nicht ganz ungefährlich gewesen war, das erzählte mir Micah erst auf der Heimfahrt.

Danach verwandelte sich die Atmosphäre dieses Sommers in reine Freude, und von all den Sommern in Retreat, an die ich mich erinnern kann, war der Sommer der Adler der goldenste.

Kurz vor dem Nationalfeiertag am vierten Juli schloß Peter sein Buch ab und schickte es an seinen Verleger nach Boston. Die Reaktion dieser sonst so zugeknöpften Menschen war derart enthusiastisch, daß er auf den Flügeln ihrer Lobpreisung vermutlich bis nach Retreat hätte fliegen können. Statt dessen kam er, beinahe eine Woche früher als geplant, in einem schlanken, röhrenden Sportwagen, den ich noch nie gesehen hatte, den Weg nach Liberty heruntergeholpert. Er bog in die Einfahrt, Kies spritzte auf, als er anhielt, er sprang mit einem Satz auf die Vordertreppe herauf und nahm mich auf der Veranda, wo ich gerade Begonien umtopfte, in die Arme. Wie mein Vater früher, als ich ein kleines Kind war, schwang er mich herum, und dann küßte er mich, noch bevor ich ein Wort herausbrachte, so lange und fest auf den Mund, daß Jane und Fern Thorne, die gerade auf dem Weg zu den Tennisplätzen waren, Beifall klatschten und Phinizy Thorne auf zwei Fingern pfiff. Peter ließ mich los und verbeugte sich tief.

»Das ist ein Austin Healy«, sagte er etwas später, während er mir den in cremefarbenem Leder gehaltenen Innenraum des Autos zeigte. »Du kannst dir nicht vorstellen, wie schnell er ist, Maude; man hat das Gefühl, auf einer Rakete zu fahren. Und wie man die Straße spüren kann!«

»Ich kann mir gut vorstellen, wie man diese Straßen hier am Cape Rosier spürt, Peter«, sagte ich und lächelte ihm zu. »Sechzigjährige Wirbelsäulen sind für so etwas nicht gebaut.«

»Das mag für deine gelten«, meinte er. »Meine Wirbelsäule fühlt sich an wie zwanzig. Meine Arme und Beine sind etwa fünfzehn. Und du glaubst gar nicht, wie jung mein...«

»Nein, wahrscheinlich nicht«, unterbrach ich ihn hastig, weil ich Erica Conant und ihren Bridgeclub nahen sah, auf dem Weg zur Veranda des Jachtclubs. »Aber du könntest es mir vielleicht zeigen.«

»Aber mit dem größten Vergnügen«, antwortete Peter. Er grinste in die Sonne dieses zauberhaften Nachmittags, und ich umarmte ihn schwungvoll, ohne noch einen weiteren Gedanken an Erica zu verschwenden. Peter war wieder da, mein Peter ohne die dunklen Schatten; so leichtherzig und jung wie damals, als er mit mir auf dem mondbeschienenen Ufer des Wappoo Creek getanzt hatte. Es war mir egal, was oder wem ich dieses Geschenk eines fröhlichen, lebendigen Peter verdankte, ob einem erfolgreichen Manuskript, einem neuen Sportwagen oder einfach irgendwelchen Sonnenflecken oder positiven Ionen – Hauptsache, er war da. Den Rest des Sommers war Peter so, wie ich es mir immer gewünscht hatte für die Zeit, wenn wir endlich allein in Liberty wären und eine lange Reihe blaustrahlender Tage vor uns läge. Wenn ich damals von meiner Festung aus Regeln, Pflichten und Verboten in die Zukunft geblickt hatte, dann hatte ich genau diesen Sommer vor mir gesehen.

Im Rückblick scheint es mir, als hätte es in diesem Sommer niemals geregnet und als wären dennoch das Gras und die wilden Blumen auf den Salzwiesen nie derart leuchtend grün gewesen. Mir ist, als wäre es nie heiß und schwül gewesen, als hätten schwarze Fliegen und Moskitos mich nie gestochen und als hätte der Nebel niemals sein hungriges Gesicht an mein Fenster gepreßt. Aufgereiht wie auf einer Perlenkette folgte ein kristallblauer Tag dem anderen, und bei jedem erwarteten wir aufgrund jahrelanger Erfahrung, er würde mit Sicherheit ein Gewitter ausbrüten, aber statt dessen gab es nur noch mehr bronzeglitzernde Tage und sternhelle Nächte. Petie und Sarah kamen aus Jamaika zurück; sie waren erholt, neu verliebt und einander näher denn je. Sie zogen ins Kleine Haus, und sowohl Sally als auch Maude Caroline fuhren jeden Tag begeistert ins Jugendcamp. Wir sahen unseren Sohn und seine kleine, braune Frau immer nur kurz, zum Cocktail, einem kalten Abendessen am Sonntag oder einem Picknick auf einer der nahe gelegenen Inseln – denn diesen Sommer verbrachte sogar ich zum großen Teil auf dem Wasser –, und immer waren sie eingehüllt in einen Schleier aus tiefer, stiller Liebe und Zufriedenheit, daß es mir gelegentlich die Tränen der Dankbarkeit in die Augen trieb. Mein Junge hatte den großen Sturm abgewettert und seinen Hafen gefunden, genau wie offenbar auch Peter den seinen. Wenn Sarah und ich das Elizabeth Potter Villiers verdankten, dann mußten wir wohl unendliche Mengen von Dankbarkeit auf ihr rothaariges Haupt häufen. Jene Nacht vor kaum sieben Monaten schien Peter und Petie zusammengeschweißt zu haben. Gelegentlich segelten sie miteinander weit hinaus in die Bucht, und einmal sah ich, wie Peter eine Hand auf Peties Schulter legte und dort liegen ließ. Petie lächelte ihn an, und in seinem runden, braunen Gesicht stand nichts als reine Zufriedenheit.

Peter und ich fuhren mit dem Austin Healey oft so leichtfertig schnell über das Cape, daß uns der neue Sheriff zweimal zögernd einen Strafzettel gab. Einmal ging uns tatsächlich in der Dämmerung oben auf dem Caterpillar Hill, wo wir hingefahren waren, um den Sonnenuntergang zu beobachten, das Benzin aus. Wir waren weit weg von zu Hause und hätten wohl die Nacht im Auto verbringen müssen, wenn Micah und Tina Willis nicht gewußt hätten, wohin wir wollten, und mit einem vollen Benzinkanister und frischen, gebackenen Muscheln vorbeigekommen wären.

»Woher wußtet ihr, daß es das Benzin war und nicht eine grauenvolle Katastrophe?« fragte Peter Micah, denn der hatte gesagt, Peter fahre wie ein Geisteskranker und weigerte sich, in Peters Auto zu steigen.

»Das ist kein Sommer für Katastrophen«, meinte Micah gelassen. »Aber es war überfällig, daß euch mal das Benzin ausgeht.«

Wir sahen Micah und Tina in diesem Sommer häufig und saßen oft mit ihnen in Liberty vor dem Feuer, redeten und tranken guten Brandy.

Peter und ich liebten uns wie damals in Northpoint, als wir noch zwei unersättliche Kinder gewesen waren. Überall im Haus, wo es möglich war, schliefen wir miteinander, und ein- oder zweimal auch im Garten, in Nächten, in denen kein Mond schien und der Wind laut vom Meer her blies. Auf dem Wind bestand ich, denn die Geräusche, die wir dabei von uns gaben, waren alles andere als dezent, ja, lagen an der Grenze zum Obszönen. Aber es endete immer mit Gelächter. Wir lachten, wie wir seit unserer Zeit als junges Ehepaar in Liberty nicht mehr gelacht hatten, als wir die lauten, vulgären Geräusche der Liebe mit den Händen, mit Dekken oder was sonst gerade in Reichweite war, gegen Mutter Hannahs scharfe Ohren zu dämmen versuchten. Einmal gingen wir hinauf in das kleine Zimmer, das unser erster Schlafraum in Retreat gewesen war, und liebten uns auf dem wackligen, kleinen Bett, und als es unter uns zusammenbrach, erstickten wir beinahe an unserem Gelächter. Wir standen vom Fußboden auf, und Peter zog mich ins Badezimmer und warf wie damals in jener allerersten Nacht die muffige alte Princeton Decke in die Wanne, und genau wie damals machten wir hier weiter, bis wir atemlos und von Lachkrämpfen zusätzlich geschüttelt den Höhepunkt erreichten.

»Diese alte Decke werde ich nie wegwerfen«, meinte Peter, nackt auf dem Rand der alten, klauenfüßigen Badewanne sitzend. »Wenn wir fünfundneunzig sind, wird irgendeine arme junge Ehefrau mit einem unserer Urenkel hier auf dieser Decke zusammensein, und dann können wir mit einem Besenstiel an die Zimmerdecke klopfen und fragen, ob jemand krank sei.«

Gleich, nachdem Peter in Retreat angekommen war, sagte er zu mir: »Geh in diesem Sommer mit mir segeln, Maude«, und ich tat es. Zum ersten und einzigen Mal in meinem Leben stand ich zusammen mit Peter bei Sonnenaufgang auf und folgte ihm die hallenden Stufen der Anlegestelle am Jachtclub hinunter ins Dingi, mit dem wir über spiegelglattes, rosafarbenes Wasser zu der wartenden *Hannah* ruderten. Anfangs fuhren wir nicht weit hinaus; Peter wußte, daß starke Krängung, bei der sich die Lee-Reling der Wasseroberfläche näherte, mich noch immer ängstigte und mir

Übelkeit verursachte, und darum hielt er sich nahe am Ufer und an den nächstgelegenen Inseln. Ich hatte ihm von den Adlern auf Osprey Head erzählt, und ich glaube, er war überglücklich, daß sie sich dort angesiedelt hatten; aber er schlug nie vor, mit der *Hannah* dorthin zu fahren. Als ich davon sprach, meinte er nur: »Es wäre nicht gut, sie zu erschrecken, nachdem sie noch nicht lange dort sind. Ich fahre im nächsten Sommer hin.«

Und ich wußte, daß seine Wunde im Gegensatz zu meiner nicht geheilt war, und das machte mich sehr traurig. Aber ich drängte ihn nicht. Das einzige, worüber Peter in diesem Sommer nie sprach, war Sean.

Allmählich gewöhnte ich mich an die schlingernden Bewegungen der *Hannah* und an die Wölbung des Teakholz-Decks, und wir fuhren weiter hinaus in die glitzernde Bucht. Draußen auf dem Wasser, wo die Küstenlinien von Rosier, Islesboro und der Deer Isle nur noch wolkige Schemen am Horizont waren, ging es mir besser: Der atemberaubende Eindruck all dieses winddurchfegten Blau und Weiß wirkte so belebend auf mich, daß ich mich beinahe trunken fühlte, und langsam fing ich an zu verstehen, welcher uralte Zauber Peter wieder und wieder aufs Meer hinauszog. Solange er an meiner Seite war, genoß ich dieses Gefühl. Aber allein… ich wußte, daß ich das Alleinsein auf dem Meer immer hassen würde. Ich käme mir vor, als wäre ich meinem ältesten und unerbittlichsten Feind ausgeliefert, und selbst in diesen lichtdurchfluteten Juli- und Augusttagen blieb der Ozean mit seinem eiskalten Herzen mein größter Widersacher.

An einem Tag Ende August, als das Tageslicht um die Halbinsel so klar, blau und strahlend schien, als sei die ganze Welt aus Kristall geschnitten, segelten Peter und ich mit der *Hannah* an Western Island vorbei und ankerten vor Green Ledge. Der Wind hatte sich gelegt, die Sonne stand hoch und honiggelb am Himmel, und die *Hannah* schwankte auf dem leeren Meer wie eine Wiege. Wir aßen unsere Brote, tranken den Wein, und dann zogen wir uns aus und liebten uns auf Deck, zweimal, dreimal, und ich glaube, wenn Peter sich nicht mit seinen nackten Füßen gegen das Süll gestützt hätte, dann wären wir beim letzten Mal wohl ins Meer gerollt.

»Ich will mir gar nicht vorstellen, was sich ein vorbeifahrender Segler bei unserem Anblick gedacht hätte«, sagte ich. Unbewegt lag ich da und ließ mir vom Wind den Schweiß auf dem Körper trocknen.

»Heute ist niemand draußen außer den Hummerfischern«, sagte Peter. »Und die Einheimischen sind, was das angeht, sehr pragmatisch. Die Fischer am Cape erzählen sich, daß sie eines Tages ein leeres Ruderboot sahen, das auf dem Wasser herumschaukelte. Als sie näher kamen, entdeckten sie darin Clem und Mary, die gerade sehr miteinander beschäftigt waren, und die Fischer nickten ihnen nur zu und riefen: ›Hübscher Tag dafür!‹ «

Wir lachten noch den ganzen Heimweg bis Retreat. Als wir das Boot festmachten, sagte der stattliche, weißhaarige Guildford Kennedy von der Clubhaus-Veranda herunter: »Ihr Kinder wart draußen beim Segeln? Hübscher Tag dafür!«, und wir brachen auf dem Anlegesteg vor Lachen beinahe zusammen und waren einige Minuten unfähig, auch nur ein Wort hervorzubringen. »Wir lachen nicht über dich, Guild, es ist nur... ein alberner, alter Privatwitz«, schnaufte ich endlich, denn ich war sicher, daß die weltfremden Kennedys die Geschichte nie gehört hatten. »Es war wirklich ein hübscher Tag dafür.«

»Einer der letzten, die wir haben werden, so wie es aussieht«, sagte Guild gleichmütig. »Heute morgen habe ich im Fernsehen gesehen, daß ein Hurrikan die Küste heraufkommt, von North Carolina und Virginia her. Er wird uns wohl in zwei bis drei Tagen erreicht haben. Es ist der erste in dieser Saison. Zumindest werden wir ordentlich naß werden. Und das schadet ja gar nichts.«

»Ich habe noch nie gehört, daß es an der Küste von Maine Hurrikans gibt«, sagte ich zu Peter, als wir mit unseren Packtaschen den Weg nach Liberty hinaufgingen.

»Ich schon, aber ich habe noch keinen erlebt«, antwortete er. »Es gibt eine Theorie, daß sie uns wegen des Humboldt-Stroms oder so nur selten erreichen. Normalerweise bekommt die Bucht hier nur noch ein kleines Lüftchen davon ab, weil sie durch die Inseln gut geschützt ist. Zu schade, daß dieses schöne Wetter aufhört. Aber es ist natürlich leichter, bei scheußlichem Wetter von hier wegzufahren. Als ich ein Kind war, habe ich immer gehofft, daß es am Abreisetag regnet.«

»Ich wünschte, wir könnten dieses Jahr noch ein bißchen bleiben«, sagte ich.

»Ich auch, aber es geht einfach nicht. Nächstes Jahr, wenn das Buch erschienen ist und ich einen neuen Assistenten gefunden habe, bleiben wir länger. Das verspreche ich dir.«

Der Humboldt-Strom konnte diesmal offenbar wenig gegen den Hurrikan ausrichten, und unerbittlich arbeitete sich der Wirbelsturm die Küste entlang. Auf dem Bildschirm unseres uralten Fernsehers beobachteten wir schäumende hohe Wellen und sturmgebeugte Bäume. Der Sturm zog über Long Island und Cape Cod hinweg, machte ein wirbelndes Scheinmanöver auf der Höhe von York Beach weit südlich von uns und schien dann nach einer Rechtskurve in Richtung Nova Scotia abzuziehen.

»Es sieht so aus, als ob Tinas Verwandtschaft einiges abbekommen wird«, sagte ich zu Micah, als er am Morgen des letzten Augusttages mit einer doppelten Ladung Kaminholz hereinkam.

»Um Tinas Leute mache ich mir keine Sorgen«, meinte Micah und ließ das Holz in den Behälter neben dem Kamin fallen. »Die können zur Not in den Bäumen leben. Wahrscheinlich haben sie auch so angefangen. Aber euch würde ich raten, noch vorher eure Zelte hier abzubrechen.«

»Aber im Fernsehen heißt es, daß er an uns vorbeiziehen wird«, sagte ich leicht beunruhigt.

»Vielleicht, vielleicht auch nicht«, sagte Micah. »Der Wind, den wir da haben, gefällt mir gar nicht, und die Möwen wissen wahrscheinlich ein bißchen mehr als diese Wetterfrösche im Fernsehen. Hat Peter die *Hannah* gut vertäut?«

»Er ist gerade unten«, sagte ich. »Ich werde ihm sagen, daß du glaubst, wir sollten abfahren. Aber, Micah, es dauert zwei Tage, bis ich Liberty winterfest gemacht habe –«

»Du kannst es so lassen, wie es ist«, sagte er. »Tina und ich erledigen das schon. Es wäre ja nicht das erste Mal.«

»Ich glaube allerdings nicht, daß ich Peter davon überzeugen kann davonzulaufen«, sagte ich. »Er hat über die Jahre hier genügend Stürme ausgehalten.«

»Ich glaub's eigentlich auch nicht«, meinte Micah. »Darum habe ich dir die doppelte Menge Holz gebracht. Es ist gut möglich, daß der Strom ausfällt, aber du kannst am Kamin kochen und Wasser heißmachen, wenn es sein muß. Aber ich würde die Kinder vom Strand heraufholen.«

Um die Mittagszeit hatte sich der Himmel zu einem weißlichen Zwielicht verdüstert, und Schaum stieg wie Rauch von der Wasseroberfläche der Bucht auf. Das Stöhnen des Windes war zu einem Kreischen geworden. In Strömen fegte der Regen über den Hafen hinweg, hörte kurz auf und setzte dann wieder ein. Peter ging ans Telefon, um Petie und Sarah anzurufen, damit sie mit den Kindern über den Felsenpfad nach Liberty heraufkämen, aber die Leitung war gestört.

»Ich gehe sie holen«, sagte er. »Bin gleich wieder da. Warum machst du nicht einstweilen die Muschelsuppe warm, die von gestern abend noch übrig ist? Die gab es bei Mutter immer an stürmischen Tagen.«

In seinem gelben Regenmantel verschwand er draußen im wechselhaften, grauen Tageslicht, und ich ging in die Küche und setzte den eisernen Topf mit der Muschelsuppe auf den Herd. In einer plötzlichen Eingebung goß ich mir ein Glas Portwein ein.

»Auf dich, Mutter Hannah«, sagte ich und hob das Glas. »Muschelsuppe im Sturm, wie es sein soll. Und ein gutes Glas alten Port.«

Ich kicherte, und in diesem Moment flackerte das Licht, ging aus, flammte noch einmal auf und erstarb dann endgültig.

»Mist«, sagte ich und ging, um noch ein Scheit Holz auf das Feuer zu legen, das Micah angezündet hatte. Hier draußen am Cape fiel der Strom häufiger aus, weil jeder größere Windstoß einen der morschen Masten umwerfen oder die altertümliche Leitung zerreißen konnte, die die Elektrizitätsgesellschaft ständig zu erneuern versprach, was sie aber nie tat. Deshalb war ich daran gewöhnt, manchmal sogar ein oder zwei Tage lang die Mahlzeiten in der Dunkelheit zu kochen. Aber das Jammern des Windes gefiel mir gar nicht. Er fegte wie wild über den Himmel; die Spitzen der Tannen draußen bogen sich beinahe bis zum Boden, und das kleine Birkenwäldchen hinter dem Tennisplatz war gar nicht mehr zu erkennen. Ich hängte den Eisentopf an der alten Aufhängevorrichtung in den Kamin und holte die Kerzen und Öllampen heraus. Dann setzte ich mich, um auf Peter und die Kinder zu warten.

Als sie hereinkamen, brachten sie einen Schwall Regen und das laute Pfeifen des Windes mit, waren völlig durchweicht und sahen erbärmlich aus. Ich holte Handtücher und Decken, und sie gingen, um unter den alten Sachen, die wir für solche Fälle in einer Truhe aufbewahrten, trockene Kleider auszusuchen. Peter setzte sich aufs Sofa und sah mich an.

»Die Bucht unten sieht gefährlich aus, und das Wasser schlägt bis hinauf zur Jachtclub-Veranda«, sagte er. »So etwas habe ich noch nie gesehen. Ich glaube, da kommt wirklich etwas auf uns zu, Maude.«

»Meinst du nicht, daß wir mit dem großen Wagen noch herauskommen würden?« fragte ich. »Wenigstens bis ins Dorf, weg vom Wasser?«

»Nein«, antwortete er. »Da liegt eine riesige Tanne quer über der Straße, das ist wahrscheinlich der Grund, weshalb der Strom ausgefallen ist. Wir würden nur zu Fuß herauskommen, und es kann auch niemand herein, bevor nicht die Leute von der Bezirksregierung eine Arbeitskolonne schicken. Ich denke, wir sind sicher; es ist ein großer Unterschied zwischen dem Wind unten am Strand und dem hier oben, unten ist er doch um einiges stärker. Braebonnie schirmt uns ab, und die Bäume sehen so aus, als ob sie halten. Die alte Tanne an der Straße war schon seit zwei Jahren am Absterben. In den meisten Cottages brennen Lampen, und aus den Schornsteinen kommt Rauch, also ist bestimmt niemand mehr draußen. Wir dürfen nur das Feuer nicht ausgehen lassen, dann können wir es uns gemütlich machen. Schade, daß wir kein Batterieradio haben. Ich wollte immer eines besorgen, aber ich habe es nie getan.«

»Na ja, wenn es nicht schlimmer wird, dann werden wir es schon schaffen«, sagte ich. »Es ist fast wie ein Abenteuer, nicht wahr? Zumindest, bis das Dach davonfliegt.«

»Dieser alte Kasten steht jetzt schon seit hundert Jahren«, meinte Peter. »Da fliegt nichts davon. Ist denn die Muschelsuppe schon heiß?«

Rückblickend gesehen waren der Nachmittag und der Abend nicht unangenehm. Es wurde früh dunkel, der Wind stürmte und heulte und drückte den Rauch in den Schornstein zurück, und ab und zu hörten wir ein herzzerreißendes Knirschen und Krachen, und dann fiel langsam und lärmend ein Baum um, aber das geschah hauptsächlich im Birkenwäldchen, dessen zarte, silberne

Armee ich immer so geliebt hatte. Die größeren Bäume hielten stand, und der Wind schien nun auch nicht mehr stärker zu werden. Um sechs Uhr abends hatten wir uns an sein Pfeifen längst gewöhnt, es klang wie ein wildes Nachtlied durch das wasserfallartige Rauschen des Regens hindurch.

Zum Abendessen briet ich in der Eisenpfanne über dem Feuer Schinken und Eier, und Sarah machte mit der alten Toastgabel Toast. Dazu kochten wir Kaffee, und während im flackernden Licht der Lampen und des Feuers die Schatten durch das Wohnzimmer und über die Gesichter der fünf Menschen wanderten, die mir am nächsten standen, fühlte ich plötzlich eine Welle der Liebe und der Dankbarkeit aufsteigen, die auch diejenigen umfaßte, die nicht mehr unter uns waren. Ich sah die alten, schweren Kristallflaschen in ihren silbernen Körben, die einst dem älteren Peter gehört hatten und aus denen uns Petie jetzt Brandy einschenkte. Peter saß auf dem wackeligen alten Sofa, das seine Großmutter einst mit dem Postschiff hierher transportiert hatte, und hielt den abgegriffenen Lederband eines alten Märchenbuches in der Hand, das ihm als Kind gehört hatte und aus dem er Sally gerade vorlas. Maude Caroline trug den bunten spanischen Schal, der früher Mutter Hannah gehört und in den sie mich in jenem ersten Sommer gehüllt hatte, nach dem Vorfall mit dem Rehkitz, als ich die Bewohner der Kolonie auf der Veranda empfing. Sarah schenkte den Kaffee aus der alten, blaugepunkteten Kanne aus, die die Haushälterin von Peters Großmutter einst aus Boston mitgebracht hatte, weil sie sich weigerte, das schwere Silber zu benutzen, das in der feuchten Luft so schnell schwarz wurde. Über dem Kaminaufsatz, an der gemauerten Vorderseite des Kamins, tanzte das Licht des Feuers auf dem lackierten Heckteil von Seans *Osprey*. Peter hatte es im letzten Sommer vor unserer Abreise schweigend aufgehängt, und ich wußte, daß es dort bleiben würde, bis Liberty einst nicht mehr stand.

Danke, Mutter Hannah, dachte ich. Das war der Grund für alles, nicht wahr? Damit wir alle miteinander nach Liberty kommen können, um die schlimmsten Stürme zu überstehen – wir alle, die Lebenden und die Toten.

»Ich liebe euch alle«, sagte ich in die vom Feuer erleuchtete Dunkelheit hinein.

Alle lachten, und Petie sagte: »Wir sehen nicht schlecht aus im Licht des Feuers, nicht wahr?«

Und wir lachten noch mehr.

»Mutter!« Maude Carolines Stimme erklang aus dem rückwärtigen Teil des Hauses, wo sie sich mutig bis zur Toilette vorgetastet hatte. »Komm doch mal einen Augenblick her. In Braebonnie steigt Rauch auf, und da ist auch so ein Licht... ich glaube, dort brennt es!«

Wir sahen einander einen Moment lang an, und dann sprangen Peter und Petie auf, rissen ihre Öljacken von den Garderobenhaken und liefen, noch bevor sie sie ganz angezogen hatten, hinaus in den Sturm. Sarah, ich und die Kinder rannten an die hinteren Fenster, von denen aus man Braebonnie überblicken konnte, und nun sahen auch wir den Rauch, der im herabströmenden Regen aufstieg, und die hüpfenden Schatten in einem Fenster im Obergeschoß, die Flammen sein mußten. O mein Gott, dachte ich, es gibt keine Möglichkeit, die Feuerwehr zu rufen, und sie würde sowieso nicht durchkommen. Wie konnte es sich nur entzündet haben? Es hatte doch gar kein Gewitter gegeben...

Die Haustür öffnete sich und schlug wieder zu, und ich rannte ins Wohnzimmer. Peter und Petie standen da, und das Regenwasser tropfte an ihnen herab auf den Teppich. Ihre Gesichter waren so bleich wie der Tod.

»Peter?« flüsterte ich.

»Hol deine Regensachen und komm, Maude«, sagte er. Seine Stimme war sehr tief und ausdruckslos, und er war kalkweiß um die Nase. Auch Petie sah aus wie eine lebende Leiche, und mir blieb beinahe das Herz stehen.

»Was ist? Was ist passiert?«

»Komm. Um Gottes willen, komm einfach. Beeil dich«, sagte Peter, und er und Petie drehten sich um und gingen wieder hinaus.

Zitternd zog ich meine eigenen Regensachen an und rief nach Sarah, die sofort angerannt kam.

»Brennt es?«

»Nein. Ich weiß nicht, was los ist, aber es besteht wohl keine Gefahr für uns. Peter will, daß ich komme. Bitte, Sarah, bleib bei den Kindern und beruhige sie. Halt sie von den hinteren Fenstern fern. Sobald ich kann, komme ich und erzähl dir, was passiert ist.«

»Ich halte das nicht aus, wenn ich nicht weiß –«, begann sie.

»Das kannst du sehr wohl, wenn dir irgend etwas an deinen Kindern liegt«, schrie ich sie an. »Ich weiß nicht, was es ist, aber uns kann nichts passieren, sonst hätte mich Peter nicht gerufen. Tu bitte nur dieses eine Mal, was ich dir sage, Sarah, und *heul* nicht. Dafür ist jetzt keine Zeit.«

»Ja, Maudie-Gro«, sagte sie mit tonloser Stimme, und ich wußte, daß sie mich in diesem Augenblick so haßte, wie ich einst Mutter Hannah gehaßt hatte. Auch wenn ich später versuchen würde, es wiedergutzumachen, würde es mir nie ganz gelingen. Ich rannte hinaus in Wind und Regen, und mein Herz lag so kalt wie ein Stein in meiner Brust. Als hätte Peter mir alles erzählt, wußte ich bereits, was ich in Braebonnie vorfinden würde.

Elizabeth lag in dem Schlafzimmer im Obergeschoß, das einst Amy und Parker gehört hatte. Sie war weiß wie die Wand; sogar ihre Augenlider und Lippen waren bleich. Im Zimmer war es kalt, denn das Feuer, das sie anzuzünden versucht hatte, blakte, und Rauchschwaden zogen in den Raum, der nur durch den Feuerschein und eine einzige flackernde Kerze erleuchtet wurde. Aber selbst in dem schwachen, unruhigen Licht konnte ich sehen, daß die Bettücher unter und auf ihr mit Blut getränkt waren. Auch das Baby, das sie an ihre Brust drückte, war blutverschmiert und von einem durchscheinenderen Weiß als die Blütenblätter einer Narzisse. Mein erster Gedanke war, daß dieses Baby mit ziemlicher Sicherheit tot war; es war so klein und regungslos. Es sah aus wie eine winzige Porzellanpuppe.

Peter und Petie standen nebeneinander auf der gegenüberliegenden Seite des Zimmers und sahen mich einfach nur an; Elizabeth hob den Kopf und lächelte.

»Schreckliches Wetter für einen Besuch, nicht wahr?« sagte sie, und ihre Stimme klang, als hätte sie gar nicht genug Luft, um diese Worte hervorzupressen. Das bleiche Baby stieß einen Ton aus, der wie das Kreischen einer sehr weit entfernten Möwe klang. Jetzt geriet ich in Bewegung.

»Peter, geh nach unten und zünde ein Feuer an. Mach mir Wasser heiß, such eine Wärmflasche und beeil dich«, sagte ich, und er drehte sich um und ging aus dem Zimmer. »Petie, hol alle Dekken, die du im Haus findest, such Whisky und bring alles her«, und auch er verschwand. Weder er noch sein Vater sagten ein Wort.

Ich ging zu Elizabeth und sah das Baby an. Es war eine Frühgeburt, das erkannte sogar ich, und so klein, daß es wohl auch im Krankenhaus kaum eine Überlebenschance haben würde. Und hier, in diesem dunklen, kalten Haus, in diesem Sturm? Ich zog die blutige Decke von dem winzigen Gesicht, und das wimmernde Geschrei wurde etwas lauter. Mein Blut gefror in meinen Adern zu Eis, und ich glaube, daß mein Herz wirklich einen Augenblick stehenblieb.

Denn ich erkannte die unverwechselbare gebogene Nase, die ich auch im Gesicht meines eigenen neugeborenen Sohnes gesehen hatte, und die winzige, zarte Kerbe im Kinn, die das Erbe der Chamblisses war.

»Oh, Petie«, sagte ich zu meinem Sohn, der mit einer Ladung Decken hereingekommen war und mit einem Entsetzen, das dem meinem in nichts nachstand, auf das sterbende Baby blickte. »Oh, Petie. Was hast du nur getan.«

»Ich wußte es nicht«, sagte er mit einer Stimme, die ich noch nie an ihm gehört hatte. »Ich wußte es nicht.«

Tränen stiegen in meine Augen und flossen mir die Wangen herab. Ich nahm das Baby, wickelte es in eine der sauberen Decken – es war so leicht, so schrecklich leicht und so klein – und legte es aufs Bett. Dann hob ich Elizabeths Kopf vom Kissen. Er hing in meinen Armen, als hätte sie kein Rückgrat mehr. Sie zuckte zusammen.

»Blutest du noch?« fragte ich sie.

»Nein. Es hat vor einer Weile aufgehört. Ich bin nur so... müde, Maude. So schrecklich müde. Das Baby... es ist zu früh, nicht wahr? Ich weiß es... ich wußte nicht, daß es schon kommen würde, als ich Boston verließ. Es fing an, als ich fast schon in South Brooksville war. Ich dachte, ich würde es noch hierher schaffen und jemanden holen können... Frank Stallings vielleicht oder jemanden aus dem Dorf, eine Hebamme... aber es kam, als ich die Treppe hinaufging. Es ging ganz schnell. Ich habe es fast nicht gespürt, es ist ja so klein, weißt du. Aber dann war da überall dieses Blut...«

»Elizabeth, wie bist du nach Braebonnie gekommen?« fragte ich idiotischerweise, denn darauf kam es nun wirklich nicht an. Während ich sprach, wickelte ich saubere Handtücher um Elizabeths Scham und ihre Beine und versuchte, meine Ohren gegen das Atemgeräusch des Babys zu verschließen. Es klang wie ganz leises Bellen, es keuchte, hörte auf und begann wieder zu keuchen.

»Ich habe den Wagen dort an der Straße geparkt, wo der Baum umgefallen ist, und bin zu Fuß gegangen«, sagte Elizabeth.

»Um Gottes willen«, sagte eine Stimme hinter mir, und ich drehte mich um. Da stand Peter mit einem dampfenden Wasserkessel und einer Wärmflasche in der Hand und blickte von Elizabeth zu dem Baby.

Ich nahm den Kessel und die Wärmflasche und stellte beides ab, dann faßte ich meinen Mann und meinen Sohn an den Armen und zog sie zur Tür. Sie stolperten beinahe willenlos hinter mir her, wie die Opfer einer schrecklichen Katastrophe. Und das waren sie in gewisser Weise auch. Wir alle waren das.

»Geht wieder hinüber«, sagte ich. »Geht hinüber. Wenn ihr nach draußen könnt, dann holt Hilfe. Geht zu Micah, schickt Micah und Tina, und wenn ein Arzt im Dorf ist, dann bringt ihn her. Ich weiß, daß in der Kolonie keiner ist... Geht runter. Und kommt nicht mehr rauf.«

»Maude...«, sagte Peter. Blankes Entsetzen stand in seinem Gesicht.

»Bring Petie hier raus, Peter«, sagte ich. »Bring ihn weg, ihn, Sarah und die Kinder, bring sie zu den Stallings oder zu den Willises und sag ihnen – o Gott, ich weiß auch nicht, sag ihnen, was du für richtig hältst, und verbiete Petie, über das alles hier zu reden.«

»Maude...«, hob Peter noch einmal an.

»*In Gottes Namen Peter, geh endlich!*« schrie ich, und Peter nahm Petie beim Arm, und sie gingen. Dann wandte ich mich wieder der Frau und dem Baby auf dem Bett zu.

»Warum, Elizabeth?« sagte ich und hielt ihr das Whiskyglas an die Lippen. Das eingewickelte Baby hatte ich auf die Wärmflasche gelegt, und es bewegte sich noch einen Moment lang unruhig hin und her und war dann still. Ich konnte es nicht ansehen.

»Die Kolonie muß einen kleinen Bastard anerkennen, wenn er hier geboren ist«, sagte sie. »Sonst hat er hier nie eine Chance. In Retreat ist es sehr wichtig, wo man geboren wurde, besonders, wenn man ein Bastard ist. Und außerdem... hier hat er Verwandte. Auch das ist wichtig. Ich weiß, daß es ein Junge ist, Maude.«

Ich schloß die Augen, und als ich sie wieder öffnete, sah sie mich mit ihren schrägstehenden Augen an, in denen eine schreckliche Ruhe lag, eine Art gleichmütiger Irrsinn.

»Er wird nicht überleben, nicht wahr?« sagte sie.

»Ich weiß nicht«, antwortete ich, hob das Baby zusammen mit der Wärmflasche und der Decke hoch und hielt es an meine Brust. Dann ging ich mit ihm zum Schaukelstuhl vor dem Feuer, wo Amy immer mit der neugeborenen Elizabeth gesessen und sie geschaukelt und geschaukelt hatte.

Sehr lange saß ich da mit dem Baby; ich wärmte es mit meinem Körper und meinen Händen, sang ihm Lieder vor, an die ich mich nicht mehr erinnern kann, und spürte mehr, als daß ich es hörte, wie es immer und immer wieder stoßweise und verzweifelt nach Atem rang. Ich glaube, so saß ich mit ihm fast bis zum Morgengrauen.

Aber in den frühen Morgenstunden, noch bevor Hilfe kommen konnte, starb das Baby.

DREIZEHNTES KAPITEL

Kurz vor Ostern erhielten Peters Verleger einen Brief von Präsident John F. Kennedy – dem sie ohne große Hoffnung ein Vorausexemplar des Buches geschickt hatten –, in dem dieser *Commons* für seinen Scharfblick, seine Menschlichkeit und seinen unsentimentalen Humor lobte. Selbstverständlich konnte Kennedy, der selbst ein Produkt der privilegierten Erziehung war, die in diesem Buch behandelt wurde, keine Werbung für das Buch machen, aber durch einen Lektor, der mit ihm in Harvard studiert hatte, ließ er den Verlag wissen, daß er nichts gegen Presseberichte habe, in denen dieses Buch als seine Bettlektüre erwähnt werde. Diese Äußerung fand schon einen Tag später ihren Weg in die *New York Times*, und innerhalb einer Woche erlebte *Commons* bereits seine zweite Auflage. Prompt organisierten die Verleger für Peter eine Lesereise quer durch die USA, und als er erklärte, daß er dazu nicht bereit sei, schlug sein Lektor vor, die Tantiemen für ein Stipendium in Northpoint zu spenden, das Peters Namen tragen sollte.

»Ich sehe keine Möglichkeit, mich davor zu drücken«, sagte Peter beim Mittagessen am Ostersonntag, als er uns allen von der Lesereise erzählte. »Es dauert bestimmt nicht länger als ein oder zwei Monate. Du könntest mitkommen, Maude; das hat Martin sogar vorgeschlagen. Was meinst du dazu? Alles Erster Klasse, nach Idaho, Pennsylvania und so weiter?«

»O Peter, wann denn?« wollte ich wissen. Mein Herz war voller Stolz auf ihn und voller Erleichterung, weil sich der Schleier aus dumpfer Leblosigkeit, der ihn den ganzen Winter und Frühling umgeben hatte, allmählich aufzulösen schien. In seinen grauen Augen blitzte eine Spur des alten Leuchtens auf, das im letzten Sommer zu sehen gewesen war, bis zu jener schrecklichen Nacht im Hurrikan.

»Sie wollen im Juni anfangen, und es wird wohl bis Ende Juli dauern«, sagte Peter wie beiläufig. Aber seine Augen waren aufmerksam auf mich gerichtet.

»Das bedeutet, daß wir nicht nach Retreat können«, sagte ich.

»Auf jeden Fall nicht vor Mitte August«, antwortete er.

Ich schwieg eine Weile und schlug die Augen nieder. Dann sagte ich schließlich mit leiser Stimme: »Peter, ich muß dieses Jahr hinfahren. In diesem Jahr ist es so wichtig wie noch nie. Und das gilt auch für dich. Für uns alle. Könntest du dort nicht eine Art Basislager aufschlagen und vielleicht von Bangor aus fahren?«

»Nein«, sagte Peter. »Das kann ich nicht. Und um die Wahrheit zu sagen, Maude, ich glaube nicht, daß ich in diesem Sommer überhaupt nach Retreat fahren will.«

»Was?« sagte ich und sah ihn an.

»Ich glaube, wir müssen dir sagen, daß auch wir in diesem Sommer nicht kommen werden«, erklärte Petie mit förmlicher Stimme, und ich wandte meinen Blick ihm zu. Auf seinen Wangen standen hektische Flecken, aber er hielt seine dunklen Augen fest auf mich gerichtet. Sarah senkte ihren Kopf und sagte nichts.

Ich spürte eine Art Panik in meiner Brust aufsteigen und mußte mehrmals tief durchatmen, ehe ich herausbrachte: »Warum?«

Peter gab keine Antwort, und Petie sagte schließlich, immer noch mit derselben kühlen, förmlichen Stimme: »Es gibt dort für uns nichts mehr, Mutter. Wir haben darüber geredet, und wir sind uns einig.«

Mit laut klopfendem Herzen blickte ich von meinem Sohn zu meinem Mann.

»Peter?«

Er hob die Hände, ließ sie wieder fallen und schüttelte dann leicht den Kopf.

»Vermutlich ist es so, Maude. Es gibt dort... nichts mehr.«

Es gelang mir nicht, richtig Atem zu holen oder das lächerliche Rasen meines Herzens zu bremsen. Nur mit Mühe brachte ich die nächsten Sätze einigermaßen ruhig heraus.

»Wenn ihr Angst habt, daß Elizabeth dort ist, dann kann ich euch beruhigen. Sie kommt nicht. Ich bezweifle auch, daß sie jemals wiederkommen wird«, sagte ich.

»Woher weißt du das?« fragte Sarah. Auch ihre Stimme klang ruhig, aber an den weißen Knöcheln der Hand in ihrem Schoß konnte ich erkennen, was sie das kostete. Die Mädchen hatten bereits fertiggegessen und waren ins Gästehaus hinübergegangen.

»Ich weiß es«, sagte ich. »Vertrau mir. Ich weiß es.«

Und ich wußte es wirklich. Nachdem der Krankenwagen am Morgen nach dem Hurrikan endlich durchgekommen war, hatte ich Elizabeth ins Krankenhaus nach South Brooksville begleitet, während Peter packte und Liberty winterfest machte und Petie und Sarah ihren Wagen für die Heimreise vorbereiteten. Ich erklärte Peter, daß ich bei Elizabeth bleiben würde, bis sie reisefähig sei, und er hatte zugestimmt. Niemals werde ich erfahren, was zwischen ihm, Petie und Sarah besprochen wurde, nachdem die beiden Männer wieder nach Liberty gegangen waren und mich in Braebonnie zurückgelassen hatten. Ich weiß nur, daß Peter die Situation irgendwie bewältigte; Petie und Sarah hielten in vollem Bewußtsein dessen, was geschehen war, weiterhin zusammen, und ich liebte meinen Mann dafür, daß er seinem schwergeprüften Sohn und seiner Schwiegertochter das ermöglicht hatte.

Ich wohnte in dem Gasthof in Bucks Harbor, wo Peter und ich im letzten Winter abgestiegen waren, und von dort aus kümmerte ich mich um das Begräbnis des Babys und um Elizabeths finanzielle Angelegenheiten, damit sie nach Frankreich zurückkehren konnte.

Im Krankenhaus lag Elizabeth völlig regungslos in einem weißen Zimmer, in dem vom Hafen her kaltes, blaues Licht auf den Wänden und der Decke tanzte. Ihr rotes Haar war so glanzlos wie der Flügel eines toten Vogels. Von einem Metallständer aus führte ein Infusionsschlauch in ihren Arm. Als ich eintrat, wandte sie nicht einmal den Kopf, sagte aber: »Maude. Ich wußte, daß du kommen würdest. Könntest du dich erkundigen, was wir unternehmen müssen, wenn wir das Baby hier oben auf dem Friedhof begraben lassen wollen? Muß man da den Pfarrer fragen?«

Ich setzte mich neben sie.

»Das Baby wird in der Grabstätte deiner Familie in Boston begraben«, sagte ich in freundlichem Ton. »Darum habe ich mich bereits gekümmert. Dein Finanzverwalter regelt alles in Boston, er öffnet auch das Haus für dich und kümmert sich um deine Reisevorbereitungen, wenn du entschieden hast, wann du fahren willst. Er wird deine finanzielle Situation mit dir besprechen und darauf achten, daß sowohl hier als auch in Frankreich alles glatt läuft. Es wird dir bestimmt nicht an Geld fehlen.«

Sie drehte ihren Kopf in meine Richtung und sah mich an. Ein Schimmer, eine leise Erinnerung an die frühere Elizabeth huschte über ihr weißes Gesicht, dann verlöschte er wieder. Sie lächelte ein leises, müdes, zynisches Lächeln.

»Du läßt mich aus der Stadt werfen, nicht wahr, Maude?« meinte sie.

»Wenn du es so nennen willst«, sagte ich. »Mach es dir nicht noch schwerer, Elizabeth, und geh. Es gibt nichts mehr in Retreat, weswegen du noch bleiben müßtest. Und das gilt für immer.«

Sie schwieg, und nach einer langen Weile sagte sie: »Nein. Hier gibt es nichts mehr. Das sehe ich auch. Aber eines sage ich dir: Mein Baby bleibt hier. Hier... bei seiner Familie.«

Und sie lächelte wieder dieses Lächeln.

»Nein, es bleibt nicht hier«, sagte ich und lächelte so gelassen zurück, als unterhielten wir uns über das Wetter. »Dein Baby wird zu Hause begraben, bei seiner Familie. Was würde deine Mutter, die du doch angeblich mehr geliebt hast als alles auf der Welt, wohl denken, wenn sie sehen könnte, daß du ihr totes Enkelkind als Waffe benutzt, um andere Leute damit... zu quälen?«

Nach einer weiteren langen Pause ließ sie ihren Kopf erschöpft ins Kissen sinken und schloß die Augen.

»Du hast recht«, flüsterte sie. »Hier gibt es nichts mehr für mich. Und vielleicht auch nicht in Frankreich, aber das werden wir sehen. In Ordnung, Maude. So muß es wohl sein. Ich gehe und komme nie mehr nach Braebonnie zurück und... dann ist das alles nie geschehen? Weder dir, noch mir, noch Petie?«

»Ganz genau«, antwortete ich gelassen.

»Und das tust du alles für... ihn?«

Ich nickte.

»O mein Gott«, flüsterte sie. »Die schreckliche Kraft deiner Liebe kann tatsächlich die Welt verändern. Das hätte ich dir nie zugetraut. Du bist so... eine kleine, sanfte Frau.«

»Jetzt schlaf, Elizabeth«, sagte ich. »Je früher du wieder zu Kräften kommst, desto früher kannst du wegfahren. Und dann wird dein Leben bald wieder besser aussehen.«

Sie schloß die Augen. »Ich sollte dir eigentlich danken, Maude«, sagte sie. »Ohne dich wäre ich jetzt wohl tot. Aber ich werde es nicht tun. Ich wünschte, ich *wäre* tot, und ich hoffe, daß ich dich nie mehr wiedersehe.«

Und ich wußte, daß wir einander nicht mehr wiedersehen würden.

»Selbst wenn das wahr ist und sie niemals mehr zurückkommt«, sagte Petie jetzt, drei Monate später, »dann wird es in Retreat doch nie mehr so sein, wie es einmal war. Nicht für uns.«

»Es könnte wieder so werden, wenn ihr es wollt«, sagte ich.

»Mutter«, antwortete Petie mit jener kühlen, geduldigen Stimme, die mich in seiner Jugend immer so wütend gemacht hatte, »auch wenn du dir noch so sehr wünschst, deinen idyllischen Traum weiterzuleben, den du selbst um Retreat gesponnen hast – für uns andere sieht es so aus, daß Retreat nach dem, was passiert ist, nie wieder der gleiche Ort sein wird. Wenn wir glauben, daß wir das nicht ertragen können, dann solltest du das respektieren. Du weißt, daß die Leute reden werden, selbst wenn –«

Er unterbrach sich und sah Sarah an. Dann streckte er die Hand aus und tätschelte ihre verkrampften Hände, und sie warf ihm ein kurzes, angespanntes Lächeln zu. Peter schien gar nicht bei uns zu sein, er war in einer völlig anderen Welt.

Erst jetzt fiel mir auf, daß wir uns seit der Rückkehr aus Retreat im September verzweifelt bemüht hatten, untereinander oder mit anderen jedes Gespräch über diese Sturmnacht zu vermeiden. Ich hatte plötzlich das schreckliche, unheilvolle Gefühl, daß ich an einem Abgrund entlang balancierte und nur darauf wartete, hinuntergestoßen zu werden. Ich wußte nicht, wer das tun würde, aber am Fuß der Klippe wartete das Ende. Das Ende von Retreat, und vielleicht auch das Ende von allem anderen. Ich betrachtete meinen steifen, unglücklichen Sohn, und wenn sich auch mein Herz vor Liebe und Mitleid zusammenzog, so wußte ich doch, daß ich wie eine Tigerin kämpfen würde, um den Sturz in diesen Abgrund zu verhindern.

»Wer sollte denn darüber reden? Niemand weiß etwas davon«, sagte ich. Aber noch während ich diese Worte aussprach, wußte ich, daß sie eine Ausflucht waren; die Leute wußten davon, und sie würden auch darüber reden. Retreat besaß ein ausgezeichnetes Kommunikationssystem; Buschtrommeln, wie Peter sagte.

Diesmal ergriff Sarah das Wort, wütend und erregt.

»Ach Herrgott, Maudie-Gro, natürlich werden die Leute reden; sie haben wahrscheinlich schon am Tag unserer Abreise im letzten Jahr damit angefangen. Der Krankenwagenfahrer hat geredet, der Arzt hat geredet, und diese beiden großartigen Gastwirte, und die Krankenschwester und vielleicht sogar Elizabeth selbst – sie hat doch gar nichts dagegen, wenn über uns Gerüchte im Umlauf sind, das weißt du genau. Wenn es noch einen Menschen in Retreat gibt, der nicht darüber Bescheid weiß, dann würde ich mich sehr wundern. Und was glaubst du, wie das für mich, Petie und die Mädchen sein wird? Selbst wenn es dir nichts ausmacht –«

Sie unterbrach sich und senkte wieder die Augen. Ich sah sie eindringlich an und spürte den Schrecken, die Qual und die Wut, die in meinen Augen zu lesen waren.

»Dann tut es für mich«, sagte ich mit zitternder und beinahe versagender Stimme. Die Tränen begannen mir über die Wangen zu laufen. Was um Himmels willen war nur mit mir los? Wer redete da?

»Wenn ihr es nicht um eurer selbst willen tut, dann tut es für mich. Macht… macht einfach weiter. Lebt! Tut, was ihr jeden Sommer in Retreat getan habt. Tut so, als sei nie etwas geschehen, und dann werden die Leute das auch tun, ihr werdet sehen! So ist das immer in Retreat. So ist es immer gewesen. Niemand wird soweit gehen, es zu erwähnen –«

»Was zu erwähnen, Maude?«

Das war Peters Stimme, der sich zum ersten Mal einschaltete, und sie klang weich, elegant und gelassen: Das war seine öffentliche Stimme, seine Klassenzimmer-Stimme. Auf einmal explodierten Angst und Wut in meiner Kehle.

»Daß dieses Baby genauso aussah wie wir!« schrie ich.

Schweigen trat ein. Alle starrten mich an, mit weißen, versteinerten Gesichtern. Ich hatte das Undenkbare gedacht, das Unaussprechliche ausgesprochen.

»Versteht ihr das denn nicht?« Ich versuchte wieder zu schreien, aber meine Stimme war nur mehr ein ersticktes Flüstern. »Wenn ihr nicht wieder hinfahrt, keiner von euch, und zwar den ganzen Sommer, dann ist es vorbei, dann könnt ihr nie wieder hin! Und dann war alles umsonst, alles.«

»Was alles?« fragte Peter, wieder in dieser freundlichen Klassenzimmer-Stimme.

Ich werde es nicht sagen, dachte ich. Du wirst mich nicht dazu bringen. Wut überflutete mich, drohte mich zu ertränken.

»Verdammt noch mal«, schrie ich. »Ständig dieses Gerede über euch. Über eure Leiden, eure Empfindlichkeiten, darüber, daß ihr dieses nicht ertragen könnt und jenes nicht mehr da ist. *Was ist mit mir!* Niemals in eurem Leben hat mich auch nur einer von euch gefragt, was *ich* eigentlich will! Ich habe ein ganzes... ein ganzes *Leben*, eine ganze *Welt* aufgegeben und bin hierhergekommen, habe wie eine Sklavin gearbeitet und so viele Jahre lang gewartet, um Liberty und Retreat zu einem Ort zu machen, an dem wir alle zusammen sein und *sicher* sein können, zu unserem Ort, dem der Familie Chambliss... und jetzt, wo ich es geschafft habe, diesen Ort mehr zu lieben als jeden anderen Platz auf dieser Erde, da seid ihr alle bereit, das einfach wegzuwerfen, nur wegen einer einzigen Nacht in einem einzigen Jahr in eurem ganzen Leben. *Tut es für mich!* Wenn ihr schon nicht einsehen könnt, daß es auch für euch ist, dann *tut es wenigstens für mich*!«

Ich schwieg, weil mir die Luft ausging. In meinem Kopf drehte sich alles, und meine Ohren klangen. Wie hätte dir *das* gefallen, Mutter Hannah! war der einzige klare Gedanke, an den ich mich erinnern kann. Ich blickte vor mich auf meinen Teller und wartete auf das, was kommen würde.

Petie war der erste, der etwas sagte, nach einer langen Weile. In kühlem, sehr kühlem Ton.

»Dann fahren wir natürlich Anfang Juni hin, wie immer, und bleiben bis zum 2. September. Wir wußten nicht, daß du... wir haben nicht an dich gedacht.«

»Natürlich«, murmelte Sarah. »Verzeih uns bitte, daß wir dir Kummer gemacht haben.«

Ich habe mich widerwärtig benommen, und sie hassen mich dafür, dachte ich verzweifelt. Aber ich konnte mich nicht entschuldigen. In dieser Sache durfte ich nicht nachgeben.

Ich richtete den Blick auf Peter, der nichts gesagt hatte.

»Ich werde auch kommen«, sagte er, »im August, wenn die letzte Veranstaltung vorüber ist. Ich kann die Lesereise nicht absagen, aber ich komme, sobald ich kann.«

»Danke«, sagte ich. »Ich danke euch allen.«

Und ich stand auf und begann den Tisch abzuräumen. Diese häßliche Szene beim Ostermittagessen würde uns allen immer im Gedächtnis bleiben. Dagegen konnte ich nichts tun.

Beim Aufbruch nahm mich Sarah in der Diele beiseite.

»Maudie-Gro, ich möchte dir etwas sagen«, erklärte sie mit zitternder Stimme. »Wir kommen nach Retreat, wenn Petie das will, und wir bleiben auch, solange er möchte. Aber wenn du einmal nicht mehr bist, werde ich nie mehr einen Fuß in dieses Haus setzen. Petie kann dann gerne weiter hinfahren, wenn er möchte, aber ich werde nicht mehr mitkommen. Was mich angeht, kann dein geliebtes Liberty gerne an einen Indianerstamm verkauft werden, und wenn ich dabei etwas mitzureden habe, dann wird das auch geschehen. Du kannst dir also gleich überlegen, wem du es vermachen willst. Ich kenne dich gar nicht wieder, du bist ja genauso schlimm wie... wie Mutter Hannah! Und wenn du nicht mehr weißt, wie sie andere Menschen behandelt hat, und zwar insbesondere dich, ihre Schwiegertochter, ...nun, ich weiß es noch genau.«

Und sie drehte sich um und folgte Petie und ihren Töchtern hinaus in den lauen Nachmittag.

Nachdem sie gegangen war, gab mir Peter einen schnellen Kuß auf die Stirn, ging in sein Arbeitszimmer und machte die Tür hinter sich zu. Lange bevor er ins Schlafzimmer kam, lag ich bereits im Bett und hatte das Licht ausgeschaltet. Ich glaube, daß keiner von uns schlief. Aber am nächsten Morgen war die Stimmung wieder so, wie sie das ganze Jahr gewesen war: freundlich, unbestimmt, gelassen und ruhig. Ich hatte, das spürte ich, in gewisser Weise wohl die Auseinandersetzung meines Lebens gewonnen, aber dennoch fühlte ich mich nicht als Siegerin. Statt dessen hatte ich Gewissensbisse, und war schwermütig und ruhelos. Und hinter allem lebte noch die Angst, eine panische Angst, die nun eigentlich hätte vorübersein sollen; aber das war sie nicht.

An einem Nachmittag Anfang Mai, während ich im Garten arbeitete, wurde mir schlagartig klar, daß der Grund für diese tiefe, nagende Furcht Sarahs Worte an jenem Ostersonntagnachmittag in der Diele waren: »Wenn du einmal nicht mehr bist, werde ich nie mehr einen Fuß in dieses Haus setzen.«

Wer dann? Wer würde unser Erbe in Retreat weiterführen? Wem sollte ich Liberty anvertrauen, wem sollte ich die strengen, aber existenznotwendigen Regeln beibringen? Happy bestimmt nicht; nicht meiner armen verletzten und verletzenden Happy, denn sie würde sich nie zu einer Hausherrin eignen. Sie konnte ja nicht einmal ihr eigenes Leben in den Griff bekommen. Wem also?

Ich warf die Schaufel hin, setzte mich einfach auf die noch immer kalte Erde und blinzelte in die Sonne. Und es war, als stünde dort die Antwort, inmitten dieser Helligkeit: Darcy. Irgendwie würde ich es schaffen, Darcy Chambliss O'Ryan jeden Sommer nach Retreat mitzunehmen und es ihr als Geschenk zu übermachen. Und ihr Gegengeschenk an Retreat würde sie selbst sein. Es war wie eine Erlösung, und ich lachte hinauf zur Sonne.

Und als gäbe es geheime Schwingungen, rief am nächsten Abend Tommy O'Ryan aus Saugus an. Happy war am Vormittag einfach fortgegangen, sie hatte eine Tasche, einige Kleider und alles Geld, das für Notfälle in einem Umschlag steckte, genommen und war… verschwunden. Damals wußte noch keiner, daß diese Form des plötzlichen Verschwindens den Rest ihres Lebens kennzeichnen sollte; Tommy war ernsthaft verzweifelt und hatte bereits die wenigen Bekannten angerufen, die Happy in der Nachbarschaft hatte. Als nächstes wollte er die Polizei alarmieren. Ob ich vielleicht kommen könnte? Die dicke, watschelnde Florrie Connaught, Happys Vertraute und Haushaltshilfe, war ebenfalls verschwunden – zweifellos zusammen mit Happy –, und es war niemand da, der sich um Darcy kümmern konnte.

»Mein Job hängt an einem seidenen Faden«, sagte Tommy dumpf. »Ich kann mir unmöglich noch länger freinehmen. Wenn ich diese Stelle auch noch verliere, sind wir am Ende. Ich werde so bald wie möglich jemanden für das Baby finden, aber wenn du bis dahin –«

»Morgen früh bin ich bei euch«, sagte ich. »Mach dir um das Baby keine Sorgen. Konzentrier dich nur auf Happy und auf deine Arbeit.«

Am Abend, während ich packte, saß Peter in unserem Schlafzimmer vor dem Feuer und trank Scotch. Er sagte nicht viel, aber es war deutlich, daß ihn meine Reise nach Saugus sehr unruhig und unglücklich machte.

Schließlich unterbrach ich meine Tätigkeit, ging zu ihm und legte von hinten meine Arme um ihn. Ich küßte seinen hellen Scheitel, an dem ich auf einmal die kühle, weiße Kopfhaut spüren konnte; wann war das geschehen?

»Vielleicht hilft es dir, wenn du darüber redest, Lieber«, sagte ich. »Wir können doch nicht einfach immer so weitermachen und Augen und Ohren vor allem Bösen verschließen. Ich muß fahren. Dieses kleine Mädchen hat Zeit seines Lebens keine Stabilität gekannt. Tommy sagt, sie hat den ganzen Tag nach ihrer Mutter geweint. Es wird alles nur noch schlimmer, wenn er eine Fremde anstellt, die sich um Darcy kümmert.«

»Ich weiß«, sagte er. »Aber es ist gar nicht das Kind. Mir geht es um Happy. Ich glaube – Maude, manchmal habe ich so schreckliche Angst, daß ich ihr irgend etwas vererbt habe... etwas Dunkles, Krankhaftes, Schreckliches. Du weißt doch, wie mein Vater war, wenn er sich von allen und allem abwandte. Ich weiß, daß auch ich das in mir trage; es gibt Tage, da sieht die Welt für mich einfach leblos, leer und kalt aus, und ich muß vor ihr fliehen – und ich frage mich, ob es bei Happy genauso ist, nur daß es bei ihr als richtige Krankheit in Erscheinung tritt? Die Anlage dazu hatte sie immer, das weißt du.«

»Na ja, dann müssen wir eben irgendwie damit fertigwerden«, antwortete ich und atmete tief ein, denn seit Happys Klinikaufenthalt plagte mich dieselbe Furcht. »Den richtigen Arzt und die richtige Behandlung für sie finden, vielleicht für sie sorgen, wenn Tommy das nicht schafft. Und Darcy aufnehmen, falls es ganz schlimm kommt.«

Er streckte den Arm nach oben und legte seine Hand auf meine, blickte aber noch immer ins Feuer.

»Mein starkes, kleines Mädchen«, sagte er, und ich konnte das Lächeln in seiner Stimme hören. »Du warst immer die Standhaftere von uns beiden, Maude; wenn man dir den Fehdehandschuh hinwirft, machst du dich zum Kämpfen bereit. Und ich habe dich immer für mich in den Ring steigen lassen und mich auf dich gestützt. Das haben wir alle getan. Du hast neulich ganz recht daran getan, uns den Kopf zu waschen. Aber wirkliche Geisteskrankheit... könntest du auch damit umgehen?«

»Natürlich«, sagte ich. »Und du könntest es auch.«

»Aber mein Gott, Maude, Verrücktheit… Geisteskrankheit… das erscheint mir so grauenvoll, so schrecklich, so unabänderlich. Und wenn ich mir vorstelle, daß ich vielleicht der Überträger bin –«

»Peter«, sagte ich, »es gibt so vieles in der Welt, das schlimmer ist als Geisteskrankheit. Jeder, der aus dem Süden stammt, weiß das. Wir kennen uns aus mit exzentrischen und verrückten Leuten, denn wir sperren unsere Verrückten nicht ein. Es gibt kaum eine Familie im Süden, bei der nicht entweder eine irrsinnige Tante durchs Obergeschoß wandert oder ein notorisch saufender Onkel den Familienfrieden erschüttert oder ein Vetter oder Großvater, der allen auf die Nerven geht, weil er an der Straßenecke Predigten hält. Für uns ist das traurig, aber nicht tragisch, und bestimmt ist es nichts, wofür man sich schämen muß.«

Peter lachte.

»Ich kann mir einfach nicht vorstellen, daß einer der Stallings oder Guild und Deirdre Kennedy an der Straßenecke predigen würde«, sagte er.

»Na ja, aber das heißt nicht, daß es in ihren Familien nicht auch Absonderlichkeiten, Schwierigkeiten und Leid gibt«, antwortete ich.

»Nein«, meinte Peter. »Traurige und skandalöse Dinge passieren natürlich überall – nur in Retreat scheint das nicht so zu sein.«

Und da wußte ich, daß für Peter die Sturmnacht im letzten September niemals enden würde. Zu tief saßen seine Angst und sein Abscheu vor Irrsinn und Schande.

»Dann wird Happy eben nicht nach Retreat kommen, wenn sie gerade nicht bei sich ist«, sagte ich. »Ich weiß, was dir Retreat bedeutet, und werde nicht zulassen, daß es dir verdorben wird.«

»Ich werde dich mehr vermissen, als ich dir sagen kann«, erklärte Peter. Er stand auf und nahm mich in die Arme. In dieser Nacht schliefen wir aneinandergeschmiegt wie zwei Erbsen in einer Schote, zwei Hälften eines Ganzen. Nachdem er eingeschlafen war, lag ich noch wach, und es schien mir, als wären sogar unsere Atemzüge im Einklang, als läge nur ein einziges Wesen in dem alten Bett, das früher meiner Mutter gehört und das ich aus Charleston mitgebracht hatte.

Ich blieb fast bis Ende Juni in Saugus. Nach der ersten Woche begann ich mich zu langweilen, denn Tommy O'Ryan arbeitete jeden Tag bis spät in die Nacht, und das kleine Haus war dunkel und wenig einladend. Und die magere, mäusegesichtige Nachbarin, die Tommy aufgetrieben hatte, damit sie mir mit Darcy half, heiterte mich weder durch ihre Laune noch durch ihr Verhalten auf. Millie Leary war verschlagen und schmeichlerisch und interessierte sich voller Neugier für meine Kleider, meine Bücher, mein Leben und meine Familie. Eines Tages ertappte ich sie dabei, wie sie Darcy eine Ohrfeige versetzte, weil die Kleine zum zweiten Mal an diesem Vormittag ihren Orangensaft umgeworfen hatte. Darcy kauerte sich ängstlich in ihrem Hochstuhl zusammen. Abgesehen von dem roten Abdruck von Millie Learys Hand war ihr Gesicht weiß, und sie war mäuschenstill und völlig verschüchtert. Das war es, was mich am meisten erschreckte, denn ein fünfzehn Monate altes Kind sollte sich eigentlich, wenn es geschlagen wurde, vor Wut und Schmerz die Lunge aus dem Hals schreien. Ich feuerte Millie Leary auf der Stelle. Mit Darcy auf dem Arm, die sich an mich klammerte, sah ich der wutschnaubenden Frau von der Türschwelle aus nach. Und dann rief ich Tommy O'Ryan an, was ich normalerweise nie tat, und fragte kalt und ohne Umschweife: »Ich möchte wissen, ob irgend jemand dieses Kind häufiger schlägt.«

Seine schöne irische Stimme nahm erst den vertrauten, schmeichlerischen Ton an, aber dann schwieg er plötzlich. Einen Augenblick lang horchten wir nur beide auf die Atemzüge des anderen.

»Happy tut das manchmal, glaube ich«, sagte er. »Natürlich nicht, wenn ich dabei bin, aber es ist schon öfter vorgekommen, daß Darcy, wenn ich hereinkam, weinte, und da waren gelegentlich Abdrücke in ihrem Gesicht. Aber«, fügte er schnell hinzu, als sei das eine schlüssige Erklärung, »sie tut es nur, wenn sie zuviel getrunken hat. Wenn sie nüchtern ist und ich sie darauf anspreche, weint sie herzzerreißend. Ach, Maude, es wird bestimmt anders, wenn sie dieses Mal nach Hause kommt. Das weiß ich. Sie ist ein guter Mensch, unsere Happy. Das weißt du doch.«

Ohne zu antworten legte ich den Telefonhörer auf die Gabel. Mein Herz klopfte wie wild vor Wut, und ich setzte mich hin und wiegte Darcy, bis sie sich endlich nicht mehr so verzweifelt an mich klammerte, sondern in den Schlaf glitt. Und dabei dachte ich bei mir: Morgen werde ich sie nach Retreat mitnehmen, und es ist mir egal, was Tommy oder Peter sagen. Nicht eine Nacht länger werden sie oder ich unter diesem Dach bleiben, und ich bin mir nicht sicher, ob sie jemals zurückkommen wird. Zumindest nicht, ehe ich nicht sicher weiß, daß Happy sie nie wieder schlagen wird.

Und während das schlafende Kind noch schwer in meinen Armen lag, rief ich Micah und Christina Willis an und bat sie, Liberty zu öffnen und sich nach jemandem umzusehen, der mir tagsüber mit Darcy half. Dann ging ich und packte wieder einmal meine Sachen.

»Wir fahren nach Retreat«, sang ich Darcy vor, als sie unruhig zu werden begann. »Alles wird gut, denn wir fahren nach Retreat.« Ich spürte in mir eine wilde Woge der Liebe zu ihr aufsteigen, eine Sorge um ihre Sicherheit, die so ursprünglich und stark war, als wäre dieses Kind meinem eigenen Schoß entsprungen.

Zwei Wochen nach ihrem Verschwinden hatte die Polizei Happy in einem Motel in der Nähe von South Yarmouth aufgespürt. Sie lag schon um zwei Uhr nachmittags schwer betrunken in einem der schmuddeligen Zimmer, abgemagert und voller Abschürfungen, und ihre stinkenden Kleider lagen auf dem Boden neben der Unterwäsche und den Blue Jeans eines sehr großen Mannes. Wir erfuhren nie, wer er gewesen war; die Polizei vermutete, daß er, als er das Blaulicht sah, einfach davongefahren war. Der Geschäftsführer des Hotels berichtete später, daß der Mann nie wieder aufgetaucht sei und weder die Rechnung bezahlt noch seine Sachen geholt habe. Zusammen mit unserem Hausarzt fuhr Peter hinauf, um Happy abzuholen, aber in ihrem Delirium schrie sie und schlug derart um sich, daß die beiden sie statt dessen in die Notaufnahme des Krankenhauses von Hyannis brachten. Von dort aus fuhr Peter sie zwei Tage später in eine kleine, gepflegte und außerordentlich teure Klinik für Psychiatrie und Suchtkrankheiten, die unser Arzt in Vermont empfohlen hatte. Seitdem war sie dort, und nur Tommy O'Ryan durfte sie jeden Sonntag besuchen. Er erzählte uns immer wieder, wie gut sie aussehe und wie begierig sie darauf sei, es uns allen recht zu machen und nach Hause zu kommen zu ihrem Kind.

Aber der Arzt schilderte die Situation völlig anders. Happy müsse langfristig in psychiatrische Behandlung und brauche wegen ihres Alkoholismus ständige medizinische Betreuung, und auch ihre Angehörigen müßten familientherapeutisch beraten werden, um Happy nach ihrer Entlassung unterstützen zu können.

Pflichtschuldigst ging ich mit Tommy und Darcy zu dem jungen Mann in Boston, den uns Happys Arzt empfohlen hatte. Peter hatte um diese Zeit bereits seine Lesereise begonnen und weigerte sich, sie abzukürzen, nur um an den Beratungsgesprächen teilzunehmen. Ich konnte ihm das nicht übelnehmen, denn als er Happy abgeholt hatte, hatte sie ihn derart geschlagen und beleidigt, daß er bis heute noch nicht darüber sprechen konnte.

»Aber Sie sind es, den sie am meisten braucht und sucht, Mr. Chambliss«, sagte der junge Psychiater nach unserem ersten Gespräch zu Peter am Telefon. Er hatte ihn in Washington angerufen, wo Peter am Abend in der Folger Shakespeare Library lesen sollte.

»Dann muß sie eben woanders suchen«, antwortete Peter knapp. »Bitte schicken Sie die Rechnungen an mein Büro in Northpoint; meine Sekretärin kümmert sich darum.«

Obwohl ich nicht direkt neben dem Arzt saß, hörte ich, wie Peter den Telefonhörer auf die Gabel knallte. Über Peters Teilnahme an den Beratungsgesprächen wurde nicht mehr gesprochen.

Das ganze Frühjahr über und während der ersten Sommermonate blieb Darcy schreckhaft und klammerte sich an mich. Sie lief nicht mal, sondern krabbelte wieder auf allen vieren herum und sprach fast gar nicht. Ihre Augen waren meistens weit aufgerissen, und in ihr viel zu mageres, blasses Gesichtchen bekam nur durch die rotgoldenen Locken ein wenig Leben. Ich hätte sie schon viel früher hier herausgeholt, hätte der Arzt nicht gesagt, daß die gewohnte Umgebung wichtiger für sie sei als alles andere.

»Dabei würde die Umgebung hier jeden deprimieren«, sagte ich zu Peter, als er an diesem Abend anrief. »Morgen fahre ich mit ihr nach Retreat. Auch wenn Tommy sich Mühe gibt, so würde er doch viel lieber unten in der Kneipe sitzen bei seinen Freunden. Sie braucht Retreat, und ich auch. Genauso wie du. Wann kannst du kommen?«

»Ach, Maudie, das dauert noch eine Weile«, sagte er. »Martin möchte einen Monat anhängen; sie haben mich gebeten, einen Abstecher in den Süden zu machen, und das sollte ich wirklich tun. Das Stipendium ist beinahe gesichert. Und danach noch ein oder zwei Städte in Kanada –«

»Ach Peter«, sagte ich leise und voller Enttäuschung. So lange stellte ich mir schon vor, wie wir zusammen mit Darcy am Strand spielen oder gemeinsam segeln würden.

»Aber ich verspreche dir, daß ich komme, sobald ich kann«, sagte er hastig. »Hör zu. Was würdest du von einer Begegnung mit dem Präsidenten halten? Und mit Jackie natürlich auch?«

»Peter! Wann denn?«

»Irgendwann um Weihnachten herum. Martin sagt, JFK möchte uns zu einem der Staatsbankette in den Ferien einladen. Abendessen und ein Konzert oder so etwas. Ich sagte, ich würde gerne kommen, aber natürlich müßte ich dich erst überreden.«

Er lachte, denn er wußte genau, daß ich den großen jungen Präsidenten liebte und deswegen auf den Dinnerparties in Boston und Northpoint, wo sich die Republikaner drängten, ziemlich oft ins Fettnäpfchen getreten war.

Ich lachte ebenfalls.

»Junge, da wirst du aber einiges für ein neues Kleid hinlegen müssen«, sagte ich. »Gut. Darüber werden wir reden, wenn wir uns sehen. Im August, Peter, bitte. Im August. Das mußt du versprechen.«

»Versprochen, Maude.«

Tatsächlich begann Retreat mit seinen Zauberkräften beinahe vom Augenblick unserer Ankunft an auf Darcy zu wirken. Micah hatte Calebs tüchtige Frau Beth angestellt, damit sie am Vormittag und frühen Nachmittag auf sie aufpaßte, unter der Bedingung, daß auch Micah Willis III. mitkommen durfte, und in dem Moment, als Darcy diesen kräftigen, braunen, lebhaften Dreijährigen sah, begann ihre Heilung. Vom sicheren Hafen meiner Arme aus berührte Darcy mit einem Finger seine Nase und sagte: »Lustig.« Beide Kinder blickten einander an und begannen dann zu lachen, jenes herrliche, glockenhelle Lachen der Kindheit, das nichts als reine Freude verrät. Allmählich kehrte ihre gesunde Gesichtsfarbe zurück, und sie begann hinter ihm herzulaufen und schließlich auch zu rennen. Schon bald waren die beiden unzertrennlich und wirkten beinahe wie Zwillinge.

»So etwas habe ich noch nie gesehen«, sagte ich zu Micah, als er am Nachmittag des zweiten Tages kam, um Beth und den kleinen Mike abzuholen. »Sie ist so schamlos wie eine Soldatenhure. O Micah, Retreat ist wirklich ein herrlicher Ort für Kinder; ich wünschte, jedes Kind könnte seinen Teil davon bekommen.«

Er sah mich abschätzend an, und ich las etwas in seinem dunklen Gesicht, das mich schweigen ließ. Ich wartete, aber er sagte nichts.

»Woran denkst du?« fragte ich schließlich.

»Das hat Zeit«, sagte er.

»Komm, sag es mir jetzt. Petie und Sarah kommen zum Abendessen, und ich hab keine ruhige Minute, wenn ich nicht weiß, was los ist.«

Er setzte sich auf den Rand des Küchentischs und hob Darcy hoch. Während er abwesend ihre roten Locken streichelte, fuhr sie ihm mit ihrer kleinen Hand übers Gesicht, den Kopf, die Schultern und plapperte dabei leise vor sich hin.

»Ich gehe davon aus, daß Petie und Sarah dir nichts davon erzählen werden, wenigstens nicht gleich, und darum tue ich es, denn du solltest es wissen. Man sollte es wohl nicht zu hoch bewerten, aber das hier ist ein kleiner Ort... in der Kolonie ist einiger Klatsch im Umlauf über letzten Herbst. Über den Hurrikan und Elizabeth und das Baby und so. Sarah, Petie und die Mädchen haben davon Wind bekommen. Ich habe erfahren, daß die Mädchen sogar im Camp darauf angesprochen wurden. Petie und Sarah wollen jetzt nicht mehr ausgehen, und die Leute trauen sich nicht mehr, sie einzuladen, weil sie glauben, die beiden würden ohnehin nicht kommen – du weißt ja, wie albern solche gesellschaftlichen Dinge hier oben ablaufen. Und jetzt glauben Petie und Sarah vermutlich, jeder ginge ihnen aus dem Weg. Es ist gut, daß du gekommen bist, denn sie haben sich in den letzten zwei Wochen im Kleinen Haus eingesperrt. Die Wahrheit ist, daß jeder sie gerne zu Besuch hätte, aber ich glaube nicht, daß sie das noch erkennen können. Aber du kannst das sicher in Ordnung bringen.«

Mein Herz erstarrte und wurde eiskalt, und dann stieg heiße, blinde Wut in mir auf.

»Was für Klatsch, Micah? Wer hat damit angefangen?«

»Klatsch darüber, von wem das Baby sein könnte, und so das eine oder andere«, sagte er gleichmütig. »Es war wohl nicht zu vermeiden. Ein solches Drama an einem so kleinen Ort, und außerdem wußte doch fast jeder davon, daß Petie und Elizabeth vor zwei Wintern hier oben waren, und die meisten können rechnen. Vermutlich würde schon längst niemand mehr davon reden, wenn nicht Gretchen Winslow von diesen beiden Süßen oben im Gasthaus schon sehr früh davon erfahren hätte – die drei stecken in diesem Sommer dauernd zusammen, ich habe gehört, sie wollen einen Laden mit Sammlerobjekten eröffnen – und sich jetzt damit amüsieren würde, das Gerede am Leben zu erhalten. Dazu braucht es nicht viel, nur hier ein Wort und dort ein Stirnrunzeln. Hätten Petie und Sarah über sie gelacht oder ihr gleich den Mund verboten, dann wäre es längst vorbei. Aber statt dessen haben sie sich ins Kleine Haus zurückgezogen.«

»Am liebsten würde ich Gretchen umbringen«, sagte ich, und Tränen brannten in meinen Augen.

»Das wäre gar keine schlechte Idee«, sagte er. »Aber es wäre wahrscheinlich besser, wenn du Petie und Sarah herauslockst und dazu bringst, Gretchen den Mund zu stopfen. Das ist nicht schwer, es genügt, wenn sie ein paar Leute einladen und Gretchen Winslow nicht. Letzte Woche war ich mit Petie segeln und habe ihm das vorgeschlagen, aber ich vermute, daß sie Angst haben, niemand würde kommen.«

»Oh, ich kann noch mehr tun«, sagte ich. »Ich werde eine Party veranstalten, und außer Gretchen alle Bewohner von Retreat einladen. Jeden einzelnen Menschen hier. Eine Party anläßlich von Peties Geburtstag. Eine verfrühte Geburtstagsparty. Gleich nächste Woche. Das wird das größte Fest, das es in Retreat jemals gegeben hat, und man wird noch jahrelang davon reden, und Gretchen Winslow wird die einzige sein, die nicht dabei war. Noch heute abend versende ich die Einladungen.«

»Das klingt gut«, sagte Micah und begann zu lachen.

»Was ist daran so lustig?« Ich warf ihm einen gereizten Blick zu.

»Du. Du erinnerst mich so sehr an deine Schwiegermutter.«

»Na, vielen Dank, Mr. Willis. Wenn ich dir diese Freundlichkeit zurückzahlen kann, dann laß es mich wissen.«

»Nein, du erinnerst dich doch an das Jahr, als sie starb. Damals, als Gretchen Winslow zu ihr und dir ein paar Freundlichkeiten sagte, weil ihr uns in den Jachtclub mitgebracht hattet, und Mutter Hannah uns auf die Veranda bat und auch noch Gretchens Stühle beschlagnahmte.«

Jetzt begann auch ich zu lachen.

»Alles Gute für die Jagd, Maude«, sagte Micah und streckte wie ein Kampfflieger vor dem Einsatz den Daumen in die Luft. Dann verließ er, noch immer grinsend, die Küche.

»Auf keinen Fall«, sagte Petie an diesem Abend, als ich ihm und Sarah von dem Fest erzählte. Sein Gesicht war fleckig vor Ärger und wahrscheinlich auch vor Angst. Micah hatte recht gehabt; er und Sarah hatten den Klatsch in der Kolonie mir gegenüber nicht erwähnt, aber sie waren beide dünner geworden, und ihre Gesichter sahen angespannt und so blaß aus, als wären sie lange nicht an der Sonne gewesen. Ich war froh, daß ich die Einladungen sofort, nachdem Micah, Beth und der kleine Mike gegangen waren, geschrieben hatte, und sie nur wenige Minuten, bevor meine Kinder nach Liberty kamen, zur Post gebracht hatte. Jetzt gab es kein Zurück mehr.

»Das wird eine wunderschöne Party«, sagte ich. »Du hast in Retreat niemals ein richtiges Geburtstagsfest gefeiert, und dabei bist du, soweit ich weiß, das erste Baby, das hier geboren wurde. Es war längst an der Zeit.«

»Ich finde es ungeheuerlich«, sagte Petie. »Es ist eine ordinäre Beleidigung und, schlimmer noch, es käme mir vor wie Bestechung. Wir denken überhaupt nicht daran.«

Sarah sagte nichts, sah mich aber nachdenklich an.

»Ich glaube, du wirst daran denken müssen, mein Lieber«, sagte ich. »Die Einladungen sind nämlich bereits verschickt – an alle außer Gretchen natürlich; ich glaube nicht, daß sie ein Gewinn für dieses Fest wäre.«

»Dann wirst du allein feiern müssen, denn wir kommen nicht«, sagte mein Sohn, und die roten Flecken in seinem Gesicht wurden weiß.

»Doch, wir kommen«, sagte Sarah. »Danke, Maudie-Gro. Das ist eine herrliche Idee.«

»Sarah«, setzte Petie an, aber sie wandte sich ihm mit einem Ruck zu, und ihre Augen blitzten.

»Sei still«, sagte sie. »Kapierst du denn nicht, daß das die Rettung ist?«

Petie schwieg. Später saßen wir gemütlich vor dem Feuer zusammen, und in seinem Schein betrachtete ich Sarah. Sie strahlte eine Kraft aus, die ich vorher nie an ihr bemerkt hatte, und mein Herz wurde leichter. Petie war in dieser Ehe vielleicht der uneingeschränkte Herrscher, aber ich sah, daß Sarah, irgendwann im Laufe dieses schwierigen letzten Jahres, der Fels geworden war. Ich lächelte ihr zu, und sie gab das Lächeln zurück.

»Danke, Maudie-Gro«, sagte sie leise zu mir, während Petie eine Taschenlampe für den Felsenpfad hinunter zum Kleinen Haus suchte. »Das ist ein Geniestreich«, fügte sie hinzu und brach in schallendes Gelächter aus. »Wenn man sich schon über die Regeln hinwegsetzt, dann gleich richtig. Das werde ich mir merken. Auch wenn es nicht funktioniert, dann wird dieses Fest doch die wunderschönste Beleidigung, die ich jemals gesehen habe.«

»Es wird funktionieren«, sagte ich und gab ihr einen Kuß auf die Wange. »Warte es nur ab.«

»Was in Gottes Namen hast du da vor?« fragte Peter, als ich ihn spätabends anrief. Er war in Atlanta und sollte am nächsten Tag nach New Orleans weiterreisen. Seine Stimme war angespannt und gereizt; Peter konnte Hitze nicht ertragen.

»Ich veranstalte ein Geburtstagsfest für meinen Sohn, nicht mehr und nicht weniger«, sagte ich. »Ich rufe nur an, um sicherzustellen, daß du dich nicht drückst und auf jeden Fall kommst. Ich habe deinen Terminplan vor mir liegen, du bist an diesem Wochenende wieder in Boston, bevor du nach Kanada weiterfährst. Du könntest herkommen, nur für diesen Abend, wenn es sonst schon nicht geht. Peter, du mußt einfach dabeisein. Bitte.«

»Ich finde, es ist eine gräßliche Idee, Maude«, sagte er. »Etwas Schlimmeres konntest du unter diesen Umständen gar nicht tun. Verschone uns alle und sag die ganze verdammte Sache ab.«

»Unter diesen Umständen ist es das einzige, was ich tun konnte, Peter«, erklärte ich.

Er schwieg eine Weile, dann sagte er: »Es steht wohl ziemlich schlimm.«

»Es war schlimm. Jetzt sieht es schon besser aus. Und mit diesem Fest werden wir sicherstellen, daß es für immer so bleibt. Aber du mußt dabeisein. Das ist lebenswichtig.«

»Der Schuß könnte nach hinten losgehen«, sagte er. »Was für ein Spiel treibst du, Maude?«

»Ein Spiel um tödlichen Einsatz«, sagte ich leise.

»Nur wo sich Bedürfnis und Liebe vereinen«, sagte Peter nach einem Augenblick des Schweigens, und ich konnte das Lächeln in seiner Stimme hören, »und die Arbeit ein Spiel ist um tödlichen Einsatz/Da kann das Werk vollendet werden/Um des Himmels und der Zukunft willen.«

»Robert Frost hätte es nicht besser sagen können«, meinte ich.

»Dann glaubst du also, daß du um des Himmels und der Zukunft willen handelst.«

»Ja, das glaube ich.«

»Dann versuche ich zu kommen«, sagte Peter. »Ich kann es dir nicht versprechen, aber ich werde es versuchen.«

»Gib dir alle Mühe, Lieber«, sagte ich und legte auf.

Am Wochenende nahm ich Mike Willis und Darcy in ihrem Kinderwagen mit in den Jachtclub. Es war später Nachmittag, und die Boote kamen eines nach dem anderen nach der Samstagsregatta herein. Viele Bewohner der Kolonie hatten sich auf der Veranda versammelt, um die Segelschiffe zu sehen und Tee zu trinken. Das hatte sich seit Mutter Hannahs Zeiten nicht verändert.

Es war ein herrlicher, klarer Tag mit blauem Himmel, wärmer als sonst um diese Zeit, und die Veranda und die Stufen davor waren voller Menschen. Mein Herz begann zu klopfen, als ich um die letzte Kurve des Weges bog, mit dem kleinen, dunklen Jungen an meiner Seite und Darcy, die in ihrem Kinderwagen hüpfte und fröhlich krähte. Ihr Haar leuchtete in der Sonne, und auf ihren Wangen waren rosabraune Flecken. Ich holte tief Luft. Keinen dieser Leute hatte ich seit dem Tag vor dem Sturm im letzten September gesehen. Und ich wußte, daß Gretchen Winslow unter ihnen sein würde. Aber es ließ sich nicht länger aufschieben. Ich mußte es hinter mich bringen.

Zunächst trat Schweigen ein. Dann zeigte sich auf einigen Gesichtern ein zaghaftes Lächeln, und leises Murmeln war zu hören. Von einem der Schaukelstühle aus rief Deirdre Kennedy: »Ja, schaut mal, wer da kommt! Wir haben dich schon vermißt, Maude, meine Liebe. Bring das Baby her und laß es uns ansehen. Wir sind schon ganz begierig darauf, die Kleine kennenzulernen.«

Gottes Segen über dich, Deirdre, sagte ich im Stillen. Ich hob Darcy aus ihrem Kinderwagen, nahm Mike an die Hand und stieg die Stufen hinauf zu der Gruppe von Schaukelstühlen. Lächelnde Gesichter und eine Flut von Grußworten folgten mir, und Hände wurden ausgestreckt, um Darcy zärtlich zu tätscheln. Mein Atem ging allmählich etwas ruhiger. Aber dann beschleunigte er sich wieder, denn am äußersten Rand der Gruppe entdeckte ich Gretchen Winslow. Obwohl sie um Jahre jünger war als die anderen auf der Veranda, wirkte sie doch, als gehöre ihr der ganze Jachtclub. In ihren wunderschönen, wassergrünen Augen stand der Blick einer Löwin, die sich zum Angriff rüstet.

»Hallo, Gretchen«, sagte ich. »Und Deirdre, Erica, und alle Stallings! Das hier ist Darcy, Happys kleines Mädchen. Sie verbringt den Sommer bei uns; wir haben ihren Vater und ihre Mutter deshalb bestochen. Sagst du ›Hallo‹, Darcy?«

»Lo!« kreischte Darcy, und alle lachten, Gretchen am lautesten von allen.

»Und wer ist dein gutaussehender Freund, Darcy?« sagte sie und betrachtete Mike Willis mit ihren schmalen Augen. »Das ist doch bestimmt ein Willis, wenn ich mich nicht irre. Es bleibt wohl alles in der Familie, oder?«

Ich sah sie an, und sie lächelte mir ins Gesicht. Sie war noch immer wunderschön. Und für mich und die Meinen so gefährlich wie eine Verrückte. Die Einladungen waren nicht lange genug verschickt, als daß schon Antworten gekommen wären, aber mir war klar, daß Gretchen bereits von der Party wußte. Ab heute würde ich dafür bezahlen müssen, und alle, die mir nahestanden, ebenfalls.

»Das hoffen wir sehr«, sagte ich und war froh um die Sonnenbrille, die meine Augen verdeckte. »Immer, wenn ich Mike ansehe, wünsche ich mir, Ehen würden noch immer von den Eltern arrangiert.«

»Ach, das werden sie doch auch – wenn die Eltern Glück haben«, sagte Gretchen, und das Murmeln auf der Veranda war inzwischen ganz leise geworden. Die anwesenden alten Damen erinnerten sich sicherlich sehr genau daran, wie unzufrieden Mutter Hannah über die Brautwahl ihres Sohnes gewesen war.

»Aber nicht immer, sonst hätten wohl viele von uns andere Nachnamen, nicht wahr?« Ich lächelte Gretchen zu, und ihr glatter, kaffeebrauner Teint wurde dunkler. Die alten Damen würden sich auch daran erinnern, daß Gretchen lange vor meiner Zeit hinter Peter hergewesen war.

Ich drehte mich zu Deirdre Kennedy um und umarmte sie. Sie streckte die Arme nach Darcy aus, und gurgelnd und lächelnd ließ sich Darcy in den Arm nehmen.

»Wie süß sie ist!« sagte Deirdre. »Es ist wirklich schön, daß du wieder da bist, Maude. Wann kommt denn Peter? Wir sind ja alle so aufgeregt wegen seines Buches.«

»Be-de!« krähte Darcy, und alle lachten.

»Ja, Liebling, Peter«, sagte ich. »Großpapa. Er kommt nächstes Wochenende, Deirdre. Und freut sich schon darauf, euch alle zu sehen.«

Ich mußte Gretchen nicht ansehen, um zu wissen, daß ihr klar war, bei welchem Anlaß Peter alle sehen würde.

»Weißt du«, sagte Frances Stallings und neigte ihren Kopf zu Darcy, »sie ist ganz und gar dein Ebenbild. Nicht nur die Hautfarbe, sondern auch alles andere: die Gesichtsform, das Lächeln und dieser kräftige, kleine Körper. Es ist geradezu unheimlich.«

»Ja, nicht wahr«, sagte Gretchen Winslow.

Ich wußte, was jetzt kam, und es würde schlimm werden. Erwartungsvoll spannte ich die Muskeln an.

»Ist das nicht traurig mit Elizabeths Baby«, murmelte sie. »Wenn es überlebt hätte, dann könnte Peter einen vollkommenen kleinen Chambliss herumtragen, genau wie Maude jetzt eine kleine Gascoigne hat. Das wäre ein passendes Enkelpärchen.«

Jetzt war kein Atemzug mehr zu hören. Alle schwiegen. Selbst Gretchen schien zu spüren, daß sie viel zu weit gegangen war. Sie machte noch einmal den Mund auf, wie um weiterzureden, sagte aber nichts. Dann senkte sie den Blick.

Hilf mir, Mutter Hannah, sagte ich im Stillen, ganz instinktiv. Dann beugte ich mich leicht vor, so daß mir Gretchen in die Augen sehen mußte, und sagte: »Du könntest jetzt wirklich allmählich aufgeben, Gretchen. Peter hat dich nicht geheiratet, als er die

Möglichkeit dazu hatte, und er ist seitdem nicht mit dir ins Bett gegangen – und, mein Gott, die Möglichkeit dazu hatte er bestimmt! –, und er wird es auch in Zukunft nicht tun. Wenn ich du wäre, würde ich meine Niederlage einsehen und das Spiel aufgeben.«

Und ich lächelte, nahm Darcy aus Deirdre Kennedys Armen, stieg die Stufen hinab, setzte sie in ihren Kinderwagen, und wir gingen den Weg hinauf nach Hause, während Mike Willis vor uns herhüpfte. Gerade als wir um die Kurve bogen, die uns außer Sicht bringen würde, hörte ich hinter uns leises Beifallklatschen, so deutlich wie jeden Sommer auf dem kleinen Tennisplatz.

Nun wußte ich, daß es keine Absagen bei Peties Geburtstagsparty geben würde.

»Nicht eine einzige Absage«, sagte ich Mitte der Woche zu Peter am Telefon. Ich hatte beschlossen, ihm nichts von dem häßlichen Auftritt mit Gretchen zu erzählen. »Alle kommen. Ich habe sogar diese fremden Leute aus Los Angeles eingeladen, die in diesem Jahr Braebonnie gemietet haben, und sogar *sie* kommen. Man sagt, daß es Schauspieler sind, ist das nicht wunderbar? Genau das, was wir in Retreat brauchen. Das wird das Fest des Jahrhunderts.«

»Das freut mich, Liebes«, sagte Peter. »Dann brauchst du mich doch eigentlich nicht, oder? Maude, schon bei dem Gedanken daran wird mir übel –«

»Ich brauche dich mehr denn je, Peter«, sagte ich eindringlich. »Peter ich wollte es dir eigentlich nicht erzählen, aber wenn es nötig ist, damit du kommst, dann tue ich es doch.«

Und ich erzählte ihm von dem Vorfall im Jachtclub am vorigen Wochenende. Als ich fertig war, war Stille am anderen Ende der Leitung, so lange, daß ich bereits Atem holte, um etwas zu sagen, aber da redete er.

»Gretchen soll in der Hölle schmoren«, sagte er. »Gut, ich sehe es ein. Ich fahre am Nachmittag in Boston los, aber es wird spät werden. Martin hat noch eine Verabredung zum Mittagessen für mich, die ich nicht absagen kann.«

»Oh, Lieber... ich danke dir! Es wird wunderbar, du wirst sehen. Niemand wird die Sache mit Gretchen erwähnen, das ist vorbei. Und jeder erkundigt sich nach dir. Darcy fragt dreimal täglich.«

»Gib ihr einen Kuß von mir«, sagte er. »Sie fehlt mir. Du fehlst mir auch, Maude – erinnerst du dich noch an den Wappoo Creek? An das Lied, das wir in dieser Nacht sangen?«

»Als ob es gestern gewesen wäre«, sagte ich lachend.

Und leise sang er es aus der Ferne durchs Telefon: »Es ist drei Uhr morgens, und wir tanzen schon die ganze Nacht...«

»In letzter Zeit geht es mir nicht mehr aus dem Kopf, ich singe es schon seit Tagen vor mich hin«, sagte er.

»Nun«, antwortete ich, »dann klapp am Samstag das Verdeck herunter und sing es auf der Fahrt, aber beeil dich!«

»Das werde ich. Hör zu, Maude. Wenn irgend etwas passiert – irgend etwas Unangenehmes –, ruf Micah. Tust du das? Du kannst dich auf Micah verlassen.«

»Ich brauche Micah nicht zu rufen«, sagte ich erstaunt. »Ich kann allein auf Darcy und mich aufpassen. Verstehst du das nicht? Das war der Grund für diese alberne, traurige Szene beim Jachtclub. Ich kann auf mich allein aufpassen.«

»Das weiß ich«, sagte Peter. »Ich weiß, daß du das kannst. Aber trotzdem will ich, daß du mir das mit Micah versprichst.«

»Dann verspreche ich es dir«, sagte ich. »Komm bald, Lieber. Ich sehne mich nach deinen Umarmungen.«

»Ich liebe dich, Maude.«

»Ich dich auch.«

Am Tag der Party regnete es, aber eine Stunde bevor die Gäste kommen sollten, hörte der Regen auf, und ein spektakulärer Sonnenuntergang brach durch die Sturmwolken über der Bucht. Die Landmasse von Islesboro und die Camden Hills glühten, und darüber hing wie ein weißer Geist der Mond. Noch im Morgenrock und mit ungeschminktem Gesicht ging ich hinaus, um das Schauspiel zu betrachten. Micah und Tina standen neben mir; sie waren früher gekommen, damit wir noch in Ruhe ein Glas miteinander trinken konnten und um mir bei den letzten Vorbereitungen zu helfen. Es gab allerdings nicht mehr viel zu tun. Die Blumen, die ich bestellt hatte, waren außerordentlich hübsch; die Häppchen und kleinen Speisen, die Tina und ich während der ganzen Woche vorbereitet hatten, sahen festlich aus, und die japanischen Lampions, die traditionell zu einer Party in Liberty gehörten, wirkten im Sonnenuntergang und im Licht des abziehenden Sturms zauberhaft. Darcy war den ganzen Tag so brav wie ein Engel gewesen, und jetzt aß sie gerade oben im Kinderzimmer mit Beth und Mike zu Abend.

»Weißt du noch, daß du einmal gesagt hast, so ein Sonnenuntergang bedeute, daß der Teufel seinen Müll verbrenne?« sagte ich zu Micah, und er nickte. In seinen grauen Hosen und dem dunkelblauen Blazer sah er sehr gut aus, und er unterschied sich in nichts von den Männern, die heute abend kommen würden. Auch Tina, die ein pastellfarbenes Leinenkleid und eine Kaschmirjacke trug, sah genauso aus wie die anderen Frauen von Retreat.

»Und du hast gesagt, daß so ein Sonnenuntergang manchmal das Nordlicht mit sich bringt«, fuhr ich fort. »Würde das nicht allem die Krone aufsetzen?«

»Vielleicht haben wir ja Glück«, sagte Micah. Wir gingen wieder ins Haus, und ich rannte nach oben, um mich umzuziehen. Ich hörte, wie Micah Petie und Sarah begrüßte, und lächelte. An diesen Abend würden sie sich ihr Leben lang erinnern.

Ich stieg gerade wieder die Treppe hinunter, als es leise und zögernd an die Tür klopfte. Im gleichen Augenblick ertönte ein lautes Geheul aus dem Kinderzimmer.

»Machst du bitte auf, Petie?« rief ich. »Das werden die Jungen vom Gasthaus mit den Krabben sein; für alle anderen ist es noch zu früh. Ich schau mal nach, was da oben los ist.«

Ich war schon auf dem Weg nach oben, da hörte ich Petie sagen: »Mama?«

Langsam drehte ich mich um, kam die Treppe wieder herunter und starrte ihn an. Seit Jahren hatte mich Petie nicht mehr Mama genannt. Ich blieb stehen. Sein Gesicht war auf seltsame Weise verzogen; es sah aus, als wollte es in seine Einzelteile zerfallen. Hinter ihm stand der neue Sheriff, derjenige, der Peter und mich damals angehalten hatte, als der Austin Healey noch neu war. Im letzten Sommer. Ich konnte mich nicht mehr an seinen Namen erinnern.

»Mama«, sagte Petie noch einmal und trat einen Schritt auf mich zu. Ich machte einen Schritt rückwärts und begann den Kopf zu schütteln, hin und her, hin und her.

»Mama. Es ist Papa, es geht um Papa...«

Ich ging noch einen Schritt zurück, starrte ihn immer noch an und schüttelte weiter den Kopf. Mit seinem schrecklichen Gesicht kam Petie auf mich zu.

»Er... das Auto ist am Caterpillar Hill abgestürzt«, sagte Petie und begann zu weinen. Ich ging immer weiter zurück. Plötzlich hatte ich das Gefühl, daß die Welt nur noch aus dem kalten, grenzenlosen Raum hinter mir bestand. Hier war er also: der Abgrund.

»Das kann nicht sein«, sagte ich und schüttelte den Kopf. Und ging rückwärts.

Nun umfaßten Hände meine Schultern und hielten sie fest, und ich spürte einen Körper hinter mir, einen Körper, der mir Widerstand bot, als ich noch einmal zurücktreten wollte. Micah. Bewegungslos stand ich da, während er mich festhielt.

»Es tut mir so schrecklich leid, Mrs. Chambliss«, sagte der neue Sheriff, und seine Stimme zitterte. »Ein paar Leute von der anderen Seite der Penobscot-Bucht hatten oben am Aussichtspunkt geparkt, um den Sonnenuntergang anzusehen, und der Wagen fuhr geradewegs bis nach oben, wendete dort und... stürzte hinunter. Sie haben mich vom Rasthaus Bagaduce aus angerufen, und wir haben sofort einen Wagen hingeschickt. Wir... das Auto lag unten, nicht weit von dort, wo der Wald um den Walker's Pond anfängt. Im Handschuhfach haben wir einige Papiere mit seinem Namen entdeckt, doch wir haben – wir haben Mr. Chambliss noch nicht gefunden. Aber wir bekommen Verstärkung aus Brooksville und Castine...«

»Dann fahren Sie zurück und suchen ihn«, sagte ich. »Sofort. Er könnte verletzt sein; vielleicht haben Sie seine Rufe nicht gehört.«

»Ma'am, er... das Auto lag mit den Rädern nach oben«, sagte der Sheriff. »Und vom Aussichtspunkt aus geht es 300 Meter tief hinunter.«

Ich schüttelte wieder den Kopf, und Micahs Hände umfaßten meine Schultern fester. Ich versuchte, mir die Situation vorzustellen, ein Bild in mein Hirn zu zwingen, aber da war nichts als eine weiße Leere. Ich konnte Peter nicht sehen. Irgend etwas stimmte da nicht.

»Was wollte er denn am Caterpillar Hill?« fragte ich verwundert. »Das stimmt alles nicht; das war nicht Peter. Peter wäre rechts abgebogen, nach Brooksville. Der Caterpillar Hill lag gar nicht auf seinem Weg... Das stimmt alles nicht...«

»Vielleicht wollte er den Sonnenuntergang ansehen«, sagte der Sheriff mit leiser Stimme. »Das machen viele Leute von dort oben aus. Es tut mir leid, Mrs. Chambliss. Aber es war sein Wagen.«

Und immer noch schüttelte ich den Kopf. Nein, nein.

Petie weinte in Sarahs Armen still vor sich hin. Tina kam aus der Küche. Ihr Gesicht hatte die Farbe von Knochen, die schon lange in der Sonne bleichen. Ich schüttelte den Kopf.

Micah drehte mich mit beiden Händen herum und sah mir voll ins Gesicht. Sein Gesichtsausdruck war ruhig. Ich bemerkte, daß er sich beim Rasieren unter dem Ohr geschnitten hatte, es war noch immer ein Rest von angetrocknetem Blut zu sehen.

»Peter passiert das auch immer«, sagte ich und streckte die Hand aus, um die Stelle zu berühren.

»Peter ist tot, Maude«, sagte Micah. »Das mußt du begreifen.«

Ich sah ihn an. Ich spürte seine Hände und Arme. Und immer noch konnte ich kein Bild herbeizwingen; ich fand Peter in mir nicht wieder.

»Micah«, sagte ich, »ich dachte immer, es würde auf dem Meer passieren.«

Jetzt verzog sich sein Gesicht vor Qual und Schmerz, und er drückte mich an sich. Ich schloß die Augen, und die Bilder kamen: das Panorama der Hügel, Seen und Meeresarme, der Inseln und Felsriffe, und schließlich das offene Meer, das im Sonnenuntergang glühte; das kleine, grüne Auto, das einen ganz kurzen Moment lang in dieser glänzenden Luft hing; ein Mann – hatte er gesungen, hatte er wirklich gesungen? – ein Mann mit hellem Haar, der nach oben hinausgeschleudert wurde, und hinaus, und hinaus, und dann nach unten...

Und auf einmal floß die Dunkelheit von den Seiten her in das Bild, das ich vor Augen hatte. Die Gestalt fiel und fiel, und die Dunkelheit wurde dichter, und ich folgte ihr nach unten, und während ich ebenfalls fiel, hörte ich mich an Micahs Brust laut schreien: »Micah, ich will nicht auf die Veranda! Ich will nicht auf die Veranda!«

Darcy Chambliss O'Ryan

VIERZEHNTES KAPITEL

In einem rostigen 79er Pontiac Firebird fuhr ich nach Retreat zurück. Hinten auf der Stoßstange klebte ein Aufkleber, auf dem »ALLES SCHEISSE« stand. Während der ganzen Zeit in der Klinik hatte ich den Aufkleber sagenhaft gefunden; so sagenhaft, daß Leroy Greene vorschlug, ich solle nach meiner Entlassung die zweitausend Meilen nach Maine mit dem Auto fahren, anstatt zu fliegen, wie ich es geplant hatte.

»Das läßt dir eine kleine Atempause, bevor du dein Leben als vornehme Dame wieder aufnimmst.« Leroy grinste. »Außerdem wissen sie dann gleich, was sie von dir zu halten haben. Du trägst dein Herz auf der Stoßstange.«

»O Leroy, das ist eine tolle Idee!« sagte ich. »Das wäre wirklich Wahnsinn! Aber ich kann doch nicht einfach dein Auto nehmen.«

»Nur zu«, sagte er und wandte sich wieder dem Billardtisch im Aufenthaltsraum zu, als interessiere ihn das Thema nicht länger. »In diesem Leben kann ich die Karre sowieso nicht mehr fahren.«

Das stimmte. Abgesehen davon, daß er als Alkoholiker und Drogenabhängiger in Peachwood behandelt wurde, bestand für Leroy ein mehrjähriges Fahrverbot, erlassen vom Staat Georgia. Er hatte Strafzettel gesammelt wie früher in seiner kurzen, aber glanzvollen Karriere als Footballspieler für die Atlanta Falcons Punkte. Das Auto sah er nur noch, wenn sein Bruder Errol einmal im Monat aus Zebulan, Georgia, zu Besuch kam. Leroy besaß noch zwei oder drei weitere Autos, die in der Nähe seiner Wohnung in Buckhead in einer Garage untergestellt waren. Aber er bat Errol, den zwölf Jahre alten Pontiac mitzubringen. Ich wußte, daß der Wagen seine große Liebe war, und ich glaube nicht, daß es noch andere gab. Leroy war von riesenhafter Gestalt, farbig, für einen erfolgreichen Leistungssportler erstaunlich wenig charismatisch und… bösartig. Ich war der einzige Mensch in Peachwood, mit dem er regelmäßig sprach.

Also nahm ich schließlich den Pontiac, versprach, ihn im Herbst, wenn ich wieder nach Atlanta kam, zurückzubringen, und steckte die beträchtliche Summe ein, die mir meine Großmutter für den Flug nach Maine geschickt hatte. Dann machte ich mich auf die weite, dreitägige Fahrt, die mich nach Cape Rosier bringen sollte.

Einen ganzen Tag lang fühlte ich mich fabelhaft: unbezähmbar, stark und frei. Teilweise war meine Euphorie auf die rot-gelben Xanax-Tabletten zurückzuführen, mit denen ich die Klinik verlassen hatte – der Vorrat für einen Monat. Im Krankenhaus hatte ich sie dreimal täglich genommen, und sie reduzierten die panische Angst auf ein Niveau, das ich ertragen konnte. Ich liebte diese Tabletten. Und an diesem ersten Tag fühlte ich mich, als sei die Welt, die entlang der großen Straße an mir vorbeizog, nur durch eine Glasscheibe von mir getrennt. Ich mußte mich nicht mit ihr befassen, sondern lediglich fahren. Vielleicht würde ich mich niemals mit ihr befassen müssen.

Aber ein anderer und sehr starker Teil meines Wohlgefühls rührte ohne Zweifel von dem Aufkleber her. ALLES SCHEISSE. Was für eine bewundernswerte, gelassene, harte Äußerung: Unter diesem Wahlspruch wollte ich all die Meilen fahren, um ihn schließlich diesem schönen Ort, der mich beinahe umgebracht hatte, ins Gesicht zu schreien. Was für ein passender, vielsagender Spruch; Selbstkontrolle, Zufriedenheit und Wohlergehen schwangen darin mit. Die neue Darcy O'Ryan. Leg dich nicht mit mir an.

»Das ist vielleicht keine schlechte Idee«, meinte mein Psychiater, als ich ihm von der geplanten Autofahrt nach Maine und dem Aufkleber erzählte. Er war jung, hatte zerzaustes Haar und ein bißchen Übergewicht; ich mochte ihn. Das heißt, soweit ich überhaupt imstande war jemanden zu mögen. Mich so weit zu öffnen, daß ich jemandem echte Zuneigung hätte entgegenbringen können, hätte auch bedeutet, die Angst hereinzulassen; das wußte ich. Aber ich fand, er war weniger bescheuert als alle anderen an diesem absurden Ort, und ich wußte, daß er sich Gedanken über mich machte. Außerdem war er meine Bezugsquelle für die Xanax-Tabletten, und dafür hätte ich mich auch mit Charles Manson abgefunden.

»Warum?« fragte ich. »Ich dachte, Sie wollten, daß ich fliege? Sagten Sie nicht, die Anstrengung einer so langen Fahrt wäre zum jetzigen Zeitpunkt nicht so günstig?«

»Stimmt«, meinte er und polierte seine Brille mit der Manschette seines Hemdsärmels. »Aber Sie stehen unter dem Schutz Ihres ganz persönlichen Amuletts. Und das drückt ziemlich genau Ihren momentanen Zustand aus. ›Alles Scheiße‹ ist ein Ausdruck von Wut. So deutlich haben Sie das ganze Jahr über noch nicht gezeigt, daß Ihnen alles auf die Nerven geht. Und jetzt beabsichtigen Sie, dem Feind die Zähne zu zeigen und die Wut auszusprechen, wenn auch nur auf Ihrer Stoßstange. Verzeihung, auf Leroys Stoßstange. Nicht schlecht, Darcy.«

»Wie oft soll ich Ihnen noch sagen, daß ich nicht wütend bin?« sagte ich. »Ich habe noch nie Wut empfunden; was ich seit mehr als zwei Jahren fühle, ist schlicht und einfach Angst. Ich weiß nicht, warum Sie das nicht verstehen wollen. Fürchten sich Psychiater vor der Angst?«

»Sie sind in erster Linie wütend«, sagte er. »Und dazu haben Sie auch jedes Recht. Jeder wäre das. Wenn Sie das nur einmal fühlen und zugeben könnten, hätten wir Sie schon vor Monaten entlassen können. Sie sind wütend auf Ihre Mutter, Sie sind wütend auf Ihren Vater, Sie sind wütend auf Ihren schwächlichen Ex-Verlobten, Sie sind auf sich selbst wütend und auf die ganze Welt, und Sie sind wütend auf den Ort, zu dem Sie gerade aufbrechen. Wenn ich für die nächsten drei Monate einen anderen Platz für Sie gefunden hätte, dann hätte ich dieses Retreat gar nicht erst in Erwägung gezogen, aber leider gab es keinen, und die Vorschriften sagen nun mal, daß Sie in den ersten drei Monaten nach der Entlassung von jemandem betreut werden müssen. Und entlassen will ich Sie in jedem Fall. Es wäre schlimmer für Sie, hierzubleiben, als zu Ihrer Großmutter zu fahren. Sie würden viel zu abhängig von diesem halbparadiesischen Ort hier. Übrigens sind Sie auch auf Ihre Großmutter wütend. Vielleicht ist es also, alles in allem, doch nicht so schlecht, wie ich anfangs dachte, wenn Sie sich allem auf einmal stellen. Wenigstens sind Sie bereit, Ihre Gefühle durch einen Aufkleber auf der Stoßstange zu zeigen.«

»Wie kommen Sie darauf, daß ich auf Maudie-Gro wütend bin?« fragte ich. Sofort wurde mir klar, daß ich sie zum ersten Mal seit beinahe zwanzig Jahren bei dem Spitznamen aus der Kindheit genannt hatte. Er hatte es auch bemerkt, und ich wurde rot vor Ärger.

»Weil sie Sie in diesem letzten Sommer nicht beschützt hat«, sagte er. »Warum denn sonst? Sie waren erst siebzehn. Sie hätte sich besser um Sie kümmern müssen.«

»Sie hat es versucht«, sagte ich zu meiner eigenen großen Überraschung. In all den Jahren hatte ich mich nicht mehr daran erinnert, wie mir meine Großmutter in jenem Sommer zu helfen versucht hatte. »Sie wußte nicht, daß ich mit ihm schlief«, fügte ich leise hinzu.

»Wirklich nicht?« meinte der Psychiater. »Ich glaube doch. Das muß sie gewußt haben. In Ordnung, Darcy. Ich finde es gut, daß Sie mit dem Wagen fahren. Reisen Sie zu ihr und erklären Sie ihr, wie Sie sich fühlen. Denken Sie auf dem Weg dorthin darüber nach. Werden Sie sich ein für allemal über Ihre Gefühle klar, und sagen Sie es ihr. Erst wenn Sie das getan haben, kann die Heilung beginnen. Und diese Scheiße möge Sie beschützen.«

Er grinste sein fröhliches, breites Kinderlächeln, das ich so selten sah und so mochte, und ich umarmte ihn. Am vereinbarten Tag verabschiedete ich mich von Leroy und den paar anderen Menschen, die mir etwas bedeuteten, belud den Pontiac und rollte im Sonnenschein eines heißen Junitages aus der Auffahrt der Peachwood-Klinik. Ich hatte die Taschen voller Xanax, und ALLES SCHEISSE reiste mit mir, mit der ganzen Kraft eines alten Stammesamuletts, wie mein Psychiater gesagt hatte. Und der erste Tag war gut.

Aber als ich am Abend des zweiten Tages an dem Holiday Inn in der Nähe von New Haven vorfuhr, stellte ich fest, daß irgend jemand den Aufkleber mit einem dunklen Stift bearbeitet hatte, so daß er jetzt ALLES HEISS lautete. Mein Hochgefühl verschwand augenblicklich. ALLES HEISS, das war etwas völlig anderes, das war ein Ausdruck innerlichen Rückzugs. Zwei Jahre hatte ich damit verbracht, mich aus diesem Gefängnis zu befreien. Ich ging in mein Zimmer und bestellte zum Abendessen einen Hamburger und einen Martini. Dann nahm ich drei Xanax, um die aufsteigende, nagende Panik wieder zurückzudrängen. Bevor ich die Pillen schluckte, leerte ich die Packung auf den Bettüberwurf und zählte, wieviele Tabletten mir noch blieben. Bei diesem Verbrauch würden sie zehn Tage halten, anstatt der dreißig Tage, für die sie berechnet waren. Ich wußte, daß mir mein Psychiater ein weiteres Rezept schicken würde, aber eben erst nach dreißig Tagen. Zwanzig Tage in Retreat ohne Medikamente und ohne SCHEISSE. Nun, dann mußte ich eben einen Weg finden, zusätzliche Tabletten zu bekommen. Bestimmt konnte ich einen Provinzarzt davon überzeugen, daß ich das Xanax brauchte. Vorausgesetzt, einer der Ärzte auf Cape Rosier hatte schon einmal davon gehört.

Entweder das oder sterben. Nicht, daß ich nicht schon früher daran gedacht hätte.

Es war drei Uhr morgens, bevor das Brummen der vorbeifahrenden großen Lastwagen leiser wurde und ich einschlief.

Von New Haven nach Retreat fährt man etwa acht Stunden. Ich brach um sechs Uhr auf. Meine Augen schmerzten vor Müdigkeit, und das Xanax summte wie Musik in meinem Blut. Anfangs war das vertraute Hämmern meines Herzens noch nicht so deutlich, aber nachdem ich in Boston die Interstate 95 verlassen hatte und auf der alten Landstraße weiterfuhr, die sich die gesamte Küste von Maine hinaufwindet, begann es wieder laut zu pochen. Mit jeder Meile, jedem kurzen Blick auf einen Hafen, ein Dorf oder ein Haus aus verwitterten grauen Schindeln, mit jedem Atemzug in der nach Kiefern und Salz duftenden Luft, mit jedem Stückchen des klaren, blauen Meeres und des Juni-Himmels grub sich die Angst tiefer ein, und als ich endlich die Camden Hills erreicht hatte, war mein Mund ausgetrocknet, und mein Kopf schwamm. Zusammen mit meinem Wendy's-Mittagessen in Rockport nahm ich noch eine Tablette, und eine weitere, als ich in Orland in Richtung Süden nach Cape Rosier und Retreat abbog. Früher hatte die Angst, wenn sie am schlimmsten war, Gefühl und Wahrnehmung ausgeblendet wie ein Sicherheitsschalter, aber jetzt schossen Farben, Düfte, Bilder und Töne auf mich zu wie Vögel mit scharfen Schnäbeln.

»Sie müssen mit weiteren und möglicherweise schlimmeren Angstanfällen rechnen, bevor es besser wird«, hatte mich mein Psychiater gewarnt. »Angstneurosen hören nicht einfach plötzlich auf. Und Sie fahren an einen Ort, wo es jede halbe Meile einen möglichen Auslöser gibt. Sie sind jetzt in der Lage, die Anfälle zu beherrschen; denken Sie immer daran, auch wenn es sich manchmal nicht so anfühlt. Sie wissen jetzt, daß Sie nur warten müssen, bis die Angst wieder vorbeigeht, und wenn sie vorüber ist, dann sind Sie noch immer Sie selbst. Das *wissen* Sie. Vorher war das nicht so, und das ist der Unterschied. Und wenn es zu schlimm wird, können Sie mich immer noch anrufen.«

Daher hatte ich schon mit der Angst gerechnet, aber dennoch blieb ich kurz hinter Brooksville, als zu meiner Linken die vertrauten grünblauen Seeblicke auf Spruce Head und Walker's Pond auftauchten, stehen, suchte mir in einem Supermarkt ein Telefon und rief in Peachwood an. Die Angst wurde einfach zu groß.

»Ich schaffe es nicht«, sagte ich in den Hörer, als sich die Telefonistin meldete. Aber als sie »Wen möchten Sie bitte sprechen?« sagte, stieg mir der Gestank nach Desinfektionsmitteln in die Nase, ich sah die mit Plastikpalmen und grünen und blauen abstrakten Gemälden im Stil der fünfziger Jahre ausgestattete Eingangshalle vor mir und legte auf. Dorthin konnte ich nicht wieder zurück. Ich kaufte mir eine Cola und nahm noch zwei Xanax, und während ich auf die Halbinsel fuhr, brauste das Blut wie Sekt in meinen Adern.

Hinter dem Dorf, kurz vor der Stelle, wo das alte graue Ruder bei der Abzweigung nach Retreat an seinem Pfosten hing, sah ich plötzlich den kleinen Friedhof, wo Mike Willis und ich immer Zigaretten geraucht und einander Geschichten erzählt hatten; wo wir uns versteckt hatten, wenn wir etwas angestellt hatten und der Strafe entkommen wollten; wo unser beider Außenseitertum besonders deutlich geworden war. Von der Straße aus sah ich keinen Menschen. Ich verlangsamte meine Fahrt und drehte das Fenster herunter. Sommer und Stille umfingen mich, und alles, was schon vor vielen Jahren verflogen war – der Zigarettenrauch, die Möwenschreie und das Lachen –, lag geisterhaft und wie ein Dankgebet im kühlen Wind, der von der Bucht heraufwehte. Ohne nachzudenken, bog ich ab, fuhr zwischen den fleckigen Marmorsäulen hindurch, parkte und stieg aus. Wenn es für mich Frieden gab in Retreat, dann fand ich ihn hier. Ich würde eine Weile unter einer der großen Tannen sitzen, bis mein Herz seinen halsbrecherischen Galopp beendet hatte und ich mich fähig fühlte, nach Liberty weiterzufahren, wo meine Großmutter und all die längstvergangenen Sommer auf mich warteten.

Lange saß ich an die große Tanne oben auf dem Hügel gelehnt, dort, wo einst Mikes und mein Lieblingsplatz gewesen war. Von hier aus konnten wir alles beobachten, was im Hafen und der Bucht vor sich ging: die weißen Dreiecke der Segelboote, die aus dem Jachtclub fuhren, das Kommen und Gehen an der Bootswerft seines Großvaters und Vaters, und die Hummerfischer, wenn sie an einem schlechten Tag früher als gewöhnlich an die Anlegestelle des Dorfes zurückkehrten. Von hier aus sahen wir auch jeden, der hinter uns durchs Tor kam, und konnten der Gesellschaft eines Erwachsenen entkommen oder rechtzeitig fliehen, wenn wir uns schlecht benommen hatten. Direkt vor uns befanden sich die Gräber von Mikes Ahnen, den Willisses und den Duchesnes. Rechts hinter ihnen lag das Grab meines älteren Bruders Sean, der vor meiner Geburt vor Osprey Head ertrunken war, und daneben das meines Großvaters Peter Chambliss, der bei einem Autounfall, einem Sturz von der Spitze des Caterpillar Hill, ums Leben gekommen war, als ich noch ganz klein war. Ich weiß noch, daß ich Mike immer um die Anzahl seiner toten Familienangehörigen beneidet hatte und er mich um die ungewöhnlichen Umstände, unter denen meine Angehörigen gestorben waren.

»Soweit ich weiß«, sagte er einmal, »sind die Leute in meiner Familie entweder im Bett an ganz normalen Krankheiten oder einfach aus Altersschwäche gestorben. Alle reden noch immer davon, wie dein Großvater und dein Bruder umgekommen sind, aber von unseren Leuten spricht niemand. Jedenfalls habe ich noch nie etwas davon gehört.«

»Na ja«, antwortete ich in dem Versuch, ihn zu trösten, »vielleicht sind einige von ihnen auf so schreckliche und peinliche Weise gestorben, daß niemand darüber sprechen will. Warum fragst du nicht einmal deinen Großvater?«

Mir wäre nie eingefallen, Mike vorzuschlagen, er solle seinen Vater fragen. Caleb Willis hatte nur ein Bein und war mürrisch und zurückhaltend. Und seine Mutter Beth, die ich liebte und die meine ganze Kindheit und Jugend für mich gesorgt hatte, war viel zu praktisch und rechtschaffen; von ihr konnten wir keine Aufklärung erwarten. Aber Mikes Großvater Micah war anders. Auch wenn er gelegentlich finster und streng wirkte, so war doch mindestens ebensooft sein blitzendes Lachen zu sehen, wenn er und meine Großmutter einander Geschichten erzählten. Ich hörte sie oft, nachdem ich in dem großen hinteren Schlafraum ins Bett gebracht worden war. Er kam häufig nach Liberty, und Mike und ich bewunderten ihn sehr. Solange wir klein waren, verbrachte er viel Zeit mit uns draußen auf dem Wasser, in Liberty oder in dem wunderschönen, vollgestopften Haus der Willisses an der Straße und erzählte uns aus seinem scheinbar unerschöpflichen Vorrat an Geschichten.

»Mein Großvater spricht nicht gerne über tote Verwandte«, sagte Mike. »Ich glaube nicht, daß er es nach dem Tod meiner Großmutter noch einmal getan hat. Darum will ich ihn nicht fragen.«

Ich konnte mich nicht mehr an Mikes Großmutter Christina erinnern, aber meine eigene Großmutter hatte mir oft von ihr erzählt: eine schöne, ernste Frau mit hellen Locken, die herrlich Geige spielte und noch öfter als ihr Mann nach Liberty kam.

»Tina war eine wunderbare Freundin«, sagte Maudie-Gro oft, und ein weiches Lächeln spielte dann um ihren Mund.

»Wir könnten Maudie-Gro fragen«, sagte ich an diesem Tag zu Mike. »Du weißt doch, man kann sie alles fragen.«

Und das stimmte. Solange ich mich erinnern kann, hatte meine dunkle, kleine Großmutter Mike Willis Zuflucht und Halt geboten. Sie war der sichere Hafen in seinem oft so stürmischen Leben, hatte Kratzer verbunden, Plätzchen gebacken, die Wahrheit gesagt und sich wahre Geschichten angehört.

»Ich glaube nicht, daß sie etwas darüber weiß«, sagte Mike. »Die Sommergäste wissen doch gar nichts über uns. Nicht wirklich, jedenfalls. Das sagt Vater. Und Mutter auch.«

Und darum hatte ich heute, etwa zwanzig Jahre später, noch immer keine Ahnung, ob einer von Mike Willis' Ahnen den Ruhm eines interessanten und gewaltsamen Todes für sich verbuchen konnte.

Und jetzt würde ich es auch nicht mehr erfahren. Mike und ich waren in diesem letzten Sommer in Verbitterung und Wut auseinandergegangen; er hatte sich nicht verabschiedet, und ich war nicht zurückgekommen. Er hatte nicht geschrieben und ich auch nicht. Maudie-Gro hatte ihn ein paarmal in ihren Briefen an mich erwähnt, aber die hatte ich zerrissen, da ich nichts von ihm und nur wenig von ihr in meinem Leben dulden wollte. Ich erinnerte mich aber noch, daß er Architekt geworden war und irgendwo an der Küste ein Büro hatte. Aber vermutlich lag es weit von Cape Rosier und Retreat entfernt. Ich war mir nicht einmal sicher, wie er aussah. Dunkelhaarig, kräftig, blauäugig – aber sonst? Seltsam. Sechzehn Sommer lang war er meine zweite Hälfte gewesen.

Die Sonne senkte sich schon über der Bucht, als ich aufstand. Meine Beine waren verkrampft vom langen Sitzen, und mir war schwindelig vor Hunger und der nachlassenden Wirkung des Medikaments. Es war dennoch eine gute Idee gewesen, hierherzukommen, wo die friedliche Stimmung wie Rauchwolken in der Luft hing. Diesen Ort mußte ich mir merken. Ich blickte noch einmal über die Bucht, wobei ich meine Augen gegen das diamantene Geglitzer des Meeres abschattete: Das ist ein Tag, der ein Unwetter ausbrütet, dachte ich plötzlich; so hatte es in meiner Kindheit immer geheißen.

»Maude?« ertönte da hinter mir eine Stimme. Ich drehte mich um, konnte aber bei diesem Licht nur die dunklen Umrisse einer Gestalt wahrnehmen. Dort saß ein kräftiger, breiter Mann. Aber die Form des Kopfes, und wie er ihn zu einer Seite geneigt hielt...

»Mike?« sagte ich. Und als er nicht antwortete: »Bist du das?«

»Nein«, sagte der Mann. »Komm näher, damit ich dich sehen kann. Das Licht blendet mich.«

Und dann wußte ich, wer das war, und rannte voller Freude zu ihm. »Mr. Willis! Micah!«

Als ich ihn erreicht hatte, blieb ich ruckartig stehen. Die niedrigen Brombeerbüsche an der Mauer warfen Schatten, und ich konnte sehen, daß es tatsächlich Micah Willis war, aber er war sehr alt geworden. Er saß in einem Rollstuhl, und ich hatte das Gefühl, daß er halbseitig gelähmt war. Schlaganfall, dachte ich. Sein schlaffes, gefurchtes Gesicht und das glatte, weiße Haar verrieten Krankheit, Hilflosigkeit und Alter. Er mußte schon sehr alt sein, denn er war älter als meine Großmutter, und sie war... wie alt? Fünfundachtzig, sechsundachtzig? Die Trauer, die ich fühlte, trieb mir die Tränen in die Augen. Er war der vitalste und kraftvollste Mann gewesen, den ich kannte.

»Also«, sagte er und sah zu mir auf, »du bist doch Darcy O'Ryan, nicht wahr? Maude sagte schon, daß du diesen Sommer kommen wirst, aber ich dachte, sie erwarte dich erst morgen.«

Seine Stimme klang dünn, schwach und beinahe verdrießlich. Aber dann lächelte er, und es war, als fielen die Jahre von ihm ab und liefen wie in einem Trickfilm rückwärts. Trotz des zerstörten Körpers war er noch immer der alte Micah Willis. Was seine Augen und seine Stimme nicht zeigten, verriet sein Lächeln.

»Du bist ganz und gar ihr Ebenbild«, sagte er. »Ich habe dich einen Moment lang mit ihr verwechselt, wie du da im Gegenlicht unter dem Baum standest. Wenn man die roten Haare wegnimmt und die blauen Augen schwarz färbt, dann könntest du Maude Chambliss sein, als ich sie zum ersten Mal sah. Damals war sie vielleicht zehn Jahre jünger als du heute.«

»Und ich dachte, Sie wären Mike«, sagte ich und lächelte ihn an. »Wie Sie so mit schräggelegtem Kopf dasaßen. So hat er mich immer angesehen, wenn er dachte, ich hätte eine Dummheit gemacht, und das war meistens der Fall. Damit sind wir quitt.«

»Sonst ist allerdings nicht viel von Mike in mir geblieben«, bemerkte er sachlich und sah an seinem mageren Körper im Rollstuhl herab.

»Das tut mir leid«, sagte ich verlegen. »War es ein...?«

»Schlaganfall. Vor drei Jahren. Das muß dir nicht leid tun, ich komme ganz gut zurecht. Eines der jüngeren Duchesne-Mädchen versorgt mich tagsüber, und Caleb und Beth sehen jeden Tag nach mir und kaufen für mich ein. Und ein- oder zweimal in der Woche bringen sie mich zu deiner Großmutter. Wir werden uns also bestimmt öfter sehen.«

»Schön«, sagte ich, wobei ich mich fragte, ob er wohl den Grund für meinen Sommeraufenthalt in Retreat kannte. Ich wußte nicht mehr, was ich noch sagen sollte, und er blickte über das Wasser und dann auf die Reihen der Gräber.

»Wenn du nach Liberty willst, solltest du jetzt besser fahren«, sagte er schließlich, »denn dein Onkel Petie und Tante Sarah wollten deine Großmutter zum Abendessen abholen, und wenn du dich nicht beeilst, verpaßt du sie. Ich bin froh, daß du hier bist, Darcy. Du gehörst nach Retreat. Aber geh vorsichtig mit ihr um. Als du gegangen bist, hast du einen Teil ihres Herzens mitgenommen, und sie zittert vor Freude wie ein Vogel, daß du diesen Sommer kommst. Wie immer du sie auch verlassen hast, versuch es euch beiden jetzt schön zu machen. Sie war sehr lange allein, und sie ist nicht mehr jung.«

»Ich werde mir Mühe geben. Kann ich Sie irgendwohin mitnehmen?«

»Nein, Caleb holt mich wieder ab. Er setzt mich fast jeden Nachmittag hier ab und nimmt mich auf dem Weg zur Werft wieder mit. Aber trotzdem vielen Dank.«

»Ja, dann Auf Wiedersehen«, sagte ich und drehte mich um, um zum Pontiac zu gehen. Plötzlich hatte ich den Wunsch, mich nach Mike zu erkundigen, aber irgendwie konnte ich es nicht. Lieber nicht...

Ich hatte gerade die Wagentür geöffnet, als er mir nachrief: »Hübscher Wagen. Interessante Farbe. Warum ist denn ALLES HEISS?«

Blinzelnd sah ich zu ihm zurück und bemerkte, daß er sein altes, breites Grinsen aufgesetzt hatte.

»Das wissen Sie ganz genau«, rief ich, und er lachte laut. Als ich aus dem Friedhof bog, wurde mein Herz zum ersten Mal seit zwei Tagen nicht von Angst zerfressen.

Aber natürlich kehrte die Angst wieder, beklemmend und stechend, als ich den verrotteten Pfosten mit dem schiefen Ruder erreichte. Die weißen Buchstaben auf dem Ruderblatt waren inzwischen völlig verblaßt, aber es war für mich noch immer das stärkste Symbol für Retreat. Ich mußte anhalten und meinen Kopf auf das Lenkrad des Pontiac legen, ehe ich weiterfahren konnte.

»Alles Scheiße«, flüsterte ich endlich, bog ab und fuhr die Straße hinunter in die Ferienkolonie. Meine Hände umklammerten das Lenkrad ganz fest, und das war gut so, denn die Straße war noch immer nicht geteert, und die Schlaglöcher ließen den Wagen hüpfen und schwanken. Wie betrunken schlingerte der Pontiac, und ich hörte, wie Stein auf Metall traf. Erst jetzt, nachdem mein verräterisches Auto allen meine Ankunft verkündet hatte, wagte ich mich umzublicken. Wie ein stechender Schmerz brandeten alte Gefühle in mir auf.

Auf dem Tennisplatz war niemand, aber ich sah viele weißgekleidete Gestalten und darunter auch mich und Mike Willis. Ich konnte die Strahlen der untergehenden Sommersonne spüren; den Schweiß meines mühsamen Kampfes schmecken und auch die Bitternis der Niederlage gegen irgendein gebräuntes junges Gesicht aus den gehobenen Kreisen Retreats; ich roch die Kiefern, die Tannen, das Salz und die dunkle, geheimnisvolle Feuchtigkeit des Birkenwäldchens hinter dem Tennisplatz und hörte die nasalen Privatschulwitze über meine irische Plumpheit und mein gerötetes Gesicht. Dann drehte ich den Kopf nach rechts zu der Reihe von alten, aus grauen, braunen und weißen Schindeln gebauten Cottages, und jedes war mir so vertraut wie ein Stück meines eigenen Herzens. Niemand war zu sehen. Tränen und Panik stiegen mir in die Kehle: Die Tränen erzählten von Unschuld, Liebe und Erinnerungen, und die Panik vom plötzlichen Tod all dieser Dinge. Ich sah mich nicht weiter um, sondern fuhr bis zur Einfahrt von Liberty, das noch immer hinter hohen Berberitzenhecken versteckt lag. Ich fürchtete den Anblick des großen alten Hauses – bestimmt hatte es sich verändert, war dunkler, kleiner, schäbiger geworden –, aber als ich schließlich hinsah, schien es noch genauso zu sein wie an jenem Tag, als ich es verlassen hatte. Es stand da und sagte, wie damals vor so vielen Jahren: »Ich biete dir Sicherheit.«

»Du lügst«, sagte ich laut, stieg aus dem Wagen und betrat Liberty.

Ich ging durch das Wohnzimmer und das Eßzimmer bis in die Küche: leer, sauber, unverändert. Geister lockten und tanzten; Stimmen riefen und schmeichelten. Ich wollte sie weder sehen noch hören. In diesem Sommer würde das Haus von mir nur das bekommen, was ich geben wollte. Und das würde wenig genug sein. Drei Monate. Drei Monate aus purer Notwendigkeit, und keinen Tag länger. Ich steckte den Kopf in das große hintere Schlafzimmer, das immer mir gehört hatte, aber auch hier war alles leer, frisch, glänzend und erwartungsvoll. Meine Großmutter war nirgendwo zu sehen: gut so. Vielleicht war sie bei Onkel Petie und Tante Sarah, wie Micah Willis gesagt hatte. Das würde mir etwas Zeit geben...

Ich trat hinaus auf die Veranda, und da war sie. Sie lag in dem alten Korbsessel, in dem sie, solange ich denken konnte, am Nachmittag immer gelesen hatte, und schlief, eingewickelt in die weichen, dünnen Stofflagen des alten spanischen Schals, der immer hier lag, damit sie sich gegen die Kühle schützen konnte. Seine Farben waren inzwischen so sehr verblaßt, daß man sie kaum noch erkennen konnte, und an ihrem unbewegten Körper und ihren Händen wirkte er plötzlich wie ein Leichentuch, eine Hülle für eine Tote. Der Gedanke kam mir mit plötzlicher Klarheit: Meine Großmutter ist tot.

Als ich sie verlassen hatte, war sie lebhaft und dunkel gewesen, ihr lockiges Haar schwarz und mit silbernen Strähnen durchzogen, ihr Gesicht weich, gebräunt und voll winziger Fältchen wie alter, seidiger Samt. Ihre dunklen Augen hatten getanzt, ihr kleines, spitzes Kinn war fest gewesen, und ihr beweglicher Körper hatte in den Hosen und Pullovern, die sie immer trug, noch üppige Rundungen gezeigt. Außer zu abendlichen Cocktail- und Essenseinladungen weigerte sie sich, die Kleider aus Leinen und bedruckter Seide anzuziehen, die die anderen älteren Damen hier trugen. Anstatt in edle Jacken hüllte sie sich lieber in Schals. In ihren durchstochenen Ohren baumelte stets dasselbe Paar goldener Ohrringe, und oft stellte ich sie mir als eine geheime Gefangene an diesem Ort vor, eine Zigeunerin, die von einem unverbrüchlichen Zauber hier gehalten wurde. Das hatte ich ihr einmal erzählt.

»Das bin ich auch«, sagte sie und lachte. Maudie-Gro hatte ein volles, kehliges Lachen. »Das bin ich wirklich.« Und sie fuhr fort: »Diese Kleidchen und Pulloverchen werde ich erst dann tragen, wenn ich mich für einen Schaukelstuhl auf der Jachtclubveranda anmelde. Und keine Minute früher.«

Aber jetzt trug sie ein Kleid, ein marineblaues Hemdblusenkleid, das ihren gebrechlichen Körper in seinen gestärkten Falten zu verschlucken schien. Sie schien geschrumpft zu sein; ihre zarten Vogelknochen waren deutlich zu erkennen, und die schlaffe Haut legte sich faltig um sie wie ausgebeulter Stoff. Sie war noch immer dunkel, aber jetzt war es die trockene, mattgelbe, dunkle Hautfarbe einer Mumie. Ihr Mund, einst voll, weich und lebhaft, war nun eine dünne, ausgebleichte Linie, und jeder Zentimeter der Haut auf ihrem Gesicht, den Händen und Armen war mit winzigen Fältchen überzogen, als wäre sie lange getrocknet worden. Ihre geschlossenen Augen lagen in dunklen Höhlen, die die Hälfte ihres kleinen Gesichts einzunehmen schienen, und die Knochen ihrer Stirn und ihrer Wangen traten hervor wie bei einem schönen, kleinen Skelett. Ihre Augenlider, die fest an den runden Murmeln der Augäpfel anlagen, sahen aus wie zarte, zerknitterte Papiertaschentücher. Sie war alt, o mein Gott, sie war so alt! Mir blieb schier das Herz stehen. Diese zarte alte Mumie mit dem schlohweißen Haar und der seidenknittrigen Haut konnte mir unmöglich Sicherheit bieten.

Erst jetzt wurde mir klar, daß ich damit gerechnet hatte, daß sie mir Schutz geben würde und daß mich die Hoffnung darauf zitternd und mit trockenem Mund die ganze Strecke von Atlanta hierher getrieben hatte. Voller Panik schloß ich die Augen. Ich versuchte vergebens durchzuatmen: ich stand auf der Veranda von Liberty mit einer uralten Frau, die vielleicht bereits gestorben war, und wußte, daß ich nicht weiterleben konnte.

»*Brrrrrauu?*«

Dieser leise, kehlig-rollende, fragende Ton war mir bis in die Tiefen meiner Seele hinein vertraut. Ich riß die Augen auf. Eine riesige Tigerkatze hob ihren Kopf aus den Falten des Schals, wo sie vor dem ausgebleichten Muster nicht zu sehen gewesen war, streckte die Beine und stellte sich auf breite, weiche Pfoten.

»O Zut!« sagte ich leise und begann zu weinen.

Ich hob den Kater von dem Stuhl auf und legte ihn über meine Schulter. Dann begrub ich das Gesicht in seinem Fell, wie ich das früher immer getan hatte. Er roch noch wie damals: nach trokkener Seide, Sonne und etwas Staub. Auf meiner Schulter fühlte er sich nicht schwer an, denn der größte Teil seines Umfangs war, wie ich mich erinnerte, auf das dichte gold- und dunkelbraune Fell zurückzuführen. Geduldig ließ er sich von mir tragen, und mir fiel ein, daß Zut schon immer ein phlegmatisches Tier gewesen war, was gar nicht zu seinem exotischen Aussehen paßte. Der junge Mann, der ihn mir in meinem letzten Sommer hier geschenkt hatte, hatte ihn Zut Alors getauft, und später wurde er von mir und meiner Großmutter nur noch Zut genannt.

»Ich dachte, du wärst schon längst tot«, sagte ich zu ihm und wischte meine Nase an seinem Fell ab. »Ich bin so froh, daß es dich gibt.«

»Darcy?« fragte eine dünne Stimme, und ich blickte auf. Maudie-Gro war aufgewacht und starrte mich an. Sie sah beinahe furchtsam aus, und ihr dunkles Gesicht war blaß geworden. Aber ihre Augen waren noch so wie damals: dunkel, lebhaft und glänzend. Und dann sah ich, daß Tränen darin standen.

»Ich bin es«, sagte ich. »Hallo, Maudie-Gro. Ich wollte dich nicht wecken.«

In meinen Ohren klang meine Stimme albern und kindlich.

»Bist du es wirklich?« sagte sie, und die dünne Stimme gewann etwas an Kraft. Etwas von der reichen Fülle des Südens, die sie niemals ganz verloren hatte, war darin zu hören.

»Ich bin es. Ich habe mich entschlossen, mit dem Auto zu fahren, darum bin ich einen Tag früher gekommen. Ich habe vergessen anzurufen. Tut mir leid, wenn ich dich erschreckt habe.«

Sie schüttelte den Kopf, als wolle sie die Dumpfheit daraus vertreiben, und lächelte. Allmählich begann ihr Gesicht wieder der alten Maudie-Gro zu ähneln.

»Ich träume in letzter Zeit oft von Menschen, die längst tot sind, und manchmal weiß ich nicht mehr, wer jetzt noch lebt und wer nicht«, sagte sie. »Und ich weiß nicht immer genau, ob ich jetzt wirklich wach bin. Ich hatte Angst, ich sehe einen Geist.«

»Ich auch«, sagte ich und lächelte zaghaft.

Ich setzte Zut ab, und mit einem weichen Satz sprang er wieder auf ihren Schoß und begann sein Hinterteil zu putzen.

»Ich bin so froh, daß er noch lebt«, sagte ich.

»Ich bin so froh, daß du noch lebst«, antwortete sie, und stille Tränen begannen über ihre zerknitterten Wangen zu rollen. Ich stieß einen leisen, gequälten Ton aus, und sie schüttelte ungeduldig ihren weißhaarigen Kopf und tupfte sie ab.

»Kümmer dich nicht darum«, sagte sie. »Alte Leute weinen so leicht, wie andere husten oder furzen. Es passiert völlig unbewußt und dient lediglich dazu, etwas inneren Druck abzulassen. Mehr nicht. Aber es ist so häßlich anzusehen... Ach, mein liebes Kind. Jetzt bist du endlich da. Und du siehst noch immer wie früher aus, auch wenn du viel zu dünn bist. Und du hast dir die Haare abgeschnitten; das gefällt mir. Du siehst aus wie eine rothaarige Elfe.«

Ihre Stimme floß mir wie mein eigenes Blut durch die Adern. Sie wärmte und entspannte mich noch so wie früher. Ich wollte aber gar nicht gewärmt und entspannt werden; ich wollte nur leeren, endlosen Frieden. Ich wollte Selbstkontrolle und Distanz.

»In der Klinik mußte ich sie abschneiden«, sagte ich. »Weder Lockenwickler noch Föns oder Scheren und was man sonst für lange Haare braucht, waren erlaubt. Nachdem eine Frau Selbstmord begangen hat, indem sie mit der Trockenhaube in die Dusche gestiegen ist, mußte sich jeder die Haare abschneiden, sogar die Männer. Manche von ihnen waren schwul, denen machte es mehr aus als mir.«

Sie sah mich an und lächelte nur ein bißchen, und ich fühlte mich wie früher als Kind, wenn ich vergeblich versucht hatte, sie zu schockieren.

»Also hast du einen Wagen«, sagte sie. »Sehr schön. Dann bin ich nicht mehr von Sarah, Petie oder einem der Willisses abhängig, und wir können längere Ausflüge machen. Das große Auto habe ich schon vor ein paar Jahren verkauft, als ich wegen meiner Hände endgültig nicht mehr fahren konnte – ich habe Arthritis.«

»Ich glaube nicht, daß dir dieses Auto gefällt«, sagte ich. »Es gehört einem farbigen Alkohol- und Drogenabhängigen, ist völlig verrostet, und auf der Stoßstange hat es einen Aufkleber, auf dem ALLES SCHEISSE steht. Oder wieder stehen wird, wenn ich ihn irgendwie sauberbekomme.«

Sie sah mich noch eine Weile schweigend an, und dann verzog sich ihr Mund, und sie begann zu lachen. Da war es, etwas schwächer als früher, aber noch immer authentisch: Maudie-Gros altes Lachen. Unwillkürlich lächelte ich ebenfalls.

»Ausgezeichnet«, sagte sie. »Damit fahren wir alle alten Damen zum Mittagessen aus. Wir hatten schon RETTET DIE WALE und BABY AN BORD, und eines der Conant-Kinder hatte im letzten Sommer RUGBY-SPIELER FRESSEN IHRE TOTEN, aber ALLES SCHEISSE hatten wir meines Wissens noch nie. Komm, meine Liebe, hilf mir auf, dann zeige ich dir dein Zimmer. Und dann werde ich wohl Petie und Sarah anrufen und mich für heute abend entschuldigen. Danach mache ich uns einen Martini. Oder auch zwei. Es sind noch genug Krabben da zum Abendessen.«

Ich half ihr aus dem Stuhl auf und zuckte innerlich zusammen, als ich ihre steifen, verkrümmten Hände und den gebeugten Körper spürte, während sie sich auf mich stützte. Sie klammerte sich an mir fest, humpelte vorwärts, und ihr pfeifender Atem klang mühevoll und keuchend.

»Maudie-Gro, ist alles in Ordnung?«

»Ausgezeichnet«, sagte sie angestrengt. »Es klingt nur so schauderhaft. Niedriger Blutdruck oder irgend etwas anderes mit dem Kreislauf, glaube ich. In erster Linie ist es wohl das Alter. Ich habe dich oben in meinem alten Zimmer untergebracht; es tut mir leid, daß ich dich umquartieren mußte, aber ich schaffe einfach die Treppen nicht mehr. Geht das in Ordnung?«

»Natürlich. Ich weiß sowieso nicht, warum du mir all die Jahre das große Zimmer im Erdgeschoß gegeben hast. Ein Kind im schönsten Raum des Hauses... ich weiß, daß es früher das Zimmer von dir und Großpapa war.«

»Das war der Grund«, sagte sie leise. »Irgendwie konnte ich nie mehr darin schlafen. Aber in diesem Sommer geht es sehr gut. Wahrscheinlich hätte ich schon vor langer Zeit herunterziehen sollen.«

An diesem Abend betranken sich meine Großmutter und ich. Ich badete in der alten, klauenfüßigen Badewanne im Obergeschoß, zog saubere Jeans und einen Pullover an, und als ich nach unten kam, stand sie schon in einem bunten indianischen Baumwollkaftan in der Küche, hatte etwas Lippenstift aufgelegt und war von einer Wolke Caleche umhüllt. In einem Krug mixte sie Martinis. Auf dem alten Kieferntisch, der seit jeher genau in der Mitte der Küche stand, wartete eine Schüssel Krabbensalat mit Mayonnaise. Wir gingen mit dem Krug auf die Veranda hinaus, setzten uns und tranken und sahen zu, wie die Sonne hinter den Camden Hills versank. Alles, was in den zwölf Jahren und davor geschehen war, lag zwischen uns: Es war zuviel. Irgendwie wußten wir, daß wir heute abend noch nicht darüber reden würden. Wir tranken ein Glas, dann noch eines, und dann goß ich uns ein drittes ein. Ruhe umfing mich wie eine gläserne Kuppel. Wir sprachen über meine Reise von Atlanta hierher und wer in diesem Sommer in Retreat war, aber hauptsächlich blickten wir hinaus in das ewige Blau der Bucht und auf die orangefarbene Sonne. Und wir tranken. Ich konnte mich nicht erinnern, daß meine Großmutter jemals mehr als zwei Gläser getrunken hatte. Die Ruhe wurde immer tiefer und stärker.

Später saßen wir im Licht von zwei Kerzen, die in alten Fayence-Leuchtern steckten, am Abendbrottisch und sahen einander an. Auf ihren Wangen prangten rote Flecken, und ihre Augen glitzerten. Mein eigenes Gesicht war warm.

»Ich weiß nicht, wann ich zuletzt soviel getrunken habe«, sagte sie. »Es ist ein herrliches Gefühl. Warum tue ich das eigentlich nicht öfters? Na ja, morgen früh werde ich es vermutlich wissen.«

»Du siehst zwanzig Jahre jünger aus als heute nachmittag«, stellte ich fest. Die Ruhe war tief und herrlich, und ich hatte das Gefühl, ihr jetzt alles sagen zu können.

»Du auch«, sagte sie.

»Ich habe nichts mehr getrunken, seit ich von hier fortgegangen bin«, erklärte ich. »Zwölf knochentrockene Jahre. In letzter Zeit war ich von Beruhigungsmitteln abhängig. Offenbar habe ich etwas verpaßt, denn ich habe mich seit Jahren nicht mehr so gut gefühlt. Alkohol ist die Lösung. Weißt du, das ist meine stärkste Erinnerung an diesen Ort. Diese... Sicherheit, auf die man sich verlassen konnte. Dieser Friede. Ich hoffe, das macht nicht nur der Alkohol.«

»Nicht ganz«, sagte Maudie-Gro. »Das ist das Beste an Retreat, und ich freue mich, daß du es fühlen kannst. Das habe ich gehofft.«

»Mein Psychiater sagt, es sei nicht gut, sich allzusehr auf bestimmte Orte oder Menschen zu verlassen«, sagte ich. »Ich soll lernen, nur mir selbst zu vertrauen, mich nur auf meine eigene Kraft zu stützen. Ist das nicht lachhaft? Aber ich weiß, was er meint. Orte verändern sich, man kann sie verlieren. Menschen gehen weg oder sterben.«

Ich wandte mich ab. Sie wird auch bald sterben, dachte ich. Einen langen Augenblick schwieg sie, spielte mit ihrer Gabel im Krabbensalat herum und sagte dann: »Was ist so schlimm an dieser Angst? Ich habe nie ganz verstanden, was eine Angstneurose eigentlich ist. Aber manchmal denke ich, daß es sehr viel schlimmere Dinge gibt als Angst.«

Tief unter der Martini-Ruhe flammte Wut in mir auf. Sie hatte keine Ahnung.

»Es war schrecklich«, sagte ich. »Es *ist* schrecklich. Das ist keine gewöhnliche Angst. Es ist wie... stell dir vor, du müßtest auf schreckliche, fürchterliche Art sterben, und zwar tausendmal, und das geht Monate und Jahre so weiter. Manchmal möchte man nur noch schreien. Und manchmal tut man es auch: schreien, schreien, schreien…«

»Wann hat es angefangen?«

Ihre Stimme war ruhig, aber es standen wieder Tränen in ihren Augen. Ich war auf perverse Weise froh, sie zu sehen.

»Ich weiß nicht genau. Nach und nach. Manchmal glaube ich, es war damals, als ich nach dem Collegeabschluß nach Hause kam, und Papa war nicht da. Ich meine, ich wußte, daß er nach Nevada gefahren war; wir hatten darüber geredet und beschlossen, daß ich die Wohnung behalte, weil ich ohnehin eine brauchte. Aber wir dachten, Mutter wäre vielleicht schon aus der Klinik entlassen, wenn ich komme, aber natürlich war sie nicht da. Es war überhaupt niemand da. Ich weiß nicht, was daran eigentlich so schlimm war, oder warum das Alleinsein so anders war als sonst. Während meiner ganzen Jugend war er ja oft nicht dagewesen, und seit ich sechzehn war oder so habe ich mit niemandem mehr zusammengewohnt. Aber ich war es gewohnt, für ihn und mich zu sorgen. Und anfangs auch für sie. Aber dieses Mal war es anders. Ich bekam Angst; mein Herz begann zu klopfen, und ich fühlte, daß etwas Schreckliches mit mir geschah. Ich konnte nicht ruhig sitzenbleiben. Darum ging ich aus dem Haus, klopfte an irgendwelche Türen und nahm den ersten Job an, der mir angeboten wurde, als Empfangsdame in einer Werbeagentur. Und ich besorgte mir eine kleinere Wohnung, wo ich mit jemandem zusammenlebte, und ich arbeitete während der nächsten sechs Jahre rund um die Uhr, Tag und Nacht. Ich war wirklich gut, und lange Zeit dachte ich gar nicht mehr an die Angst. Nur wenn ich allein war und nichts zu tun hatte, an einem Wochenende zum Beispiel, dann kam sie zurück. – Und dann lernte ich Hank kennen. Er war einfach wunderbar, er hatte alles: eine alteingesessene Familie in Atlanta, viel Geld, Charme, Witz, gute Aussichten: einfach alles. Wir verlobten uns und wollten im Juni heiraten. Das war im Januar, als ich siebenundzwanzig war… Na ja, und an dem Abend, als seine Eltern ihren ganzen Freunden unsere Verlobung verkündeten, hatte ich meinen ersten richtigen Angstanfall. Und anstatt auf dem Fest zu sein, landete ich in der Notaufnahme des nächsten Krankenhauses. Dort diagnostizierten sie Erschöpfung und Hyperventilation, und wir erzählten allen, ich hätte eine Lebensmittelvergiftung, aber es passierte immer häufiger, kam immer wieder und wurde immer schlimmer, und schließlich sah sogar ich ein, daß ich Hilfe in Anspruch nehmen mußte, wenn ich nicht... sterben wollte. Zu der Zeit hatte ich schon Angst, nur die Wohnung zu verlassen oder fünf Minuten lang allein zu sein. Meine Mitbewohnerin zog aus, und ich verlor natürlich meine Stelle. Hank sagte, er könne nicht länger den Babysitter spielen, und darum ging ich freiwillig in die Peachwood-Klinik. Im ersten Monat zahlte ich die Rechnung selbst, und dann bat ich sie, Papa in Las Vegas anzurufen. Fast drei Monate lang hörte ich nichts von ihm; ich weiß, daß du für alle Kosten aufgekommen bist. Die Klinik hat übrigens einen sehr guten Ruf; du hast dein Geld nicht zum Fenster hinausgeworfen. Hanks Mutter suchte sie persönlich aus und kam mit, als mich Hank hinbrachte. Keinen von beiden habe ich nach dieser Nacht jemals wiedergesehen.«

Schweigend saßen wir im flackernden Licht der Kerzen. Uns umgab nur Friede und eine Art seufzendes Summen, ein ganz leises, ein schönes Geräusch.

»War er etwas Besonderes, dieser Hank?« fragte Maudie-Gro dann.

»Ich kann mich nicht einmal mehr daran erinnern, wie er aussah«, sagte ich.

Wir begannen beide zu kichern.

»Aber ich weiß noch, wie seine Mutter aussah. Eine hundertprozentige Dame. Sie war nicht begeistert von der Aussicht, eine psychisch kranke Schwiegertochter zu bekommen. Und ihr konnte man natürlich auch nichts über Kindheitstraumata, verdrängte Wut, Affektverschiebung und ähnliches Zeug erzählen. Sie wußte außerdem, daß so etwas in unserer Familie häufiger vorkommt. Ich glaube, der liebe Hank hat ihr von Urgroßvaters und Großvaters kleinen Eigenheiten und Mutters Schwierigkeiten erzählt. In den Gesellschaftsanzeigen habe ich gesehen, daß er ein Jahr später Luanne Ormsby geheiratet hat, in deren Familie nichts vererbt wird außer Republikanismus, Geld und vielleicht vor langer Zeit einmal ein kleiner Hakenwurm.«

»Du glaubst diese... was immer es auch ist, diese Angst... hast du von den Chamblisses geerbt?«

»Wer weiß?« sagte ich. »Selbst mein Psychiater hat keine Ahnung. Geholfen hat mir meine Abstammung jedenfalls bestimmt nicht gerade.«

»Na ja«, sagte Maudie-Gro, »es fließt genausoviel Gascoigne-Blut in deinen Adern wie Chambliss-Blut, und ich sage dir, es gibt keine zäheren und kräftigeren Gene an der ganzen Ostküste. Unsere Familie mag vielleicht etwas exzentrisch sein, aber sie ist hoffnungslos gesund und dazu verdammt, das auch zu bleiben. Da brauchst du dir keine Sorgen zu machen.«

Ich trank meinen Wein aus und schenkte mir nach. Er schmeckte wunderbar. Maudie-Gro schien unerschöpfliche Vorräte davon zu besitzen. Ich beschloß, während dieser ganzen drei Monate, die ich in Retreat verbrachte, immer ein bißchen angetrunken zu bleiben.

»Erzähl mir von Mike«, sagte ich. Jetzt wollte ich alles hören.

»Nun, Mike. Laß mich nachdenken. Er ist ein sehr guter Architekt in… ich glaube, es ist Portland, oder auch Portsmouth, ich weiß es nicht mehr genau. Er gewinnt Preise, und seine Entwürfe werden in Zeitschriften veröffentlicht. Vor langer Zeit war er einmal kurz verheiratet, gleich nach dem Studium am MIT. Sie haben sich nach einem Jahr oder so getrennt, Kinder gab es keine. Ich glaube, sie war sagenhaft reich und er nicht, und einem von beiden hat das wohl letztlich zuviel ausgemacht… Er kommt nicht oft nach Hause, aber wenn er zu Besuch ist, schaut er bei mir vorbei, und wir reden stundenlang, genau wie damals. Als Mann ist er sehr viel attraktiver, als er es als Junge war, aber sonst hat er sich eigentlich nicht sehr verändert. Ich mag ihn schrecklich gern. Über die Trennung von dir ist er nie richtig hinweggekommen. Ich glaube auch nicht, daß er sich jemals davon erholen wird. Aber du mußt dir keine Sorgen machen, ich glaube nicht, daß er vorhat, in diesem Sommer hier aufzutauchen.«

Ich schwieg. Einen kurzen Augenblick lang stand Mike Willis im Kerzenschimmer neben mir, dunkel, kräftig, mit strahlenden, hellblauen Augen und jener dicken Strähne glatter, schwarzer Haare, die ihm über die linke Augenbraue fiel. Ich konnte die dunklen Sommersprossen auf seinem Nasenrücken erkennen und die Lücke zwischen seinen beiden Vorderzähnen.

»Wann ist eigentlich seine Großmutter gestorben?« fragte ich. »Mir ist heute klargeworden, daß ich das gar nicht weiß.«

»Tina starb in dem Sommer nach dem Tod deines Großvaters«, sagte Maudie-Gro leise. »Sie hatte Darmkrebs, offenbar war sie schon im Sommer zuvor krank, und niemand wußte es. Ich zumindest nicht... In dem ersten Sommer ohne Peter bin ich nicht nach Retreat gekommen. Es war der erste Sommer seit unserer Hochzeit, den ich nicht hier verbrachte, aber... ich wollte nicht, und so war ich nicht hier, als sie starb. Micah rief mich in Charleston an. Es ging ziemlich schnell, glaube ich. Das ist eines der wenigen Dinge, die ich in meinem Leben bereut habe: daß ich nicht dabei war, als Tina starb.«

»Ich habe deinen Geliebten heute getroffen«, sagte ich. Der Wein summte in meinen Ohren, und ich grinste sie an.

Sie lächelte mich fragend an.

»Deinen alten Geliebten. Micah Willis. Auf dem Weg hierher habe ich kurz am Friedhof gehalten, und da war er. Es tut mir leid mit seinem Schlaganfall; das muß sehr schwer für ihn sein. Er ist sehr gebrechlich geworden, nicht wahr? Aber etwas von dem alten Micah ist immer noch da.«

Sie schwieg, und ich sah sie über den Tisch hinweg an. Da stand etwas in ihrem Gesicht, das vorher nicht dagewesen war.

»Er *war* doch dein Geliebter, oder? Mein Gott, Maudie-Gro, ich mach doch nur Spaß, aber er... er hat dir doch etwas bedeutet, nicht wahr?«

O mein Gott, dachte etwas in mir, was redest du da? So etwas kannst du doch zu Maudie-Gro nicht sagen. Aber sie lächelte mir nur zu.

»Ja«, sagte sie. »Er hat mir etwas bedeutet. Er bedeutet mir noch immer etwas. Aber nicht als Geliebter. Nicht als... Liebhaber. Das war immer nur dein Großvater, niemand sonst.«

»Aber du hast Micah... geliebt.«

»Ich habe ihn gebraucht.«

»Das ist dasselbe.«

»Nein. Aber auf eine bestimmte Weise habe ich ihn auch geliebt, nur nicht so, wie du das gemeint hast.«

»Du willst sagen, daß du niemals... eine Affäre mit ihm hattest? Aber warum nicht, Maudie-Gro? Ihr beiden wart immer zusammen, ich kann mich kaum erinnern, daß es einen Tag gab, an dem Micah nicht kam. Es hätte euch beiden so gut tun können, ich meine, all die Jahre, die du allein warst, und er auch... War es, weil er ein Einheimischer ist?«

Sie lächelte. »O nein, das spielte nie eine Rolle. Es war wohl wegen Peter – deinem Großvater – und wegen Tina.«

»Aber sie waren doch beide tot.«

»O nein.«

»Du meinst, du und Micah, ihr wolltet ihnen auch nach dem Tod nicht untreu werden?«

»Wenn du so willst. Du meine Güte, so eine Unterhaltung führt man nicht mit seiner Enkelin. Das gehört sich nicht«, sagte sie, und ich wußte, daß sie heute nichts mehr über Micah Willis erzählen würde. Na ja, dafür war noch Zeit genug. Die weiße Stille um mich schwankte und summte.

»Von meiner Mutter sehe ich gar nichts in diesem Haus«, sagte ich und sah mich in dem dämmrigen alten Zimmer um. Das warme Rauchgold der Wände hatte sich seit meiner Kindheit nicht verändert, und überall standen Andenken an die Familie, Dinge, die mir vertraut waren. Aber zum ersten Mal fiel mir auf, daß ich meine Mutter hier nicht sah.

»Ich sehe vieles von ihr«, sagte Maudie-Gro, »aber nicht von der Frau, die deine Mutter wurde. Nur von dem kleinen Mädchen, das meine Tochter war. Deine Mutter war seit deiner Geburt nicht mehr hier.«

»Weil Großvater meinen Vater ablehnte?« fragte ich.

»Vermutlich deshalb, ja«, sagte sie. »Aber auch aus anderen Gründen.«

»In der Therapie hätte ich auf meine Eltern wütend werden sollen«, sagte ich gleichmütig, »aber das ist mir nie gelungen. Ich war niemals wütend.«

»Wie solltest du auch?« meinte Maudie-Gro. »Das wäre so, als würde man auf abstrakte Ideen wütend. Auf deine Mutter kannst du nicht wütend werden, weil sie für dich nie eine Mutter war. Sie war eigentlich nie für dich da. Sie hat den größten Teil deines Lebens in Kliniken verbracht, und wenn sie einmal zu Hause war, dann warst eher du die Mutter als umgekehrt. Und in dieser letzten Klinik ist sie jetzt seit... warte... seit sieben Jahren? Acht? Ich glaube nicht, daß sie noch einmal herauskommen wird. Es gibt längst keine Chance mehr für eine Heilung. Und was deinen Vater angeht... du lieber Himmel, was hat er dir schon gegeben? Er ist im ganzen Land herumgereist, von einer Arbeitsstelle zur nächsten, war meistens pleite und kaum zu Hause, und du warst ständig in diesen schrecklichen Internaten, die er für dich ausgesucht hat... und wenn er einmal ein paar Monate am Stück zu Hause war, dann hast du dich wie eine kleine Ehefrau um ihn gekümmert. Du kannst auf den Gedanken wütend werden, was sie für dich darstellten oder nicht darstellten, aber nicht auf sie als Eltern, denn das waren sie nie. Kein Wunder, daß du keine Gefühle für sie hast.«

Keuchend hörte sie auf zu sprechen, hüstelte und trank von ihrem Wein. Ich starrte sie an. Noch nie hatte ich sie so über ihre Tochter sprechen hören, noch über den Mann, den diese geheiratet hatte. Ich wußte nur, daß Maudie-Gro meine Rechnungen bezahlt hatte, wo immer ich war, auch dann noch, als ich sie nach diesem letzten Sommer verlassen hatte, und daß sie für den größten Teil der ersten siebzehn Sommer meines Lebens mein einziger Halt, mein Polarstern gewesen war. Ich hatte mir nie überlegt, was sie wohl von Happy Chambliss O'Ryan hielt, auch wenn ich meine Vermutungen hatte, was sie über meinen Vater dachte.

»Ich glaube, wir sind wohl beide betrunken«, sagte ich. »Und vielleicht hast du recht mit dem, was du sagst. Aber irgendwie scheint es mir wichtig zu sein, daß ich diese Wut empfinde. Mein Psychiater sagt, es sei entscheidend, sonst würde ich nie gesund.«

Sie stieß einen leisen Ton der Verachtung aus. »Was kann dieser Psychiater schon über dich wissen? Vergiß deine Eltern. Das ist etwas, das die Alten den Jungen immer vermitteln wollen und so selten klarmachen können; eines der wenigen Dinge, die wir in unserem Leben eindeutig als wahr erkennen: Du mußt deine Eltern loslassen. Als Eltern wirst du sie nie zurückgewinnen, sie sind für dich verloren. Laß los. Heb dir deine Wut für etwas auf, das es wert ist.«

»Was ist das, Maudie-Gro? Was ist es wert?«

»Das wirst du wissen, wenn die Zeit reif ist dafür«, sagte sie. »Nur keine Sorge, du wirst es wissen. Und dann wird es eine anständige Wut sein, eine, die die Welt aus den Angeln heben kann. Es hat keine Bedeutung, daß du sie jetzt noch nicht empfindest; dir ist nur noch nichts begegnet, was sie wirklich wert war.«

»Mein Psychiater sagt, ich sollte eigentlich auch auf dich wütend sein.«

»Ich dachte, das wärst du all die Jahre auch gewesen.«

»Nein«, sagte ich mit leiser Stimme. »Nicht wütend. Ich fürchtete mich vor dem Gedanken an dich, ich fürchtete mich davor, mit dir Kontakt aufzunehmen. Ich fürchtete, ich würde einfach zu dir zurücklaufen und nie mehr fortgehen. Und jetzt bin ich da. Du lieber Himmel, Maudie-Gro, wie soll ich denn neunundzwanzig Jahre einfach vergessen?«

»Liebes, ich glaube, du hast gar keine andere Wahl, wenn du weiterleben willst.«

Ich blickte in die Dunkelheit.

»Ich kann nicht in die Zukunft sehen«, flüsterte ich. »Ich weiß nicht, was vor mir liegt. Da ist nur weißes Rauschen, wie bei einem kaputten Fernseher: Schnee. Ich sehe nichts.«

»Warum mußt du etwas sehen?« fragte sie und griff nach meiner Hand. »Warum ruhst du dich nicht erst einmal aus? Dafür ist Retreat doch da, genau dafür.«

»Ich muß wissen, was kommt.«

»Niemand muß das wissen, Liebes. Niemand weiß, was vor ihm liegt.«

»Wie können das die anderen alle ertragen?«

»Indem sie sich auf nichts verlassen«, sagte sie mit plötzlicher Heftigkeit. »Indem sie bereit sind, alles zu wagen. Und außerdem… indem sie loslassen.«

Später, nachdem ich sie in das große Schlafzimmer begleitet hatte, wo sie mir noch einmal zulächelte, ehe ich die Tür schloß, ging ich zurück und legte mich vor dem niederbrennenden Feuer auf das Sofa. Ich wußte, daß ich eigentlich nach oben ins Bett gehen sollte, aber in meinem Kopf drehte sich alles, das Feuer hatte eine hypnotische Wirkung, und ich bekam Angst, ich könnte die zarte Hülle dieser weißen Ruhe verlieren, wenn ich den Raum verließ. Darum zog ich die alte Wolldecke, die immer auf dem Sofa lag, über mich und lag in der nur vom Feuer erleuchteten Dunkelheit. Ich fühlte mich, als sei ich ganz allein auf dieser Erde, aber eingehüllt in einen Kokon aus Wärme, Zeitlosigkeit und Nichts.

»Ich lasse euch los«, sagte ich zu meiner Mutter und meinem Vater in die Dunkelheit hinein. »Ich lasse euch einfach los.«

Etwas später kam Zut auf weichen Pfoten hereingetrabt, hüpfte auf das Sofa und rollte sich an meiner Seite zusammen, und so, das flüsternde Feuer auf der einen und Zuts leisen, stetigen Atem auf der anderen Seite, glitt ich langsam in den Schlaf hinüber.

»Ich lasse euch los«, flüsterte ich und schlief ein.

FÜNFZEHNTES KAPITEL

Am nächsten Morgen waren diese beiden unheilvollen Geister verschwunden. Ich war mir ganz sicher, denn der Trommelschlag der Angst, der sich wie ein Virus in meinem Blut eingenistet hatte, war ebenfalls fort. Nicht vorübergehend zum Schweigen gebracht, nicht zeitweilig außer Kraft gesetzt, sondern verschwunden. Ich saß auf der Sofakante in dem kühl gewordenen Raum, starrte auf die tote Asche im Kamin und atmete versuchsweise tief durch. Dann sprang ich auf, rannte durch das Zimmer und streckte meinen Kopf aus der Fliegengittertür, um die süße, von scharfem Nadelwaldduft durchsetzte Salzluft einzusaugen, bis ich glaubte, mein Herz müßte zerspringen. Erst jetzt wurde mir klar, daß ich seit vielen, vielen Monaten nicht mehr gewagt hatte, die Luft der Welt tief einzuatmen. Am liebsten hätte ich geweint und geschrien, und vor reiner Freude hätte ich davonfliegen können. Es ist unbeschreiblich, wie sich die Abwesenheit von Angst für jemanden anfühlt, der diesen Zustand seit langer Zeit nicht mehr gekannt hat und eigentlich sicher war, ihn nie wieder zu erleben.

Die Bucht und der Himmel schimmerten im seidigen Blau des frühen Morgens, das Wasser lag so still da wie ein Spiegel, und nur hinter Islesboro und Little Deer hing Dunst. Ich konnte North Haven nicht sehen, und das bedeutete meist, daß wir später am Tag schlechtes Wetter bekommen würden. Aber bestimmt nicht vor Einbruch der Dunkelheit, und so konnte ich diesen ganzen wunderschönen Tag lang tun, was ich wollte. Ich konnte hinunter ans Wasser laufen, zum Jachtclub, in die Birkenwäldchen, auf die Felskanten – überall dorthin, wo ich schon als Kind so gern gewesen war. Ich konnte all das noch einmal erleben, noch einmal seine segensreiche Wirkung spüren. Ich würde zu einigen der Cottages gehen und nachsehen, wer schon da war; ich würde die Leute begrüßen, die ich früher gekannt hatte…

Die Angst riß mich um wie eine riesige Welle. Ich stolperte

rückwärts unter ihrer Gewalt und setzte mich wieder auf den Rand des Liegesofas. Dann schlang ich die Arme um meinen Körper und rang nach Atem, der nur einen Augenblick zuvor so leicht und frei geflossen war. Und ich legte meinen Kopf auf die Knie und schaukelte vor und zurück, um zu warten, bis die Angst vorüberging. Ich glaube nicht, daß ich jemals zuvor – nicht einmal in der Klinik – so verzweifelt sicher gewesen war, daß vor mir nichts lag als der Tod.

Es wird oft gesagt, daß Selbstmord eine äußerst feige Tat sei. Allein der Gedanke daran offenbare einen erheblichen Mangel an Charakter, an Haltung, an schlichtem, altmodischem Mumm, meinen viele. Tapfere Menschen tun so etwas nicht. Über diese Ansicht konnten wir in der Klinik nur bitter lachen. Die tapfersten Menschen, die ich kenne, habe ich dort kennengelernt: Menschen, die immer noch einen weiteren Tag durchgestanden haben, ohne Selbstmord zu begehen. Natürlich ist es auch in einer psychiatrischen Klinik ohne weiteres möglich, sich umzubringen. Es gibt ziemlich viele Möglichkeiten, und wenn man einen Monat lang dort ist, kennt man sie alle. Allerdings ist es dort womöglich auch leichter, am Leben zu bleiben, denn man ist von Menschen umgeben, denen es genauso ergeht wie einem selbst. Draußen... draußen lauert die Gefahr. An diesem strahlenden Morgen saß ich im Wohnzimmer von Liberty und wußte, daß ich in großer Lebensgefahr schwebte.

Und dann ebbte die monströse Angst allmählich ab, und bald war sie wieder auf dem Niveau angelangt, das ich seit meiner Entlassung aus der Klinik kannte: Sie köchelte auf kleiner Flamme vor sich hin. Wenn ich meine Xanax nahm, wenn ich mich langsam und vorsichtig bewegte und nicht allzutief einatmete, dann würde ich diesen Tag überstehen. Aber nur, solange jemand bei mir war.

Es ist kaum zu beschreiben, wie schrecklich die Angst vor der Angst ist: sie ist beinahe schlimmer als die eigentliche Angst, läßt einen verzweifelt die Nähe eines anderen Menschen suchen, damit man auf keinen Fall allein ist. Vor der Zeit in der Klinik verbrachte ich ganze Tage in Fußgängerzonen oder hetzte hinter einem verärgerten Hank her, der Erledigungen machen oder Tennis oder Golf spielen wollte. Einmal bat ich sogar eine Dame von Jehovas Zeugen in meine Wohnung und tat so, als sei ich interessiert: Sie blieb viele Stunden und kam häufig wieder, aber ich war so verzweifelt, daß ich über ihre Besuche jedesmal überglücklich war. Wahrscheinlich fragt sie sich heute noch, was sie falsch gemacht hat, denn bei ihrem letzten Besuch fand sie mich nicht mehr vor.

Jetzt zog ich mich vom Sofa hoch und ging los, um Maudie-Gro zu wecken. Mein Psychiater hatte mich gewarnt, daß die Angst zurückkommen werde; nun, jetzt war sie da, und ich würde sie überstehen, aber ich würde das in Gesellschaft tun. So war es schließlich vereinbart: Ich sollte die Zeit nach der Klinik in Retreat verbringen, und Maudie-Gro würde mir Gesellschaft leisten.

Noch bevor ich an der Tür war, hörte ich sie husten und wußte, daß sie wach war, aber dann sah ich die Mitteilung, die sie an die Tür geklebt hatte. *Liebes*, stand da, *ich werde den Tag im Bett verbringen. Der Lohn der Sünde. Kommst du allein zurecht? Essen ist im Kühlschrank.* Unterschrieben hatte sie mit MGC.

Ich stand vor ihrer Schlafzimmertür und atmete vorsichtig ein und aus. Mit geschlossenen Augen kämpfte ich gegen den Impuls an, die Tür aufzureißen, hineinzulaufen und sie anzuflehen, mich nicht allein zu lassen. Und dann holte ich einen Bleistift aus dem alten Porzellanbecher, der neben dem Telefon stand, und schrieb neben ihre Initialen: *Alkohol ist die Lösung. Wir sehen uns beim Abendessen.* Ich unterschrieb mit *DCO*, ging ins Obergeschoß, zog mich um und zwang mich, diesem Tag ins Auge zu sehen.

Ich beschloß, zu dem Kiesstrand vor dem Kleinen Haus zu gehen, in dem meine Tante und mein Onkel den Sommer verbrachten. Maudie-Gro hatte erzählt, daß sie am Vormittag nach Bar Harbor fahren wollten, was ein Tagesausflug war. Und meine älteren Kusinen waren in diesem Sommer nicht in Retreat. Vielleicht hatte ich auf diese Weise wenigstens einen Teil des Strandes für mich. Dann konnte ich die anderen Leute beobachten und zu ihnen laufen, wenn es nötig war, aber mich auch von ihnen fernhalten, solange die Angst nicht zu schlimm war. Dies war kein Vormittag, der sich für ein Wiedersehen mit der Kolonie eignete.

Ich saß auf der obersten Treppenstufe des Kleinen Hauses und beobachtete braungebrannte Kinder, die im kalten Flachwasser spielten. Wie die Kinder damals zu meiner Zeit sahen sie einander ähnlich: sie waren kräftig, blond, hatten längliche Gesichter mit scharfgeschnittenem Kinn und trugen ausgewaschene, unmodische Badekleidung mit Jugendcamp-T-Shirts darüber, um sich vor der Sonne zu schützen. Ich konnte mir meine Mutter und meinen Onkel Petie und auch meinen älteren Bruder, den legendären Sean, ohne große Schwierigkeiten unter ihnen vorstellen, und wenn ich mich anstrengte, auch den kleinen Mike Willis und mich. Maudie-Gro hatte mir erzählt, daß ich, als ich zum ersten Mal nach Retreat kam, der lachende, furchtlose und umgängliche Liebling der Kolonie gewesen war. Das war zu einer Zeit, bevor meine Erinnerung einsetzt, bevor meine Mutter zu oft und zu lange plötzlich verschwand, bevor das Schreien, die Schläge, Tränen und Wutausbrüche in den Zeiten, in denen sie zu Hause war, wirklich begannen, bevor mein Vater zu »Vorstellungsgesprächen« in andere Städte und andere Staaten fuhr und nicht mehr zurückkam; bevor die ältlichen irischen »Gesellschafterinnen«, die für mich eingestellt wurden, sich die Klinke in die Hand gaben; bevor die katholischen Internate mit ihren grünen Wänden und den Linoleumböden mir Schuldbewußtsein, Selbstverachtung und Geduld beibrachten. Es ist wirklich schon sehr lange her.

Mein eigenes Kind könnte jetzt hier sein, wenn ich zu irgend etwas gut gewesen wäre, dachte ich, und mir wurde klar, daß ich einem Kind, wenn ich denn eines hätte, noch immer das Geschenk von Sommerferien in Retreat machen würde, selbst wenn ich diesen Ort noch so haßte. Denn trotz allem gab einem dieser Strand das Gefühl von Zeitlosigkeit und Unauslöschlichkeit, und das hätte für ein Kind eine ungeheure Zauberkraft.

Warum hatte dieser Zauber dann bei mir versagt? Oder war ich diejenige, die versagt hatte?

Ein winziges Kind, kleiner als die anderen, lief hinter den größeren Kindern her, die mit ihrem jugendlichen Au-Pair-Mädchen über den Strand rannten. Die anderen Kinder sahen sich um und lachten über die Kleine, und sie setzte sich auf die Kiesel und weinte bitterlich, bis das ungeduldige Mädchen umkehrte, sie hochzog und ausschalt. Überrascht bemerkte ich, daß mir die Tränen kamen.

Das bin ich, dachte ich.

Und das *war* ich damals: jedenfalls war so das Kind, an das ich mich erinnerte. Zu jener Zeit war ich in Retreat nicht beliebt, ich gehörte nicht richtig zu den wenigen Familien, die hier schon seit Generationen den Sommer verbrachten. Natürlich, auf der einen Seite waren da die Chamblisses aus Boston, aber man mußte nur mein leuchtend rotes Haar ansehen und meinen deutlichen Akzent hören, um zu wissen, was auf der anderen Seite war. Und die Kinder wußten es, und anders als die älteren Leute beurteilten sie mich danach. Über meinem zornigen kleinen Kopf schwebte der liederliche Schatten meiner verrückten Mutter Happy und die laute irische Unvornehmheit meines Vaters Tommy; und dann war da auch noch der bleiche Geist des toten Babys meines Onkels Petie, über das die Kolonie noch Jahre später bei Dinnereinladungen sprach und über das die Kinder sich genüßlich in meiner Gegenwart das Maul zerrissen. Die Last all dieser Gespenster war zuviel für mich. Obwohl ich eigentlich ein fröhliches Gemüt hatte, wurde ich jähzornig und aufsässig; ich geriet in Raufereien, und oft genug verzierte ich aristokratische Gesichter mit blauen Augen und blutigen Nasen.

Außerdem fluchte ich mindestens so gut wie meine Mutter, von der ich das gelernt hatte, und oft verschwand ich einfach in den Wäldern oder auf dem Meer mit dem Beetle Cat-Boot meiner älteren Kusinen und wurde stundenlang nicht mehr gesehen. Ich warf mich der wilden Natur und der Einsamkeit von Cape Rosier in die Arme und blieb dort, bis mich jemand fand. In der Regel war es Maudie-Gro.

In Retreat lebte ich wie ein Junge. Mit sechs Jahren konnte ich schwimmen wie ein Fisch, und unter Anleitung des alten Micah Willis lernte ich segeln wie eine Einheimische. Es gab keinen Baum, kein Dach, keinen Felsen und keine Klippe in der Kolonie, die ich nicht bestiegen hätte. Den honigsüßen alten Damen gab ich freche Antworten, die charmanten, liebenswürdigen alten Herren ignorierte ich, ich weigerte mich, auf Parties Kanapées herumzureichen, zu den Squaredance-Veranstaltungen im Jachtclub zu gehen oder etwas anderes anzuziehen als Blue Jeans. Die Kinder fanden mich komisch, unweiblich und gewöhnlich, und die Erwachsenen befürchteten, daß ich mit meinem Verhalten ihre eigenen Sprößlinge ansteckte. Hätte es nicht Maudie-Gro gegeben, die nicht zu merken schien, daß mit mir etwas nicht stimmte, und das Gerede über mich einfach überhörte, und außerdem natürlich Mike Willis, dann hätte ich den größten Teil der Zeit allein verbracht.

Aber es gab Maudie-Gro. Und es gab Mike.

Man hat mir erzählt, daß ich in meinem ersten Sommer in Retreat ständig mit ihm spielte, obwohl er damals schon fast vier war und ich noch nicht einmal eineinhalb, und daß wir beinahe unzertrennlich waren. An diesen ersten Sommer erinnere ich mich natürlich nicht mehr. Aber ich erinnere mich noch an ein bestimmtes Ereignis in dem nächsten Sommer, den ich in Retreat verbrachte.

Es dauerte zwei Jahre, ehe ich wieder nach Retreat kam. Nach jenem ersten Sommer fuhr meine Großmutter nicht nach Retreat, und im Sommer darauf war meine Mutter zum letzten Mal längere Zeit zu Hause und beschützte mich auf eine wilde und verrückte Art, indem sie niemanden in meine Nähe ließ und natürlich auch nicht erlaubte, daß ich nach Retreat fuhr. Daher war ich in meinem zweiten Sommer in der Kolonie bereits viereinhalb Jahre alt. Von da an kam ich jedes Jahr, bis ich siebzehn war.

Mit viereinhalb Jahren erinnert sich ein Kind an die Dinge, die in seinem Leben wesentlich sind. Ich erinnere mich an Mike Willis.

Er kam gleich am ersten Tag zusammen mit seiner Mutter Beth nach Liberty. Sie ließ ihn selten aus den Augen. Er war noch viel zu jung, um auf der Bootswerft der Familie mitzuhelfen, und sonst konnte sie ihn nirgendwo unterbringen. Außerdem mochte Maudie-Gro Mike sehr, und daher war es kein Problem, wenn sie ihn mit nach Liberty brachte. Sehr oft hat sie mir erzählt, daß ich an jenem ersten Morgen, als er und Beth in die Küche kamen, von meinen Haferflocken aufblickte und so, als hätte ich ihn gestern zuletzt gesehen, fragte: »Wo bist du gewesen?«

Daran erinnere ich mich nicht mehr. Aber etwas anderes ist mir im Gedächtnis geblieben. Als Maudie-Gro uns am Abend gerade aus dem *Dschungelbuch* vorlas und Mikes Mutter ihm zurief, daß es nun an der Zeit sei heimzugehen, fragte ich: »Warum gehst du mit dieser Frau nach Hause?«

»Ich muß. Sie ist meine Mutter«, sagte er.

»Nein, das kann nicht sein«, sagte ich verwirrt und unsicher.

»Doch, natürlich. Wer soll sie sonst sein?« fragte Mike.

»Ich weiß nicht. Aber wenn sie deine Mutter ist, wo geht sie dann hin?«

»Wie meinst du das?«

»Na ja, sie muß doch fortgehen. Alle Mütter gehen fort.«

»Sie geht nicht fort«, meinte Mike mit finsterem Blick. »Sie kommt hierher, und dann geht sie nach Hause, und ich gehe mit.«

»Aber dein Papa, wo geht dann dein Papa hin?«

»Was soll das denn? Er geht zur Bootswerft, und dann kommt er wieder heim«, sagte er.

Ich begann zu weinen. »Du lügst«, schluchzte ich. »Du lügst. Sie gehen beide weg!«

Meine Großmutter nahm mich in die Arme, und durch den Schleier von Tränen sah ich, wie Beth sich zu Mike hinunterbeugte und ihm etwas ins Ohr flüsterte. Daraufhin kam er zu mir und legte mir zärtlich die Hand auf die Schulter.

»Ich werde in diesem Sommer nicht weggehen und dich allein lassen«, sagte er mit rauher Stimme. »Ich komme jeden Tag, wenn du willst.«

»Das will ich nicht«, schluchzte ich. »Ich hasse dich, und ich will nicht, daß du wiederkommst.«

Aber natürlich wollte ich, daß er kam. Und an den meisten Tagen, den ganzen Sommer lang, und nicht nur diesen, war Mike Willis an meiner Seite. Er ging sogar mit mir zusammen ins Exil. Und ich habe nie erfahren, ob er dafür einen hohen Preis bezahlen mußte.

In meinen frühen Erinnerungen an ihn ist er kein Außenseiter. Da ist er ein kräftiger, fröhlicher, gutgelaunter kleiner Junge mit einem breiten, zahnlückigen Grinsen und dem rabenschwarzen Haar seines Vaters und Großvaters, das ihm wie ihnen meistens in die Augen hing. Er war weder prahlerisch, noch tat er sich wichtig, aber etwas an ihm zog die Blicke auf sich und erregte Aufmerksamkeit. Ich glaube, es lag daran, daß er so selbstsicher war und so viel konnte. Mike war ungeheuer geschickt mit seinen Händen, er war gut in jeder Sportart, schwamm und segelte besser als viele der älteren Jungen in der Kolonie und gewann jede Auseinandersetzung. Obwohl er ein Einheimischer war – das spielte in Retreat damals durchaus noch eine Rolle, und vielleicht ist das sogar heute noch so – galt er unter den Kindern als eine Art Anführer. Schließlich war sein Großvater der vertraute Freund von Maude Chambliss, einer der großen alten Damen der Kolonie, und sein Vater war nicht nur Mitglied im Jachtclub, sondern im Jahr zuvor sogar Vorsitzender gewesen.

Und so war Mike Willis, als ich damals nach Retreat kam, keineswegs ein Außenseiter. Er suchte sich diese Rolle später selbst aus, und das tat er für mich und mit mir, und ich erinnere mich genau, in welchem Sommer das geschah. Ich erinnere mich sogar an den genauen Tag und beinahe auch an die Stunde.

Es war in dem Sommer, in dem ich sieben und er schon fast zehn war. Meinen zunehmend schlechten Ruf hatte er mit einem Gleichmut beobachtet, der für einen Jungen seines Alters ungewöhnlich war. Er trat für mich ein, wenn ich mich in Schwierigkeiten gebracht hatte, tröstete mich auf seine rauhe und sachliche Art, wenn ich verletzt oder wütend war, und verbrachte immer mehr Zeit mit mir allein, weil ich mich weigerte, mit den anderen Kindern am Strand oder beim Jachtclub zu bleiben. Aber noch immer versammelten sich, wenn er es zuließ, die anderen Kinder um ihn wie ein Schwarm zwitschender Vögel. An diesem Tag waren wir, er und ich, der Mittelpunkt einer kleinen Gruppe Kinder, die in Pullovern und langen Hosen auf dem Steg der Willis-Bootswerft saßen, nachdem der kühle Nebel der vormittäglichen Beetle Cat-Regatta einen Strich durch die Rechnung gemacht hatte. Wir waren alle gereizt und schlechtgelaunt und warfen gelangweilt Messer in das weiche, silbrige Holz des Stegs, ein Spiel, das uns von allen Erwachsenen streng verboten worden war. Aber Mikes Vater war nach Ellsworth gefahren, und sein Großvater Micah war im Schuppen und kalfaterte ein Beiboot der Winslows. Mürrisch dachte ich bei mir, daß es einfach zu viele Winslows in der Kolonie gab; allein drei davon befanden sich unter den Kindern, die sich um Mike drängten, und keines von ihnen mochte ich. Sie waren alle gutaussehend, arrogant und gemein.

Eines der Mädchen, das nach seiner Großmutter, bei der es in diesem Sommer auch wohnte, Gretchen hieß, richtete seine schrägliegenden grünen Augen auf Mike Willis und sagte: »Wir könnten unsere Handgelenke aufritzen und Blutsbrüder und -schwestern werden. Ich wette, du traust dich nicht, Mike Willis.«

Sie war ein Jahr älter als er, aber in diesem Sommer folgten ihm ihre Augen überallhin.

»Klar trau ich mich«, sagte Mike und schleuderte das Taschenmesser geschickt ins Holz, wo es aufrecht zitternd steckenblieb.

»Bestimmt nicht«, sagte Gretchen.

»Doch«, sagte Mike, zog das Messer aus dem Steg und machte einen schnellen, tiefen Schnitt in das kleine blaue Delta der Venen an seinem braunen Handgelenk. Blut trat hervor, lief herunter und tropfte auf das graue Holz. Mir wurde übel und schwindlig, aber ich blickte nicht beiseite. Die anderen fuhren erschrocken hoch, und Gretchen Winslow ließ einen kleinen, überraschten Schrei hören. Mike blickte sie ungerührt an.

Danach ritzten sich natürlich alle die Handgelenke auf. Niemand hätte es gewagt, sich zu weigern, nachdem Mike es getan hatte. Die meisten ritzten sich zwar nur so leicht, daß sich mit großer Mühe ein Tropfen Blut hervorquetschen ließ, aber alle machten mit. Dann reichte Mike mir das Messer.

»Soll ich es machen, oder machst du es selbst?« fragte er.

»Halt, sie habe ich nicht gemeint«, sagte Gretchen Winslow. Sie bemühte sich, helle Blutstropfen aus ihrem Handgelenk zu quetschen, während Mikes Blut noch immer floß.

»Nein, mit ihr nicht«, stimmte ein anderes Kind ein.

»Warum nicht?« Mikes Stimme klang freundlich, und sein Haar hing ihm wie immer in die Augen, so daß ich sie nicht sehen konnte. Übelkeit kämpfte in mir mit Wut und Verzweiflung. Wie noch nie wünschte ich mir, weit weg zu sein von ihnen allen, aber nie im Leben würde ich aufstehen und davonlaufen. Und ganz bestimmt würde ich nicht weinen.

»Wenn sie sich schneidet«, sagte Gretchen mit der langsamen, vollen Stimme, die mich immer an ihre Großmutter erinnerte, »dann kommt vielleicht die Krankheit raus. Der ganze Irrsinn kommt da vielleicht rausgelaufen. Mit so einem Blut sollte man besser nichts zu tun haben. Igitt. Das ist krankes Blut.«

Mike hob den Kopf und sah sie an. »Willst du uns nicht erklären, was du damit meinst, Gretch?« sagte er.

»Na ja, jeder weiß doch, daß sich ihre Mutter letzten Winter im Irrenhaus die Pulsadern aufgeschnitten hat«, sagte sie schnippisch. »Jeder weiß, daß die Krankheit im Blut ihrer Mutter ist; und in ihrem vielleicht auch. Alle reden darüber. Krankheit und Irrsinn ist in diesem Blut. Meine Großmutter sagt das auch.«

»Darcy, gib mir dein Handgelenk«, sagte Mike.

Ich streckte meinen Arm aus, und er schnitt hinein, schnell und glatt, und hielt sein eigenes Handgelenk an meines. Wie hypnotisiert beobachtete ich, wie sich unser Blut vermischte und über unsere Handgelenke lief. Ich konnte nicht wegsehen. Keine Sekunde lang fühlte ich den Schmerz des Schnitts.

»Jetzt verschwinde, Gretchen, und nimm deine kleinen Freunde mit«, sagte der zehnjährige Mike Willis mit männlicher Stimme. »Ich möchte kein Blut von dir oder von euch anderen in mir haben, und wenn ich verbluten müßte.«

»Das werde ich daheim erzählen«, sagte Gretchen wütend, sprang vom Steg auf und entfernte sich langsam.

Die anderen folgten ihr unsicher. Keines der Kinder sah mich an.

»Ich werde meiner Großmutter erzählen, daß du mich überredet hast, mir das Handgelenk aufzuschneiden und noch viel schrecklichere Sachen«, schrie sie. »Ich werde sagen, daß du ein Messer gegen mich gezogen hast. Du bist beinahe so schlimm wie sie: die Chamblisses und die Willisses, alles der gleiche Abschaum. Das sagt auch meine Großmutter. Sie wird deine Mutter und deinen Vater dazu bringen, daß sie dich für dein ganzes Leben bestrafen.«

»Das bezweifle ich sehr, junge Dame«, sagte Micah Willis, der gerade aus dem Bootsschuppen trat und zu ihr hinübersah. »Wenn ich erfahre, daß du ein einziges Wort über Mike und Miss Darcy zu deiner Großmutter gesagt hast, werde ich deiner Großmutter erzählen, was *wirklich* los war, und dann kannst du sicher sein, daß nicht Mike derjenige ist, der bestraft wird. Deine Großmutter weiß ganz genau, wie der Hase läuft, das kannst du mir glauben.«

Gretchen verschwand, und auch die anderen machten sich aus dem Staub. Micah Willis kam auf uns zu und sah uns an. Mike wich seinem Blick nicht aus. Er hielt den Finger auf den Schnitt in seinem Handgelenk gepreßt. Ich starrte auf den Steg und sah, wie das Blut langsam heruntertropfte und eintrocknete.

»Du weißt doch, daß ihr nicht Messerwerfen spielen sollt, nicht wahr?« sagte Micah.

»Ja.«

»Und du weißt auch, was dein Vater mit dir machen wird, wenn er dich das nächste Mal dabei erwischt.«

»Ja.«

»Nun, dann mach es nicht noch einmal.«

»Nein.«

»Und geht zu Mrs. Chambliss und laßt euch die Handgelenke verbinden, alle beide.«

Micah drehte sich um und wollte wieder zum Bootshaus hinauf.

»Großpapa, wirst du uns verraten?« rief ihm Mike nach.

»Ich glaub nicht«, sagte sein Großvater, ohne sich zu uns umzudrehen.

»Und wirst du Gretchen verraten?«

»Nicht nötig. Es ist schon Strafe genug, zur Familie Winslow zu gehören«, sagte er.

Mike und ich begannen zu lachen, mitten auf dem Steg, während sich der Nebel, der die nahen Inseln bereits verschluckt hatte, wie Rauch in den Birken sammelte.

»Ich erkläre dich hiermit zu einer Willis ehrenhalber«, sagte Mike. Nach diesem Vorfall waren wir den Sommer über nicht mehr oft getrennt.

In den nächsten Jahren schien er sich nicht sehr zu verändern. Er durchlebte eine relativ problemlose Pubertät, wurde lang und schlaksig, nachdem er zuvor eher kräftig gewesen war, und allmählich füllten sich seine dünnen, braunen Arme und Beine mit sehnigen Muskeln. Sein rundes Gesicht wurde eckiger und zeigte die hohen Wangenknochen seines Vaters und Großvaters. Gelegentlich wurde er, der früher meist offen und fröhlich gewesen war, launisch und verschwand für einen Nachmittag oder sogar einen ganzen Tag mit seinem Beetle Cat auf dem Wasser oder zu Fuß in den Wäldern oder auf den hohen, steilen Klippen unterhalb von Aerie. Aber das störte mich nicht, denn im wesentlichen blieb Mike der alte. Ich selbst verbrachte meine einsamen Stunden, wie ich das seit frühester Kindheit gewohnt war, auf dem Rücken liegend im weichen Moos des Birkenwäldchens, wo ich in das Blattwerk über mir starrte, oder träumend auf den niedrigen Klippen unterhalb von Braebonnie. Mikes und mein Zusammensein war das Rückgrat im Skelett dieser Sommertage, aber unser jeweiliger Wunsch nach Einsamkeit waren die Muskeln, die es stützten.

Ich selbst veränderte mich durchaus, zumindest äußerlich, und das gefiel mir gar nicht. Mit zehn machte ich einen Wachstumsschub und wurde beinahe einen Meter fünfzig groß, und mein zuvor drahtiger Körper bekam weiche Kurven und Rundungen. War ich schon vorher unter den Gleichaltrigen in Retreat aufgefallen, so kam ich mir jetzt geradezu wie ein bunter Hund vor: Ich war einen halben Kopf größer als die meisten, hatte die Figur einer kleinen Frau und zu allem Überfluß eine leuchtend rote Lockenmähne. Nachdem ich mir in diesem Sommer eine Flut grober Anzüglichkeiten von den meisten Jungen und ein oder zwei Mädchen hatte anhören müssen, nahm ich Maudie-Gros Nähschere und schnitt mir die Haare ab. Danach war alles nur noch schlimmer: Unter all den hochgewachsenen Kindern mit ihren schulterlangen, geraden Frisuren der Nach-Woodstock-Ära würde ich hervorstechen wie ein kahlgeschorener Zwerg. Ich versteckte mich eine ganze Weile vor jedem, sogar vor Mike, bis gegen Ende des Sommers mein Haar wenigstens so lang war, daß es in einer Haube aus Locken mein Gesicht umrahmte.

»Das sieht ganz nett aus«, meinte Mike. »Irgendwie französisch.«

»Woher weißt du das denn?« erkundigte ich mich. »Du weißt doch gar nichts über die Franzosen.«

»Und ob!« antwortete er. »Die Familie meiner Großmutter stammt aus Frankreich, nicht wahr, Mrs. Chambliss?«

»Das stimmt. Es sind Duchesnes aus Nova Scotia, die ursprünglich aus der Bretagne kamen.«

Schon am frühen Morgen saßen wir in warmen Pullovern und Wollsocken in Liberty um das Feuer, weil sich der kühle weiße Nebel nicht verziehen wollte. Mike hatte in diesem Sommer in der Bootswerft gearbeitet, daher hätte ich ihn ohnehin nicht so häufig gesehen, selbst wenn ich es gewollt hätte. Als ich mich jetzt plötzlich wieder nach ihm gesehnt hatte, war er wie von Zauberhand aus dem Nebel aufgetaucht, mit einem Teller warmer Doughnuts, die seine Mutter gebacken hatte, und einem Essayband von Thoreaux, über den er mit Maudie-Gro diskutieren wollte. Das tat er oft; immer wenn Mike und Maudie-Gro zusammensaßen, unterhielten sie sich über Bücher und Schriftsteller. Ich fand, daß er größer war, als ich ihn in Erinnerung hatte, und aus irgendeinem unerklärlichen Grund wurde ich rot.

Nachdem wir die Doughnuts verschlungen hatten, kurz über Thoreau geredet hatten und Maudie-Gro zum Umziehen nach oben gegangen war, sagte Mike: »Hol dein Ölzeug. Ich möchte dir etwas zeigen.«

Und so selbstverständlich, als hätten wir uns erst gestern abend zum letzten Mal getroffen, holte ich meinen gelben Regenmantel und den Hut und folgte ihm hinaus in den Nebel.

»Wohin gehen wir?«

»Nach Osprey Head«, sagte er, und ich lächelte. Als ich noch sehr klein war, hatte uns sein Großvater zum ersten Mal nach Osprey Head mitgenommen, und seitdem fuhren wir jeden Sommer mindestens einmal hinaus. Wir betraten die Insel nicht sehr oft, denn sie war jetzt Naturschutzgebiet, und wegen der brütenden Adler waren Spaziergänger nicht gerne gesehen. Aber die Einheimischen vom Cape Rosier und einige der Sommergäste gingen manchmal hin, und obwohl die Parkverwaltung ohne Zweifel über diese Besuche Bescheid wußte, unternahm sie doch nichts, um sie zu unterbinden. Diese Ausflüge waren Pilgerfahrten, um den Adlern die Reverenz zu erweisen. Immer, wenn ich das riesige Nest sah und die großen Flügel, die sich klar gegen den Himmel abzeichneten, lief mir ein Schauer über den Rücken und Tränen stiegen in meine Augen. Eine Fahrt nach Osprey Head, das war eine wundervolle Idee. Damit würde ich ein Zeichen für das Ende meines selbstgewählten Exils setzen.

Aber wir gingen nicht hinunter an die Anlegestelle, wo Mikes Catboat lag. Statt dessen kämpften wir uns durch den dichten Nadelwald, der sich bis zum Strand unterhalb von Aerie erstreckte. Ich wußte, daß man auf diesem Weg zu der Holzbrücke kam, die den langen, schmalen Ausläufer des Loon Ledge mit Osprey Head verband, aber über diese Brücke war ich noch nie gegangen, und auf dem kleinen, halbmondförmigen Strand war ich nur einmal mit Maudie-Gro gewesen, die mich und Mike zu einem Picknick dorthin mitgenommen hatte. Damals hatte sie uns von der schönen, einsamen Frau erzählt, die in dem großen Haus über dem Strand gelebt hatte und eine Freundin meines Urgroßvaters gewesen war. Es war ein magischer Ort, aber irgendwie fühlte ich mich dort nicht wohl. Er schien anderen Menschen zu gehören, Menschen, die längst tot waren, deren Geist aber in der stillen Atmosphäre fortlebte. Ich hatte Maudie-Gro nicht darum gebeten, noch einmal hinzugehen, und sie selbst hatte es nie wieder vorgeschlagen. Vielleicht hatte auch sie diese gespenstische Anwesenheit gespürt.

Mike würde mir schon erklären, weshalb wir gerade an diesem Tag nach Osprey Head gingen. Er tat selten etwas ohne einen triftigen Grund. Ich genoß es an diesem nebligen Morgen, in meinen Gummistiefeln, die sich in den nassen Boden gruben, hinter ihm herzugehen, während ich mich mit einer Hand hinten an seinem Regenmantel festhielt. Ich konnte kaum mehr erkennen als den Weg vor uns, die nächststehenden Bäume und das dichte, mit weißlichen Tropfen überzogene Farnkraut. Auf unseren Ausflügen redeten wir meistens nur wenig. Damals verstanden wir uns bereits ohne viel Worte und konnten zuweilen sogar die Gedanken des anderen lesen.

Durch das farndurchwachsene Unterholz schlugen wir uns bis zur Spitze des Loon Ledge durch. Erst als wir fast schon das Wasser erreicht hatten, konnte ich vor mir die Bulldozer erkennen, die wie prähistorische Tiere auf dem Strand standen, die Stöße von Bauholz, die mit Persennings abgedeckt waren, und neben der wackligen alten die Anfänge einer neuen, sehr viel größeren Brücke aus gelbem rohem Holz. Sie schien bis in die Unendlichkeit hineinzureichen, weil sie nach etwa zehn Metern im Nebel verschwand. Osprey Head konnte ich überhaupt nicht erkennen.

»Verdammte Scheiße, was ist denn das?« sagte ich. »Ich hatte keine Ahnung, daß so etwas hier herumsteht.«

Mike grinste wegen meiner Ausdrucksweise, aber dann wurde sein Gesicht wieder ernst.

»Niemand wußte davon, bis sie schon mit dem Bau angefangen hatten. Offenbar will die Parkverwaltung eine Fußgängerbrücke bauen und die Leute gegen Eintritt nach Osprey Head hinüberlassen, damit sie dort Picknick machen und die Adler anglotzen können. Hier bauen sie einen Parkplatz, verkaufen Tickets und so weiter. Großpapa sagt, daß sie damit wohl eine Menge Geld verdienen werden.«

»Aber Mike, die Adler!«

»Ich weiß«, sagte er mit bitterer Stimme. »Sie werden verschwinden. Die Parkverwaltung behauptet zwar, sie würden dableiben, aber Großpapa sagt etwas anderes.«

»Was denn?« Ich war den Tränen nahe. »Was sagt er denn?«

»Er sagt, daß irgendein Idiot eine Studie fingiert hat, in der er behauptet, Adler würden sich an Menschen gewöhnen; und darum können sie die Leute hier in Bussen ankarren.«

»Kann er das nicht unterbinden? Kann er nicht mit ihnen reden?«

»Er hat es versucht, Darcy. Er und ein paar andere Männer sind bis nach Augusta gefahren, um mit den Leuten von der Parkverwaltung zu reden, und sie haben auch eine Bittschrift eingereicht. Sogar an die Zentralverwaltung nach Washington haben sie geschrieben. Aber in Augusta hat man sie nicht einmal vorgelassen, und der Brief nach Washington wurde nicht beantwortet. Großpapa versucht gerade herauszufinden, wen er als nächstes anrufen könnte. Mein Vater hat einen Typen vom *Ellsworth American* angerufen, den er kennt, damit sie einen Artikel darüber bringen, aber der Typ meinte nur, es täte ihm ja leid wegen der Adler, aber eigentlich sei das keine große Neuigkeit. Mein Vater war ziemlich wütend, und mein Großvater auch, aber beide meinten, daß wir nichts dagegen tun könnten.«

»Aber du glaubst, daß wir schon etwas tun können«, sagte ich. Es war keine Frage.

»Stimmt.«

Er wandte sich in Richtung Osprey Head und starrte in den Nebel, als könnte er durch die dichte, weiße Wand die Insel sehen. Dann drehte er sich wieder zu mir um.

»Ich glaube, wir sollten ihnen eine wirklich große Neuigkeit liefern.«

Nachdem sich Maudie-Gro an diesem Abend nach oben in ihr Schlafzimmer zurückgezogen hatte, stand ich auf, zog meine Jeans und einen Pullover an und ging hinaus auf die Veranda, um auf Mike zu warten. Mein Herz klopfte wie wild, aber eigentlich nicht aus Angst. Es war eher das Gefühl, daß etwas Schicksalhaftes, Unwiderrufliches bevorstand, etwas, das getan werden mußte und das nur ich tun konnte, das mich aber für immer und ewig verändern würde. Mir war zugleich feierlich und unbehaglich zumute, ich fühlte mich wichtig und erwachsen. Im langsam aufsteigenden Nebel schlang ich meine Arme um mich und starrte in die Dunkelheit über die Berberitzenhecke hinweg, aber Mike war noch nicht zu sehen. An der Straße brannten keine Lichter mehr. Es war schon nach Mitternacht.

Mike hatte mir erklärt, weshalb ich diesen Plan mit ihm durchführen mußte, und ich hatte seine Gründe eingesehen.

»Deine eigene Mutter und meine Tante und mein Onkel waren es, die die Fischadler vertrieben haben«, sagte er. »Das war zu einer Zeit, als sie jünger waren als wir jetzt – oder wenigstens jünger als ich. Sie haben dabei einen Jungvogel getötet und das ganze Nest zerstört. Niemand weiß, wieso sie das getan haben. Die Fischadler sind nie mehr zurückgekehrt. Ich weiß, daß das mit dir und mir nichts zu tun hat – das hat mir auch mein Großvater gesagt, als er hörte, daß ich die Geschichte kannte –, aber ich finde, daß jetzt jemand etwas für die Rettung der Adler tun muß, und das müssen wir sein. Um die Tat unserer Verwandten wiedergutzumachen. Siehst du das ein?«

»Ja.« Ich war entsetzt und beschämt über diese Geschichte, die ich bis dahin nicht gekannt hatte. Offenbar hatte meine Mutter unendlich viele Dinge zerstört.

»Wir könnten Schwierigkeiten bekommen.«

»Das macht mir nichts.«

»Mir auch nicht. Also gut. Mein Plan ist folgender.«

Ich sah, wie das weiche, gelbe Licht in Maudie-Gros Schlafzimmerfenster ausging, und als hätte er auf dieses Signal gewartet, trat Mike hinter der Hecke hervor und winkte mir zu. Genau wie ich trug er dunkle Kleidung und Turnschuhe, und in jeder Hand hielt er eine Tasche mit den Dingen, die wir brauchen würden. Ich atmete noch einmal tief durch und folgte ihm dann in die Dunkelheit.

Als wir den Strand am Loon Ledge erreicht hatten, hatte sich der Nebel größtenteils verzogen und stecknadelkopfgroße Sterne übersäten den hohen, weißlichen Himmel. Es stand kein Mond am Himmel, aber wir konnten gut sehen. Die Bucht mit ihrer seufzenden, heranrollenden Brandung und die Inseln schienen selbst ein weißes Licht abzustrahlen, und wir erkannten ohne Schwierigkeiten die Baumaschinen, die abgedeckten Holzstöße und die Brücke.

Mike blieb stehen und blickte genau wie am Vormittag nach Osprey Head hinüber, und dann sah ich, wie er kaum hörbar einmal tief durchatmete.

»Du kannst immer noch aussteigen«, sagte er.

»Kommt nicht in Frage«, erklärte ich. »Glaubst du, ich bin ein Feigling? Bin ich nicht. Du hast mich zu einem Willis ehrenhalber gemacht, weißt du das nicht mehr?«

»In Ordnung. Dann los.«

Er zog eine Dose Kerosin aus der Tasche, gab mir ebenfalls eine, und wir gingen an den Bulldozern vorbei, stiegen auf das Gerüst der neuen Holzbrücke und gossen die Flüssigkeit auf die Bodenbretter. Als wir bis zum Ende der Brücke gekommen waren, zog Mike eine Schachtel Streichhölzer aus der Tasche und gab sie mir.

»Willst du das erste Streichholz anzünden?«

»Klar.«

Meine Hände zitterten, und ich brach drei Streichhölzer ab, aber schließlich gelang es mir, eines anzuzünden, und ich stand da und sah ihn an. Er blickte mich ebenfalls an. Dann warf ich das Streichholz auf die Bretter, und mit angehaltenem Atem sahen wir einen Augenblick lang zu, wie es vergebens zischte und glühte. Doch dann flammte es auf, und das Geländer und die Bretter begannen zu brennen, und wir eilten, vom Feuer gefolgt, zum Strand zurück.

Eine Weile lang standen wir noch am kalten Strand und sahen zu, wie sich das Feuer ausbreitete und dem Strand näherte und wie sich das Brettergerüst schwarz färbte und schrumpfte. Dann stolperten wir über den Felsenpfad und durch den Wald zurück zum Bootshaus und riefen die Feuerwehr und die Nachrichtenredaktionen aller Zeitungen und Fernsehsender an der Küste an; Mike hatte am Nachmittag eine Liste zusammengestellt. Wir benachrichtigten sogar Portland, Augusta und Bangor. Dieses Mal hörte uns der Mann vom *Ellsworth American* zu.

Und dann gingen wir, um meine Großmutter und Mikes Eltern und seinen Großvater aufzuwecken und abzuwarten, was geschehen würde.

Wir hatten geglaubt, gegen die Beschuldigungen der Parkverwaltung und die Strafen unserer Eltern gewappnet zu sein, aber im Grunde unserer Kinderherzen hielten wir uns für heldenhaft und unverwundbar und waren uns sicher, daß der Zorn durch die Bewunderung für unseren Mut und unseren leidenschaftlichen Willen, die Adler zu retten, gemildert würde. Aber die Woge behördlichen Ärgers, die über unseren Köpfen zusammenschlug, war hart, kalt und sehr erwachsen. Kaum war das Feuer unter den hilflosen Blicken der freiwilligen Feuerwehr niedergebrannt, klopften schon Vertreter der Parkverwaltung aus Augusta an die Tür von Liberty, wo Maudie-Gro und Mikes Eltern und Großvater uns eingesperrt hatten. Auch der wenig begeisterte Sheriff, einige seiner Angestellten und ein paar der älteren Männer und Frauen aus Retreat, die Maudie-Gro nahestanden, waren da. Sie tranken Kaffee, unterhielten sich leise und sahen gelegentlich zu Mike und mir herüber. Wir saßen nebeneinander auf dem Sofa neben dem Kamin, und niemand redete mit uns. Maudie-Gro sah uralt, bleich und krank aus; und ich dachte daran, daß es das zweite Mal war, daß jemand aus ihrer Familie wegen einer Untat am Osprey Head an den Pranger gestellt wurde. Plötzlich schämte ich mich.

»Ich wollte Maudie-Gro nicht weh tun«, flüsterte ich Mike zu und schniefte. Er drückte meine Hand.

»Wir haben das Richtige getan. Das wird sie bald einsehen.«

»Ruhe da drüben«, sagte Mikes Vater mit einer Stimme, die mir das Blut in den Adern gefrieren ließ. Wir schwiegen.

Es war eine schreckliche Nacht. In kühlem, gedämpftem Ton wurde über die strafrechtlichen Folgen gesprochen; es gab ärgerliche Wortwechsel, und einmal erhob Caleb Willis die Faust gegen einen farblosen, unangenehm wirkenden Mann von der Parkverwaltung, der sich heftig für eine Bestrafung der Schuldigen eingesetzt hatte, und sein Vater fing sie ab und führte Caleb hinaus in die Küche. Danach wurde die Diskussion ruhiger, aber noch immer sprach niemand mit uns. Maudie-Gro saß in dem großen Korbschaukelstuhl, der einst meinem Großvater gehört hatte, und schaukelte schweigend, ohne sich einzumischen, während Micah Willis sich mit der Parkverwaltung stritt. Trotz unserer elenden Situation dösten Mike und ich ein; nur noch von fern hörten wir die Anwesenden über Entschädigung, Anzeigen und Bewährungsstrafe reden, aber das alles erschien uns irgendwie unwirklich. Kurz vor dem Morgengrauen gingen die Leute von der Parkverwaltung, und Micah Willis setzte sich erschöpft auf den Fußschemel von Maudie-Gros Schaukelstuhl und rieb sich die Augen.

»Sie können nicht viel unternehmen, weil die beiden noch nicht alt genug sind«, sagte er müde. »Sie können vors Jugendgericht gehen und eine Bewährungsstrafe fordern, und das werden sie vielleicht auch tun, aber wahrscheinlicher ist, daß sie nur einen Schadenersatz verlangen.«

»Wie hoch wird er sein, was meinst du?« Maudie-Gro flüsterte beinahe.

»Ich glaube nicht, daß die Brücken der Parkverwaltung billig sind«, meinte Micah Willis.

Mike stand auf und ging hinüber zu seinem Großvater. Ich folgte ihm, stellte mich neben ihn und sah Maudie-Gro an. Sie betrachtete nicht mich, sondern Mike. Ich konnte in ihren Augen keinen Ärger entdecken, aber was sie genau empfand, vermochte ich nicht zu sagen.

»Ich werde dafür arbeiten und es bezahlen, Großpapa«, sagte Mike.

»Dafür arbeitest du ein paar Jahre deines Lebens«, sagte Micah. Auch sein Gesicht war zwar ernst und ruhig, aber nicht ärgerlich.

»Ich kann auch arbeiten«, sagte ich und bemühte mich, die Tränen zurückzuhalten. »Nach der Schule kann ich babysitten; das erlauben uns die Schulschwestern.«

»Ach, Darcy«, sagte Maudie-Gro und sah mich endlich an. »Es geht nicht ums Geld, das Geld treiben wir schon irgendwie auf. Es ist nur... ach, Liebling, das alles ist schon einmal passiert. Als deine Mutter ein kleines Mädchen war...«

»Ich weiß«, sagte ich, und nun begannen die Tränen doch zu fließen. »Mike hat es mir erzählt. Das war der Grund, Maudie-Gro. Wir dachten... wir dachten, wenn wir etwas tun, um die Adler zu retten, dann wäre das vielleicht eine Wiedergutmachung für –«

Ich konnte nicht weitersprechen, ohne laut zu schluchzen. Darum schwieg ich und verzog das Gesicht, um das laute Weinen zurückzuhalten.

Auch Maudie-Gro begann zu weinen, ganz leise und mit ruhigem Gesicht. Ich konnte mich nicht erinnern, wann ich sie jemals hatte weinen sehen. Es schnitt mir ins Herz.

»Du hättest dabei umkommen können, Liebes. Du hättest dich verletzen oder dabei sterben können, und was hätte ich dann getan? Solche Risiken darf man einfach nicht eingehen.«

»Doch«, schluchzte ich. »Doch, das muß man! So etwas muß man tun! Wenn es nötig ist, dann muß man jedes Risiko eingehen.«

Maudie-Gro streckte die Arme aus und zog mich an ihre Brust, wo sie mich eine ganze Weile lang festhielt. Ich konnte Mikes Atem hören und auch den seines Großvaters, aber keiner von ihnen sagte ein Wort. Schließlich faßte mich Maudie-Gro an den Schultern, richtete mich auf, so daß sie mich ansehen konnte, und lächelte leicht.

»Vielleicht muß man das«, sagte sie langsam. »Ja, natürlich, das muß man wohl.«

Die Sache endete damit, daß niemand Anzeige erstattete und die Parkverwaltung auch keinen Schadenersatz forderte. Der einfache Grund dafür war, daß die Medien in Maine voller Bewunderung über »die mutige Tat von zwei jungen Bewohnern des Hancock County« berichteten, »mit der sie eine Familie von Weißköpfigen Seeadlern retten wollten, deren Lebensraum von einer Fußgängerbrücke der Naturparkverwaltung bedroht wurde«. Auch wenn Maudie-Gro und Mikes Eltern uns keine Interviews und keine Gespräche mit Journalisten erlaubten, wurden wir doch für einen kurzen Moment im Zeitalter wachsenden Umweltbewußtseins, zu einer Art Helden. Die öffentliche Reaktion war so stark, daß die Parkverwaltung ihre Entscheidung, Osprey Head für die Öffentlichkeit zugänglich zu machen, noch einmal überdachte und die verkohlten Reste der Brücke abriß.

Mike und ich konnten unseren flüchtigen Ruhm allerdings nicht recht genießen. Er wurde dazu verdonnert, jeden Werktag und am Samstag bis mittags in der Bootswerft zu arbeiten, und ich bekam für den Rest des Sommers Hausarrest. Wir durften einander nicht treffen und sahen uns erst im nächsten Sommer wieder, als er noch weiter gewachsen und ich noch runder, weicher und zu meinem Entsetzen noch weiblicher geworden war. Bis dahin hatten alle vergessen, daß wir die Brücke jemals angezündet hatten – und wer es nicht vergessen hatte, sprach nicht darüber, wie es in der Kolonie eben üblich war. Der Sommer ging vorüber, wie alle Sommer vor ihm, und wir waren wieder zusammen, und nichts außer unserem Aussehen hatte sich verändert. Und das genügte uns.

Aber irgendwann war es doch nicht mehr genug, und Mike war es, der alles beendete. Oder vielleicht war ich es auch, aber mit Sicherheit war Mike derjenige, der das Ende herbeiführte. Am Ende seines siebzehnten und meines vierzehnten Sommers, während er sich schon darauf vorbereitete, im Herbst auf das MIT zu gehen, um Architektur zu studieren, und ich entschlossen so tat, als hätte sich gar nichts geändert und als würde sich auch nie etwas ändern, nahm er mich in seiner neuen, noch immer namenlosen Slup mit hinüber nach Osprey Head zu einem Abschiedspicknick. Dort zog er mich plötzlich hoch von dem Felsen, auf dem ich saß, legte seine Arme um mich und küßte mich heftig. Es war ein langer und begehrlicher Kuß, und er fühlte sich an, als schluckte ich Feuer.

Als er den Kopf wieder hob, holte ich blind vor Panik aus und versetzte ihm eine Ohrfeige. Er sah mich einfach nur an.

»Ich dachte, du würdest vielleicht dasselbe fühlen wie ich«, sagte er. Seine Stimme war belegt, und in seinen Augen standen dunkel der Schreck und der Schmerz. Deutlich war der Abdruck meiner Hand auf seinem sonnengebräunten Gesicht zu sehen.

Ich begann zu weinen. »Warum mußtest du alles verderben?« schluchzte ich. »Siehst du denn nicht, daß jetzt nichts mehr so sein kann wie vorher? Was hast du bloß getan!«

»Es konnte nicht immer so bleiben, Darcy«, antwortete er.

»Doch, es hätte so bleiben können! Aber jetzt nicht mehr; jetzt ist alles zu Ende! Wenn die Leute anfangen, sich zu küssen, sich zu verlieben und all das... dann endet alles! Es ist zu Ende, und sie gehen fort!«

»Ich werde nicht fortgehen.«

»Du wirst sehr wohl fortgehen, und zwar in zwei Wochen«, weinte ich. »Du gehst nach Boston, und dort bleibst du fünf Jahre lang, und wenn du wiederkommst, bin ich neunzehn, und du wirst dich gar nicht mehr an mich erinnern!«

»Im Sommer komme ich hierher, jedes Jahr, genau wie immer«, sagte er. »Ich werde in der Bootswerft arbeiten, und es ändert sich gar nichts, das weißt du genau.«

»Doch, alles ändert sich. Es ist schon jetzt alles anders!«

»Du willst, daß ich so tue, als würde ich immer noch das Gleiche für dich fühlen wie damals, als wir noch Kinder waren? Gut, dann tue ich so. Aber es ist nicht wahr. Ich fühle mich... schrecklich anders. Du bist kein Kind mehr. Und ich auch nicht. Ich will, daß es jetzt anders wird zwischen uns.«

»Ich will, daß du mich nach Hause bringst. Ich will heim. Und ich will nie mehr mit dir reden. Ich will dich nie mehr sehen.«

Auf der Fahrt nach Hause sprachen wir nicht miteinander, und als wir anlegten, sprang ich aus dem Boot, rannte den Steg hinauf und zurück nach Liberty. Ich schloß mich in meinem Zimmer ein und weigerte mich herauszukommen und weinte, weinte, weinte. Ich wußte nicht, weshalb ich weinte, und ich wußte nicht, was mir solche Angst eingejagt hatte. Ich sollte es niemals ganz verstehen. Aber das spielte keine Rolle. Drei Tage später, viel früher, als er geplant hatte, fuhr er nach Boston, und während der nächsten Sommer kam er nicht mehr nach Cape Rosier, sondern arbeitete auf Baustellen in Marblehead oder Cape Cod.

Niemand, weder Maudie-Gro noch Mikes Eltern oder Micah Willis erwähnten mir gegenüber je seinen Namen. Nur einmal, in dem ersten Sommer, in dem er nicht da war und ich fast ständig in meinem neuen Catboat unterwegs war, fragte meine Großmutter: »Geht es dir gut, Liebes?«

»Ja, Ma'am«, antwortete ich. »Es geht mir ausgezeichnet.«

Und die Macht des Meeres und der Einsamkeit, die mich in diesem Sommer dort draußen umfing, war so groß, daß ich das tatsächlich glaubte.

»Was hast du denn heute so gemacht?« erkundigte sich Maudie-Gro am Abend, als ich vom Strand zurückkam und sie endlich aufgestanden war, um Abendessen zu machen. Ich fand, sie sah so durchscheinend aus wie ein Nachtfalter, und ihre Atemzüge waren noch immer kurz und klangen seltsam, aber ihre Augen strahlten, und ihre Wangen waren gerötet. Zu unserer Muschelsuppe tranken wir Wein, aber keinen dieser verhängnisvollen Martinis.

»Ich habe am Strand gesessen und mir Gespenster angesehen«, sagte ich.

»Oje. Ich hoffe, sie wurden nicht zudringlich.«

»Nein. Es waren nette Gespenster. Sie hätten dir gefallen.«

Sie lächelte.

In dieser Nacht schlief ich in dem kleinen Schlafzimmer im Obergeschoß, das früher meiner Großmutter gehört hatte, und zu meiner Erleichterung stellte ich fest, daß mich der enge Raum so tröstend umhüllte wie ein Kokon. Durchs Fenster konnte ich die Sterne und die Silhouetten der spitzen Tannen sehen. Das unruhige Glitzern der Bucht blieb unsichtbar. Aber ich hörte das freundliche Flüstern des Meeres, sein unablässiges, weiches Seufzen. Ich stieg in das schmale, kleine weiße Bett, zog mir die seidigen alten Bettücher aus durchbrochenem Leinen bis ans Kinn, die nach Zedernholz und Lavendel dufteten, und sank tief in jenen lichtlosen, traumlosen Schlaf, den die See schenkt. Irgendwann während der Nacht sprang Zut neben mir aufs Bett, und ich zog ihn, ohne wirklich aufzuwachen, in meine Armbeuge und schlief weiter.

Als ich am Morgen erwachte, kam es mir so vor, nur einen Augenblick lang, als sei ich noch einmal siebzehn, der Sommer fange gerade erst an, und ich würde jetzt gleich durch das taufeuchte Gras hinüberlaufen nach Braebonnie, um meinen Geliebten zu begrüßen.

SECHZEHNTES KAPITEL

In dem Jahr, als ich siebzehn war, tappte ich eines Sonntagsmorgens in meiner zweiten Woche in Retreat barfuß aus meinem Zimmer. Das Haar hing mir ungekämmt in die Augen, und das riesige T-Shirt, in dem ich geschlafen hatte, war mir über eine Schulter gerutscht. Als ich in die Küche kam, trank Maudie-Gro dort Kaffee mit einem jungen Mann, den ich noch nie gesehen hatte. Ich drehte mich um und wollte zurück in mein Zimmer, denn am Gesicht meiner Großmutter konnte ich ablesen, wie ich aussah, aber der junge Mann lächelte mich an und sagte: »Laufen Sie nicht davon. Letzte Woche habe ich *La Primavera* in den Uffizien gesehen, und jetzt steht sie leibhaftig vor mir.«

Und ich blieb stehen und lächelte ihn zögerlich an. Ich hatte das Gemälde von Botticelli im Winter zuvor im Kunstgeschichtskurs kennengelernt und wußte, daß er mir ein zweifaches Kompliment gemacht hatte: einerseits hinsichtlich meines Aussehens und andererseits, weil er die Anspielung nicht erklärte.

»Vorausgesetzt, sie hätte sechs Millionen Sommersprossen«, sagte ich.

»Und ein T-Shirt, das ihr bis zu den Knöcheln reicht«, antwortete er mit einer weichen Stimme und dem Anflug eines – vielleicht ausländischen? – Akzents. »Das macht nichts. Das Aussehen ist das gleiche.«

»Warrie, das ist Darcy O'Ryan, meine Enkelin«, sagte Maudie-Gro und blickte von mir zu dem jungen Mann. »Darcy, das ist Warrie Villiers. Warren, natürlich. Seine Großmutter war meine beste Freundin, und seiner Mutter gehört jetzt Braebonnie. Als ich ihn zum letzten Mal gesehen habe, war er noch ein kleiner Junge. Er hat sein ganzes Leben im Ausland verbracht, und meines Wissens ist es seit seinem fünften Lebensjahr das erste Mal, daß er wieder in Retreat ist. Er ist erst vor einer Minute hier hereingekommen.«

»Das freut mich«, sagte der junge Mann. »Fast alle finden, ich sehe aus wie meine Mutter. Und fast niemand meint, daß ich meinem Vater ähnele. Ich kann mich auch kaum mehr an ihn erinnern, und an meine Großmutter auch nicht. Hallo, Darcy O'Ryan. Auf deinem Kopf brennt zwar irisches Feuer, aber ansonsten siehst du ziemlich französisch aus.«

Ich spürte, wie ich rot wurde und senkte den Kopf.

»Das glaube ich nicht«, murmelte ich. »Ich bin größtenteils irisch und was auch immer die mütterliche Seite meiner Familie war. Vermutlich englisch.«

»Na ja, irgendwo in der Vergangenheit ist da schon ein bißchen französisches Hugenottenblut«, meinte Maudie-Gro. »Bevor ich deinen Großvater heiratete, hieß ich Gascoigne. Auch wenn ich dir versichern kann, daß diese braven Leute keinesfalls so frivol waren, wie du dir das vielleicht vorstellst.«

»Schade. Darin sind wir am besten«, sagte Warrie Villiers und lächelte wieder. Es war kein breites Lächeln, sondern eines, das seinem vollen, roten Mund einen weichen Anflug von Traurigkeit gab. Er hatte den ganzen Kopf voll silbrig gesträhnter schwarzer Locken, die länger waren, als es in diesem Jahr Mode war. Seine Augen hatten Mongolenfalten, waren fast schwarz und etwas schrägliegend: die Augen eines Zigeuners, dachte ich. Seine Nase war groß, schmal und lang, und er war sonnengebräunt. Auch wenn Maudie-Gro mir nicht erzählt hätte, daß er sein ganzes Leben im Ausland verbracht hatte, hätte ich es selbst schon vermutet, denn er hatte etwas unbeschreiblich Fremdländisches an sich, eine Andersartigkeit, die beinahe körperlich zu spüren war. Er rauchte eine kurze, braune, filterlose Zigarette, die er zwischen Daumen und Mittelfinger hielt, und um seine ungewöhnlichen Augen zog sich ein Netz feiner, weißer Linien. Auf den zweiten Blick stellte ich fest, daß er älter war, als ich anfangs gedacht hatte.

»Also, dann werde ich dir Frühstück machen«, sagte Maudie-Gro zu ihm. »Wenn du gestern nacht erst nach Mitternacht gekommen bist, ist da drüben in der Küche bestimmt nichts zu essen. Sind denn die Überzüge von den Möbeln entfernt? Ich habe nicht gesehen, daß jemand das Haus gelüftet hätte. Darcy, zieh dir etwas an.«

»Also, bis später dann«, murmelte ich, verschränkte die Arme vor meinen Brüsten und schlich behutsam aus der Küche, damit mein Busen nicht zu auffällig wogte. Aber es war vergebens; der Wachstumsschub, den ich mit zehn Jahren gemacht hatte, hatte sich nicht wiederholt, so daß ich immer noch nicht viel größer als einen Meter fünfzig war, aber das hatte meine Brüste und Hüften nicht daran gehindert, äußerst weibliche Formen anzunehmen. Von alten Fotografien wußte ich, daß ich genau die gleiche Figur hatte wie meine Großmutter Maude, als sie nur wenige Jahre älter war als ich. Als ich die Küche verließ, hörte ich Warrie Villiers leise kichern, und ich wurde wieder rot, obwohl ich gar nicht wußte, ob er über die üppige, lebendige Fülle unter meinem T-Shirt, mein Unbehagen oder nur über eine Bemerkung meiner Großmutter gelacht hatte. Ich zog meinen engsten BH an und das weiteste Flanellhemd, das ich finden konnte, schlüpfte in abgeschnittene Jeans, fuhr mit einem feuchten Kamm durch meine wilde Mähne und ging wieder zurück in die Küche. Maudie-Gro lächelte mir zu und reichte mir eine Tasse Kaffee, aber sie sprach mich nicht an, und ihr Lächeln war abwesend. Ihre ganze Aufmerksamkeit war von diesem fremden jungen Mann in Anspruch genommen, den sie offensichtlich noch nicht ganz einzuschätzen wußte. Ihr Mund lächelte ihm zu und sprach warme, freundliche Worte, aber ihr Blick war unsicher und besorgt. Es kam selten vor, daß Maudie-Gro nicht wußte, was sie von jemandem halten sollte. Die Atmosphäre in der Küche und dieser ganze Morgen kam mir höchst seltsam vor.

Ich glitt auf einen Stuhl gegenüber von Warrie Villiers, steckte meine Nase in meine Kaffeetasse und spähte durch den Dampf zu ihm hinüber. Er lächelte mich von neuem an, sagte aber nichts. Entspannt lehnte er sich in seinem Stuhl zurück, trank seinen Kaffee und beobachtete meine Großmutter, wie sie durch die Küche ging und das Frühstück zubereitete. Für jemanden, der Maudie-Gro seit seiner frühen Kindheit nicht mehr gesehen hatte und sich möglicherweise gar nicht mehr an sie erinnerte, wirkte er mit seiner Umgebung sehr vertraut. Dieser Ausdruck völliger Selbstsicherheit war das erste, was mich an ihm faszinierte, und das ist es auch, woran ich mich bei ihm am deutlichsten erinnere. Diese Eigenschaft schien mir nicht aus Eitelkeit geboren, sondern eher aus innerer Stärke. Warrie Villiers schien eine kontrollierende Kraft auszusenden, die mich außerordentlich anzog, hatte ich doch mein ganzes kurzes Leben mit der Suche nach einer ähnlichen Kraft verbracht.

»Und was bringt dich nach Retreat?« erkundigte sich Maudie-Gro. Sie rührte die Eier und sah ihn dabei nicht an.

Er lachte kurz und scharf auf. »Sie könnten genauso fragen, was oder wer mich hierhergeschickt hat«, sagte er. »Ich bin hier, weil meine Mutter wieder einmal einen neuen Verehrer aufgetan hat. Die Anwesenheit eines dreiundzwanzigjährigen Sohnes in ihrem Leben scheint wohl nicht ganz zu dem Alter zu passen, das sie ihm gegenüber angedeutet hat. Offenbar wird der fragliche Herr den ganzen Sommer in der Villa verbringen, und da ich eigentlich zu Hause sein wollte, um an meiner Abschlußarbeit zu schreiben, fiel Maman plötzlich ein, daß Retreat und Braebonnie doch ganz ideal dafür wären. Ruhig und friedlich, wissen Sie. Einsamkeit, gesundes Leben, keine Ablenkungen. Der jugendliche Verehrer, der Rennwagen fährt oder irgend so etwas, scheint kaum zehn Jahre älter als ich zu sein, und da Mamans letzte Generalüberholung in der Schweiz erstaunlich erfolgreich war, sieht sie jünger aus als er. Ich habe ihr gesagt, sie solle mich als ihren kleinen Bruder ausgeben, aber sie blieb unerbittlich. Unerbittlichkeit ist Mamans Stärke. Darum bin ich hier, und sie hatte recht: Dies ist genau der richtige Ort zum Denken und Schreiben. Ich kann mir nicht vorstellen, daß das Nachtleben einen hier besonders ablenkt. Eigentlich konnte ich mich gar nicht mehr an das Haus, das Meer und all das erinnern. Es ist ganz anders als das Meer zu Hause.«

»Und wo liegt das?« fragte ich. In meinem Herzen fühlte ich einen Stich, weil ihn seine Mutter fortgeschickt hatte. Dieses Gefühl kannte ich.

»Auf Sardinien. Mutter hat dort von ihrem dritten Ehemann, einem reichen jugoslawischen Gemüsegroßhändler, eine Villa bekommen.«

»Wo lebst du im Winter? Wo studierst du?«

»Wir leben in einer Wohnung in Rom, in Trastevere. Das ist ein alter Stadtteil, sehr alt, sehr malerisch, sehr teuer, zumindest dort, wo wir wohnen. Die hat Maman von ihrem vierten und letzten Ehemann, der durch den Import taiwanesischer ›Antiquitäten‹

und vielleicht auch noch gewisser Substanzen reich geworden ist. So hat sie einen ersten und zweiten Wohnsitz und kann sich nun anderen Vergnügungen widmen. Die Familie meines Vaters hat ihr genügend Geld gegeben, damit sie Frankreich verläßt, und davon könnte sie gut leben, wenn sie vorsichtig ist. Aber das ist sie natürlich nicht. In diesem Semester konnte ich nicht studieren, weil sie vergessen hat, mir die Studiengebühren zu überweisen, und sie hat mir auch kein Geld für das Cottage, für das Essen und eine Haushaltshilfe in diesem Sommer überwiesen, so daß ich vielleicht auf der Wiese grasen muß wie eine Kuh. Aber im nächsten Monat bekomme ich einen Scheck aus meinem Treuhandfond – er befindet sich in Paris, und sie kommt nicht dran –, so daß ich schon nicht verhungern werde. Und ich bin daran gewöhnt, allein zurechtzukommen. Seit ich mit dem Studium angefangen habe, lebe ich allein.«

Seine Worte hätten vielleicht bitter geklungen, wenn er nicht so entspannt in unserer Küche gesessen hätte und nicht so gelassen und offen gelächelt hätte. Aber so hörte es sich an, als amüsiere er sich liebevoll über seine Mutter. Doch mein Herz machte erneut einen Sprung wie ein Fisch, der aus dem Wasser hüpft. Auch wenn er Selbstbeherrschung und eine große Sicherheit ausstrahlte, war Warrie Villiers doch genauso wie ich ein Kind, das von seinen Eltern im Stich gelassen worden war. Natürlich hatte ich Maudie-Gro, und sie war der Halt in meinem Leben – aber dennoch kannte ich diese wilde Einsamkeit.

»Wenn ich nicht hier lebe, bin ich auch oft allein«, sagte ich. »Es ist eigentlich gar nicht so schlimm.«

»Stimmt«, meinte er. »Aber ich wünschte mir, ich wäre schon in meiner Kindheit hierhergekommen. Was hätte das für einen Unterschied bedeutet!«

Maudie-Gro stellte Teller mit Eiern und Schinken vor uns hin und setzte sich. Überrascht bemerkte ich, daß in ihren Augen Tränen glitzerten.

»Bis dein Scheck eintrifft, kommst du zum Abendessen zu uns«, sagte sie, »und keine Widerrede. Und heute nachmittag schicke ich Sukie Duchesne hinüber, damit sie einiges im Haus in Ordnung bringt. Das ist die junge Frau, die mir in diesem Sommer hilft. Entweder kann sie selbst ein paar Stunden in der Woche erübrigen, um dir zu helfen, oder sie weiß jemanden, der Zeit hat. Sonst kommst du ja gar nicht zu deiner Arbeit.«

Die meisten jungen Männer aus meiner Bekanntschaft hätten jetzt protestiert und gesagt, Maudie-Gro solle sich doch keine Umstände machen, aber Warrie Villiers tat es nicht. Er sagte einfach: »Das fände ich außerordentlich nett, Mrs. Chambliss. Meine Mutter hat schon gesagt, daß Sie eine ungewöhnliche Frau sind, und sie hat recht. Natürlich würde ich Sie gerne für Ihre Mühe entschädigen, indem ich für Sie einkaufe, Ihren Rasen mähe oder sonst etwas für Sie tue.«

»Unsinn«, sagte Maudie-Gro. »Dafür habe ich schon jemanden. Das Abendessen bekommst du, weil ich mich über deine Gesellschaft freue. Wie ich schon sagte, deine Großmutter war die beste Freundin, die ich je hatte, und deine Mutter gehört zu den lebhaftesten Erinnerungen, die ich an diese Sommer habe.«

Er lächelte. »Das gleiche sagt sie über Sie. Sie meint, Sie hätten ihr eine Menge beigebracht. Ich glaube, sie war eine gute Freundin Ihres Sohnes, nicht wahr?«

»Ja«, antwortete Maudie-Gro und stand auf. »Gebt mir eure Teller, ihr beiden, dann fülle ich euch nach. Was ist mit deinem Vater, Warrie, hast du noch Kontakt zu ihm?«

»Mein Vater ist tot«, sagte er in gleichmütigem Tonfall. »Er starb bei einem Autounfall, als ich sieben war. Seine Familie – also meine Großeltern – mögen weder meine Mutter noch mich besonders, glaube ich. Wir sehen sie nie. Sie schicken Geld, aber nur, weil es das Testament meines Vaters so vorschreibt. Doch ich glaube nicht, daß Maman alle Hoffnungen auf das Vermögen der Villiers aufgegeben hat, denn sie hat mich Wirtschaftswissenschaften studieren lassen. Sie hofft, daß ich in eine Bank gehe und dann sowohl in die Firma der Familie aufgenommen als auch an ihren Busen gedrückt werde.«

»Und gefällt dir das Studium?« wollte Maudie-Gro wissen.

»Ungefähr so sehr wie... wie sagt man? Wie eine Wurzelbehandlung beim Zahnarzt«, erklärte er. »Wirtschaft! *Zut alors*!« Es war der erste französische Ausdruck, den er benutzte, und er sagte ihn auf so komische und trockene Art, daß Maudie-Gro und ich laut auflachten. In den folgenden Wochen wurde dieser Ausspruch unter uns dreien zu einer Art Losung. Immer, wenn uns etwas überraschte oder begeisterte, riefen wir: »*Zut alors!*« Und dazu gab es in diesem Sommer häufiger Anlaß.

Natürlich verliebte ich mich gleich am ersten Tag in ihn. Im Rückblick schien das auch ganz unvermeidlich. Denn meine Seele, mein Körper und mein Herz, das abgesehen von der Leere, die Mike Willis dort hinterlassen hatte, noch unangetastet war, waren reif für tiefe Gefühle. Die Zeit war gekommen, hatte kommen müssen, in der mir Maudie-Gros fürsorgliche Liebe nicht mehr genügte. In diesem Sommer hatte ich mich geradezu verzweifelt burschikos gegeben, aber ich konnte nicht mehr verbergen, daß ich eine erblühende junge Frau war. Jetzt kann ich das erkennen, damals wußte ich es nicht. Für Maudie-Gro muß das eine schwierige Zeit gewesen sein, denn sie wußte, daß ich es mir nie leicht machte. Und ihr war klar, daß es mit dieser ersten Liebe – denn sie muß davon gewußt haben – nicht anders sein würde. Das war wohl der Grund, weshalb ihr so vieles an Warrie Villiers nicht gefiel, obwohl er charmant war, sie zum Lachen brachte und die Verletzlichkeit unter seiner kühlen, sachlichen Schale sie anrührte. Den ganzen Sommer konnte ich den sorgenvollen Blick in ihren Augen sehen, aber erst ganz zum Schluß sprach sie darüber.

Doch auch wenn sie etwas gesagt hätte, es hätte ohnehin keine Rolle gespielt. Selbst älteren und erfahreneren Frauen als mir wäre es wohl schwergefallen, dieser Mischung aus Verletzlichkeit und Sinnlichkeit zu widerstehen. Ich hatte keine Chance und wollte es auch gar nicht anders. Abgesehen von meiner körperlichen Bereitschaft gelang Warrie Villiers mit diesem ersten Gespräch etwas, das keinem anderen Jungen aus meiner Bekanntschaft jemals gelungen war, und zwar einfach deshalb, weil er eben nicht so war wie die Jungen aus meiner Bekanntschaft. Er war genau das Gegenteil all dieser Jungen aus Retreat, deren Gesellschaft ich so eifrig mied; wenn ich ihn ansah und ihm zuhörte, dann sah ich keine Gespenster, es überlief mich kein Schauer des Wiedererkennens, und ich hörte keinerlei vertraute Klänge. Ich sah nur ihn, Warrie, der für mich so neu war wie ein eben angebrochener Morgen, und es lagen keinerlei Fallstricke der Geschichte zwischen uns.

Von Mike Willis unterschied er sich so sehr, wie das überhaupt nur möglich war. In Warries Gegenwart fühlte ich mich sicher von jener Trauer und Einsamkeit, die Mike manchmal umgab.

Anfangs redete er meistens mit Maudie-Gro. Wie sie ihm angeboten hatte, kam er beinahe jeden Abend und aß mit uns, und wir unterhielten uns – genauer gesagt, die beiden sprachen, und ich hörte zu. Er blieb nie lange, gegen neun Uhr ging er wieder nach Braebonnie zurück, und wenn ich mich in dem großen hinteren Schlafzimmer ins Bett legte, sah ich das Licht in seinem Fenster im Obergeschoß, und ich spürte seine Nähe geradezu auf meiner Haut. Er arbeitete bis spät in die Nacht hinein und wahrscheinlich auch den ganzen Tag, denn ich traf ihn niemals im Jachtclub, wo ich in diesem Sommer in der Küche arbeitete. Aus den Gesprächen der alten Damen in den Schaukelstühlen auf der Veranda erfuhr ich, daß er es stets höflich ablehnte, sich von ihnen zum Cocktail oder zum Mittagessen einladen zu lassen. Er erklärte, er sei mit seiner Abschlußarbeit sehr beschäftigt, hoffe aber, gegen Ende des Sommers fertig zu sein und ihre Einladungen dann annehmen zu können. Ich erfuhr auch, daß er als gute Partie galt.

»Es ist wirklich zu schade, Maude, daß Darcy noch so jung ist«, sagte die alte Mrs. Stallings beim Tee am Vierten Juli zu Maudie-Gro, und ich hörte ihnen von der Küche des Jachtclubs aus zu. Maudie-Gro saß als Mrs. Stallings Gast auf der Jachtclub-Veranda, denn nach dem Tod meines Großvaters hatte sie ihre eigene Mitgliedskarte zurückgegeben. Sie wolle nicht aus reiner Höflichkeit auf der Veranda herumsitzen, meinte sie. Maudie-Gro ging jeden Sommer nur ein- oder zweimal zum Club, und dann in der Regel am Arm des alten Micah Willis und in Begleitung seines Sohnes Caleb und dessen Frau Beth.

»Wie meinst du das, Marjorie?« fragte Maudie-Gro jetzt.

»Na ja, er ist doch ein sehr netter Bursche«, meinte Mrs. Stallings. »Und ihr seid die einzigen, mit denen er redet. Außerdem ist er Amys Enkelsohn, und er wäre soviel passender als dieser junge Willis. Das sagen alle. Natürlich, wir wissen, was du immer von Elizabeth gehalten hast –«

»Nein, das weißt du nicht, Marjorie«, sagte Maudie-Gro freundlich. »Du hast wirklich überhaupt keine Vorstellung davon. Und natürlich ist Darcy zu jung; sie ist erst siebzehn, und er ist schon dreiundzwanzig. Die Altersunterschied ist viel zu groß. Gottseidank hat er keinerlei solche Gefühle ihr gegenüber, und ich glaube nicht, daß sie ihm die geringste Aufmerksamkeit schenkt.«

Zu dieser Zeit schenkte ich ihm alle meine Aufmerksamkeit, und das wußte meine Großmutter genau. Jetzt, in der Küche des Jachtclubs, brannte mein Gesicht so heiß wie abends beim Essen, wenn er mich anlächelte. Und auch mein Körper brannte, wenn ich nachts wachlag und zu seinem Fenster hinaufsah.

Aber er redete hauptsächlich mit meiner Großmutter, und die sechs Jahre Altersunterschied und sein enormer Erfahrungsvorsprung lagen geradezu greifbar zwischen uns.

Doch nach und nach bezog er mich in die Gespräche mit ein, und sein Blick ruhte weich auf mir. Nun veränderten sich die Abende um den Eßtisch in Liberty. Ich wurde aufgenommen in ihren Kreis, wir lachten zusammen, erzählten unbedeutende Geschichten über die Leute in der Ferienkolonie und redeten über die kleine Welt von Cape Rosier und die viel größere dahinter. Der Altersunterschied schien sich zu verringern. Er zog mich mit meinem irischen Erbe auf; ich hielt ihm die Franzosen vor, und beide neckten wir Maudie-Gro, indem wir sie eine Schönheit aus dem Süden nannten. Obwohl ich mich jeden Abend meiner lästigen Küchenkleidung entledigte, badete und mich so sorgfältig wie möglich kleidete, achtete ich doch sehr darauf, daß er nicht merkte, welche Gefühle ich ihm gegenüber hegte. Er wiederum deutete in keiner Weise an, daß er überhaupt etwas für mich empfand, abgesehen davon, daß ich eine nette Gesprächspartnerin beim täglichen Abendessen war. Ich glaube wirklich, daß sich Maudie-Gro in Sicherheit wiegte, je mehr Abende vergingen, ohne daß sich irgendein Anzeichen für eine Katastrophe erkennen ließ. Einmal bat sie uns, das Geschirr abzuwaschen, und ging nach oben ins Bett, und nach einer Woche wurde das zu einer Selbstverständlichkeit. Und noch immer änderte sich nichts zwischen Warrie und mir. Und noch immer lag ich nachts in der Dunkelheit wach, und mein ganzer Körper brannte.

Eines Abends Mitte Juli trug er, als er zum Abendessen kam, das flaumige Bündel einer jungen Tigerkatze auf dem Arm. Das Kätzchen trug eine riesige rote Schleife aus einem Wollfaden, und auf seinem Gesicht stand ein derart überraschter und entzückter Ausdruck, daß Maudie-Gro und ich wie aus einem Mund: »*Zut alors!*« riefen. Und so kam Zut zu seinem Namen.

»Ist dieses kleine Wesen für mich?« fragte Maudie-Gro an jenem Abend. Obwohl sie sich alle Mühe gab, ernst zu bleiben, umspielte ein Lächeln ihre Mundwinkel. Solange Zut klein war, konnte niemand in seiner Gegenwart lange ernst bleiben. Er war so fröhlich und übermütig und zufrieden mit seiner Welt. Er mochte alle Menschen, denen er begegnete, und in der Regel wurde dieses Gefühl erwidert. Maudie-Gro, die eigentlich nicht gerade eine Katzenfreundin war, streichelte bei diesen Worten den moosweichen Pelz unter seinem Kinn, und Zut schien vor Entzücken zu lächeln.

»Nein. Dieses kleine Wesen ist für Darcy«, sagte Warrie. »Ich habe ihn im Dorfladen entdeckt, wo er auf einem Regal schlief, und er sah dabei so sehr wie Darcy aus, daß ich lachen mußte. Mrs. Sylvester verzog das Gesicht, und dann mußte ich ihr natürlich erklären, worüber ich gelacht hatte. Ich sagte, ich hätte eine Freundin, die genauso aussehe, und sie meinte, dann sei meine Freundin hoffentlich eine bessere Mäusefängerin als dieser Kater, denn er sei darin so miserabel, daß sie ihn demnächst zum Bezirkstierarzt bringen werde. Und das konnte ich natürlich nicht zulassen, das wäre ja gewesen, als hätte man Darcy eingeschläfert. Also hatte ich gar keine andere Möglichkeit, nicht wahr? Es war Schicksal.«

»Es ist Erpressung«, sagte Maudie-Gro, aber sie lachte. Zut streckte eine seiner fetten Pfoten aus und berührte damit leicht ihre Wange. Sie reichte ihn mir.

»Komm, dann schmeichel dich bei deinem Frauchen ein«, sagte Maudie-Gro. »Ich durchschaue dich nämlich. Also, Warrie, dein Glück, daß du hier nicht mit einem Schweinchen angerückt bist.«

»*Moi? Un cochon?*« meinte Warrie und hob erstaunt die Augenbrauen. Ich streckte die Arme aus, und Maudie-Gro gab mir den Kater. Unter seinem flaumigen Pelz war er so leicht wie ein Sack Federn. Er schmiegte sich an mein Kinn, schloß die Augen und begann mit seinen riesigen, weichen Pfoten meinen Arm zu kneten.

»Du dummes Kätzchen«, sagte ich voller Freude. »Ich hab dich lieb.«

Kopfschüttelnd ging Maudie-Gro nach oben, und Warrie und ich begannen mit dem Abwasch. Ich ließ heißes Wasser ins Bekken, und er begann zu schrubben. Irgend etwas schäumte in meiner Brust wie Ginger Ale, und ich hatte das Gefühl, ich müßte vor Glück laut lachen oder weinen oder einen Schrei ausstoßen.

Zut sprang auf den Rand des Spülbeckens, wo er unbeweglich und in königlich-stolzer Haltung sitzenblieb und uns aus riesigen, bronzefarbenen Augen beobachtete. Dann streckte er eine Pfote ins Wasser und spritzte Warrie mit einer feierlichen Bewegung ins Gesicht. Wir brachen in schallendes Gelächter aus, und ich warf meine seifigen Arme um Warrie und umarmte ihn. Einen Augenblick lang stand er ganz still. Dann legte er ebenfalls seine Arme um mich und zog mich so fest an sich, daß meine Brüste flachgedrückt wurden und ich seine Rippen unter meinen Fingern fühlen konnte. Er war groß, und mein Gesicht paßte genau in die Höhlung unter seinem Hals.

Dann hob ich mein Gesicht, und er gab mir einen langen, zarten, langsamen Kuß. Das war nicht der Kuß eines Freundes. Es war anders als alles, was ich bisher gefühlt oder mir erträumt hatte. Erst sehr viel später fiel mir ein, daß ich bisher erst einmal geküßt worden war, und zwar von Mike Willis. Und das war ganz anders gewesen.

Schließlich hob er seinen Kopf und sah auf mich herunter. Mein Herz schlug so heftig, daß ich es in meiner Kehle spüren konnte.

»Du bist gerade fünf Jahre älter geworden«, sagte er mit rauher Stimme.

»Ist das alt genug?« flüsterte ich.

»Wofür?« Seine Stimme war ebenso leise wie die meine. Sie klang... dunkel.

»Für alles.«

»Sei vorsichtig, Darcy«, meinte er.

»Ich will nicht vorsichtig sein«, antwortete ich.

Kurz darauf ging er nach Hause. Wir hatten das Geschirr abgetrocknet und versucht, wieder so locker miteinander umzugehen wie zuvor, aber natürlich lag etwas anderes, das andere, vibrierend zwischen uns in der Luft. Er berührte meine Wange und wollte etwas sagen, aber dann schwieg er und verließ die Küche. Ich stand da und starrte auf die geschlossene Fliegengittertür, während Zut sich schnurrend und mit den Pfoten tretend in meinen Armen bewegte. Dann nahm ich meine Katze, ging ins Bett und schlief sogar ein.

Aber ich hätte mir denken können, daß ich nicht die ganze Nacht durchschlafen würde. Zwei Stunden später wachte ich auf und wußte sofort, daß er vor meinem Fenster war. Als ich aufstand und auf Zehenspitzen hinüberschlich, sah ich, daß die samtige Dunkelheit von der roten Glut seiner Zigarette erhellt wurde. Er saß auf der Steinmauer, die die Gärten von Braebonnie und Liberty trennte, so nahe, daß ich den scharfen Rauch seiner Player's riechen konnte.

Ganz leise lief ich durch die Küche, hinaus durch die Hintertür und ums Haus herum zu ihm. Er sagte nichts, breitete nur seine Arme aus, und schweigend warf ich mich hinein. Ich trug nichts außer meinem T-Shirt. Er hielt mich nicht ganz fest, aber nahe an seinem Körper, und strich mir geistesabwesend mit einer Hand von der Taille bis zum Oberschenkel. Ich zitterte.

»Du wirst mich darum bitten müssen«, sagte er dann. »Ich bedränge Frauen nicht. Ich werde auch dich nicht bedrängen.«

»Ich bitte dich«, sagte ich, ganz berauscht von seiner Berührung.

»Bist du dir sicher?«

»O ja!«

»Und was nun?«

Ich legte meinen Kopf an seine Brust und klammerte mich an ihn. Ich hatte das Gefühl, als spränge ich von einer glatten Ebene aus in einen bodenlosen Abgrund. Schreck und Verlangen schüttelten mich wie ein Sturm.

»Zeig mir… etwas Französisches«, flüsterte ich.

Und er hob mich hoch wie ein kleines Kind, trug mich nach Braebonnie hinein und legte mich auf das große Sofa vor dem erloschenen Kamin. Und dann tat er es. Und es zerriß mich, machte mich wild und ließ mich vom Mund bis zu den Fußsohlen entflammen. Meine Knochen lösten sich auf, meine Muskeln wurden weich wie Schwämme, und mein Blut verwandelte sich in Lava. Es schleuderte mich auf die höchsten Gipfel der Erde und riß mich hinunter ins rote Nichts, als hielte mich ein großer Vogel fest im Schnabel. Ich weinte, schluchzte, schrie und lachte laut; ich schlug ihn mit meinen Fäusten, packte ihn mit den Beinen, preßte mich mit den Hüften gegen ihn, biß ihn sogar in den Mund, daß das Blut strömte, und als er sich in mich ergoß und ich in einer Flamme aus Feuer und Nichts explodierte, hörte ich mich selbst schreien: »Ich bin alt genug! Ich wußte es doch!«

Dann lag er neben mir und rauchte eine seiner Zigaretten, während der kühle Wind von der Bucht direkt unterhalb von Braebonnie den Schweiß auf unseren Körpern trocknete. Er schwieg, und bei dem Gedanken an all die Dinge, die er zu mir gesagt hatte und ich zu ihm, wurde mir heiß vor Verlegenheit. Der Mond schien nicht, und ich sah sein Gesicht nur dann, wenn er an seiner Zigarette zog. Ich fragte mich, ob ich ihn wohl gelangweilt oder enttäuscht hatte; er mußte gemerkt haben, daß es bei mir das erste Mal gewesen war und ich nicht gewußt hatte, was ich tun mußte. Schließlich sagte ich mit einer zitternden Stimme, die in meinen Ohren entsetzlich jung klang: »War ich... gut? War das richtig?«

Er nahm einen tiefen Zug, und dann lachte er.

»Richtig?« sagte er. »*Zut alors!*«

Und damit war ich verloren.

»Ich werde dich niemals bedrängen«, sagte er in dieser Nacht noch einmal. »Ich werde dich niemals nötigen. Das heute abend hätte eigentlich nicht passieren dürfen; du bist gerade erst siebzehn. Vielleicht gibt es hier Gesetze dagegen. Und du hättest mir sagen sollen, daß es für dich das erste Mal war. Vielleicht gibt es auch dagegen ein Gesetz.«

Ich antwortete nicht. Hatte er das denn nicht gemerkt? Ich hatte gedacht, Männer wüßten das irgendwie. Da war Blut gewesen. Kam denn jedesmal Blut? Und hatte er wirklich geglaubt, daß ich diese schreckliche, herrliche Sache schon einmal gemacht hatte?

»Dann werden wir es nicht wieder tun?« fragte ich leise, ohne ihn anzusehen.

Er lachte und fuhr mir durchs Haar. »Du bist ein kleines *cochon*. Ich habe nicht gesagt, daß wir es nicht wieder tun würden. Du bist wundervoll, und ich bin verrückt nach dir. Aber wenn wir es tun sollen, mußt du vorher darum bitten. Wie ich schon sagte, ich bedränge dich nicht.«

»Dann bitte ich dich darum.«

»Nicht heute abend. Geh nach Hause und denk über deine Sünden nach. O mein Gott, so hab ich es nicht gemeint«, sagte er, denn offenbar sah ich niedergeschlagen aus. Jedenfalls fühlte ich mich so. »Es ist keine Sünde, wenn es so schön ist, Darcy. Gott hat uns so gemacht, und ich glaube, er wollte, daß wir es genießen.

Aber genug ist genug. Ich bring dich noch bis ans Haus. Sei sehr vorsichtig, wenn du hineingehst. Sonst sperrt dich deine Großmutter in einen Käfig, und mich erschießt sie.«

Ich tat, was er gesagt hatte, denn ich wußte, daß er recht hatte, was Maudie-Gro anging. Ganz kurz regte sich mein Gewissen, aber seine Stimme war sehr schwach und konnte nicht viel ausrichten. Ganz bestimmt kannte auch sie dieses großartige Feuer. Sie hatte mir immer wieder erzählt, daß sie meinen Großvater sehr geliebt hatte, und als sie ihn kennenlernte, war sie nicht älter als ich. Aber irgendwie glaubte ich nicht, daß sie... das da... getan hatten, ehe sie verheiratet waren.

»Weiter komme ich nicht mit. Wenn sie dich sieht, dann kannst du einfach sagen, du hättest nicht schlafen können und einen Nachtspaziergang gemacht«, meinte er.

Ich sah ihn an. Es war nur das Blitzen seiner Zähne zu erkennen und ein weißes Glitzern dort, wo seine Augen waren.

»Kommst du... weiterhin zum Abendessen?«

»Natürlich. Es hat sich gar nichts geändert. Ein Mann muß etwas essen. Und du darfst dich auch nicht anders verhalten.«

»Nein. Aber... Warrie?«

»Ja?«

»Was passiert jetzt? Ich meine, wie werden wir –«

Er legte seine Arme um mich, hielt mich eng an sich gepreßt und fuhr mit einem Finger von meiner Stirn über meine Brüste bis zum Saum meines T-Shirts. Sein Finger fühlte sich an, als habe er ihn in Feuer getaucht.

»Wenn du wirklich willst, daß es noch einmal passiert«, sagte er, »dann komm einfach rüber und klopf dreimal an meine Tür. In der Nacht, wann immer du willst. Ich höre dich schon.«

Und ungefähr eine Woche lang tat ich das. Wir lachten und diskutierten wie gewohnt beim Abendessen und neckten Maudie-Gro und Zut, und später am Abend schlich ich mich dann aus dem Haus und klopfte an die Tür von Braebonnie. Dann taten wir alles, was er mir beibrachte, und alles, was er tat, entzündete mich und ließ mich immer wieder zu Asche werden und verbrannte mich doch nicht.

In unserer zweiten Nacht benutzte er ein Kondom, voller Abscheu und mit einem gequälten Ausdruck im Gesicht.

»Ich fühle mich wie ein Sechzehnjähriger«, sagte er. »Du kannst dir nicht vorstellen, was ich durchgemacht habe, um diese Dinger zu bekommen. Ich mußte bis zur Apotheke nach South Brooksville fahren, denn Mrs. Sylvester fiel beinahe in Ohnmacht, als ich sie verlangte.«

Vor Lachen fiel ich beinahe vom Bett, weil ich die Szene geradezu vor mir sah.

»Warrie, du bist doch nicht etwa mit dem Fahrrad bis nach South Brooksville gefahren?«

Er hatte kein Auto, aber im Schuppen hatte er ein altes Fahrrad gefunden, das für seine kleinen Besorgungen ausreichte. Als ich ihn wegen des Fahrrads bedauerte, hatte er nur gegrinst. »Das macht mir nichts aus«, sagte er. »In Frankreich und Italien fährt jeder mit dem Fahrrad. Dort gilt das als schick. Auf diese Weise bringe ich einen Hauch von europäischer Weltläufigkeit in diese abgelegene Gegend.«

»Nein«, sagte er an diesem Abend. »Caleb Willis hat mich mitgenommen. Ich habe ihm erzählt, es sei ein Notfall. Und das stimmt ja auch. Aber ich kann diese Dinger nicht ausstehen. Mir ist schon klar, daß du hier nirgendwo die Pille wirst auftreiben können, darum habe ich eine Freundin in New York angerufen, und sie schickt welche. Du mußt sie nehmen. Sie sind viel sicherer und tun dir nichts.«

»In Ordnung«, sagte ich zweifelnd, und als die Schachteln nach ein paar Tagen bei der Poststation ankamen, nahm ich sie. Aber ich tat es nicht gerne. Es war so ein künstliches Gefühl, irgendwie zynisch. Ich konnte mir nun nicht mehr länger vormachen, daß ich jeden Abend in den siebten Himmel entschwebte.

Eines Abends Ende Juli wartete Maudie-Gro auf mich auf der Sonnenveranda, als ich von der Arbeit im Jachtclub nach Hause kam. Ihr Gesicht war angespannt und blaß, und sie lächelte nicht.

»Setz dich bitte einen Moment zu mir, Liebes«, sagte sie. »Ich will mit dir reden.«

O Gott, sie hat es herausgefunden, dachte ich, und mein Herz begann zu klopfen. Jemand mußte mich gesehen haben. Schweigend setzte ich mich auf den Fußschemel vor dem großen Korbschaukelstuhl und sah sie an. Klein und aufrecht saß sie im Stuhl. Neben ihr saß Zut und blickte mich mit seinem rätselhaften Grinsen an, drehte sich auf den Rücken und streckte die Beine in die Luft. Ich sagte nichts. Ich wartete.

»Ich habe heute etwas erfahren, das mich sehr verärgert hat«, sagte sie schließlich. Es war zu sehen, daß ihr die Worte schwer über die Lippen kamen. »Mrs. Winslows Enkelin – das kleine Gretchen – hat, bevor sie hierherkam, Warrie auf irgendeiner Party in New York kennengelernt, und sie hat ihrer Großmutter erzählt, daß... daß ihn seine Mutter in Wirklichkeit hergeschickt hat, weil da im Frühling in Rom eine ganz üble Sache vorgefallen ist, mit der Tochter eines Diplomaten an unserer Botschaft. Das Mädchen war erst sechzehn, und es waren Drogen im Spiel und eine Abtreibung, an der sie beinahe gestorben wäre. Ich glaube, wegen ihres Alters hätte Warrie durchaus verklagt werden können, aber der Vater hat keine Anzeige erstattet unter der Bedingung, daß Warrie... das Land verläßt. Ich glaube, du siehst ein, daß wir ihn unter diesen Umständen nicht mehr zum Abendessen einladen können. Und ich muß dir auch jeden sonstigen Umgang mit ihm verbieten. Ich weiß, daß du ihn gerne hast – ich mag ihn auch –, aber das ist einfach nicht mehr akzeptabel.«

»Ich glaube das alles nicht«, sagte ich ruhig, während es in meinen Ohren sauste. Eine Eisschicht bildete sich um mein Herz.

»Liebes, ich weiß, daß es schwer ist. Ich wollte es auch erst nicht glauben, weil wir ihn so liebgewonnen haben, und außerdem stammt das Gerücht von den Winslows, aber ich mußte es überprüfen. Das mußt du verstehen. Ich habe... ich habe ein paar Telefonanrufe getätigt. Petie kennt über die Bank einige Diplomaten an der Botschaft in Rom, und er sagte mir, mit wem ich Kontakt aufnehmen soll. Es sieht so aus, als stimme die Geschichte. Es tut mir schrecklich leid.«

»Das ist eine Lüge. Irgend jemand lügt hier. Das tun die Leute immer, wenn ein Mann so attraktiv ist«, sagte ich störrisch. »Ich kann einfach nicht glauben, daß du... so ein Gerede über ihn glaubst, ohne... ohne ihn selbst zu fragen. Bitte, frag ihn doch.«

Ich hörte, wie meine Stimme scharf wurde, und schwieg. Es konnte nicht wahr sein. Sie würde mit Warrie reden, und er würde alles richtigstellen, und die Abendessen würden weitergehen. Mein Leben würde weitergehen.

»Das habe ich auch vor«, sagte sie und sah mich eindringlich an.

»Natürlich tue ich das, ehe ich irgend etwas unternehme. Aber bis dahin meine ich das sehr ernst, was ich über deinen Kontakt mit ihm gesagt habe. Du mußt mir gehorchen. Wenn du es nicht tust, muß ich dich nach Hause schicken, so leid es mir tut.«

»Und wann, glaubst du, sehe ich ihn, außer hier beim Abendessen?« sagte ich in bitterem und herausforderndem Tonfall. »Glaubst du, wir treffen uns in meiner Mittagspause heimlich im Jachtclub und treiben es dort auf dem Boden miteinander? Oder in der Dunkelheit der Nacht in seinem kleinen, weißen Bett?«

Mein Herz machte einen gewaltigen Satz, denn er schlief tatsächlich in einem schmalen, weißen Eisenbett, mit weißem Bettzeug und einer weißen Baumwollüberdecke.

Aber sie schüttelte nur müde den Kopf und sagte: »Natürlich glaube ich so etwas nicht. Ich will nur... ich möchte dich so gerne in Sicherheit wissen, meine kleine Darcy. Meiner eigenen Tochter konnte ich keine Sicherheit geben. Und ich habe gehofft, daß ich es bei meiner Enkelin schaffe.«

Mein Zorn verflog, und eine gewisse Dumpfheit trat an seine Stelle. Bestimmt würde bald wieder alles in Ordnung sein.

»Das weiß ich, Maudie-Gro. Aber Warrie würde mich nicht verletzen. Frag ihn. Bitte, frag ihn.«

Sie tat es, und zwar auf der Stelle. Ich wartete auf der Veranda und hielt Zut in den Armen, während sie ums Haus herum nach Braebonnie ging. Durch das Sausen in meinen Ohren hörte ich sie rufen: »Warrie? Ich bin's, Maude Chambliss. Kann ich einen Moment reinkommen?« Und danach hörte ich nichts mehr. Ich setzte mich und wartete.

Mit schweren Schritten kam sie zurück, und ich wußte, er hatte sie nicht davon überzeugt, daß die Geschichte eine Lüge war.

Auf der Veranda blieb sie vor mir stehen und sagte: »Warrie wird nicht mehr zum Abendessen kommen. Ob die Geschichte nun wahr ist oder nicht – und ich fürchte, sie stimmt –, er ist eine Gefahr für dich. Seine Mutter war immer schon gefährdet und eine Gefahr für andere, und das Gleiche gilt wohl auch für ihn. Das ist wirklich schrecklich schade; aber so, wie er aufgewachsen ist, konnte er sich wohl nicht anders entwickeln. Laß uns nicht mehr davon reden. Wenn du mir nicht gehorchst und versuchst, ihn zu sehen, werde ich dich augenblicklich nach Hause schicken.«

»*Ich glaube dir kein Wort!*« schrie ich.

»Das kann ich nicht ändern«, sagte meine Großmutter, drehte sich um und stieg die Treppe hinauf. Als sie auf halber Höhe war, sah ich, wie ihre Schultern zusammensackten. In diesem Augenblick haßte ich sie wie niemanden sonst auf der Welt.

Schweigend aßen wir unser Abendessen. Seine Abwesenheit wirkte stärker, als es seine Gegenwart jemals getan hatte. Er stand zwischen uns. Ich erwähnte ihn nicht und sagte nur etwas, wenn sie mich direkt ansprach. Ich versuchte, weder zu schmollen noch zu weinen und meinen Rücken gerade und mein Gesicht unbewegt zu halten. Ihr eigenes Gesicht war noch immer eine harte, totenbleiche Maske, und sie ging nach dem Abwasch sofort ins Bett. Sobald ich ihr Licht im Obergeschoß ausgehen sah, lief ich durch die Hintertür und stieg über die Mauer nach Braebonnie.

Er erwartete mich an der Tür. Wir gingen gar nicht erst hinauf in sein Schlafzimmer, sondern taten es direkt vor der geschlossenen Tür auf dem Fußboden, als müßten wir verhungern, wenn unsere Körper noch einen Moment länger getrennt wären. Erst danach stiegen wir die Treppe hinauf, und nachdem er die Tür zu seinem kleinen Schlafzimmer hinter uns geschlossen hatte, schaltete er eine kleine Lampe ein, zündete sich eine Zigarette an und sah mich mit einem leichten Lächeln an. Das Lächeln reichte nicht bis in seine Augen.

»Dann glaubst du es also nicht«, sagte er.

»Mein Gott, natürlich nicht«, sagte ich. »So etwas würde ich nie von dir denken. Aber wer, um Himmels willen, erzählt so etwas? Es sieht Maudie-Gro gar nicht ähnlich, so streng zu sein.«

»Es gab ein Mädchen in Rom«, sagte er ruhig, und mein Herz zog sich vor Schmerz und Furcht zusammen. »Sie hat an der Botschaft gearbeitet. Aber sie war fünfundzwanzig, nicht sechzehn, und sie war Telefonistin, und nicht die Tochter eines Diplomaten. Und ich habe sie niemals dazu gezwungen. Ich habe dir schon gesagt, daß ich das nicht tue. Aber ich habe sie verlassen, das stimmt. Sie war unglaublich besitzergreifend und eifersüchtig. So etwas kann ich nicht ertragen. Sie hat mich gewarnt, daß ich das noch bedauern würde. Und glaub mir, ich bedauere es sehr. Ich habe deine Großmutter sehr gern gehabt. Und es tut mir noch mehr leid, daß ich dich verliere.«

»Du verlierst mich nicht«, sagte ich und umarmte ihn. »Wir machen einfach so weiter bis... bis der Sommer vorbei ist.«

Mehr als alles auf der Welt wünschte ich mir, sagen zu können: Bis wir Anfang September miteinander weggehen, aber ich sagte es nicht. Zu deutlich klang mir das, was er gerade über Eifersucht und Besitzansprüche gesagt hatte, noch in den Ohren.

»Wenn du es wirklich willst. Aber du kannst nicht mehr durchs Haus kommen«, sagte er. »Warum machst du nicht einfach das Fliegengitter von deinem Fenster ab und steckst es wieder auf, wenn du zurückkommst? Dann wärst du direkt an der Mauer und nur ein paar Schritte von meiner Haustür entfernt und müßtest nicht ums Haus herum gehen.«

»Das mache ich«, sagte ich. »Ihr Zimmer liegt im Obergeschoß und geht nach vorne raus. Wenn ich aus dem Fenster steige, hört sie mich auf keinen Fall. Es ist gut, daß du dieses Zimmer hier benutzt, da kann sie dein Licht nicht sehen. Ich hatte mich schon gewundert, warum du dir dieses kleine Zimmer ausgesucht hast, wo die großen doch leer stehen.«

»Das war das Zimmer meiner Mutter«, sagte er. »Mir gefiel der Gedanke, ebenfalls hier zu schlafen.«

Später, als wir uns noch einmal geliebt hatten und es für mich Zeit wurde heimzugehen – im Dunkel über der Bucht war schon ein ganz ferner, heller Streifen zu erkennen –, sagte ich: »Warrie, was hast du ihr gesagt, als sie dich nach dieser Geschichte gefragt hat? Hast du ihr von dem Mädchen in der Botschaft erzählt?«

»Ja«, sagte er. »Ich dachte schon, ich hätte sie überzeugt, aber dann sagte sie, ich dürfe nicht mehr zum Abendessen kommen und dich auch nicht mehr sehen. Offenbar glaubt sie, ich stelle eine Gefahr für dich dar.«

»Was hast du dazu gesagt?«

»Ich sagte, ich sei etwa so sehr eine Gefahr für dich, wie es meine Mutter für sie war«, erklärte er.

»Das verstehe ich nicht«, sagte ich. »Könnte es sein, daß deine Mutter irgendwann in der Vergangenheit eine Bedrohung für Maudie-Gro war?«

»Eine junge Frau von knapp zwanzig Jahren? Das kann ich mir nicht vorstellen. Kannst du dir das denken?«

»Nein«, sagte ich. »Das kann ich nicht.«

Während der nächsten paar Wochen machten wir einfach so weiter wie bisher. Sein Scheck war nicht eingetroffen, aber er war für Ende August versprochen, so daß ihm nicht viel anderes übrigblieb, als in Braebonnie zu bleiben und an seiner Abschlußarbeit zu arbeiten. Und mir blieb nichts anders übrig, als meinen Aufgaben im Jachtclub nachzugehen und mir nicht anmerken zu lassen, daß die kommende Nacht in mir brannte, als seien glühende Kohlen in meine Kleider eingenäht. Maudie-Gro und ich aßen allein zu Abend, und ganz allmählich wurde, zumindest an der Oberfläche, unsere Beziehung wieder normal. Sie lächelte und sprach über die Themen, die sie im Sommer gewöhnlich beschäftigten, und über mein nächstes Schuljahr, das zugleich mein letztes war, und was ich danach für Pläne hatte und auf welches College ich gehen sollte. Aber ihre Stimme war brüchig, und sie schien gegen eine ständige Müdigkeit anzukämpfen, wie jemand, der sich gerade von einer schweren Krankheit erholt.

Ich antwortete auf ihre Fragen so leichthin und unverbindlich wie möglich und erzählte von meinen College- und Berufsplänen, obwohl ich natürlich wußte, daß sie nie zustandekommen würden, weil ich mit ihm weggehen würde. Daran hatte ich überhaupt keine Zweifel. Wir hatten bereits darüber geredet. Das genügte, um mich aufrechtzuerhalten.

Eines Abends hatte ich das Thema einfach angesprochen. Mein Herz schmerzte und pochte in meiner Kehle angesichts des Risikos, das ich da einging, aber ich hielt es nicht länger aus. Ich mußte wissen, wie es mit uns weiterging, denn der Sommer näherte sich seinem Ende. Schon stand die Sonne schräger am Himmel, und die Berberitzenhecke vor Liberty hatte sich rot gefärbt. Am Abend zuvor hatte ich zum ersten Mal das V einer Formation Wildgänse am Himmel gesehen.

»Gestern abend habe ich Wildgänse gesehen, die nach Süden zogen«, sagte ich wie nebenbei, während ich nackt in seinen dunklen Armen lag. »Du wirst bald mit ihnen ziehen. Und wenn du weg bist, werde ich ein einsames, verlorenes Schaf sein.«

»Vielleicht nicht«, sagte er und beugte seinen dunklen Kopf über eine meiner Brüste.

»Was vielleicht nicht?«

»Vielleicht wirst du kein einsames, verlorenes Schaf sein.«

»Warum? Soll ich nach Frankreich mitkommen?«

Ich sagte das ganz beiläufig, aber mein Herz klopfte so laut, daß ich dachte, er müßte es hören.

»Dort würde es dir nicht gefallen. Du bist doch eine kleine Puritanerin«, sagte er träge. Er legte seine Hand zwischen meine Beine, und ich drückte mich fest dagegen.

»Dann nach Italien?«

»Dort ist es noch schlimmer.«

»Und wie soll ich dann kein einsames, verlorenes Schaf sein? Wie soll ich dich wiedersehen?«

»Ich dachte daran, vielleicht hierzubleiben«, meinte er. »Ich schaue mir die Gegend an, und möglicherweise schließe ich hier irgendwo mein Studium ab. Ich habe nur noch ein Semester, wenn sie mir meine Scheine anrechnen. Was ist mit Atlanta? Gibt es eine gute Universität in Atlanta? Könnte ich dort etwas lernen, womit ich im Land von »Vom Winde verweht« Geld verdienen kann?«

»Aber natürlich«, jubelte ich. Mein Herz sang. »Georgia Tech hat eine ausgezeichnete Fakultät für Wirtschaftswissenschaften, und Georgia State auch. Wir könnten... du könntest studieren, und ich arbeite und helfe dir, bis du fertig bist –« Ich unterbrach mich und wurde rot. Es war ein großer Sprung von einem Studium in Atlanta zu einem gemeinsamen Leben dort.

»Ich lasse mich nicht von Frauen aushalten«, sagte er. »Es gibt eine Menge Franzosen und Italiener in New York, die sich ein schönes Leben auf Kosten ihrer Frauen machen. Sie werden dort Euromüll genannt. So will ich nicht leben.«

»Es wäre ja nicht lange, nur bis du fertig bist.«

»Nein. Ich will, daß du aufs College gehst und deinen Abschluß machst; das ist absolut notwendig. Das heißt nicht, daß ich nicht bei dir bin, während du studierst. Aber ich will nicht, daß du mich aushältst. Ich komme schon zurecht.«

Ich hörte nur »daß ich bei dir bin, während du studierst«, und Freude stieg in mir auf.

»Ich hatte solche Angst, daß du mich für viel zu jung und zu langweilig hältst«, flüsterte ich. »Schließlich kennst du so viele exotische, ausländische Frauen.«

»Darcy, du bist alles andere als langweilig«, sagte er. »Du hast recht; ich kenne exotische, ausländische Frauen. Aber eine lebende Venus auf der Muschel habe ich noch nie gesehen. Du bist die erste.«

»Und die letzte?«

»Das würde mich nicht überraschen.«

»O mein Gott«, seufzte ich. »Ich will... Warrie, laß es uns Maudie-Gro erzählen. Komm, wir gehen hinüber, wecken sie auf und erzählen es ihr. Sie wird sehen, daß an der Geschichte nichts dran ist, daß du... ehrenhafte Absichten hattest –«

»Nein«, sagte er. »Sie wird mir nicht glauben, Darcy, ganz bestimmt. Sie wird dich nach Hause schicken – oder schlimmer noch, deinen Treuhandfond sperren –, und ich kann nicht nachkommen, ehe mein Scheck nicht da ist. Sag jetzt noch nichts. Wenn der Scheck im September kommt, dann erzählen wir es ihr.«

Ich hatte meines Wissens keinen Treuhandfond, aber das war mir jetzt egal.

»Was erzählen wir ihr?« Ich mußte es hören.

»Was immer du willst, Liebstes.«

Und so saß ich weiterhin in Liberty beim Abendessen und log und wartete auf den Herbst und auf den Scheck, der uns die Freiheit geben würde.

In der letzten Augustwoche blieb meine Periode aus. Anfangs dachte ich mir nichts dabei; ich konnte das Ausbleiben dieser regelmäßigen roten Flutwelle nicht mit dem in Verbindung bringen, was Warrie Villiers und ich jede Nacht in Braebonnie taten. Hatte ich nicht die Pille genommen? Hatte er nicht gesagt, daß dann nichts passieren konnte?

Aber sie hatte sich noch nie verspätet. Und da war ein seltsames Gefühl der Fülle in meinem Bauch, und meine Brüste waren empfindlich, wenn ich sie berührte. O mein Gott, war es möglich, daß ich schwanger war? All die Scham, die die Nonnen mir eingepflanzt hatten, stieg an die Oberfläche, aber ich schob das Gefühl beiseite und dachte nach. Schwanger. Ein Baby. Ein Baby von Warrie und mir: ein kleiner, wirklicher Mensch, der, vielleicht, mein rotes Haar und seine scharfgeschnittenen Gesichtszüge haben würde, meine weiße Haut und seine Zigeuneraugen. Ein Baby, etwas, das aus uns beiden entstanden war und das nur uns, nur mir, gehörte. Mir. Man war wirklich erwachsen, wenn man ein Baby bekam. Er würde überglücklich sein, ganz bestimmt. Ein Sohn. Alle Männer wünschten sich einen Sohn, oder vielleicht nicht?

Aber aus irgendeinem Grund sagte ich es ihm nicht. Die Woche verging, meine Periode kam nicht, und ich war mir immer sicherer. Aber ich sagte es ihm nicht. Wir liebten uns in diesen Nächten länger, intensiver, häufiger als jemals zuvor, und ich sprach nicht darüber.

Am ersten September, dachte ich. Dann sage ich es ihm. Nach meinem letzten Arbeitstag in Jachtclub, wenn sein Scheck gekommen ist und Maudie-Gro unsere Sachen für die Heimreise packt. Dann müssen wir ohnehin feste Pläne machen. Und dann werde ich es ihm erzählen.

An dem Abend meines letzten Arbeitstages im Club, als der Müll der letzten Regatta weggeräumt war, der Vorsitzende mir meinen letzten Lohn ausgezahlt hatte, Maudie-Gro und ich hastig inmitten von halbgepackten Schachteln und Koffern zu Abend gegessen hatten und sie ins Bett gegangen war, stieg ich aus dem Fenster und über die Mauer nach Braebonnie, um meinem Geliebten von seinem Baby zu erzählen.

In der Einfahrt stand ein Auto, das so nah vor dem Haus geparkt war, daß man es von der Straße aus nicht sehen konnte. Es hatte ein New Yorker Autokennzeichen, und es war eine ausländische Automarke, die ich nicht kannte. In seinem Schlafzimmer brannte Licht. Vielleicht war sein Scheck gekommen, und er hatte sich damit diesen Wagen gekauft? Wo hatte er auf Cape Rosier nur so ein Ding aufgetrieben? Ich klopfte dreimal, das war unser Signal.

Er kam nicht. Ich klopfte noch einmal. Er kam immer noch nicht. Ich klopfte und klopfte, völlig verwirrt, und endlich kam er. Ruckartig riß er die Tür auf. Er war feucht, nackt und hatte ein Handtuch um seine schlanken Hüften geschlungen. Sein Haar war naß und sein Gesicht mißmutig und verschlossen.

»Ich habe dich aus der Dusche geholt«, sagte ich. »Tut mir leid.«

Ich machte Anstalten einzutreten, aber er stemmte einen Arm in den Türrahmen und hielt mich auf.

»Heute abend geht es nicht, Darcy«, sagte er. »Ich habe unerwarteten Besuch. Ein Freund aus New York. Wir sehen uns... später. Vielleicht morgen abend.«

»Aber... ich würde deinen Freund sehr gern kennenlernen«, sagte ich unsicher. Was war mit ihm los? Warum war sein Gesichtsausdruck so distanziert und kalt?

»Ich sagte schon, nicht heute abend. Es ist spät, und ich bin müde. Geh jetzt nach Hause. Wir sehen uns, wenn... Wir sehen uns morgen.«

»Ich muß dir etwas erzählen«, flüsterte ich.

»Das hat Zeit«, antwortete er.

»Nein.«

»Warrie? Wo bist du? Komm wieder ins Bett, mir ist kalt«, rief eine Stimme durchs Treppenhaus. Es war die Stimme einer Frau. Sie hatte, wie seine, einen leicht ausländischen Akzent. Ich sah ihn an. Die Welt drehte sich, und vor meinen Augen verschwamm alles.

»Ich sehe, du hast Erfahrung mit Euromüll«, sagte ich.

Er zuckte die Achseln. »Das hat keine Bedeutung. Tut mir leid, daß du es herausgefunden hast. Aber es ändert nichts zwischen uns. Geh jetzt nach Hause. Wir sehen uns morgen; sie bleibt nicht lange. Sie ist nur auf der Durchreise.«

Ich drehte mich um und stieg wieder über die Mauer und durchs Fenster. Ich setzte mich auf den Bettrand. Zut ließ einen leisen, hellen Ton hören, und ich hob ihn auf und begrub mein Gesicht in seinem Pelz, und dann setzte ich ihn wieder ab. Ich saß da und sah hinüber nach Braebonnie; nach etwa einer Stunde ging das Licht im Obergeschoß aus. Eine weitere Stunde später zog eine nebelweiße Morgendämmerung über der Penobscot Bucht auf. Als es hell wurde, war ich schon auf halbem Weg zum Osprey Head. Der Morgen war kühl, und ein Wind war aufgekommen, der das kalte Wasser aufwühlte.

Vor dem felsigen Strand ließ ich die Segel fallen und warf meinen Anker aus. Ich blickte erst hinüber zum fernen Ufer und dann hinunter in das kalte, grüne Wasser. Mein Bruder war in diesem Wasser ertrunken, und Maudie-Gro weinte noch immer gelegentlich um ihn. Egal. Dann würde eben auch ich hier ertrinken. Und dann würden sie auch um mich weinen. Oder auch nicht. In diesem Moment war mir das und alles andere gleichgültig. Ich holte noch einmal verzweifelt und tief Atem und sprang über den Bug ins Wasser der Bucht.

Ich hatte mir eigentlich vorgestellt, hineinzuspringen und mich einfach treiben zu lassen, damit mich die Kälte bewußtlos machte, bevor ich ertrank. Ich hatte gehört, daß man schon nach kurzer Zeit so empfindungslos wurde, daß man nichts mehr spürte außer einer großen Schläfrigkeit, einem träumerischen, grünen Frieden.

Aber das stimmte nicht. Das Wasser war schrecklich, es war Feuer, Schmerz, Dunkelheit und tiefes Leiden in einem. Ich hustete, und meine Lungen brannten, und ich kämpfte und litt und schlug um mich und wußte, daß dies der Tod war und kein grüner Friede, und daß ich ihn mehr fürchtete als alles auf dieser Welt, mehr noch als den Verlust von Warrie. Behindert von meinen nassen Jeans und dem Pullover kämpfte ich mich hinauf an die Oberfläche, die endlos weit weg schien. Ich hatte das Gefühl, meine Lungen müßten platzen. Doch ich schaffte es. Das kleine Boot erwartete mich schwankend. Mit schweren, mühevollen Zügen schwamm ich zu ihm und kletterte an Bord, setzte die Segel und fuhr auf den Jachtclub zu. Und dann fühlte ich, wie sich in meinem Unterbauch etwas heftig zusammenkrampfte und wie eine warme Flüssigkeit an meinen Beinen herunterlief, und ich wußte, daß es nun kein Baby mehr gab. Als ich den Hafen erreicht hatte, zitterte ich am ganzen Körper, so sehr, daß Caleb Willis, der gerade das Catboat der jungen Thornes winterfest machte, hinausrudern und mich hereinziehen mußte. Er wickelte mich in Decken und trug mich den Weg hinauf nach Liberty.

Trotz meiner Schmerzen und den pochenden, summenden Anfängen einer Lungenentzündung, die mich beinahe dahinraffen sollte, konnte ich über seinen Arm hinweg sehen, daß das Auto nicht mehr vor Braebonnie stand. Die Fensterläden waren geschlossen. Ich legte mein Gesicht an Calebs Brust und schluchzte. Jetzt konnte mich nichts mehr überraschen.

Danach lag ich zwei Wochen lang schwerkrank im Krankenhaus von Castine. Maudie-Gro blieb und pflegte mich zusammen mit Beth Willis. An die erste Woche habe ich nur flüchtige Erinnerungen, wie aus einem Fiebertraum. Nachdem ich wieder klar sehen konnte, war ich einfach zu müde, um zu reden, und so schwieg ich. Es gab nichts zu sagen, und Maudie-Gro schien das zu wissen. Sie saß neben mir, las mir vor oder strickte und sah mich an, bis jemand sie nach Hause schickte und Beth Willis oder eine Nachtschwester die Wache übernahmen. Ich sagte zu niemandem etwas. Ich glaube, daß Mike aus Boston kam, aber vielleicht war das nur eine Fieberhalluzination, und auch mit ihm sprach ich nicht. Er kam nicht wieder. Ich habe nie gefragt, ob er wirklich da war.

An einem kalten, blauen Morgen in der ersten Oktoberwoche fuhren mich Maudie-Gro und Caleb und Beth Willis nach Bangor und setzten mich in ein Flugzeug. Ich sollte auf schnellstem Wege die Krankenstation meiner Schule aufsuchen; mein Vater war geschäftlich in Lima und nicht zu erreichen, und die Direktorin, mit der Maudie-Gro gesprochen hatte, würde dafür sorgen, daß ich im Bett Tutorenstunden erhielt. Es ging mir zwar schon gut genug, um ein bißchen zu lernen, aber ich war noch so schwach, daß ich nicht länger als drei oder vier Stunden am Stück aufsitzen konnte. Ich schlief so viel wie noch nie. Maudie-Gro ließ mich nur ungern fahren, aber sie fand, es sei wichtiger, daß ich nicht noch mehr von meinem letzten Schuljahr versäumte.

Ich fand gar nichts mehr wichtig. Solange ich nicht in Retreat war, war es mir egal, ob ich mich in der Schule oder irgendwo anders aufhielt.

Bevor ich mich umdrehte, um am Flughafen von Bangor das Flugzeug zu besteigen, umarmte sie mich fest, und ihre warmen Tränen fielen auf mein kaltes Gesicht.

»Paß auf dich auf, Liebes«, flüsterte sie. »Und verzeih mir. Im nächsten Sommer wirst du dafür entschädigt, das verspreche ich dir.«

Doch ich wußte, daß es keinen nächsten Sommer geben würde, nicht an diesem schönen, tödlichen Ort, nicht für mich. Und ich glaube, an diesem Morgen wußte sie das auch.

Aber es war gleichgültig.

SIEBZEHNTES KAPITEL

»Du hättest mir sagen sollen, daß er hier ist.«

Es war auf den Tag genau drei Wochen her, seit ich in Leroy Greenes altem Wagen in Retreat angekommen war. Im buttergelben Licht der Julisonne blickte ich von der Veranda aus über die Mauer hinweg nach Braebonnie, wo ein schwarzer Touringwagen mit internationalem Kennzeichen in der Einfahrt stand. Als ich ihn am Morgen gesehen hatte, war mir sofort klar gewesen, daß Warrie Villiers zurück war.

Als ich Maudie-Gro darauf ansprach, sah ich an ihrem Gesicht, daß sie es längst wußte. Sie gab es auch offen zu. Seit Ende April sei er in Retreat, sagte sie, das habe ihr Micah Willis erzählt. Bei ihrer Ankunft sei Warrie hiergewesen, aber etwa einen Tag bevor ich kam, sei er, wie er ihr selbst erzählt habe, nach Portland und hinunter nach Boston und New York aufgebrochen. Er wollte sich dort um Geschäftliches kümmern. Offenbar verfügte Warrie über beträchtliche finanzielle Mittel und war dabei, in Retreat Grundstücke aufzukaufen.

Einige Verträge hatte er bereits abgeschlossen, zumeist mit alten Witwen, für die Warrie Potter Villiers ein Geschenk des Himmels war. Die meisten von ihnen waren gebrechlich und sahen sich steigenden Steuern und Versicherungskosten gegenüber, denen sie nicht gewachsen waren. Sie fanden niemanden mehr, der sich um die großen Häuser kümmerte, und ihre Kinder waren nicht an der Ferienkolonie interessiert. Jeder von ihnen hatte Warrie versichert, sie habe ein lebenslanges Bleiberecht, und wenn er die Cottages jemals weiterverkaufe, dann nur an Leute, die die Ferienkolonie so mochten, wie sie war. Natürlich hätten ihre Familien und deren Freunde ein Vorkaufsrecht. Das klinge doch alles sehr gut, sagten sich die alten Damen, eine zu der anderen. Er zahle sehr gute Preise, und außerdem sei er ein Potter. Und er habe immer wieder versichert, sein einziges Ziel bei diesen Aufkäufen sei es, Retreat zu schützen und so, wie es sei, zu erhalten. Immer häufiger gingen überall in Maine Cottages und alte Ferienkolonien in den Besitz von Fremden über, denen die alten, ruhigen Sitten und Gebräuche gleichgültig waren und die aus solchen Orten offenbar neue Versionen von Palm Beach, Southampton oder Cape Cod machen wollten. Wenn Warrie Villiers das verhindern konnte, dann war er wirklich ein Geschenk Gottes.

»Er ist in diesem Sommer der Liebling der Kolonie«, sagte Maudie-Gro. »Zumindest eines Teils davon. Viele der älteren Leute erinnern sich noch daran, wie er ein kleiner Junge war, und das zählt hier oben sehr viel. Die Familie ist alles. Möglicherweise wird ihm am Ende noch das Ganze hier gehören.«

»Von mir aus kann ihm Retreat und Bangor noch dazu gehören«, sagte ich. »Du hättest mir sagen sollen, daß er hier ist.«

Die alte Angst, von der ich geglaubt hatte, sie sei inzwischen vom Gewicht Retreats gelöscht wie eine glühende Feuerstelle von feuchten Blättern, flammte wieder auf.

»Ich weiß«, sagte sie. »Das hätte ich wirklich tun sollen. Aber ich fürchtete, du würdest wegfahren, ohne zu wissen, wie wenig er dich heute noch verletzen kann. An ihm erinnert fast nichts mehr an den jungen Mann, den du damals kennengelernt hast. Er ist ziemlich dick geworden, bekommt eine Glatze, und ich glaube, er trinkt auch ziemlich viel. Ich habe gehört, daß er von seiner zweiten Frau, einer Italienerin, geschieden ist, und ein großer Teil seines Geldes stammt aus der Abfindung, die er von ihr bekommen hat. Der Rest ist vermutlich das Erbe seiner Mutter. Sie ist im letzten Jahr in einem Pflegeheim in Nizza gestorben, angeblich an Hepatitis, aber es kann natürlich auch etwas anderes gewesen sein. Vor allem aber scheint er seine Ausstrahlung verloren zu haben, zumindest die körperliche. Und ich wollte, daß du das siehst. Wenn ich es dir gleich bei deiner Ankunft erzählt hätte, wärst du einfach ins Auto gestiegen und davongefahren.«

Ich schwieg.

»Fühlst du dich der Situation gewachsen?«

Sie stand neben mir auf der Veranda und hatte den Arm um meine Taille gelegt, sah aber nicht zu mir auf. Ihre Stimme war leise, fast unhörbar. Seit meinen ersten Tagen hier hatte sie nicht mehr so gebrechlich geklungen.

»Maudie-Gro«, sagte ich, »ich glaube nicht, daß ich seit meinem letzten Aufenthalt öfter als dreimal an ihn gedacht habe. Er ist Geschichte. Und er wird Geschichte bleiben.«

Jetzt blickte sie mich an. Ihre Augen waren verhangen.

»Ich habe damals einen schweren Fehler gemacht«, sagte sie. »Ich hatte von Anfang an ein schlechtes Gefühl, was Warrie anging. Aber er schien so verloren. Elizabeths Sohn zu sein, mußte einfach schrecklich sein; man konnte den Schaden bereits erkennen, als er noch ganz klein war. Aber ich hätte das Ganze unterbinden sollen. Es war falsch von mir, daß ich es überhaupt anfangen und dann auch noch weiterlaufen ließ. Du hattest keine Chance gegen ihn.«

»Du hättest ebensogut versuchen können, eine Lawine aufzuhalten«, sagte ich.

»Ach nein.« Als sie mich jetzt ansah, war sie auf einmal völlig anwesend. »Ich hätte ihn bremsen können. Ich habe auch seine Mutter aufgehalten.«

»Seine Mutter? Wie denn?«

Sie blickte wieder über die Mauer und das ausländische Auto hinweg auf die glitzernde Bucht.

»Das war nur so eine Redewendung. Elizabeth war immer in Schwierigkeiten. Schließlich konnte ich sie davon überzeugen, auf... auf ihren eigenen Füßen zu stehen.«

»Sie muß wunderschön gewesen sein«, sagte ich. Er hat mir erzählt... in diesem Sommer... daß sie so rote Haare hatte wie ich.«

Maudie-Gro wandte sich ab.

»Nein, nicht so wie du. Deine Haare sind wie das Feuer. Ihre hatten... das Rot von altem Blut. Elizabeth war nicht auf der Seite des Lebens.«

»Na ja«, meinte ich, »trotzdem hättest du es mir erzählen können. Es wäre einfach schrecklich gewesen, wenn ich ihm zufällig begegnet wäre.«

»Ich hätte schon aufgepaßt, daß das nicht passiert«, sagte Maudie-Gro. »Aber ich wollte, daß wir es vorher noch schön miteinander haben. Und das hatten wir doch, oder?«

Ja, wir hatten es schön gehabt. Trotz der ständig drohenden Angst waren diese drei Wochen erstaunlich friedlich gewesen. Im Rückblick konnte ich erkennen, welche Mühe es Maudie-Gro gekostet hatte, mir das Gefühl zu vermitteln, die Zeit bliebe stehen. Einen großen Teil des Tages verbrachte ich allein. Wie früher wanderte ich auf meinen alten Wegen über die Felsen und durch die Wälder, ruderte in der Morgenkühle mit dem Dinghi meines Onkels Petie hinaus oder saß auf den Felsen unterhalb von Braebonnie und blickte hinüber auf die wolkenverhangenen Formen von Islesboro und Little Deer. Aber fast jeden Tag machten wir einen Ausflug nach Maudie-Gros Wünschen. Da ich mich aus den früheren Sommern an ihre Abneigung gegen das »Herumfahren« erinnerte und sah, wie zart und gebrechlich sie geworden war, konnte ich ahnen, welche Kraft sie diese Ausflüge kosteten. Aber in gewisser Weise taten sie ihr wohl ebenso gut wie mir. Das konnte ich in ihren Augen lesen und am Schwung ihrer Bewegungen erkennen.

Diese letzten drei Wochen hatte ich hauptsächlich in Gesellschaft alter Damen verbracht. Jeden Tag fuhr ich sie in kleinen Gruppen in die Kleinstädte an der Küste, wo sie neue Restaurants ausprobierten oder ihre Lieblingsrestaurants besuchten; ich brachte sie zu Antiquitätenläden und Flohmärkten bis hinauf nach Bar Harbor; zum Friseur oder zum Arzt mit einem Drink oder einem Mittagessen danach; zu Galerien, Museen und Aussichtspunkten, die seit einem halben Jahrhundert zu ihrem Leben an diesem Ort gehörten. Ich kutschierte sie in die Bibliothek, zu Kammerkonzerten in Blue Hill, und einmal fuhren Maudie-Gro, die alte Mrs. Thorne aus Mary's Garden und die fast blinde Mrs. Stallings und ich hinüber nach Castine zu einem Einkaufsnachmittag und einem Abendessen in dem wunderschönen alten Pentagoet Hotel, wo wir auch die Nacht verbrachten. Am nächsten Morgen sangen wir Lieder wie Kinder auf der Heimfahrt vom Jugendcamp, während wir die Straße zum Caterpillar Hill hinauffuhren.

Aber als wir den Gipfel des Caterpillar Hill erreicht hatten, wandte Maudie-Gro ihr Gesicht ab und schloß die Augen. Am liebsten hätte ich mich geohrfeigt, weil ich diese Strecke genommen hatte, die uns genau an der Stelle vorbeiführte, an der mein Großvater mit seinem kleinen grünen Sportwagen abgestürzt war.

»Tut mir leid«, flüsterte ich ihr zu und drückte ihre Hand auf dem Beifahrersitz. Sie war eiskalt und fühlte sich an wie die Klaue eines toten Vogels.

»Das muß dir nicht leidtun«, sagte sie. »Es ist ein herrlicher Aussichtspunkt.«

Wenn Maudie-Gro abends in andere Cottages eingeladen war, brachte ich sie dorthin, oder wir luden einige Leute nach Liberty ein. Die meisten von ihnen waren alt. Mehrmals kam der alte Micah Willis, um mit Maudie-Gro vor dem Feuer im Wohnzimmer zu sitzen und Kaffee und Brandy zu trinken, und ich hörte sie lachen, während ich im Obergeschoß lag und alte Romane von Mary Roberts Rinehart las. Ich hörte das Klirren und Klingen von Porzellan und Kristallglas, wenn Maudie-Gro Kaffee oder Brandy nachschenkte, und gelegentlich auch leise Musik aus dem Radio oder vom Plattenspieler, aber meistens unterhielten sie sich nur. Sie fragten, ob ich mich nicht dazusetzen wollte, und gelegentlich tat ich es auch, denn ich mochte Micah Willis gern, aber irgendwie fand ich es in diesen langen Nächten, in denen die Angst manchmal noch immer an mir nagte, am schönsten, im Schein der Leselampe unter einem dicken Berg Decken zu liegen und auf die Stimmen der beiden zu lauschen, die wie die Töne einer Sonate manchmal lauter und manchmal leiser zu mir heraufklangen. Sie verankerten mich in den Sommern meiner Kindheit, diese Stimmen, und in der Erde selbst. In den Nächten, in denen ich bei ihrem Klang einschlief, schlief ich tief und fest.

In diesen Wochen dachte ich mehr als einmal voller Unbehagen, daß ich nun genau das tat, was die jungen Frauen in Retreat schon immer getan hatten: Ich versorgte die Alten. Aber ich empfand die Gesellschaft alter Frauen als besänftigend, und nicht als erdrückend. Zumindest diejenigen, die Maudie-Gro um sich versammelte, waren längst nicht so heikel und nervös, wie ich die alten Damen in Retreat von früher in Erinnerung hatte. Sie waren auch nicht herrschsüchtig. Ich fand sie lustig, die alten Frauen. Wenn sie etwas aus der Vergangenheit erzählten, dann waren es amüsante oder spannende Geschichten mit ganz besonderen und oft exzentrischen Menschen. Einmal sprach ich Maudie-Gro darauf an.

»Wenn man alt ist«, sagte sie, »dann erinnert man sich an so vieles, daß man aus den interessanten Dingen, die man erlebt hat, eine Auswahl treffen kann. Ich glaube, nur langweilige Menschen reden über langweilige Dinge. Es gibt natürlich eine ganze Reihe von Langweilern in Retreat, aber mit denen gebe ich mich möglichst nicht ab. Als ich so alt war wie du, mußte ich mir von alten Leuten genug öde Geschichten anhören. Damals habe ich mir geschworen, daß ich selbst einmal nur Interessantes aus meiner Vergangenheit erzählen würde.«

»Nun, davon gibt es bei dir ja genug«, meinte ich.

»O ja«, sagte sie. »Und wenn du noch ein bißchen hier bleibst, dann erzähle ich dir noch mehr.«

»Was denn zum Beispiel?«

»Zum Beispiel, was ich aus Liebe getan habe. Erinnerst du dich noch an das Lied ›What I Did for Love‹? Es hat dir gefallen, als du das letzte Mal hier warst.« Sie unterbrach sich. »Tut mir leid, Darcy. Ich vergesse immer wieder, daß es so ein schlimmes Jahr für dich war. Aber dieses Jahr ist gut; zumindest für mich.«

»Für mich auch, Maudie-Gro.«

»Wir alten Damen haben dich also nicht zur Verzweiflung getrieben?«

»Nein. Ich vergesse manchmal sogar den Altersunterschied, wirklich. Es ist dann, als wären wir alle miteinander Teenager. Und mein Auto hat nicht eine einzige von ihnen schockiert. Das hat mich schrecklich enttäuscht.«

Sie lachte. »Nach allem, was wir hier schon erlebt haben, macht uns ein bißchen Scheiße gar nichts aus. Ich bin froh, daß du sie kennengelernt hast, Liebes. Wahrscheinlich hast du jetzt genug durchgemacht, um alte Menschen zu verstehen und zu begreifen, daß das Verlangen nach Einfachheit nichts mit Senilität zu tun hat.«

Sie hatte recht. In diesen drei Wochen hatten mir die alten Damen von Retreat eine erstaunliche Fülle von Dingen vermittelt; sie verkörperten die Vergangenheit, jenen Ursprung, zu dem ich bisher keinen Zugang gehabt hatte. Retreats Zeitlosigkeit übte ihren alten Zauber auf mich aus. Der Augenblick war alles, und das erhielt mich aufrecht.

Und mitten in diesen Frieden hinein kam nun Warrie Villiers. Ich lehnte mich auf den alten Rattanschreibtisch, der meiner Urgroßmutter Hannah gehört hatte, und sah hinüber nach Braebonnie, das still und mit geschlossenen Fensterläden in der hellen Morgensonne stand. Bestimmt war er im Obergeschoß, vielleicht schlief er noch, vielleicht wachte er gerade auf... Ich spürte, wie mir Hitze aus der Brust über den Hals ins Gesicht stieg. Ob er immer noch in dem kleinen weißen Eisenbett schlief, das einst seiner Mutter gehört hatte?

Das uns beiden gehört hatte?

Ich stand ganz still, schloß die Augen und blickte so tief in mich hinein, wie ich nur konnte, um meine Gefühle zu ergründen. Seit meiner Aufnahme in die Klinik in Atlanta hatte ich das nicht mehr getan, um mich durch den Ansturm der Angst nicht der völligen Verzweiflung auszuliefern. Und es war mir auch meisterhaft gelungen, all die alten Gefühle in den Tiefen meiner Seele zu verschließen. Aber jetzt sah ich hinein. Schließlich mußte ich wissen, ob ich wieder in Leroys alten Wagen steigen und davonfahren mußte. Natürlich hätte ich gar nicht gewußt, wohin ich fahren sollte, denn Retreat war meine letzte Zuflucht. Und so stand ich mit dem Rücken zur Wand, hielt den Atem an und blickte in mein Inneres.

Ich entdeckte lediglich eine gewisse Verachtung und eine Art Traurigkeit, Mitleid für die Verletzlichkeit meiner Jugend, die so unerprobt und ahnungslos dem unausweichlichen ersten, großen Schlag ausgesetzt war. Verachtung und Mitleid. Mehr nicht. Und so wußte ich, daß ich bleiben konnte.

Maudie-Gro kam mit einem Tablett auf die Veranda, auf dem sich Kaffee und Blaubeer-Muffins befanden. Sie warf mir einen scharfen Blick zu, nickte dann kaum merklich und stellte das Tablett auf dem Schreibtisch ab.

»Die hat Beth Willis gestern geschickt«, sagte sie. »Die ersten Blaubeeren der Saison. Sie hat sie selbst gepflückt. Iß eines, solange die Muffins noch warm sind. Habe ich dir schon erzählt, daß Warrie hier war, um mit mir über einen Verkauf von Liberty zu sprechen?«

Mein Herz wurde von einem seltsamen Schmerz durchzuckt, als wäre es von einer kleinen Kugel oder einem winzigen Pfeil getroffen worden.

»Du weißt doch, daß du es mir nicht erzählt hast. Was hast du ihm geantwortet?«

»Beim ersten Mal habe ich nein gesagt. Und beim zweiten und dritten Mal auch. Als er dann zum vierten Mal kam, war ich wohl wirklich etwas grob. Jedenfalls hat er nicht noch einmal gefragt. Aber ich habe gehört, daß er um Petie und Sarah herumschleicht und sie anzustiften versucht, mich zum Verkauf zu überreden. Ich weiß nicht, wie hart man Warrie gegenüber sein muß.«

Obwohl sie nie darüber gesprochen hatte, wußte ich, daß sie Warrie Villiers haßte, weil er mich in diesem letzten Sommer so unfair behandelt hatte. Da mußte es wirklich schmerzlich für sie sein, daß er gleich nebenan lebte und die alten Cottages ihrer Freundinnen eines nach dem anderen in seinen Besitz brachte.

»Nun, ich hoffe, daß er dich in Zukunft in Ruhe läßt«, sagte ich. »Wenn er noch einmal kommt, werde ich ihm die Hölle heiß machen, und es wird mir ein Vergnügen sein. Aber irgendwann mußt du dir etwas wegen Liberty überlegen, wenn es Onkel Petie und Tante Sarah, wie du sagst, nicht haben wollen. Vielleicht solltest du dir wenigstens anhören, was er dir bietet.«

»Ich behalte Liberty, um es dir zu hinterlassen«, sagte Maudie-Gro und sah mich gelassen an.

»O Maudie-Gro, bitte... tu das nicht«, rief ich verzweifelt. Warum hatte ich das nicht vorhersehen können? »Ich will Liberty nicht. Es ist mir zuviel. Du weißt doch, daß ich in diesem Sommer nur hergekommen bin, weil ich keinen anderen Ort gefunden habe und weil du hier bist. Es kann dir doch egal sein, wer es bekommt, wenn du einmal nicht mehr bist. Du könntest das Geld gut brauchen –«

»Es ist mir aber nicht egal«, sagte sie und lächelte. Mehr sagte sie nicht.

Am nächsten Tag kam er. Erst, als ich vom Sofa auf der Veranda aufblickte, wo ich gelesen hatte, während Maudie-Gro ihren Nachmittagsschlaf hielt, und ihn über den Mauerübertritt steigen sah, wurde mir klar, daß ich ihn erwartet hatte, denn mir stockte der Atem. Ich versuchte, ruhig zu bleiben und mich zu entspannen. Nun gut, dachte ich, jetzt kommt er also. Du hast noch ein paar Augenblicke Zeit. Geh in dich und überleg dir, warum du keine Luft bekommst. Gestern hast du nur Verachtung und Mitleid gefühlt. Und jetzt?

Jetzt steht er mir gleich leibhaftig gegenüber, dachte ich. Zwölf

Jahre habe ich ihn nicht gesehen, nachdem er mich beinahe tödlich verletzt hat. Und jetzt habe ich Angst, daß er es wieder tun kann. Die Angst wurde zur Panik, mein Herz begann mit jenem schrecklichen, schon beinahe vergessenen wilden Rhythmus zu klopfen, und ich rang nach Atem. Dennoch versuchte ich, meine Lippen zu einem gelassen wirkenden Lächeln zu verziehen, während er zur Veranda heraufstieg und hereinsah. Die Sonne stand in seinem Rücken, und ich konnte nur seine Silhouette erkennen.

»Hallo, Warrie«, sagte ich und ballte die Fäuste so fest, daß sich meine Nägel in die Handflächen gruben. Ich fand, daß meine Stimme ganz gut klang, wußte aber, daß ich kein weiteres Wort hervorbringen würde. Lächelnd saß ich da und wartete.

»Hallo, Darcy«, sagte er, und die Panik wich wieder der bloßen Angst. Das war nicht die Stimme, an die ich mich erinnerte, die mir den Atem geraubt und meinen Körper hatte zerfließen lassen. Es war zwar noch immer seine Stimme, sie klang voll und weich und hatte einen fremdländischen Einschlag, aber sie erreichte nur noch meine Ohren, sonst nichts. Ich spürte, wie sich das eiserne Band um meine Brust etwas lockerte und mein Herzschlag wieder langsamer wurde.

»Darf ich hereinkommen? Ich weiß, daß deine Großmutter um diese Zeit schläft. Sonst wäre ich gar nicht gekommen, denn mir ist klar, daß sie mich nicht hier haben will. Aber ich wollte dich begrüßen. Ich bleibe nicht lange.«

Das war wohl als entwaffnende kleine Rede gedacht, bescheiden und würdevoll zugleich, aber es gelang ihm nicht ganz. Etwas Spott schwang darin mit und noch etwas anderes – was? Eine Art von Unterwürfigkeit, die ich noch nie an ihm wahrgenommen hatte. Meine Angst verflog.

»Bitte, komm herein«, sagte ich.

Er betrat die Veranda, und nun konnte ich ihn deutlich sehen. Trotz Maudie-Gros Vorwarnung war ich erschrocken. Was hatte ich nur in diesem Mann gesehen? Wie hatte ich mich ihm so völlig ausliefern können? Er war vom Bauch bis zu den Schultern dicklich geworden, und unter dem zu engen T-Shirt wölbte sich eine Fettwulst. Seine Haut war zwar tief gebräunt, wirkte aber dennoch grau, und sein Gesicht, einst das eines jungen Falken, war jetzt aufgeschwemmt, gedunsen und mit Fältchen durchzogen.

Seine schrägen Zigeuneraugen waren tief eingesunken und rot unterlaufen. Ich wußte, daß Maudie-Gro recht hatte; er war Alkoholiker. Die Anzeichen kannte ich aus der Klinik nur allzugut. Auf dem Kopf hatte er eine beinahe kreisrunde kahle Stelle, die einer Tonsur ähnelte, das dichte schwarze Haar war mit grauen Strähnen durchzogen und hing ihm noch immer lang um die Ohren und in den Nacken. Er war... alt. Ich wußte, daß er nicht älter als fünfunddreißig sein konnte, aber er hatte seine Jugend hinter sich. Als ich daran dachte, was dieser Mann und ich miteinander gemacht hatten, überfiel mich eine leichte Übelkeit.

»Setz dich«, sagte ich schließlich. »Kann ich dir etwas zu trinken anbieten? Ich wollte mir gerade ein Glas Wein holen.«

Er setzte sich auf den Rand des Sofas und lächelte mich an. Unwillkürlich lächelte ich zurück. Unter der zerstörten Fassade gab es noch Reste seines alten Selbst. Es war fast sein altes Lächeln.

»Nein, danke«, sagte er. »Ich gebe mir große Mühe, damit aufzuhören. Das ist einer der Gründe, weshalb ich den Sommer hier verbringe. Offenbar weißt du schon, daß ich ein Alkoholproblem habe; ich kann es an deinem Blick sehen. Aber Kaffee oder Eistee wäre schön. Natürlich nur, wenn er schon fertig ist. Ich will wirklich nicht lange bleiben.«

Ich ging in die Küche und stellte Eistee und einige von Beth Willis' Blaubeer-Muffins auf ein Tablett. Einsicht ist der erste Weg zur Besserung, hatte ein Spruch gelautet, der in der Klinik häufig zu hören war. Eigentlich hätte ich nie erwartet, daß Warrie Villiers eine Schwäche zugeben würde, und bei jedem anderen hätte ich diesen Schritt bewundert. Ich mußte ihm wenigstens eine Chance geben.

»Maudie-Gro hat mir erzählt, daß du an Grundstücken in Retreat interessiert bist«, sagte ich, als ich ihm Tee und Muffins reichte. »Das überrascht mich etwas; ich dachte nicht, daß dir irgend etwas an der Kolonie liegt.«

»Ich kann mir schon denken, warum du das glaubst«, antwortete er und blickte in sein Glas. Dann sah er mich lange und ernsthaft an. »Ich war ziemlich arrogant in jenem Sommer, nicht wahr? Wahrscheinlich wird man so in den europäischen Kreisen, in denen ich damals verkehrte; alt und zynisch. Aber ich habe mich geändert. Irgendwann wurde mir klar, daß ich... etwas Dauerhaftes brauchte. Dinge, die sich nicht ständig verändern; Menschen, die bei mir bleiben. Und da fiel mir Retreat ein, an das ich seit Jahren nicht mehr gedacht hatte. Als ich dann im Frühling hierherkam und das Cottage bezog, stellte ich fest, daß viele dieser alten Häuser in Gefahr waren, an Leute von außen verkauft zu werden, die genauso dachten wie ich früher. Und plötzlich kam mir das schrecklich vor. Ich habe ein bißchen Geld von Mutter geerbt – vermutlich hat dir deine Großmutter schon erzählt, daß sie letztes Jahr gestorben ist –, und meine zweite Frau hat mir auch etwas gezahlt, auch wenn ich darauf nicht gerade stolz bin. Und ich dachte mir, daß ich damit wohl nichts Besseres machen könnte, als zu versuchen, diesen Ort so zu erhalten, wie er immer war. Ich weiß, das muß seltsam für dich klingen, nachdem deine Familie seit Generationen hier sitzt und ich nur den einen Sommer hier verbracht habe, zumindest meiner Erinnerung nach. Aber dieser Ort hat mich in Bann geschlagen, Darcy.«

Ich blickte ihm voll ins Gesicht. Was er sagte, klang sinnvoll, ja sogar bewundernswert. Aber was wußte dieser Mann, der in einer so leichtfertigen und korrupten Welt aufgewachsen war, schon von Dauerhaftigkeit?

»Das geht vielen so«, sagte ich in neutralem Tonfall.

»Dir nicht?« fragte er und lehnte sich auf dem Sofa zurück. Er sah mir noch immer aufmerksam ins Gesicht. »Nein, ich glaube nicht. In diesem kleinen Katzengesicht konnte ich immer schon gut lesen. Aber du bist trotzdem hergekommen.«

Ich wurde rot. Die Anspielung auf mein Gesicht barg eine ganz unangebrachte Vertraulichkeit; sie unterstellte viel zuviel.

»Retreat ist mir völlig egal«, sagte ich. »Ich bin in diesem Sommer hier, weil ich Maudie-Gro sehr lange nicht mehr gesehen habe und weil sie gebrechlich ist und ich gerade keine Arbeit habe. Es schien eine günstige Zeit. Ich glaube nicht, daß ich noch einmal kommen werde.«

»Das ist sehr schade«, meinte er. »Es wäre nett, im Sommer eine Freundin in der Nachbarschaft zu haben. Und ich glaube nicht, daß deine Großmutter mir noch freundlich gesonnen ist. Das tut mir wirklich leid.«

Mein Gesicht brannte, und ich starrte ihn an. Erinnerte er sich wirklich nicht mehr, verstand er denn nicht, was in jenem Sommer passiert war? Erwartete er tatsächlich, daß ich ihm nach alldem noch eine Freundin sein konnte? War er wirklich überrascht, daß Maudie-Gro es nicht mehr war?

»Ich bin mir sicher, daß du Freunde finden wirst, Warrie«, sagte ich. »Soweit ich weiß, betrachten dich eine ganze Menge alter Damen hier schon als den Auserwählten. Wenn du die alten Damen auf deiner Seite hast, kann dir nichts mehr passieren.«

Er lachte sein altes, nasales Lachen.

»Ja, meine Freundinnen, die alten Damen«, meinte er. »Es tut mir wirklich leid, daß deine Großmutter nicht dazuzählt. Ich glaube, sie denkt, ich will sie aus ihrem Cottage vertreiben, aber nichts würde mir ferner liegen. Ich kann ihr versichern, daß es so bleiben wird, wie es ist. Da du so lange nicht hier warst, dachte ich mir schon, daß du wahrscheinlich nicht daran interessiert bist, und von ihrem Sohn und seiner Frau weiß ich es mit Sicherheit. Ich hoffe, daß sie sich mein Angebot noch einmal überlegt.«

»Wenn sie nein sagt, dann meint sie nein, Warrie. Das mußt du respektieren. Es ist ihre Sache, was sie mit ihrem Cottage tun will«, sagte ich.

»Und auch die deine?«

»Meine nicht. Du hast recht, ich will Liberty nicht. Ich möchte nur, daß sie frei entscheiden kann, was sie damit machen will. Und dafür werde ich mein Möglichstes tun.«

Er grinste wieder ganz leicht, hob sein Glas und prostete mir zu.

»Das alte Feuer brennt noch immer«, stellte er fest. »Du bist erwachsen geworden, Darcy. Eine richtige Frau, und eine sehr hübsche noch dazu. Das freut mich; ich hatte schon Angst, mein unbeschreiblich schlechtes Benehmen an jenem letzten Wochenende hätte irgendeinen Schaden bei dir angerichtet.«

»Nicht im geringsten«, sagte ich, und der Ärger beschleunigte meinen Atem. »Absolut nicht. Und wenn du mich jetzt bitte entschuldigen willst, ich möchte mit dem Kochen anfangen. Maudie-Gro will um sechs Uhr zu Abend essen.«

Er stand auf, nahm meine Hand und machte eine ganz leichte Verbeugung.

»Dürfte ich dich denn in nächster Zeit einmal zum Abendessen einladen?« fragte er. »Deine Großmutter natürlich auch. Ich kann inzwischen ziemlich gut kochen.«

»Nein«, sagte ich ruhig. »Wir leben in diesem Sommer sehr zurückgezogen, Warrie. Maudie-Gro ist sehr gebrechlich. Und bitte verzeih uns, wenn wir dich nicht einladen.«

»Na ja, ich werde es weiter versuchen«, sagte er und ging zur Tür. »Ihr wart meine ersten Freunde in Retreat. Ich lasse euch nicht so leicht gehen.«

»Ich glaube nicht, daß du das zu entscheiden hast«, sagte ich, und eine heiße Röte schoß von meinem Hals in meine Wangen. Er lachte.

»Du hast dich doch nicht völlig verändert«, sagte er und ging hinaus, wobei er die Fliegengittertür leise hinter sich schloß. Schwindlig vor Wut blickte ich ihm nach. Keinesfalls würde ich ihn noch einmal hereinlassen. Maudie-Gro hatte recht gehabt. An Warrie Villiers war nichts mehr, was mich noch verletzen konnte.

Allerdings bekam ich keine Gelegenheit, ihm das Haus zu verbieten, denn er kam nicht wieder, und er rief auch nicht an. Anfangs hielt ich die alte orangefarbene Jalousie in meinem Zimmer geschlossen, damit er mich von Braebonnie aus nicht sehen konnte, und ich setzte mich auch nicht mehr auf die Veranda, aber als die Tage und Wochen vergingen, und ich ihn immer nur aus der Ferne sah, auf dem Postamt oder wenn er in seinen schwarzen Sedan stieg, öffnete ich die Jalousien wieder, und Maudie-Gro und ich tranken unseren Cocktail vor dem Essen wieder auf der Sonnenveranda. Seit dem Tag, an dem sie mir seine Rückkehr angekündigt hatte, hatten wir nicht mehr über Warrie Villiers gesprochen, und ich dachte, sie wüßte nichts von seinem Besuch.

Aber am zweiten Abend, den wir wieder auf der Veranda verbrachten, lächelte sie mich an und sagte: »Ich vermute, daß die Festung noch immer sicher ist?«

»Wie bitte?« fragte ich zurück, obwohl ich genau wußte, was sie meinte.

»Es ist Warrie nicht gelungen, mit seinem reuevollen Lächeln und seinen Beteuerungen das Eis zu brechen.«

»Nein«, antwortete ich und grinste. »Du hattest recht. Er ist wirklich ziemlich abstoßend geworden. Woher weißt du das überhaupt?«

»Ich sah, wie er über den Mauerübertritt kletterte. Und da ich ein vernünftiger Mensch bin, habe ich euch belauscht. Ich weiß nicht, was ich getan hätte, wenn er dich wieder herumgekriegt hätte. Es ist schon schlimm genug mit diesen ganzen alten Narren, die glauben, er sei der Retter der Menschheit. Jeden Abend ist er irgendwo eingeladen.«

»Du glaubst ihm das mit dem Alkoholismus nicht, und daß er sich verändert hat?«

»Den Alkoholismus nehme ich ihm ab, und das tut mir auch leid«, sagte sie, und ihr fein geschnittenes Gesicht wurde sehr ernst. »Bestimmt hatte er kein leichtes Leben. Dennoch ist er für fast alles selbst verantwortlich, aber das wird er niemals begreifen, und das ist das Gefährliche an ihm. Und was die Veränderung angeht – daran glaube ich in seinem Fall nicht. Ich glaube eher, daß er hier ist, um sich in irgendeiner Weise an uns zu rächen. Wahrscheinlich war das schon damals der Grund, weshalb er kam.«

Ich starrte sie verständnislos an. Was sie sagte, erschien mir gänzlich bizarr und aus der Luft gegriffen. Aber ihr dunkles Gesicht sah so scharfsinnig und intelligent aus wie immer. Nur ein Anflug von Sorge lag darauf.

»Warum sollte er sich an uns rächen wollen, Maudie-Gro? Niemand hier hat ihm jemals etwas getan; er war nur diesen einen Sommer da, und damals haben nicht wir ihn verletzt, sondern umgekehrt, wenn du dich bitte erinnern würdest.«

»Ich erinnere mich besser, als du ahnst, Darcy«, sagte sie. »Aber du hast vergessen, daß er schon einmal hier war, zusammen mit seiner Mutter, als er noch ganz klein war. Bestimmt erinnert er sich daran, ganz egal, was er uns gegenüber behauptet. Und damals wurde seiner Mutter eine Verletzung zugefügt, zumindest wird er es wohl so sehen. Und daran war ich schuld. Ich habe keine Ahnung, was sie ihm erzählt hat, aber ich bin mir sicher, daß er sich an mir – und damit auch an dir – rächen will. Vermutlich hatte Warrie nur eine große Liebe in seinem Leben, und das war keine seiner Ehefrauen und auch keine seiner Freundinnen. Seine große Liebe ist letztes Jahr gestorben, an dem Leben, das sie geführt hat. Wenn ich nicht gewesen wäre, dann wäre ihr Leben völlig anders verlaufen, vielleicht auch an einem anderen Ort. Vielleicht sogar hier in Retreat. Und er ist jetzt hier, um dieses Leben an ihrer Stelle zu führen. Mehr noch, er will alles hier besitzen, schon weil ihr das niemals gelungen ist.«

»Du meinst seine Mutter? Maudie-Gro, was, um Himmels willen, kannst du ihr angetan haben? Sie war eine erwachsene Frau, als sie zum letzten Mal hier war.«

»Nein.« Sie schüttelte den Kopf und blickte hinaus in den fliederfarbenen Sonnenuntergang über der Bucht. »Nein. Elizabeth war niemals eine erwachsene Frau.«

»Du hast nur gesagt, daß du sie davon überzeugen konntest... auf eigenen Füßen zu stehen, nicht wahr? Ich wünschte, du würdest mir erzählen, was du damit meinst.«

»Das werde ich auch tun, Liebes, wenn es an der Zeit ist. Eines nicht allzu fernen Tages, das verspreche ich dir. Aber es ist nicht so wichtig, weil Warrie für dich keine Bedrohung mehr darstellt. Er kann dir nichts mehr tun, und er bekommt Liberty nicht, und daher ist er einfach... nicht wichtig. Jetzt genießen wir lieber, daß wir wieder auf der Veranda sitzen können. Du könntest mir vor dem Abendessen noch etwas von diesem Zeug hier eingießen.«

Während der nächsten Wochen stellte ich allmählich fest, daß die Kolonie über Warrie Villiers und sein Vorhaben in Retreat gespaltener Meinung war. Im August, gewöhnlich dem lebhaftesten Monat im sommerlichen Maine, häuften sich die Einladungen zum Mittagessen und zu Cocktailparties, am Wochenende gab es jeden Nachmittag eine Regatta und Tee im Jachtclub, und an den Abenden unter der Woche fanden Tanzveranstaltungen, Filmvorführungen und Kartenspiele statt. Maudie-Gro und ich nahmen nur die Einladungen an, die wir ihrer Meinung nach beim besten Willen nicht absagen konnten, und überall war Warrie das Thema hitziger Streitgespräche. Aus unerfindlichen Gründen wußte Maudie-Gro genau, auf welcher Veranstaltung er nicht auftauchen würde, und dort gingen wir hin.

»Es ist nicht gut, wenn ein Einzelner hier so viele Grundstücke besitzt«, sagten die Jüngeren. »Das könnte gefährlich werden; wer weiß, was er damit vorhat? Schließlich kennen wir ihn doch kaum.«

»Aber ihr müßt die Abgaben für diese alten Kästen nicht zahlen und euch nicht um die Erhaltung kümmern«, gaben die Alten entrüstet zurück. »Was sollen wir denn machen? Wir haben seine Großeltern und manche von uns sogar seine Urgroßeltern gekannt, und seine Familie lebt schon länger hier als die meisten. Und auf diese Weise können wir unsere Cottages behalten, bekommen noch genug Geld, um sie zu renovieren, und müssen nicht an irgend jemand Hergelaufenen verkaufen. Wollt ihr vielleicht, daß Leute aus Florida oder Texas hierherkommen und *Swimming Pools* anlegen?«

»Nein, aber woher wollt ihr denn wissen, daß es stimmt, was er sagt?«

»Und woher wißt ihr, daß es nicht stimmt? Er kann die Häuser allerhöchstens weiterverkaufen, und das hätten wir auch getan, oder ihr, wenn wir einmal nicht mehr sind.«

Und so ging es jeden Abend. Es waren herrliche, amethystfarbene Nächte, denn es war einer der schönsten Sommer, die ich an dieser Küste erlebt habe, kühl, strahlend und blau – und gewürzt mit der leisen Drohung von Warrie Villiers und seinem ausländischen Geld. Mir mißfiel der Gedanke an ihn so sehr, daß ich mich aus dieser endlosen und sinnlosen Debatte einfach zurückzog. Ich ging mit meinem Drink hinaus auf die Terrasse oder Veranda, blickte über die dämmrige Bucht und genoß den üppigen Kiefernduft des Hochsommers, der mich erfüllte und besänftigte. Das würde mir nichts und niemand verderben können.

Aber eines Nachmittags kam ich von einem Einkauf im Eisenwarenladen von Blue Hill nach Hause, und da stand er auf der Veranda. Er beugte sich über meine Großmutter, die auf dem Sofa lag, und schlug mit einem Zeigefinger immer wieder auf seine Handfläche, offenbar um seine Worte zu unterstreichen. Ich sah Maudie-Gros bleiches, unbewegtes Gesicht, das ihn noch immer resolut anblickte, und stürzte mich auf ihn wie ein Derwisch.

»Raus!« schrie ich wütend. »Sofort raus hier! Was fällt dir eigentlich ein, hier hereinzukommen und mit dem Finger derart vor Maudie-Gros Gesicht herumzuwedeln? Du weißt genau, daß sie dich hier nicht haben will, und ich will es auch nicht. Sieh sie dir doch an, sie ist ja weiß wie die Wand!«

Er richtete sich auf, nickte Maude zu, und sein Gesicht wurde rot. Mit auf die Hüften gestemmten Fäusten stand ich zwischen ihnen, und er sah niedergeschlagen und zerknirscht aus. Er drehte sich um und wollte schon hinausgehen, aber da wandte er sich noch einmal um.

»Mrs. Chambliss, es tut mir wirklich leid«, sagte er. »Ich bin nicht hergekommen, um Sie zu vertreiben. Ich wollte Sie nur wissen lassen, daß ich inzwischen mit der Hälfte der Cottages auf dieser Seite des Ufers bis hinunter zum Jachtclub und hinüber nach Aerie abgeschlossen habe. Ich dachte, daß Sie Ihr Mißtrauen gegen mich vielleicht verlieren, wenn Sie sehen, daß Ihre ältesten Freunde und Nachbarn mir vertrauen. Sogar Ihr Sohn hat mir versprochen, daß er über mein Angebot nachdenken wird. Ich bin wirklich auf Ihrer Seite –«

»*Warrie!*« schrie ich.

»Ich gehe ja schon«, sagte er ganz ruhig. »Tut mir leid. Ich komme nicht wieder.« Er verbeugte sich und verließ die Veranda. Ich ging hinter ihm her und folgte ihm über den Mauerübertritt in den Hof von Braebonnie. Einen Augenblick lang überschwemmten mich alte Erinnerungen. Seit zwölf Jahren hatte ich diesen Hof nicht mehr betreten.

Er wandte sich zu mir um. Sein dickliches, dunkles Gesicht war gerötet, und auf seiner Stirn stand Schweiß.

»Es tut mir wirklich leid, weißt du«, sagte er. »Ich dachte tatsächlich, sie würde ihre Meinung ändern, wenn sie von den anderen hört. Ich wollte ihr nur Vertrauen einflößen.«

»Nun, das ist dir nicht gelungen«, erklärte ich wütend. »Du hast sie bedrängt und dich über sie gebeugt und mit dem Finger herumgefuchtelt. Du hättest dich sehen sollen! Herrgott, Warrie, warum ist dieses Haus so wichtig für dich? Du hast doch alle anderen. Genügen sie dir nicht? Wieviel von Retreat willst du denn noch?«

»Ich will nur nicht, daß Liberty an irgendwelche Geschäftemacher verkauft wird, wenn sie einmal nicht mehr ist. Und ich weiß, daß du es nicht haben willst.«

»Na ja, vielleicht will ich es ja doch«, sagte ich und sah ihn an. »Vielleicht habe ich meine Meinung geändert. Die Leute ändern sich, das hast du selbst gesagt. Also gibt es keinen Grund für dich, sie noch weiter zu bedrängen. Wenn du noch einmal kommst, dann werde ich… dann werde ich dich wegen Hausfriedensbruch anzeigen.«

Er lachte und hielt die Hände mit auswärtsgedrehten Handflächen in die Höhe. »Nicht nötig. Wenn du selbst das Haus übernehmen willst, dann hat sich das natürlich erledigt. Ich will nur den Alten helfen, die keine Erben haben. Ich entschuldige mich bei deiner Großmutter und bei dir, Darcy. Wenn wir nur Freunde sein könnten, mehr will ich gar nicht.«

»Nun, wenn es das ist, was du willst, dann hast du es ziemlich falsch angefangen«, sagte ich, drehte mich um und stieg wieder über die Mauer zurück nach Liberty. Ich hatte das Gefühl, ganz schön unfreundlich gewesen zu sein, aber irgendwie wußte ich, daß er Maudie-Gro nicht noch einmal wegen des Cottages ansprechen würde.

»Das war's dann wohl«, sagte ich, als ich mich auf den Sofarand setzte und Maudie-Gros Hände ergriff. Sie waren kalt, aber die Farbe war in ihr Gesicht zurückgekehrt, und ihre Augen glänzten.

»Das war toll, Liebes«, sagte sie. »Ich hätte es selbst nicht besser machen können.«

»Habe ich so laut geschrien?«

»Du weißt doch, wie hier am Wasser die Geräusche tragen. Es hat ihm leid getan, nicht wahr? Weißt du was? Vielleicht willst du Liberty ja doch haben?«

»Maudie-Gro –«

»Ich weiß schon. Das hast du nur gesagt, um ihn loszuwerden. Aber trotzdem denke ich manchmal... na gut. Weißt du, es macht mir große Sorgen, daß diese dummen Leute ihm ihre Cottages überschrieben haben, und was Petie angeht, nun, darum kümmere ich mich noch. Ich könnte einfach drohen, ihn zu enterben –«

»Das kannst du nicht tun! Petie ist doch dein Liebling!«

»Nein, das würde ich natürlich nicht tun. Und du hast recht, ich habe ihn sehr lieb, aber ich glaube, dir gehört noch ein größerer Teil meines Herzens. Das Problem mit Petie ist, daß er sich meiner Liebe eigentlich nie bewußt war. Aber du weißt doch bestimmt, daß ich dich liebhabe, du rothaarige Göre, du, oder?«

Eine Welle der Erschöpfung überflutete mich, und ich ließ mich aufs Sofa fallen. Diese Auseinandersetzung mit Warrie war nur der Gipfelpunkt der ständigen, unterirdischen Spannung, die ich während der letzten Wochen verspürt hatte.

»Das weiß ich«, sagte ich. »Wenn ich auch sonst nichts weiß, aber das weiß ich. Maudie-Gro, wenn du auch so müde bist wie ich, dann könnten wir vor dem Feuer einen Teller Muschelsuppe essen und danach gleich ins Bett gehen. Ich glaube wirklich nicht, daß wir mit dem Gewehr auf den Knien Wache halten müssen, um die Ranch zu verteidigen.«

»Das hoffe ich«, meinte Maudie-Gro. »Das hoffe ich wirklich.«

Am folgenden Nachmittag kamen für Maudie-Gro und mich zwei Rosensträuße vom Blumenhändler in Blue Hill. Meine Rosen waren gelb und ihre von einem wunderschönen Korallenrot. Auf den Karten stand lediglich: *Es tut mir wirklich leid. Warren Villiers.*

»Ich werfe die Dinger in den Müll«, sagte ich.

»Ich nicht«, meinte Maudie-Gro. »Das ist meine Lieblingsfarbe. Ob ihm Mark Graham das gesagt hat? Schütte das Kind nicht mit dem Bad aus, Darcy.«

Und so blühten in der nächsten Woche Warrie Villiers' Rosen im Wohnzimmer, während wir unseren täglichen Beschäftigungen nachgingen. Als sie verblüht waren, hatte er noch keinen weiteren Versuch gemacht, mit Maudie-Gro zu reden. Er nickte uns nur höflich zu, wenn er uns auf der Veranda sah oder im Dorfladen oder auf der Post traf. Und als sie eine Erkältung hatte und zwei oder drei Tage lang das Bett hüten mußte, stellte er eine kleine Terrine mit Hühner-Artischocken-Suppe auf die Veranda; auf einem kleinen Zettel stand: *Das ist die französische Version von Krankenkost. Ich hoffe, sie schmeckt.* Sie war köstlich, und Maudie-Gro und ich aßen sie unverzüglich auf.

»Vielleicht sollte er ein Restaurant aufmachen«, sagte ich und leckte meinen Löffel ab.

»Vielleicht tut er das«, meinte sie.

An einem Tag, als das schwarze Auto nicht in der Einfahrt stand, brachte ich die abgespülte Suppenschüssel zurück. Ich hatte gehofft, ihm nicht zu begegnen, aber als ich in Braebonnie die Fliegengittertür öffnete, saß er auf der Veranda. Sein Knöchel war bandagiert, und neben ihm auf den gestrichenen Bodenbrettern lagen ein paar Krücken.

»Was hast du denn gemacht?« fragte ich.

»Ich habe mir den Fuß verrenkt, als ich gestern in Castine war. Direkt auf der Hauptstraße«, sagte er. »In etwa einer Woche soll es angeblich wieder in Ordnung sein.«

»Wo ist dein Wagen?«

Er zog eine Grimasse.

»Ich habe mich von einem Jungen an der Tankstelle nach Hause bringen lassen, und er hat ihn wieder mitgenommen, um ihn zu überholen. Es war ohnehin nötig. In drei oder vier Tagen bringt er ihn wieder. Das hoffe ich zumindest, er scheint nämlich ein begeisterter Automechaniker zu sein.«

Ich lachte. Die Tankstelle und den fraglichen jungen Mann kannte ich.

»Ich weiß Bescheid«, sagte ich. »Mit meinem Auto traue ich mir gar nicht mehr hinzufahren.«

»Kein Wunder«, meinte Warrie. »Das ist auch ein tolles Gerät. Dieses HEISS, das heißt doch eigentlich – *merde*, nicht wahr?«

Jetzt lachte ich laut. Ich hatte ganz vergessen, wie komisch Warrie sein konnte. »Stimmt. Kommst du denn zurecht?«

»Ja, natürlich. Ich kann ganz gut laufen mit den Krücken. Und außerdem sollte ich sowieso ein bißchen Gewicht verlieren.«

Einen Augenblick schwiegen wir beide. Dann sagte ich: »Ich könnte dir gerne –«, und er sagte gleichzeitig: »Hör mal, Darcy, ich wollte –«

Wir unterbrachen uns und lächelten.

»Ich könnte dir etwas zum Abendessen vorbeibringen, bis du wieder richtig laufen kannst«, sagte ich freundlich und fragte mich, was ich mir eigentlich dabei dachte. Aber er stellte wohl keine große Gefahr dar, solange er sich kaum bewegen konnte. Und jedem anderen hätte ich das ebenfalls angeboten.

»Da wäre ich dir sehr dankbar«, sagte er. »Diese Schmerzmittel machen mich ziemlich wirr im Kopf, und ich habe Angst, daß ich das Haus in Brand setze, wenn ich den Ofen anzünde. Aber hör zu, Darcy, ich wollte dir noch sagen, daß es mir leid tut –«

Ich schüttelte den Kopf und stand auf, um zu gehen. Ich wollte mir nicht noch eine weitere Entschuldigung anhören.

»Nein, laß mich dir das noch sagen, und dann werde ich das Thema nie wieder erwähnen«, erklärte er.

Ich wartete.

»Ich weiß, daß ich dir schrecklich weh getan habe in jenem Sommer«, sagte er langsam. »Ich habe oft darüber nachgedacht. Ich wünschte, ich könnte das rückgängig machen. Du warst so wunderbar, und ich habe dich einfach weggeworfen. Aber ich bedauere das heute noch. Ich wollte nur, daß du das weißt und daß ich sehr froh wäre, wenn ihr, du und deine Großmutter, euch wieder mit mir anfreunden würdet.«

»Danke, Warrie«, sagte ich und merkte, wie mir die Röte ins Gesicht stieg. »Also: Ich backe heute eine Pastete mit Hühnerfleisch nach einem Rezept meiner Urgroßmutter und bringe dir einen Teller vorbei. Du mußt nicht herunterkommen, laß einfach die Tür offen, dann stell ich sie auf den Tisch.«

»Danke«, sagte er. »Ich will ohnehin ein bißchen schlafen.«

Als ich die Pastete brachte, war er nicht auf der Veranda, und er war oft nicht da, wenn ich ihm in dieser Woche etwas zu essen brachte. Aber gelegentlich sah ich ihn, und dann unterhielten wir uns ein bißchen. Ein- oder zweimal machte ich Eistee in der vertrauten und doch fremden Küche, und wir tranken ihn und sahen hinaus auf die See und die Inseln und den Himmel. Von Braebonnie hatte man einen sagenhaften Ausblick, und an diesen Abenden wünschte ich mir wieder einmal, Liberty läge direkt am Ufer.

Wir sprachen über nichts Besonderes, und die Vergangenheit sparten wir gänzlich aus. Warrie erzählte mir von Frankreich und Italien, und ich ihm von Atlanta und dem Süden. Es waren unbeschwerte Gespräche, und ich blieb niemals lange. Meistens lachten wir miteinander. In diesem Sommer hatte ich noch nicht oft gelacht, und davor sehr lange nicht mehr. Das Lachen tat mir gut.

Maudie-Gro sagte nichts, wenn ich jeden Abend mit den Tellern hinüberging. Ich wußte, daß sie meine Besuche mit zwiespältigen Gefühlen betrachtete, aber ich wußte auch, daß sie es selbst ebenso gemacht hätte, denn in Retreat war es undenkbar, einen kranken Nachbarn hungern zu lassen.

Am Wochenende ging ich mit ihr zu einem riesigen Sommerfest bei Donald und Marie Elliot im Fir Cottage. Es war der schönste in einer Reihe herrlicher Abende. Erica Conant, die alte Freundin meiner Großmutter, war inzwischen gestorben, aber ihr berühmter Steingarten zog sich noch immer über die Felsklippe. In den Tannen hingen magisch leuchtende Lampions, Glühwürmchen blinkten, und die seufzende Bucht versank langsam in der Dunkelheit. Im grünen Himmel über den Camden Hills hing die schmale Sichel des noch jungen Mondes. Ich blickte auf die gutgekleideten Menschen, die sich über den Rasen und die Veranda verteilten. Wie wenig hatte sich dieser Ort verändert, und wieviel war geschehen! In diesem Augenblick spürte ich, was für ein Segen es war, daß ich meine Vergangenheit und die Vergangenheit meiner Familie hier wiederfand, und ich dachte zum ersten Mal, daß Retreat für mich möglicherweise mehr bedeuten konnte, als nur der heilende Balsam eines einzigen Sommers zu sein. Aber bei diesem Gedanken hob die Schlange der Angst, die seit Wochen geschlafen hatte, ihren Kopf und biß zu, und ich schob ihn beiseite. Nein. Nicht für mich. Nicht mehr.

Ich stand auf und ging zur Bar, um Maudie-Gros Glas nachfüllen zu lassen, und lauschte dabei auf die Unterhaltung der Leute. Dann begann ich zu lachen. Ich lachte noch immer, als ich Maudie-Gro ihr Glas brachte und mich wieder zu ihr setzte. Sie lächelte mich fragend an.

»Sie reden über Abwasser!« sagte ich und machte eine Kopfbewegung hinüber zur Bar. »Vermutlich ist Retreat der einzige Ort auf der Welt, wo sich die Leute beim Cocktail ständig über Scheiße unterhalten.«

Maudie-Gro lächelte und blickte in ihren Gin-Tonic. Dann sah sie mich an. »Die Scheiße, wie du das ausdrückst, ist hier oben allerdings wirklich ein Problem, weil die Cottages auf unserer Seite der Straße auf massivem Fels gebaut sind und man daher in den Gärten keine Setzgruben anlegen kann. Seit mehr als hundert Jahren ist die große alte Wiese, die neben Liberty und hinter Braebonnie zum Wasser hinunterreicht, das einzige Rieselfeld der ganzen Kolonie. Ein Teil davon gehört uns, und der Rest den Potters – also jetzt Warrie. Beide Familien waren immer bereit, die anderen Cottages daran teilhaben zu lassen. Ich weiß gar nicht, wer sie alles nutzt, vermutlich aber die Hälfte der Cottages in Retreat. Sonst könnten die Häuser gar nicht bewohnt werden. Jetzt weißt du, warum sich die Leute wegen... der Scheiße Gedanken machen.«

Sie lächelte wieder und blickte dann beiseite.

»Du meinst«, sagte ich langsam, »du meinst, wenn jemand Liberty und Braebonnie gemeinsam besäße, dann hätte er damit das einzige Rieselfeld in dieser Hälfte der Kolonie?«

Sie nickte und sah hinaus auf die Bucht.

»Und wenn derjenige es wollte, dann könnte er den anderen die

Benutzung verbieten? Aber dann könnten sie nicht mehr herkommen!«

Maudie-Gro sagte nichts.

»Maudie-Gro, das würde er nie tun«, sagte ich.

Sie sah mich an, antwortete aber nicht.

»Ich weiß, daß er das nie tun würde«, sagte ich.

»Oh, Darcy«, sagte meine Großmutter nur, und ihre Stimme klang müde und alt. Bald danach gingen wir nach Hause.

»Er würde es bestimmt nicht tun«, sagte ich laut in die salzige, kühle Meerluft hinein, nachdem ich das Licht ausgeschaltet hatte. Und das erschien mir so wahr und so richtig, daß ich augenblicklich einschlief.

ACHTZEHNTES KAPITEL

Sobald Warrie nicht mehr auf Krücken gehen mußte, borgte ich mir das Beetle Cat-Boot meiner Kusinen aus und machte mit ihm einen Segelausflug. Es war der erste klare Tag nach fast einer Wochen kalten, dicken, weißen Nebels, denn das schöne Wetter war am Tag nach Donalds und Maries Party zu Ende gegangen. Ich war ruhelos und gelangweilt und sehnte mich nach dem frischen, scharfrandigen Blau der See und des Himmels.

Ich lud Warrie vor allem deshalb ein, weil mir nach der langen Zeit, die ich allein mit Maudie-Gro in der Düsternis des Hauses verbracht hatte, nach Lachen zumute war. Seit unserem Gespräch über das gemeinsame Rieselfeld von Liberty und Braebonnie war sie distanziert und abwesend gewesen, und ich hatte meine Versuche, unsere alte Leichtigkeit wiederherzustellen, schließlich aufgegeben. Natürlich wußte ich, daß Maudie-Gro nicht schmollte, sie machte sich große Sorgen, und ich vermutete, daß sie sich auch über meinen neuerlichen Kontakt mit Warrie Gedanken machte.

Da könnte ich sie beruhigen, dachte ich; nach einem Sommer mit alten Frauen will ich nichts weiter als die Gesellschaft eines Gleichaltrigen. Aber ich sagte nichts. Denn zum einen ärgerte mich die Tatsache, daß diese Situation sie unglücklich machte; ich wollte mich nicht mit einem neuen Problem befassen, nachdem es mir endlich gelungen war, die Wolke des Elends und der Angst zu vertreiben und eine gewisse Normalität einkehren zu lassen. Und zum anderen wußte ich natürlich sehr wohl, daß mein Kontakt mit ihm mehr war als nur ein Zeitvertreib. Jede Frau, die einen Mann einmal geliebt und dann verloren hat, will, wenn sie ihn nach vielen Jahren wiedersieht, noch einmal die Probe aufs Exempel machen. Selbst wenn sie mit ihrer gegenwärtigen Situation völlig zufrieden ist, möchte sie doch sehen, ob sie ihm nicht wenigstens ein leichtes Bedauern entlocken kann. Und so unternahm ich nichts, um ihre Schmerzen zu lindern.

In der Woche nach der Party hatte Maudie-Gro nichts mehr über Warrie gesagt, obwohl ich jeden Abend mit einem Teller hinüberging. Aber als ich ihr an diesem Morgen erzählte, was ich vorhatte, da stellte sie ihre Kaffeetasse ab und sagte: »Ach Liebes, ich wünschte, du würdest das nicht tun. Ich weiß, du bist neunundzwanzig Jahre alt, aber ich habe schon einmal geschwiegen, und du weißt ja, was dann geschehen ist. Ihm regelmäßig das Essen zu bringen, ist eine Sache, aber ein gemeinsamer Tag auf dem Wasser eine ganz andere. Du bist noch immer sehr anfällig, und ich glaube nicht, daß du ihn so siehst, wie er wirklich ist.«

»Ich sehe ganz genau, was für eine miese Ratte er vor zwölf Jahren war und daß es gemein von ihm ist, dich den ganzen Sommer so zu ärgern, und ich kann damit sehr gut umgehen«, sagte ich nur eine Spur ungeduldig, denn an diesem Morgen sah sie besonders gebrechlich und alt aus, fast so wie an jenem ersten Tag auf der Veranda.

»Und warum sagst du das Segeln heute dann nicht ab? Verbring doch den Tag mit mir anstatt mit einer miesen, gemeinen Ratte. Wir könnten einen Ausflug machen; nach Bar Harbor vielleicht.«

»Mein Gott, Maudie-Gro, ich gehe doch nur segeln mit ihm und nicht... in ein Motel oder so etwas«, fuhr ich sie an. »Ich lasse mich bestimmt nicht noch einmal mit Warrie Villiers ein; ich mag ihn noch nicht einmal besonders. Ich will nur ein paar Stunden mit jemandem verbringen, mit dem ich lachen kann.«

Sie blickte wieder in ihre Kaffeetasse, aber ich hatte den Schmerz in ihren Augen schon wahrgenommen. Wir hatten in diesem Sommer oft miteinander gelacht, und meine Bemerkung war gedankenlos und hart gewesen. Ja, ich hätte die Segelpartie, die mir ohnehin nichts bedeutete, absagen sollen. Aber ich tat es nicht. Ich küßte nur ihre faltige, seidenweiche Wange und sagte: »Am späten Nachmittag bin ich wieder zurück. Willst du nicht Mrs. Thorne und Mrs. Stallings einladen? Ich könnte Krabben vom Laden mitbringen.«

»Ich glaube nicht«, sagte sie. »Vielleicht lege ich mich einfach ins Bett und lese P. D. James. Das ist wieder einmal einer dieser Elefantentage.«

Sorge flackerte kurz in mir auf; gelegentlich hatte Maudie-Gro Tage, an denen sie nur schwer Luft bekam und ein Gefühl in der

Herzgegend hatte, als sitze ein Elefant auf ihrer Brust, wie sie es beschrieb. Diese Anfälle hatten mich anfangs erschreckt, aber sie meinte, sie sei vor der Abfahrt aus Northpoint beim Arzt gewesen, der außer einer gewissen Altersschwäche nichts festgestellt habe. Und darum legte sie sich an solchen Tagen einfach ins Bett, und meist war es bereits nach einigen Stunden oder am folgenden Tag wieder vorbei. In der Regel begleitete sie die Ankündigung, daß dies ein Elefantentag sei, allerdings mit der Bemerkung: »Es ist aber nur ein sehr kleiner Elefant.« Heute tat sie das nicht, und das ärgerte mich. War es möglich, daß sie Unwohlsein vortäuschte, um mich von Warrie Villiers fernzuhalten?

»Bis heute abend dann«, sagte ich eilig. »Ich bringe die Krabben trotzdem mit, wir können einen Salat zum Abendessen machen.«

»Auf Wiedersehen, Liebes«, sagte sie. Und ich ging hinaus in den kristallklaren Morgen, um mich mit Warrie zu treffen, der bereits hinter der Hecke auf der Straße wartete und in weißen Hosen und einem gestreiften Hemd sehr ausländisch aussah. Er trug eine Umhängetasche, in der ein echtes französisches Baguette und einige Flaschen mit Rotwein und Perrier steckten.

»Du meine Güte«, sagte ich grinsend. »Du bist viel zu exotisch für Retreat, ich sollte dich lieber nach Northeast Harbor oder in einen anderen vornehmen Ort mitnehmen. Wo um Himmels willen hast du denn das Baguette aufgetrieben?«

»Ich habe den Bäcker in Castine bestochen«, sagte er. »Ich weiß nicht, ob die Zutaten richtig sind, aber die Form stimmt.«

Der Jachtclub war beinahe menschenleer, und an den zahlreichen leeren Liegeplätzen sah ich, daß die meisten ebenso wie ich nach dem langen Nebel aufs Meer hinausgestrebt waren. Ein oder zwei kleinere Jungen kämpften noch mit ihren Beetles, und eine kleine Gruppe von Frauen saß auf der Veranda und ruhte sich von den Vorbereitungen zum Nachmittagstee aus. Ich hatte ganz vergessen, daß heute Samstag war und eine der letzten Regatten der Saison stattfand. Meine Kehle verkrampfte sich. Außer Maudie-Gro und ihren alten Freundinnen war ich bisher allen Leuten aus dem Weg gegangen, die ich vor zwölf Jahren gekannt hatte. Obwohl ich kein vertrautes Gesicht erkennen konnte, hob ich zur Sicherheit die Hand, und ein Chor höflicher Begrüßungen klang von der Veranda herab: »Hallo, Darcy. Ich habe schon gehört, daß du wieder da bist.« – »Schön, dich zu sehen. Hast du dir die Haare schneiden lassen?« – »Komm doch herauf und trink eine Tasse Tee mit uns.«

Ich rief hinauf, daß ich später käme, obwohl ich es gar nicht vorhatte. Warrie stellte ich nicht vor, und auf die Idee, daß er diese Frauen vielleicht kannte, kam ich gar nicht. Aber eine von ihnen rief: »Warrie! Warte!« Sie stand auf und kam die Stufen herab auf uns zu. Natürlich kannte er sie alle. Schließlich war er schon seit April hier und kannte vermutlich inzwischen jeden Bewohner der Kolonie.

Die Frau hatte uns erreicht, und ich sah, daß sie etwa so alt war wie ich, vielleicht etwas älter, und von erstaunlicher Schönheit. Außerdem kam sie mir bekannt vor, und einen Moment lang stieg die alte Angst in mir auf. Wer war sie? Warum löste sie diese Angst aus? Und dann wußte ich es: Es war Gretchen Winslow, die Enkelin der Lieblingsfeindin meiner Großmutter. Mir fiel die Szene vor der Bootswerft der Willisses ein, wo sie mir vor den Kindern der Kolonie die Verrücktheiten meiner Mutter vorgehalten hatte. Damals waren Mike Willis und sein Großvater Micah nötig gewesen, um ihr den Mund zu stopfen.

»Hallo, Gretchen«, sagte ich. Sie lächelte mich freundlich an, stellte sich dann auf die Zehenspitzen und gab Warrie einen leichten Kuß auf den Mund.

»Du mieser Kerl«, sagte sie. »Seit Southampton hast du nicht mehr angerufen. Ich habe noch das ganze Wochenende gewartet. Wenn du denkst, daß du deinen Pullover wiederbekommst, hast du dich geirrt.«

»Hallo, Gretch«, sagte er, machte sich von ihr los und tätschelte ihr Hinterteil. »Behalt den Pullover. Er steht dir viel besser als mir. Wann bist du angekommen?«

»Vorgestern«, sagte sie. »Ich wollte dich eigentlich fragen, ob du heute nachmittag mit Corky Stallings und mir segelst, aber wie ich sehe, hast du bereits eine Verabredung.«

»Bei mir reicht es nicht zur Regatta«, sagte er. »Darcy will mir heute so ein sagenhaftes Ding namens Beetle Cat nahebringen. Ich kenne mich eigentlich nur mit Motorbooten aus.«

»Schade«, sagte sie und drehte sich um, um zu den anderen zurückzugehen. »Ich hätte wetten können, daß du Weltklasse bist.

Im Segeln, meine ich natürlich. Wir werden üben müssen.« Sie lächelte noch einmal und stieg wieder die Stufen hinauf, und wir gingen den Steg entlang zum Dingi, um zum Boot hinauszurudern.

»Ich wußte gar nicht, daß du Gretchen kennst«, sagte ich.

»Ich habe sie im Frühsommer auf einer ziemlich albernen Party in Southampton kennengelernt. Weil sie keine warmen Kleider dabei hatte, habe ich ihr einen Pullover geliehen. Gretchen ist eine schöne Frau, aber etwas zu... glatt für meinen Geschmack. Sie ist erst seit knapp sechs Monaten geschieden, aber sie hat bereits die tollsten Männer von New York durch, wie ich gehört habe.«

»Und du warst einer dieser tollen Männer?«

Ich lachte, aber mein Gesicht wurde rot. Mein Gott, warum sollte mir das etwas ausmachen?

»Offenbar nicht toll genug«, sagte er grinsend. »Von Southampton ist sie mit einem Herrn nach Hause gefahren, der einen Rolls-Royce besaß. Da kann ich mit meinem bescheidenen Erbe nicht mithalten.«

Ich brachte das kleine Boot längsseits. Der Wind blies nicht stark, aber gleichbleibend, und ich hatte vor, in Richtung Eggemoggin Reach und Little Deer Isle zu segeln. Osprey Head lag in der entgegengesetzten Richtung, und dieses Gebiet wollte ich vermeiden.

Als wir abgelegt hatten, sagte ich: »Eigentlich dachte ich, du wärst direkt aus Italien hierhergekommen.«

»Ich habe zwei Jahre in New York gelebt, bevor ich nach Retreat kam«, sagte er in gleichmütigem Tonfall. Er schwieg eine Weile, und nur das Rauschen des Windes und das Plätschern des Wassers am Bug waren zu hören. Dann drehte er sich zu mir um und fuhr fort: »Fast fünfzehn Monate lang war ich in einer Klinik außerhalb von Manhattan, einem Krankenhaus für Alkohol- und Suchtkranke. Die Eltern meiner Frau hatten mich dorthin geschickt. Und als ich herauskam, mieteten sie mir eine Wohnung in New York. Das und eine ziemlich hohe Abfindung waren der Preis, um mich aus Gulias Leben zu entfernen. Vermutlich fanden sie das noch billig, denn ich war ein widerlicher und wohl auch gefährlicher Ehemann. Während ich in der Klinik war, starb meine Mutter, und als ich herauskam, hatte ich nichts mehr außer einem Haufen Geld. Darum blieb ich noch eine Weile in Manhattan, ging zu den Anonymen Alkoholikern und kontaktierte Finanzleute wegen des Projekts in Retreat. Einer davon war Gretchens Bruder, der jetzt die Bank der Winslows leitet, und er erinnerte sich an meinen Namen. Und als er und seine Frau mich zum Essen einluden, lernte ich Gretchen kennen. Das ist die ganze Geschichte.«

Jetzt wurde mein Gesicht feuerrot.

»Oh, Warrie, ich wollte doch nicht neugierig sein«, sagte ich. »Es geht mich gar nichts an, wo du warst und wen du getroffen hast.«

»Nein, ich weiß schon, daß du dachtest, ich käme direkt aus Europa«, sagte er und blickte hinaus aufs Meer. »Und das war mir auch recht so, denn ich wollte nicht, daß du mich wieder für Euromüll hältst – ich erinnere mich nur zu gut an deine letzten Worte.«

Mitleid flackerte in mir auf, und vielleicht auch eine kleine Spur von Triumph. Aber die Klinik – ich hätte es mir denken sollen. Normalerweise erkennen diejenigen, die in einer solchen Klinik waren, einen Leidensgenossen sofort. Warum hatte ich bei ihm nichts bemerkt?

»Das mit der Klinik tut mir leid«, sagte ich. »Ich war auch in einer Klinik, bevor ich hierherkam. Nicht wegen einer Sucht, sondern wegen etwas, das man Angstneurose nennt. Es muß schlimm für dich gewesen sein, allein und krank in einem fremden Land. Und dann hast du auch noch deine Mutter verloren.«

»Ja, das war das Schlimmste«, sagte er. »Sie starb, ehe ich nach Hause kam. An Hepatitis. Sie hatte ein schwieriges Leben hinter sich, aber sie war noch immer sehr schön.«

Eine Weile segelten wir schweigend dahin, und dann sagte er: »Übrigens wußte ich von deiner... Krankheit. Deine Großmutter hat mir davon erzählt, bevor du kamst. Jetzt ist mir natürlich klar, daß sie mich damit warnen und von dir fernhalten wollte. Vielleicht hatte sie recht.«

»Sie hatte nicht recht, und ich bin sehr wütend auf sie«, sagte ich. »Nicht, weil sie es dir erzählt hat – ich schäme mich nicht dafür –, aber das hätte sie mir überlassen sollen. Sie hatte kein Recht dazu.«

»Ich glaube, sie hatte durchaus das Recht dazu«, meinte Warrie. »Und ich glaube auch, daß es dir jetzt besser geht.« Das war keine Frage.

»Ja, es geht mir besser. Das hatte ich nicht erwartet, und ich bin noch immer etwas überrascht. Wenn man mittendrin steckt, kann man sich nicht vorstellen, daß es jemals aufhören könnte«, sagte ich. »Man glaubt, es würde den Rest des Lebens so weitergehen. Es ist eine Angst, die wie ein riesiges, schreckliches Tier ist, an das man sich gekettet fühlt. Aber das Tier ist jetzt sehr viel kleiner geworden, es ist kaum noch größer als ein Pudel. Und das überrascht mich immer noch.«

Er streckte eine Hand aus und legte sie kurz auf die meine, die die Ruderpinne hielt.

»Ich weiß, wovon du sprichst«, sagte er. »Es ist schrecklich, und es gibt nur so wenige Menschen, mit denen man darüber reden kann. Ich will jetzt mit dir nicht weiter darüber sprechen, aber es ist eine tröstliche Vorstellung, daß ich es könnte, wenn es nötig wäre. Und ich hoffe, du weißt, daß du auch mit mir reden kannst. Jederzeit.«

»Ja«, sagte ich und lächelte ihn an. »Ich weiß. Aber jetzt nicht... das sollten wir uns aufheben.«

Danach sprachen wir nicht mehr von der Vergangenheit. Wir fanden eine kleine Bucht vor Herrick's, wo wir ankerten und zu Mittag aßen. Und wir lachten über vieles, unter anderem auch über Gretchen Winslow und ihre New Yorker Freunde, und als wir am späten Nachmittag kurz vor der Ankunft der Regattasegler im Jachtclub anlegten, lachten wir immer noch. Wir gingen geradewegs zur Straße hinauf, ohne auch nur einen Blick auf das Clubhaus zu werfen, und als jemand – vermutlich Gretchen – uns nachrief: »Aber ich dachte, ihr kommt noch zum Tee!«, faßten wir uns an den Händen und rannten lachend davon wie zwei Kinder, die ein herrliches Geheimnis miteinander teilen. Sobald wir die Straße erreicht hatten, ließ ich seine Hand los, und er richtete sich auf und ging in aller Schicklichkeit neben mir, aber das Geheimnis lag immer noch zwischen uns in der Luft.

»Bis bald«, sagte er und fuhr mir durchs Haar, bevor er an Liberty vorbei nach Braebonnie ging.

»Ja«, sagte ich und betrat das Cottage.

Als ich ins Wohnzimmer kam, brannte das Feuer, und Maudie-Gro saß in ihren spanischen Schal gehüllt da und unterhielt sich mit Mike Willis. Sie sahen mich nicht, und ich blieb einen Augenblick lang auf der Schwelle stehen und betrachtete ihn. Er saß leicht vorgebeugt auf einem Fußschemel, hielt Maudie-Gros Hände in den seinen, und sie redete eindringlich auf ihn ein. Der Feuerschein tanzte über ihre Gesichter und ließ seine weißen Zähne blitzen und etwas auf ihrem Gesicht glänzen – waren es Tränen? Aber dennoch lächelte sie und sah ihn mit jener Mischung aus Zuneigung und ungeteilter Aufmerksamkeit an, die ich so gut kannte. Und was Mike anging, so war er mir seltsam vertraut, so als hätte ich in all den Jahren sein Bild mit mir herumgetragen wie ein altes Foto in der Brieftasche.

Mike, sagte ich tonlos, und dann laut: »Mike.«

Er drehte mir den Kopf zu und blickte mich an, und ich sah sofort, daß in seinem dunklen Gesicht tatsächlich zwölf Jahre vergangen waren. In den zerzausten Haaren, die ihm noch immer in die Stirn hingen, blitzten einzelne weiße Fäden auf. Aber er war noch immer Mike und niemand sonst, auch wenn er in diesem Licht seinem Großvater Micah erstaunlich ähnelte. Kein Wunder, daß ich sie am Tag meiner Ankunft auf dem Friedhof verwechselt hatte.

Er lächelte und sagte: »Hallo, Rotschopf«, und ich rannte durchs Zimmer und schlang meine Arme um ihn. Er stand halb auf, umarmte mich ebenfalls – er roch nach Salzluft, Seife und Mike –, und dann verlor er das Gleichgewicht. Wir fielen beide auf den Fußschemel, und ich landete in seinem Schoß. Einen Moment lang blieb ich sitzen und vergrub mein Gesicht an seiner Schulter, weil ich spürte, wie mich die ganzen vergangenen Sommer überfluteten, vor mir abliefen wie ein rückwärts gespulter Film. Dann lehnte ich mich zurück und sagte albernerweise: »Warum hast du mir nicht gesagt, daß du kommst? Ich sehe schrecklich aus; ich war den ganzen Tag auf dem Wasser.«

»Das habe ich schon gehört«, sagte er, stand auf und zog mich in die Höhe. »Aber ich finde, du siehst ziemlich gut aus. Jedenfalls sehr viel besser als damals, als ich dich das letzte Mal gesehen habe.«

Erst jetzt fiel mir ein, daß wir in Unfrieden auseinandergegangen waren, nur weil er mich geküßt hatte. Ich empfand Scham und Schmerz. Und noch eine Erinnerung tauchte auf: Mike, der sich im Krankenhaus über mich beugt und leise redet, während ich mein Gesicht zur Seite drehe. Oder war das ein Traum?

»Bist du damals eigentlich im Krankenhaus gewesen?« fragte ich.

»Und ob. Ich bin per Anhalter den ganzen Weg von Boston aus hergefahren, und du hast dein Gesicht zur Wand gedreht. Doch, da hat sich wirklich einiges verbessert. Du siehst genauso aus, wie ich es mir immer vorgestellt habe.«

»Wie denn?«

»Wie eine hübsche Katze. Schließlich hast du früher wie ein Kätzchen ausgesehen. Wenn man dir ein paar Streifen verpassen würde, sähst du aus wie der alte Zut mit seinem flaumigen Haar und dem dicken, fetten Schwanz.«

Zut kam unter dem Sofa hervorgekrochen und strich Mike um die Beine, wobei er sanft schnurrte.

»Herzlichen Dank für den Schwanz«, sagte ich. »Offenbar kennt ihr beiden euch schon.«

»Na klar. Zut und ich haben viele Dosen Hering in Senfsoße miteinander geteilt, wenn ich bei deiner Großmutter zu Besuch war. Auf dem Senf besteht er. Und was den Schwanz angeht... der paßt wirklich gut zu dir. Du bist etwas dünner, als ich erwartet hätte, aber doch noch ganz kräftig. Wenigstens bist du nicht magersüchtig.«

»Das werde ich schon noch, nach all dem Gerede über meinen Schwanz«, sagte ich und beugte mich zu Maudie-Gro, um ihr zur Begrüßung und als Entschuldigung für mein Benehmen am Morgen einen Kuß auf die Wange zu geben. Ihre Wange war naß. Es waren tatsächlich Tränen.

»Was ist denn passiert?« fragte ich und blickte von einem zum andern. Plötzlich fiel mir auf, wie seltsam es war, daß er hier war. Hatte Maudie-Gro nicht erzählt, er würde den ganzen Sommer und Herbst weiter unten an der Küste sein, um den Bau eines Sommerhauses zu überwachen, das er für einen wohlhabenden Kunden entworfen hatte?

»Mein Großvater hatte heute nacht wieder einen Schlaganfall«, sagte er, und das Lachen verschwand aus seinem Gesicht. »Er liegt in Castine im Krankenhaus. Es sieht nicht so aus, als ob er durchkommen würde.«

»Oh, Mike«, sagte ich und spürte, wie mir die Tränen kamen. »Ach, Maudie-Gro, es tut mir so leid. Mein Gott...«

»Na ja, Liebes, mir auch, aber mein armer alter Micah... er hat diese letzten Jahre nicht mehr genießen können«, sagte Maudie-Gro. »Es kann nur besser werden für ihn.«

Ihr Gesicht war bleich und bedrückt, aber ruhig. Ich spürte eine Gänsehaut auf meinen Armen und Beinen. Was mußte das für ein Gefühl sein, wenn man in ihrem Alter zusehen mußte, wie diejenigen, die sie geliebt hatte, einer nach dem anderen durch eine Tür gingen, die für sie selbst schon halb offenstand? Wer würde als nächster gehen? Warum konnte es für Micah Willis auf der anderen Seite nur besser werden? Ich wußte, daß sie nicht im konventionellen Sinne religiös war, aber plötzlich wurde mir klar, daß ich nicht wußte, was sie über den Tod dachte und darüber, was danach kam. Bisher hatte ich meine Großmutter immer auf der Seite des Lebens gesehen. Aber nun sprach sie mit einer Art Billigung über den Tod. Ich erinnerte mich an meine eigenen Gedanken an den Tod, an den Selbstmord in den letzten Jahren, der mir immer als ein Ende des Leidens und nicht als der Anfang von etwas Neuem erschienen war. Wenn das alles vorbei ist und sie ein bißchen getrauert hat, dann müssen wir darüber reden, Maudie-Gro und ich, dachte ich.

»Ich weiß, daß du ihn sehr vermissen wirst«, sagte ich und sah Mike an. »Mir wird er auch fehlen. Ich fand immer, daß du ihm ähnlicher warst als deinem Vater.«

»Ich hoffe, daß das stimmt«, meinte er. »Denn es gibt nicht mehr viele Männer wie ihn.«

Maudie-Gro lachte beinahe fröhlich. »Ach, wie unangenehm wäre es ihm, das zu hören, und wie stolz wäre er darauf!« sagte sie. »Von allen Männern, die ich kannte, war er derjenige, der am schlechtesten Komplimente annehmen konnte. Vielleicht sollte ich mich an sein Bett setzen und ihm eins nach dem anderen machen, denn jetzt kann er mir nicht mehr entwischen.«

»Keine schlechte Idee«, meinte Mike und grinste ebenfalls. »Ich wollte dich ohnehin fragen, ob du nicht mit mir zu ihm fahren möchtest. Ich war den ganzen Vormittag dort, und da lag er die meiste Zeit im Koma, aber als ich fuhr, hatte er sich ein bißchen erholt, und ich glaube, er würde dich sehr gern sehen. Kommst du mit, Darcy? Ich würde mich freuen.«

»Natürlich«, sagte ich. »Ich will mich nur noch schnell umziehen –«

»Bleib lieber so, wie du bist«, meinte er. »Ich glaube nicht, daß er noch lange lebt.«

Auf der Fahrt nach Castine saß ich auf der Rückbank seines schlammbespritzten Cherokee und lauschte dem Gespräch zwischen ihm und Maudie-Gro, während das von der untergehenden Sonne beleuchtete Panorama des Meeres, des Himmels und der Wälder vorbeiflog. Sie sprachen über sein Bauprojekt in Wells, über sein Architekturbüro, und auch ein bißchen darüber, was sich im Dorf und in der Kolonie verändert hatte. Keiner von beiden erwähnte Warrie Villiers und seine Grundstückskäufe in Retreat.

Mike fuhr schnell und sicher. Nur einmal wandte er sich halb zu mir um und fragte: »Wo warst du heute? Drüben am Osprey?«

»Nein«, antwortete ich. »Unten vor Herrick's und am Eggemoggin und dann wieder zurück. Es fand eine Regatta statt, aber wir... ich habe sie nicht gesehen. Wahrscheinlich sind sie in die andere Richtung gefahren.«

»Aha«, sagte er.

»Warum?« fragte ich ihn.

»Ich wollte es nur wissen. Das ganze Jahr war ich noch nicht drüben am Osprey Head. Ich dachte, solange ich hier bin, könnte ich einmal mit dem Boot meines Vaters hinausfahren. Willst du mitkommen?«

Nein, hätte ich beinahe geschrien, aber natürlich schwieg ich. Osprey Head, dieses tiefe, eiskalte Wasser, unergründlich und schwarz... ich wußte nicht, ob mir die schlafende Angst erlaubte, dorthin zu fahren. So viele Jahre lang war diese Insel für mich das Symbol von Schmerz und Verlust gewesen.

»Vielleicht«, antwortete ich.

Er sagte nichts mehr zu mir, bis wir das Krankenhaus erreicht hatten. Inzwischen war es vollständig dunkel geworden.

Im dritten Stock blieb Mike vor dem Schwesternzimmer stehen. Er steckte seinen Kopf hinein und rief leise: »Millie?«

Eine untersetzte Frau in gestärktem Weiß und mit Dauerwelle kam aus einer Kammer. Sie lächelte, als sie Mike sah, und runzelte dann die Stirn.

»Ach, bin ich froh, daß du da bist«, sagte sie. »Ich habe schon bei dir angerufen.«

»Hat sich etwas verändert?«

»Nein. Na ja, ein bißchen. Es geht ihm nicht wirklich besser, aber er hat ein paar Worte gesagt. Dr. Elton meint, das muß noch nichts heißen, aber immerhin ist er wach, und ich glaube, daß er keine großen Schmerzen hat. Nein, der Grund, weshalb ich angerufen habe, ist dieser Prediger, der sich schon den ganzen Tag hier herumtreibt, dieser fundamentalistische neue Kerl aus der Dorfkirche. Ständig redet er auf deinen Großvater ein, er solle seine Seele retten lassen. Dein Vater hat ihn schon einmal weggeschickt und ich auch, vor einer Stunde; aber sobald deine Mutter und dein Vater gegangen waren, stand er schon wieder da. Irgend jemand hat ihm erzählt, daß dein Großvater nicht getauft ist, und jetzt meint er, er müsse ihn vor der Hölle bewahren. Er ist jetzt bei ihm drin. Ich wollte gerade hingehen, aber vielleicht willst du dich lieber selbst darum kümmern?«

»Das tue ich mit großem Vergnügen«, sagte Mike grimmig. Ich mußte lächeln und Maudie-Gro auch, und ich wußte, daß sie das gleiche dachte wie ich: Micah Willis war einer der wenigen wirklich guten Menschen, die ich kannte, aber das mußte er sich nicht von der Kirche bestätigen lassen.

»Übrigens«, sagte Mike zu mir, »das ist Millie Prout. Wir sind zusammen zur Highschool gegangen. Sie leitet jetzt diese Station, und darüber bin ich wirklich froh. Millie, ich glaube, du kennst Mrs. Chambliss, und das ist ihre Enkelin Darcy. Sie ist auch eine alte Freundin meines Großvaters.«

»Freut mich«, sagte Millie Prout. »Mike, du solltest jetzt gehen und diesen albernen Kerl rauswerfen. Ich habe gerade Kaffee aufgesetzt, ich bringe euch dann welchen.«

Sie nickte Maudie-Gro und mir zu und verschwand wieder in ihrer Kammer. Mike ging den Gang hinunter, und Maudie-Gro und ich setzten uns im düsteren Warteraum auf orangefarbene Plastikstühle. Hier herrschte eine trostlose Atmosphäre. Die großen Chromaschenbecher quollen über, der Kaffeeautomat surrte und quietschte, und auf einem abgestoßenen Tisch mit Brandlöchern lag ein Haufen uralter zerfledderter Zeitschriften. Außer uns saß niemand dort.

»Ich kann mir nicht vorstellen, daß du bequem sitzt«, sagte ich zu Maudie-Gro, nachdem ich selbst vergeblich versucht hatte, mein Hinterteil der Wölbung des Stuhles anzupassen. »Ich könnte Millie fragen, ob sie einen Stuhl mit gerader Lehne hat.«

»Nein, es ist schon recht so«, sagte Maudie-Gro und lächelte mich an. »Mein Hintern paßt offenbar noch immer ausgezeichnet in diesen Stuhl. In dem Sommer, als du hier warst, habe ich oft hier gesessen, und ich glaube, es war sogar genau dieser Stuhl. Ich erkenne ihn an den Brandlöchern.«

»Arme Maudie-Gro«, sagte ich. »Bestimmt hast du keine guten Erinnerungen an diesen Ort.«

»Im Gegenteil«, sagte sie. »Hier bist du wieder gesund geworden, und sie kümmern sich ausgezeichnet um Micah. Er wird von einem Mädchen aus dem Dorf versorgt, und wenn er den Kopf hebt, sieht er den Hafen.«

Ich wandte den Blick ab von ihren großen, dunklen Augen, die wie Kohlen in ihrem schneeweißen Gesicht lagen. Wir wußten beide, daß Micah Willis seinen Kopf vermutlich nie wieder heben würde.

Nach einigen Minuten wurde unten in dem ausgestorbenen Korridor eine Tür aufgerissen, und ein Mann kam herausgestolpert. Er war groß und völlig ausgezehrt, trug einen glänzenden, schwarzen Anzug mit altmodischer Krawatte und hielt eine Bibel in der Hand. Auf seinem langen Hals saß ein kleiner Kopf mit sehr hoher Stirn und kurz geschnittenem braunem Haar. Sein Gesicht war ungewöhnlich; Nase, Mund und Augen waren sehr klein und drängten sich in der Mitte zusammen, was ihm das Aussehen einer etwas mißratenen Puppe gab. Als er an uns vorüberging, hielt er die Augen auf seine Schnürschuhe gerichtet und machte kleine, ganz schnelle Schritte. Sein finsterer Gesichtsausdruck wirkte wie die Grimasse eines Kindes, das erwachsen aussehen will. Mit einem erstaunlich langen, weißen Finger drückte er den Aufzugknopf, drehte sich dann aber um und verschwand die Treppe hinunter. Maudie-Gro und ich sahen einander an.

»Eins zu null für Mike«, sagte ich, und sie lachte leise.

»Sehr gut«, sagte sie. »Wie man nur auf die Idee kommen kann, Micah Willis bekehren zu wollen. Selbst wenn er keinen Muskel mehr rühren kann, ist er solchem Geschwätz doch immer noch gewachsen.«

»Bist du sicher, daß es nur Geschwätz ist?« fragte ich nur halb im Scherz. Ich wollte es plötzlich wissen.

»Natürlich. Zumindest das Gerede von diesem Kerl«, antwortete sie. »Es ist naiv, und das ist entwürdigend für einen so komplexen Menschen wie Micah. Er hat es nicht nötig, sich für sein Leben hier zu entschuldigen und auf ein besseres Jenseits zu hoffen. Ich wünsche ihm, daß er drüben genauso leben kann wie hier, nur noch ein bißchen besser. Damit wäre er selbst auch zufrieden.«

Erstaunt sah ich sie an. Gerade wollte ich sie fragen, was sie damit meinte, als sich die Tür, aus der eben der Pastor gestürmt war, noch einmal öffnete und Mike durch den Korridor auf uns zukam. Sein Gesicht war gerötet, und Tränen standen in seinen Augen, aber ich sah, daß er dennoch versuchte, ein Lachen zu unterdrükken.

»Was hast du nur zu ihm gesagt?« fragte ich. »Er kam den Gang heruntergelaufen, als wären die Jesuiten hinter ihm her.«

Mike schüttelte den Kopf.

»Das war nicht ich«, sagte er. »Ja, ich habe mich mit ihm herumgestritten, und ich wollte ihn schon beim Kragen packen, aber eigentlich hat es Großvater geschafft, ihn hinauszuwerfen.«

»Micah?« fragte Maudie-Gro.

Er nickte.

»Die ganze Zeit, während ich bei ihm war, hat er kein Wort gesagt, obwohl er es offenbar immer wieder versucht hat«, erzählte er. »Aber nachdem ich mich fünf Minuten mit diesem Kerl gestritten hatte, sagte Großvater, genauso deutlich wie früher...«

Er machte eine Pause, bedeckte seine Augen mit einer Hand, und seine Schultern zuckten. Ich nahm an, daß er weinte, und legte hilflos meine Hand auf seinen Arm. Aber dann hob er den Kopf und sah erst mich und dann Maudie-Gro an.

»Er sagte: ›Friß Scheiße‹, und damit war der Prediger draußen.«

Maudie-Gro und ich brachen in schallendes Gelächter aus und Mike auch, aber dann drehte er sich schlagartig um, ging zur Fensterfront und blickte hinaus. An den Bewegungen seiner Schultern erkannte ich, daß er jetzt tatsächlich weinte. Ich wollte schon aufstehen, aber Maudie-Gro hielt mich zurück.

»Laß ihn«, sagte sie. »Er hat es nötig, und wenn du zu ihm gehst, weint er nicht.«

Dann kam er wieder zu uns. Er weinte nicht mehr, aber sein Gesicht war immer noch fleckig und gerötet.

»O mein Gott«, sagte er. »Ich wußte nicht, daß es so schlimm werden würde. Darcy, er würde dich gerne einen Moment sehen, und dann Maudie-Gro.«

»Bist du sicher?«

»Ja. Ihm fehlten die Worte, aber ich habe ihn verstanden. Geh nur.«

Obwohl sich alles in mir dagegen sträubte, ging ich den Korridor hinab, öffnete ganz leise die Tür und betrat das düstere kleine Zimmer. Micah Willis lag in einem schmalen Bett, und von Ständern aus führten Schläuche in seinen Arm und seine Nase. Er war völlig regungslos, und noch nie hatte ich einen so bleichen und so alten Menschen gesehen. Sein mit weißen Strähnen durchsetztes schwarzes Haar nahm sich gegen seine leichenhafte Blässe geradezu schauerlich lebendig aus. Schwarze Stoppeln überzogen sein Kinn und den Hals, und aus den eingesunkenen Gesichtszügen erhob sich dünn und knochig die Hakennase. Seine Lippen waren weiß wie Schnee und leicht geöffnet, und sein Atem klang, als käme er aus einer unterirdischen Höhle. Die Augen waren geschlossen, und wären da nicht die Atemgeräusche gewesen, so hätte man ihn für tot halten können. Ich wollte schon wieder gehen, da schlug er die Augen auf und sah mich an. Ich setzte mich auf einen Stuhl neben dem Bett.

Auch wenn er den Kopf nicht bewegen konnte, so hielt er doch die Augen auf mich gerichtet und blickte mich so eindringlich und scharf an, als wollte er mir etwas sagen. Ich nahm seine kalte, leblose Hand und hielt sie fest. Es war, als läge alles Leben, das noch in ihm war, in seinen dunklen Augen, die vor Lebendigkeit sprühten.

»Ich hoffe, daß es Ihnen bald besser geht«, sagte ich und hätte mir am liebsten gleich auf die Zunge gebissen. Für diesen Mann gab es keine Zukunft mehr.

Er lag nur da und sah mich an, und dann öffnete er schließlich ganz langsam die Lippen und versuchte etwas zu sagen. Als ich sah, wie er kämpfte, sagte ich: »Warum ruhen Sie sich nicht etwas aus, und ich hole Ihnen Maudie-Gro?«

»Bleib«, sagte er ganz deutlich, wenn auch leise und atemlos.

»Ich sollte nicht bleiben«, meinte ich. »Ich ermüde Sie zu sehr. Sie sollten nicht sprechen. Ich komme später noch einmal.«

»Bleib.«

Ich blieb sitzen. Was wollte er von mir?

»Bleib... Maude«, stieß er nach einer Weile mühsam hervor. Ich glaubte, daß ich ihn verstanden hatte.

»Ich bleibe bei ihr«, sagte ich und drückte seine Hand. »Ich lasse Maudie-Gro nicht allein hier. Ich bleibe bei ihr, bis sie zurückfährt nach Northpoint.«

Er schloß die Augen und öffnete sie wieder.

»Bleib... Liberty«, flüsterte er. Dann rollte sein Kopf auf dem Kissen zur Seite, und ich hörte nur noch seinen Atem. Mir wurde klar, daß er keine Kraft mehr hatte.

Ich schloß die Augen, um die Tränen zurückzuhalten, beugte mich vor und küßte ihn auf die kalte, weiße Wange.

»Gut«, flüsterte ich. »Gut. Ich werde in Liberty bleiben.«

Was konnte es schon schaden, das zu sagen? Micah Willis würde nie erfahren, ob ich blieb oder nicht.

Nach einigen Minuten stand ich auf, ging hinaus und den Korridor hinab zu Mike und Maudie-Gro.

»Ich glaube, er würde dich jetzt gern sehen«, sagte ich zu ihr, und sie nickte.

Mike führte sie durch den Korridor, und sie stützte sich schwer auf ihn, eine kleine, gebrechliche und sehr alte Frau, die sich von einem Mann verabschiedet, den sie lange, lange geliebt hat. Ich fand, daß sie es eigentlich besser trug als ich.

Mike kam zurück und setzte sich neben mich, sagte aber kein Wort, und auch ich schwieg. Nach einer Weile ergriff er geistesabwesend meine Hand und hielt sie fest. Dann fuhr er mit einem Finger über die dünne weiße Narbe an der Innenseite meines Handgelenks und drehte sein eigenes Handgelenk so, daß ich seine Narbe sehen konnte, die auf seiner sonnengebräunten Haut wie ein feiner weißer Draht wirkte.

»Bin ich noch immer eine Willis ehrenhalber?« fragte ich.

»So lange, wie du willst«, sagte er. »Hat er etwas gesagt?«

»Nicht wirklich«, antwortete ich. »Nichts, was Sinn gegeben hätte.«

Es dauerte lange, bis sich die Tür wieder öffnete und meine Großmutter auf der Schwelle stand und in die Halle blickte. Mike ging zu ihr. Schweigend kamen sie auf mich zu, und ich hatte den Eindruck, daß ihr Rücken gerader und ihr Schritt leichter geworden war. In dem düsteren weißen Korridor sah sie einen Moment lang sehr viel jünger aus, und ich sah ganz kurz die Frau, die sie gewesen war, als sie und Micah noch jung waren.

»Willst du noch hierbleiben?« fragte ich, als sie mich erreicht hatten.

»Das ist nicht nötig«, antwortete sie. »Ich glaube, er wird jetzt schlafen. Caleb und Beth werden jeden Moment hier sein, und sie sollten die restliche Zeit mit ihm verbringen. Du auch, Mike. Es tut mir sehr leid, daß du uns den ganzen Weg nach Retreat zurückbringen mußt.«

»Das macht nichts«, sagte er. »Ich habe ihm alles Nötige gesagt.«

»Ich auch«, sagte sie und lächelte.

Ich stand auf und nahm ihre andere Hand. Dabei bemerkte ich, daß sie etwas darin festhielt. Fragend blickte ich sie an, und sie lächelte noch einmal und öffnete die Faust. Auf ihrer Handfläche lag ein rundes, dunkles, glänzendes Objekt.

»Das ist Großpapas indianischer Glücksbringer«, sagte Mike und lächelte sie an. »Nicht wahr? Er hat ihn immer in der Tasche gehabt.«

Sie nickte. »Ein Nüßchen. Bei uns zu Hause gab es so etwas auch, und mein Bruder nannte mich immer so, weil ich rund und dunkel war. Er sagte... er wollte, daß ich ihn bekomme, aber eigentlich solltest du ihn haben, Mike.«

»Nein«, sagte er und schloß ihre Finger wieder über dem Nüßchen. »Behalt du ihn. Du hast ihm Glück gebracht. Immer.«

Sie lehnte ihren Kopf kurz an seinen Arm. »Ich danke dir, Mike, Liebster«, sagte sie. »Ich werde ihn behalten. Eine kleine Portion Glück kann ich gerade gut gebrauchen.«

Als wir die Abzweigung nach Retreat erreichten, war sie auf

dem Vordersitz eingeschlafen, und ihr Kopf lehnte an Mikes Schulter. Im weißen Licht des aufgehenden Mondes sah sie so jung aus wie eben schon einmal im Krankenhaus. Ach Maudie-Gro, dachte ich. Du und er, ihr wart bestimmt ein schöner Anblick.

Er starb kurz vor dem Morgengrauen. Als ich im ersten Licht des Morgens nach unten kam, frierend und verwirrt, weil ich zu wenig geschlafen und schlecht geträumt hatte, saßen Mike und Maudie-Gro wieder vor dem Feuer und tranken Kaffee. Sie mußten es mir nicht sagen; sie lachten, und es war das leise Lachen der Erinnerung.

Maudie-Gro wollte nicht, daß wir an diesem Tag bei ihr blieben. Ich hätte ihr gern Gesellschaft geleistet, denn in mir war eine schreckliche Leere, und ich wollte selbst nicht allein sein. Aber sie bestand darauf.

»Macht einen Ausflug, ihr beiden«, sagte sie. »Es wird ein wunderschöner Tag heute, und bald wird das Wetter umschlagen. Geht segeln. Du könntest mit ihr nach Osprey Head fahren, Mike, und ihr das zeigen, wovon du mir erzählt hast. Ihr könnte ja etwas zu essen und Wein mitnehmen und auf ihn anstoßen, wenn ihr auf Feierlichkeit wert legt. Es ist ihm bestimmt lieber, wenn ihr draußen in seiner Bucht seid, als wenn ihr hier herumsitzt und einer alten Dame die Hand haltet, die das gar nicht nötig hat.«

»Bist du sicher?« erkundigte sich Mike. »Mir gefällt es gar nicht, wenn du ausgerechnet heute ganz allein bist.«

»Meine lieben Kinder«, sagte sie mit einem Lächeln, das beinahe einem Grinsen gleichkam, »ich werde heute ganz bestimmt nicht allein sein.«

Und so ließ ich mich an diesem Tag, wahrscheinlich einem der letzten schönen Tage des Sommers, von Mike Willis mit in die Bucht hinausnehmen. Ich erwartete ihn an der Anlegestelle des Jachtclubs, aber er kam nicht mit der schlanken Slup seines Vaters, sondern mit dem alten Hummerboot seines Großvaters, der *Tina*.

»Ich dachte, daß ihm das gefallen würde, und dir auch«, sagte er, als ich mit dem Dingi meines Onkels längsseits gerudert war und an Bord kletterte. Ich betrachtete das breite, alte Schiff; die Messingbeschläge waren von der Salzluft angelaufen, und das Teakholzdeck war vom Meerwasser und der jahrzehntelangen Abnutzung durch Gummisohlen fleckig geworden, und ich spürte die festen, glatten Planken unter mir leise schwanken. Es gefiel mir wirklich. Mike zog den Klüver hoch, um in die Bucht hinauszufahren, und dabei bemerkte ich, daß die *Tina* mit einem neuwertigen Satz Dacron-Segel ausgestattet war. Aber abgesehen davon, dachte ich, sieht sie aus wie damals an jenem schönen Sommertag vor fünfzig Jahren, als Micah Willis zum ersten Mal mit ihr hinausfuhr.

»Ich habe kein gutes Gefühl dabei, daß ich dich heute von deiner Familie fernhalte«, sagte ich. »Es gibt doch bestimmt eine Menge zu tun.«

»Mach dir keine Gedanken«, sagte er. »Ich hatte das Bedürfnis, aufs Wasser zu gehen, und mein Vater hat mir ohnehin klargemacht, daß ich bis morgen oder übermorgen besser verschwinde.« Er blinzelte in die Ferne zum glitzernden Horizont. »Heute kommen sämtliche Verwandten aus ganz Maine, und viele davon treiben mich zum Wahnsinn. Außerdem ist gar nicht viel vorzubereiten, weil er eingeäschert wird. Es gibt kein Begräbnis, sondern nur eine Trauerfeier am Steg, und dann fahren mein Vater und ich in der *Tina* hinaus und verstreuen seine Asche im Meer. Das hat er sich schon vor langer Zeit so gewünscht.«

Ein dicker Knoten saß in meiner Kehle. Er war da, seit ich Mike Willis gestern zum Abschied geküßt hatte, und er verschwand nicht, wurde aber auch nicht größer. Es war keine Angst und auch keine Trauer, aber was es war, wußte ich nicht.

»Wohin werdet ihr ihn bringen?«

»Nach Osprey Head«, sagte er. »Das hat er so gewollt. Wir beide fahren jetzt hinaus und suchen eine geeignete Stelle aus. Ich möchte, daß du dabei bist, und er hätte es sich bestimmt ebenfalls gewünscht.«

»Mike«, sagte ich, und mein Herz begann zu klopfen. »Ich kann nicht nach Osprey. Bitte fahr nicht dorthin. Ich kann nicht... du weißt ja nicht...«

»Doch, ich weiß sehr wohl, daß du dort damals deinen Tauchversuch unternommen hast«, sagte er sanft. Er trug Khaki-Shorts, ein ausgebleichtes T-Shirt mit einem Aufdruck des MIT und Segelschuhe ohne Socken, und er sah so sehr wie der alte Mike Willis aus, den ich vor vielen Jahren zuletzt draußen in dieser Bucht gesehen hatte, daß ich ihm die leichte Ironie in seinen Worten nicht übelnehmen konnte.

»Vermutlich hat es dir Maudie-Gro erzählt«, sagte ich resigniert. »Sie ist diesen Sommer die größte Klatschbase von ganz Maine.«

»Ich weiß es seit dem Tag, an dem es passiert ist«, sagte er und sah mich über seine Schulter hinweg an. »Vergiß nicht, es war mein Vater, der dich von deinem Boot geholt und nach Liberty zurückgetragen hat.«

»Siehst du denn nicht ein, daß ich nicht hinfahren kann? In den letzten Jahren war ich sehr krank, das weißt du bestimmt auch, ich war in einer psychiatrischen Klinik. Mein Therapeut sagt, daß ich Konflikte möglichst vermeiden soll –«

»Das weiß ich alles«, antwortete er, »aber ich bin sicher, dein Therapeut hätte nichts dagegen, daß du an einem ruhigen Tag mit einem alten Freund zum Segeln gehst. Das mit der Klinik tut mir wirklich sehr leid, Darcy, aber nur weil du vor Osprey hineingesprungen bist, liegt auf dem Wasser dort noch lange kein Fluch. Es ist Wasser wie jedes andere auch, und außerdem gibt es etwas auf der Insel, das dich für alles entschädigen kann, was dort geschehen ist. Und darum fahren wir jetzt hin.«

Das Großsegel über meinem Kopf blähte sich mit einem Ruck, die *Tina* senkte ihre Lee-Reling und glitt wie ein Papierschiffchen im Wind auf Osprey Head zu. Ich schloß die Augen, klammerte mich an der Reling fest und atmete tief durch. Ich spürte, daß sich die Angst tief in mir wie eine Schlange wand, aber der kalte Knoten in meiner Kehle hielt sie zurück. In diesem Augenblick hätte ich beim besten Willen kein Wort herausgebracht.

Aber die Strahlen der Sonne und die rauschende Stille lösten allmählich meine Muskeln, und ich öffnete die Augen. Mike saß mit dem Rücken an die Kajüte gelehnt, trank Wein aus der Flasche und sah mich an. Er reichte mir die Flasche, und ich nahm sie und trank. Der Wein war gut, sanft und blumig.

»Lange Zeit dachte ich, ich müßte sterben«, sagte ich, weil ich ihm meine Qualen klarmachen wollte. »Mich umbringen, meine ich. Ich dachte das wirklich, und ich weiß noch immer nicht, ob ich es nicht eines Tages tun werde. Manchmal ist die Versuchung sehr stark. Das liegt in der Familie. Meine Mutter hat mir erzählt, daß mein Urgroßvater es getan hat, indem er hier zu weit draußen im kalten Wasser schwamm, und mein Großvater ist mit seinem Sportwagen den Caterpillar Hill runtergestürzt. Und sie tut es auch, nur dauert es bei ihr länger.«

»Und du glaubst, du trägst das auch in dir wie einen Virus?« fragte Mike. »Davonlaufen, das ist es, was bei dir in der Familie liegt, wenn man von deiner Großmutter absieht. So etwas fängt man sich nicht ein, man lernt es. Und du kannst es schon ziemlich gut, scheint mir.«

»Wie kannst du es wagen, so etwas zu mir zu sagen?« fragte ich, und Wut stieg in mir auf, an dem Knoten vorbei. »Du hast doch überhaupt keine Vorstellung davon, wie ich lebe. Und was ist mit dir? Maudie-Gro hat erzählt, daß du kurze Zeit verheiratet warst, aber daß du den Reichtum deiner Frau nicht ertragen konntest und dich von ihr getrennt hast. Ist das denn keine Flucht?«

»Wenn du glaubst, daß du mich ärgern kannst, indem du mir Marylou vorhältst, dann hast du dich geirrt«, sagte er und griff wieder nach der Weinflasche. »Deine Großmutter hat völlig recht, ich bin davongelaufen. Hätte ich es nicht getan, dann wäre ich jetzt ein Modearchitekt irgendwo im Süden und würde Ställe für verwöhnte Pferde entwerfen. Und mich vielleicht mit Bourbon besaufen. Ich sage nicht, daß Davonlaufen notwendigerweise schlecht ist. Für mich war es das jedenfalls nicht. Aber ich glaube nicht, daß es für dich die Antwort sein kann.«

»Aha. Und warum ist es so gut für dich und nicht für mich?«

»Ich bin vor einem Menschen davongelaufen, der die Macht hatte, mir zu schaden. Du versuchst, vor einem Ort davonzulaufen. Aber Orte können nicht verletzen. Sie können gelegentlich heilsam wirken, aber sie können keinen Schaden anrichten. Du selbst bist es, die den Schaden mitbringt.«

»Herzlichen Dank, Dr. Willis«, sagte ich schmollend. Ich wäre viel wütender auf ihn gewesen, wenn mein Psychiater in Atlanta nicht oft genug genau das gleiche gesagt hätte. Aber ich war dennoch ärgerlich, und die Vorstellung, daß Mike mit einer anderen Frau zusammen gewesen war, nagte ganz plötzlich an mir.

»Was war denn das eigentlich für eine Frau, diese Marylou?« fragte ich gereizt.

»Ich habe sie in Wellesley kennengelernt, und sie war wirklich äußerst charmant und sehr, sehr reich. Ihre Familie stammt aus Kentucky, züchtet Pferde, und sie hatten große Pläne mit mir. Als mir das alles zuviel wurde, sagte ich, daß ich wieder nach Maine gehen und dort ein Büro eröffnen wollte, und Marylou meinte, Maine sei nur ein Spielplatz für Reiche, wirkliche Menschen würden da gar nicht leben. Und da wurde mir klar, daß für mich die Menschen nirgendwo wirklicher sind als auf dieser Halbinsel. Und danach... konnte ich einfach nicht mehr bleiben. Wir trennten uns in Freundschaft, denn wir wußten beide, daß wir viel zu eilig geheiratet hatten. Das war im Frühling, nachdem du zum letzten Mal hier warst.«

Ich schwieg, denn es gab nichts zu sagen. Der Knoten war wieder da, aber meine Wut war verflogen. Und die Angst auch. Ich hielt mein Gesicht in die Sonne, schloß die Augen und lehnte mich zurück. Ich war sehr müde.

»Darcy, was wirst du jetzt tun?« fragte er.

»Ich habe nicht die geringste Ahnung«, antwortete ich. Die Sonne auf meinen Lidern fühlte sich schwer an und berauschte mich. Am liebsten hätte ich für immer hier gesessen, auf dem weichen Meer unter der warmen Sonne.

»Es sind noch vier Tage bis zum ersten September, und dann fahren alle nach Hause. Auch deine Großmutter fährt nach Northpoint zurück. Gehst du mit ihr? Oder fährst du wieder nach Atlanta?«

»Ich habe noch reichlich Zeit, mir das zu überlegen«, sagte ich träge. »Warum wollen alle immer so weit vorausplanen? Du klingst schon genau wie Maudie-Gro. Sie will, daß ich mit ihr nach New Hampshire fahre und den Winter über dort bleibe. Aber was soll ich denn an einem winzigen Ort, an dem es nichts gibt außer einer Jungenschule?«

»Wahrscheinlich werden inzwischen auch Mädchen aufgenommen. Das ist doch jetzt fast überall so«, meinte er. »Ich weiß nicht, ich finde, es klingt ganz gut. Sie wird dich in diesem Winter brauchen, sie ist sehr gebrechlich geworden, seit ich sie zum letzten Mal gesehen habe. Vielleicht könntest du sogar an der Schule unterrichten. Bei Peter Chambliss' Enkelin verzichten sie bestimmt auf die formale Qualifikation.«

Unterrichten? Daran hatte ich noch nie gedacht. Ich sah plötzlich einen sonnendurchfluteten Klassenraum vor mir, voller junger Gesichter, die begierig waren, von mir etwas zu empfangen... Wenn ich etwas zu geben hatte. Ich hatte sehr lange nichts mehr gegeben.

»Ich komme im nächsten Sommer nicht mehr hierher«, erklärte ich.

»Es wird sie umbringen, wenn sie nicht kommen kann.«

»Sie hat doch Onkel Petie und Tante Sarah«, sagte ich. »Sie kann jederzeit herkommen, wenn sie will. Sie kann jemanden anstellen, der die Hausarbeit macht und sie versorgt; das hat sie immer getan. Sie braucht mich nicht, um nach Retreat zu kommen.«

»Doch, sie braucht dich«, sagte er. Ich gab keine Antwort, und er redete nicht weiter.

»Vielleicht werde ich mein Büro hierher verlegen«, sagte er einige Minuten später. »Großvater hat mir nämlich sein Haus vermacht. Papa hat es mir heute morgen erzählt.«

Nun schlug ich die Augen auf und sah ihn an. Er blickte auf den grünen Hügel von Osprey Head, der sich jetzt unserem Bug näherte, und beschäftigte sich mit den Leinen.

»Ach, dieses zauberhafte Haus«, sagte ich. »Wirst du dort auch wohnen?«

»Bestimmt«, antwortete er. »Das wünsche ich mir schon, seit ich fünf Jahre alt bin. Ich hatte allerdings keine Ahnung, daß er das wußte. Eigentlich hatte ich gedacht, er würde es meinen Eltern hinterlassen. Aber sie haben sich ja das neue Haus gebaut.«

Unsere Fahrt verlangsamte sich, und schließlich ankerten wir. Wie eine anständige neuenglische Matrone lag die *Tina* im Wasser.

»Komm, roll deine Hosen hoch«, forderte er mich auf. »Es ist flach genug zum Waten.«

»Nein! Ich kann nicht!«

Er ergriff meine Hand, und bevor ich noch protestieren konnte, hatte er sich über die Reling geschwungen und zog mich hinterher, und schon stand ich bis zu den Oberschenkeln im kalten, grünen Wasser und spürte die Kiesel unter meinen Turnschuhen. Ich schnappte nach Luft und schaute ihm nach. Er kletterte bereits zwischen den Felsen ans Ufer.

»Weit und breit kein Geist und keine Leiche zu sehen«, rief er mir zu. »Komm schon, sonst holst du dir noch Frostbeulen.«

Ich sah hinunter in das klare, leuchtend grüne Wasser, wo außer Kieseln, Sand und langen, grünen Tangstreifen nichts zu sehen war. Nichts. Ich rollte meine tropfnassen Hosen hoch und watete hinter Mike her ans Ufer.

Wir befanden uns auf der Ostseite der Insel, die Brücke und das Adlernest lagen im Westen. Ich fragte mich, warum wir nicht um die Insel herumgefahren waren und an der Brücke festgemacht hatten, wo wir trockenen Fußes ans Ufer gekommen wären. Im ruhigen Wasser der offenen Bucht war nur vor Western und Green Ledges und Hog Island eine Reihe weißer Segel zu erkennen, in der Nähe von Osprey Head war niemand. Wir hatten die Insel und das Meer für uns. Mike stellte den Korb, in dem sich unser Mittagessen und der Wein befanden, im Schatten eines großen, eiszeitlichen Felsens ab und streckte die Hand aus.

»Komm. Wir müssen nicht weit klettern.«

»Sind es die Adler, die du mir zeigen willst? Ich wußte gar nicht, daß sie hier herüberkommen«, sagte ich.

»Nein, es ist etwas anderes. Etwas Neues. Es wird dir gefallen.«

Der Aufstieg dauerte etwa fünf Minuten, an Tannen- und Kiefernsprößlingen vorbei, über flache, moosbewachsene Felsen, durch schon gelblich werdendes Blaubeergestrüpp und Farn, der sich bereits golden färbte, und schließlich durch eine wunderschöne kleine Ansiedlung junger Birken, deren silbrige Rinde gerade erst rauh wurde. Ich klammerte mich an seine ausgestreckte Hand und spürte die rauhe Stelle an seinem Mittelfinger, wo der Zeichenstift eine Hornhaut hinterlassen hatte. Stolpernd folgte ich ihm in meinen nassen Turnschuhen über lose Steine und querliegende Wurzeln. Vorhin, als ich ans Ufer kam, hatte ich noch vor Kälte gezittert, aber jetzt keuchte ich, und der Schweiß lief mir in die Augen.

»Wenn ich hier einer einzigen Stechmücke begegne, verschwinde ich augenblicklich, und wenn du den Heiligen Gral gefunden hast«, rief ich. »Wie weit ist es noch?«

»Hier ist es«, sagte Mike. Etwa auf halber Höhe des Hügels, der die Insel bildete, traten wir aus dem Unterholz auf eine Lichtung. Mike deutete schweigend auf eine abgestorbene Tanne, die in der

Mitte auseinandergebrochen war. An der Stelle, wo die ersten Äste ansetzten, bildete sie eine Art Schale, und darin lag ein großes Nest. Es war nicht so groß und so tief wie das Adlernest, aber doch größer als jedes andere Vogelnest, das ich kannte. Die hochstehende Sonne blendete mich, und ich hielt meine Hände hoch, um meine Augen zu beschatten. Und da sah ich sie, deutlich zeichneten sie sich von dem Kobaltblau des Himmels ab: Es waren vier, und ihre eleganten, flachen Raubvogelköpfe trugen schwarzbraune Kappen. Sie hatten kalte, gelbe Augen, gebogene Schnäbel und leuchtendweiße Kehlen und Bäuche. Einer von ihnen breitete seine mächtigen, weißgefleckten Flügel aus, schlug damit in die Luft, und alle stießen schrille, wütende Schreie aus: *Kriiieeeeck!* Ich starrte sie an und sah die schwarzen Flecken auf ihren Wangen, von denen ich in Beschreibungen gelesen hatte. Es waren Fischadler. Sie sind noch nicht ganz ausgewachsen, dachte ich, ihre Flügelspanne ist noch nicht so breit wie bei den älteren Vögeln. Aber zum ersten Mal, seit meine Mutter das Nest zerstört und die Vögel vertrieben hatte, lebten wieder Fischadler auf Osprey Head.

»O Mike!« sagte ich atemlos. »O Mike!«

Etwa eine halbe Stunde standen wir da, so still wie möglich. Die jungen Fischadler machten kurze Rundgänge um das Nest, verließen es aber nicht.

»Die Alten sind ausgeflogen, um das Mittagessen zu besorgen«, sagte Mike leise. »Und diese verwöhnten Gören warten, bis sie wieder zurückkommen. Wir gehen jetzt besser, denn die Alten können unangenehm werden, wenn sich jemand ihrem Nest nähert.«

Langsam stiegen wir wieder hinunter zum Strand. Vor meinen Augen stand noch immer das herrliche Bild der jungen Vögel, und der Knoten in meiner Kehle wuchs, bis ich beinahe nicht mehr schlucken konnte.

»Danke, daß du mich mitgenommen hast«, sagte ich, als wir uns im Schatten der Felsen niedergelassen hatten und den Wein öffneten. »Es wäre schrecklich gewesen, wenn ich sie nicht gesehen hätte.«

»Ändert das irgend etwas für dich?«

Langsam schüttelte ich den Kopf. »Nein. Aber es macht alles… erträglicher.«

»Wußtest du, daß die Eltern das Nest niemals im Stich lassen?« fragte er. »Es kann geschehen, was will: Sturm, Feuer, Dürre, selbst direkte Angriffe. Sie bleiben, bis das Nest endgültig zerstört ist.«

Der Knoten schwoll an, bis ich glaubte, ersticken zu müssen. Ich legte meine Hände an meinen Hals. Was war nur mit mir los? Ich hatte das Gefühl, gleich laut schreien oder husten oder weinen zu müssen. Die Fischadler, die bei ihren Jungen blieben, bis das Nest nicht mehr existierte, die alles mit ihnen ertrugen...

»Ich fand schon immer, daß sie sehr viel besser mit ihren Kindern umgehen als die meisten Menschen«, sagte Mike, der mich beobachtete.

Ich konnte nur nicken.

»Ich wollte, daß du sie noch siehst, bevor sie wieder verschwinden«, erklärte er, und mein Herz blieb einen kalten Augenblick lang stehen, bevor es weiterstolperte. Ich sah ihn an und brachte kein Wort heraus.

»Osprey Head gehört nämlich jetzt deinem lieben Freund Warrie Villiers«, sagte er. Seine Stimme hatte sich nicht verändert, sie klang, als spreche er noch immer über die Vögel. »Er hat die Insel im Spätwinter von der Naturparkverwaltung gekauft. So etwas ist nicht leicht, aber es geht wohl, wenn man genug Geld hinlegt. Und der gute Warrie hat genug, und zwar noch immer, wie ich gehört habe. Ja, und er hat große Pläne mit Osprey Head. Hier soll ein Jachtclub errichtet werden, und eine Marina, die Northeast Harbor in den Schatten stellt. Drüben, wo die Brücke ist, könntest du dir das ganze Projekt ansehen. Das wird ein Freizeitpark wie kein anderer an dieser Küste, mit Eigentumswohnungen, Läden, Tennisplätzen, und vielleicht sogar einem kleinen Golfplatz mit neun Löchern. Und ein paar anderen hübschen Dingen. Genau dort, wo jetzt die alten Cottages stehen. Er wird es Cape Villiers nennen. Klingt doch richtig international, nicht wahr?«

Ich starrte ihn an und sagte nichts.

»Es wird nicht mehr lange dauern, bis er alle Grundstücke aufgekauft hat«, sagte Mike. »Er hat schon einiges beisammen. Ich weiß nicht, was er den alten Damen erzählt, die bei ihm unterschrieben haben, aber wahrscheinlich muß er gar nicht viel sagen. Sie kennen ja schließlich seine Familie, nicht wahr? Das wirkt hier oben wie ein Zauberwort. Und er hat genug Geld, um den Rest der Kolonie aufzukaufen, wenn er das möchte. Aber womöglich will er das gar nicht, vielleicht gibt er sich mit den Häusern zufrieden, die direkt am Wasser stehen. Für die anderen wird's dann allerdings hier auch nicht mehr ganz so sein wie früher.«

Ich sagte noch immer nichts.

»Was hat er dir erzählt, woher er das Geld hat, Darcy?« fragte er. »Von der Familie seiner Frau? Von seiner lieben Mama, die so jung an Hepatitis gestorben ist? Völliger Unsinn. Vielleicht hat er von der Familie etwas bekommen, damit sie ihn loswerden, aber seine Mutter ist ohne einen Pfennig in einem staatlichen Krankenhaus an AIDS gestorben, das weiß ich zufällig genau. Er hat ziemlich viel von Gretchen Winslow persönlich bekommen – und nicht nur ihr Geld –, und für den Rest hat er eine Zusage von der Bank ihrer Familie. Das Ganze ist nämlich ein ausgezeichnetes Geschäft, Cape Villiers wird aller Voraussicht nach ein absoluter Renner.«

»Das ist eine Lüge.« Ich brachte nicht mehr als ein Flüstern zustande. Meine Kehle war zugeschwollen.

Er fuhr sich mit den Händen über das Gesicht und sprach durch die Finger.

»Ich wünschte, das wäre es. Aber ich habe es überprüft. Das hätte jeder tun können; die Projektpläne liegen in Augusta, und das übrige weiß ich von einem Privatdetektiv aus Portland, den ich beauftragt habe, als mich mein Großvater im Frühsommer anrief und erzählte, Warrie schmeichle sich hier bei den alten Damen ein und kaufe Grundstücke auf. Den Detektiv hat Großvater bezahlt. Jeder in Retreat hätte herausbekommen können, was ich erfahren habe, und dein Onkel Petie hätte bei seinen Beziehungen nicht einmal einen Detektiv dazu gebraucht. Aber sie kannten ja alle seine Familie, nicht wahr? Es stimmt alles. Ich habe den Bericht des Detektivs und Kopien der Pläne; das weiß er natürlich nicht. Was ich damit machen werde, weiß ich noch nicht. Es hängt wohl von dir ab, ob ich das Material gegen ihn verwenden muß.«

Ich sah ihn immer noch schweigend an und kämpfte mit dem Knoten in meiner Kehle und dem schrecklichen Druck auf meiner Brust.

»Ohne Liberty kann er das alles nicht verwirklichen«, sagte

Mike. »Er hat keine Möglichkeit zur Abwasserbeseitigung ohne die Hälfte der Wiese, die zu Liberty gehört. Deine Großmutter ist das einzige Hindernis, das er noch überwinden muß. Wenn sie einmal nicht mehr ist und Liberty jemand anderem gehört, dann hat er es so gut wie in der Tasche. Er könnte Millionen dafür hinlegen; irgendwann würde jeder verkaufen. Wahrscheinlich glaubt er allerdings, das würde ihm erspart bleiben.«

Ich dachte daran, wie ich mit Warrie draußen auf dem Wasser gelacht hatte – war das wirklich erst gestern gewesen? –, an seine sanfte Stimme, die mir vom Krankenhaus und von seiner Mutter erzählt hatte, und daran, wie sich seine Hand in der meinen angefühlt hatte, als wir lachend zusammen zur Straße hinaufliefen.

»Nein.«

»Bleib, Darcy«, flüsterte Mike. »Bleib und kämpfe gegen ihn. Ohne Liberty kann er nichts machen. Bleib hier, wenn sie gestorben ist. Du mußt lediglich das Cottage übernehmen. Sie will, daß du es bekommst, das hat sie mir gesagt.«

»Ich kann nicht, o nein, ich kann nicht...«

Hoch über uns in der dünnen, blauen Luft über der Lichtung erklang der Schrei eines jungen Fischadlers. Ich blickte auf. Weit draußen über dem Meer war deutlich die Silhouette eines großen Vogels im Flug zu sehen, die Flügel abgewinkelt in der charakteristischen Art der Fischadler. Die Eltern kamen zurück und brachten Futter für die Jungen.

»Dann tu es für sie«, sagte er.

Der Knoten in meiner Brust explodierte, und ich spürte, wie sich die Trauer und die Wut, die sich darin zusammengeballt hatten, befreiten. Meine Ohren dröhnten wie nach einer schrecklichen kosmischen Katastrophe, und ich konnte das Geräusch nicht hören, das ich machte. Aber ich fühlte es, fühlte, wie es aus der Mitte meines Körpers in die Stille hineinflutete, fühlte seine wütende Kraft. Ich glaube nicht, daß ich Worte herausbrachte, aber die Töne, die aus mir herauskamen, warfen mich um, sie stürzten mich zu Boden. Mike drückte mich fest auf den Strand, während ich halb lag und halb kniete und all die endlose Wut aus mir herauskreischte und in die Luft von Osprey Head erbrach, die ich in den Jahren in der Klinik und davor nie in mir finden konnte.

Als ich endlich aufhörte, war mein Hals so rauh, als hätte ich eine schwere Halsentzündung, und meine Rippen, meine Lungen und mein Bauch schmerzten. Noch immer strömten die Tränen über mein Gesicht und auf meine Hände und Mikes Arme. Die Welt um mich herum schien viel zu hell, zu scharf, und alles war seltsam tonlos. Es dauerte beinahe eine halbe Stunde, ehe ich wieder ruhig atmen konnte.

»Bleib«, sagte er noch einmal, als er meinen völlig erschöpften und kraftlosen Körper schließlich an sich drückte. »Bleib.«

Ich sprach in sein Hemd, das so naß war von meinen Tränen, als wäre er damit im Meer gewesen. Ich konnte seinen Herzschlag spüren und fühlte seine Rippen unter meinen verkrampften Fingern. Langsam löste ich mich von ihm.

»Ich kann hier nicht bleiben«, flüsterte ich. »Ich war niemals stark genug für diesen Ort. Um hier zu bleiben, muß ich zu sehr kämpfen, Mike. Aber ich kann nicht mehr kämpfen.«

»Man hört nie auf zu kämpfen, Darcy«, sagte er in meine Haare hinein.

»Nein. Hier nicht. Dies ist nicht mein Ort. Hier gibt es nichts, was zu mir gehört.«

»Doch«, sagte er leise. »Das gibt es.«

Ich antwortete nicht. Dann wateten wir zurück zur *Tina* und setzten das Großsegel für die Fahrt nach Hause. Auf dem Rückweg sagte ich nichts mehr; mein Hals fühlte sich offen und blutig an, und jeder Muskel meines Körpers tat weh, als hätte mich jemand geschlagen. Eine heiße Badewanne und dann ins Bett. Ich wollte nur noch schlafen.

Wir legten am Steg der Bootswerft an.

»Ich bringe dich nach Hause«, sagte er.

»Nein. Ich laufe durch den Wald. Ich will zu Fuß gehen.«

»Du mußt dich jetzt entscheiden, Darcy«, sagte er.

»Ja, ich weiß«, sagte ich und drehte mich zu ihm um. »Ich hab mich schon entschieden. Ich fahre nach Hause. Ich fahre, sobald ich gepackt habe. Onkel Petie und Tante Sarah können Maudie-Gro nach Hause bringen. Das haben sie früher auch getan.«

Er stand da und sah mich an, und dann drehte er sich um und ging den Steg entlang zum Bootshaus.

»Gute Reise, Darcy«, rief er mir über seine Schulter hinweg zu.

NEUNZEHNTES KAPITEL

Sie kam in mein Schlafzimmer, als ich gerade mit dem Packen fertig war. Ich hatte nicht viel mitgebracht, und es dauerte nicht lang. Als ich vom Osprey Head nach Liberty zurückgekommen war, hatte ich auf die Sonnenveranda gespäht und gesehen, daß sie auf dem Sofa schlief. Zut lag wie ein Muff an ihrem Hals. Ich weckte sie nicht. Es würde schwer genug werden, es ihr später zu erzählen. Ich wollte etwas Zeit gewinnen. Ihr Anblick, wie sie so unbeweglich und klein unter dem spanischen Schal lag, mit ihrem alten, schutzlosen Gesicht, traf mich wie ein Pfeil ins Fleisch.

»Ich wollte, ich hätte dir mehr nützen können«, sagte ich leise.

»Darcy«, sagte sie jetzt von der Schwelle aus, als ich den Koffer zumachte, und ich drehte mich zu ihr um. Ich hatte sie nicht kommen hören. Sie hielt sich im Türrahmen fest und sah aus, als wäre alle Lebenskraft aus ihr gewichen. Ich hatte Angst, sie würde einfach zu Boden sinken, und ging zu ihr, um sie an ihrem dünnen, knochigen Arm zum Bett zu führen. Sie zitterte am ganzen Leib wie ein kleines, halberfrorenes Tier. Dann saß sie auf der einen Seite des Koffers und ich auf der anderen, und über ihn hinweg fragte sie mich mit bleichen Lippen: »Was ist passiert?«

Ich erzählte ihr alles. Ich erzählte ihr, soweit ich mich noch erinnern konnte, was Mike gesagt hatte, und als mich meine Erinnerung im Stich ließ, hörte ich einfach auf zu reden und wartete ab. Sie würde einsehen, sie mußte einfach einsehen, daß ich nicht bleiben konnte.

»Nun«, sagte sie nach einer sehr langen Weile, »es ist gut, daß die Sache endlich auf dem Tisch ist. Und es ist gar nicht so schlimm, wie ich befürchtet habe. Es ist zu schaffen. Du mußt ihn natürlich daran hindern. Du bist diejenige, die es tun muß, aber das ist nicht schwer. Das einzige, was du tun mußt, ist hierzubleiben. Ich hatte schon Angst, daß du etwas tun müßtest, das ich nicht von dir verlangen könnte, aber damit wirst du fertig.«

Während sie sprach, kam wieder etwas Farbe in ihr Gesicht, und ihre Stimme wurde fester. Dann saß sie da und lächelte mich an.

»Was meinst du damit, daß ich es bin, die es tun muß?« fragte ich. Da war es wieder, das hohe, silbrige Klingen in meinen Ohren, und ich spürte, wie erneut die Wut in mir hochstieg. Ich hatte geglaubt, ich hätte sie am Strand von Osprey Head restlos herausgespuckt.

»Weil du meine Enkelin bist, und die Tochter meiner Tochter«, sagte Maudie-Gro. »Weil du die Urenkelin jener Frau bist, die mir das beigebracht hat: Wir, die Frauen, sind es, die diesen Ort bewahren.«

Explosionsartig schoß die Wut aus mir heraus, und ich schrie: »Enkelin! Urenkelin! Tochter! Was soll diese Scheiße? Wovon redest du eigentlich? Zum Teufel mit diesem Ort, ich denke nicht daran, ihn zu bewahren! Ich bin weder Enkelin noch Tochter! Weder ich noch meine arme, verrückte Mutter hatten jemals eine richtige Mutter! Sie hat mich nie in ihrem Leben geliebt, und du hast sie nie geliebt, das hat sie mir gesagt! Du warst keine Mutter für sie, und sie war keine Mutter für mich; du hast immer nur Petie geliebt, Petie und Großvater, und Mama hat überhaupt *nie* jemand anderen geliebt als Großvater! Diese ganzen Männer, diese ganzen verdammten Männer... Immer und ewig diese großen, wunderbaren Chambliss-Männer, diese lebenden Toten!«

Maudie-Gro saß da wie erstarrt.

»Ich habe zu keinem meiner Kinder je gesagt, daß ich es mehr liebe als das andere«, flüsterte sie. »Und ich bin sicher, daß deine Mutter niemals zu dir gesagt hat, daß sie dich nicht so liebt, wie sie ihren Vater geliebt hat –«

»Das brauchte sie gar nicht sagen, und du auch nicht«, schrie ich wütend. »Du hast es ihr doch dein ganzes Leben lang gezeigt! Und auch die Männer mußten es nicht erst von dir hören; sie *wußten*, daß ihre bloße Existenz genügte. Dieser ganze Ort hier, dieses ganze kleine Paradies, er ist nur für sie da; hier herrschen die Männer! Die Mädchen sind es, die so verzweifelt darauf warten, wenigstens einmal die entscheidenden Worte zu hören, und sie hören sie nie! Nicht hier oben, nicht an diesem Ort... Maudie-Gro, verdammt noch mal, du hättest ihn in jenem Sommer daran hindern sollen!«

»O Gott!« rief meine Großmutter leise, und ich hörte zu schreien auf und sah sie an. In ihrem bleichen Gesicht stand Wut, echte, lebendige Wut.

Maudie-Gro holte tief Luft und ließ sie heraus.

»Oh, diese unglaubliche, ahnungslose Tyrannei der Jugend!« sagte sie, als spreche sie mit jemand anderem. »Du solltest dich hören! ›Du hättest ihn daran hindern sollen. Sei meine Mama. Sei nur für mich da und sonst für niemanden. Du sollst kein anderes Leben haben außer dem, das *ich* verstehen kann, dieses winzige Stück, das mit mir zusammenhängt. Ich, ich, ich. Sei nur ein Bruchteil von einer Frau, sonst liebe ich dich nicht.‹ Mein Gott. Du weißt gar nichts über mich. Keiner von euch kennt mich.«

Ich legte mein heißes Gesicht in meine Hände und weinte. Ihre Worte riefen eine so tiefe, ursprüngliche Trauer in mir wach, daß ich augenblicklich wußte, daß sie den innersten Kern der Sache berührt hatte. Sie hatte recht. Ich hatte gekämpft und mich durch die Welt geschlagen und nichts anderes gefordert als Eltern, ich hatte Eltern gewollt und nie gefunden. Und abgesehen von Maudie-Gro würde ich auch nie welche finden. Ich weinte und weinte. Nach einer Weile spürte ich, daß Maudie-Gro aufstand, ums Bett herumging und sich neben mich setzte. Sie legte ihre Arme um mich, und ohne aufzublicken wandte ich mich ihr zu und legte meinen Kopf an ihre Schulter. Ich weinte noch immer, und die Tränen wollten einfach nicht aufhören zu fließen.

Irgendwann sagte Maudie-Gro mit einer ganz anderen, mit ihrer alten Stimme: »Du hast natürlich recht. Die Männer hatten immer die Macht in Retreat, aber wir Frauen waren es, die sie ihnen gegeben haben. Daher hat es eigentlich uns gehört. Ich glaube, das habe ich immer gewußt. Schau dir uns an, dies ist eine Welt, die von alten Frauen beherrscht wird, im Interesse der männlichen Kinder. Und unsere Töchter sterben aus Mangel an Liebe.«

Sie hob mein Kinn mit ihrer Hand und küßte mich auf meine nasse Wange.

»Ich liebe dich, Darcy, von ganzem Herzen«, sagte sie. »Das habe ich immer getan. Und das werde ich immer tun. Du schuldest mir nichts, und du schuldest auch diesem Ort nichts. Ich werde dich nicht weiterhin mit deinem Leben für meine Liebe bezahlen lassen.«

Ich umarmte sie, so fest ich nur konnte. Meine Kindertränen flossen immer noch.

»Ich liebe dich auch, Maudie-Gro«, schluchzte ich. »Ich wünschte, ich hätte dir helfen können.«

»Du hast mir geholfen«, flüsterte sie. »Und du wirst mir weiterhin helfen.«

Keine von uns wollte zu Abend essen. Keine von uns wollte noch reden. Ich wollte nicht einmal an den nächsten Tag denken. Das einzige, was ich wollte, war schlafen. Sie muß es gewußt haben, denn nachdem ich gebadet hatte, kam sie wieder herauf, deckte mich mit der alten Princeton-Bettdecke zu und schaltete das Licht aus.

»Jetzt schlaf«, sagte sie. »Bist du schon alt genug, um zu wissen, daß am nächsten Morgen alles besser aussieht? Ich glaube schon. Damit kann man manche Nacht bestehen. Auch diesmal wird es so sein. Du wirst schon sehen. Jetzt schlaf.«

Und das tat ich. So leicht und schwerelos wie ein sehr kleines Kind fiel ich in eine tiefe, unergründliche Dunkelheit. Ich glaube nicht, daß ich mich bis zum Morgengrauen ein einziges Mal umdrehte.

Ich träumte, daß sie nach mir rief. Ich träumte, daß ich sehr klein war und mich am Ufer verlaufen hatte – ich konnte Wind und Wellenrauschen hören –, und sie suchte nach mir und rief aus der Ferne immer wieder: »Darcy! Darcy!«

Ich kämpfte mich durch die schweren Schichten des Schlafes, und sie rief noch immer: »Darcy!«

Einen Augenblick lang saß ich atemlos in der Dunkelheit, und dann sprang ich aus dem Bett und rannte die Treppe hinunter in die Richtung, aus der ihre Stimme kam. Im Laufen schaltete ich das Treppenhauslicht an.

Sie lag am Fuß der Treppe, mit ausgestrecktem Arm, als versuche sie, sich hochzuziehen. Sie trug ein langes, weißes Baumwollnachthemd, und ihr weißes Haar hing ihr wild um den Kopf. Das Nachthemd war über die Beine nach oben gerutscht, und ich konnte sehen, daß sie diese noch immer mühsam bewegte, noch immer versuchte, aufzustehen. Zut umkreiste sie mit leisen, kehligen Lauten. Ihr Fleisch war blau und weiß und mit knotigen Venen durchzogen, und die alten Knochen waren so deutlich zu sehen, als würden sie von innen her erleuchtet. Sie schien ihren Kopf nicht bewegen zu können, aber ihre Augen blickten zu mir auf. Ihr Gesicht war schneeweiß. Als sie mich sah, lächelte sie ganz leicht.

»Kannst du mir aufhelfen?« flüsterte sie.

Ich kniete mich neben sie und suchte ihren Puls. Mein eigener raste an meinem Hals, meinen Schläfen und Handgelenken.

»Was tut dir weh? Kannst du mir das sagen?« fragte ich mit zitternder Stimme.

»Die Brust«, sagte sie mit einem schwachen Seufzer. »Der Elefant. Ein ganz großer diesmal. Hör zu, ich will, daß du das Feuer anzündest...«

»Schsch, Maudie-Gro«, sagte ich, wimmernd vor Angst. »Lieg ganz still; ich rufe den Notarzt. Bleib still liegen.«

»Liebes, das Feuer...«

Ich riß die Decken und den Überwurf von der Couch und warf sie über sie, dann rannte ich zum Telefon und alarmierte die Rettungsstelle in South Brooksville. Nachdem man mir dort versicherte, der Wagen sei schon unterwegs, ging ich wieder zu ihr.

Sie starrte mich an, und ihre ganze Lebenskraft hatte sich in ihren Augen gesammelt.

»Mach ein Feuer, Darcy, und dreh mich so, daß ich es sehen kann. Schnell«, sagte sie. Bei jedem Wort keuchte sie, und gehorsam stolperte ich zum Kamin und hantierte mit den Streichhölzern. Endlich flammte das Feuer auf. Ich sah die Schatten über die alten, rauchgeschwärzten Zedernschindeln der Wände tanzen und dachte plötzlich, daß sie aussahen wie die Wände einer vom Feuer erleuchteten Höhle. Mitten in all meinem Schrecken und meiner Hilflosigkeit dachte ich: Feuer ist das Medium, das alles weitergibt. Nicht das Blut oder die Knochen, nicht die Seiten der Geschichtsbücher, sondern das Feuer.

Ich ging wieder zu Maudie-Gro.

»Richte mich ein bißchen auf«, sagte sie.

»Bitte sprich doch nicht –«

»Richte mich auf! Ich muß dir etwas sagen...«

Ich hob ihren Kopf, legte ihn in meinen Schoß und blickte hinab in ihr Gesicht. Ich konnte sehen, daß das Herz in ihrer Brust wilde Sprünge machte. Lieber Gott, wann kamen sie denn endlich!

»Tu es für mich«, flüsterte Maudie-Gro und sah mir ins Gesicht. »Ich habe gesagt, ich würde nicht betteln, aber jetzt kann ich es, und ich tue es. Tu es für mich. Übernimm Liberty. Kämpfe für Retreat. Retreat braucht dich, und Liberty braucht dich. Du bist jetzt das einzige, was ich habe.«

»Onkel Petie –«

Sie schüttelte schwach den Kopf. »Nur du.«

Ich begann zu weinen, sah meine Tränen auf ihr Gesicht fallen und wischte sie weg. Sie fielen weiter. »Ich kann es nicht«, sagte ich. »Ohne dich kann ich es nicht.«

»Doch, du kannst es«, sagte sie und gab einen langen, zitternden Seufzer von sich. »Du mußt es nur genug lieben. Die Kraft der Liebe vermag alles. *Alles.* Und du liebst es genug. Du hast es immer genug geliebt. Das weiß ich.«

»O mein Gott, Maudie-Gro, die Kraft der Liebe hat mich hier vor zwölf Jahren fast umgebracht.«

Sie lächelte, schüttelte noch einmal den Kopf und hustete dann. Es war ein grauenerregendes Geräusch. Ihre dünnen Finger bewegten sich vor ihrer Brust. Ich legte meine Finger an ihre Lippen, aber sie wandte den Kopf ab.

»Du weißt überhaupt nichts über die Kraft der Liebe«, sagte sie dann. Ihre Stimme wurde schwächer, und ihr Herz pochte immer bedrohlicher an die Wand ihrer Brust. »Hör zu. Ich werde dir von der Kraft der Liebe erzählen. Ich werde dir erzählen ... was ich aus Liebe tat. Du erinnerst dich an das Lied ›What I Did for Love‹? Das Lied hat uns beiden gefallen.«

»Ich erinnere mich. Ach, Maudie-Gro, bitte sprich nicht mehr. Erzähl es mir später. Ich bleibe, hörst du, ich bleibe; ich werde dich nicht verlassen. Ich behalte das Cottage, natürlich werde ich es behalten, wenn du nur endlich still bist und ruhig liegenbleibst ...«

Sie streckte ihre Hand aus, berührte mein tränennasses Gesicht, ganz leicht, und ließ sie dann wieder fallen.

»Sei still und hör mir zu«, sagte sie leise. »Ich glaube nicht, daß ich noch sehr viel Zeit habe ...«

ZWANZIGSTES KAPITEL

Vom Steg des Jachtclubs aus scheint an diesem Septembermorgen die ganze Welt vom Herbst überzogen wie von einer Frostschicht. Das alte Clubhaus und die dunklen Nadel- und Birkenwälder dahinter sehen im weißen, salzigen Nebel verschwommen und träumerisch aus. Ich höre das weiche, sanfte Plätschern der Wellen am Kieselstrand, aber das Wasser kann ich nicht sehen. Es ist Bodennebel, und nur die zarten Spitzen der Tannen und der Hügelkamm von Osprey ragen daraus hervor. Aber im Lauf des Vormittags wird die Sonne den Nebel vertreiben, und dann werde ich die Bojen sehen können, von denen die meisten jetzt verwaist auf dem rosafarbenen Wasser schwanken. Ist es wirklich erst drei Wochen her, seit sonnengebräunte Familien ihre Boote aus dem Meer holten und sie für die Lagerung im Bootshaus oder die lange Fahrt nach Hause fertig machten? Es kommt mir so vor, als sei der erste September erst gestern gewesen. Aber der Sommer ist schon lange vorbei. So spät im Jahr war ich noch nie hier.

Ich denke an die kleinen Jungen im Winter, die auf dem Weg in die warme Küche einen Moment lang neben ihrem Beetle Cat stehenbleiben und vom Sommer träumen. Es dauert nicht lange, sage ich im Stillen zu ihnen. Denkt daran, nichts ist ewig. Ich war einst eine von euch, und ich weiß es.

Jetzt, in diesen länger werdenden Nächten, in denen alle Cottages dunkel sind und nur noch in Liberty Licht brennt, könnten wir Nordlichter bekommen. Ich habe schon sehr lange keines mehr gesehen, aber ich erinnere mich daran, daß sie gelegentlich im Spätsommer am Himmel erschienen. Grün, violett, strahlend weiß und zart hellblau... Was ist das? fragte ich Maudie-Gro, als ich zum ersten Mal eines sah.

»Das sind Versprechen«, antwortete sie.

Vielleicht stimmt das. Versprechen, die ein langer, schöner Sommer eingelöst hat, Versprechen auf einen langsamen, bronzefarbenen Herbst. Oh, wenn es nur wahr wäre; wenn es an diesem Ort Versprechen und Zusagen gäbe, die gehalten würden…

Trotz allem, was passiert ist, trotz der Ängste, Schmerzen und Sorgen tut es mir nicht leid, daß ich hiergeblieben bin. Die Sommergäste, die Anfang September fahren, verpassen den Höhepunkt des Jahres in Retreat, jenen überirdischen, einzigartigen Augenblick reiner Schönheit. An den langen Nachmittagen schleicht sich gelegentlich noch einmal die Hitze ein, aber sie hat ihren Biß verloren, und das Sirren der Heuschrecken in den Birkenwäldern schläfert mich ein, wenn ich auf der Sonnenveranda döse. Die Berberitzenhecken haben sich dunkelrot verfärbt, und die Bergahornbäume am Rande der Nadelwälder scheinen wie Buschfeuer zu brennen. An den Wegrändern, auf den Salzwiesen und an den grauen Feldsteinmauern schimmern Goldrute und Wiesenkerbel. Süße Falläpfel liegen auf der Straße zum Dorfladen im hohen Gras. Und fast jedesmal, wenn Mike und ich während der letzten Wochen vom Krankenhaus nach Hause fuhren, erfaßten unsere Scheinwerfer ein Reh, das geisterhaft vor uns über die Straße sprang. Im Sommer habe ich kaum welche gesehen. Gelegentlich erspähten wir auch ein Stachelschwein oder einen Rotfuchs im vorbeihuschenden Licht, sahen es innehalten und verschwinden. Schon haben wir die Wildgänse aus Kanada Richtung Süden ziehen sehen, ein eindrucksvolles Bild vor dem tiefhängenden weißen Mond.

»Warum hast du mir nie davon erzählt?« sagte ich einmal zu Mike.

»Den Plagen des Sommers erzählen wir nie davon«, sagte er. »Sonst bleiben sie womöglich auch noch im Herbst.«

»Und was bin ich dann?«

»Das kommt ganz auf dich an, Darcy«, antwortete er.

Um das herauszufinden, sitze ich hier.

Die Stille des Nebels wird jetzt vom gedämpften Tuckern eines ausfahrenden Hummerbootes zerrissen. Langsam taucht der kleine Hafen aus dem Weiß auf. Da sind sie, die Bojen, wie Seehundköpfe tanzen sie auf dem Wasser. Plötzlich wünschte ich, ein paar muskulöse, braune kleine Jungen würden über den Steg trampeln und über die wackeligen Stufen zu den Dingis hinabhüpfen, um zu ihren Beetle Cats hinauszurudern. Ich vermisse das Geschrei und das Lachen. Das Krächzen der Möwen klingt so leer und metallisch wie im Winter. Jetzt erst spüre ich durch meine Trainingshose und die Wollsocken die Kälte dieses Morgens, stehe zögernd auf und gehe über den Steg und über den farnbegrenzten Weg zurück nach Liberty. Kalter Tau und Spinnweben glitzern eisig im Birkenwäldchen. Der Tennisplatz liegt still da, und auch das Schlagen der Fliegengittertüren hat aufgehört. Aus der Ferne bellt ein Hund, aber er klingt anders als die Spaniels und Retriever, die zusammen mit den Segelbooten und den Kindern in die Stadt zurückgefahren sind. Retreat ist leer und schläft.

Von Liberty aus sehe ich weißen Rauch in das tiefblaue Gewölbe des Himmels aufsteigen, und ich weiß, daß Maudie-Gro das Feuer angezündet und den Kaffee aufgesetzt hat. Jetzt wird sie Schinken braten und Rühreier machen, aus den frischen, braunen Eiern, die Mike gestern abend gebracht hat. Ich habe sie angefleht, sich nicht soviel Mühe zu machen, denn sie ist nach ihrem Krankenhausaufenthalt noch immer schrecklich schwach und beinahe durchscheinend zart. Erst gestern haben wir sie nach Hause geholt. Sie hat den restlichen Tag und die ganze Nacht geschlafen, und ich hatte gehofft, sie würde auch heute noch schlafen. Aber sie bestand auf dem Frühstück.

»Wer weiß, wer hier das nächste Mal Eier braten wird?« sagte sie lächelnd.

Ach, Maudie-Gro...

In jener Nacht, während sie in Decken gewickelt auf dem Fußboden lag und wir auf den Krankenwagen warteten, hat sie mir schließlich alles erzählt. Ich glaube nicht, daß er länger brauchte als notwendig, aber während ich ihre eisigen Hände umklammerte und versuchte, mit dem Weinen aufzuhören, kam es mir vor wie eine Ewigkeit. Jetzt weiß ich alles: über Elizabeths Baby, über diese schreckliche Sturmnacht, und alles, was damals und danach passiert ist. O mein Gott, was für eine Frau sie doch ist, meine kleine, dunkle Großmutter. Und was für eine Liebesgeschichte sie hatten, sie und Großvater. Ich hatte wirklich keine Ahnung, und dafür schäme ich mich. Jetzt, nachdem sie ihr Leben vor mir ausgebreitet hat, sehe ich, wie recht sie hatte mit ihrer Bemerkung, daß ich sie überhaupt nicht kannte. Es ist schrecklich.

Und sie hatte auch recht damit, daß es Formen der Liebe gibt, die den, auf den sie sich richtet, geringer machen, als er ist. Die Liebe eines Kindes ist so; meine Liebe zu ihr war es auch. So viel Zeit meines Lebens, und ihres Lebens, habe ich damit verbracht zu fordern, daß sie... lediglich meine Großmutter ist. Und dabei war sie die ganze Zeit auch diese andere, großartige Frau.

Das sagte ich ihr, als wir sie nach Hause brachten.

»Ich werde die Zeit, die wir noch miteinander haben, damit verbringen, diese Frau kennenzulernen«, sagte ich. »Ich hoffe, es sind noch viele Jahre.«

Sie lächelte. Dann sagte sie: »Also wirst du hierbleiben? Du wirst das Cottage behalten? Er darf es wirklich nicht bekommen. Wirst du das tun?«

Und ich sagte ihr, ich würde es tun. Aber in Wahrheit weiß ich immer noch nicht genau, ob ich das kann. Die Frau, die an jenem Sommernachmittag mit ihrem Zorn und ihrer Angst nach Osprey Head gefahren ist, war eine andere Frau, als die, die zurückgekommen ist. Aber noch weiß ich nicht, wer diese neue Frau ist. Ich weiß nicht, was sie tun muß oder tun kann.

Ist es schlimm, daß ich sie angelogen habe? Sie wird es vielleicht nie erfahren. Sie ist so hinfällig geworden. Aber solange sie lebt... wenigstens so lange.

Ich höre den Motor von Mikes Wagen. Nach dem Frühstück wollen wir noch ein letztes Mal mit der *Tina* nach Osprey Head hinaussegeln. Ich möchte diesen letzten Tag dort verbringen und nach den jungen Fischadlern sehen; Mike sagt, daß sie jetzt schon selbständig fischen. Ich würde zu gern sehen, wie diese großen, dunklen Gestalten kopfüber ins Meer tauchen. Fischadler sind die einzigen Raubvögel, die so jagen. Wir werden wohl auch die Adler besuchen. Mike hat grinsend zu mir gesagt, daß ihre Brücke die erste sei, die ich abgebrannt hätte. Genau wie ich weiß er, daß es noch weitere geben wird. Aber keiner von uns weiß, welche das sind.

Wir werden Wein trinken und den Hummersalat essen, den ich gestern abend gemacht habe, und vielleicht gehen wir auch schwimmen. Das Wasser von Osprey Head scheint wärmer und klarer als jemals zuvor, vielleicht nur deshalb, weil ich es nicht mehr fürchte. Gegen Abend werden wir wieder zurück sein, und dann fahren wir mit Maudie-Gro und Zut nach Bangor, wo sie, ich und der alte Kater im Airport Hilton übernachten werden, um morgen früh nach New Hampshire zu fliegen.

Und was danach kommt... das werden wir sehen. Das werden wir sehen.

EPILOG

Bevor Darcy heute morgen mit Mike fortging, fragte sie mich, ob ich Angst hätte, hier allein zu sein. Ich glaube, wenn ich ja gesagt hätte, dann wäre sie bei mir geblieben. Seit dem Krankenhaus kümmert sie sich so liebevoll um mich, daß es mich tief berührt. Darum hätte ich nein gesagt, selbst wenn ich Angst gehabt hätte. Aber ich hatte nie weniger Angst als heute. Dieser lange Tag ist nicht lang genug, um mich an alles zu erinnern, woran ich mich erinnern möchte.

Ich glaube wirklich, daß ich in diesem Augenblick der einzige Mensch in Retreat bin. Das ist ein schönes Gefühl; es ist, als gehörte es eine ganz kurze Weile nur mir allein. Ich habe mir früher gern vorgestellt, daß mir diese Kolonie ganz allein gehöre.

»Schwarze Augen, Diebesaugen«, sagte Peter dann. »Was würdest du tun, wenn sie dir gehörte?«

»Eine Kette quer über die Einfahrt spannen und die Welt aussperren«, antwortete ich.

Oder war es Micah, zu dem ich das sagte?

Es macht keinen großen Unterschied. Jeder von ihnen hätte verstanden, was ich meinte. Und jetzt, nur für diesen Augenblick, gehört mir Retreat. Was für ein Geschenk die Einsamkeit sein kann, wenn man alt ist. Das ist etwas, das die Jungen einfach noch nicht wissen können.

In Braebonnie ist jetzt schon einige Tage lang niemand mehr, wie mir Darcy erzählt hat. Ich weiß nicht, ob Warrie Villiers nach New York gefahren ist, um dort den Winter zu verbringen, oder ob er einfach nur mehr Geld aus den Winslows herausholen will und dann wiederkommt. Darcy und Mike sagen, er denkt bestimmt nicht, daß sie Liberty behalten will, und darum hat er vermutlich noch immer vor, ihr den Hof zu machen. Er weiß, daß sie ihre ganze Zeit bei mir im Krankenhaus verbracht hat, und bestimmt war er bitter enttäuscht darüber, daß ich noch lebe. Ich weiß nicht, was er sich dabei denkt, wenn sie soviel Zeit mit Mike Willis verbringt. Vielleicht gar nichts. Männer wie Warrie können sich einfach nicht vorstellen, daß Frauen ihnen... eine andere Art Mann vorziehen.

Aber ich bin trotzdem froh, daß sie den Winter über außerhalb seiner Reichweite ist. Sie wird diese Monate mit mir in Northpoint verbringen, zumindest ist das so geplant, und ich hoffe, es wird auch so kommen. Wenn sie bei mir ist, wird es wie im Sommer sein. Und im nächsten Sommer wird er sich davon überzeugen können, daß sie ihm gewachsen ist, und Mike wird ihr in dem Kampf zur Seite stehen. Ich weiß nicht, was sie für Osprey Head tun können, weil Warrie die Insel ja gehört. Mike sagte gestern abend, er wolle die Sache gleich nach unserer Abfahrt den Leuten von der Umweltschutzbehörde vorlegen, in der Hoffnung, daß sie die Vögel unter Schutz stellen. Vielleicht verkauft Warrie dann. Mit Fischadlern oder Seeadlern kann er nichts anfangen.

»Und ich schwöre euch«, sagte Mike, »wenn er verkauft, dann finde ich eine Möglichkeit, die Insel selbst zu kaufen.«

Heute nachmittag habe ich den Schrei eines Fischadlers gehört. Es gibt kein Geräusch in der Kolonie, das sich mit diesem Ruf messen kann, den das Meer vielleicht von Osprey Head herüber bis auf meine Sonnenveranda getragen hat. Mir gefällt die Vorstellung, daß sie, meine beiden Kinder, den Schrei zur gleichen Zeit gehört haben wie ich, und den Vogel vielleicht sogar gesehen haben. All die Jahre war Osprey Head ein Fels in der Brandung. Dorthin ist sie mit Mike gegangen und wurde geheilt, ebenso wie ich damals, nach Seans Tod, mit Micah.

Ach, Micah. Erinnerst du dich an das letzte Mal? In dem ersten Sommer, den ich nach Peters Tod wieder in Retreat verbrachte, voller Verzweiflung, weil Retreat ohne ihn verschlossen und feindselig wirkte und ich mich dennoch nicht davon trennen konnte, weil alles, was ich von ihm hatte, mit dieser alten Halbinsel verbunden war? Ich war allein in Liberty in diesem Sommer, weil Happy Darcy nicht zu mir schicken und nicht selbst kommen wollte, und Amy war gestorben, und Parker und Christina auch, und auch du schienst für mich verloren. Du hattest dich im Bootshaus vergraben, dich dort mit deiner Einsamkeit eingeschlossen, so wie ich mich in Liberty einschloß. Caleb und Beth erzählten, daß du sogar die meisten Nächte dort verbrachtest, in einem Schlafsack, den du im Speicher ausgerollt hattest. Der Gedanke, daß nicht einmal das wunderschöne Haus dir mehr Trost spenden konnte, brach mir das Herz. Aber ich kannte dieses Gefühl. In diesem Sommer zog ich in das kleine Schlafzimmer im Obergeschoß, weil ich ohne Peter nicht mehr in dem großen Schlafraum sein konnte.

Erinnerst du dich an die Nacht, in der ich zu dir kam? Ich stand einfach aus dem Bett auf, krank und beinahe körperlich zerstört vor Einsamkeit, zog einen Regenmantel über mein Nachthemd und ging durch den dunklen, tropfenden Birkenwald zum Bootshaus, wo ich das Licht im Speicher sah. Und ich kletterte schweigend die Treppe hinauf, und dort hocktest du auf dem Schlafsack und lasest beim Schein der Lampe. Weißt du noch? Ich glaube, damals begann für uns beide der lange Heilungsprozeß, obwohl er natürlich niemals vollständig abgeschlossen war, nicht abgeschlossen werden konnte. Aber was wir damals taten, ermöglichte uns, weiterzuleben und sogar wieder zu lachen, trotz unserer Verletzungen. Dafür habe ich dich um so mehr geliebt.

Damals auf dem schmalen Schlafsack liebten wir uns, so einfach und selbstverständlich, wie ich in dieser Nacht zu dir gekommen war. Keiner von uns sagte ein Wort, bis es vorüber war. Es war wunderschön, mein alter Micah. Zärtlich, stark, süß, fröhlich und dauerhaft. Ein Versprechen. Danach, als ich noch immer in deinen Armen lag – ich hatte immer gewußt, daß sie so fest und braun sein und nach dem Salz des Meeres riechen würden – fragtest du mich, ob ich enttäuscht sei. O nein, nicht einen Moment lang.

»Im Gegenteil, du bist wirklich ein Erlebnis, Micah Willis«, sagte ich dann, und du wurdest rot bis an die Haarwurzeln. Man stelle sich vor, du, ein Mann an die Siebzig, wurdest rot! Und dann lachten wir beide, für mich war es das erste Mal seit Peter, und für dich, da bin ich mir sicher, seit Christina. Und so begannen wir einander zu heilen. Nicht wahr, meine zweite große Liebe?

Aber als du sagtest: »Wirst du wiederkommen, Maude?«, da antwortete ich: »Nein.« Und dann schwiegst du und sagtest schließlich, mit einem halbherzigen Lächeln, das mir in der Seele weh tat: »Siehst du? So ist das mit euch Sommergästen. Der Abstand zwischen uns ist doch zu groß, nicht wahr?«

»Ich warte auf Peter, Micah«, sagte ich, und du sahst mich erschrocken an, als wäre ich plötzlich ein bißchen verrückt geworden.

»Er ist tot, Maude«, sagtest du. »Und du lebst.«

»Nein. Er ist nicht wirklich tot.«

Du schütteltest den Kopf.«

»Was für eine Verschwendung«, sagtest du. »Du brauchst einen lebendigen Geliebten, Maude.«

»Ich habe schon einen«, sagte ich.

Dieses erste Mal war also zugleich das letzte Mal. Ich frage mich, ob du das bedauert hast? Was mich angeht, so weiß ich das noch immer nicht, nach all den Jahren.

Von dieser Nacht habe ich Darcy nicht erzählt. Sie weiß sonst alles, sie hat alles von mir... nur das nicht. Dafür schäme ich mich nicht; sie könnte es einfach nicht verstehen. ›Nur wo sich Bedürfnis und Liebe vereinen‹, hätte ich ihr sagen müssen. Nur mit Peter und Tina konnten Micah und ich wirkliche, vollkommene Liebe erleben. Das begriffen wir beide in dieser Nacht, Micah und ich, was immer er auch sagte. Das kann Darcy noch nicht wissen, das kann man den Jungen nicht erklären. Wenn sie Glück haben, dann erfahren sie es. Nicht alle, aber ich glaube, sie schon...

Sie saß ganz still, während ich von Elizabeths Baby sprach, ihr erzählte, daß ich im Licht der blakenden Kerze sofort gesehen hatte, daß dies nicht das Kind meines Sohnes, sondern meines Mannes war. Es war zu früh geboren und bereits zum Tode verurteilt, aber es war Peters Kind. Ich war mir ganz sicher, und Peter sah es auch. Petie, Gott segne ihn, erkannte es nicht. Nur Peter und ich, wir wußten es...

Darcy rührte sich nicht; sie hielt meine Hände, und ihre Tränen fielen auf mein Gesicht, während ich ihr erzählte, wie ich dieses schöne, blaue, sterbende Kind in meinen Armen hielt, wie ich es schaukelte und schaukelte und dabei weinte, bis schließlich meine Hand über seiner Nase und seinem Mund dem mühevollen Atmen ein Ende machten. Ich erzählte ihr davon, daß ich meinen eigenen Sohn Petie opferte, indem ich die ganze Kolonie in dem Glauben ließ, das Kind sei von ihm. Ich weiß, daß Petie und seine Sarah das noch immer denken.

Als ich aufhörte zu sprechen und dalag und versuchte, um den Elefanten herum zu atmen, hörte sie auf zu weinen. Sie sah mich nur in tiefem Erstaunen an.

»Und all die Jahre hast du sie damit leben lassen?« sagte sie. Ich hörte keine Verurteilung in ihrer Stimme. Es fiel mir schwer weiterzusprechen, aber ich wollte, daß sie das verstand.

»Na ja, weißt du, Liebes«, sagte ich, »Petie war immer ein bißchen eingebildet. Ein typischer Chambliss-Mann. Und er hatte ja Sarah. Ich war sicher, daß ihn eine kleine Demütigung längst nicht so verletzen würde, wie es seinen Vater verletzt hätte, wenn die Leute die Wahrheit erfahren hätten.«

»Und was ist mit Sarah? Ihr muß es doch schrecklich weh getan haben, Maudie-Gro.«

»Petie konnte eine Prise Pfeffer nicht schaden«, sagte ich. »Er war dabei, sich zu einem sehr langweiligen älteren Mann zu entwickeln. Und ich war immer der Meinung, daß es dieses Salz der Sünde... dieser leise Zweifel... war, was ihn und Sarah danach so eng aneinanderband. Das war ein großes Risiko, ich weiß, aber eines, das ich sehenden Auges eingegangen bin.«

»Aber Großvater kannte die Wahrheit und du auch«, sagte sie. »Und du hast niemals daran gedacht, ihn zu verlassen, du hast ihn all die Jahre hindurch geschützt.«

»Elizabeth Potter war eine Krankheit«, sagte ich zu ihr. »Sie war selbst krank und dazu noch eine Krankheit. Und man kann niemandem die Schuld an einer Krankheit geben. Außerdem konnte Peter das, was er getan hatte, selbst nicht ertragen. Seine ganze Welt war zerbrochen, und es war meine Aufgabe, sie wieder zusammenzufügen. Peties Welt war damals schon sicher.«

Sie starrte ins Feuer, während sie noch immer meinen Kopf hielt, und ich lag still und sammelte meinen Atem. Ich wußte, daß dieses Gespräch noch nicht zu Ende war.

»Was hättest du getan, wenn die Frau in diesem Zimmer Gretchen Winslow gewesen wäre?« fragte sie. »Du hast mir erzählt, daß sie ihr ganzes Leben lang hinter Großvater her war.«

»Dann hätte ich ihn auf der Stelle verlassen und mich nicht einmal umgedreht«, sagte ich. »Gretchen war einfach... böse. Elizabeth... Elizabeth war der Tod.«

»Ja, das war sie wohl«, sagte meine Enkelin, und ihre Tränen begannen wieder zu fließen. »Auf jeden Fall hat sie für Großvater den Tod bedeutet, nicht wahr?«

Ich schloß die Augen. *Hast du gesungen, Peter? Oh, hast du gesungen?*

»Schschsch«, sagte ich. »Ich bin müde.«

Sie schwieg lange. Ich lag da und lauschte auf das Knistern des Feuers, spürte, wie Zut sanft an meinem Hals schnurrte und wie der Elefant schwerer wurde, immer schwerer.

Dann flüsterte sie: »Mutter Hannah hatte allen Grund, vor dir Angst zu haben. Du bist hierhergekommen und hast jede einzelne Regel gebrochen, die an diesem Ort galt. Du hast diese kleine Welt sehr verändert, nicht wahr?«

Ich schlug meine Augen auf und sah sie an. Sie schien sich ein Lachen zu verbeißen.

»Irgend jemand hätte es sowieso getan«, sagte ich. »Genauso, wie es jetzt jemand tun wird. Es geht nicht darum, daß sich diese kleine Welt verändert; es geht darum, wer sie verändert. Darauf mußt du achten. Sie kann von jemandem wie dir verändert werden... oder von jemandem wie Warrie Villiers. Verstehst du? Vergiß das nie. Ich fand immer, es war ein Glück für Retreat, daß ich es war, die es veränderte.«

Jetzt lachte sie wirklich, beugte ihr Gesicht zu mir herunter und küßte mich.

»Maudie-Gro«, sagte sie, »du bist wirklich eine tolle Frau.«

»Wir Mädchen aus dem Süden haben eine wilde Seele, meine Liebe. Auch das solltest du nicht vergessen.«

»Das vergesse ich nicht«, flüsterte sie in meine Haare. »Bestimmt nicht.«

Dann kam der Krankenwagen.

Sie hat mir versprochen, daß sie kämpfen wird. Daß sie Liberty behalten, gegen Warrie Villiers kämpfen und sich hier in Retreat einen Platz schaffen wird. Ich weiß, daß sie lügt, aber ich weiß auch, wie sehr sie diesen Ort hier liebt und daß er sie festhalten wird. Und Mike liebt sie vielleicht ebenso sehr, auch wenn sie das jetzt noch nicht weiß. Aber was sie weiß ist, daß sie ihn braucht, und das ist ein guter Anfang. »Nur wo sich Bedürfnis und Liebe vereinen...«

Und ich weiß auch, wie sehr sie mich liebt. Daher stehen die

Chancen gut, daß sie ihr Wort dennoch hält, auch wenn sie es eigentlich nicht will. Sie ist ein gutes Kind, oder eigentlich sollte ich sagen, eine gute Frau, und ganz anders als das verzweifelte Kind, das zu Beginn dieses Sommers zu mir kam. Vor kurzem auf Osprey Head ist etwas mit ihr geschehen, da hat sie etwas hinter sich gelassen und etwas Neues mitgebracht; es wäre interessant zu sehen, wer diese neue Frau ist.

Aber wie sie sich auch immer entpuppt, es ist auch mein Blut, das in ihren Adern fließt. Und ich glaube, daß seine Kraft sie an den richtigen Ort führt, wenn sie es nur zuläßt.

Ich höre Mikes Jeep knirschend die Straße herunterkommen. Das ist gut, denn es ist bereits dunkel, und ich bin müde, so müde... Ach, hör doch! Mike singt dieses alte Lied, das Peter mir in jener ersten Nacht am Wappoo Creek vorgesungen hat: »Es ist drei Uhr morgens, und wir tanzen schon die ganze Nacht...«

Komisch, daß diese Kinder das alte Lied kennen...

Ich stehe auf und laufe leichtfüßig die Treppe hinunter. Die Fliegengittertür schlägt hinter mir zu. Mutter Hannah wird wütend werden, sie haßt es, wenn ich das tue. Vom Tennisplatz höre ich Lachen und Beifall. Die Luft ist kristallklar und süß vom Fliederduft. Ich höre die Gittertür der Potters ebenfalls zuschlagen, und Amy ruft: »Maude! Bist du da? Maude?«

Der Wagen hält vor der Einfahrt.

»Maude«, ruft er. »Hier bin ich, Maude.«

Die schwere Tür geht auf, und da steht er und lächelt; seine Ärmel sind über die sonnengebräunten Arme hochgerollt, und das blonde Haar hängt ihm wie immer in die Augen. Graue Augen, grau wie Meerwasser. Die Sonne strahlt auf sein Gesicht und sein Haar. Er ist ganz Licht, ganz Flamme.

»Peter, mein liebster Peter. Hallo, Liebster. Siehst du? Ich habe gewartet...«

NACHBEMERKUNG DER AUTORIN

Es gibt noch immer einige Sommerkolonien in Maine, die seit Generationen jeden Sommer von den gleichen Familien besucht werden. Dort kann man die heutige Welt hinter sich lassen und in eine andere, einfachere Welt eintauchen. Aber natürlich läßt sich die heutige Welt nicht einfach aussperren, sie rückt immer näher an diese Enklaven heran, und in vielen Fällen klopft sie tatsächlich bereits an die Türen. Ich glaube, wenn die gegenwärtige alte Generation einmal nicht mehr ist, wird es nicht mehr viele Menschen geben, die sich noch an die langsamen, schönen Sommer in den alten Kolonien erinnern können. Die Familien werden noch immer kommen, aber sie werden die »wirkliche« Welt mitbringen. Das ist unvermeidlich, und dennoch ein großer Verlust.

Die Kolonie Retreat gibt es nicht, auch wenn sie von der Atmosphäre her manchen der älteren und einsamer gelegenen Ferienhaussiedlungen an der oberen Ostküste ähneln mag. Auch die Gestalten in diesem Buch sind frei erfunden. Die Chamblisses, die Potters, die Willisses und ihre Nachbarn in Retreat leben nur in meinem Geist und in meinem Herzen, und, wie ich hoffe, jetzt auch in Ihrem…

Cape Rosier gibt es allerdings wirklich, und zwar ziemlich genau dort, wo ich es angesiedelt habe. Es ist in meinen Augen noch immer einer der wildesten und schönsten Teile der Küste von Maine, obwohl sich auch hier einiges verändert, weil allmählich die Bauunternehmer entdecken, was Einheimische und Sommergäste schon so lange wissen. Aber wie das Romanautoren meistens tun, habe ich die Geographie der Halbinsel und ihrer Umgebung ein bißchen verändert, einige Sehenswürdigkeiten, Straßen und Häfen verlegt und sogar ein paar selbst erfundene hinzugefügt. Aber ich hoffe, daß diejenigen, die diesen wilden und schönen Ort lieben, dennoch seine Atmosphäre und sein Wesen wiedererkennen werden.

Vielen Menschen, die direkt oder indirekt mit der Entstehung dieses Buches zu tun hatten, bin ich sehr dankbar. Einige davon möchte ich nennen:

Virginia Barber und Larry Ashmead, die mir als Agentin und Lektor wie immer einen Weg durch den Dschungel bahnten...

Martha Gray, die den Text in den Computer schrieb und die verschiedenen Handlungsfäden unbeirrbar im Blick behielt...

Sunny Toulmin und Jane Hooper, die die Erinnerungen einer Reihe von Bewohnern unserer eigenen Kolonie in Maine sammelten und zu einem bezaubernden kleinen Buch verarbeiteten, aus dem ich viel Atmosphärisches und vielleicht auch ein paar Fakten bezogen habe...

Meine schöne Freundin Sue Dawson, deren Erinnerungen an mehrere Kriegssommer in der Kolonie ich mit ihrer Zustimmung in die Erinnerungen von Maude Chambliss verwandeln durfte...

Connie und Bill McCornick, die inzwischen beide verstorben sind und die Maine für mich in so vieler Hinsicht zu einem magischen Ort machten...

Meine Schwiegermutter Annalee Hagerman Siddons, die inzwischen fünfundsechzig Sommer »in Maine« genossen hat und mir ihre Liebe für diese Landschaft mit beiden Händen weitergab... und meinen Ehemann Heyward, der mich vor fünfundzwanzig Sommern mit nach Maine nahm, und der dort wie hier nicht nur mein Anker ist, sondern mir auch Flügel wachsen läßt.

Mein Dank gilt euch allen.